王光福 注譯
袁世碩 校閱

新譯聊齋誌異選（三）

三民書局 印行

國家圖書館出版品預行編目資料

新譯聊齋誌異選(三) / 王光福注譯;袁世碩校閱.——
初版一刷.——臺北市: 三民, 2012
冊; 公分.——(古籍今注新譯叢書)

ISBN 978-957-14-5590-7 (第三冊:平裝)
ISBN 978-957-14-5589-1 (第四冊:平裝)

857.27 100022409

© 新譯聊齋誌異選(三)

注譯者	王光福
校閱者	袁世碩
責任編輯	陳建隆
美術設計	陳宛琳
發行人	劉振強
著作財產權人	三民書局股份有限公司
發行所	三民書局股份有限公司
	地址 臺北市復興北路386號
	電話 (02)25006600
	郵撥帳號 0009998-5
門市部	(復北店) 臺北市復興北路386號
	(重南店) 臺北市重慶南路一段61號
出版日期	初版一刷 2012年1月
編號	S 033190

行政院新聞局登記證局版臺業字第〇二〇〇號

ISBN 978-957-14-5590-7 (第三冊：平裝)

http://www.sanmin.com.tw 三民網路書店

新譯聊齋誌異選　目次

第二冊

考城隍

予姊丈之祖，宋公諱❶燾，邑廩生❷。一日，病臥，見吏人持牒❸，牽白顛馬❹來，云：「請赴試。」公言：「文宗未臨❺，何遽❻得考？」吏不言，但敦促❼之。公力疾❽乘馬從去。

路甚生疏。至一城郭，如王者都❾。移時入府廨❿，宮室壯麗。上坐十餘官，都不知何人，惟關壯繆⓫可識。簷下設几、墩⓬各二，先有一秀才坐其末，公便與連肩⓭。几上各有筆札。俄⓮題紙飛下。視之，八字云：「一人二人，有心無心。」二公文成，呈殿上。公文中有云：「有心為善，雖善不賞；無心為惡，雖惡不罰。」諸神傳贊不已。召公上，諭⓯曰：「河南⓰缺一城隍⓱，君稱其職。」

公方悟，頓首泣曰：「辱膺寵命⓲，何敢多辭。但老母七旬，奉養無人，請得終其天年[19]，惟聽錄用。」上一帝王像者，即命稽母壽籍[20]。有長鬚吏，捧冊翻閱一過，白：「有陽算[21]九年。」共躊躇[22]間，關帝曰：「不妨令張生攝篆[23]九年，瓜代[24]可也。」乃謂公：「應即赴任，今推仁孝之心，給假九年，及期當復相召。」又勉勵秀才數語。二公稽首[25]並下。秀才握手，送諸郊野。自言長山[26]張某。以詩贈別，都忘其詞，中有「有花有酒春常在，無燭無燈夜自明」之句。公既騎，乃別而去。

及抵里[27]，豁若夢寤[28]。時卒[29]已三日。母聞棺中呻吟，扶出，半日始能語。問之長山，果有張生，於是日死矣。

後九年，母果卒。營葬既畢，浣濯[30]入室而歿[31]。其岳家居城中西門內，忽見公鏤膺朱幩[32]，輿馬[33]甚眾，登其堂，一拜而行。相共驚疑，不知其為神。奔訊鄉中，則已歿矣。公有自記小傳，惜亂後無存，此其略耳。

【注釋】❶諱　舊時稱死去了的帝王或尊長的名字。❷邑廩生　縣學的廩膳生員，享受官府生活補貼。❸牒　文書。❹白顛馬　白額頭的馬。顛，頭頂。❺文宗未臨　主考的學官沒有案臨。文宗，文章宗師，清代用以稱省級學官。臨，案臨，省級學官到各地考試生員。❻遽　急速；匆忙。❼敦促　催促。❽力疾　強撐病體。❾王者都　帝王的都城。即京城。❿府廨　官府衙門。⓫關壯繆　關羽，三國時蜀漢大將，死後追謚壯繆侯，後世稱為「關帝」。⓬几墩　几，長條形小桌子。墩，低矮的圓形坐具。⓭連肩　肩並肩。⓮俄　片刻。⓯諭　告訴。⓰河南　清時中國一省份。⓱城隍　神名，主管守護城池。⓲辱膺寵命　舊時接受任用時的敬辭。辱，承蒙。膺，接受。寵命，恩賜的任命。⓳天年　人的自然壽命。⓴稽母壽籍　查考記載其母壽限的冊籍。㉑陽算　陽壽的年數。㉒躊躇　拿不定主意。㉓攝篆　代理官職。攝，拿；握。篆，刻有篆文的官印。㉔瓜代　代替；接任。語出《左傳・莊公八年》。㉕稽首　磕頭。㉖長山　舊時縣名，今屬山東鄒平。㉗里　鄉里；家鄉。㉘豁若夢寤　豁然若夢醒。寤，醒過來。㉙卒　死。㉚浣濯　洗浴。㉛歿　死。㉜鏤膺朱幩　馬的胸部鏤金裝飾，馬的轡頭朱紅色彩。膺，馬當胸的帶子。幩，纏在馬口鐵上的帛。㉝輿馬　車馬。輿，車。

【語　譯】我姐夫的祖父，宋公名字叫燾，是淄川縣的廩生。一天，臥病在床，看到一名衙役拿著官府文書，牽著一匹額頭上有白毛的馬走來，說：「請您去參加考試。」宋公說：「主考官還沒有光臨，怎會突然考試呢？」差人不回答，只是一個勁兒地催促他。宋公只好忍著病痛勉強上馬，跟他前去。

宋公感到道路非常陌生。來到一座城市，如同帝王的都城一樣。沒多久，進入一座衙門，宮殿建築宏偉華麗。堂上坐著十多位官員，不知道都是些什麼人，只認得一位是關帝爺。屋簷下擺著條桌、坐墩各兩個，已經有一位秀才坐在下位上，宋公便挨著他並肩坐下。桌子上各自準備好了筆和紙。很快試題紙飛傳下來。宋公一看，上面寫著八個字說：「一人二人，有心無心。」他們倆文章寫好，便呈送到大殿上。宋公在文章中寫道：「有心行善，即使善也不要獎賞；無心作惡，即使惡也不要懲罰。」眾神傳閱讚不絕口。召宋公上殿，告訴他說：「河南缺一位城隍神，你能勝任這個職務。」

宋公這才恍然大悟，邊磕頭邊哭泣著說：「承蒙得到恩賜的任命，怎敢推辭。但老母已經七十歲了，身邊無人奉養，請允許我給她養老送終之後，再聽憑任用。」堂上一位帝王模樣的人，立即命令查看他母親的壽數。一位留著長鬍子的官吏，捧著壽籍冊子翻閱一遍說：「她母親還有陽壽九年。」眾神正在拿不定主意的時候，關帝說：「不妨先讓張生暫做此官九年，九年後讓宋先生接任即可。」就對宋公說：「你應該立即到任；現在念及你的一片仁孝之心，給你九年的假期，到時一定再召你赴任。」又勉勵了那位秀才幾句。二人朝上叩拜一起退下。秀才握著宋公的手，一直送到郊外。自我介紹說是長山的張某。然後吟詩贈別，具體文句記不全了，只記得其中有「有花有酒春常在，無燭無燈夜自明」的句子。宋公上了馬，便告辭而去。

宋公回到家裡，才好像從夢中醒過來。當時，他已經死去三天了。他母親聽到棺材裡有呻吟聲，把他從裡面扶出來，過了好半天，他才能說出話來。打聽長山那邊的情況，果然有位張生，在那天死去了。

後來過了九年，母親果然去世。喪事完畢之後，宋公洗完澡走進屋子裡死了。他的岳丈家住在淄川縣城西門裡，忽然看到宋公騎著披紅飾金的駿馬，車擠馬鳴，來到堂上，納頭一拜轉身而去。宋公岳丈家裡的人都驚疑不定，不知宋公已經成了神仙了。連忙到鄉下他家裡詢問情況，才知道他已經去世了。宋公有自己撰寫的小傳，可惜戰亂後沒有保存下來，這裡所寫的只是個大概罷了。

【研　析】城隍，是古代中國民間信仰中極為重要的一位神靈，主管守護城池的任務。城隍神產生的時代很早，據說《禮記》中所說的天子八蜡中的「水庸」，就是他的祖先。水，即隍；庸，即城。從隋唐時開始，中國民間逐漸形成了一種觀念：正直之士、忠良之臣，死後可成為城隍神。人死後成為城隍神，不但是對其將來忠於職守的信任，也是對其生前中正品格的肯定。所以，死後成為城隍神，應該是一件非常榮耀的事。

宋公參加考試的答案是「有心為善，雖善不賞；無心為惡，雖惡不罰」。有了前半句，就會杜絕虛假邀名之舉；有了後半句，就會避免畏縮不前之心。這是宋公的思想，也是蒲松齡對當時社會現象的看法。

宋公雖有資格勝任城隍之職，他卻不願立即前往，因為他還要贍養七十歲高齡的母親。大殿上的諸位神官通過城隍一職，來考察宋公的品德；同時，宋公也用自己的孝心，考察了諸神對人間仁孝的看法。宋公不立即就任河南城隍，愈發顯示出宋公品質高潔；關帝能洞情達理，用非常人性的方式解決既不必立即赴任，又不能不赴任的難題，這也是蒲松齡對這位民間名神的明顯褒揚。就這樣，人通神意、神恤人情，人與神之間達成了一種和諧與默契。這大概就是蒲松齡理想中的人神關係，也曲折反映出了當時的人民對陽間官民和諧關係的一種嚮往之情。

宋公病臥，因病而精神恍惚，所以見到了神人。文宗未臨，何能考試？隨著考城隍情節的展開，問題有了答案：這不是一般的人世間的考試，這是陰間因為河南缺一城隍而採取的臨時性考試。這場考試不但有離淄川不遠的長山人作為證人，宋公的老丈人家也親眼目睹了其車馬隨從之盛。這篇〈考城隍〉雖然是《聊齋》的早期作品，卻已經有了極高的藝術水準。

畫壁

江西[1]孟龍潭，與朱孝廉[2]客都中[3]。偶涉一蘭若[4]，殿宇禪舍，俱不甚弘敞，惟一老僧挂搭[5]其中。見客入，肅衣出迓[6]，導與隨喜[7]。殿中塑誌公[8]像。兩壁圖繪精妙，人物如生。東壁畫散花天女[9]，內一垂髫[10]者，拈花微笑，櫻唇欲動，眼波將流。朱注目久，不覺神搖意奪，恍然凝想。身忽飄飄，如駕雲霧，已到壁上。見殿閣重重，非復人世。一老僧說法座上，偏袒[11]繞視者甚眾。朱亦雜立其中。少間，似有人暗牽其裾[12]。回顧，則垂髫兒，囅然[13]竟去。履即從之。過曲欄，入一小舍，朱次且[14]不敢前。女回首，舉手中花，遙遙作招狀，乃趨[15]之。舍內寂無人，遽[16]擁之，亦不甚拒，遂與狎[17]好。既而閉戶去，囑勿咳，夜乃復至，如此二日。

女伴共覺之，共搜得生，戲謂女曰：「腹內小郎已許大，尚髮蓬蓬學處子⑱耶？」共捧簪珥⑲，促令上鬟⑳。女含羞不語。一女曰：「妹妹姊姊，吾等勿久住，恐人不歡。」群笑而去。生視女，髻雲㉑高簇，鬟鳳㉒低垂，比垂髫時尤艷絕也。四顧無人，漸入猥褻㉓，蘭麝㉔熏心，樂方未艾㉕。

忽聞吉莫靴㉖鏗鏗甚厲㉗，縲鎖㉘鏘然㉙。旋有紛囂騰辨㉚之聲。女驚起，與生竊窺，則見一金甲使者㉛，黑面如漆，綰鎖挈槌㉜，眾女環繞之。使者曰：「全未？」答言：「已全。」使者曰：「如有藏匿下界人，即共出首，勿貽伊戚㉝。」又同聲言：「無。」使者反身鶚顧㉞，似將搜匿。女大懼，面如死灰，張皇謂朱曰：「可急匿榻下。」乃啟壁上小扉，猝遁去㉟。

朱伏，不敢少息。俄聞靴聲至房內，復出。未幾，煩喧漸遠，心稍安；然戶外輒有往來語論者。朱跼蹐㊱既久，覺耳際蟬鳴，目中火出，景狀殆不可忍，惟靜聽以待女歸，竟不復憶身之何自來也。

時孟龍潭在殿中，轉瞬不見朱，疑以問僧。僧笑曰：「往聽說法去矣。」問：「何處？」曰：「不遠。」少時，以指彈壁而呼曰：「朱檀越㊲何久遊不歸？」旋見壁間畫有朱像，傾耳佇立，若有聽察。僧又呼曰：「遊侶久待矣。」遂飄忽自壁而下，灰心木立，目瞪足耎。孟大駭，從容問之，蓋方伏榻下，聞叩聲如雷，故出房窺聽也。共視拈花人，螺髻翹然㊳，不復垂髫矣。朱驚拜老僧，而問其故。僧笑曰：「幻由人生，貧道㊴何能解。」朱氣結而不揚，孟心駭而無主。即起，歷階而出。

異史氏曰：「幻由人生，此言類有道者。人有淫心，是生褻境；人有褻心，是生怖境。菩薩㊵點化愚蒙，千幻並作，皆人心所自動耳。老婆心切㊶，惜不聞其言下大悟，披髮入山也。」

【注釋】❶江西　清時中國一省份。❷孝廉　漢代選舉官吏的科目，明清時代對舉人的別稱。❸客都中　客居京城。❹蘭若　寺院。❺挂搭　行腳僧暫時居住。搭，同「褡」，僧衣，不能隨便亂放，須掛在僧堂的鉤上。

❻肅衣出迓　整理衣服，出來迎接。肅，整理。迓，迎接。❼隨喜　佛家語，指遊觀佛寺。❽誌公　南朝僧人保誌，是有名的「神僧」。❾散花天女　佛教故事中的神女。❿垂髫　頭髮披散下垂，是古代少女的髮型。⓫偏袒　偏露右肩，指和尚。⓬裾　衣襟。⓭輾然　笑的樣子。⓮次且　即「趑趄」，進退不決的樣子。⓯趨　快步走。⓰遽　急速。⓱狎　親近而不莊重。⓲處子　處女。⓳簪珥　髮簪和耳環。⓴上鬟　上頭。舊時女子出嫁，梳妝插戴，做新娘髮型。㉑髻雲　髮髻如雲。㉒鬟鳳　鬟插鳳釵。㉓猥褻　與性有關的動作和話語。㉔蘭麝　蘭香和麝香。㉕未艾　沒有停止。㉖吉莫靴　皮靴。㉗鏗鏗甚厲　響聲很大。㉘縲鎖　捆綁犯人的鎖鏈。㉙鏘然　發出響聲。㉚紛囂騰辨　喧譁分辨。㉛金甲使者　佛教中身著黃金甲的使者。㉜縶鎖挈槌　縶結著鎖鏈拿著槌子。㉝勿貽伊戚　不要自找麻煩。㉞鶚顧　像鷹一樣看。鶚，魚鷹。㉟猝遁去　慌忙逃走。猝，突然。㊱跼蹐　蜷曲。㊲檀越　施主。㊳螺髻翹然　田螺形的髮髻高高挺起，是少婦的髮型。㊴貧道　謙稱，本道士。佛教傳入中國後，佛教僧人也是自稱「貧道」。㊵菩薩　佛教裡地位僅次於佛的人。㊶老婆心切　佛教教人，語重心長，反覆叮嚀，如老婆婆。

【語　譯】江西的孟龍潭，與朱孝廉客居京城。偶然走進一座寺院，殿堂禪房，都不是很寬敞，只有一個雲遊的老和尚暫住在裡面。老和尚看到有客人走進，趕忙整理衣服迎了出來，引導著二人遊覽觀賞。

大殿的正中塑有誌公的神像。兩邊的壁畫描摹精妙無比，人物形象栩栩如生。東邊牆壁上畫著散花天女，其中有個垂髮的少女，拈花微笑，櫻桃小口將動未動，眼中水波似流未流。朱孝廉凝視了許久，不覺精神搖盪靈魂出竅，恍恍惚惚呆立在那裡若有所思。突然之間，只覺身子輕飄飄飛了起來，如騰雲駕霧一般，已經飛到了牆壁上。只見殿堂樓閣重重疊疊，不再是人間景象。

一位老和尚正在座上說法，僧眾袒露右肩環繞著他。朱孝廉也跟隨站立在聽眾中間。一會兒，好像有人偷偷牽動他的衣襟。回頭一看，正是剛才畫壁上那位垂髮少女，嫣然一笑，飄然而出。朱孝廉抬腳一路跟隨著她。穿過幾道曲欄，少女走進一間小房子，朱孝廉在門外猶豫踟躕不敢近前。少女回過頭來，舉了舉手中的花，遠遠地向他招手，他就快步走了進去。房內寂靜無人；朱孝廉突然抱住了那位少女，少女也沒有怎麼拒絕，於是兩人就成就了好事。完事之後，少女關上房門走了，囑咐朱孝廉不要咳嗽。夜裡，她又來了，這樣過了兩天。

少女的同伴們似乎有所覺察，一起把朱孝廉搜了出來，打趣少女說：「肚裡孩子都這麼大了，還披散著頭髮裝處女嗎？」紛紛拿起髮簪耳環，催促她梳妝上鬢。少女含羞不語。一位女伴說：「姐妹們，咱們別待得太久了，恐怕人家會不高興的。」大家笑著走了。朱孝廉再看那少女，已是髮髻高高簇立，鳳釵低低下垂，比先前秀髮垂肩之時，更覺明豔絕麗。他們見四處無人，又親熱起來，蘭麝芳香襲人，二人漸入銷魂佳境。

忽聽皮靴嗵嗵響得厲害，鎖鏈嘩啦響聲不斷。接著是一陣嘈雜的呵斥分辨的聲音。少女慌忙起身，和朱孝廉同到窗下偷看，只見一個金甲使者，面色漆黑，拿著鎖鏈和大槌，一群少女環繞著他。金甲使者問：「都到齊了嗎？」眾少女說：「齊了。」金甲使者又說：「若有藏匿下界人的，務必一起告發她，不要自討苦吃。」眾少女異口同聲說：「絕無此事。」金甲使者突然回身一翻鷹眼，好像要去搜查。那少女害怕極了，面如死灰。她慌慌張張地對朱孝廉說：「趕快藏到床下。」就打開牆上的一扇小門，慌忙逃走了。

朱孝廉趴在床底下，不敢大聲喘氣。很快就聽到皮靴聲已到了房內，接著又離去了。沒多久，煩雜紛囂的聲音越來越遠，朱孝廉心下稍安；但是，門外老是有往來談論的人。朱孝廉蜷伏了很長時間，感覺到耳邊似有蟬鳴，眼中像有火出，狼狽不堪無法忍耐，只好靜聽動靜等待少女歸來，竟然想不起自己的身子是從哪裡來到這裡的了。

那時，孟龍潭正在大殿中，一眨眼不見了朱孝廉的蹤影，疑惑地詢問老和尚。老和尚笑著說：「前去聽說法了。」問：「在哪裡？」回答：「不遠。」過了一會兒，老和尚用手指敲著牆壁喊道：「朱施主為何久遊不歸啊？」立即看到壁畫中有朱孝廉的畫像，側著耳朵站在那裡，似乎覺察到有人喊他。老和尚又喊道：「你的遊伴等你多時了。」於是朱孝廉飄飄忽忽從畫壁上下來，心如死灰，形如槁木，目瞪口呆，兩腳發軟。孟龍潭大吃一驚，強作鎮定問他，他說他正趴在床底下，聽到敲擊之聲彷彿打雷，所以跑出房來偷聽。他們一起看牆上那拈花少女，螺狀的髮髻高高翹起，像個小媳婦兒，不再是秀髮垂肩的女孩子了。朱孝廉慌忙向老和尚施禮，並問其中緣故。老和尚笑著說：「這是幻境，是人心自己產生的，貧道怎說得明白？」朱孝廉非常鬱悶愁眉苦臉，孟龍潭心驚肉跳六神無主。於是起身，順著臺階走出了寺院。

異史氏曰：「幻境是由人心自生的，這話頗有哲理。人有淫邪之心，就會產生淫穢的幻境；人有淫穢之心，就會產生恐怖的幻境。菩薩點化愚昧不明之人，變化出各種各樣的幻境，其實這都是人心自己產生的罷了。老和尚苦口婆心向人說法，只可惜那二人沒有聽了他的話豁然省悟，披髮入山去修行悟道啊。」

【研　析】〈畫壁〉這篇小說雖然篇幅不長，故事和人物卻都精彩動人。

江西的孟龍潭和朱孝廉客居京城，閒來無事到寺廟遊覽，他們對大殿正中有「神僧」稱號的南朝僧人保誌的塑像不感興趣，卻對大殿兩壁的壁畫，特別是東壁的散花天女，尤其是那位「拈花微笑，櫻唇欲動，眼波將流」的「垂髫者」的畫像產生了濃厚的興趣。孟龍潭還只是瀏覽欣賞，朱孝廉卻「不覺神搖意奪，恍然凝想。身忽飄飄，如駕雲霧，已到壁上」。

朱孝廉正在聽老僧說法，那位「垂髫」少女就暗牽他的衣裾，兩人離開走向一座小屋；朱孝廉不敢進屋，少女就「舉手中花，遙遙作招狀」，兩人就成就了賞心樂事；然後少女的伙伴搜出朱孝廉，給少女梳妝上頭；然後朱孝廉面對新娘打扮的少女情不自禁再奏琴瑟；然後金甲使者來搜，少女逃走，朱孝廉藏匿床下；然後金甲使者離去，戶外有人往來議論，朱孝廉跼蹐欲死；然後絕處逢生被廟中老僧彈壁呼叫出來，「共視拈花人，螺髻翹然，不復垂髫矣」。

短短一篇故事，卻如舟行長江三峽，過一險灘，剛趨平緩，緊接著又是一險灘，把人的膽子都嚇破了。正好像陸游詩中所說：「山重水複疑無路，柳暗花明又一村。」最讓人拍案驚奇的是，朱孝廉的一番冒險經歷本來都是虛幻的，沒想到他走出畫壁後，畫上的拈花少女竟然真的變成了少婦的梳妝髮型，真是匪夷所思，奇怪極了。

英國詩人柯立芝說過：「如果一個人在睡夢中穿越天堂，別人給了他一朵花作為他到過那裡的證明，而他醒來時發現那花在他手中……那麼，會怎麼樣呢？」這朵花，被阿根廷小說家波赫士稱為「柯立芝之花」。如果我們讀者中的某一個人在夢中有朱孝廉這番奇遇，醒來後看到夢中情人就在眼前，那麼，我們會感到怎樣呢？

畫壁上，那位「拈花微笑」的散花天女是可愛的，她人長得漂亮，性格又極其溫柔；她大膽與愛慕自己的書生相愛，卻又怕被發現，驚恐不安，活繪出青春少女私自相愛的情狀。

那位貌似兇神惡煞的金甲使者，似乎也是一位可人。在那樣一間小屋的方寸之地，要想搜尋一位大活人，還不容易？他故作嚇人狀，大呼小叫，把姑娘們嚇了個半死。但是，他並沒有真搜，只是例行公事而已。這樣，既完成了任務，又保全了天女的愛情，等天女明白過來，也一定會大大感激他的。

這篇小說的主題是什麼呢？篇末異史氏曰：「幻由人生」、「人有淫心，是生褻境；人生褻心，是生怖境。菩薩點化愚蒙，千幻並作，皆人心所自動耳。」這應該是作者作這篇小說的主旨，告誡人切勿妄動「淫心」、「褻心」。然而，他寫出的幻境中的天女與書生的偷情私合，卻是人生中被禁錮的少女懷春偷情的實況。天女也禁不住要異性之愛，這位求愛的天女的同伴也十分通情達理，不以為淫，不以為褻。作者如此津津有味地寫出，就與他的勸誡性的聲明不相和諧了。

種梨

有鄉人貨❶梨於市，頗甘芳，價騰貴。有道士破巾絮衣，丐❷於車前。鄉人咄❸之，亦不去；鄉人怒，加以叱罵。道士曰：「一車數百顆，老衲❹止丐其一，於居士❺亦無大損，何怒為？」觀者勸置劣者一枚令去，鄉人執不肯。肆中傭保者❻，見喋聒❼不堪，遂出錢市❽一枚，付道士。道士拜謝。謂眾曰：「出家人不解吝惜。我有佳梨，請出供客。」或曰：「既有之，何不自食？」曰：「吾特需此核作種。」於是掬梨大啗❾。且盡，把核於手，解肩上鑱❿，坎⓫地深數寸，納之而覆以土。向市人索湯沃灌⓬。

好事者於臨路店索得沸瀋⓭，道士接浸坎處。萬目攢視，見有勾萌⓮出，漸大；俄成樹，枝葉扶疏⓯；倏而花，倏而實，碩大芳馥，纍纍滿樹。道人乃即樹頭摘賜觀者，頃刻向盡。已，乃以鑱伐樹，丁丁⑯良久，乃斷；帶葉荷肩頭，從容徐步而去。

初，道士作法時，鄉人亦雜眾中，引領注目⑰，竟忘其業。道士既去，始顧車中，則梨已空矣。方悟適所俵散⑱，皆己物也。又細視車上一靶亡⑲，是新鑿斷者。心大憤恨。急跡之。轉過牆隅，則斷靶棄垣下，始知所伐梨本，即是物也。道士不知所在。一市粲然⑳。

異史氏曰：「鄉人憒憒㉑，憨狀可掬，其見笑於市人，有以哉㉒。每見鄉中稱素封㉓者，良朋乞米則怫然㉔，且計曰：『是數日之資也。』或勸濟一危難，飯一煢獨㉕，則又忿然計曰：『此十人、五人之食也。』甚而父子兄弟，較盡錙銖㉖。及至淫博迷心，則傾囊不吝；刀鋸臨頸，則贖命不遑。諸如此類，正不勝道，蠢爾鄉人，又何足怪。」

【注釋】❶貨　賣。❷丐　乞求。❸咄　呵斥。❹老衲　僧人自稱。此處作道士自稱。❺居士　在家信佛的人。此處是道士對賣梨人的敬稱。❻肆中傭保者　店鋪裡雇傭的雜役人員。❼喋聒　囉嗦吵鬧。❽市　買。❾掬

梨大啗　捧著梨大口吃。啗，吃。⑩鑱　一種鐵製刨土工具。⑪坎　坑。此處作挖坑講。⑫沃灌　澆灌。⑬沸瀋　燒開的汁水。瀋，汁水。⑭勾萌　彎曲的植物幼芽。⑮扶疏　枝葉茂盛。⑯丁丁　伐木聲。⑰引領注目　伸長脖子盯著看。⑱俵散　分發。俵，分散。⑲一靶亡　一根車把丟失了。靶，通「把」。亡，丟失。⑳粲然　露齒而笑。㉑憒憒　昏聵；糊塗。㉒有以哉　是有道理的。㉓素封　無官爵封邑而十分富有的人。㉔怫然　生氣的樣子。㉕煢獨　孤獨無靠的人。㉖錙銖　古代重量單位。比喻細小的財物。

【語譯】有個鄉下人在市場上賣梨，他的梨甘甜芳香，價格很貴。有個道士戴著破頭巾穿著破爛衣服，到賣梨人的車子前乞討。鄉下人呵斥他，他也不走；鄉下人惱怒起來，大聲謾罵。道士說：「一車梨有幾百個，我只是求你給我一個，對你來說也沒有大的損失，何必發怒呢？」旁觀的人勸說鄉下人給他一個差的讓他離開，鄉下人執意不肯。店鋪中的一個雇工，見他們囉囉嗦嗦沒完沒了，就出錢買了一個梨，送給道士。道士施禮道謝。對眾人說：「出家人不懂得吝嗇。我有上好的梨子，讓我拿出來給各位品嘗。」有人說：「你既然有梨子，幹嗎自己不吃？」道士說：「我只是需要這個梨子的核做種子。」於是就捧著梨大口猛啃。快吃完的時候，把梨核拿在手中，解下肩頭的鑱子，在地上挖了個幾寸深的坑，將核放進去然後蓋上土。向市場上的人要水澆灌。

有個多事的人從路邊的店裡要來滾燙的汁水，道士接過來澆灌在挖坑的地方。無數隻眼睛盯著看，只見有幼芽生了出來，漸漸長大；眨眼之間長成大樹，枝葉茂盛舒展；說話之間就開了花，話音未落就結了果，果實碩大芳香四溢，累累掛滿樹枝。道士就從樹枝上摘下來送給觀眾，頃刻間就分光了。摘完了梨，道士就用鑱子砍樹，叮叮噹噹很久，樹才砍斷；道士將帶著葉子的樹幹扛在肩頭，從容慢步離去。

之前，道士作法的時候，那鄉下人也夾雜在人群中，伸著脖子觀看，竟然忘了自己的買賣。道士走了以後，他回頭一看車裡的梨子已經空無一枚。他這才明白剛才道士所發送的，都是自己的梨子啊。他又仔細看了看車子，一根車把也丟失了，看斷痕像是剛剛砍斷的。他心中大為惱恨。急忙追趕道士。轉過牆角，斷車把丟棄在牆邊，他這才明白道士砍伐的梨樹，就是這根車把。道士不知跑到哪裡去了。整個市場的人都哈哈大笑。

異史氏說：「鄉下人糊糊塗塗，憨態可掬，他被市場上的人笑話，是有道理的啊。常常看到鄉間那些土財主，好朋友向他討點兒米，他就發火，還算計著說：『這是我幾天的費用啊。』如果有人勸他救濟一個危難的人，或者給一個孤苦無依的人一頓飯吃，他又憤怒的算計說：『這是養活十個人、五個人的糧食啊。』甚而至於父子兄弟之間，也錙銖必較。等到放縱聲色賭博迷了心竅時，卻傾囊而出毫不吝嗇；或者強盜將刀鋸放在他的脖子上，卻又拿錢買命猶恐不及。諸如此類，真是說也說不完，和他們比起來，這個蠢笨的鄉下人，又有什麼好奇怪的呢。」

【研　析】《聊齋》裡有些篇章是根據六朝志怪小說和唐傳奇中的故事改編的。這篇〈種梨〉是據干寶《搜神記》裡的一則術士徐光懲罰吝嗇的賣瓜人的故事改作的。在《搜神記》裡，原文僅六十餘字，只是粗陳梗概，顯示徐光法術高超。蒲松齡隱去徐光之名，改種瓜為種梨，加以鋪張渲染，便成為了一篇記敘委宛細緻，人物情態畢現，富有嘲謔吝嗇人一枚不舍、全車梨盡失的情趣的短篇佳作。

如果從情節的內涵看，這篇小說實際寫的是一場惡作劇。鄉下賣梨人不肯給道士一顆梨，還怒罵道士，吝嗇而且態度粗魯，固然太不厚道；道士施法分發光了鄉人的一車梨，還毀壞了人家的車子，報復得太兇狠了。如何值得稱揚？

這篇小說在藝術上還是值得稱道的。鄉下賣梨人，除了「咄」、「怒」、「叱罵」、「不肯」、「引領注目」等詞語外，竟然沒說一句話。雖然沒說一句話，但他的「憨狀可掬」，卻歷歷如在目前。其他，如道士和市人的對話，也讓人如聞其聲，想見其人。特別是從道士「掬梨大啗」到「見有勾萌」再到「從容徐步而去」一段，層層敘出梨核入土生芽、開花、結實的過程，以及分發給眾人的情況，既神乎其神，又饒有情致。稱得上古文中少有的美妙文章。

野狗

于七之亂，殺人如麻。鄉民李化龍，自山中竄歸。值大兵宵進❶，恐罹炎昆之禍❷，急無所匿，僵臥於死人之叢，詐作屍。兵過既盡，未敢遽出❸。忽見闕❹頭斷臂之屍，起立如林。內一屍斷首猶連肩上，口中作語曰：「野狗子來，奈何？」群屍參差❺而應曰：「奈何？」俄頃，蹶然❻盡倒，遂寂無聲。

李方驚顫欲起，有一物來，獸首人身，伏齧❼人首，遍吸其腦。李懼，匿首屍下。物來撥李肩，欲得李首。李力伏，俾不可得。物乃推覆屍而移之，首見。李大懼，手索腰下，得巨石如椀，握之。物俯身欲齕❽。李驟起，大呼，擊其首，中嘴。物嗥如鴞❾，掩口負痛而奔。吐血道上。就視之，於血中得二齒，中曲而端銳，長四寸餘。懷歸以示人，皆不知其何物也。

【注　釋】❶大兵宵進　清兵夜間進軍。大兵，清兵。❷恐罹炎昆之禍　害怕碰上玉石俱焚的災禍。罹，碰上。炎昆之禍，《尚書．胤征》：「火炎昆岡，玉石俱焚。」比喻好壞不分，濫加屠殺。❸遽出　急速出來。❹闕通「缺」。❺參差　不齊的樣子。❻蹶然　跌倒的樣子。❼齧　咬。❽齕　咬。❾鴟　鴟鴞，貓頭鷹一類的鳥。

【語　譯】于七作亂，官兵鎮壓，殺人如麻。鄉民李化龍，從山中跑回來。正碰上官兵夜間進軍，他害怕被官兵不加區別地殺死，惶急間又無處躲藏，只好像僵屍一般躺倒在死人堆裡，冒充死屍。等官兵都過去了，他還不敢馬上鑽出來。這時他忽然看見缺頭斷臂的屍體，都站了起來像樹林子一般。其中一具屍體斷了的腦袋還和肩膀連在一起，口中嘀咕著：「野狗子來了，怎麼辦啊？」別的屍體也亂紛紛跟著說：「怎麼辦啊？」片刻之間，所有屍體全部挺直倒下，於是天地之間寂然無聲。

李化龍心驚肉跳剛想起來，突然看到有一怪物走來，野獸的腦袋人的身子，趴下身子咬死人的頭，一個挨一個吸食腦髓。李化龍害怕，把頭藏在屍體底下。怪物過來撥動李化龍的肩膀，想找到他的頭。李化龍用力趴著，不讓怪物找到他的頭。怪物就把蓋在他上面的屍體推開，他的頭就露了出來。李化龍十分害怕，手在腰下摸索，找到一塊碗口大的石頭，緊緊握在手裡。怪物彎腰正想咬他，他突然站了起來，大喊一聲，把石頭向怪物的頭上打去，正好打中了牠的嘴巴。怪物像貓頭鷹一樣叫嚷著，捂著嘴忍痛跑了。血吐在路上。李化龍湊近細看，在血水裡找到兩顆牙齒，中間彎曲而兩頭尖銳，有四寸多長。揣在懷裡回去給人看，沒人知道是什麼怪物。

【研　析】〈野狗〉寫的是于七之亂中發生的一段怪異故事。于七，名樂吾，字孟熹，行七。山東棲霞人，明朝崇禎時的武舉人。他沒有投靠清朝，從順治五年（西元一六四八年）聚眾抗清，到康熙元年（西元一六六二年）遭到清官兵的血腥鎮壓，前後經歷十五年之久，成為清初山東地區民眾抗清聲勢、影響最大的歷史事件。

這篇故事敘述的是一位鄉民李化龍在逃難返家路上，夜遇清兵進軍和野狗子噬人的驚險一幕。他趴到路旁死人堆，「詐作屍」，沒有被清兵發現，躲過一劫；當野狗子撥開群屍，正要咬他的頭的時候，他抓起一塊石頭擊中其嘴部，野狗子逃走，他又逃過一命。讀者不難意識到，李化龍這一實一虛的險情，就是把圍剿于七軍的清兵和「齧人首」、「吸其腦」的野狗子擺在了同一個地位上，兩者具有傷害鄉民的同一性。意識到這一點，也就不難理解「野狗子」之名的隱喻意義：「野」有野外、野蠻諸義；「狗子」往往指稱不良的人群，「野狗子」也就是清兵象徵物。

這篇故事篇幅短小，寓意幽微，幾乎字字句句都是精心設計的。

鬼哭

謝遷之變，宦第皆為賊窟。王學使七襄之宅，盜聚尤眾。城破兵入，掃蕩群醜，屍填墀❶，血至充門而流。公入城，扛屍滌血而居。往往白晝見鬼；夜則牀下燐❷飛，牆角鬼哭。

一日，王生皞迪，寄宿公家，聞牀底小聲連呼：「皞迪！皞迪！」已而聲漸大，曰：「我死得苦！」因哭，滿庭皆哭。公聞，仗劍而入，大言曰：「汝不識我王學院耶？」但聞百聲嗤嗤，笑之以鼻。公於是設水陸道場❸，命釋道懺度之。夜拋鬼飯，則見燐火熒熒，隨地皆出。先是，閽人❹王姓者，疾篤，昏不知人者數日矣。是夕，忽欠伸若醒。婦以食進。王曰：「適主人不知何事，施飯於庭，我亦隨眾啗噉。食已方歸，故不饑耳。」由此鬼怪遂絕。豈鈸鐃鐘鼓❺，焰口瑜伽❻，果有益耶？

異史氏曰：「邪怪之物，唯德可以已❼之。當陷城之時，王公勢正烜赫❽，聞聲者皆股栗❾；而鬼且揶揄❿之。想鬼物逆知其不令終耶？普告天下大人先生：出人面猶不可以嚇鬼，願無出鬼面以嚇人也！」

【注　釋】❶墀　臺階上。❷燐　燐火。❸水陸道場　佛教誦經設齋，超度水陸鬼魂的法會。❹閽人　看門人。❺鈸鐃鐘鼓　法會上使用的四種樂器。❻焰口瑜伽　僧人做法事，向餓鬼施捨齋食。❼已　停止；消除。❽烜赫　聲威盛大。❾股栗　腿發抖。❿揶揄　嘲弄。

【語　譯】謝遷叛亂的時候，淄川縣官宦人家的宅第都成了「賊窩」。學使王七襄的住宅，「賊寇」聚集得尤其多。官兵攻破淄川縣城，屠殺叛亂者，屍體堆滿臺階，鮮血灌滿大門口流出院外。王公進城，搬走屍體，清洗血跡，居住下來。往往白晝見鬼；夜裡床下燐火閃爍飛舞，牆角裡鬼哭不斷。

一天，有個叫王皞迪的書生寄宿在王公家，聽到床底下有小聲連連呼叫：「皞迪！皞迪！」一會兒，聲音越來越大，說：「我死得好苦啊！」於是大哭，滿庭院都跟著哭了起來。王公聽到哭聲，挺著劍進來，大聲說：「你們不認識我王學使嗎？」只聽百鬼嗤嗤作響，從鼻子裡發出嘲笑之聲。王公於是設水陸道場，讓和尚道士念咒超度亡靈。夜裡拋捨鬼飯，只看到鬼火往來流竄，滿地都能鑽出鬼火來。

在這之前，有個姓王的看門人得了重病，昏迷了好幾天不省人事。這天晚上，忽然打著哈欠伸著懶腰好像醒了過來。他老婆餵他飯吃，他說：「剛才主人不知何事，在院子裡施捨飯食，我也跟隨大家飽食一頓。吃完了剛回來，所以不餓。」從此以後，鬼怪就絕跡了。難道說鈸鐃鐘鼓，焰口瑜伽，真的管用嗎？

異史氏說：「一切鬼怪之類，只有高潔的德行才能制止它們。當官兵攻陷淄川縣城之時，王公正聲勢顯赫，聽到他的名字的人都兩條腿瑟瑟發抖；但是群鬼們卻敢嘲笑他。難道群鬼們已經預先知道他不會有好下場嗎？我要奉告普天下的大人先生們：以『人』的面貌出現還不足以嚇唬鬼，希望不要裝出一副『鬼』樣子來嚇唬人！」

【研　析】〈鬼哭〉篇幅較短，敘寫謝遷之變後，官居學政的王七襄家中夜聞鬼哭，王七襄仗劍恫嚇；受到群鬼嗤笑，屬於「志怪」之文。鬼哭是子虛烏有之事，然謝遷之變是實有之事，王七襄及其配角王皡迪是實有之人。謝遷，高苑（今山東高青）人，清順治三年（西元一六四六年）率眾反抗清朝，攻城奪池，次年攻破淄川縣（今山東淄博淄川區）城。不久即遭清廷派大軍圍剿，經兩個月的浴血苦戰，城破被殲。

鬼哭之事何以發生？何以在王七襄宅第裡發生？小說第一段交代得非常到位：

> 謝遷之變，宦第皆為賊窟。王學使七襄之宅，盜聚尤眾。城破兵入，掃蕩群醜，屍盈墀，

血至充門而流。公入城，扛屍滌血而居。往往白晝見鬼，夜則牀下燐飛，牆角鬼哭。

從文章結構看，這是鋪墊性的一段，並非小說正文，但卻十分真實地反映了謝遷軍占領淄川城，占據的是官宦之家的宅第；清兵攻奪縣城，血腥鎮壓，大肆殺戮，情狀慘不忍睹。這是蒲松齡孩提時親自經歷的實際情況，感受甚深，久久不能釋懷，才醞釀出這篇〈鬼哭〉的故事，讓被清兵殺戮的謝遷部下的鬼魂哭訴死得苦、死得慘，為之一掬同情之淚。這也就是這篇小說的底蘊。

王七襄名昌胤，淄川人，明崇禎十年（西元一六三六年）進士，清初官至北直學政。小說中說清軍攻陷被謝遷兵占領的縣城，王七襄隨即入城，可見他當時在淄川。小說的核心情節是群鬼在他城中宅第裡哭泣嗚苦，他依官勢仗劍恫嚇，群鬼「百聲嗤嗤，笑之以鼻」，受到鄙視、嘲笑。篇末異史氏說：「當陷城之時，王公勢正烜赫，聞聲者皆股栗；而鬼且揶揄之。想鬼物逆知其不令終耶？」這又透露出王七襄在清兵反攻縣時，他曾以官員的身分參與其事，表現得頗為活躍、頗有聲威。慘死者的鬼魂在王七襄宅第裡出現，群體哭泣、叫苦，嗤笑這位仗劍嚇鬼的學使文人，在這裡便得到了詮釋。「想鬼物逆知其不令終」，自然是一種虛擬的託詞，卻又隱約地暴露出王七襄後來「不令終」——未得好死。王七襄是如何死的？史志家傳均無記載，蒲松齡也不肯直言，「不令終」三字也說明王七襄下場不好，個中就隱含著惡有惡報的意思。

這篇〈鬼哭〉用意甚深，但卻費解，僅讀本文難於理解透的。

焦螟

董侍讀默庵❶家，為狐所擾，瓦礫磚石，忽如雹落，家人相率奔匿，待其間歇，乃敢出操作。公患之，假作庭孫司馬第❷移避之。而狐擾猶故。

一日，朝中待漏❸，適言其異。大臣或言：關東❹道士焦螟，居內城，總持敕勒之術❺，頗有效。公造廬而請之。道士朱書符❻，使歸黏壁上。狐竟不懼，拋擲有加焉。公復告道士。道士怒，親詣公家，築壇作法。俄見一巨狐，伏壇下。家人受虐已久，啣恨綦深❼，一婢近擊之。婢忽仆地氣絕。道士曰：「此物猖獗，我尚不能遽服之，女子何輕犯爾爾❽。」既而曰：「可借鞫狐詞❾亦得。」戟指❿咒移時，婢忽起，長跪。道士詰其里居。婢作狐言：「我西域產，入都者一十八輩。」道士曰：「輦轂⓫下，何容爾輩久居？可速去！」狐不答。道士擊案怒曰：「汝欲梗⓬吾令耶？再若遷延，法不汝宥！」狐乃蹙怖⓭作色，願謹奉教。道士又速⓮之。婢又仆絕，良久始甦。

俄見白塊四五團，滾滾如毬，附簷際而行，次第追逐⓯，頃刻俱去。由是遂安。

【注　釋】❶董侍讀默庵　董訥，字默庵，山東平原人，康熙時曾任翰林院侍讀學士。❷假作庭孫司馬第　「作」應為「祚」，借司馬孫祚庭的宅子。孫祚庭，康熙時曾任兵部右侍郎，故稱「司馬」。❸待漏　百官清晨入朝，等待朝見皇帝。❹關東　清代稱山海關以外奉天、吉林、黑龍江三省為關東。❺敕勒之術　僧道念咒書符驅鬼怪的法術。❻朱書符　用硃砂畫符。朱，硃砂，舊時人們認為硃砂可以辟邪。❼綦深　極深。❽爾爾　如此；這樣。❾借鞫狐詞　藉以審問狐狸的供詞。鞫，審問犯人。❿戟指　用食指和中指指點，其形如戟。⓫輦轂　皇帝車駕之下，指京城。⓬梗　阻止；違逆。⓭蹙怖　局促害怕。⓮速　催促。⓯次第追逐　一個緊跟著一個。

【語　譯】侍讀董默庵家裡，受到狐狸的騷擾，磚頭瓦塊，忽然就如冰雹般飛落，家僕一個個奔跑躲藏，等到狐狸休息的時候，才敢出來幹活。董公為此非常憂慮，就借了司馬孫祚庭的宅子移居躲避狐狸的侵擾。但是狐狸對他家的騷擾依然如故。

一天，董公在宮裡等候皇上召見，剛好說起他家裡的怪異之事。有一位大臣說：「關東道士焦螟，現在正在北京的內城，主管畫符作法之事，很有效驗。」董公親自登門去請焦螟。焦螟用硃砂畫符，讓董公回家貼在牆壁上。狐狸竟然不害怕，拋磚擲瓦，比以前更厲害了。董公又去求告道士。道士大怒，親自來到董公家裡，築壇作法。片刻，就有一隻大狐狸，趴在祭壇底下。家僕長期受害，對狐狸恨之入骨，一個丫鬟就上前去打牠。丫鬟忽然倒在地上斷了氣。道士說：「這狐狸太猖狂了，我尚且不能立即降服牠，女子怎敢這樣輕率地冒犯牠。」他接著說：「正好可借丫鬟之口來審問一下狐狸，也是個辦法。」於是伸開二指，口念咒語，過了一段時間，丫鬟忽然起身，跪在地上。

道士詢問牠住在哪裡。丫鬟用狐狸的口氣說：「我本生長在西域，一起來京城的共有十八個。」道士說：「天子住的地方，豈容你們這些東西長期居住？快快離開！」狐狸不說話。道士拍桌大怒說：「你想違抗我的命令嗎？若再拖延不走，道法絕不寬容你！」狐狸這才害怕得變了神色，表示願意聽從命令。道士再次催促牠們快走。丫鬟又倒地氣絕，過了很長時間才甦醒過來。

一會兒，就看到有四五團白色的東西，像球一樣滾動著，沿著屋簷前進，一個跟著一個，轉眼之間都走了。從此，董公家裡就平安無事了。

【研析】《聊齋》中，惹人憐愛的好狐狸固然很多，使人討厭的壞狐狸卻也不少。〈焦螟〉寫的就是一群騷擾人、使人頭疼的壞狐狸。

狐狸作祟人的方法有多種，投擲磚瓦，是其慣用伎倆之一。「董侍讀默庵家，為狐所擾，瓦礫磚石，忽如雹落」，試想，如果自己家的院子裡，隨時都會來一陣莫名其妙的「瓦礫磚石」雨，往大處說，會有生命危險；往小處說，也會苦不堪言。怪不得董公要移居躲避。誰知，狐狸竟像狗皮膏藥貼上了身，你就是搬了家，也脫不了牠們的照常騷擾。董公在朝房裡說起了自己的家事，還真有一位大官提供了有效信息：「關東道士焦螟，居內城，總持敕勒之術，頗有效。」

焦螟是北京城裡道教法術之事的主管，威名應該很大，可是這些狐狸們竟然閉目塞聽，不拿他當回事。董公從焦螟那裡請來硃砂符，黏貼在牆壁上，狐狸們仍然我行我素，不停地騷擾。

道士豈是好惹可欺的？狐狸們沒有犯下滔天大罪，焦螟只是借婢子之口，審出牠們的籍貫人口，就準備趕走了事。可是狐狸們還是心存僥倖，迷戀著京城繁華地，希望磨蹭一時是一時。這可真惹惱了焦螟，他拍案大怒：「再若遷延，法不汝宥！」直接準備動狠的。狐狸們絕望了，明白京城雖好，卻不是牠們久留之地，只好戀戀不捨地離開了。

如果說小說開頭「瓦礫磚石，忽如雹落」，給人以急風暴雨之感，讓人心驚肉跳，那麼小說結尾的「俄見白塊四五團，滾滾如毬，附簷際而行，次第追逐，頃刻俱去」，就彷彿是蕩過天空的白雲，給人以煙消雲散之感。隨著最後一塊白團的遠去，天晴了，宅安了，我們和董默庵的心，也定了下來。

葉生

淮陽❶葉生者，失其名字。文章詞賦，冠絕當時；而所如不偶❷，困於名場❸。

會關東丁乘鶴，來令是邑。見其文，奇之。召與語，大悅。使即官署，受燈火❹；時賜錢穀恤其家。值科試❺，公游揚❻於學使，遂領冠軍。公期望綦切。闈後❼，索文讀之，擊節稱歎。不意時數❽限人，文章憎命❾，榜既放，依然鎩羽❿。生嗒喪⓫而歸，愧負知己，形銷骨立，癡若木偶。公聞，召之來而慰之。生零涕不已。公憐之，相期考滿⓬入都，攜與俱北。生甚感佩。

辭而歸，杜門不出。無何，寢疾⓭。公遺問不絕；而服藥百裹，殊罔所效。公適以忤⓮上官免，將解任去。函致生，其略云：「僕東歸有曰：所以遲遲者，待足下[15]耳。足下朝至，則僕夕發矣。」傳之臥榻。生持書啜泣。寄語來使：「疾革難遽瘥[16]，請先發。」使人返白，公不忍去，徐待之。

踰數日，門者忽通葉生至。公喜，逆而問之。生曰：「以犬馬[17]病，勞夫子久待，萬慮不寧。今幸可從杖履[18]。」公乃束裝戒旦。抵里，命子師事生，夙夜與俱。公子名再昌，時年十六，尚不能文。然絕惠，凡文藝[19]三兩過，輒無遺忘。居之期歲，便能落筆成文。益之公力，遂入邑庠[20]。生以生平所擬舉子業[21]，悉錄授讀。闈中七題[22]，並無脫漏，中亞魁[23]。

公一日謂生曰：「君出餘緒，遂使孺子成名。然黃鐘長棄[24]奈何！」生曰：「是殆有命。借福澤為文章吐氣，使天下人知半生淪落，非戰之罪[25]也，願亦足矣。且士得一人知己，可無憾，何必拋卻白紵，乃謂之利市哉[26]。」公以其久客，恐誤歲試[27]，勸令歸省。慘然不樂。公不忍強，囑公子至都為之納粟㉘。公子又捷南宮㉙，授部中主政。攜生赴監㉚，與共晨夕。

踰歲，生入北闈㉛，竟領鄉薦㉜。會公子差南河典務㉝，因謂生曰：「此去離貴鄉不遠。先生奮跡雲霄，錦還㉞為快。」生亦喜。擇吉就道，抵淮陽界，命僕馬送生歸。歸見門戶蕭條，意甚悲惻。逡巡至庭中。妻攜簸具㉟以出，見生，擲具駭走。生淒然曰：「我今貴矣。三四年不覿㊱，何遂頓不相識？」妻遙謂曰：「君死已久，何復言貴？所以久淹君柩者，以家貧子幼耳。今阿大亦已成立，行將卜窀穸㊲。勿作怪異嚇生人。」

生聞之，憮然惆悵。逡巡入室，見靈柩儼然，撲地而滅。妻驚視之，衣冠履舄㊳如脫委焉。大慟，抱衣悲哭。子自塾中歸，見結駟於門，審所自來，駭奔告母。母揮涕告訴。又細詢從者，始得顛末。從者返，公子聞之，涕墮垂膺。即命駕哭諸其室；出橐㊴營喪，葬以孝廉禮。又厚遺其子，為延師教讀。言於學使，逾年遊泮㊵。

異史氏曰：「魂從知己，竟忘死耶？聞者疑之，余深信焉。同心倩女，至離枕上之魂㊶；千里良朋，猶識夢中之路㊷。而況繭絲蠅跡，嘔學士之心肝㊸；流水高山㊹，通我曹之性命者哉！嗟呼！遇合難期，遭逢不偶。行蹤落落，對影長愁；傲骨嶙嶙，搔頭自愛。歎面目之酸澀，來鬼物之揶揄㊺。頻居康了㊻之中，則鬚髮之條條可醜；一落孫山㊼之外，則文章之處處皆疵。古今痛哭之人，卞和㊽惟爾；顛倒逸群之物，伯樂㊾伊誰？抱刺㊿於懷，三年滅字；側身以望，四海無家。人生世上，祇須合眼放步，以聽造物(51)之低昂而已。天下之昂藏(52)淪落如葉生其人者，亦復不少，顧安得令威(53)復來，而生死從之也哉？噫！」

【注釋】❶淮陽　縣名，今屬河南周口。❷所如不偶　所到之處都不順利。如，到。偶，偶數。指吉利的數字。❸名場　考取功名的科舉考場。❹受燈火　指求學苦讀。❺科試　鄉試前的一種預備考試。❻游揚　隨處稱讚。❼闈後　鄉試之後。闈，科舉考場。❽時數　時運。❾文章憎命　好的文章會妨礙作者的命運。杜甫〈天末懷李白〉：「文章憎命達，魑魅喜人過。」❿鎩羽　鳥類翼翅受傷，不能飛翔。比喻鄉試落榜失敗。⓫嗒喪　喪氣；沮喪。⓬考滿　明清時考查政府官員的政績，滿三年為一個考期。⓭寢疾　重病在床。⓮忤　抵觸；不順從。⑮足下　古代下稱上或同輩相稱的敬詞。⑯疾革難遽瘥　病情沉重，難以速癒。革，厲害；沉重。瘥，病癒。⑰犬馬　卑幼者對尊長的自謙之稱。⑱從杖履　跟隨尊長，侍奉左右。年長者拄杖而行，故以「杖履」為對尊長的敬稱。⑲文藝　八股文。⑳入邑庠　成為縣學裡的秀才。庠，學校。㉑舉子業　八股文。㉒闈中七題　明清時鄉試、會試首場考試為「四書義」三題，「五經義」四題，共七題。㉓亞魁　鄉試第二名。㉔黃鐘長棄　比喻有才能的人長期考不上。黃鐘，古樂中的正宗樂器，比喻德才兼備之人。㉕非戰之罪　考不中是命運不佳，而不是文章不好。《史記・項羽本紀》：「此天之亡我，非戰之罪也。」㉖拋卻白紵二句　取得科舉功名，才算成功走運。白紵，平民所穿的衣服。利市，做買賣獲利高。後也比喻發跡、走運。㉗歲試　各省的學使在三年內到所轄府、州考試一回秀才的課業，把成績分為六等來定獎懲，叫做「歲試」。長期在外地的秀才，必須回原籍才能參加歲試。㉘納粟　捐錢買監生。監生可以做官和直接參加鄉試。㉙捷南宮　考中進士。捷，勝利；考取。南宮，禮部，會試由禮部主持。㉚監　國子監。㉛北闈　順天府的鄉試。㉜領鄉薦　中舉人。㉝差南河典務　奉命到南河河道去主持工作。㉞錦還　衣錦還鄉。㉟籢具　籢篔之類的工具。㊱覿　見。㊲卜窀穸　選擇墓地下葬。窀穸，墓地。㊳舄　鞋子。㊴橐　腰包。㊵遊泮　成為秀才。㊶同心倩女二句　心意相通的美女，靈魂離開軀體跟隨自己的情侶。故事見唐人傳奇〈離魂記〉。㊷千里良朋二句　真正的友情，可使遠隔千里的朋友夢中相會。見《文選》沈約〈別范安成詩〉，李善注引《韓非子》佚文。㊸嘔學士之心肝　比喻創作詩文構思艱苦。李商隱〈李長吉小傳〉：「是兒要當嘔出心肝乃已爾。」㊹流水高山　比喻知己。用俞伯牙、鍾子期的故事，見《列子・湯問》。㊺來鬼物之揶揄　被鬼怪譏笑。㊻康了　落第。㊼孫山　宋代人，其名言是「解名盡處是孫山，賢郎更在孫山外」。後以「名落孫山」指考試落榜。㊽卞和　春秋時楚國人，抱璞獻於楚王，楚王不信，卞和哭於楚山之下。見《韓非子・和氏》。㊾伯樂　春秋時秦國人，善於相馬。㊿刺　古時的名片。51造物　老天爺；造物主。52昂藏　氣宇軒昂的樣子。53令威　丁令威，漢時遼東人，學道成仙，化鶴歸鄉，徘徊空中云：「有鳥有鳥丁令威，去家千年今始歸。城郭如故人民非，何不學仙冢累累。」見《搜神後記・丁令威》。

【語　譯】淮陽有個姓葉的書生，不知道他的名字。文章詞賦，超越時人；但他時運不濟，每次應試都不能過關。

適逢關東的丁乘鶴，來做淮陽縣的縣令，見到葉生的文章，嘖嘖稱奇。將葉生找來談話，非常高興。讓他到縣衙裡來，在明燈下讀書學習；經常賞賜錢糧周濟他家。正好省裡舉行科考，丁公在學使面前稱揚葉生，葉生於是得了第一名。丁公對葉生抱有殷切希望。鄉試完畢，丁公拿葉生考試的文章來閱讀，擊節讚賞。不料時運限人，文章好的人命運往往不好，等到放了榜，葉生依然以失敗告終。葉生低頭沮喪地回來，慚愧辜負了丁公的知遇之恩，人瘦得只剩下一把骨頭，癡癡呆呆如木頭人一般。丁公聽說後，把他召來安慰一番。葉生感動得淚流不止。丁公很同情他，相約任期一滿回京城的時候，就帶著他一起北上。葉生十分感戴他。

告辭丁公回去，葉生就閉門不出了。不久，葉生病倒了。丁公經常派人來探望慰問；然而吃了一百多付藥，一點效果也沒有。這時丁公因得罪上司而被免職，就要解任離職。丁公寫信給葉生，主要是說：「我回家的日子已定，遲遲不走的原因，是為了等您啊。您早晨一到，我下午就動身。」信送到病床前，葉生拿著信抽泣不止。他對送信人說：「我重病在身，一時難以痊癒，請丁公還是先走吧。」送信人回去告訴丁公，丁公不忍心馬上就走，想慢慢等葉生好起來。

過了幾天，門衛忽然通報葉生來了。丁公大喜，迎接他並詢問他的病情。葉生說：「學生得了病，麻煩老先生久等，想來想去心中不安。今天有幸可以隨您同行了。」丁公於是整頓行裝星夜啟程。回家後，讓兒子拜葉生為師，白天晚上都在一起。丁公子名叫再昌，當時十六歲，還不會寫八股文。但是他絕頂聰明，凡是科舉考試的文章，只要看兩三遍，便沒有一點遺忘。這樣過了整整一年，丁公子就能下筆成文了。加上父親的關係，便成了縣學裡的秀才。葉生將一生中所寫的八股文，全部抄出來教給公子誦讀。鄉試時，七道試題沒有一道疏漏，丁公子中了鄉試第二名。

丁公有一天對葉生說：「您拿出一點微末本事，就讓小兒成名。但您這樣的高才卻長期埋沒，無奈啊！」葉生說：「這大概就是命運吧。我能藉公子的福分，為我的文章吐一口氣，讓天下的人都知道我淪落半生，並非本事不如人，這樣我也就滿足了。況且讀書人能得到一個知己之人，就可以沒有遺憾了，何必要取得功名，才算發跡走運呢。」丁公因葉生離家太久，恐怕耽誤他的歲考，就勸他回到本省準備應考。葉生面露愁色，悶悶不樂。丁公也就不再勉強，囑咐公子到京城花錢給葉生捐個監生。丁公子在京城又考上了進士，授官為工部主事。公子帶著葉生到國子監讀書，朝夕相處。

第二年，葉生參加順天府鄉試，竟然考中舉人。適逢丁公子奉命到南河河道去辦理公務，趁機對葉生說：「這次去南方離您家不遠。先生一舉成名，正可衣錦還鄉快慰平生。」葉生也很高興。於是他們就選好日子出發，到達淮陽縣境，公子命令隨從人馬護送葉生回家。回到家裡，只見門庭蕭條破敗，心中十分悲戚。葉生徘徊著走到庭院裡。妻子正拿著簸箕從屋裡出來，看見葉生，扔了手裡的簸箕驚駭的拔腿就跑。葉生悲涼地說：「我今天已經顯貴了。三四年不見，怎麼就不認識我了呢？」妻子遠遠地說：「你死了好多年了，怎麼又說成了貴人呢？你的靈柩長期不能入土，是由於家裡太窮，兒子還小啊。現在老大已經成人，即將選個好日子為你安葬，你不要怪模怪樣嚇唬活人。」

葉生聽了妻子的話，惆悵失意。他徘徊著走進屋裡，看見自己的靈柩整齊地停放，他往地上一撲，就消失了。妻子驚恐地看著事情發生，葉生的衣帽鞋襪像蟬蛻一樣留在地上。妻子非常傷心，抱著丈夫的衣服大聲悲哭。兒子從私塾回來，看見家門口拴馬停車，問清來歷，驚慌地跑回家告訴母親。母親也揮淚把一切告訴了兒子。又仔細詢問了來人，才知道了事情的原委。隨從們回去，丁公子知道了事情真相，淚流滿胸。立即乘車到葉家去哭祭；出錢營辦喪事，以舉人的禮節安葬了葉生。又厚贈葉生的兒子一大筆錢，替他請了老師教他讀書。丁公子託付學政大人給予照顧，一年以後，葉生的兒子考上了秀才。

異史氏說：「魂魄跟隨知己，難道忘記自己死了嗎？聽說的人懷疑它，而我深信不疑。情投意合的倩女，魂魄離枕而去；遠隔千里的好友，還識夢中舊路。何況文章小字，嘔出學士的心肝；高山流水，溝通我輩的性命呢！唉！遇合難以期待，遭逢往往不順。所到之處，孤落寡友，只能對著影子發愁；傲骨不屈，嶙嶙奇崛，經常搔著頭皮自愛。慨歎自己面目寒酸，招致鬼物的譏笑。屢屢不中式，連條條頭髮鬍鬚都醜陋不堪；一旦名落孫山，連篇篇文章字句都充滿毛病。古今痛哭之人，首推卞和；顛倒良馬劣馬，誰是伯樂？懷抱名帖三年，字跡磨滅；側身展望四海，無家可歸。人活在世上，只需閉著眼睛走路，聽任上天的升降擺布罷了。天下器宇不凡卻淪落得像葉生那樣的人，也不算少，怎能讓愛才的丁公乘鶴再來，而生生死死跟隨著他呢？唉！」

【研　析】〈葉生〉是蒲松齡寫心之作，是假託一位科舉不第、抑鬱而死的書生的遊魂，書寫他科舉失意的悲哀。

小說開頭介紹葉生：「文章詞賦，冠絕當時；而所如不偶，困於名場。」接著敘述了一小段鋪墊性的情節：新到任的縣令，賞識其文，讓他到官署中讀書，鄉試前還向學道做了推薦，卻「依然鎩羽」。蒲松齡十九歲以縣、府、道三試第一考中秀才，受到做學道的著名文人施閏章的賞識，文名日起，先後受到幾位縣令的禮遇；此後三年復三年的多次應鄉試，名落孫山，未能中舉。小說人物葉生的境遇與作者蒲松齡完全吻合。清代馮鎮巒評此篇說：「余謂此篇即聊齋自作小傳，故言之痛心。」可見這位評點家早已參透了這篇故事的底蘊。

葉生鬱悶病卒，死不瞑目，幻形入世，教導賞識自己的縣令的兒子學制藝文，「以生平所擬舉子業，悉錄授讀。」公子就以葉生擬就的八股文考中舉人。葉生說：「是殆有命。借福澤為文章吐氣，使天下人知半生淪落，非戰之罪也。」人死了，還要證明自己的文章是好的，個中是不服氣的意思，這又有什麼用處？天下人誰會知道？蒲松齡是在出脫內心的辛酸而已。

下面蒲松齡又為葉生編織了一個得意的幻影：公子成進士入仕，為酬報葉生的恩惠，為之納粟入國子監讀書，應順天鄉試中了舉人，還讓他衣錦還鄉。然而，葉生走進家中，妻子驚恐避之。他說：「我今貴矣，三四年不覿，何遂頓不相識？」妻子說：「君死已久，何復言貴？所以久淹君柩者，以家貧子幼耳。……勿作怪異嚇生人。」他見「靈柩儼然，撲地而滅。」幻影破滅，葉生消失了，留下的只是妻、子的哭泣。情節流淌出的是編織這個幻影的蒲松齡的一把辛酸淚。

篇末異史氏曰：「嗟呼！遇合難期，遭逢不偶。行踪落落，對影長愁；傲骨嶙嶙，搔頭自愛。歎面目之酸澀，來鬼物之揶揄。頻居康了之中，則鬚髮之條條可醜；一落孫山之外，則文章之處處皆疵。古今痛哭之人，卞和惟爾。」這與作者蒲松齡的〈大江東去・寄王如水〉詞裡所說：「蕊宮榜放，直教那抱王卞和哭死！」「每每顧影自悲，可憐骯髒銷磨如此。糊眼冬烘鬼夢時，憎命文章難恃。」同是夫子自道科舉失意的悲憤心理。這篇故事也就是由之而生發出來的。

成仙

文登❶周生，與成生少共筆硯，遂訂為杵臼交❷。而成貧，故終歲常依周。以齒則周為長，呼周妻以嫂。節序登堂，如一家焉。周妻生子，產後暴卒。繼聘王氏，成以少故，未嘗請見之也。

一日，王氏弟來省姊，宴於內寢。成適至。家人通白，周坐命邀之。成不入，辭去。周移席外舍，追之而還。甫坐，即有人白別業❸之僕為邑宰重笞者。先是，黃吏部家牧傭，牛蹊❹周田，以是相詬。牧傭奔告主，捉僕送官，遂被笞責。周詰得其故，大怒曰：「黃家牧豬奴，何敢爾！其先世為大父❺服役；促得志，乃無人耶！」氣填吭臆❻，忿而起，欲往尋黃。成捺而止之曰：「強梁世界，原無皂白。況今日官宰半強寇不操矛弧❼者耶？」周不聽。成諫止再三，至泣下，周乃止。

怒終不釋，轉側達旦。謂家人曰：「黃家欺我，我仇也，姑置之；邑令為朝廷官，非勢家官，縱有互爭，亦須兩造❽，何至如狗之隨嗾者？我亦呈治其傭，視彼將何處分。」家人悉慫恿之，計遂決，具狀赴宰，宰裂而擲之。周怒，語侵宰。宰慚恚❾，因逮繫之。

辰❿後，成往訪周，始知入城訟理。急奔勸止，則已在囹圄⓫矣。頓足無所為計。時獲海寇三名，宰與黃賂囑之，使捏周同黨。據詞申黜頂衣⓬，搒掠酷慘。成入獄，相顧淒酸。謀叩闕⓭。周曰：「身繫重犴⓮，如鳥在籠；雖有弱弟，止足供囚飯耳。」成銳身自任，曰：「是予責也。難而不急，烏用友也！」乃行。周弟贐⓯之，則去已久矣。

至都，無門入控。相傳駕將出獵。成預隱木市中；俄駕過，伏舞哀號，遂得准。驛送而下，著部院審奏。時閱十月餘，周已誣服論辟⓰。院接御批，大駭，復提躬讞⓱。黃亦駭，謀殺周。因賂監者，絕其食飲；弟來饋問，苦禁拒之。成又為赴院聲屈，始蒙提問，業已飢餓不起。院臺怒，杖斃監者。黃大怖，納數千金，囑為營脫，以是得曚矓題⑱免。宰以枉法擬流⑲。

周放歸，益肝膽⑳成。成自經訟繫，世情盡灰，招周偕隱。周溺少婦，輒迂笑之。成雖不言，而意甚決。別後，數日不至。周使探諸其家，家人方疑其在周所；兩無所見，始疑。周心知其異，遣人蹤跡之，寺觀壑谷，物色㉑殆遍。時以金帛恤其子。

又八九年，成忽自至，黃巾氅服㉒，岸然道貌。周喜，把臂曰：「君何往，使我尋欲遍？」笑曰：「孤雲野鶴，棲無定所。別後幸復頑健。」周命置酒，略道間闊㉓，欲為變易道裝。成笑不語。周曰：「愚哉！何棄妻孥猶敝屣㉔也？」成笑曰：「不然，人將棄予，其何人之能棄。」問所棲止，答在勞山㉕之上清宮。

既而抵足寢㉖，夢成裸伏胸上，氣不得息。訝問何為，殊不答。忽驚而寤，呼成不應；坐而索之，杳然不知所往。定移時，始覺在成榻。

駭曰：「昨不醉，何顛倒㉗至此耶！」乃呼家人。家人火之，儼然成也。周故多髭㉘，以手自捋，則疏無幾莖。取鏡自照，訝曰：「成生在此，我何往？」已而大悟，知成以幻術㉙招隱。意欲歸內，弟以其貌異，禁不聽前。周亦無以自明。即命僕馬往尋成。

數日入勞山。馬行疾，僕不能及。休止樹下，見羽客㉚往來甚眾。內一道人目周，周因以成問。道士笑曰：「耳其名矣，似在上清。」言已逕去。周目送之，見一矢之外，又與一人語，亦不數言而去。與言者漸至，乃同社生㉛。見周，愕曰：「數年不晤，人以君學道名山，今尚遊戲人間㉜耶？」周述其異。生驚曰：「我適遇之，而以為君也。去無幾時，或當不遠。」周大異，曰：「怪哉！何自己面目覿面㉝而不之識！」僕尋至，急馳之，竟無蹤兆。一望寥闊，進退難以自主。自念無家可歸，遂決意窮追。而怪險不復可騎，遂以馬付僕歸，迤邐㉞自往。遙見一僮獨坐，趨近問程，且告以故。僮自言為成弟子，代荷衣糧，導與俱行，星飯露宿，違行㉟殊遠。

三日始至，又非世之所謂上清。時十月中，山花滿路，不類初冬。僮入報客，成即遽出，始認己形。執手入，置酒讌語㊱。見異彩之禽，馴人不驚，聲如笙簧㊲，時來鳴於座上。心甚異之。然塵俗念切，無意留連㊳。地下有蒲團二，曳與並坐。至二更後，萬慮俱寂，忽似瞥然一盹，身覺與成易位。疑之。自捋頷下，則于思㊴者如故矣。既曙，浩然思返。成固留之。越三日，乃曰：「乞少寐息，早送君行。」甫交睫㊵，聞成呼曰：「行裝已具矣。」遂起從之。所行殊非舊途。覺無幾時，里居已在望中。成坐候路側，俾㊶自歸。

周強之不得，因踽踽㊷至家門。叩不能應，思欲越牆，覺身飄似葉，一躍已過。凡踰數重垣㊸，始抵臥室，燈燭熒然，內人未寢，噥噥與人語。舐窗以窺，則妻與一廝僕㊹同杯飲，狀甚狎褻。於是怒火如焚；計將掩執㊺，又恐孤力難勝。遂潛身脫扃而出，奔告成，且乞為助。成慨然從之，直抵內寢[46]。

周舉石撾門。內張皇甚。擂愈急，內閉益堅。成撥以劍，劃然[47]頓闢。周奔入，僕衝戶而走。成在門外，以劍擊之，斷其肩臂。周執妻拷訊，乃知被收[48]時即與僕私。周借劍決其首，罥[49]腸庭樹間。乃從成出，尋途而返。驀然忽醒，則身在臥榻。驚而言曰：「怪夢參差[50]，使人駭懼！」成笑曰：「夢者兄以為真，真者乃以為夢。」周愕而問之。成出劍示之，濺血猶存。周驚怛[51]欲絕，竊疑成譸張為幻[52]。成知其意，乃促裝送之歸。

荏苒至里門，乃曰：「疇昔之夜，倚劍而相待者，非此處耶！吾厭見惡濁，請還待君於此；如過晡[53]不來，予自去。」周至家，門戶蕭索，似無居人。還入弟家。弟見兄，雙淚遽墮，曰：「兄去後，盜夜殺嫂，刳[54]腸去，酷慘可悼。於今官捕未獲。」周如夢醒，因以情告，戒勿究。弟錯愕良久。周問其子，乃命老嫗抱至。周曰：「此襁褓[55]物，宗緒所關，弟好視之。兄欲辭人世矣。」遂起，徑出。弟涕泗56追挽，笑行不顧。至野外，見成，與俱行。遙回顧曰：「忍事最樂。」弟欲有言，成闊袖一舉，即不可見。悵立移時，痛哭而返。

周弟樸拙57，不善治家人生產，居數年，家益貧。周子漸長，不能延師，因自教讀。一日，早至齋，見案頭有函書，緘封甚固，簽題「仲氏58啟」。審之為兄跡。開視，則虛無所有，祇見爪甲59一枚，長二指許。心怪之。以甲置研60上。出問家人所自來，並無知者。回視，則研石粲粲，化為黃金。大驚。以試銅鐵，皆然。由此大富。以千金賜成氏子，因相傳兩家有點金術61云。

【注釋】❶文登　縣名，今山東威海市文登。❷杵臼交　不計身分地位的交情。❸別業　在本宅之外另建的園林住所。❹蹊　穿越踐踏。❺大父　祖父。❻吭臆　胸臆。吭，喉嚨。臆，胸膛。❼矛弧　矛和弓，殺人武器。❽兩造　打官司的雙方。❾慚恚　惱羞成怒。❿辰　辰時，上午七點至九點。⓫囹圄　監獄。⓬申黜頂衣　申報革除功名。頂衣，帽子和衣服，指秀才的冠服。⓭叩闕　向皇帝告狀。闕，宮門。⓮犴　監牢。⓯賻　送給財物。⓰誣服論辟　屈打成招，判了死刑。辟，大辟；死刑。⓱躬讞　親自審問。讞，審訊犯人。⓲題　題本，臣下呈送皇帝的奏疏。⑲流　流放罪。⑳肝膽　比喻關係密切。㉑物色　訪求；尋找。㉒黃巾氅服　道士的冠服。㉓間闊　長期分別之情。㉔敝屣　破鞋子，比喻無用的東西。㉕勞山　也稱「嶗山」或「牢山」，在今山東青島東北，南濱黃海，東臨嶗山灣，上有上清宮、下清宮、白雲洞等名勝古蹟。㉖抵足寢　指同床安睡，形容親切深厚的情誼。㉗顛倒　錯亂。㉘髭　嘴上邊的鬍子。此指鬍鬚。㉙幻術　方士、術士用來眩惑人的法術。㉚羽客　道士的美稱。㉛同社生　同一社學的同學。㉜遊戲人間　把人生當作遊戲的一種生活態度。㉝覿面　迎面相見。㉞迤邐　曲折連綿。㉟逴行　遠行。㊱讌語　宴飲敘談。㊲笙簧　笙的樂音。簧，笙中的簧片。㊳留連　留戀不願離開。㊴于思　絡腮鬍子。㊵甫交睫　剛一閉眼。交睫，上下睫毛合在一塊，指睡覺。㊶俾使；讓。㊷踽踽　孤獨地行走。㊸垣　矮牆。㊹廝僕　僕人。㊺掩執　乘其不備而逮捕。㊻內寢　正妻的居室。㊼劃然　門突然打開的聲音。㊽被收　被捕。㊾罥　掛。㊿參差　淩亂。51怛　驚恐。52譸張為幻　用幻術迷惑人。53晡　申時，下午三點至五點。54刳　剖開。55襁褓　包裹嬰兒的被子和帶子。56涕泗　眼淚和鼻涕。57樸拙　質樸敦厚。58仲氏　弟弟。59爪甲　手指甲。60研　硯臺。61點金術　將鐵、石等點化成金子的法術。

【語　譯】文登縣的周生和成生小時同窗共讀，不計彼此貧富，結為好友。成生貧窮，一年到頭經常依靠周生。按年齡周生大點，成生叫周生的妻子嫂子。逢年過節都要登堂拜訪，如同一家人一樣。周生的妻子生了孩子，產後突然死。周生接著又娶了王氏，成生因為王氏年輕的緣故，就不曾前去拜見認識。

一天，王氏的弟弟來看望姐姐，周生在臥室裡擺酒席招待。成生剛巧來了。家僕通報周生，周生在宴席上讓人請他進來。成生不進去，告辭而走。周生便將酒席移到外室，將成生追了回來。剛剛坐下，就有人報告說莊園裡的僕人被縣太爺重打了一頓。原因是先前黃吏部家的放牛人，讓牛踩了周家的莊稼地，兩家的僕人吵罵起來。黃家的放牛人跑回家報告主人，捉住周家的僕人送到官府，就挨了一頓暴打。周生問明原因，大怒說：「黃某這個放豬的奴才，怎敢如此！他的先人是我爺爺的僕人；剛得志就目中無人了！」氣憤填膺，氣沖沖地站起來，準備去找黃家算帳。成生按住他勸阻說道：「強橫霸道的世界，本來沒有青紅皂白。況且今天的官員們多半都是不拿殺人武器的強盜呢？」周生不聽。成生再三勸阻，以至掉下淚來，周生才沒去。

周生的怒氣終究無法消解，一夜翻來覆去直到早晨。對家人說：「黃家欺侮我們，是我們的仇家，姑且不說此事；縣官是朝廷的命官，並不是有權勢人家的官，即使互有爭執，也應傳齊兩家一起對質，怎能像狗一樣聽從主人的唆使呢？我也寫狀子要求懲治他家的僕人，看縣官怎麼處置他們。」家僕們都慫恿他，便拿定了主意。周生寫了狀子送到縣衙，縣官把狀子撕碎扔到地上。周生大怒，言語冒犯了縣官。縣官惱羞成怒，藉此逮捕了周生。

辰時過後，成生前去拜訪周生，才知道周生去縣城告狀了。他急忙追去想勸止，周生卻已在監獄裡了。成生急得直跺腳卻也無計可施。這時，官府抓了三個海盜，縣官與黃吏部買通海盜讓他們捏造周生是同黨。根據假證詞革去了周生的功名，嚴刑拷打。成生探監，兩人相視只有淒惻酸楚。二人商量著要告御狀。周生說：「我身在大牢，像鳥在籠子裡；雖有一個小弟，也只能往監獄送飯而已。」成生挺身願意承擔，說：「這是我的責任；有困難而不急救，朋友還有何用！」說完就走。周生的弟弟送給他路費，他已經走遠了。

成生到了京城，上告無門。聽說皇帝要出城打獵。成生預先藏在木材市場中；不久，皇帝的車駕經過。成生磕頭舉臂哀哭呼喊，皇帝便准了他的狀子。叫驛站傳送下去，讓部院審理明白奏聞朝廷。那時，周生入獄已十個多月，早已屈打成招，判處死刑。部院接到皇上親筆批示，大吃一驚，重新提調犯人打算親自審理。黃家也很害怕，計畫殺害周生。於是賄賂獄卒，斷絕周生的飯食；周生的弟弟來送飯慰問，也故意刁難拒絕他。成生為此又到部院喊冤，部院才提審，周生這時已餓得站不起來了。院官大怒，打死獄卒。黃吏部大為害怕，拿幾千兩銀子，託人說情解脫罪責，因此馬馬虎虎免了黃吏部的罪。縣官因為枉法，判罪流放。

周生出獄回家，與成生的關係更加密切了。成生自從經過這場官司，看透世情灰了心，邀周生一起隱居。周生愛戀著年輕的妻子，總是笑話成生異想天開。成生雖然嘴上不說，但卻下定了決心。分別後，成生好幾天沒來找周生。周生讓人到他家裡打聽，他的家人卻正懷疑他在周家；兩處都找不到他，才起了疑心。周生明白其中的蹊蹺，派人尋找他的蹤跡，寺院道觀山溝河谷，幾乎都找遍了，也不見蹤影。周生只好經常送錢財給成生的兒子。

又過了八九年，成生忽然自己回來了，頭戴黃冠，身披鶴氅，道貌岸然。周生大喜，拉著他胳膊說：「你到哪裡去了，讓我到處都快找遍了？」成生笑著說：「我就像閒雲野鶴，沒有固定的住所。分別後幸虧身體還好。」周生命人擺酒，寒暄了幾句，就想給成生換掉道服。成生笑眯眯地不說話。周生說：「真傻！為什麼把老婆孩子像舊鞋一樣扔掉呢？」成生笑著說：「不是啊，是別人拋棄了我，哪是我拋棄別人呢？」周生問他住在哪裡，成生說在勞山的上清宮裡。

晚上，同床而眠。周生夢見成生裸體趴在他的胸膛上，使他喘不過氣來。他驚問這是為什麼，成生毫不理睬。周生突然驚醒，叫成生沒有回應；坐起身找他，成生已不知哪裡去了。定神過了一會，周生才發現自己是在成生的床上。大驚說：「昨晚沒醉，怎糊塗成這樣！」於是招呼家僕。

家僕拿燈一照，分明是成生坐在那裡。周生本來多鬍子，用手一捋，稀稀拉拉沒有幾根。拿鏡子一照，大驚說：「成生在這裡，我哪裡去了呢？」隨後恍然大悟，明白這是成生用幻術招他隱居。他想進臥室看妻子，他弟弟因他變了模樣，不讓他靠近。周生自己也說不清楚，只好叫隨從備馬前去尋找成生。

走了好幾天，到了勞山。周生的馬走得快，僕人沒有跟上來。他就在樹下休息等候，看見很多道士往來。其中一個道士看著周生，周生就順勢打聽成生。道士笑著說：「聽過他的名字，好像在上清宮。」說完就走了。周生目送那道士，看到一箭的距離之外，道士又與一人說話，說沒幾句又走了。說話的人來到跟前，原來是同學。那人見了周生，吃驚地說：「幾年不見，別人都說你已在名山學道，為何現在還遊戲人間呢？」周生就把自己的奇怪經歷說了一遍。那人驚訝地說：「我剛才還遇見他，以為是你呢。才走了沒多久，應該沒有走遠。」周生大覺奇怪，說：「怪呀！為什麼自己的面目見了卻不認識呢！」僕人不久就追上來，他們急忙追趕，終究不見蹤影。抬眼一望，路途遙遠，不知是追好還是不追好。又一想，已經無家可歸了，便打定主意追到底。但道路險峻不能騎馬了，就把馬交給隨從牽回去，自己蜿蜒曲折一路行去。遠遠看見一個小道童獨坐，周生上前問路，並告訴他緣故。道童說自己是成生的弟子，替周生拿著衣服乾糧，領他一塊兒走，一路照著星星吃飯，就著露水住宿，越走越遠。

三天後才到，又不是世上傳說的上清宮。當時已是十月天氣，山花開滿路的兩旁，不似初冬的樣子。道童進去稟報客人到，成生立即出來迎接，周生這才認出自己的面貌。兩人牽手進去，擺上酒席愉快談心。看見色彩奇異的鳥類，非常馴服不怕生人，聲音如同管樂器，不時到座前鳴叫。周生感到驚奇。然而他思念塵世心切，無意久留。地上有兩個蒲團，成生拉周生並坐。到了二更以後，萬籟俱寂，周生好像迅速打了一個盹，覺得自己與成生換了位置。很納悶。自己摸了一下下巴，絡腮鬍子和從前一樣了。天亮後，周生思家心切。成生堅持留他。又住了三天，成生對周生說：「請你閉眼稍微休息一下，我及早送你回家。」周生剛一合眼，就聽見成生叫喊：「行裝都已齊備。」於是周生起床跟著成生就走。一路走的並非原路。感覺沒有多久，就看到家鄉了。成生坐在路旁等著，叫周生自己回家。

周生強邀成生一塊回家成生不答應，就自己一個人回到了家門。敲門沒有人應答。剛想跳牆，只覺身子像樹葉一樣飄起來，一跳過了院牆。又跳過幾道牆，才到了臥房，見臥室內燈光閃爍，妻子還沒有睡覺，嘀嘀咕咕跟人說話。他舔開窗紙一看，見妻子正與一個僕人共用一個杯子喝酒，樣子非常親昵。周生怒火中燒；想進屋捉姦，又怕自己一人對付不了。於是偷偷開大門出來，飛奔告訴成生，並且請求援助。成生慷慨答應，隨周生直奔臥室。

周生拿石頭砸門。屋內二人驚慌異常。周生砸得越急，門關得越緊。成生用劍挑門，門嘩啦一聲即刻開了。周生衝進去，僕人衝出門向外跑。成生在門外，一劍砍向他，砍下他一條臂膀。周生捉住妻子拷問，才知道自己坐監時，妻子就和僕人私通了。周生用成生的劍割下妻子的頭，把她的腸子掛在院子裡的樹上。然後跟著成生出來，沿路返回。周生忽然一覺醒來，身子還在床上。驚異地說：「怪夢亂七八糟，嚇死我了！」成生笑著說：「夢中之事，兄以為是真的；真的事情，兄卻以為是夢。」周生驚慌問他怎麼回事。成生讓他看劍，劍上血跡猶存。周生嚇得要死，懷疑成生玩弄幻術愚弄他。成生也知道周生的心思，就催他整理行裝，送他回家。

二人輾轉走到了鄉里之門，成生對周生說：「那天夜裡我拿劍等你的地方，不是這裡嗎！我厭惡看見骯髒事，仍在此等你；若過了申時不來，我就自己回去了。」周生到了家裡，門庭冷落，像沒有人住。出來又到弟弟家裡。弟弟見了哥哥，兩行眼淚立即流下來，說：「哥哥走後，賊人夜裡殺了嫂嫂，還挖出腸子，慘不忍睹。至今官府還沒有抓到兇手。」周生大夢方醒，把一切事情告訴了弟弟，並囑咐他不要再追究了。他弟弟驚愕了好久。周生問起他的兒子，弟弟叫老婆子抱來。周生說：「這個吃奶的孩子，關係到周家的傳宗接代，請弟弟好好照看他。兄長我要告辭人世了。」便起身就走。弟弟哭著追趕挽留，周生笑著走去頭也不回。到了郊外，見了成生，一起上了路。遠遠地回頭看著家園說：「能忍才是最大的樂事。」他弟弟還想說幾句，成生一舉寬袍的大袖子，就無影無蹤了。弟弟呆立多時，痛哭著回了家。

周生的弟弟忠厚老實，不善於管理家僕操持家務，過了幾年，家裡就逐漸窮了下來。周生的兒子漸漸長大，請不起老師，於是周生的弟弟自己教他讀書。一天，清早來到書房，見書桌上放著一封信，封得嚴嚴實實，寫著「一弟啟」。他仔細一看是哥哥的筆跡。拆開一看，裡面什麼也沒有，只有一片指甲，長二指左右。心裡覺得很奇怪。他把指甲放在硯臺上。出來問家僕信從哪裡來，卻都沒有人知道。回到屋裡一看，硯臺閃閃發光，已變成了黃金。他大吃一驚，把指甲放在銅鐵上試試，都是如此。從此，他家大富起來。他拿出千金給成生的兒子，人們傳說周、成兩家都有點石成金的法術。

【研析】〈成仙〉是度脫人出世入道的故事，但思想內容並不純淨。

小說主人公成生，開始並非成道的仙人，只是位家貧常依執友周生而生活的書生。因為周家莊田的僕人與黃吏部家的傭工發生鬥毆，黃家勢大，把周家僕人扭送到縣衙裡，重打了一頓。周生狀告黃家，縣官偏袒黃吏部家，他頂撞了幾句，反被關進牢獄；縣官還與黃家略囑海寇，誣為同黨，受到酷刑。成生急朋友之難，赴京城告御狀，皇帝命院部究查，費盡周折，案情大白，才救出周生。經過這場官司，成生方才「世情盡灰」，去勞山修道。

後半篇是八、九年後，成生成了「岸然道貌」的成仙，來度周生入道。他施法術與周生互易了相貌，離去。變作成生相貌的周生，入勞山尋找變作周生的成仙，領略了仙境的美妙，與成生又互易原來的相貌。這種度脫之法沒有消除周生的俗念，他還是要回家。他似夢非夢地由成生送回家，發現妻子正與僕人苟合，成生砍斷了僕人的肩臂，他殺死了妻子。周生這才「如夢醒」，安排了家事，還給兒子留下一件可以點鐵石成金的寶物，才隨同成生回勞山修道。

清代何守奇評此篇說：「前幅可為負氣者戒，後幅可為溺少婦戒。周生兩遭折磨，逼入死港，不得不廢然思反矣。」大概是對的。然成仙何曾不干涉世事，還執劍傷人；周生臨去還不忘發家，又何曾忘懷子孫？可見小說度人修道的主題並不徹底。

王蘭

利津❶王蘭，暴病死。閻王覆勘❷，乃鬼卒之誤勾也。責送還生，則屍已敗。鬼懼罪，謂王曰：「人而鬼也則苦，鬼而仙也則樂。苟樂矣，何必生？」王以為然。鬼曰：「此處一狐，金丹❸成矣。竊其丹吞之，則魂不散，可以長存，但憑所之，罔不如意。子願之否？」王從之。鬼導去，入一高第，見樓閣渠然❹，而悄無一人。有狐在月下，仰首望空際。氣一呼，有丸自口中出，直上入於月中；一吸，輒復落，以口承之，則又呼之：如是不已。鬼潛伺其側，俟其吐，急掇於手，付王吞之。狐驚，盛氣❺相向。見二人在，恐不敵，憤恨而去。

王與鬼別，至其家，妻子❻見之，咸懼卻走。王告以故，乃漸集。由此在家寢處如平時。其友張姓者，聞而省之，相見，話溫涼❼。因謂張曰：「我與若家夙貧，今有術，可以致富。子能從我遊乎？」張唯唯。曰：「我能不藥而醫，不卜⑧而斷。我欲現身，恐識我者，相驚以怪。附子而行，可乎？」張又唯唯。

於是即日趣裝⑨，至山西界。富室有女，得暴疾，眩然瞀瞑⑩。前後藥禳⑪既窮。張造其廬，以術自炫⑫。富翁止此女，常珍惜之，能醫者，願以千金為報。張請視之。從翁入室，見女瞑臥，啟其衾，撫其體，女昏不覺。王私告張曰：「此魂亡⑬也，當為覓之。」張乃告翁：「病雖危，可救。」問：「需何藥？」俱言不須，「女公子魂離他所，業遣神覓之矣。」

約一時⑭許，王忽來，具言已得。張乃請翁再入，又撫之。少頃女欠伸，目遽張。翁大喜，撫問。女言：「向戲園中，見一少年郎，挾彈⑮彈雀；數人牽駿馬，從諸其後。急欲奔避，橫被阻止。少年以弓授兒，教兒彈。方羞訶之，便攜兒馬上，累騎⑯而行。笑曰：『我樂與子戲，勿羞也。』數里入山中，我馬上號且罵；少年怒，推墮路旁，欲歸無路。適有一人至，捉兒臂，疾若馳⑰，瞬息至家，忽若夢醒。」

翁神之，果貽⑱千金。王夜與張謀，留二百金作路用，餘盡攜去，款門⑲而付其子；又命以三百饋張氏，乃復還。次日與翁別，不見金藏何所，益異之，厚禮而送之。

踰數日，張於郊外遇同鄉人賀才。才飲博⑳不事生產，奇貧如丐。聞張得異術，獲金無算，因奔尋之。王勸薄贈令歸。才不改故行，旬日蕩盡，將復覓張。王已知之，曰：「才狂悖㉑，不可與處，只宜賂之使去，縱禍猶淺。」

逾日，才果至，強從與俱。張曰：「我固知汝復來。日事酗賭，千金何能滿無底竇㉒？誠改若所為，我百金相贈。」才諾之。張瀉囊授之。才去，以百金在橐㉓，賭益豪；益之狹邪遊㉔，揮灑如土。邑中捕役疑而執之，質於官，拷掠酷慘。才實告金所自來。乃遣隸押才捉張。數日創劇㉕，斃於途。魂不忘張，復往依之，因與王會。

一日，聚飲於烟墩㉖，才大醉狂呼，王止之，不聽。適巡方御史㉗過，聞呼搜之，獲張。張懼，以實告。御史怒，笞而牒㉘於神。夜夢金甲人告曰：「查王蘭無辜而死，今為鬼仙。醫亦仁術，不可律以妖魅。今奉帝命，授為清道使㉙。賀才邪蕩，已罰竄鐵圍山㉚。張某無罪，當宥之。」御史醒而異之，乃釋張。張治裝旋里㉛。囊中存數百金，敬以半送王家。王氏子孫以此致富焉。

【注釋】❶利津　縣名，今山東東營利津。❷覆勘　覆審。❸金丹　古代方士們提煉金石為丹，謂服食可以長生。此處指狐狸吐納煉成的仙丹。❹渠然　高大深邃的樣子。❺盛氣　蓄怒欲發的神態。❻妻子　妻子和兒子。❼溫涼　寒暄。❽卜　占卜。❾趣裝　立即整理行裝。❿眩然瞀瞑　神志不清，閉目昏迷。⓫藥禳　吃藥求神。⓬自炫　自誇。⓭魂亡　掉了魂。⓮一時　一個時辰；兩個小時。⓯彈　彈弓。⓰累騎　兩人共騎一馬。⓱疾若馳　快如奔馬。馳，車馬奔跑。⓲貽　贈送財物。⓳款門　叩門。款，敲；叩。⓴飲博　喝酒賭博。㉑狂悖　狂妄而不明事理。㉒無底竇　無底洞。竇，空穴。㉓橐　錢袋子。㉔狹邪游　冶遊、狎妓。㉕創劇　創傷嚴重。㉖烟墩　烽火臺。㉗巡方御史　巡按御史。㉘牒　官府文書或訴狀。㉙清道使　為尊神開路清道的神官。㉚鐵圍山　佛經上指極為荒蠻偏遠的化外之地。㉛治裝旋里　整理行裝回家。旋，回；歸。

【語　譯】利津的王蘭，得急病死了。閻王爺複查此事，竟然是鬼卒錯把他捉來的。就責令鬼卒送他還陽復生，但屍體已經腐爛了。鬼卒害怕受到責罰，就對王蘭說：「人死變成鬼是痛苦的，鬼變成仙則是快樂的。只要得到快樂，又何必一定重生為人呢？」王蘭認為說得有道理。鬼卒說：「這裡有隻狐狸，金丹已經煉成了。偷來牠的金丹吞下，就會靈魂不散，永遠長存，任憑你到哪裡，沒有不如意的。你願意這樣嗎？」王蘭認為可行。鬼卒在前邊領著，進入一座高宅深院，只見樓臺殿閣高聳延展，靜悄悄的沒有一人。有隻狐狸在月光下，抬頭望著星空。一呼氣，便有一顆丸子從口中吐出，直上到天上的月亮中；一吸氣，就又落下來，狐狸用嘴接住它，就又呼出一口氣：這樣一呼一吸反覆不止。鬼卒偷偷藏到狐狸身邊，等牠一吐出來，急忙搶到手中，遞給王蘭吞了下去。狐狸大驚，怒沖沖看著他們。見是兩個人，恐怕不是對手，便憤憤而去。

王蘭告別鬼卒，回到自己家裡，老婆孩子見到他，都嚇得往後退。王蘭向他們說明了緣故，他們才慢慢靠過來。從此，王蘭在家裡睡覺和生活都和往常一樣。他有位姓張的朋友，聽說了後便來看他，見了面，寒暄一番。王蘭趁機對張某說：「我家與你家素來貧窮，現在我法術在身，可以發財致富了。你能隨我出去游走江湖嗎？」張某連連點頭。王蘭說：「我能不用藥就治病，不用占卦就能斷事。我若是現身，恐怕認識我的人大驚小怪。我附在你的身上行事，可以嗎？」張某又連連點頭。

於是當天就整治行裝，來到山西地界。一個富翁的女兒，得了一種急症，頭昏眼花，沉沉欲睡。前前後後吃藥求神用盡了辦法。張某來到他家，吹噓自己的法術。富翁只有這個女兒，一直當寶貝看待，能治好她的病的，願意用一千兩銀子作為謝禮。張某請求看看病人。他隨富翁進入房間，見姑娘昏睡在床，掀開被子，撫摸她的身體，姑娘昏沉沉毫無知覺。王蘭暗中對張某說：「這是失了魂啊，我去給她找找。」張某於是對富翁說：「姑娘的病雖然很厲害，但還有救。」富翁問：「需要什麼藥？」張某說什麼也不需要，又說：「姑娘的魂靈出竅到其他地方，我已派神仙去找了。」

大約一個時辰，王蘭忽然來了，說已經找到了姑娘的魂靈。張某請富翁再到房間裡，重新撫摸姑娘的身體。不久，姑娘伸了伸懶腰，一下子睜開了眼。富翁驚喜萬分，撫摸著姑娘詢問。姑娘說：「那天在園中玩耍，看到一位少年郎，拿著彈弓打麻雀；好幾個人牽著駿馬，跟在他後面。我急忙躲避，卻被攔住。少年把彈弓給我，教我彈射。我因為害羞正在罵他，他卻趁機把我挾在馬上，同馬而行。他嬉皮笑臉地說：『我喜歡和你玩，你不要害羞。』走了幾里路，進入一座山中，我在馬上邊叫邊罵，少年一生氣，把我推在路邊，我想回家卻認不得路。恰好有一個人來到，抓住我的胳膊，快得如同騎馬，轉眼到了家裡，好像突然從夢中醒來。」

富翁感到神奇極了，果然給了張某千兩銀子。王蘭夜裡和張某商量，留下二百兩銀子做路費，其餘的全部拿上，連夜送回家，敲門交給兒子；又叫兒子拿三百兩銀子送給張家，這才又回山西。第二天，告別富翁，富翁不知張某銀子藏在哪裡，越發感到驚奇，就又饋贈厚禮送他上路。

過了幾天，張某在郊外遇見了同鄉的賀才。賀才只知喝酒賭博，不從事生產勞動，簡直窮得像是要飯的。聽說張某學到了特異的法術，獲得了算不清的錢，因此到處尋找張某。王蘭勸張某給他點錢讓他回去。賀才不改老毛病，十天之內便花了個精光，打算再去找張某。王蘭已經知道了這事，說：「賀才狂妄不懂事理，不能和他交往，應該送點錢給他讓他走，這樣可能會惹禍患，但不會很嚴重。」

第二天，賀才果然又來了，硬賴著和張某一起走。張某說：「我本就知道你一定會來。你天天酗酒賭博，縱有千兩銀子又怎能填滿無底洞？你若真的痛改前非，我就送你百兩銀子。」賀才答應他。張某把自己的錢全給了他。賀才走了，認為有百兩銀子在身，賭得更大了；並且迷戀上聲色，揮金如土。縣城的差役懷疑賀才的錢來路不明，把他抓了起來送入官府，嚴刑拷打。賀才據實告訴了他們錢的來歷。於是，官府差人押著賀才去捉拿張某。幾天後，賀才傷勢加重，死在路上。他的魂魄忘不了張某，又去跟隨他，於是賀才的魂與王蘭的魂相見了。

一天，他們聚在煙墩處喝酒，賀才大醉狂呼亂叫，王蘭制止他，他不聽。恰好巡方御史打此經過，聽到喊叫命人搜查，就逮住了張某。張某害怕，就說了實話。御史大怒，鞭打張某，並寫成牒文焚告神靈。當夜御史夢見身穿金甲的人告訴他說：「經查王蘭無罪而死，現在已成了鬼仙。替人看病也是仁義之術，不可按妖魅處罰他。今奉上帝旨意，任命他為清道使。賀才心術不正行為放蕩，已按律流放鐵圍山。張某無罪，應該放了他。」御史夢中醒來感到奇怪，就放了張某。張某置辦行裝回到家中。錢袋裡還有幾百兩銀子，誠心誠意把一半送到王蘭家。王家的子孫因此而致富。

【研　析】王蘭本不應該死，因為鬼卒的失誤，他死了。閻王覆審，讓鬼卒把他送回還陽，但是他的屍體已經腐爛，無法還陽了。在這種情況下，鬼卒竟然靈機一動，攛掇王蘭去成仙。他倆奪得狐狸的仙丹，王蘭吞下仙丹，就此成仙。

王蘭為什麼那麼乾脆麻利、心甘情願地願意成仙呢?因為「樂」:既能如常人一般過世俗的家庭生活——「在家寢處如平時」,又能利用法術發家致富——「今有術,可以致富」。

我們熟悉的〈勞山道士〉中的那個王七,為什麼要到嶗山學道呢?因為他想學法術。他學法術的目的是什麼呢?首先是長生,其次是富貴。道士沒有教給他長生術,只教給了他穿牆術。他學穿牆術的目的或許就是為了偷取別人的財富,可惜還沒有真正實施,就在老婆面前出乖露醜了。

王蘭比王七忠厚,他學得法術,不去偷不去搶,而是給人看病,讓人主動把錢送上。他到山西去給富翁的女兒看好了失魂症,富翁送給他一千兩銀子。他留下二百兩作路費,其餘連夜送回家。第二天告別,富翁不知他把銀子藏在何處,又送給了他一筆厚禮,他也無愧地接受。這也可以說是受之有道。

王蘭的朋友姓張的,只是王蘭的替身,沒什麼可說的。

倒是賀才,還可說說。他「飲博不事生產,奇貧如丐」,得到姓張的贈給的銀錢,不但喝酒、賭博的毛病沒改,還又增加了狎妓的新毛病,最終被官府以「錢財來路不明罪」逮捕,拷打而死。死後,賀才的靈魂見到了王蘭。可惜那位鬼卒再不犯那樣的傻錯誤讓他成仙了,他最後靈魂被流放蠻荒的鐵圍山,永遠也休想聞到父母之邦的人間煙火了。

〈王蘭〉鬼話連篇,好在還有點勸誡的意思。

賈兒

楚某翁，賈❶於外。婦獨居，夢與人交；醒而捫❷之，小丈夫也。察其情，與人異，知為狐。未幾，下牀去，門未開而已逝矣。入暮邀庖媼❸伴焉。有子十歲，素別榻臥，亦招與俱。夜既深，媼兒皆寐，狐復來。婦喃喃❹如夢語。媼覺，呼之，狐遂去。自是，身忽忽若有亡。至夜，不敢息燭，戒子睡勿熟。

夜闌，兒及媼倚壁少寐。既醒，失婦，意其出遺❺；久待不至，始疑。媼懼，不敢往覓。兒執火遍燭❻之。至他室，則母裸臥其中；近扶之，亦不羞縮。自是遂狂，歌哭叫詈，日萬狀。夜厭與人居，另榻寢兒，媼亦遣去。兒每聞母笑語，輒起火❼之。母反怒訶兒，兒亦不為意，因共壯兒膽。

然嬉戲無節，日效圬者❽，以磚石疊窗上，止之不聽。或去其一石，則滾地作嬌啼，人無敢氣觸之。過數日，兩窗盡塞，無少明。已乃合泥塗壁孔，終日營營❾，不憚其勞。塗已，無所作，遂把廚刀霍霍❿磨之。見者皆憎其頑，不以人齒。

兒宵分⓫隱刀於懷，以瓢覆燈。伺母囈語⓬，急啟燈，杜門聲喊。久之無異，乃離門，揚言詐作欲搜狀。欻⓭有一物，如狸⓮，突奔門隙。急擊之，僅斷其尾，約二寸許，濕血猶滴。初，挑燈起，母便詬罵，兒若弗聞。擊之不中，懊恨而寢。自念雖不即戮⓯，可以幸其不來。及明，視血跡踰垣⓰而去。跡之，入何氏園中。至夜果絕，兒竊喜。但母癡臥如死。

未幾，賈人歸，就榻問訊。婦嫚罵⓱，視若仇。兒以狀對。翁驚，延醫藥之。婦瀉藥詬罵。潛以藥入湯水雜飲之，數日漸安。父子俱喜。一夜睡醒，失婦所在；父子又覓得於別室。由是復顛⓲，不欲與夫同室處。向夕，竟奔他室。挽之，罵益甚。翁無策，盡扃[19]他扉。婦奔去，則門自闢。翁患之，驅禳備至，殊無少驗。

兒薄暮[20]潛入何氏園，伏莽中，將以探狐所在。月初升，乍聞人語。暗撥蓬科[21]，見二人來飲，一長鬣[22]奴捧壺，衣老棕色。語俱細隱，不甚可辨。移時，聞一人曰：「明日可取白酒一瓻[23]來。」頃之，俱去，惟長鬣獨留，脫衣臥庭石上。審顧之，四肢皆如人，但尾垂後部。兒欲歸，恐狐覺，遂終夜伏。未明，又聞二人以次[24]復來，噥噥[25]入竹叢中。兒乃歸。翁問所往，答：「宿阿伯家。」

適從父入市，見帽肆[26]掛狐尾，乞翁市之。翁不顧。兒牽父衣嬌聒[27]之。翁不忍過拂，市焉。父貿易廛中，兒戲弄其側，乘父他顧，盜錢去，沽白酒，寄肆廊[28]。有舅氏城居，素業獵[29]。兒奔其家。舅他出。妗詰母疾，答云：「連朝稍可。又以耗子齧衣，怒涕不解，故遣我乞獵藥耳。」妗檢櫝[30]，出錢[31]許，裹付兒。兒少之。妗欲作湯餅[32]啖兒。兒覷室無人，自發藥裹，竊盈掬㉝而懷之。乃趨告姈，俾㉞勿舉火，「父待市中，不遑食也。」遂徑出，隱以藥置酒中，遨遊市上，抵暮方歸。父問所在，託在舅家。

兒自是日遊廛肆㉟間。一日，見長鬣人亦雜儔中。兒審之確，陰綴繫㊱之。漸與語，詰其居里。答言：「北村。」亦詢兒，兒偽云：「山洞。」長鬣怪其洞居。兒笑曰：「我世居洞府㊲，君固否耶？」其人益驚，便詰姓氏。兒曰：「我胡氏子。曾在何處，見君從兩郎，顧忘之耶？」其人熟審之，若信若疑。兒微啟下裳，少少露其假尾，曰：「我輩混跡人中，但此物猶存，為可恨耳。」

其人問：「在市欲何作？」兒曰：「父遣我沽㊳。」其人亦以沽告。兒問：「沽未？」曰：「吾儕多貧，故常竊時多。」兒曰：「此役亦良苦，耽驚憂。」其人曰：「受主人遣，不得不爾。」因問：「主人伊誰？」曰：「即曩㊴所見兩郎兄弟也。一私㊵北郭王氏婦，一宿東村某翁家。

翁家兒大惡，被斷尾，十日始瘥，今復往矣。」言已，欲別，曰：「勿誤我事。」兒曰：「竊之難，不若沽之易。我先沽寄廊下，敬以相贈。我囊中尚有餘錢，不愁沽也。」其人愧無以報。兒曰：「我本同類，何靳㊶此些須？暇時，尚當與君痛飲耳。」遂與俱去，取酒授之，乃歸。

至夜，母竟安寢，不復奔。心知有異，告父同往驗之：則兩狐斃於亭上，一狐死於草中。喙㊷津津尚有血出。酒瓶猶在，持而搖之，未盡也。父驚問：「何不早告？」曰：「此物最靈，一洩，則彼知之。」翁喜曰：「我兒，討狐之陳平㊸也。」

於是父子荷狐歸。見一狐禿尾，刀痕儼然。自是遂安。而婦瘠㊹殊甚，心漸明了，但益之嗽，嘔痰輒數升，尋愈。北郭王氏婦，向祟於狐；至是問之，則狐絕而病亦愈。翁由此奇兒，教之騎射。後貴至總戎㊺。

【注釋】❶賈　經商；做生意。❷捫　撫摸。❸庖媪　廚娘。❹喃喃　連綿不斷地小聲說話。❺遺　便溺。❻燭　照。❼火　點火照明。❽圬者　泥瓦匠。❾營營　忙碌不停的樣子。❿霍霍　磨刀聲。⓫宵分　夜半。

⑫囈語　夢話。⑬欻　快速。⑭貍　似狐狸而體型較小的動物，俗稱野狸。⑮戮　殺死。⑯踰垣　翻過牆頭。⑰嫚罵　亂罵。⑱顛　瘋癲；精神錯亂。⑲扃　上門；關門。⑳薄暮　傍晚。㉑蓬科　叢生的雜草。㉒鬣　某些哺乳動物頸上生長的又長又密的毛。此指鬍鬚。㉓瓻　盛酒的器皿。㉔以次　先後。㉕噥噥　連續不斷地自言自語。㉖肆　店鋪。㉗聒　吵鬧。㉘肆廊　店鋪的廊簷下。㉙素業獵　一直以打獵為業。㉚櫝　木匣子。㉛錢　重量單位，十分等於一錢，十錢等於一兩。㉜湯餅　煮熟的麵食，相當於今之切麵。㉝盈掬　滿捧。㉞俾　讓；使。㉟廛肆　店鋪。㊱綴繫　尾隨。㊲洞府　深山中神仙居住的地方。此指山洞。㊳沽　買酒。㊴曩　以前。㊵私　男女間的不正當性關係。㊶靳　吝嗇。㊷喙　鳥獸的嘴。㊸陳平　漢初人，頻出巧計輔佐劉邦取得天下。見《史記》。㊹瘠　瘦弱。㊺總戎　總兵。

【語譯】楚地有位男人，出外經商。妻子獨宿，夢見與人交媾；醒來摸一摸他，是一個身材矮小的男子。觀察他的神情姿態，和人不一樣，知道這是隻狐狸。沒多久，狐狸下床離去，門沒有打開就不見狐狸蹤影了。到了晚上，她叫做飯的老婆子來作伴。她有個小孩十歲了，一直在另一張床上睡覺，也叫他來睡在一起。夜深後，老婆子和小孩都睡著了，狐狸又來了。婦人喃喃地像在說夢話。老婆子醒來，呼叫她，狐狸就走了。從此，婦人就精神恍惚若有所失。到了夜晚，不敢熄燈，警告小孩不要睡熟了。

天快亮時，小孩和老婆子靠著牆睡了一會兒。醒來之後，婦人不見了，心想她是出去上廁所了；等了很久也不回來，這才疑惑起來。老婆子害怕，不敢前去尋找。小孩端著燈到處找她，來到另一間屋裡，母親竟光著身子躺在裡邊；走過去扶她，她也不害羞躲避。從此她就瘋了，歌哭叫罵，每天都有無數的瘋樣。夜間討厭和人同睡，讓小孩睡在別的床上，老婆子也打發走了。小孩每次聽到母親笑語，就起來點燈察看。母親反而怒斥小孩，小孩也不以為意。因此大家都稱讚他膽大。

但是小孩嬉鬧玩耍起來沒個節制，整天學著泥瓦匠，把磚頭石塊疊在窗臺上，制止他也不聽。有人弄掉他一塊石頭，他就在地上打滾哭鬧，誰也不敢冒犯他。過了幾天，兩個窗戶都被堵死了，屋裡沒有一點光線。他又和泥塗抹牆上的窟窿，成天忙忙碌碌，不怕勞累。塗抹完了，沒有事做，就拿把菜刀霍霍地磨起來。看到的人都討厭他太頑皮，不當他是人看待。

他半夜裡把刀藏在懷裡，用葫蘆瓢蓋著燈光。等母親一說夢話，就急忙打開燈，堵在門口叫喊。過了很久沒有異常，他才離開門高喊，假裝著做出要搜查的樣子。突然有一個東西，像野狸一樣，衝過來鑽到門縫裡。他急忙砍牠，只砍斷了牠的尾巴，大約二寸來長，鮮血直滴。剛才，他打開燈起來時，母親就責罵他，小孩好像沒聽見。沒有擊中狐狸，就懊惱地睡下了。心想雖然沒有當場殺死牠，也可以慶幸牠不敢再來了。等天亮了，看見血跡越牆而過。順著血跡追去，進了何家的園子裡。到了夜裡，果然沒有狐狸來，小孩暗暗高興。但是母親癡癡呆呆躺在那裡像死了一般。

不久，商人回來了，靠近床前詢問病情。婦人辱罵他，視他如仇人一樣。小孩把情況告訴了父親。商人大驚，請醫生用藥治療。婦人把藥潑掉破口大罵。暗中把藥摻在湯水中讓她喝，幾天後漸漸安靜下來。父子倆都很高興。一天夜裡醒來，不知道婦人到哪裡去了；父子倆又在另外那間屋子裡找到她。從此以後，她又瘋顛起來，不願意和丈夫住在一個屋裡。到晚上，她竟然跑到另外那間屋裡。拉她回來，她就罵得更厲害。商人沒有辦法，就把那屋裡的門扉全部鎖上。不過，婦人跑過去，門就自動開了。商人非常憂慮，驅鬼祈福都做了，就是沒有一點效果。

小孩在傍晚偷偷進入何家園子，趴在草叢裡，準備偵查狐狸的所在。月亮剛剛升起來，突然聽到有人說話。他暗中撥開叢生的蓬草，看到兩個人走來飲酒，一個長鬍子的僕人捧著酒壺，穿著深棕色的衣服。他們說話聲都非常細小，聽不很清楚。不久，聽到一個人說：「明天可取白酒一瓶來。」沒多久，就都走了，只有長鬍子的僕人獨自留下，脫了衣服躺在院子裡的石頭上。小孩仔細觀察他，四肢都和人一樣，只有尾巴垂在後頭。小孩想回去，又怕狐狸發覺了，就在那裡趴了一整夜。天尚未亮，又聽到那兩人先後到來，咕咕噥噥走進了竹林裡。小孩這才回家。商人問他到哪裡去了，他回答說：「住在伯父家。」

小孩正好跟著父親到集市上，看到帽子店裡掛著狐狸尾巴，央求父親買給他。商人不理睬他。小孩就拉著父親的衣服，撒嬌吵鬧他。他不忍心過於難為孩子，就買給他了。父親在集市上做買賣，小孩在一邊玩耍，趁父親看著別處時，偷了錢就走。買了白酒，寄存在店鋪的廊簷下面。小孩有個舅舅住在城裡，平日以打獵為生。小孩跑到他家裡。舅舅出去了。舅媽詢問他母親的病情，回答說：「這幾天好了一點，又因為老鼠咬衣服，惱怒哭個不停，所以派我來要點毒獵物的藥。」舅媽打開櫃子，拿出一錢左右，包起來給他。他嫌太少。舅媽要做湯餅給他吃。他看到屋子裡沒有人，自己打開獵藥包，偷了滿滿一捧藏在懷裡。便跑去告訴舅媽，讓她不要生火了，說：「父親在集市上等我，沒有時間吃了。」就逕直出門，偷偷把藥攙在酒中。在集市上逛蕩了一天，到傍晚才回去。父親問他到哪裡去了，他假說在舅舅家。

從此，小孩每天都到集市上遊逛。一天，他看到那長鬍子的人也混雜在人群裡。他確定無誤後，偷偷跟著他。漸漸和他說話，詢問他的村莊住處。長鬍子回答說：「住在北村。」也問小孩住在哪裡，小孩騙他說：「山洞裡。」長鬍子很驚奇他住在山洞裡。小孩說：「我世世代代都住在山洞中，你難道不是嗎？」長鬍子更加驚奇了，問小孩的姓氏。小孩說：「我是胡家的孩子。曾在某處看到你跟著兩個人，你難道忘了嗎？」長鬍子仔細端詳他，半信半疑。小孩稍微掀開下衣，稍稍露出假尾巴來，說：「我們混在人群裡，只是這個東西還是存在，太可恨了啊。」

長鬍子問：「你在集市上做什麼？」小孩說：「父親派我來買酒。」長鬍子也說是來買酒。小孩說：「你買了嗎？」長鬍子說：「我們大多貧窮，所以通常偷酒的時候多。」小孩說：「這個工作也很辛苦，擔驚受怕的。」長鬍子說：「受主人的派遣，不能不這樣啊。」小孩就問：「你主人是誰？」他說：「就是你過去見過的兄弟倆。一個私通城北王氏婦，一個住在東村某商人家。商人家的小孩太可惡了，主人被他砍斷尾巴，十天才好，現在又去了。」說完，就要走，說：「不要耽誤我辦事。」小孩說：「偷酒難，不如買酒容易。我已先買了酒寄存在廊簷底下，我敬贈給你。我口袋裡還有剩錢，不愁買酒啊。」長鬍子慚愧無以回報。小孩說：「我們都是同類，何必計較這點小意思？等有空了，還要和你痛飲呢。」於是就一起去，拿酒交給長鬍子，就回去了。

到了夜裡，小孩的母親竟安靜地睡著了，不再亂跑。小孩知道肯定有緣故，就告訴他父親一同去查驗，他們看到兩隻狐狸死在亭子上，一隻狐狸死在草叢中，嘴角還濕漉漉地流出血來。酒瓶還在那裡，拿起來晃一晃，還有酒沒有喝完。父親吃驚地問：「怎麼不早說？」小孩回答說：「狐狸最聰明，一旦洩露，牠就會知道。」商人高興地說：「我兒，真是討伐狐狸的陳平啊。」

於是父子倆背著狐狸回家。看到一隻狐狸尾巴禿禿，刀痕還很清楚。從此，家中就安寧了。

但是婦人瘦得很厲害，心智逐漸清楚，只是又多了咳嗽的毛病，一吐痰就是好幾升，不久就痊癒了。城北的王氏婦，一向被狐狸作祟；到她家裡打聽，狐狸絕跡婦人的病也好了。商人從此就認為兒子不一般，教他騎馬射箭。後來這孩子貴為總兵。

【研　析】〈賈兒〉這篇小說，塑造了一個智勇雙全的兒童形象。

蒲松齡在《聊齋》中，寫了許多美麗善良的狐狸，同時，他也看到狐狸和人類一樣，有善良也有邪惡。這篇小說中的狐狸就是淫邪的，牠看到某商人經商在外，就趁機來騷擾玷汙商人的妻子，使她身心受到極大的傷害。

商人婦最初受到狐狸作祟的時候，神智還比較清醒，叫來做飯的老婦人和自己的兒子陪她睡覺。第一天夜裡，十歲的賈兒睡得熟，沒有聽到母親的動靜。老婦人雖然聽到了，她只是下意識地喊叫幾聲，把狐狸驚走了事。第二天夜裡，狡猾的狐狸把商人婦弄到了別的屋裡，老婦人害怕，不敢去找；賈兒卻拿著燈火到處尋找，終於找到了母親。後來，商人婦就神智失常了，不讓兒子和老婦人陪著睡覺。兒子卻仍然守著母親，聽到動靜就起來點燈照看。母親怒罵兒子，兒子也不在意。因此，大家都「共壯兒膽」，稱讚賈兒有膽氣。

但是，光膽大還不夠，也得心細。賈兒每天以砌磚壘牆為遊戲，幾天時間，就把母親屋子的兩個窗子給封死了。封死了窗子，又霍霍地打磨菜刀。如果他是大人，大人們一定看出他的用意，但他畢竟只是個十歲的孩子，大人們不知其用心，不但不幫助他，反而還討厭他。可是，我們讀者是細心的，看到賈兒砌牆、磨刀，也在期待著一場勇敢的好戲。

果然，夜裡賈兒懷揣利刃，用葫蘆瓢遮著燈光，他要實施他的殲敵計劃了。等到母親發出動靜，他急忙掀開燈、堵住門、喊叫起來。接著，他離開房門，揚言要搜，就把藏匿的狐狸嚇得逃奔門縫，被他一刀斬斷了尾巴。讀書至此，可謂大快人心。但是斷尾尚不足以致命，好看的故事比狐狸的尾巴長多了。

接下來，商人回來了。一夜睡醒，商人婦又到了別的屋裡。商人先是「無策」，後來「患之」，念咒驅趕。這雖是有了「策」，卻無奈其無效。這時，賈兒的勇敢機智又要發揮作用了。他先到何氏園狐狸的巢穴裡打探消息，探明明天狐狸的老奴要到集市上偷取白酒；接著，他又央求父親給他買了條狐狸尾巴；接著，他偷取父親的錢買白酒，寄存起來；接著，他又到舅舅家盜得獵藥，摻在酒中。至此，期待中的又一場好戲就要上演了。

一天，賈兒終於在集市上看到了狐狸的老奴，他先是與之搭話，騙取狐奴的信任；接著，露出假狐狸尾巴，打消狐奴的疑慮；接著，套得狐奴說明作祟母親的狐狸的真實情況；接著，他把自己存放的白酒送給狐奴。

戲，就這樣緊鑼密鼓、環環相扣地演了下去。到了夜裡，母親大安，賈兒知道計謀得逞，就與父親同到何氏園驗證。至，則狐狸斃命矣。從此，家中安定，母親的病也好了。

最後值得一提的是，賈兒的父親儘管在對付狐狸上缺勇少智，但通過這件事，他卻發現了兒子的優點，從此加強培養，最終家裡出了一位大將軍。

此篇敘事從容細緻，用了控制視角，脈絡還是十分清晰的。

金世成

金世成，長山❶人。素不檢。忽出家作頭陀❷。類顛❸，啗不潔以為美。犬羊遺穢❹於前，輒伏噉❺之。自號為佛。

愚民婦異其所為，執弟子禮者以千萬計。金訶使食矢❻，無敢違者。創殿閣，所費不貲❼，人咸樂輸之。邑令南公❽惡其怪，執而笞之，使修聖廟❾。門人競相告曰：「佛遭難！」爭募救之。宮殿旬月❿而成，其金錢之集，尤捷于酷吏之追呼也。

異史氏曰：「予聞金道人，人皆就其名而呼之，謂為『今世成佛』。品至啗穢，極矣。笞之不足辱，罰之適有濟⓫，南令公處法何良也！然學宮圮⓬而煩妖道，亦士大夫之羞矣。」

【注釋】❶長山　舊縣名，今山東濱州鄒平一帶。❷頭陀　行腳僧。❸顛　精神錯亂。❹遺穢　排泄糞便。❺噉　同「啖」。吃食。❻矢　屎。❼不貲　數額巨大，算不過來。❽南公　南之杰，蘄水人，康熙十年任長山知縣，頗有政績。❾聖廟　祭祀孔子的廟宇，又叫文廟。明清時文廟多為儒學教官的官衙，故又稱「學宮」。❿旬月　十天至一個月，指較短時間。⓫濟　補益。⓬圮　倒塌。

【語　譯】金世成，是長山人。平常行為不檢點。忽然出家做了和尚。他好像瘋子似的，把髒東西當作美味吃。狗羊在前面拉屎，他往往趴下吃掉。自稱是佛。

愚民村婦見他行為怪異，給他送禮做徒弟的成千上萬。金世成呵斥著他們吃屎，沒有一個敢違抗的。他修建寺廟，花錢無數，人們都願意送錢資助。縣令南公厭惡他鬼鬼怪怪，抓他來打一頓板子，讓他修文廟。徒弟們奔走相告說：「佛遭難了！」爭著捐錢救他。宮殿半月多點不到一月就建成了，他集資的速度，比酷吏的追逼呼喊還要快。

異史氏說：「我聽說金道人，人們都直呼他的名字，稱他為『今世成佛』。人品到了吃屎的地步，也算到了極點。打他一頓，他不感到羞辱，罰他修文廟，正好能發揮作用，南公處理得太好了！不過學宮倒塌了還要靠妖道來修，這也是士大夫的羞恥啊。」

【研　析】長山的金世成，平素就行為放蕩，後來出家做了和尚，行為就更加駭人聽聞了，竟然趴在路上吃狗屎羊糞。俗云，非常之人，能為非常之事。愚夫愚婦們大概認為，能吃屎的人就應該是非常之人了，所以成千上萬的人就成了他的信徒。金世成讓信徒們吃屎，信徒們也樂於以臭為香。大概他們覺得，自己能吃屎，自己也就是佛或者離佛不遠了。

在金世成的號召下，修建廟宇，花錢無數；但是，信徒們都樂於把錢捐贈出去。這是一種多麼大的號召力呀！古今中外的許多邪教組織，就是靠這種不近人情的舉動自神其教，騙得善男信女的信任推崇，然後實現自己的卑劣意圖。處理這樣一群人，是既要謹慎，又要果斷的。

縣令南公厭惡金世成的怪異行徑，把他抓來拷打一頓，然後讓他帶頭修建文廟。這一做法本身無可非議，因為它取得了非常明顯的效果，不久文廟就修成了。但是，這一做法的影響卻值得思考：不是說莊嚴的文廟不能用這樣滑稽的方式修建，而是說金世成這夥裝神弄鬼的人，對社會道德的影響是惡劣的，他們的影響和勢力的擴大，就銷蝕了儒家思想的正道直行。所以，蒲松齡說：「學宮圮而煩妖道，亦士大夫之羞矣。」

董生

董生，字遐思，青州❶之西鄙人。冬月薄暮，展被於榻而熾炭焉。方將籌燈❷，適友人招飲，遂扃戶去。至友人所，座有醫人，善太素脈❸，遍診諸客。末顧王生九思及董曰：「余閱人多矣，脈之奇無如兩君者：貴脈而有賤兆，壽脈而有促徵。此非鄙人所敢知也。然而董君實甚。」共驚問之。曰：「某至此亦窮於術，未敢臆決❹。願兩君自慎之。」二人初聞甚駭，既以為模棱語❺，置不為意。

半夜，董歸，見齋門虛掩，大疑。醺❻中自憶，必去時忙促，故忘扃鍵❼。入室，未遑爇火❽，先以手入衾中，探其溫否。才一探入，則膩有臥人。大愕，斂手。急火之，竟為姝麗，韶顏稚齒❾，神仙不殊。狂喜。戲探下體，則毛尾修然❿。

大懼，欲遁。女已醒，出手捉生臂，問：「君何往？」董益懼，戰慄哀求，願仙人憐恕。女笑曰：「何所見而畏我？」董曰：「我不畏首而畏尾。」女又笑曰：「君誤矣。尾於何有？」引董手，強使復探，則髀⓫肉如脂，尻骨童童⓬。笑曰：「何如？醉態矇瞳，不知所見伊何，遂誣人若此。」

董固喜其麗，至此益惑，反自咎適然之錯。然疑其所來無因。女曰：「君不憶東鄰之黃髮女乎？屈指移居者，已十年矣。爾時我未笄⓭，君垂髫也。」董恍然曰：「卿周氏之阿瑣耶？」女曰：「是矣。」董曰：「卿言之，我彷彿憶之。十年不見，遂苗條如此！然何遽能來？」女曰：「妾適癡郎四五年，翁姑⓮相繼逝，又不幸為文君⓯。剩妾一身，煢⓰無所依。憶孩時相識者惟君，故來相見就。入門已暮，邀飲者適至，遂潛隱以待君歸。待之既久，足冰肌粟，故借被以自溫耳，幸勿見疑。」董喜，解衣共寢，意殊自得。

月餘，漸羸瘦[17]，家人怪問，輒言不自知。久之，面目益支離[18]，乃懼，復造善脈者診之。醫曰：「此妖脈也。前日之死徵驗矣，疾不可為也。」董大哭，不去。醫不得已，為之鍼手灸臍，而贈以藥。囑曰：「如有所遇，力絕之。」董亦自危。

既歸，女笑要之。怫然[19]曰：「勿復相糾纏，我行且死！」走不顧。女大慚，亦怒曰：「汝尚欲生耶！」至夜，董服藥獨寢，甫交睫，夢與女交，醒已遺[20]矣。益恐，移寢於內，妻子火守之。夢如故。窺女子已失所在。積數日，董嘔血斗餘而死。

王九思在齋中，見一女子來，悅其美而私之。詰所自，曰：「妾，遐思之鄰也。渠[21]舊與妾善，不意為狐惑而死。此輩妖氣可畏，讀書人宜慎相防。」王益佩之，遂相歡待。居數日，迷罔病瘠[22]。忽夢董曰：「與君好者狐也。殺我矣，又欲殺我友。我已訴之冥府[23]，洩此幽憤。七日之夜，當炷香室外，勿忘卻。」醒而異之。謂女曰：「我病甚，恐將委溝壑，或勸勿室㉔也。」女曰：「命當壽，室亦生；不壽，勿室亦死也。」坐與調笑。王心不能自持，又亂之。已而悔之，而不能絕。及暮，插香戶上。女來，拔棄之。

夜又夢董來，讓㉕其違囑。次夜，暗囑家人，俟寢後潛炷之。女在榻上，忽驚曰：「又置香耶？」王言：「不知。」女急起得香，又折滅之。入曰：「誰教君為此者？」王曰：「或室人憂病，信巫家作厭禳㉖耳。」女徬徨不樂。家人潛窺香滅，又炷之。女忽歎曰：「君福澤㉗良厚。我誤害遐思而奔子，誠我之過。我將與彼就質於冥曹。君如不忘夙好，勿壞我皮囊也。」逡巡下榻，仆地而死。燭之，狐也。猶恐其活，遽呼家人，剝其革而懸焉。

王病甚，見狐來曰：「我訴諸法曹㉘。法曹謂董君見色而動，死當其罪；但咎我不當惑人，追金丹㉙去，復令還生。皮囊何在？」曰：「家人不知，已脫之矣。」狐慘然曰：「余殺人多矣，今死已晚；然忍哉君乎！」恨恨而去。王病幾危，半年乃瘥㉚。

【注　釋】❶青州　府名，治所在今山東青州。❷篝燈　點燈。❸太素脈　古代一種切脈術。❹臆決　臆斷；主觀判斷。❺模棱語　模棱兩可的話語。❻醺　醉。❼扃鍵　給門上鎖。❽未遑爇火　沒來得及點燈。遑，閒暇。爇，點燃。❾韶顏稚齒　模樣好，年紀輕。❿修然　修長的樣子。⓫髀　大腿。⓬尻骨童童　尾骨光禿禿。尻，脊椎骨的末端。童童，光禿禿。⓭未笄　不到十五歲。古時女子十五歲而以笄束髮，十五歲之前，頭髮披垂。⓮翁姑　公婆。⓯文君　卓文君，漢時人，少年守寡。⓰煢　孤獨。⓱羸瘦　病弱消瘦。⓲支離　身體消瘦不全。⓳怫然　惱怒的樣子。⓴遺　遺精。㉑渠　他。㉒迷罔病瘠　昏迷瘦損。㉓冥府　陰曹地府。㉔室　妻子。此指與女子同房。㉕讓　責備。㉖厭禳　通過祭祀驅除邪惡。㉗福澤　幸福與恩惠。㉘法曹　指陰曹地府中掌管刑法的官署。㉙金丹　仙丹。㉚瘥　病體痊癒。

【語　譯】董生，字叫遐思，青州西部人。冬天的一個傍晚，他把被子鋪在床上並且生好了炭火。剛想點燈讀書，正好朋友請他喝酒，於是鎖上門就去了。到了朋友家裡，座中有個醫生，擅長太素脈，給每個客人都把了一遍脈。最後他看著王九思和董遐思說：「我看過的人多了，脈象的奇特沒有人像你們倆的：二位的脈本應是富貴的，可又有貧賤的徵兆；本應是長壽的，可又有短命的特徵。這不是在下所能明白的了。但是董君的情況更為明顯。」大家都吃驚地問他。醫生說：「遇到這種狀況我也技窮了，不敢憑空亂說。希望兩位自己謹慎注意。」二人剛聽到時非常害怕，後來聽到醫生的話模棱兩可，也就不以為意了。

半夜裡，董遐思回家，看到書房門虛掩著，感到很奇怪。醉中自己想了想，一定是走的時候太匆忙，所以忘了關門上鎖。進屋，沒來得及點燈，先把手伸進被窩裡，試試暖和不暖和。剛把手伸進去，就覺得滑膩膩的有人躺在被窩裡。他大吃一驚，連忙縮手。急忙點燈一照，竟然是個姑娘，年輕漂亮，神仙一般。董遐思狂喜，輕佻地用手去摸她下身，卻有一條長長的毛尾巴。

董遐思大為害怕，想要逃跑。那姑娘已經醒了過來，伸手拉住董遐思的胳膊，問：「你往哪裡去啊？」董遐思更害怕了，渾身顫抖著哀求，希望仙人可憐寬恕我。姑娘笑著說：「你見到什麼了，這樣害怕我？」董遐思說：「我不怕你的臉面，我怕你的尾巴。」姑娘又笑了，說：「你錯了，哪裡有尾巴？」拉著董遐思的手，硬讓他再摸一次，只感到她大腿上的肉柔滑如脂，屁股上光禿禿的。姑娘笑著說：「怎麼樣？你喝醉了，糊裡糊塗，不知道見到了什麼，就如此冤枉我。」

董遐思本來就喜歡她漂亮，這時更加迷惘，反而自責剛才看錯了。但是仍然懷疑她來歷不明。姑娘說：「你不記得東邊鄰居的黃毛丫頭嗎？屈指算來搬走已十年了。那時我還未成年，你也還是少年呢。」董遐思恍然大悟說：「你是周家的阿瑣啊？」姑娘說：「是啊。」董遐思說：「你這一說，我恍惚想起來了。十年不見，竟然這麼苗條了！可是你怎麼突然就來了呢？」姑娘說：「我嫁了個傻小子四五年了，公婆相繼去世，我又不幸像卓文君一樣守了寡。剩下我一個人，孤零零沒有依靠。想起童年時認識的朋友只有你，所以就來見你了。進門時天就黑了，請你喝酒的人剛好來了，於是我就藏起來等你回來。等了你很長時間，腳冷身寒，就鑽到被窩裡暖和暖和，請你不要懷疑我。」董遐思很高興，脫了衣服同她一起睡下，心裡很滿足。

過了一個多月，董遐思漸漸消瘦，家裡的僕役奇怪地問他，他老是說自己不知道。時間一長，面容更加憔悴，才害怕起來，再到那個善於太素脈的醫生那裡診斷。醫生說：「你這是妖脈啊。

以前我說你有死的徵兆，現在應驗了，病沒辦法治了。」董遐思大哭，不肯離去。醫生沒辦法，就給他手上扎針，肚臍上灸艾，並贈給他藥物。囑咐他說：「如果有什麼遇合，一定要全力擺脫。」董遐思自己也感到危險。

回家後，姑娘嘻笑著要同他媾和。董遐思生氣地說：「不要再糾纏我了，我就要死了！」頭也不回的走了。姑娘很慚愧，也生氣地說：「你還想活嗎！」到了夜裡，董遐思吃了藥單獨睡，剛一閉眼，就夢見與姑娘交媾，醒來發現已經遺精了。他更加害怕了，搬到內房去住，他妻子點著燈守著他。他照常做那樣的夢。起來去看那姑娘，已不見了蹤影。過了幾天，董遐思吐了一斗多的血而死。

王九思在書房裡，看見一個女子進來，喜歡她的漂亮，就同她發生了關係。問她從哪裡來，女人說：「我是董遐思的鄰居啊。他過去同我好，沒想到被狐狸迷惑而死。狐狸們妖氣可怕，讀書人要小心提防啊。」王九思很佩服她，便與她交歡。過了幾天，王九思昏沉消瘦了起來。忽然夢見董遐思告訴他：「同你相好的是隻狐狸呀。她已經害死了我，又要害我的朋友你。我已經告到閻王那裡，要出這口悶氣。七天後的夜裡，你要在屋外燒上香，千萬別忘了。」王九思醒後感到很奇怪。對女人說：「我病得很厲害，就要死了，有人勸我別近女色。」女人說：「命當長壽，有女人也死不了；不該長壽，沒有女人也活不長。」說著就坐下來與王九思談笑著。王九思心裡把持不住，又同她淫亂了。王九思事後非常後悔，但又不能戒絕她的誘惑。到了晚上，他在門上點上香。女子走來，拔下香來扔了。

夜裡，王九思又夢見董遐思進來，責備他不聽自己的話。第二天夜裡，王九思私下囑咐家僕，等和那女的睡下後，偷偷點上香。女子躺在床上，忽然吃驚地說：「又點香了？」王九思說：「我不知道。」女子急忙起來找到香，並把它折斷熄火。回到屋裡說：「誰叫你燒香的？」王九思說：「可能是妻子憂慮我的病，相信巫婆給我燒香袪病。」女子來回走動悶悶不樂。王九思的家人偷偷地看到香滅了，又點上。女子忽然歎息說：「你的福氣厚大。我誤害了董遐思又跑到你這裡，確實是我的不對。我將要同董遐思到閻王那裡打官司。你若不忘我從前的好處，不要壞了我的皮囊。」她慢吞吞地下了床，倒在地上死了。王九思用燈照她，是隻狐狸。他怕她再活過來，急忙叫來家僕，剝下她的皮掛起來。

王九思病得更重了，看見狐狸來說：「我向法官申訴。法官說董遐思見女色動了心，死了是罪有應得；但是也責怪我不該迷惑人，把我的金丹沒收了，讓我活著回來。我的皮囊在哪裡呀？」王九思說：「家裡僕人不知道，已經把皮剝了。」狐狸淒慘地說：「我殺害的人太多了，現在死了已經太晚；但你也太殘忍了！」說完，恨恨地走了。王九思差點病死，半年才痊癒。

【研　析】〈董生〉這篇小說，故事簡單，結構清晰，文筆細膩。

董遐思在一個冬天的傍晚，鋪好被子生好炭火後，被朋友招去喝酒。酒席上有一位擅長太素脈的人，給董遐思和王九思把脈，其結論是：「貴脈而有賤兆，壽脈而有促徵。」這兩句話，我們雖然還不能看得十分明白，卻影影綽綽地為人物擔心起來。

半夜裡，董遐思喝完酒回家，摸到被窩裡滑溜溜有一人在，急忙點燈照看，原來是一年輕的美人。接下來的一小段文字，文筆細膩活潑，引人發笑，很有趣味兒。董遐思見是美女，不問情由，就狂喜地伸手摸人家下體，不料卻摸到了一條毛茸茸的長尾巴。我們常說，某某終於露出了狐狸尾巴，現在這個美女就露出了狐狸尾巴。在〈董生〉中，為了文筆的生動，給這個狐女安上了一條尾巴。能露出狐狸尾巴的狐狸，都不是好狐狸。所以，就要遠離牠。可惜的是，董遐思雖然名為遐思，考慮問題卻不長遠，竟色迷心竅，輕信了狐女的話，與牠親熱起來。如此一個多月，就病弱得不成樣子。此時如果醒悟，或許還有希望，可是他執迷不悟，終於天長日久，無可救藥而死。他臨死前的「夢與女交，醒已遺矣」。至此，「壽脈而有促徵」那句話已經應驗。

董遐思死後，狐女又纏上了王九思。王九思喜歡她的漂亮就和她親熱起來。狐女對王九思說，她是董遐思的鄰居，董遐思被狐狸迷惑死了。如果僅僅說到這裡，還算半真半假，不算過分，可是她接著說，狐狸妖氣可畏，讀書人要小心提防。自己就是狐狸，自己害死了董遐思，卻偏偏能沒事人一般告誡著別人，並以此騙得別人的感激和款待。王九思雖然蒙在鼓裡，我們讀者卻感到毛骨悚然了。接下來，王九思病了，董遐思託夢前來告誡，可王九思白叫了王九思，狐女輕輕一句貌似頗有道理的「命當壽，室亦生；不壽，勿室亦死也」，就哄得他不加三思地又與之親熱起來。狐女的能說會道、殺人於無形。最後，狐女走了，王九思病了半年，全仗自己「福澤良厚」，才活了下來。至此，「貴脈而有賤兆」那句話，也應驗了。

海公子

東海古蹟島，有五色耐冬花，四時不凋。而島中古無居人，人亦罕到之。

登州❶張生，好奇，喜遊獵。聞其佳勝，備酒食，自掉❷扁舟而往。至則花正繁，香聞數里；樹有大至十餘圍者。反復留連，甚慊❸所好。開尊自酌，恨無同遊。忽花中一麗人來，紅裳炫目，略無倫比。見張，笑曰：「妾自謂興致不凡，不圖先有同調❹。」張驚問何人。曰：「我膠❺娼也。適從海公子來。彼尋勝❻翱翔，妾以艱於步履，故留此耳。」張方苦寂，得美人，大悅，招坐共飲。女言詞溫婉，蕩人神志，張愛好之。恐海公子來，不得盡歡，因挽與亂❼。女忻從之。相狎未已，忽聞風肅肅，草木偃折❽有聲。女急推張起，曰：「海公子至矣。」張束衣愕顧，女已失去。旋❾見一大蛇，自叢樹中出，粗於巨筩。張懼，幛身大樹後，冀❿蛇不睹。蛇近前，以身繞人並樹，糾纏數匝⓫；兩臂直束胯間，不可少屈。昂其首，以舌刺張鼻。鼻血下注，流地上成窪，乃俯就飲之。張自分⓬必死，忽憶腰中佩荷囊，有毒狐藥，因以二指夾出，破裹堆掌中；又側頸自顧其掌，令血滴藥上，頃刻盈把⓭。蛇果就掌吸飲。飲未及盡，遽⓮伸其體，擺尾若霹靂聲，觸樹，樹半體崩落⓯，蛇臥地如梁而斃矣。張亦眩⓰莫能起，移時方蘇。載蛇而歸。大病月餘。疑女子亦蛇精也。

【注　釋】❶登州　府名，治所在今山東煙臺蓬萊。❷掉　划船工具，即「棹」。❸慊　快意；滿足。❹同調　志趣相同的人。❺膠　膠州，今山東青島膠州一帶。❻尋勝　尋訪美景。勝，優美的景色。❼亂　淫亂；玩弄。❽偃折　倒下並折斷。❾旋　不久。❿冀　希望。⓫數匝　好幾圈。⓬自分　自想；自料。⓭盈把　滿把。⓮遽　迅速。⓯崩落　崩坍。⓰眩　兩眼昏花模糊。

【語　譯】東海的古蹟島上，有一種五色的耐冬花，一年四季常開不謝。島上自古以來無人居住，島外人也很少到島上去。

登州的張生，喜歡奇異之事，喜歡到處打獵。聽說古蹟島風光佳美，就準備了酒食，自己划著小船前往。到了島上花開得正是繁茂，數里之外就能聞到香味；大樹有長到十餘人合抱那麼粗的。他流連忘返，非常滿意這次遊覽。打開酒瓶，獨自喝起來，只是遺憾沒有同伴。忽然花叢中走來一位美女，紅衣服耀人眼睛，人漂亮得無可比擬。她見到張生，笑著說：「我自以為興趣不同尋常，沒想到早有一個同好的人。」張生吃驚地問她是什麼人。美女說：「我是膠州的妓女。剛剛跟著海公子來到這裡。他尋芳覽勝自由自在去了，我因為行動不便，所以留在這裡。」張生正苦於寂寥，碰見這個美女，非常高興，招呼她坐下一起喝酒。美女言語溫順，讓人魂不守舍。張生相當喜歡她。擔心海公子來了，不能盡情歡樂，就拉著她淫亂。美女也欣然順從了他。兩個人親熱尚未結束，忽聽風聲嗖嗖，草木倒地折斷嘩嘩作響。美女急忙推開張生起身，說：「海公子到了。」張生繫好腰帶，驚嚇地回頭一看，美女已不知去向。

不久看見一條大蛇，從樹叢中爬出來，比大竹筒還粗。張生害怕，藏在大樹後頭，希望蛇看不見他。蛇來到樹下，用身體纏繞人和樹，纏了好幾圈；張生的兩條胳膊直直地被纏在胯間，一點也不能彎曲。蛇抬起頭來，用舌頭刺張生的鼻子。張生的鼻血流淌到地上成了一窪，蛇就低下頭去喝。張生自料必死無疑，忽然想起腰間的荷包裡，裝有毒狐狸的藥，於是用兩根手指把毒藥夾出，把包裝弄破堆在手心裡；又扭著脖子看著自己的手掌，讓鼻血滴到藥上，片刻就滴滿了一把。蛇果然伸頭到手心吸血。尚未喝完，突然伸開身子，尾巴一擺，像打了一個響雷，碰到樹上，樹崩塌了一半，蛇僵臥地上直挺挺的像房樑一般死了。

張生也頭昏眼花站不起來，過了一會兒，才清醒過來。用船把大蛇拉回家。大病了一個多月。他懷疑那個美女也是蛇精。

【研　析】〈海公子〉敘述古蹟島張生鬥蛇的故事，出於《聊齋》構思的慣性，前面設置了幻化的美女誘惑人的情節。

張生「好奇，喜遊獵」，獨自划船去了自古無人居、亦無人至的古蹟島。島上花木繁盛，香氣濃郁，甚愜心懷。「開尊自酌，恨無同遊」。忽然花中走出一位美麗的女子，笑著說：「妾自謂興致不凡，不圖先有同調。」俏麗的容貌，談吐又非常風雅，使張生神志動搖，由「共飲」進而「與亂」，成了她的俘虜。隨即美女說到的海公子，也就轟然有聲地出現了。

海公子是一條粗大的蛇。張生躲到一棵大樹後邊。蛇「以身繞人並樹，糾纏數匝」，隨之「以舌刺張鼻」，血流如注，落到地上形成個血窪，「俯就飲之」。張生自分必死，想到身上袋子裡有毒狐藥，便用二指夾出，「破裹堆掌中」，「令血滴藥上」。蛇「就掌吸飲」，便中毒僵斃，張生逃過一命。

此篇故事並無新意和深蘊，文筆卻極細密，事出偶然卻敘述得十分圓通。開頭說張生「好奇，喜遊獵」，說明他不是柔弱書生，方才有獨闖無人島的勇敢；如果不「喜遊獵」，身上也就不會有毒狐藥了。張生登島，「恨無同遊」，美女出現，說「不圖先有同調」，便化解了張生的驚異感，介紹自己是隨海公子而來，更完全消除了狐疑，也為大蛇的出現立了張本。文章有滴水不漏之妙。

水莽草

水莽，毒草也。蔓生似葛[1]，花紫類扁豆。誤食之，立死，即為水莽鬼。俗傳此鬼不得輪迴[2]，必再有毒死者，始代之。以故楚中桃花江[3]一帶，此鬼猶多云。

楚人以同歲生者為同年，投刺[4]相謁，呼庚兄庚弟，子侄呼庚伯，習俗然也。有祝生造其同年某，中途燥渴[5]思飲。俄見道旁一媼，張棚施飲，趨之。媼承迎入棚，給奉[6]甚殷。嗅之有異味，不類茶茗。置不飲，起而出。媼急止客，便喚：「三娘，可將好茶一杯來。」俄有少女，捧茶自棚後出。年約十四五，姿容艷絕，指環臂釧[7]，晶瑩鑒影。生受琖神馳。嗅其茶，芳烈無倫。吸盡再索。覷媼出，戲捉纖腕，脫指環一枚。女赬頰[8]微笑，生益惑[9]。略詰門戶。女曰：「郎暮來，妾猶在此也。」生求茶葉一撮，並藏指環而去。

至同年家，覺心頭作惡，疑茶為患，以情告某。某駭曰：「殆矣！此水莽鬼也。先君⑩死於是。是不可救，且為奈何？」生大懼，出茶葉驗之，真水莽草也。又出指環，兼述女子情狀。某懸想⑪曰：「此必寇三娘也。」生以其名確符，問何故知。曰：「南村富室寇氏女，夙有艷名⑫。數年前，誤食水莽而死，必此為魅。」或言受魅者，若知鬼姓氏，求其故襠，煮服可痊。某急詣寇所，實告以情，長跪哀懇。寇以其將代女死故，靳⑬不與。某忿而返，以告生。生亦切齒恨之，曰：「我死，必不令彼女脫生！」某舁⑭送之，將至家門而卒。母號涕葬之。遺一子，甫周歲。妻不能守柏舟節⑮，半年改醮⑯去。

母留孤自哺，劬瘁⑰不堪，朝夕悲啼。一日，方抱兒哭室中，生悄然忽入。母大駭，揮涕問之。答云：「兒地下聞母哭，甚愴於懷，故來奉晨昏⑱耳。兒雖死，已有家室，即同來分母勞，母其勿悲。」母問：

「兒婦何人？」曰：「寇氏坐聽⑲兒死，兒甚恨之。死後欲尋三娘，而不知其處；近遇某庚伯，始相指示。兒往，則三娘已投生任侍郎⑳家；兒馳去，強捉之來。今為兒婦，亦相得，頗無苦。」移時，門外一女子入，華妝艷麗，伏地拜母。生曰：「此寇三娘也。」雖非生人，母視之，情懷差慰。生便遣三娘操作。三娘雅㉑不習慣，然承順殊憐人。由此居故室，遂留不去。女請母告諸家。生意勿告；而母承女意，卒告之。

寇家翁媼㉒，聞而大駭。命車疾至，視之，果三娘，相向哭失聲，女勸止之。媼視生家良貧㉓，意甚憂悼。女曰：「人已鬼，又何厭貧？祝郎母子，情義拳拳㉔，兒固已安之矣。」因問：「茶媼誰也？」曰：「彼倪姓。自慚不能惑行人，故求兒助之耳。今已生於郡城賣漿㉕者之家。」

因顧生曰：「既婿矣，而不拜岳，妾復何心？」生乃投拜。女便入廚下，代母執炊㉖，供翁媼。媼視之悽心，既歸，即遣兩婢來，為之服役；金百斤、布帛數十匹，酒胾㉗不時饋送，小阜㉘祝母矣。寇亦時招歸寧㉙。居數日，輒曰：「家中無人，宜早送兒還。」或故稽之，則飄然自歸。翁乃代生起夏屋㉚，營備臻至。然生終未嘗至翁家。

一日，村中有中水莽毒者，死而復甦，相傳為異。生曰：「是我活之也。彼為李九所害，我為之驅其鬼而去之。」母曰：「汝何不取人以自代？」曰：「兒深恨此等輩，方將盡驅除之，何屑此為！且兒事母最樂，不願生也。」由是中毒者，往往具豐筵㉛，禱諸其庭，輒有效。

積十餘年，母死。生夫婦亦哀毀㉜，但不對客，惟命兒縗麻擗踊㉝，教以禮儀而已。葬母後，又二年餘，為兒娶婦。婦，任侍郎之孫女也。先是，任公妾生女數月而殤㉞。後聞祝生之異，遂命駕其家，訂翁婿㉟焉。至是，遂以孫女妻其子，往來不絕矣。

一日，謂子曰：「上帝以我有功人世，策為『四瀆牧龍君』㊱。今行矣。」俄見庭下有四馬，駕黃幨㊲車，馬四股皆鱗甲㊳。夫妻盛裝出，同登一輿。子及婦皆泣拜，瞬息而渺。是日，寇家見女來，拜別翁媼，亦如生言。媼泣挽留。女曰：「祝郎先去矣。」出門遂不復見。

其子名鶚，字離塵，請諸寇翁，以三娘骸骨與生合葬焉。

【注釋】❶葛　葛藤。❷輪迴　佛教認為，眾生都輾轉生死於天、人、阿修羅、地獄、餓鬼、畜生六道之中，如車輪之旋轉不停，叫做輪迴。❸桃花江　在今湖南境內。❹刺　名片。❺燥渴　乾渴。❻給奉　供應招待。❼指環臂釧　戒指和手鐲。❽赬頰　紅臉。赬，紅色。❾惑　精神迷亂。❿先君　已故的父親。⓫懸想　猜想。⓬艷名　模樣漂亮的名聲。⓭靳　吝嗇。⓮舁　抬。⓯柏舟節　寡婦守貞的節操。⓰改醮　改嫁。⓱劬瘁　勞累。⓲奉晨昏　侍養父母。古時，子女侍奉父母，要黃昏為父母安定床鋪，早晨向父母省安問好。⓳坐聽　任由；漫不關心。⓴侍郎　官名。㉑雅　很；非常。㉒翁媼　老頭和老太太。指父母。㉓良貧　非常貧窮。良，甚；很。㉔拳拳　誠懇。㉕漿　茶水。㉖執炊　做飯。㉗酒胾　酒肉。胾，肉。㉘小阜　助其稍微富裕。㉙歸寧　出嫁的女子回娘家探望。㉚夏屋　大屋。夏，大。㉛豐筵　豐盛的宴席。㉜哀毀　因哀傷而損害了身體。㉝縗麻擗踊　披麻戴孝，極度哀傷。㉞殤　夭折；未成年而死。㉟翁婿　岳父和女婿的關係。㊱策為四瀆牧龍君　策命為「四瀆」之神。策，策命。四瀆，長江、黃河、淮水、濟水四條河。㊲幨　車帷。㊳馬四股皆鱗甲　傳說中龍馬的樣子。

【語譯】水莽草，是毒草。蔓生，似葛藤；花呈紫色，像扁豆。誤吃了它，立即就會死去，變成水莽鬼。民間傳說這種鬼不能輪迴脫生，一定要再有一個毒死的，才能把他替代出來。因此，楚地的桃花江一帶，這種水莽鬼特別多。

楚地人稱呼同歲的人為同年，投遞名片互相拜訪，以庚兄庚弟相稱，子侄輩們稱他們為庚伯，那裡的習俗就是這樣。有個祝生去拜訪他的同年某，途中口乾舌燥想喝水。一會兒，就看見路邊一個老太太，搭著涼棚施捨茶水，祝生就跑了過去。老太太把他迎進棚去，非常殷勤地端上茶水。祝生聞了聞茶水，有點怪味，不大像茶水，便放下不喝，起身出來。老太太急忙攔住他，就喊起來：「三娘，端一杯好茶來。」接著有個少女，捧著茶杯從棚後邊出來。年齡大約十四五歲，姿容豔麗無比，手指上的戒指、手腕上的鐲子，晶瑩得能照見人影。祝生接過茶杯，神魂蕩漾。聞那茶水，芳香無比，喝完了還想再要。祝生看到老太太出去了，就輕薄地拉住少女的纖纖手腕，脫下她的一枚戒指。少女紅著臉微微一笑，祝生更加著迷了。大致問了一下少女的居住地址，少女說：「你晚上再來，我還在這裡。」祝生向她要了一撮茶葉，和那枚戒指一塊藏起來走了。

祝生到了同年某家裡，感覺噁心，懷疑是茶水害的，就將情況告訴了某。某驚駭地說：「完了！這是水莽鬼啊。我父親就死在這上頭。這是沒法救治的，這可怎麼辦呢？」祝生非常害怕，拿出茶葉檢驗，果真是水莽草。又拿出那枚戒指，並描述了那少女的模樣舉止。某推測說：「這一定是寇三娘。」祝生因為名字確實相符，就問某怎麼知道？某說：「南村富戶寇家的女兒，以前有美豔之名。幾年前，誤吃水莽草死了，這肯定是她的鬼魅。」有人說受水莽鬼禍害的人，若是知道鬼的姓名，求到鬼生前穿過的褲襠，煮水服用就可以痊癒。某急忙前往寇家，把實情說明，跪在地上哀求；寇家因為祝生將要死去做女兒的替身，就吝惜不給。某憤憤而回，把情況告訴了祝生。祝生也恨得咬牙切齒地說：「我死了，一定不讓他女兒投胎轉生！」某把祝生抬回家，快到家門時就死了。祝生的母親大哭著埋葬了他。祝生留下一個兒子，剛剛周歲。妻子不能寡居守節，半年就改嫁走了。

祝母留下孤兒自己撫養，勞累不堪，整天悲傷哭泣。一天，祝生母親正抱著孫子在屋裡哭泣，祝生忽然靜悄悄地進來了。祝母大驚，抹著眼淚問他。祝生回答說：「兒在地下聽到母親哭泣，心裡很悲傷，所以來早晚伺候母親。兒雖然死了，但已成家，就叫媳婦一起來替母親操勞，母親就不要悲傷了！」母親問：「兒媳婦是誰？」祝生說：「寇家眼睜睜聽任兒死去，兒非常恨他們。死後要去找寇三娘，但不知她在哪裡；近來遇到某庚伯，他才告訴我。兒趕去後，三娘卻已經投胎轉生到任侍郎家了；兒飛奔而去，硬把她抓了回來。現在她成了兒的媳婦，生活也很融洽，並沒什麼苦惱。」沒多久，門外一個女子走進來，華美的服裝非常豔麗，跪到地上磕頭拜見母親。祝生說：「這就是寇三娘。」雖然他倆不是活人，母親看見他們，心中也略覺安慰。祝生就吩咐三娘操持家務。三娘很不習慣，但她應承母親，性情柔順得讓人愛憐。從此，二人就住在以前的房子裡，留下不走了。三娘請母親告訴她家裡人。祝生的意思是不要；但母親順從三娘的心願，最終還是告訴了寇家。

寇家老夫婦，聽後大驚，急忙乘車趕到祝家。他們看了看那女子，果然是三娘。老夫婦相視失聲痛哭，三娘勸住了他們。寇老太太看到祝家很窮，心裡非常擔憂。三娘說：「人都變成鬼了，還怕什麼窮呢？祝郎母子，真心實意對待我，女兒早就安於這種狀況了。」寇老太太又問：「賣茶的老太太是誰？」三娘說：「她姓倪，自慚不能迷惑行人，所以求女兒幫她而已。現在已投胎轉生到府城一個賣茶的人家。」

於是回頭看著祝生說：「既然成了女婿，卻不拜見岳父母，我心裡是什麼滋味？」祝生就磕頭拜見。三娘就進廚房，代婆婆做飯，招待自己的父母。寇老太太見了心中淒楚。回去後，就派了兩個小丫鬟來，為女兒工作；又送來一百斤白銀，幾十匹棉布綢緞，經常贈送酒肉，祝母的生活稍稍富裕起來。寇家也時常叫三娘回娘家住。住幾天，三娘就說：「家裡沒有人，應早早送女兒回去。」有時故意不讓她走，三娘就飄飄然自己回去。寇老翁就替祝生蓋了大房子，設置裝修十分周到。但祝生始終沒到寇家去過。

一天，村裡有個中了水莽毒的人，死而復蘇，大家爭相傳說認為是件怪事。祝生說：「是我讓他活的。他被水莽鬼李九毒害，我替他把李九的鬼魂趕走了。」母親說：「你怎麼不找個人替換出自己呢？」祝生說：「兒最恨這些找人替死的水莽鬼，正想全部趕走他們，自己又怎屑於幹這種害人的事呢！再說兒侍奉母親很快樂，不想再投胎轉生了。」從此，那些中了水莽毒的人，都備下豐盛的酒席，到祝家庭院裡祈禱，往往很有效果。

過了十幾年，祝母死了。祝生夫婦悲傷得身體都壞了，但不接待弔喪的客人，只命兒子披麻戴孝哭於靈前，教他喪葬禮儀而已。埋葬母親後，又過了兩年多，祝生為兒子娶了媳婦。新媳婦，就是任侍郎的孫女。當初，任侍郎的妾生了個女兒，幾個月就夭折了。後來聽說了祝生的異事，就驅車來到祝家，訂下了岳父和女婿的關係。到此時，任侍郎就把孫女嫁給祝生的兒子，兩家來往不斷。

一天，祝生對兒子說：「上帝因為我有功於人世，策命我擔任四條河流的主管神，現在就要走了。」一會兒就見院子裡來了四匹馬，駕著一輛黃帷車，馬的四肢上都長滿了鱗甲。祝生夫妻穿上華美的衣服出來，一起登上那輛車子。兒子和兒媳都哭著拜倒在地，一眨眼就不見了。那天，寇家也看見女兒到來，拜別父母，也和祝生說的一樣。寇老太太哭著挽留她，三娘說：「祝郎先走了。」出門就看不見了。

祝生的兒子名叫祝鶚，字離塵，他向寇老翁請求，把三娘的骸骨與祝生的骸骨合葬了。

【研　析】《聊齋》中的多數篇什，是以人物命名的，而〈水莽草〉一篇卻是以一種植物命名。小說也就以介紹水莽草開頭：「水莽，毒草也。蔓生似葛，花紫類扁豆。誤食之，立死，即為水莽鬼。俗傳此鬼不得輪迴，必再有毒死者，始代之。以故楚中桃花江一帶，此鬼猶多云。」短短幾句話，簡明扼要地介紹了水莽草的性質、形狀、花色、危害；水莽鬼的性質、輪迴、產地等，頗似植物學大辭典上的一個詞條，很新鮮，很別致。由此，也可看出蒲松齡讀書之多和對小說藝術創新求變的孜孜探索。

有一個詞叫「橫死」，就是因自殺、被害或因意外事故而死亡。俗傳橫死者是不能自然轉生的，必須有同樣死法的人來代替，其鬼才能轉生。如《聊齋》中有一篇〈王六郎〉，王六郎是喝醉酒淹死的，屬於橫死，所以死了好幾年還不能投胎轉生，必須等到有人再淹死，他才有機會投胎轉生。〈水莽草〉中的水莽鬼，也是屬於橫死，所以，沒有相同死法的人來代替，也不會獲得轉生。因此，尋找同樣死法的人，或讓人以同樣的方法死去，便成了水莽鬼的頭等大事。

祝生去拜訪他的同年，途中口渴思飲，他看出老太太的茶水有詐，就寧願口渴也不喝，他的警惕性還是挺高的。但是，道高一尺，魔高一丈，一計不成，老太太又喚出年輕漂亮的寇三娘前來獻茶。祝生見色心馳，就放鬆了警惕，終於自覺自願地喝了一杯還要一杯，落進了人家的陷阱裡。

鬼神輪迴之事，本來就是虛妄之言。對於此等虛妄之事，中國人向來最會變通。本來說好是沒有頂替就不得輪迴的，可是這裡又出了一個方法，就是若知道水莽鬼的姓名，找來其舊褲襠煮水喝，就能痊癒。祝生的同年就到寇家求其舊褲襠，寇家不給。從旁觀者的位置上看來，寇家不給，是可以理解的，因為祝生將要代替的，畢竟是自己的女兒，如果把女兒的舊褲襠給了祝生，女兒豈不是不能轉生？但是，若站在祝生和其同年的立場上來看，寇家的做法是大不應該的，因為既然是你家女兒害得人家喝了水莽草，你就有責任拿出她的舊褲襠解救人家。所以，祝生的同年是「忿」，祝生是「切齒恨之，曰：『我死，必不令彼女脫生！』」

但是，蒲松齡還能變通。祝生死了，寇三娘投胎轉生去了。祝生不甘心，就跑去硬把寇三娘抓了回來，結為鬼夫妻。這就由冤家而變成了親家，正應了中國那句老話：「不是冤家不聚頭。」可是，雖然做了鬼夫妻，卻一時半刻不能再為人間夫妻了，豈不有點冤哉？當祝生的母親向兒子提出這一問題時，兒子的回答真是好：「兒深恨此等輩，方將盡驅除之，何屑此為！且兒事母最樂，不願生也。」如此這般一變通，就兩全其美、相安無事了。

〈水莽草〉中的祝生，因為自己是水莽鬼，所以也常替人驅趕害人的水莽鬼。這從他們的同類來說，未免有點不夠義氣，但從我們人道的角度來說，蒲松齡的寫法，我們還是贊同的。人應當有仁愛之心。

鳳陽士人

鳳陽❶一士人，負笈❷遠遊。謂其妻曰：「半年當歸。」十餘月，竟無耗問❸。妻翹盼綦切❹。

一夜，才就枕，紗月搖影，離思縈懷。方反側❺間，有一麗人，珠鬟絳帔❻，搴帷❼而入，笑問：「姊姊，得無欲見郎君乎？」妻急起應之。麗人邀與共往。妻憚修阻❽，麗人但請勿慮。即挽女手出，並踏月色，約行一矢之遠❾。覺麗人行迅速，女步履艱澀，呼麗人少待，將歸著複履❿。麗人牽坐路側，自乃捉足，脫履相假。女喜著之，幸不鑿枘⓫。復起從行，健步如飛。

移時，見士人跨白騾來。見妻大驚，急下騎，問：「何往？」女曰：「將以探君。」又顧問麗者伊誰。女未及答，麗人掩口笑曰：「且勿問訊。娘子奔波匪易；郎君星馳⑫夜半，人畜想當俱殆⑬。妾家不遠，且請息駕⑭，早日而行，不晚也。」顧數武⑮之外，即有村落，遂同行，入一庭院，麗人促睡婢起供客，曰：「今夜月色皎然，不必命燭，小臺石榻可坐。」士人縶蹇簷梧⑯，乃即坐。麗人曰：「履大不適於體，途中頗累贅否？歸有代步⑰，乞賜還也。」女稱謝付之。

俄頃，設酒果，麗人酌曰：「鸞鳳久乖⑱，圓在今夕；濁醪一觴⑲，敬以為賀。」士人亦執琖酬報。主客笑言，履舄交錯⑳。士人注視麗者，屢以游詞㉑相挑。夫妻乍聚，並不寒暄一語。麗人亦美目流情，妖言隱謎㉒。女惟默坐，偽為愚者。

久之漸醺，二人語益狎。又以巨觥㉓勸客，士人以醉辭，勸之益苦。士人笑曰：「卿為我度㉔一曲，即當飲。」麗人不拒，即以牙杖撫提琴㉕而歌曰：「黃昏卸得殘妝罷，窗外西風冷透紗。聽蕉聲，一陣一陣細雨下。何處與人閒嗑牙㉖？望穿秋水，不見還家，潸潸㉗淚似麻。又是想他，又是恨他，手拿著紅繡鞋兒占鬼卦㉘。」歌竟，笑曰：「此市井里巷之謠，不足汙君聽；然因流俗所尚，姑效顰㉙耳。」音聲靡靡，風度狎褻。士人搖惑，若不自禁。少間，麗人偽醉離席；士人亦起，從之而去。

久之不至。婢子乏疲，伏睡廊下。女獨坐，塊然㉚無侶，中心憤恚，頗難自堪。思欲遁歸，而夜色微茫，不憶道路。輾轉無以自主，因起而覘㉛之。裁近其窗，則斷雲零雨之聲，隱約可聞。又聽之，聞良人與己素常猥褻㉜之狀，盡情傾吐。女至此，手顫心搖，殆不可過，念不如出門竄溝壑以死。

憤然方行，忽見弟三郎乘馬而至，遽便下問。女具以告。三郎大怒，立與姊回，直入其家，則室門扃閉，枕上之語猶喁喁㉝也。三郎舉巨石如斗，拋擊窗櫺，三五碎斷。內大呼曰：「郎君腦破矣！奈何！」女聞之，愕然大哭，謂弟曰：「我不謀與汝殺郎君，今且若何？」三郎撐目㉞

曰：「汝嗚嗚促我來；甫能消此胸中惡，又護男兒、怨弟兄，我不貫與婢子供指使！」返身欲去。女牽衣曰：「汝不攜我去，將何之？」三郎揮姊仆地，脫體而去。女頓驚寤，始知其夢。

越日，士人果歸，乘白騾。女異之而未言。士人是夜亦夢，所見所遭，述之悉符㉟，互相駭怪。既而三郎聞姊夫遠歸，亦來省問㊱。語次，謂士人曰：「昨宵夢君歸，今果然，亦大異。」士人笑曰：「幸不為巨石所斃。」三郎愕然問故，士以夢告。三郎大異之。蓋是夜，三郎亦夢遇姊泣訴，憤激㊲投石也。三夢相符，但不知麗人何許耳。

【注釋】❶鳳陽　縣名，治所在今安徽滁州鳳陽西。❷笈　書箱。❸耗問　音訊。❹翹盼綦切　盼望得很殷切。❺反側　翻來覆去睡不著。❻珠鬟絳帔　頭上佩戴著珍珠，身上披著紅色披肩。鬟，髮髻。絳，紅色。帔，披肩。❼搴帷　掀開簾子。❽修阻　遠而難走。❾一矢之遠　一箭之地。❿複履　夾底鞋。⓫鑿枘　方鑿圓枘的意思。比喻尺寸不合。⓬星馳　形容行動迅速。⓭殆　疲憊。⓮息駕　請人歇息的敬辭。⓯數武　數步。⓰縶蹇簷梧　把騾子拴在屋簷前的柱子上。蹇，騾子。梧，柱子。⓱代步　以乘車、船、騾馬等替代步行。⓲鸞鳳久乖　夫妻長久分離。鸞鳳，比喻夫妻。乖，睽違。⓳濁醪一觴　濁酒一杯。⓴履舄交錯　古人席地而坐，入室前脫下鞋子。履舄交錯，形容賓客眾多。此處是說士人與前者足履交錯，親昵異常。履、舄，都是鞋子。㉑游詞　挑逗諧謔的言辭。㉒妖言隱謎　惑人心魄的隱語。㉓巨觥　大酒杯。㉔度　按曲譜歌唱。㉕以牙杖撫提琴　用象牙做成的撥子彈撥胡琴。㉖閒嗑牙　談笑鬥嘴，消磨時間。㉗潸潸　淚流不斷的樣子。㉘手拿著句　閨中少婦用紅繡鞋占卦，預測丈夫的歸期。㉙效顰　東施效顰，即胡亂模仿，效果很差。㉚塊然　孤獨的樣子。㉛覘　偷看。㉜猥褻　淫亂下流的語言和行動。㉝喁喁　低聲細語。㉞撐目　瞪大眼睛。㉟悉符　完全相合。㊱省問　探望、問候。㊲憤激　因憤怒而激動。

【語　譯】鳳陽有個書生，背著書箱出門遊學。他對妻子說：「半年我就回來。」十多個月了，竟音訊全無。妻子翹首盼望十分急切。

一夜，書生的妻子剛躺下，紗窗月色樹影搖曳，與丈夫離別的情絲纏繞著胸懷。正在輾轉反側之際，有一個漂亮女郎，頭戴珠花身著紅色披肩，掀開門簾進來了，笑著問：「姐姐，莫非想見郎君嗎？」書生的妻子急忙起來應聲回答著。女郎邀請她一起前往。書生的妻子怕路遠難走，女郎只是請她不要擔憂。就拉著書生的妻子的手，一起踏著月色，大約走了一箭之地。書生的妻子感覺女郎走得非常快，而自己已舉步維艱，就喊女郎稍微等等她，要回去換雙夾底鞋。女郎拉著她坐到路邊，自己抓著自己的腳，脫下鞋子借給她穿。妻子高興地穿上，所幸竟然大小合適。再站起來跟著女郎走，就健步如飛了。

過了一會兒，就見書生騎著一頭白騾子走來。他看見妻子大吃了一驚，急忙翻身下騾，問：「你要到哪裡去？」妻子說：「將要去探望你。」書生又看著女郎問是誰。書生的妻子還沒來得及回答，女郎就捂嘴笑著說：「先不要問了。娘子路途奔波不容易；郎君在半夜裡披星戴月趕路，想來人和騾子都累了。我家離此不遠，暫請去休息休息，等到早晨再走，也不晚啊。」夫妻看到幾步之外，就有一個村落，就一起趕去。進了一個院子，女郎催促睡下的小丫鬟起來招待客人，說：「今晚月色皎潔，不必點燈了，就在涼臺石凳上坐坐吧。」書生將騾子拴在房簷前的柱子上，就坐下了。女郎說：「我的大鞋子不適合你的小腳，路上很累贅吧？你回去有騾子騎，請把鞋還給我吧。」書生的妻子道謝著把鞋子還給她。

不久，擺上了酒菜水果，女郎斟上酒說：「你們夫妻久別，今晚團聚；我藉這杯濁酒，表示敬賀。」書生也端起酒杯回敬女郎。二人足履交錯親昵異常。書生注視著女郎，頻頻用些諧謔的話挑逗她。書生夫妻突然相聚，卻並沒有一句問候的話。女郎也暗送秋波，說些謎語一樣的調情話。妻子只好默默坐著，裝作傻瓜。

過了很久，漸漸有些醉意了，兩人說話更加輕薄下流起來。女郎又用大杯子勸書生，書生喝醉了推辭不喝，女郎更加苦苦相勸。書生笑著說：「你給我彈唱一支曲子，我就喝。」女郎也不推辭，就用象牙撥子彈撥著琴弦唱起來：「黃昏卸得殘妝罷，窗外西風冷透紗。聽蕉聲，一陣一陣細雨下。何處與人閒嗑牙？望穿秋水，不見還家，潸潸淚似麻。又是想他，又是恨他，手拿著紅繡鞋兒占鬼卦。」唱完，笑著說：「這是市井里巷中的俚曲，不配讓你聽。但因時下流行這種調子，所以暫且模仿模仿。」歌曲的音調柔軟萎靡，女郎的神態風騷淫靡。書生意亂情迷，好像把持不住了。不久，女郎假裝醉了離開酒席；書生也站起來，跟她而去。

過了很久，二人不見回來。丫鬟疲憊，趴在廊下睡著了。書生的妻子獨坐著，孤單地沒有伴侶，心裡氣惱，很難忍受。想要自己回家，但是夜色蒼茫，不記得道路。她躊躇思索不知如何是好，就起身去窺探他倆。剛靠近窗子，就隱隱約約地聽到交歡的聲音。又聽了聽，聽見丈夫把平時和自己說的那些下流淫蕩話，都盡情說給那女郎聽。書生的妻子到了這時，雙手發抖，心跳加速，再也忍受不了了，心想不如出門跳到溝壑裡死了算了。

書生的妻子氣憤地往外走，忽然看見弟弟三郎騎馬走來，三郎急忙跳下馬來詢問。書生的妻子把情況都向弟弟說了。三郎大怒，立即跟姐姐回去，直接衝進那女郎家，卻見屋門緊閉，姐夫和那女郎還在枕頭上喁喁私語。三郎舉起塊斗大的大石頭，扔打到窗欞上，窗欞斷成了好幾段。屋裡大聲喊叫：「郎君腦袋破了！怎麼辦！」妻子聽了，驚愕得大哭起來，對弟弟說：「我沒想到要和你殺死我丈夫，如今可怎麼辦？」三郎瞪著眼說：「你嗚嗚哭著求我來；剛消了胸中一口惡氣，你又護著自己的男人、埋怨自己的兄弟，我不習慣像婢女一樣受人指使！」返身就想走，書生的妻子拉著他的衣服說：「你不帶我走，要到哪裡去？」三郎揮手把姐姐推倒在地，脫身而去。書生的妻子一下子驚醒過來，才知道這是一個夢。

第二天，書生果然回來了，騎著白騾子。妻子感覺奇怪但是沒說。書生那一夜也做了個夢，所見所遇，說出來和妻子的夢完全一樣，二人都感到驚駭奇怪。不久，三郎聽說姐夫從遠方回來，也來探問。說話間，三郎對書生說：「昨夜我夢見你回來，今天果然回來了，也太奇怪了。」書生笑著說：「幸虧沒被大石頭砸死。」三郎驚愕地詢問緣故，書生把夢境告訴了他。三郎覺得實在奇怪。原來那天夜裡，三郎也夢見姐姐向他哭訴，自己氣憤地扔石頭。三個夢完全相符，只是不知那女郎是什麼人。

【研　析】人自古以來就做夢，所以中國古代有《周公解夢》，外國現代有《夢的解析》等研究夢的著作。中國歷代的文人們雖然不曾專門研究夢，但在其文學作品中，也傾注了其對夢的癡迷與探究。

〈鳳陽士人〉是據唐傳奇白行簡的〈三夢記〉改作的。〈三夢記〉的一則記述一人外出夜歸，經過一座寺廟，一群男女在裡面宴飲嬉鬧，其妻子在其中，氣得拾起一片瓦塊投擲了過去，擊中了酒壺，他們便散而不見了。他回到家中，妻子說她剛剛做了那樣的夢，一片瓦礫飛來，杯盤狼藉，方驚嚇而醒。白行簡說他是有感於夢有「異於常者」，甚奇可傳，因而記之。然而，他是把這種夫之所遇即妻之所夢的事當作實有之事，而且正面寫出的丈夫之所遇並非夢境，應該認為此傳奇未脫志怪小說的窠臼。

〈鳳陽士人〉這一篇，鳳陽士人負笈遠遊，久客不歸，他妻子想念得很。一天夜裡，一個麗人拉著他妻子走去，途中遇到士人，就共到麗人家飲食。士人與麗人調笑無度，相約離席。久之不歸，他妻子前去探尋，才靠近窗子，就聽到兩人的雲雨之聲。再仔細一聽，士人正將平日與妻子的猥褻情狀，盡情告訴麗人。他妻子正在羞愧無奈之時，弟弟三郎乘馬而來，用大石頭砸開窗櫺，砸破了姐夫的腦袋。妻子醒來，這才知是一夢境。第二天，士人果然回來，三郎也來問候。三人都說了昨晚各自做的夢：三夢相符。

蒲松齡作〈鳳陽士人〉，主角卻是他的妻子，基本內容是敘述她思念外出逾期未歸的丈夫做的一場夢：她被一位麗人引出家門，遇見了丈夫，麗人挑逗丈夫，與丈夫作愛，她弟弟三郎舉石擊之。清代評點家但明倫說：「翹盼綦切，離思縈懷，夢中遭遇，皆因結想而成幻境，事所必然，不必怪也。」夢中的一切都是從妻子的視角敘出，夢也就是形象化的妻子擔心外出丈夫禁不住色慾的誘惑，而移情別戀的心理反映。

耿十八

新城❶耿十八，病危篤❷，自知不起。謂妻曰：「永訣在旦晚耳。我死後，嫁守由汝，請言所志。」妻默不語。耿固問之，且云：「守固佳，嫁亦恒情。明言之，庸❸何傷？行與子訣。子守，我心慰；子嫁，我意斷也。」妻乃慘然曰：「家無儋石❹，君在猶不給，何以能守？」耿聞之，遽握妻臂，作恨聲曰：「忍哉！」言已而沒。手握不可開。妻號。家人至，兩人攀指，力擘❺之，始開。

耿不自知其死，出門，見小車十餘兩❻，兩各十人，即以方幅書名字，黏車上。御人❼見耿，促登車。耿視車中已有九人，並己而十。又視黏單上，己名最後。車行咋咋，響震耳際，亦不自知何往。俄至一處，聞人言曰：「此思鄉地也。」聞其名，疑之。又聞御人偶語云：「今日剸❽三人。」耿又駭。及細聽其言，悉陰間事，乃自悟曰：「我豈不作鬼物耶！」頓念家中，無復可懸念，惟老母臘高❾，妻嫁後，缺於奉養；念之，不覺涕漣。又移時，見有臺，高可數仞，遊人甚夥；囊頭械足之輩，嗚咽而下上，聞人言為「望鄉臺❿」。

諸人至此，俱踏轅下，紛然競登。御人或撻之、或止之，獨至耿，則促令登。登數十級，始至顛頂。翹首一望，則門閭⓫庭院，宛在目中。但內室隱隱，如籠煙霧。悽惻不自勝。回顧，一短衣人立肩下，即以姓氏問耿。耿具以告。其人亦自言為東海⓬匠人。見耿零涕，問：「何事不了於心？」耿又告之。匠人謀與越臺而遁。耿懼冥追⓭，匠人固言無妨。耿又慮臺高傾跌，匠人但令從己。遂先躍，耿果從之。及地，竟無恙。喜無覺者。視所乘車，猶在臺下。二人急奔。數武，忽自念名字黏車上，恐不免執名之追；遂反身近車，以手指染唾，塗去己名，始復奔，哆口坌息⓮，不敢少停。

少間，入里門，匠人送諸其室。驀⑮睹己屍，醒然而蘇。覺乏疲躁渴，驟⑯呼水。家人大駭，與之水，飲至石餘。乃驟起，作揖拜狀；既而出門拱謝，方歸。歸則僵臥不轉。家人以其行異，疑非真活；然漸覘之，殊無他異。稍稍近問，始歷歷⑰言其本末。問：「出門何故？」曰：「別匠人也。」「飲水何多？」曰：「初為我飲，後乃匠人飲也。」投之湯羹，數日而瘥。由此厭薄⑱其妻，不復共枕席⑲云。

【注釋】❶新城　縣名，今山東淄博桓臺。❷危篤　危險；嚴重。❸庸　難道。❹家無儋石　家無糧食，沒法生存。儋，瓦製容器，盛糧一石。石，中國市制容量單位，十斗為一石。❺擘　用手掰開。❻兩　通「輛」。❼御人　駕車人。❽剸　斷；裂。❾臘高　年老了。❿望鄉臺　陰間之臺，人死後鬼魂可在此望見家中景象。⓫閭　里巷的大門。⓬東海　古郡名，治所在今山東郯城。⓭冥追　陰間差役的追捕。⓮哆口坌息　張口喘氣。⓯驀　突然。⓰驟　突然。⓱歷歷　清晰分明。⓲厭薄　厭惡鄙視。⓳共枕席　指過夫妻生活。

【語譯】新城的耿十八，病得很嚴重，自己知道不行了。他對妻子說：「我們永別就在早晚之間了。我死後，是改嫁還是守寡，一切由你，請你說說你的想法。」妻子沉默不語。耿十八堅持讓她說，並勸慰說：「守寡當然最好，改嫁也是人之常情。說明白了，有什麼妨礙呢？我馬上就要同你永別了，你守寡，我感到欣慰；你改嫁，我也就沒什麼牽掛了。」妻子才哭喪著臉說：「家中的甕已經沒有穀糧了，有你還不能維持，你死了我拿什麼守寡？」耿十八聽了，猛然抓住妻子的胳膊，恨恨地說：「好殘忍啊！」說完就死了。手握住妻子的胳膊不放鬆。妻子號叫起來。家人趕來，兩個人扳著他的手指，用力往兩邊掰，這才鬆開。

耿十八不知道自己死了，來到門外，看見十幾輛小車子，每輛車上坐著十個人。拿一張方紙寫了自己的名字，貼在車上。趕車的人看見耿十八，就催他上車。耿十八見車中已有九個人，加上自己，剛好十個。又看見貼在車上的紙單子上，自己的名字排在最後。車子軋軋有聲地跑著，聲音震耳，也不知自己正往哪裡去。不久，來到一個地方，聽人說：「這是思鄉地啊。」耿十八聽了這個名字，感到疑惑。又聽趕車的偶然談話說：「今天已經鍘了三個了。」耿十八非常害怕。等細聽他們說話，說的都是陰間的事，他才醒悟過來說：「我難道變成鬼了！」一下子又想到家中，也沒有什麼可掛念的，只是老母親年紀大了，妻子改嫁後，無人奉養她；想到這裡，不覺涕淚連連。又過了一會兒，看見有個臺子，有好幾丈高，有很多遊人；有的戴著頭套，有的戴著腳鐐，哭哭啼啼地上臺下臺，聽人說這就是「望鄉臺」。

坐車來的人到了這裡，都踩著車轅下來，亂紛紛登上望鄉臺。趕車人鞭打這個，阻止那個，獨獨到了耿十八，卻催他快上去。耿十八爬了幾十個臺階，才爬到頂端。他抬頭一看，門庭宅院，宛然就在眼前。只是屋裡隱隱約約，好像煙霧籠罩。他心酸難過得不能自已。回頭一看，一個穿短衣的人站在身旁，那人問耿十八的姓名。耿十八就全部告訴了他。那人說自己是東海的工匠。他看到耿十八流淚，就問：「還有什麼事放不下啊？」耿十八又把傷心事告訴了他。工匠計劃兩人一起跳臺逃跑。耿十八怕陰間追查，工匠堅持說沒事。耿十八又擔心臺高跌倒，工匠只好讓他跟著自己。工匠先跳下去，耿十八也真的跟他跳下去。一落地，竟然一點也不疼。很高興沒人發現。看一看剛才乘坐的車子，還在臺下。兩個人急忙跑過去。剛跑了幾步，忽然想起自己的名字還貼在車上，擔心會被照著名字追來；他於是返身回到車前，用手指沾著唾液，塗掉自己的名字，才又開始奔跑。張口喘氣，不敢稍微停歇。

沒多久，已到自家門前。工匠送他進屋。耿十八猛然看見自己的屍首，就蘇醒過來了。耿十八感覺疲憊不堪、口乾舌燥，急喊著要水喝。家人嚇了一大跳，給他水，他喝了一石多才停住。一下子站起來，作揖磕頭；然後又出門道謝，才又回來。回來後，又僵臥在床不翻身了。家人因為他的舉動太怪了，懷疑他不是真的活了；但是仔細觀察他，一點也沒有特別之處。逐漸靠上來問他，他才原原本本把事情說了一遍。家人問他：「你跑出去幹什麼？」他說：「告別工匠。」「怎喝那麼多水？」他說：「開始是我喝，後頭是工匠喝啊。」家人給他端來湯飯，幾天後他就好了。從此以後，耿十八就討厭鄙視他的妻子，不再和她同床共枕了。

【研析】〈耿十八〉這篇小說，在《聊齋》中算不上名篇，但在心理刻劃方面，卻有其獨到之處。

耿十八就要死了，對妻子說：「永訣在旦晚耳。我死後，嫁守由汝，請言所志。」一個臨死的人，能鎮定從容地與妻子談心，交換意見，這是很讓人感動的。他妻子默然不語，這表明其有難言之隱。耿十八接著說：「守固佳，嫁亦恒情。明言之，庸何傷？行與子訣。子守，我心慰；子嫁，我意斷也。」這是非常通情達理的話，作為一個普通百姓來說，其思想還是很開明進步的。但是，當妻子口吐真言，說出「家無儋石，君在猶不給，何以能守」後，他卻緊緊抓住妻子的胳膊，恨恨地說：「忍哉！」以至於恨妻不守，用力過猛，用了兩個人的力氣，才把他的手指扳開。

看到這一幕，任是誰，即使眼淚不流下來，也會在眼圈裡打轉：是同情耿十八，厭薄其妻子；還是同情其妻子，厭薄耿十八；還是哀歎命運不公，不讓一對恩愛夫妻白頭到老？我想應該是百感交集吧。

表面上看來，耿十八是個心口不一的人，說得好好的「嫁守由汝」，怎麼又突然改變主意了呢？但是，設身處地地想一想，自己死了，無人奉養自己的老娘，這也確實是一件讓人焦心的事。因此，我們說：耿十八是個理論上的明白人，行動上的糊塗蛋。假如事情不是攤在自己頭上，而是讓他去做動員別人的工作，我想他一定能夠心口合一，說得斬釘截鐵。不要說耿十八這樣的普通百姓，就是學高位尊的文人學士和達官貴人，又有幾個能把所說的和所做的完美結合？

耿十八到了陰間的望鄉臺，「翹首一望，則門閭庭院，宛在目中。但內室隱隱，如籠煙霧」。門閭庭院，看得清清楚楚，而妻子的房子裡，卻迷蒙不清，這似乎在暗示耿十八的一種矛盾心理：既不放心，卻也無可奈何。下文寫東海匠人和耿十八商量逃跑，耿十八害怕冥追；東海匠人讓他跳臺，他又害怕傾跌。這說明，耿十八並沒有固執不死的心念，到了此時此地，他也只好聽之任之了。可是一旦逃跑成功，他的奢望也就大了。他冒著眼前的危險，學習孫悟空在生死簿上勾掉自己名字的舉動，用唾沫塗去了自己的名字，永絕後患。這種心理描寫也很真實。比如說一個人生病就要死了，想想一切都沒意義了，就想吃啥吃啥，想玩啥玩啥，把錢花光。但是一旦得知病為誤診，日子還長著，那省吃儉用、拚命掙錢的欲望又會故態復萌。

耿十八回家，還陽復生，「由此厭薄其妻，不復共枕席」。我想這可能是暫時的。耿十八是個明白人，妻子也是位老實人。假如耿十八真的鬼迷心竅，終生不與妻子共枕席，我們也毫無辦法，只能用他說妻子的話說他一聲：「忍哉！」而對於他的妻子，我們也只能說一聲：「可憐！」

胡四姐

尚生，泰山❶人。獨居清齋。會值秋夜，銀河❷高耿，明月在天，徘徊花陰，頗存遐想。忽一女子踰垣來，笑曰：「秀才何思之深？」生就視，容華若仙。驚喜擁入，窮極狎昵❸。自言：「胡氏，名三姐。」問其居第，但笑不言。生亦不復置問，惟相期永好❹而已。自此，臨無虛夕。

一夜，與生促膝燈幕，生愛之，矚盼不轉。女笑曰：「眈眈❺視妾何為？」曰：「我視卿如紅藥碧桃❻，即竟夜視，不為厭也。」三姐曰：「妾陋質，遂蒙青盼❼如此；若見吾家四妹，不知如何顛倒。」生益傾動，恨不一見顏色，長跽❽哀請。

逾夕，果偕四姐來。年方及笄❾，荷粉露垂，杏花煙潤，嫣然含笑，媚麗欲絕。生狂喜，引坐。三姐與生同笑語；四姐惟手引繡帶，俛首而已。未幾，三姐起別，妹欲從行。生曳之不釋，顧三姐曰：「卿卿⑩煩一致聲！」三姐乃笑曰：「狂郎情急矣！妹子一為少留。」四姐無語，姊遂去。

二人備盡歡好。既而引臂替枕，傾吐生平，無復隱諱。四姐自言為狐。生依戀其美，亦不之怪。四姐因言：「阿姊狠毒，業⑪殺三人矣。惑之，罔不斃者。妾幸承溺愛，不忍見滅亡，當早絕之。」生懼，求所以處⑫。四姐曰：「妾雖狐，得仙人正法⑬，當書一符黏寢門，可以卻之。」遂書之。既曉，三姐來，見符卻退，曰：「婢子負心，傾意新郎，不憶引線人⑭矣。汝兩人合⑮有夙分⑯，余亦不相仇；但何必爾？」乃逕去。

數日，四姐他適，約以隔夜。是日，生偶出門眺望，山下故有槲林⑰，蒼莽中，出一少婦，亦頗風韻。近謂生曰：「秀才何必日沾沾⑱戀胡家姊妹？渠又不能以一錢相贈。」即以一貫授生，曰：「先持歸，貫⑲良醞；我即攜小肴饌來，與君為歡。」生懷錢歸，果如所教。少間，婦果至，置几上燔雞、鹹彘肩⑳各一，即抽刀子縷切為臠㉑；釃酒㉒調謔，歡洽異常。繼而滅燭登牀，狎情蕩甚。既曙始起。

方坐牀頭，捉足易舄，忽聞人聲；傾聽，已入幃幕，則胡姊妹也。婦乍睹，倉皇而遁，遺舄於牀。二女遂叱曰：「騷狐！何敢與人同寢處！」追去，移時始返。四姐怨生曰：「君不長進，與騷狐相匹偶㉓，不可復近！」遂悻悻㉔欲去。生惶恐自投，情詞哀懇。三姐從旁解免，四姐怒稍釋，由此相好如初。

一日，有陝人騎驢造門曰：「吾尋妖物，匪伊朝夕㉕，乃今始得之。」生父以其言異，訊所由來。曰：「小人日泛煙波㉖，遊四方，終歲十餘月，常八九離桑梓㉗，被妖物蠱殺吾弟。歸甚悼恨，誓必尋而殄滅㉘之。奔波數千里，殊無跡兆。今在君家。不翦，當有繼吾弟亡者。」時生與女密邇[29]，父母微察之，聞客言，大懼，延入，令作法。出二瓶，列地上，符咒良久。有黑霧四團，分投瓶中。客喜曰：「全家都到矣。」遂以豬脬[30]裹瓶口，緘封甚固。

生父亦喜，堅留[31]客飯。生心惻然[32]，近瓶竊視，聞四姐在瓶中言曰：「坐視不救，君何負心？」生益感動。急啟所封，而結不可解。四姐又曰：「勿須爾！但放倒壇上旗，以針刺脬作空，予即出矣。」生如其請。果見白氣一絲，自孔中出，凌霄而去。客出，見旗橫地，大驚曰：「遁矣！此必公子所為。」搖瓶俯聽，曰：「幸止亡[33]其一；此物合不死，猶可赦。」乃攜瓶別去。

後生在野，督傭刈麥[34]，遙見四姐坐樹下。生近就之，執手慰問。且曰：「別後十易春秋，今大丹已成[35]。但思君之念未忘，故復一拜問。」生欲與偕歸。女曰：「妾今非昔比，不可以塵情染，後當復見耳。」言已，不知所在。又二十年餘，生適獨居，見四姐自外至。生喜與語。女曰：「我今名列仙籍㊱，本不應再履塵世。但感君情，敬報撤瑟之期㊲。可早處分㊳後事；亦勿悲憂，妾當度君為鬼仙，亦無苦也。」乃別而去。至日，生果卒。尚生乃友人李文玉之戚好，嘗親見之。

【注　釋】❶泰山　古郡名，治所在今山東泰安。❷銀河　中國古代又稱天河、銀漢、星河，是橫跨星空的一條淡淡發光的帶。❸狎昵　過於親近而態度不莊重。❹永好　長期相好。❺眈眈　注視的樣子。❻紅蘂碧桃　兩種植物。紅蘂，即芍藥，花朵大而美。碧桃，一名千葉桃，花朵美而重瓣。❼青盼　即青眼。表示喜愛或看重。相傳晉朝阮籍能為青白眼，見凡俗之士，以白眼對之；見高雅之士，乃見青眼。❽長跽　長跪；挺直上身跪著。❾及笄　剛滿十五歲。❿卿卿　男女間的愛稱。⓫業　已經。⓬所以處　用來對付的方法。⓭正法　正宗的法術。⓮引線人　牽線人，即媒人。⓯合　應該。⓰夙分　前生的緣分。⓱槲林　槲樹林。槲，樹名，落葉喬木。⓲沾沾　執著不懈。⓳貰　買。⓴燔雞鹹彘肩　燒雞、鹹豬腿。㉑臠　切成小塊的肉。㉒釃酒　斟酒。㉓匹偶　匹配；婚配。㉔悻悻　憤恨不平的樣子。㉕匪伊朝夕　不是一朝一夕了。伊，語助詞，無意義。㉖泛煙波　泛舟江湖。㉗桑梓　家鄉。桑樹、梓樹為古時宅院旁常栽之樹，後以代指故鄉。㉘殄滅　滅絕。㉙密邇　親密無間。㉚脬　膀胱。㉛堅留　極力挽留。㉜惻然　悲傷的樣子。㉝亡　逃跑。㉞刈麥　割麥子。㉟大丹已成　修煉成了神仙。大丹，指「內丹」。㊱仙籍　仙人的名籍，指成仙。㊲撤瑟之期　死亡的日期。㊳處分　處理；安排。

【語　譯】尚生，是泰山人。一個人住在清淨的書房裡。一個秋天的夜晚，閃亮的銀河高懸空中，皎潔的明月高掛天空，尚生在花蔭下流連，充滿無限遐想。忽然一個女子爬牆過來，笑著說：「秀才胡思亂想什麼呢？」尚生湊近一看，見她容華絕代貌若天仙。尚生又驚又喜，把她抱進書房裡，盡情地親熱溫存起來。女子說：「我姓胡，名叫三姐。」尚生問她家住哪裡，她只是笑著不回答。尚生也就不再問下去，只是和她約定永遠相好而已。從此，胡三姐沒有一晚上不來。

一天夜裡，胡三姐與尚生坐在燈下促膝談心，尚生很喜歡她，目不轉睛看著胡三姐。胡三姐笑著說：「你盯著我看幹什麼？」尚生說：「我看你像芍藥花和碧桃花，就是看一整夜，也看不夠。」胡三姐說：「我長得平平常常，就承蒙你這麼喜歡；你若是見了我家四妹子，不知會神魂顛倒到什麼程度呢。」尚生一聞此言，立即想念無比，恨不能馬上見到胡四小姐，高跪哀求胡三姐。

過了一晚，胡三姐果然領著胡四姐來了。胡四姐正當十五六歲，像一枝粉荷掛著露珠，杏花繞著煙霧，嫣然一笑，漂亮得不得了。尚生欣喜若狂，拉她坐下。胡三姐與尚生一起說話調笑；胡四姐只是用手擺弄著衣服上的繡帶，低頭而已。不久，胡三姐起身告別，四姐也要跟著走。尚生拉住她不放手，看著胡三姐說：「親愛的，麻煩你說句好話呀！」胡三姐便笑著說：「狂生等不及了！妹子你就稍坐一會兒吧。」四姐也不說話，三姐就走了。

尚生與胡四姐極盡交歡之能事，事後互相枕著胳膊，傾訴衷腸，毫無保留。四姐說自己是個狐狸精。尚生迷戀她的美貌，也不以為怪。四姐於是說：「姐姐狠毒，已經殺死三個人了。被她迷惑，沒有不死的。我有幸承蒙你的厚愛，不忍看你死去，你要早點和她斷絕關係。」尚生很害怕，懇求用來應付的辦法。四姐說：「我雖然是個狐狸精，卻得到了神仙的正法，立即寫一道符讓你貼在房門上，就可以嚇退姐姐了。」於是，她寫了一道符。天一亮，三姐就來了，見到符退了回去，說：「這丫頭太沒良心了，一心向著自己的新郎，把我這個穿針引線的媒人也給忘了。合該你們倆有緣分，我也不記你們的仇，但是何必畫符呢？」說著就走了。

過了幾天，四姐外出，約好隔一晚上再來。這天，尚生偶然出門遊觀，山下本是一片槲樹林，青翠蒼莽之中，走出一個少婦，也頗有風韻。她走過來對尚生說：「秀才何必執著戀著胡家姐妹？她們又不能給你一文錢。」說著就拿出一貫錢送給尚生，說：「先回去，買好酒；我這就去弄點小肴菜，和你飲酒作樂。」尚生揣著錢回去，果然買了美酒。一會兒，小媳婦果真來了，拿出一隻燒雞和一個鹹豬肘子，放在桌子上，又拿出小刀子細切成小塊兒；接著就斟上酒邊喝便說些調情的話，感覺非常和諧融洽。然後，兩人熄燈上床，話語和動作都淫蕩到了頂點。一覺睡到天大亮才起來。

少婦正坐在床頭上，握著腳穿鞋，忽然聽到有人說話；側耳細聽，人已走到幔帳裡來了，原來是胡氏姐妹。少婦一見，慌慌張張地跑了，留下鞋子在床上。胡氏姐妹便高聲罵道：「騷狐狸！怎敢和人睡覺！」邊說邊追了出去，好久才回來。胡四姐埋怨尚生說：「你真沒出息，與騷狐狸鬼混，以後不和你親近了！」說著怒沖沖地就要走。尚生慌忙跪下磕頭，好言哀求。胡三姐又在一邊勸說，四姐才消了點氣，然後就與尚生和好如初了。

一天，有個陝西人騎著驢到尚家門前說：「我找尋妖物，不是一天半天了，現在總算找到了。」尚生的父親聽他說得怪異，問他從哪裡來。那人說：「我每天走江湖，遊四方，一年十幾個月中，常常八九個月離開家鄉，所以被妖物迷惑殺害了我弟弟。我回家後非常悲傷後悔，發誓要找到並殺死牠。我奔波幾千里路，一點跡象也沒有，現在妖物就在你家裡，不滅了牠，還會有人跟在我弟弟後面死去。」當時尚生和胡四姐親密異常，尚生的父母也似乎知道一點，聽那人一說，非常害怕，請他到家中，讓他施展法術。陝西人拿出兩個瓶子，擺在地上，然後畫符念咒了好長時間。但見有四團黑霧，分別被吸進瓶子裡。陝西人高興地說：「全家都在裡邊了。」於是用豬膀胱把瓶口封上，封得非常紮實。

尚生的父親也很高興，一定要留下那人吃飯。尚生心裡很難受，靠近瓶子偷看，聽見四姐在瓶裡說：「你眼睜睜看著不救我，你怎麼這樣負心？」尚生更加感動。急忙想打開瓶子的封口，卻纏得很牢無法解開。四姐又說：「不要這樣！只要把法壇上的旗放倒，用針把膀胱扎開，我就出去了。」尚生照辦。果然看到一縷白氣，從針孔中出來，凌空而去。陝西人出來，見旗子倒在地上，大驚失色地說：「跑了！這肯定是少爺做的。」他又搖了搖瓶子，低頭傾聽說：「還好，只跑了一個。這個也合該不死，尚且饒了牠。」於是帶著瓶子走了。

後來尚生在郊野，監督著長工割麥子，遠遠地看見胡四姐坐在樹下。尚生走到她跟前，拉著她的手問候。胡四姐說：「分別十年，現在我的仙丹已經煉成。但我一直想著你忘不了啊，所以特來看你一看。」尚生想帶她一起回家。胡四姐說：「我不像從前了，不能夠沾染塵情了，將來還能見面。」說完，就不知哪裡去了。又過了二十多年，尚生剛好一個人在家，看見胡四姐從外邊進來。尚生高興地同她說話。胡四姐說：「我現在已經成仙，本不應該再到塵世中來了。但是我感激你對我的情意，特地來告訴你你的死期。可早點安排後事；也不要悲哀憂傷，我一定幫助你做鬼仙，也不會受苦的。」說完就告別而去。到了胡四姐所說的那天，尚生果然死了。尚生是我的朋友李文玉要好的親戚，曾經親眼見過尚生。

貌美、心善。

【研析】《聊齋》裡，人狐之戀的故事有許多篇，已成一種固定的模式，但內容和命意卻是多種多樣。此篇是三個狐女來就一位書生，個中便有比較的意思。篇名〈胡四姐〉，就意味著胡四姐是

泰山的尚生，在月明之夜想入非非，就招來了胡三姐。胡三姐「容華若仙」，所以尚生非常愛她，即使在不「狎昵」的時候，也「矚盼不轉」，對她看不夠，愛不夠。尚生說：「我視卿如紅藥碧桃，即竟夜視，不為厭也。」「自此，臨無虛夕」，三姐便是以美惑人，而心地不善了。

四姐貌更美：「荷粉露垂，杏花煙潤，嫣然含笑，媚麗欲絕」。這十六個字又是「荷粉」，又是「杏花」，又是「露垂」，又是「煙潤」；又是「嫣然」，又是「媚麗」，又是「含笑」，又是「欲絕」。看過這些詞語，我們雖然還不能想像出胡四姐的真實容貌，但心裡就是覺得有說不出的好。

蒲松齡寫別的男女都是「窮極狎昵」、「狎情蕩甚」、「遂與狎好」等等，萬變離不開一個「狎」字，而寫尚生與四姐，則是「備盡歡好」、「引臂替枕」、「傾吐平生」。對這樣的美人，連蒲松齡都動了真情，文筆變得高雅乾淨起來了。

胡四姐愛上了尚生，就告訴尚生三姐狠毒，已殺死了三人，讓尚生和她斷絕關係，並書符於門。她這是對情人關心，所以，三姐見了，雖然不高興，卻也並不相仇。後來，尚生貪戀錢財，又迷上了另一隻騷狐，四姐埋怨尚生說：「君不長進，與騷狐相匹偶，不可復近！」這話說得很對，家有四姐，夫復何求？尚生沒出息，四姐批評他，這是四姐講原則；經三姐勸解，四姐原諒了尚生，這是四姐懂溫情。再後來，有人把三姐、四姐等裝入瓶中，準備殲滅，四姐輕輕一句「坐視不救，君何負心」，就讓尚生救了她的性命。這就是好心必有好報，就連那位捉狐人，也通情達

理地認為胡四姐不該死，當赦。

最後，胡四姐成了仙，還兩次來看望尚生，並告訴他死期，讓他早做準備。這是多麼有始有終的美好感情啊！

俠女

顧生，金陵❶人。博於材藝，而家綦貧❷。又以母老，不忍離膝下，惟日為人書畫，受贄❸以自給。行年二十有五，伉儷❹猶虛。

對戶舊有空第❺，一老嫗及少女，稅居❻其中。以其家無男子，故未問其誰何。一日，偶自外入，見女郎自母房中出，年約十八九，秀曼都雅，世罕其匹，見生不甚避，而意凜如❼也。生入問母。母曰：「是對戶女郎，就吾乞❽刀尺。適言其家亦止一母。此女不似貧家產。問其何為不字❾，則以母老為辭。明日當往拜其母，便風❿以意；倘所望不奢，兒可代養其母。」

明日造⓫其室，其母一聾媼耳。視其室，並無隔宿糧。問所業，則仰女十指⓬。徐⓭以同食之謀試之，媼意似納，而轉商其女；女默然，意殊⑭不樂。母乃歸。詳⑮其狀而疑之曰：「女子得非嫌吾貧乎？為人不言亦不笑，豔如桃李，而冷如霜雪，奇人也！」母子猜歎而罷。

一日，生坐齋頭，有少年來求畫。姿容甚美，意頗儇佻⑯。詰所自，以「鄰村」對。嗣後三兩日輒一至。稍稍稔熟⑰，漸以嘲謔；生狎抱之，亦不甚拒，遂私⑱焉。由此往來暱甚。會女郎過，少年目送之，問為誰。對以「鄰女」。少年曰：「豔麗如此，神情一何⑲可畏！」少間，生入內。母曰：「適女子來乞米，云不舉火⑳者經日矣。此女至孝，貧極可憫，宜少周恤㉑之。」生從母言，負斗米款門達母意。女受之，亦不申謝㉒。日嘗至生家，見母作衣履，便代縫紉；出入堂中，操作如婦。生益德之。每獲饋餌㉓，必分給其母，女亦略不置齒頰㉔。

母適疽生隱處㉕，宵旦號咷。女時就榻省視，為之洗創敷藥，日三四作。母意甚不自安，而女不厭其穢。母曰：「唉！安得新婦㉖如兒，而奉老身以死也！」言訖悲哽。女慰之曰：「郎子大孝，勝我寡母孤女什百矣。」母曰：「牀頭蹀躞㉗之役，豈孝子所能為者？且身已向暮，旦夕犯霧露㉘，深以祧續㉙為憂耳。」言間，生入。母泣曰：「虧娘子良多！汝無忘報德。」生伏拜之。女曰：「君敬我母，我勿謝也；君何謝焉？」於是益敬愛之。然其舉止生硬㉚，毫不可干。

一日，女出門，生目注之。女忽回首，嫣然而笑。生喜出意外，趨而從諸其家。挑㉛之，亦不拒，欣然交歡。已，戒生曰：「事可一而不可再！」生不應而歸。明日，又約之。女厲色㉜不顧而去。日頻來，時相遇，並不假以詞色㉝。少游戲㉞之，則冷語冰人。

忽於空處㉟問生：「日來少年誰也？」生告之。女曰：「彼舉止態狀，無禮於妾頻矣。以君之狎暱，故置之。請更寄語：再復爾，是不欲生也已！」生至夕，以告少年，且曰：「子必慎之，是㊱不可犯！」少年曰：「既不可犯，君何犯之？」生白㊲其無。曰：「如其無，則猥褻㊳之語，何以達君聽㊴哉？」生不能答。少年曰：「亦煩寄告：假惺惺勿作態[40]；不然，我將遍播揚。」生甚怒之，情見於色，少年乃去。

一夕方獨坐，女忽至，笑曰：「我與君情緣未斷，寧非天數[41]！」生狂喜而抱於懷。欻聞履聲籍籍[42]，兩人驚起，則少年推扉入矣。生驚問：「子胡為[43]者？」笑曰：「我來觀貞潔人耳。」顧女曰：「今日不怪人耶？」女眉豎頰紅，默不一語。急翻上衣，露一革囊，應手而出，則尺許晶瑩匕首也。少年見之，駭而卻走。

追出戶外，四顧渺然[44]。女以匕首望空拋擲，戛然[45]有聲，燦若長虹；俄一物墮地作響。生急燭之，則一白狐，身首異處矣。大駭。女曰：「此君之孌童[46]也。我固恕之，奈渠[47]定不欲生何！」收刃入囊。生曳令入。曰：「適妖物敗意[18]，請來宵。」出門逕去。

次夕，女果至，遂共綢繆[49]。詰其術，女曰：「此非君所知。宜須慎秘，洩恐不為君福。」又訂以嫁娶，曰：「枕席[50]焉，提汲[51]焉，非婦伊何也？業夫婦矣，何必復言嫁娶乎？」生曰：「將勿憎吾貧耶？」

曰：「君固貧，妾富耶？今宵之聚，正以憐君貧耳。」臨別囑曰：「苟且之行[52]，不可以屢。當來，我自來；不當來，相強無益。」後相值[53]，每欲引與私語，女輒走避；然衣綻炊薪，悉為紀理[54]，不啻婦也。

積數月，其母死，生竭力葬之。女由是獨居。生意孤寢可亂，踰垣入，隔窗頻呼，迄[55]不應。視其門，則空室扃焉。竊疑[56]女有他約。夜復往，亦如之。遂留佩玉[57]於窗間而去之。越日，相遇於母所。既出，而女尾其後曰：「君疑妾耶？人各有心，不可以告人。今欲使君無疑，烏可得？然一事煩急為謀[58]。」問之，曰：「妾體孕已八月矣，恐旦晚臨盆[59]。『妾身未分明[60]』，能為君生之，不能為君育之。可密告母，覓乳媼，偽為討螟蛉[61]者，勿言妾也。」生諾，以告母。母笑曰：「異哉此女！聘[62]之不可，而顧私於我兒。」喜從其謀以待之。

又月餘，女數日不至。母疑之，往探其門，蕭蕭閉寂。叩良久，女始蓬頭垢面自內出。啟而入之，則復闔之。入其室，則呱呱[63]者在牀上矣。母驚問：「誕幾時矣？」答云：「三日。」捉繃席[64]而視之，則男也，且豐頤[65]而廣額。喜曰：「兒已為老身育孫子，伶仃一身，將焉所託？」女曰：「區區隱衷[66]，不敢掬示老母。俟夜無人，可即抱兒去。」母歸與子言，竊共異之。夜往抱子歸。

更數夕，夜將半，女忽款門入，手提革囊，笑曰：「我大事已了，請從此別。」急詢其故，曰：「養母之德，刻刻不去諸懷。向云『可一而不可再』者，以相報不在床第[67]也。為君貧不能婚，將為君延一線之續[68]。本期一索而得，不意信水[69]復來，遂至破戒而再。今君德既酬[70]，妾志亦遂，無憾矣。」問：「囊中何物？」曰：「仇人頭耳。」檢而窺之，鬚髮交而血模糊。

駭絕，復致研詰[71]。曰：「向不與君言者，以機事不密，懼有宣洩。今事已成，不妨相告：妾浙人。父官司馬，陷於仇，彼籍[72]吾家。妾負老母出，隱姓名，埋頭項，已三年矣。所以不即報者，徒以有母在；母去，又一塊肉累腹中：因而遲之又久。曩(73)夜出非他，道路門戶未稔(74)，恐有訛誤耳。」言已，出門。又囑曰：「所生兒，善視之。君福薄無壽，此兒可光門閭。夜深不得驚老母，我去矣！」方悽然欲詢所之，女一閃如電，瞥爾間遂不復見。生歎惋(75)木立，若喪魂魄。明以告母，相為歎異而已。

後三年，生果卒。子十八舉進士，猶奉祖母以終老云。

異史氏曰：「人必室有俠女，而後可以畜孌童也。不然，爾愛其艾豭(76)，彼愛爾婁豬(77)矣！」

【注釋】❶金陵　今江蘇南京，戰國時為楚國金陵邑，故名。❷綦貧　非常貧窮。綦，極；很。❸贄　禮物。❹伉儷　配偶，此指妻子。❺第　宅第。❻稅居　租賃居住。❼凜如　凜然。令人敬畏的樣子。❽乞　借。❾字　女子許嫁。❿風　同「諷」。暗示。⓫造　到。⓬仰女十指　依靠女子的兩隻手。⓭徐　慢慢地。⓮殊　非常；很。⓯詳　推測其詳情。⓰儇佻　輕佻；不莊重。⓱稔熟　熟悉。⓲私　發生性關係。⓳一何　何其；多麼。⓴舉火　生火做飯。㉑周恤　周濟；幫助。㉒申謝　表示謝意。㉓餌　糕餅。㉔略不置齒頰　一點也不掛在嘴上。㉕疽生隱處　陰部長了個毒瘡。疽，毒瘡。㉖新婦　兒媳。㉗牀頭蹀躞　指床前侍奉的工作。蹀躞，小步走路。㉘犯霧露　得病而死。㉙祧續　後嗣。㉚生硬　不柔和。㉛挑　挑動；逗引。㉜厲色　臉色嚴厲。㉝假以詞色　給別人好的話語和臉色。㉞游戲　以游詞戲之。㉟空處　無人處。㊱是　她。㊲白　說；陳述。㊳猥褻　下流。㊴達君聽　讓您聽到。㊵作態　裝出某種態度或表情；裝模作樣。㊶天數　上天的安排。㊷籍籍　聲音紛亂。㊸胡為　幹什麼。㊹渺然　無蹤無影。㊺戛然　聲音嘹亮。㊻孌童　供男子玩弄的漂亮男孩。㊼渠　他。㊽敗意　敗興。㊾綢繆　兩性關係纏綿融洽。㊿枕席　同床共枕。(51)提汲　提取井水。指操持家事。(52)苟且之行　不正當的男女關係。(53)相值　相逢；相遇。(54)紀理　處理。(55)迄　始終。(56)竊疑　暗地裡懷疑。(57)佩玉　佩戴的玉器。(58)為謀　想辦法。(59)臨盆　分娩。(60)妾身未分明　俠女自稱自己在顧生家的身分不明確。杜甫〈新婚別〉：「妾身未分明，何以拜姑嫜。」(61)螟蛉　養子。螟蛉是一種飛蛾的幼蟲，蜾蠃逮來螟蛉餵自己的幼蟲，古人不察，誤認為蜾蠃以螟蛉為養子。(62)聘　舊時稱訂婚、迎娶之禮。(63)呱呱　嬰兒啼哭聲。(64)繃席　即「襁褓」，包裹嬰兒的被子和帶子。(65)頤　面頰。(66)隱衷　不願告人的苦衷。(67)床笫　床和席子，比喻性行為。(68)延一線之續　生育後代。(69)信水　月經。(70)酬　報答。(71)研詰　追究查問。(72)籍　登記抄沒。(73)曩　以前。(74)稔　熟悉。(75)歎惋　感歎惋惜。(76)艾豭　公豬。(77)婁豬　發情的母豬。

【語　譯】顧生，金陵人。多才多藝，家境貧寒。又因母親年老，不忍離開膝下，只是每天給人寫字作畫，得點錢財維持生活。都二十五歲了，還沒有娶老婆。

他家的對面，以前有一所空房子，現在一個老太婆和一個少女，租了住在裡邊。因為她們家裡沒有男人，所以也不好問她們是什麼人。一天，顧生偶爾從外面回來，看見一個女郎從母親屋裡出來，她年紀大約十八九歲，模樣清秀脫俗，世間少有。她見了顧生也不刻意迴避，但是神態很嚴厲莊重。顧生進屋詢問母親。母親說：「她就是對門的女郎，來找我借剪刀和量尺。剛才她說，她家也是只有一個老母親。這個女郎不像貧苦人家的孩子。我問她為什麼還不出嫁，她推說母親年老。明天應當去拜望一下她的母親，順便向她暗示一下求婚的意思；倘若她要求不算過分，我兒你可以替她奉養母親。」

第二天，顧母到了她的房子裡，她母親是個聾老太婆。看看她們屋子裡，並沒有隔夜的糧食。詢問她們靠什麼為生，只是依靠女郎一雙手做針線工作過活。慢慢地，顧母提出兩家一起吃飯的意思試探，老太太的意思似乎願意，她轉身和她的女兒商量；女郎默默不語，看樣子心裡很不高興。顧母只好回家了。仔細想了剛才的情況，然後很疑惑地說：「這女郎莫非嫌我們窮嗎？她為人不喜歡說話，也不喜歡笑，容貌豔如桃李，但是態度冷如冰霜，不是一般人啊！」母子倆猜來想去，感歎作罷。

一天，顧生坐在書齋裡，有個少年來求他作畫。這少年姿色容貌很靚麗，但態度卻很輕薄浮滑。顧生問他從哪裡來，他回答說是鄰村人。從此以後，三天兩頭就來一趟。慢慢熟悉了，就漸漸地互相嘲鬧戲謔；顧生輕薄地把他抱在懷裡，他也不太拒絕，於是兩人就發生了性行為。從此，來來去去更加親密無間了。一天，恰巧女郎經過，少年目送她離開，問顧生她是何人。顧生回答說是鄰家姑娘。少年說：「容貌這麼豔麗，神情怎麼那樣可怕呀！」過了一會兒，顧生進到屋裡。母親說：「剛才女郎前來討米，說她家已經一天沒有生火做飯了。這個女孩子很孝順，窮到這樣，很是可憐，我們應該多少幫助幫助她。」顧生聽從母親的話，就背上一斗米登門說明了他母親的心意。女郎接過米袋，也沒有表示感謝的意思。女郎有時來到顧生家，看見顧母做衣服鞋子，就替顧母縫紉；有時在顧家進進出出，做家事和媳婦一樣。顧生越發感激她。每次得到別人贈送的好東西，一定分一些給她的母親，女郎也從不說什麼客氣話。

顧母生了一個惡瘡，正好長在下陰部，白天黑夜哭叫不停。女郎時常來到病榻前伺候她，為她洗瘡口擦藥膏，一天三四次。顧母心裡很過意不去，女郎卻並不嫌髒臭。顧母說：「唉！怎樣才能找到一位你這樣的兒媳婦，伺候我到死啊！」說完，傷心地抽泣起來。女郎安慰她說：「你兒子很孝順，勝過我們寡母孤女一百倍啊。」顧母說：「在床前侍奉的工作，豈是孝子所能做的？再說我已經像日薄西山，早晚之間就要得病死亡，我很為我家傳宗接代的事擔憂啊。」說話之間，顧生進來了。顧母流著淚說：「我們虧欠娘子的太多！你不要忘了報答她的恩情啊。」顧生就伏身向她拜謝。女郎說：「你敬重我的母親，我沒有表示感謝；你又何必謝我呢？」於是，顧生就更加尊敬愛慕她了。可是她的一舉一動很不柔和，絲毫不可侵犯。

一天，女郎出門，顧生一直盯著她看。她忽然回過頭來，嫣然一笑。顧生喜出望外，快步一直跟到她家裡。挑逗她，她也不拒絕，兩人就高高興興地交合了。事後，她告誡顧生說：「這樣的事，只可一次，不可兩次！」顧生沒說什麼就回家了。第二天，顧生又約女郎歡會。女郎滿臉嚴厲，沒看他一眼就走了。女郎每天來顧生家好幾次，經常可以見到她，但卻並不對顧生顯出親熱。顧生稍微挑逗她，她就用冷淡的態度對他。

忽然她在沒人的地方問顧生：「每天來你家的少年是什麼人？」顧生告訴了她。她說：「他的舉止和神態，對我無禮多次了。因為是你的密友，所以置之不理。請你轉告他：若再那個樣子，他是不想活了呀！」到了晚上，顧生就把女郎的話告訴了少年，並且說：「你一定要小心她，她不是好惹的！」少年說：「她既然不好惹，你怎麼惹她呢？」顧生辯白說自己沒有。少年說：「如果沒有，我挑逗她的那些下流話，你怎麼聽說了？」顧生沒法解釋。少年說：「也請你轉告她：

不要假惺惺地裝模作樣；要不然的話，我就把她幹的好事到處傳播。」顧生非常惱怒，臉色都變了，少年才走。

一天晚上，顧生正獨坐書房，女郎忽然來了，笑著說：「我和你情緣未斷，難道是上天註定的！」顧生高興得像發了狂，把她摟在懷裡。突然聽到踏踏踏踏的腳步聲，兩人慌忙從床上下來，那個少年就推門進來了。顧生驚慌地問他：「你來幹什麼？」少年嬉皮笑臉地說：「我來看看貞潔的人呀。」又瞅著女郎說：「今晚不責怪別人了吧？」女郎雙眉倒豎，臉色變紅，不發一語。突然翻起上衣，露出一個皮囊，隨手拿出一把一尺來長的晶瑩匕首。少年看見了，嚇得掉頭就跑。

女郎追出門外，四下一看，少年已是渺然無蹤了。她把匕首往空中一拋，只聽「嘎」的一聲，一道光芒燦爛得好像彩虹一般，立即就有一個東西掉在地上，還發出聲響。顧生急忙拿燈一照，卻是一隻白狐狸，身首異處。顧生害怕極了。女郎說：「這就是你的孌童。我本來看你面子饒了他，奈何他打定主意找死呢！」把匕首收到皮囊裡。顧生把她拉到屋裡。她說：「剛才被妖物敗了興，還是明天晚上吧。」說完，出門就走了。

第二天晚上，女郎果然來了，於是就情意纏綿起來。顧生問她殺狐狸的本事，她說：「這不是你該知道的。千萬要謹慎保密，一旦洩露出去，恐怕不是你的福分。」顧生又想和她定下婚姻之事，她說：「我都和你同床共枕，給你料理家務了，不是你的妻子，又是什麼呢？已經是夫妻關係了，何必還說什麼嫁娶呢？」顧生說：「你不是嫌我家窮吧？」她說：「你家固然很窮，難道我富有嗎？今天晚上我和你在一起，正是可憐你的貧窮呀。」臨別又囑咐說：「我們倆不正常的關係，不可能經常如此。應該來時，我就自己來；不應該來時，你強求也沒用。」以後遇見她，顧生常想拉她訴訴衷腸，她總是避開。但是縫衣做飯，全部替顧生處理，如同妻子一樣。

過了幾個月，女郎的母親死了，顧生傾盡全力安葬了她。女郎從此獨自生活。顧生心想她個人睡覺可以和她亂來，就爬牆過去，隔著窗戶頻頻喊她，她始終不回應。看看房門，原來裡面沒人已經上了鎖。他暗自懷疑女郎跟別人約會去了。第二天晚上他再去，和昨天晚上一樣。顧生便留下一塊佩玉，放在窗臺上走了。第二天，在母親房間裡遇到她。從房裡出來，她跟在顧生的身後說：「你對我有疑心嗎？每個人都有自己的心事，不能夠都告訴別人。現在想讓你不懷疑我，怎麼辦得到呢？但是有一件事，請你趕緊想辦法。」問她什麼事情，她說：「我已經懷孕八個月了，恐怕早晚之間就要臨產。『妾身未分明』，我能給你生孩子，卻不能給你養孩子。你應該悄悄告訴老母，找一個奶媽，謊稱抱了一個養子，千萬別提我。」顧生答應了，回家告訴母親。母親笑著說：「這個女郎真奇怪！娶她她不答應，私下裡卻和我兒子相好。」便很高興地照女郎說的辦，等著抱孫子。

又過了一個多月，女郎好幾天沒來顧家。顧母疑惑，到她家去探望，只見門庭冷寂、大門緊閉。敲門敲了好久，女郎才蓬頭垢面地從屋裡出來。開門讓顧母進來，又把門關上。顧母走進她的臥室，看到嬰兒呱呱而啼已經躺在床上了。顧母驚訝地問：「出生幾天了？」回答說：「三天了。」抓住襁褓一看，是個男孩，而且臉大額寬。顧母高興地說：「你已經給我生了孫子，卻還是孤苦伶仃一個人，你將來依靠誰呢？」女郎說：「我心裡有點小小的苦衷，不敢捧出來給老母看。等到夜裡無人的時候，就可以把孩子抱去了。」顧母回家對兒子說，母子二人都感到很奇怪。夜裡前去就把孩子抱了回去。

又過了幾個晚上，一天快到半夜的時候，女郎忽然敲門進來，手裡提著一個皮袋，笑著說：「我的大事已經辦成，從此就要永別了。」顧生急忙問她為什麼，她說：「你奉養我母親的恩德，我時刻不能忘懷。以前我說『這樣的事只可一次不能兩次』，因為我對你的報答並不在枕席之上。由於你窮得不能娶妻，我要給你延續一個後代。本想和你一次就能懷孕，沒想到月經又來了，我就破戒又和你來了一次。現在你的恩德已經報答，我的心願也已經完成，沒有遺憾了。」顧生問她：「皮袋裡裝的是什麼？」她說：「仇人的腦袋。」顧生打開袋口一看，只見一個人頭鬍鬚頭髮交纏在一起血肉模糊。

顧生害怕極了，又問她怎麼回事。她說：「從前沒有告訴你，是因為事情若不機密，害怕洩露出去。現在大功已經告成，不妨告訴你：我是浙江人。父親官居司馬，被仇人陷害，他抄了我們家。我背著老母親逃出來，隱姓埋名，掩藏起自己的面目，已經三年了。沒有馬上報仇的原因，是因為老母親還在世；老母親去世了，又有胎兒在腹中拖累著，因而又拖了很久。過去我夜裡外出，不為別的，只是因為仇人家的道路門戶不熟悉，害怕到時出錯。」說完，出門而去。又返回來叮囑說：「我生的兒子，你要好好養育他。你福分淺不能長壽，這個孩子可以光耀門楣。夜深了，不要驚動老母親，我去了！」顧生心裡很淒慘，剛想問她往哪裡去，女郎一閃身如閃電一般，眨眼不見了蹤影。顧生歎息、惋惜，呆呆地像木頭一樣立在那裡，好像丟了魂似的。第二天告訴母親，兩人也只有相對驚歎而已。

三年以後，顧生果然死了。兒子十八歲考中進士，還奉養祖母直到她終老。

異史氏說：「男人一定要室內先有俠女，然後才可以養孌童。不然，你愛他這頭公豬，他就會愛上你家那頭母豬了！」

【研析】〈俠女〉這篇小說可以說是一篇俠女恩仇記。

金陵的顧生，多才多藝，但家貧母老，只靠每天給人寫字作畫為生，雖然不至於餓死，但二十五了，還沒錢娶媳婦。顧生的對門，住著一位老嫗和一位少女。這位少女大約十八九歲，秀曼都雅，但不言亦不笑，艷如桃李，冷如冰霜。顧生的母親說女子是一位「奇人」，她雖然只是普通的家庭婦女，卻發覺女子是「奇人」。

女子和她母親租居對門，只靠女子的雙手給人家做針線活為生，生活困頓，家無隔夜之糧。顧生母親想討女子做兒媳婦，就讓顧生為她養活母親。顧生背著糧食送給女子，這是施恩；女子就來替顧生母親縫紉衣服、操持家務，這是報恩。顧生給人寫字作畫每得到一點好吃的，都要分給女子的母親吃，這是施恩；顧生的母親私處長了個惡瘡，女子時常來給她洗瘡敷藥，這是報恩。除了這些普通的施恩與報恩，顧生還為女子做了件大事，就是女子的母親死後，顧生竭盡全力安葬了她，送老。女子也為顧生做了件大事，就是為他生了個兒子，有後。

古今中外，報恩的故事很多，拋頭灑血的有，兩肋插刀的有，結草銜環的有，當牛做馬的有，像女子這樣報恩的，確屬少見。她先是可憐顧生年紀大了，沒有媳婦，不能伺候母親的病體並有絕後的危險，就在某一天，突然一改冷如冰霜的慣例，破格對顧生嫣然一笑。顧生是風流書生，當然心領神會，二人就欣然交歡。事情過後，顧生還想好事，但女子卻又冷如冰霜起來。沒想到的是，一天，女子忽然又笑了一次，顧生就慌忙抱住她，不料卻被白狐狸敗壞了意興。隔天晚上，女子果然又來與顧生綢繆了一番。就這樣，女子為顧生照顧母親，操持家務，縫補衣裳，同枕共席，做了顧生實際上的妻子。

我們要注意的是，女子與顧生同枕共席，絕不是出於一般的愛情，其目的只有一個，就是為顧生懷上孩子。所以，她第一次沒懷孕，才有了第二次的床第之歡。這是報恩，不是愛情。所以，那兒子也不是愛情的產物，而是一份厚禮。

故事到此似乎可以結束，卻又敘出了一段：女子父親官居司馬，被仇人陷害，抄沒全家。女子背著老母親逃出來，隱名埋姓已經三年了。女子怕報仇不成身已被害，無人奉養老母親；老母親死後，肚子裡又有了顧生的兒子，還是沒法報仇。生下兒子後，才大仇得報，一快心胸，閃電一般，瞥然而去。俠女的俠性、俠心這才凸顯出來。偉哉，俠女。

巧娘

廣東有搢紳❶傅氏，年六十餘。生一子，名廉。甚慧，而天閹❷，十七歲，陰裁如蠶。遐邇聞知，無以女女者。自分宗緒❸已絕，晝夜憂怛❹，而無如何。

廉從師讀。師偶他出，適門外有猴戲者❺，廉觀之，廢學焉。度師將至而懼，遂亡去。離家數里，見一白衣女郎，偕小婢出其前。女一回首，妖麗無比。蓮步蹇緩❻，廉趨過之。女回顧婢曰：「試問郎君，得毋欲如瓊❼乎？」婢果呼問。廉詰其何為。女曰：「倘之瓊也，有尺一書❽，煩便道寄里門。老母在家，亦可為東道主❾。」廉出本無定向，念浮海亦得，因諾之。女出書付婢，婢轉付生。問其姓名里居，云：「華姓，居秦女村，去北郭三四里。」生附舟便去。

至瓊州北郭，日已曛暮。問秦女村，迄無知者。望北行四五里，星月已燦，芳草迷目，曠無逆旅⑩，窘甚。見道側墓，思欲傍墳棲止，大懼虎狼。因攀樹猱升⑪，蹲踞其上。聽松聲謖謖⑫，宵蟲哀奏，中心忐忑，悔至如燒。

忽聞人聲在下，俯瞰之，庭院宛然；一麗人坐石上，雙鬟⑬挑畫燭，分侍左右。麗人左顧曰：「今夜月白星疏，華姑所贈團茶⑭，可烹一盞，賞此良夜。」生意其鬼魅，毛髮直豎，不敢少息。忽婢子仰視曰：「樹上有人！」女驚起曰：「何處大膽兒，暗來窺人！」生大懼，無所逃隱，遂盤旋下，伏地乞宥⑮。女近臨一睇，反恚為喜，曳與並坐。睨之，年可十七八，姿態艷絕。聽其言，亦土音。問：「郎何之？」答云：「為人作寄書郵⑯。」女曰：「野多暴客，露宿可虞。不嫌蓬蓽⑰，願就稅駕。」邀生入。

室惟一榻，命婢展兩被其上。生自慚形穢，願在下牀。女笑云：「佳客相逢，女元龍⑱何敢高臥？」生不得已，遂與共榻，而惶恐不敢自舒。未幾，女暗中以纖手探入，輕捻脛股，生偽寐，若不覺知。又未幾，啟衾入，搖生，迄不動。女便下探隱處⑲。乃停手悵然，悄悄出衾去。俄聞哭聲。生惶愧無以自容，恨天公之缺陷而已。女呼婢篝燈⑳。婢見啼痕，驚問所苦。女搖首曰：「我歎吾命耳。」婢立榻前，耽望㉑顏色。女曰：「可喚郎醒，遣放去。」生聞之，倍益慚怍㉒；且懼宵半，茫茫無所復之。

籌念間，一婦人排闥㉓入。婢曰：「華姑來。」微窺之，年約五十餘，猶風格㉔。見女未睡，便致詰問。女未答。又視榻上有臥者，遂問：「共榻何人？」婢代答：「夜一少年郎，寄此宿。」婦笑曰：「不知巧娘諧花燭。」見女啼淚未乾，驚曰：「合巹㉕之夕，悲啼不倫；將勿郎君粗暴也？」女不言，益悲。

婦欲捋㉖衣視生，一振衣，書落榻上。婦取視，駭曰：「我女筆意也！」折讀歎咤。女問之。婦云：「是三姐家報，言吳郎已死，煢無所依㉗，且為奈何？」女曰：「彼固云為人寄書，幸未遣之去。」婦呼生起，究詢㉘書所自來。生備述之。婦曰：「遠煩寄書，當何以報？」又熟視生，笑問：「何迕㉙巧娘？」生言：「不自知罪。」又詰女。女歎曰：「自憐生適閹寺㉚，歿奔椓人㉛，是以悲耳。」婦顧生曰：「慧黠兒，固雄而雌者耶？是我之客，不可久溷㉜他人。」遂導生入東廂，探手於袴而驗之。笑曰：「無怪巧娘零涕；然幸有根蒂，猶可為力。」

挑燈遍翻箱簏，得黑丸，授生，令即吞下，秘囑勿吪，乃出。生獨臥籌思，不知藥醫何症。將比五更，初醒，覺臍下熱氣一縷，直沖隱處，蠕蠕然㉝似有物垂股際；自探之，身已偉男㉞。心驚喜，如乍膺九錫㉟。欞色才分，婦入，以炊餅納生室，叮囑耐坐，反關其戶。出語巧娘曰：「郎有寄書勞，將留招三娘來，與訂姊妹交㊱。且復閉置，免人厭惱。」乃出門去。

生迴旋無聊，時近門隙，如鳥窺籠。望見巧娘，輒欲招呼自呈，慚訥[37]而止。延及夜分，婦始攜女歸。發扉曰：「悶煞郎君矣！三娘可來拜謝。」途中人逡巡[38]入，向生斂衽。婦命相呼以兄妹。巧娘笑曰：「姊妹亦可。」並出堂中，團坐置飲。飲次，巧娘戲問：「寺人[39]亦動心佳麗否？」生曰：「跛者不忘履，盲者不忘視。」相與粲然。

巧娘以三娘勞頓，迫令安置。婦顧三娘，俾與生俱。三娘羞暈不行。婦曰：「此丈夫而巾幗者，何畏之？」敦促偕去。私囑生曰：「陰為吾婿，陽為吾子，可也。」生喜，捉臂登牀，發硎新試[40]，其快可知。既於枕上問女：「巧娘何人？」曰：「鬼也。才色無匹，而時命蹇落[41]。適毛家小郎子，病閹，十八歲而不能人，因邑邑不暢，齎恨如冥[42]。」生驚，疑三娘亦鬼。女曰：「實告君，妾非鬼，狐耳。巧娘獨居無耦[43]，我母子無家，借廬棲止。」生大愕。女云：「無懼，雖故鬼狐，非相禍者。」由此日共談讌[44]。雖知巧娘非人，而心愛其娟好，獨恨自獻無隙。

生蘊藉，善詼噱[45]，頗得巧娘憐。一日，華氏母子將他往，復閉生室中。生悶氣，繞屋隔扉呼巧娘。巧娘命婢，歷試數鑰，乃得啟。生附耳請間[46]。巧娘遣婢去。生挽就寢榻，偎向之。女戲掬臍下，曰：「惜可兒此處闕然[47]。」語未竟，觸手盈握。驚曰：「何前之渺渺，而遽累然[48]！」生笑曰：「前羞見客，故縮；今以誚謗[49]難堪，聊作蛙怒耳。」遂相綢繆。已而恚曰：「今乃知閉戶有因。昔母子流蕩棲無所，假廬居之。三娘從學刺繡，妾曾不[50]少秘惜；乃妒忌如此！」生勸慰之，且以情告。巧娘終銜[51]之。生曰：「密之，華姑囑我嚴。」

語未及已，華姑掩入。二人皇遽方起。華姑瞋目[52]，問：「誰啟扉？」巧娘笑逆自承。華姑益怒，聒絮不已。巧娘故哂曰：「阿姥亦大笑人！是丈夫而巾幗[53]者，何能為？」三娘見母與巧娘苦相抵[54]，意不自安，以一身調停兩間，始各拗[55]怒為喜。巧娘言雖憤烈，然自是屈意事三娘。但華姑晝夜閑防，兩情不得自展，眉目含情而已。

一日，華姑謂生曰：「吾兒姊妹皆已奉事君。念居此非計，君宜歸告父母，早訂永約[56]。」即治裝促生行。二女相向，容顏悲惻；而巧娘尤不可堪，淚滾滾如斷貫珠，殊無已時。華姑排止[57]之。便曳生出。至門外，則院宇無存，但見荒冢。華姑送至舟上，曰：「君行後，老身攜兩女僦[58]屋於貴邑。倘不忘夙好，李氏廢園中，可待親迎。」生乃歸。

時傅父覓子不得，正切焦慮，見子歸，喜出非望。生略述崖末[59]，兼致華氏之訂。父曰：「妖言何足聽信？汝尚能生還者，徒以閹廢故；不然，死矣！」生曰：「彼雖異物，情亦猶人；況又慧麗，娶之亦不為戚黨[60]笑。」父不言，但嗤之。

生乃退而技癢，不安其分，輒私婢；漸至白晝宣淫，意欲駭聞翁媼。一日，為小婢所窺，奔告母。母不信，薄觀[61]之，始駭。呼婢研究，盡得其狀。喜極，逢人宣暴，以示子不閹，將論婚於世族。生私白母：「非華氏不娶。」母曰：「世不乏美婦人，何必鬼物？」生曰：「兒非華姑，無以知人道[62]，背之不祥。」

傅父從之，遣一僕一媪往覘之。出東郭四五里，尋李氏園。見敗垣竹樹中，縷縷有炊煙。媪下乘，直造其闥[63]，則母子拭几濯溉，似有所伺。媪拜致主命。見三娘，驚曰：「此即吾家小主婦耶？我見猶憐，何怪公子魂思而夢繞之。」便問阿姊。華姑歎曰：「是我假女[64]。三日前，忽殂謝[65]去。」因以酒食餉媪及僕。

媪歸，備道[66]三娘容止，父母皆喜。末陳巧娘死耗，生惻惻欲涕。至親迎之夜，見華姑親問之。答云：「已投生北地矣。」生歔欷久之。迎三娘歸，而終不能忘情巧娘，凡有自瓊來者，必召見問之。或言秦女墓夜聞鬼哭。生詫其異，入告三娘。三娘沉吟良久，泣下曰：「妾負姊矣！」詰之，答云：「妾母子來時，實未使聞。茲之怨啼，將無是姊？向欲相告，恐彰[67]母過。」

生聞之，悲已而喜。即命輿，宵晝兼程，馳詣其墓。叩墓木而呼曰：

「巧娘，巧娘！某在斯。」俄見女郎繃(68)嬰兒，自穴中出，舉首酸嘶(69)，怨望無已。生亦涕下。探懷問誰氏子，巧娘曰：「是君之遺孽(70)也，誕三月矣。」生歎曰：「誤聽華姑言，使母子埋憂地下，罪將安辭！」乃與同輿，航海而歸。抱子告母。母視之，體貌豐偉，不類鬼物，益喜。二女諧和，事姑孝。後傅父病，延醫來。巧娘曰：「疾不可為，魂已離舍。」督治冥具(71)，既竣而卒。兒長，絕肖父；尤慧，十四游泮(72)。高郵翁紫霞，客於廣而聞之。地名遺脫，亦未知所終矣。

【注釋】❶搢紳　指士大夫，這裡指退休的官員。❷天閹　天生生殖器發育不全。❸宗緒　後代。❹憂怛　憂傷氣惱。❺猴戲者　耍猴子的。❻蓮步蹇緩　三寸金蓮行走緩慢。❼瓊　瓊州，在海南島。❽尺一書　指書信。❾東道主　招待客人的主人。❿逆旅　旅舍。⓫猱升　像猴子一樣攀越。猱，猿猴之一種。⓬謖謖　風吹聲。⓭雙鬟　兩個丫鬟。⓮團茶　用模子製成的一種茶餅。⓯乞宥　請求寬恕。⓰寄書郵　郵差。⓱蓬蓽　草房。⓲元龍　陳元龍，名登，三國時人，「自上大床臥，使客臥下床」。見《三國志》。⓳隱處　私處；生殖器。⓴篝燈　置燈於籠中，此指點燈。㉑眈望　注視。㉒慚怍　慚愧。㉓排闥　推門。㉔風格　風韻。㉕合巹　古代婚禮儀式，後世演變為新婚夫妻喝交杯酒。㉖捋　手握著東西向一端抹取。㉗煢無所依　孤獨沒有依靠。煢，孤獨。㉘究詢　詢問究竟。㉙迕　觸犯。㉚閹寺　宦官。㉛椓人　閹人。㉜溷　混；打擾。㉝蠕蠕然　蟲子爬動的樣子。㉞偉男　魁梧有力的男人，此指其生殖器和正常男人一樣。㉟乍膺九錫　突然受到九錫的封賞。九錫，古代帝王尊禮大臣，賜予九種器物。㊱姊妹交　乾姐妹；結拜姐妹。㊲慚訥　因慚愧而沒有說出。㊳逡巡　遲疑不敢向前的樣子。㊴寺人　宮中侍御之宦官。㊵發硎新試　剛磨過的刀子第一次試割。㊶蹇落　困頓、衰落。㊷齎恨如冥　含恨而死。㊸耦　同「偶」。㊹談讌　聚談、會飲。㊺詼噱　討好別人的笑話。㊻請間　請人給予談話的機會。㊼闕然　殘缺不全的樣子。㊽累然　眾多、重疊的樣子，此指巨大的樣子。㊾誚譖　譏誚毀謗。㊿曾不　不曾。51銜　懷恨在心。52瞋目　生氣地睜大眼睛。53巾幗　指女子。54相抵　爭執不下。55拗壓制。56永約　長久之約，此指婚約。57排止　排解勸止。58僦　租賃。59崖末　始末。60戚黨　親族。61薄觀　靠近觀察。62人道　男女交合之事。63闉　門，此指住的地方。64假女　義女。65殂謝　死亡。66備道　詳細陳述。67彰　暴露。68綳　襁褓。69酸嘶　憂傷地哭泣。70孽　孽種。71冥具　喪葬用品。72游泮　考中秀才。

【語　譯】廣東有位傅鄉紳，六十多歲了。生了一個兒子，叫傅廉。傅廉很聰明，可是天生生殖器發育不全，到了十七歲，陰莖才像一條蠶。遠近都知道這事，沒人願把女兒嫁給他。他尋思定當絕後了，晝夜憂傷，但是也沒有辦法。

傅廉跟老師讀書。老師偶爾有事外出，正好門外有個耍猴子的，傅廉出去觀看，就沒做完作業。估量到老師要回來了，非常害怕，就逃跑了。離家走了好幾里，看到一個穿白衣服的姑娘，領著一個小丫鬟在他前面走著。姑娘一回頭，妖豔的無與倫比。三寸金蓮走得很慢，傅廉快走超過了她。姑娘回頭對丫鬟說：「上去問問他，是不是要到瓊州？」丫鬟果然喊住傅廉詢問。傅廉問她有什麼事。姑娘說：「如果去瓊州，有一封信，麻煩你順道捎到我家。我老母親在家，也可以招待招待你。」傅廉離家出走，本來沒有目的地，心想過海也可以，就答應了她。姑娘拿出信遞給丫鬟，丫鬟轉交給傅廉。傅廉問姑娘姓名及家裡住址，姑娘說：「姓華，住在秦女村，離瓊州城北三四里的地方。」傅廉搭船就去了瓊州。

傅廉到了瓊州城北，太陽已經下山。打聽秦女村，沒有一個人知道。他朝北走了四五里，星星月亮已燦燦發光，野草擋住了視線，曠野中沒有旅店，非常窘迫。他看見道旁有一座墳墓，就想靠在墳上休息休息，又非常害怕被虎狼吃了。於是像猴子一樣爬到樹上，找個樹杈蹲在上面。他聽見松濤呼呼響，小蟲吱吱叫，心裡七上八下，後悔得心如火燒。

忽然他聽到下邊有人說話，低頭一看，宛然有一座庭院；一個美貌女子坐在石頭上，兩個丫鬟打著繪有圖案的燈籠，分站在左右侍候。女子對左邊的丫鬟說：「今夜月明星稀，華姑送我的團茶，可沏一杯來喝，觀賞這美好的夜景。」傅廉以為她們是鬼怪，嚇得毛髮都直立起來，不敢稍稍喘氣。丫鬟忽然抬頭一看，說：「樹上有人！」女子吃驚地站起身來，說：「哪來的大膽小子，在暗處偷看人家。」傅廉大為害怕，無處可逃，只好盤旋地爬下樹來，趴在地上求饒。女子近前一看，反怒為喜，拉傅廉和自己並排坐著。傅廉偷偷看了她一眼，她年約十七八歲，長得相當漂亮。聽她說話，也是當地口音。女子問：「郎君要到哪裡去呀？」傅廉回答說：「替人送信當郵差。」女子說：「野外多強盜，睡在外面很危險。若不嫌我家簡陋，請到我家休息。」說完就邀傅廉進去。

屋裡只有一張床，女子吩咐丫鬟在床上鋪兩床被子。傅廉自慚形穢，要睡在床下。女子笑著說：「碰到你這樣的貴客，我怎能像三國時的陳元龍高臥在上呢？」傅廉不得已，就和女子同睡一床，可是心驚膽戰身子舒展不開。沒多久，女子偷偷把小手伸進來，輕輕捏了捏傅廉的大腿。傅廉假裝睡著了，好像沒有感覺。又過了沒多久，女子掀開被子鑽進來，搖了搖傅廉，傅廉始終一動也不動。女子就把手伸到他的私處。便失望地停手，悄悄地爬出被窩走了。不久，就聽見哭聲。傅廉又害怕又慚愧無地自容，只恨老天爺使他有生理缺陷。女子叫丫鬟點上燈。丫鬟看見女子有淚痕，驚問她受了什麼委屈。女子搖頭說：「我自歎我的命苦啊。」丫鬟站在床前，出神地看著女子的臉。女子說：「你可把郎君叫醒，放他走。」傅廉聽了，越發慚愧了。又擔心深更半夜，茫茫野外無處可去。

正在盤算著，一個婦人推門進來。丫鬟說：「華姑來了。」傅廉偷眼一看，婦人年約五十多歲，風韻猶存。見女子沒睡，就問原因。女子沒有回答。婦人又看到床上有人睡著，就問：「你和誰同床？」丫鬟代替女子回答說：「夜裡一個少年郎到這裡借宿。」婦人笑著說：「不知道這是巧娘的花燭之夜。」婦人看見巧娘淚水未乾，驚問：「洞房花燭之時，悲傷哭泣不像回事；難道是郎君動作太粗暴了嗎？」女子不說話，更加悲傷了。

婦人要掀起傅廉的衣服看看，一抖衣服，信落到床上。婦人拿起一看，大驚說：「這是我女兒的筆跡呀！」拆開一讀驚歎不已。女子問婦人原因。婦人說：「是三姑娘的家信，說吳家女婿已經死了，她孤身一人無所依靠，這可怎麼好呢？」女子說：「他本來說是替人捎信的，多虧沒讓他走了。」婦人把傅廉叫起來，追問信是從哪裡來的。傅廉把經過詳細說了一遍。婦人說：「麻煩你老遠來送信，怎麼報答你呢？」又仔細端詳了傅廉半天，笑著問：「怎麼得罪了巧娘？」傅廉說：「我不知自己有何罪過。」婦人又詰問女子。女子歎息說：「我可憐自己活著時嫁了個『太監』，死後又私交了個『閹人』，因此悲傷啊。」婦人看著傅廉說：「這個聰明小子，難道是一個不男不女的人嗎？你是我的客人，不能老打擾別人。」於是婦人把傅廉帶到東廂房裡，把手伸到他褲襠裡觸摸檢驗。笑著說：「怪不得巧娘掉淚啊。但是幸虧還有點蒂頭，還可以治治看。」

婦人點著燈翻遍了所有的箱籠，找到一粒黑藥丸，遞給傅廉，讓他立即吞下，又囑咐他不要亂動，就走了。傅廉獨自躺在那裡想來想去，不知這藥治他的什麼病。將近五更時分，傅廉一覺初醒，感覺到肚臍下邊有一股熱氣，一直衝向他的陰部，蠕蠕然像有個東西吊在兩腿中間；自己伸手一摸，已是個魁梧的男兒身了。心裡又驚又喜，如同突然被封了王侯。天剛微微亮，婦人就來了，把炊餅放在他屋裡，囑咐他耐心坐著，出去把門反鎖了。婦人出來對巧娘說：「小子有捎信的功勞，我準備留下他，招三姑娘來讓他倆拜為乾姐妹。先把他關起來，免得惹人煩惱。」就出門走了。

傅廉在屋裡來來回回，百無聊賴，經常靠近門縫邊，像鳥從籠子裡往外看。望見巧娘，老想喊過她來說個明白，又因為慚愧而說不出口。等到了半夜，婦人才帶著女兒回來。開門說：「悶壞小子了！三姑娘可以過來拜謝。」路上碰到的那個姑娘遲疑著進了屋，對著傅廉斂衣行禮。婦人讓三姑娘和傅廉以兄妹相稱。巧娘笑著說：「稱姐妹也行呀。」一齊來到大廳，圍坐著喝酒。喝酒時，巧娘逗弄傅廉，問：「太監也對美女感興趣嗎？」傅廉說：「瘸子不忘鞋，瞎子不忘看。」相互粲然一笑。

巧娘因為三姑娘旅途勞頓，硬讓她休息。婦人看著三姑娘，讓她同傅廉一同去。三姑娘羞紅了臉，一動也不動。婦人說：「這是個貌似男人實際女人的人，有什麼好怕的？」催促著他倆一起走了。暗中囑咐傅廉說：「暗中做我的女婿，表面上做我的兒子，就行了。」傅廉大喜，拉著三姑娘就上了床。傅廉就像剛磨過的刀子初次試割，其鋒利程度可想而知。事後傅廉在枕頭上問三姑娘：「巧娘是什麼人？」三姑娘說：「鬼呀。才色無雙，可是命運不好。嫁給毛家小夥子，可是天生陰莖短小，十八歲了還不能人道，她因此悶悶不樂，含恨而死。」傅廉吃了一驚，懷疑三姑娘也是鬼。三姑娘說：「實話告訴你吧，我不是鬼，是狐狸呀。巧娘孤身一人沒人做伴，我娘倆也沒有家，借她的房子住著。」傅廉更加吃驚。三姑娘說：「不要害怕，我們雖然是鬼和狐，但是不禍害人。」從此兩人每天聊天喝酒。傅廉雖然知道巧娘不是人，可是心裡喜歡她長得漂亮，只恨沒機會自我表白。

傅廉性情溫潤，善於說笑話，很得巧娘的歡心。一天，華家母女外出有事，又把傅廉關在屋裡。傅廉很鬱悶，繞著屋子隔著門窗喊叫巧娘。巧娘讓丫鬟一把一把試了好幾把鑰匙，才打開門。傅廉湊到巧娘耳邊說要和她單獨說一下話。巧娘就把丫鬟打發走。傅廉摟著巧娘上了床，就湊過去親熱。巧娘開玩笑地伸手摸他肚臍底下，說：「只可惜親愛的你這裡缺少東西啊。」話沒說完，只覺手碰到的已握了個滿手。巧娘吃驚地問：「怎麼以前小小一點，現在突然粗大了呢！」傅廉笑著說：「從前它怕見生人，所以老害羞縮著頭；如今它忍受不了別人的嘲笑諷刺，就暫且像青蛙生氣那樣鼓了起來。」於是兩人交歡纏綿。事後巧娘生氣地說：「現在才知道鎖門是有原因的。過去她娘倆四處流浪居無定所，我借房子給她們住。三姑娘跟著我學刺繡，我絲毫不保留自己的本事。她們竟然這樣妒忌我！」傅廉勸慰巧娘，並把自己吃藥的事告訴了她。巧娘始終懷恨在心。傅廉說：「別聲張出去，華姑嚴厲地囑咐我。」

話沒說完，華姑突然進來。兩人慌忙起身。華姑氣得瞪著眼睛問：「誰開的門？」巧娘笑著迎上去說是她開的。華姑更加生氣，絮絮叨叨個沒完。巧娘冷笑著說：「大媽你也太可笑了吧！這是個看似男人實際女人的人，他能幹什麼？」三姑娘見母親與巧娘爭執不下，心裡過意不去，就上前為兩人調解，她倆才轉怒為喜。巧娘說話雖然激烈，但從此之後，處處還就著三姑娘。但是華姑日夜提防著，巧娘與傅廉不能交歡暢情，只能眉來眼去，含情脈脈而已。

一天，華姑對傅廉說：「我女兒姐妹倆都侍奉過你了。想來住在這裡也不是長久之計，你應該回家告訴父母，早點訂下這樁親事。」於是華姑就打點行裝，催傅廉啟程。兩個姑娘相對無言，滿臉悲傷淒惻；而巧娘更加忍受不了，眼淚像斷線的珍珠滾滾而下，沒有停止。華姑勸住二人，就拉著傅廉出去了。到了門外，庭院房子不見了，只見荒墳。華姑送傅廉到船上，說：「你走後，我帶兩個女孩到你家鄉租房住下。如果你不忘以前對你的好處，李家的廢花園裡，就是你迎親的地方。」傅廉於是就回家了。

那時傅廉的父親找不到兒子，正在焦慮萬分，看見兒子回家，喜出望外。傅廉把經過大致說了一遍，又把華姑的婚約也說了。父親說：「妖怪的話怎能聽信？你能活著回來，就是因為你有生理缺陷啊；不然，你早死了！」傅廉說：「她們雖然不是人，感情同人沒有兩樣；再說又聰明漂亮，娶了她們也不會被親友們笑話。」父親沒說什麼，只是譏笑他。

傅廉回家後耐不住衝動，於是就不守本分，私通丫鬟；逐漸地竟然大白天也公然淫亂，想要讓父母知道嚇一跳。一天，被一個小丫鬟偷看見了，就跑去告訴他母親。他母親不相信，就靠近親自查看，這才嚇一跳。叫來丫鬟詢問仔細，完全明白了兒子的現狀。傅母高興極了，逢人就宣傅，說兒子生理沒有缺陷，要向大戶人家提親。傅廉私下告訴母親說：「非華家姑娘不娶。」母親說：「世上又不缺美女，何必找個女鬼呢？」傅廉說：「兒子若無華姑，就無法知道男女之事，背棄她肯定不吉利。」

傅廉的父親聽從了兒子的話，派一個男僕和一個女傭去探看究竟。兩人出了東城走了四五里路，找到了李家花園。看見斷牆後的竹林裡，有嫋嫋炊煙升起。女傭下了車子，一直走到門前，看見華姑母女正在擦桌子、洗碗筷，好像有所等待。女傭先行禮然後傳達了主人的意思。她看見三姑娘，驚奇地說：「這就是我家少奶奶嗎？我見了都心生愛憐，難怪公子魂牽夢繞著你呢。」於是又問她的大女兒，華姑說：「那是我的義女，三天前忽然謝世了。」於是擺下酒席招待男僕和女傭。

女傭回去，詳細描述了三姑娘的容貌舉止，傅廉的父母都很高興。最後說起巧娘的死訊，傅廉傷心得差點哭了。到了迎親的夜裡，傅廉看見華姑又親自詢問巧娘。華姑說：「已投胎轉生到北方去了。」傅廉哀惋歎息了半天。迎娶三姑娘回家，但是終究忘不了巧娘，只要有從瓊州來的人，他必找來尋問巧娘的消息。有人說秦女墓夜裡聽到鬼哭。傅廉對此很驚奇，進去告訴了三姑娘。三姑娘沉吟半天，流著淚說：「我對不起巧姐姐啊！」傅廉盤問她，她回答說：「我娘倆來的時候，其實沒告訴她。現在痛哭怨恨的，恐怕正是巧姐姐啊？早就想告訴你，卻擔心暴露了母親的過失。」

傅廉聽後轉悲為喜。立刻下令駕車，晝夜趕路，飛馳到巧娘墳前。他敲擊著墳前的樹木大聲叫道：「巧娘，巧娘！我在這兒啊。」不久他看見巧娘捧著個嬰兒，從墳裡走了出來。巧娘抬頭看見傅廉，酸楚地哭著，不停地埋怨。傅廉也流下淚來。傅廉從她懷中抱過孩子，問是誰家的孩子。巧娘說：「這是你留下的孽根啊，生下已經三個月了。」傅廉歎息著說：「我誤聽了華姑的話，使你母子倆含冤地下，我罪責難逃啊！」

於是傅廉同巧娘母子一起坐車，渡海回到廣東老家。抱著孩子去告訴母親。傅母看那孩子，體格壯大豐滿，不像是鬼孩子，更加高興。巧娘和三姑娘處得和諧融洽，對婆婆孝順。後來傅廉的父親病了，請醫生來診視。巧娘說：「病不能治了，魂已離體了。」傅家督促著家人準備喪葬用具，剛準備好，傅廉的父親就死了。巧娘的兒子長大後，相貌特別像父親；格外聰明，十四歲就中了秀才。

高郵的紫霞翁，客居廣東時聽說了這個故事。具體地點他沒記住，也不知道後來怎麼樣了。

【研析】〈巧娘〉的主題是古人從來沒有寫過的。

廣東的傅廉，雖然很聰明，但是天閹，人都十七歲了，陰莖才有桑蠶那麼大，所以找不到老婆。從此，傅廉就自暴自棄，不再從師讀書，「適門外有猴戲者，廉觀之，廢學焉。」這句話很重要。傅廉看耍猴子，彷彿自身也變成了猴子，處處遭人戲耍，難以揚眉吐氣。

耍猴子的走了，傅廉就在路上瞎逛起來。離家數里，他遇到一素衣女郎，給他一封信，讓他捎給在海南島上的母親。傅廉想，反正到哪都一樣，過海到海南島也無所謂，於是就搭船去了海南島。

來到海南島，傅廉按素衣女郎所說的地址前去送信，到天黑也沒找到秦女村，卻可以看出他受人之託，忠人之事，並不因為身有殘疾，就影響他成為一個講信用、重然諾的好男兒。他找不到秦女村，卻找到了一處墳墓，怕被虎狼吃了，他就爬到樹上，蹲居樹杈過夜。這真像一隻聰明靈巧的小猴子。

傅廉躲在樹上，被巧娘發現了。巧娘看到傅廉是一俊雅書生，大為高興，就邀他同宿一床。巧娘用手觸摸他的私處，然後悄悄地爬出被窩，偷偷地哭起來。看過下文，我們知道巧娘是一鬼女，這麼年輕漂亮的女孩子卻命運不好。活著時找了個老公，是個天閹，十八歲了還不能和她過夫妻生活；死後見到傅廉，滿以為可以得到歡快的男女之愛了，沒想到還是個天閹。天公對巧娘真是太不公平了，我們聽到的僅僅是她嚶嚶的哭聲，她內心的性壓抑、焦灼、痛苦，是一般人體會不到的。在夜深人靜的荒郊古墓旁，彷彿只有那謖謖的松濤之聲，還能明白她的心意，替她分擔著一縷幽怨。

至於傅廉，這時人雖在床上裝睡，心中的滋味卻同樣波濤洶湧、難以忍受。作為一個男子漢，在如此情況下辜負了女子的心願，讓其哭泣憂傷，這是多大的羞辱啊。「生惶愧無以自容，恨天公之缺陷而已」。老天爺對這樣一位翩翩少年郎，也同樣是毫不公平的。他此時的心情，一般正常人也難以體察。

好在，華姑來了。在這篇小說中，華姑既是女人，又是母親，還是女神。是女人，她心細體貼；是母親，她自私、偏向著自己的女兒；是女神，她用神奇的黑藥丸子治好了傅廉的天閹病，讓他從一個被人取笑的猴子般的「椓人」、「寺人」，變成揚眉吐氣的「偉男」。這黑藥丸子的功效，比〈馬介甫〉中的「丈夫再造散」管用多了。

傳廉在廣東遇到的那位託他捎信的素衣女郎也回來了，她叫三娘，是華姑的女兒。華姑先讓傳廉與三娘同床共眠，做了三娘的丈夫；接著，傳廉又自己尋找機會做了巧娘的丈夫。華姑因為巧娘曾經有恩於她，也就讓三娘、巧娘二美共事了一夫，並準備攜女兒到廣東居住。

但是，故事還沒完。傳廉回家，為了證明自己是正常男人，想盡辦法讓父母知道了自己的性能力。父母知道了兒子的真實情況，就興奮地到處宣揚，將要給兒子娶個妻子。傳廉抓住機會把自己的奇遇說了，父母無奈，只得同意。可是，結婚那天迎來的卻只有三娘而不見巧娘。原來巧娘被華姑遺棄在海南島瓊州的古墓裡了。傳廉雖然娶了三娘，最終還是忘不了巧娘，晝夜兼程把巧娘和自己的兒子接回了家。從此，秦女墓中才沒有了那撓人心弦的整宿整宿的鬼哭啾啾。

〈巧娘〉這篇小說，雖然有些細節描寫過分細膩，但整篇的淒豔哀婉婉轉不絕；再加上篇中人物，特別是巧娘和傳廉的一些幽默語言，也時時引人發笑。蒲松齡借傳廉的口說「跛者不忘履，盲者不忘視」，我們也可模仿一句說，這篇小說「淚中不忘笑，笑中不忘淚」。這是一篇頗具中和之美的優秀小說。

林四娘

青州道陳公寶鑰❶，閩人。夜獨坐，有女子搴幃入。視之，不識；而艷絕，長袖宮裝❷。笑云：「清夜兀坐，得勿寂耶？」公驚問何人。曰：「妾家不遠，近在西鄰。」公意其鬼，而心好之。捉袂挽坐，談詞風雅❸，大悅。擁之，不甚抗拒。顧曰：「他無人耶？」公急闔戶，曰：「無。」

促其緩裳，意殊羞怯。公代為之殷勤❹。女曰：「妾年二十，猶處子也，狂將不堪。」狎褻既竟，流丹浹席❺。既而枕邊私語，自言「林四娘」。公詳詰之，曰：「一世堅貞，業為君輕薄❻殆盡矣。有心愛妾，但圖永好可耳，絮絮何為？」無何，雞鳴，遂起而去。

由此夜夜必至。每與闔戶雅飲。談及音律，輒能剖悉宮商❼。公遂意其工於度曲❽。曰：「兒時之所習也。」公請一領雅奏。女曰：「久矣不托於音，節奏強半遺忘，恐為知者笑耳。」再強之，乃俯首擊節，唱伊涼之調❾，其聲哀婉。歌已，泣下。公亦為酸惻，抱而慰之曰：「卿勿為亡國之音❿，使人悒悒。」女曰：「聲以宣意，哀者不能使樂，亦猶樂者不能使哀。」兩人燕暱，過於琴瑟⓫。

既久，家人竊聽之，聞其歌者，無不流涕。夫人窺見其容，疑人世無此妖麗，非鬼必狐；懼為厭蠱，勸公絕之。公不能聽，但固詰之。女愀然曰：「妾衡府⓬宮人也。遭難而死，十七年矣。以君高義，托為燕婉⓭，然實不敢禍君。倘見疑畏，即從此辭。」公曰：「我不為嫌；但燕好若此，不可不知其實耳。」

乃問宮中事。女緬述⓮，津津可聽。談及式微⓯之際，則哽咽不能成語。女不甚睡，每夜輒起誦準提、《金剛》⓰諸經咒。公問：「九原⓱能自懺耶？」曰：「一也。妾思終身淪落，欲度來生耳。」又每與公評鷺⑱詩詞，瑕輒疵之⑲；至好句，則曼聲嬌吟。意緒風流，使人忘倦。公問：「工⑳詩乎？」曰：「生時亦偶為之。」公索其贈。笑曰：「兒女之語，烏足為高人道。」

居三年。一夕忽慘然㉑告別。公驚問之。答云：「冥王以妾生前無罪，死猶不忘經咒㉒，俾生王家。別在今宵，永無見期。」言已，愴然。公亦淚下。乃置酒相與痛飲。女慷慨而歌，為哀曼之音㉓，一字百轉；每至悲處，輒便哽咽。數停數起，而後終曲，飲不能暢。乃起，逡巡欲別。公固挽之，又坐少時。雞聲忽唱，乃曰：「必不可以久留矣。然君每怪妾不肯獻醜㉔；今將長別，當率成㉕一章。」索筆構成，曰：「心悲意亂，不能推敲㉖，乖音錯節，慎勿出以示人。」掩袖而出。公送諸門外，湮然沒。

公悵悼良久。視其詩，字態端好，珍而藏之。詩曰：「靜鎖深宮十七年㉗，誰將故國問青天㉘？閒看殿宇封喬木㉙，泣望君王化杜鵑㉚。海國波濤斜夕照㉛，漢家簫鼓靜烽煙㉜。紅顏力弱難為厲㉝，蕙質心悲只問禪㉞。日誦菩提千百句㉟，間看貝葉兩三篇㊱。高唱梨園歌代哭㊲，請君獨聽亦潸然㊳。」詩中重複脫節，疑有錯誤。

【注　釋】❶青州道陳公寶鑰　陳寶鑰，福建晉江人，順治末年任青州道僉事。❷宮裝　宮廷女子的裝扮。❸風雅　《詩經》中有〈國風〉、〈大雅〉、〈小雅〉等內容，後世用「風雅」泛指詩文方面的事。❹殷勤　熱情周到地幫忙。❺浹席　濕透了床席。❻輕薄　玩弄。❼剖悉宮商　辨別音律。宮、商，都是我國古代五音（宮、商、角、徵、羽）之一。❽工於度曲　善於依曲調節拍歌唱。❾伊涼之調　伊州、涼州之曲，其聲悲涼哀婉。❿亡國之音　國家將亡時的音樂。《禮記．樂記》：「亡國之音哀以思，其民困。」⓫琴瑟　比喻夫妻。⓬衡府　明朝衡王府。明憲宗朱見深第七子朱祐楎，成化二十二年封衡王，弘治十二年之藩青州（今山東青州）。傳至末代衡王朱由椒，清興，被抄沒殺害。⓭燕婉　夫妻和美。⓮緬述　回憶講述。⓯式微　衰敗。⓰準提金剛　準提，佛教菩薩名，意譯為「清淨」。金剛，佛經名。⓱九原　指墳墓深處。⓲評騭　評定。⓳瑕疵之　有毛病就指出來。⓴工　善於；擅長。㉑慘然　悲傷的樣子。㉒經咒　佛教的經文與咒文。㉓哀曼之音　哀怨而悠長的聲音。㉔獻醜　在展示自己作品或表現自己技能時的謙詞。㉕率成　隨意寫成。㉖推敲　斟酌詩文字句。唐人賈島，於驢背上得句云：「鳥宿池邊樹，僧敲月下門。」拿不準「敲」好還是「推」好，就不斷做出推敲的手勢，撞進了韓愈的儀仗隊。韓愈立馬思索，說：「作『敲』字佳矣。」㉗靜鎖深宮十七年　指自己死去，埋身幽靜的宮殿已經十七年了。㉘誰將故國問青天　還有誰對著青天問起當年的衡王故國。指人們已經忘記了當年衡王府的事情。㉙間看殿宇封喬木　眨眼之間大樹遮蔽了衡王府的殿宇。㉚泣望君王化杜鵑　哭泣著看著死去的衡王化為了啼血的杜鵑鳥。㉛海國波濤斜夕照　沿海地區的抗清活動已經日薄西山。㉜漢家簫鼓靜烽煙　漢民族停止了反抗的烽火，歌舞昇平。㉝紅顏力弱難為厲　自己作為一個紅顏女子，無力化成厲鬼報仇。㉞蕙質心悲只問禪　只好把自己的一片聰慧之心，悲涼地投向佛經。㉟日誦菩提千百句　每天持誦千百遍佛號。㊱閒看貝葉兩三篇　閒暇時念幾篇佛經。㊲高唱梨園歌代哭　高唱著宮中的樂曲長歌當哭。㊳請君獨聽亦潸然　讓你一個人聽，也潸然淚下。

【語　譯】青州道的陳公名叫寶鑰，是福建人。夜裡獨坐，有一個女子掀簾子進來。陳公一看，不認識她；但她長得漂亮極了，拖著長長的袖子，是宮女的裝束。女子笑著說：「在這清寂的夜晚您獨自端坐，難道不寂寞嗎？」陳公驚問她是什麼人？女子說：「我家不遠，就近在西鄰。」陳公心想她可能是鬼，但心裡十分喜歡她。拉著她的袖子坐下，聽她談吐非常風雅，大為高興。陳公把她抱在懷裡，她也沒什麼反抗。她看了看四周說：「沒有別人吧？」陳公急忙關上門，說：「沒有人。」

陳公催著她寬衣解帶，她表現得非常羞怯。陳公懇切周到地替她脫了。女子說：「我二十歲了，還是個處女，您若動作過大，我會忍受不了的。」兩人同床親熱過後，床席上留下了一片血紅。接著兩人枕邊細語，女子自稱叫「林四娘」。陳公詳細地詢問她。她說：「我一生的清白，已經遭您玩弄得差不多了。您若真心喜歡我，我們就想法子永遠好下去算了，絮絮叨叨地問什麼呢？」不久，雞叫了，她就起來走了。

從此，林四娘夜夜都來。每每跟陳公關上門談文喝酒。談到音律時，林四娘往往對曲調五音分辨得很清楚。陳公於是就認為她精通歌唱曲調。她說：「是我兒時學習的。」陳公希望聽她的演奏。女子說：「很久不借曲傳情了，節拍大多都忘了，怕讓內行的人笑話啊。」陳公又要求了一次，她才低下頭打著拍子，唱出一首悲涼的曲調，歌聲非常哀婉。唱完，她的眼淚都流下來了。陳公也聽得鼻酸眼紅的，抱著她安慰說：「你不要唱這樣的亡國之音，讓人心裡難受。」林四娘說：「聲音是用來表達感情的，哀傷的人不能讓他唱歡樂的歌曲，正如高興的人不能讓他唱哀傷的歌曲。」兩人卿卿我我，親熱勝過夫妻。

時間一長，家裡人偷聽到了他倆的聲音，聽到林四娘唱歌的人，沒有不流淚的。陳夫人看見她的容貌，懷疑人世上沒有這種妖冶美麗，她不是鬼魂便是狐狸；怕丈夫受到蠱惑，勸丈夫和她斷絕關係。陳公不聽夫人的話，但是卻一再追問林四娘。她悲戚地說：「我是明朝衡王府的宮女。遭難而死，已經十七年了。因為您品德高尚有義氣，才和您相好，然而實在不敢禍害您哪。如果您懷疑害怕我，我們就從此告別算了。」陳公說：「我並沒有嫌你；問只是因為我們恩愛到這種程度，不能不瞭解一下實際情況啊。」

便問她宮中的事。她一邊回憶一邊說，說得津津有味很是動聽。說到衡王府敗亡之時，就哽咽地說不出話來。林四娘不大睡覺，每天夜裡總是起來念誦準提法、《金剛》等佛經。陳公問她：「九泉之下能自己懺悔嗎？」她說：「一樣啊。我想這輩子淪落一生，念經是為了超度來生啊。」她又經常和陳公評論詩詞，碰到缺點就指出來；碰到好句子，就拉長了聲調吟誦。情致優雅，使人忘記疲勞。陳公問：「擅長作詩嗎？」她說：「活著的時候偶爾寫寫。」陳公要她作首詩贈給自己。她笑著說：「小孩子的玩意兒，不值得對高人說。」

住了三年。一天晚上，她忽然憂傷地來和陳公告別。陳公吃驚地問她。她回答說：「閻王因為我生前沒有罪過，死後還不忘念經誦咒，讓我投生到王家。分別就在今晚，永遠沒有相見之時了。」說完，悲痛哀傷。陳公也流下淚來。於是兩人擺酒痛飲。女子慷慨地唱起歌來，唱得哀傷悠遠，每一個字百轉千回；每當唱到悲傷的地方，都要哭泣起來。她停了好幾次，才把一首歌唱完，喝酒心情也不舒暢。她站起來，戀戀不捨地要走。陳公再三挽留，她又稍坐了片刻。雄雞忽然叫了，她才說：「實在不能久留了。可是您總怪我不肯獻醜寫詩相贈；現在要永別了，我就草草為您寫一首吧。」女子拿過筆來寫成後說：「心悲意亂，靜不下心來推敲，音錯節差，千萬別拿出去給人看。」說完，用袖子遮著臉走了。陳公送她到門外，就消失不見了。

陳公悵惘哀悼了很久。看看林四娘寫的詩，字態端莊秀雅，就把文珍藏起來。林四娘的詩說：「靜鎖深宮十七年，誰將故國問青天？閑看殿宇封喬木，泣望君王化杜鵑。海國波濤斜夕照，漢家簫鼓靜烽煙。紅顏力弱難為厲，蕙質心悲只問禪。日誦菩提千百句，閑看貝葉兩三篇。高唱梨園歌代哭，請君獨聽亦潸然。」詩中有重複脫節的地方，懷疑傳抄時有錯誤。

【研　析】《聊齋》裡的這篇〈林四娘〉所敘述的是一段人鬼之戀，男主人公是真實人物——做青州觀察的陳寶鑰，鬼女林四娘與之交往的故事，在他離任後的一段時間裡，社會上流傳頗廣，有王士禛、林雲銘等文人記之以文，或詠之以詩。蒲松齡就是以小說家之筆重新演繹了這個蘊含著歷史悲哀的故事。

青州衡王府在明末府第宏麗，明清易代之際，遭清廷抄沒，末代衡王被殺，遂成為之人們追思憑弔的對象。在陳寶鑰做青州道僉事期間，社會上傳出衡王府宮女的鬼魂抒發國破身亡之悲哀的詩，隨即衍生出陳寶鑰官署裡出現了鬼宮女林四娘的故事。詩抒寫銅駝黍離之悲，寓有悼明之意，正是當時人們心頭上尚未消釋的情結，遂被廣泛傳抄，故事也經多位著名文人傳寫、歌詠。

蒲松齡的這篇〈林四娘〉，改變了別人所記鬼女林四娘只是客居陳寶鑰署中的身分；像《聊齋》裡多數鬼女一樣，突然出現在陳寶鑰身旁，與之發生了戀情，中心情節是枕邊私語，闔戶宴飲，曼聲而歌，演繹成了一段幽婉的人鬼之戀。而在這一段幽婉的人鬼之戀中，卻沒有男女相合的愉悅，表現出來的只是林四娘的淒苦的聲容，滿腹不能自己的悲情——亡國之痛和身世的悲哀。小說從頭至尾充溢著濃重的感傷情緒，借林四娘之聲容、言語，闡釋了流傳的林四娘悲情詩的歷史底蘊。

魯公女

招遠❶張於旦，性疏狂不羈。讀書蕭寺❷。時邑令魯公，三韓❸人。有女好獵。生適遇諸野，見其風姿娟秀，著錦貂裘，跨小驪駒❹，翩然若畫。歸憶容華，極意欽想。後聞女暴卒，悼歎欲絕。

魯以家遠，寄靈寺中，即生讀所。生敬禮如神明，朝必香，食必祭。每酹❺而祝曰：「睹卿半面，長繫夢魂；不圖玉人，奄然物化❻。今近在咫尺，而邈若河山，恨如何也！然生有拘束，死無禁忌，九泉有靈，當珊珊❼而來，慰我傾慕。」日夜祝之，幾半月。

一夕，挑燈夜讀，忽舉首，則女子含笑立燈下。生驚起致問。女曰：「感君之情，不能自已，遂不避私奔❽之嫌。」生大喜，遂共歡好。自此無虛夜。謂生曰：「妾生好弓馬，以射麞殺鹿為快，罪業深重，死無歸所。如誠心愛妾，煩代誦《金剛經》一藏數⑨，生生世世不忘也。」生敬受教，每夜起，即柩前捻珠⑩諷誦。

偶值節序，欲與偕歸。女憂足弱，不能跋履。生請抱負以行，女笑從之。如抱嬰兒，殊不重累。遂以為常。考試亦載與俱。然行必以夜。生將赴秋闈⑪，女曰：「君福薄，徒勞馳驅。」遂聽其言而止。積四五年，魯罷官，貧不能輿其櫬⑫，將就窆⑬之，苦無葬地。生乃自陳：「某有薄壤近寺，願葬女公子。」魯公喜。生又力為營葬。魯德之，而莫解其故。魯去，二人綢繆如平日。

一夜，側倚生懷，淚落如豆，曰：「五年之好，於今別矣！受君恩義，數世不足以酬⑭！」生驚問之。曰：「蒙惠及泉下人⑮，經咒藏滿，今得生河北盧戶部家。如不忘今日，過此十五年，八月十六日，煩一往會。」生泣下曰：「生三十餘年矣；又十五年，將就木⑯焉，會將何為？」女亦泣曰：「願為奴婢以報。」

少間曰：「君送妾六七里。此去多荊棘，妾衣長難度。」乃抱生項，生送至通衢⑰。見路旁車馬一簇，馬上或一人，或二人；車上或三人、四人、十數人不等；獨一鈿車⑱，繡纓朱幰⑲，僅一老媼在焉。見女至，呼曰：「來乎？」女應曰：「來矣。」乃回顧生云：「盡此，且去；勿忘所言。」生諾。女子行近車，媼引手上之，展軨⑳即發，車馬闐咽㉑而去。

生悵悵而歸，誌時日於壁。因思經咒之效，持誦益虔。夢神人告曰：「汝志良嘉。但須要到南海㉒去。」問：「南海多遠？」曰：「近在方寸地㉓。」醒而會其旨，念切菩提，修行倍潔。

三年後，次子明、長子政，相繼擢高科㉔。生雖暴貴，而善行不替。夜夢青衣人邀去，見宮殿中坐一人，如菩薩狀，逆之曰：「子為善可喜。惜無修齡㉕，幸得請於上帝矣。」生伏地稽首㉖。喚起，賜坐；飲以茶，味芳如蘭。又令童子引去，使浴於池。池水清潔，遊魚可數，入之而溫，掬之有荷葉香。移時，漸入深處，失足而陷，過涉滅頂㉗。驚寤。異之。

由此身益健，目益明。自捋其鬚，白者盡簌簌落；又久之，黑者亦落。面紋亦漸舒。至數月後，頷禿面童㉘，宛如十五六時。輒兼好遊戲事，亦猶童。過飾邊幅㉙，二子輒匡救之。未幾，夫人以老病卒。子欲為求繼室㉚於朱門。生曰：「待吾至河北來而後娶。」

屈指已及約期，遂命僕馬至河北。訪之，果有盧戶部。先是，盧公生一女，生而能言，長益慧美，父母最鍾愛之。貴家委禽㉛，女輒不欲。怪問之，具述生前約。共計其年，大笑曰：「癡婢！張郎計今年已半百，人事變遷，其骨已朽；縱其尚在，髮童而齒豁㉜矣。」女不聽。母見其志不搖，與盧公謀，戒閽人㉝勿通客，過期以絕其望。

未幾，生至，閽人拒之。退返旅舍，悵恨無所為計。閒遊郊郭，因循而暗訪之。女謂生負約，涕不食。母言：「渠不來，必已殂謝㉞；即不然，背盟之罪，亦不在汝。」女不語，但終日臥。盧患之，亦思一見生之為人，乃託遊遨，遇生於野。視之，少年也，訝之。班荊㉟略談，甚倜儻。公喜，邀至其家。方將探問，盧即遽起，囑客暫獨坐，匆匆入內，告女。女喜，自力起。窺審其狀不符，零涕而返，怨父欺罔㊱。公力白其是。女無言，但泣不止。公出，意緒懊喪，對客殊不款曲㊲。生問：「貴族有為戶部者乎？」公漫應之。首他顧，似不屬客。生覺其慢，辭出。

女啼數日而卒。生夜夢女來，曰：「下顧者果君耶？年貌舛異㊳，覿面遂致違隔。妾已憂憤死。煩向土地祠㊴速招我魂，可得活，遲則無及矣。」既醒，急探盧氏之門，果有女亡二日矣。生大慟，進而弔諸其室。已而以夢告盧。盧從其言，招魂㊵而歸。啟其衾，撫其屍，呼而祝之，俄聞喉中咯咯有聲。忽見朱櫻㊶乍啟，墜痰塊如冰。扶移榻上，漸復吟呻。

盧公悅，肅客㊷出，置酒宴會。細展官閥㊸，知其巨家，益喜。擇吉成禮。居半月，攜女而歸。盧送至家，半年乃去。夫婦居室，儼如小耦㊹，不知者，多誤以子婦為姑嫜㊺焉。盧公逾年卒。子最幼，為豪強所中傷㊻，家產幾盡。生迎養之，遂家焉。

【注釋】❶招遠　縣名，今山東煙臺招遠。❷蕭寺　佛寺。❸三韓　遼東。❹驪駒　純黑色的馬。❺酹　灑酒於地，表示祭奠。❻物化　死亡。❼珊珊　環佩叮咚。❽私奔　女子未經婚嫁私自投奔所愛的人或跟他一起逃走。❾一藏數　五千零四十八遍。藏，佛教經典的總稱。❿捻珠　手捻佛珠。⓫秋闈　考選舉人的鄉試。⓬櫬　棺材。⓭窆　挖墳埋棺材。⓮酬　報答。⓯泉下人　黃泉之下的人，即死人。⓰就木　進棺材，比喻老死。⓱通衢　四通八達的大道。⓲鈿車　飾有金花圖案的車子。⓳繡纓朱幰　彩絲的流蘇，大紅的車帷。⓴展軨　車輪滾動。㉑闐咽　車馬喧鬧擁塞。㉒南海　指觀音菩薩所在的浙江普陀山。㉓方寸地　心間。㉔擢高科　高中科舉功名。㉕修齡　長壽。㉖稽首　磕頭。㉗滅頂　淹沒頭頂。㉘頷禿面童　下巴光光，臉如孩童。㉙邊幅　布帛的邊緣。比喻人的儀表、衣著。㉚繼室　元配死後續娶的妻子。㉛委禽　送訂婚禮。㉜髮童而齒豁　頭髮掉光，牙齒脫落。㉝閽人　看門人。㉞殂謝　死亡。㉟班荊　墊著雜草坐下。㊱欺罔　欺騙蒙蔽。㊲款曲　招待周到。㊳舛異　錯誤；相違背。㊴土地祠　土地廟，為民間供奉「土地神」的廟宇。㊵招魂　通過一定的儀式招回死者的靈魂，使死者復活。㊶朱櫻　紅潤的櫻桃小口。㊷肅客　引導客人。㊸官閥　官階門第。㊹小耦　小夫妻。耦，偶；配偶。㊺姑嫜　婆婆和公公。㊻中傷　誣告陷害。

【語譯】招遠的張於旦，性格狂放不羈。在佛寺中讀書。當時招遠縣的縣令魯公，是三韓人。魯公有個女兒喜歡打獵。張於旦正好和魯公女在野外相遇，張於旦見她姿容秀麗，身穿錦繡貂皮大衣，騎著一匹小黑馬，翩翩然像是畫中人。張於旦回到廟裡，想起魯公女的容貌風華，心裡非常豔羨。後來聽說她突然身亡，張於旦悲悼歎息幾乎死去。

魯公因為離家太遠，便將靈柩暫寄寺中，也就是張於旦讀書的那座廟裡。張於旦對魯公女尊敬禮遇如同神明，早晨必上香，吃飯必祭奠。他常常灑酒在地禱告說：「雖然只見卿半面，卻常常在我的夢魂中牽掛；沒有想到你這樣的美貌佳人，突然謝世。現在你我近在咫尺，卻如同遠隔山河，我是何等悵恨啊！但是你活著時有禮法的拘束，死後應該沒有禁忌了，你在九泉之下若有靈感，就該環佩叮咚地走來，安慰我對你的一片癡慕之情。」張於旦日夜禱告，將近半個月。

一天晚上，張於旦挑燈夜讀，忽然一抬頭，只見魯公女兒含笑站在燈下。張於旦驚訝地起身詢問。她說：「感念你的深情，我無法控制，於是就不避嫌疑投奔於你了。」張於旦大喜，於是兩人就一起歡快地交好了。從此，魯公女兒沒有一晚上不來。她對張於旦說：「我平生喜歡弓馬，以射獐殺鹿為快事，罪孽深重，死了靈魂沒有歸宿。你如真心愛我，就替我念《金剛經》五千零四十八遍，我生生世世不會忘了你。」張於旦誠心誠意聽她的，每天夜裡都起來，在靈柩前捻著佛珠大聲誦經。

一次正碰上過節，張於旦想讓魯公女兒跟他一道回家。魯公女兒擔心腿腳無力，不能走遠路。張於旦說我抱著你背著你都行，魯公女兒笑著答應了。張於旦抱著她像抱著一個嬰兒，一點也不沉重勞累。從此就經常抱著她。參加考試也坐車一塊去。但是必須在夜間趕路才行。張於旦將參加鄉試，女子說：「你福分薄，只是白跑一趟而已。」張於旦就聽了她的話，沒去考試。過了四五年，魯公被罷了官，貧困到不能把女兒的靈柩運回老家，就想就近埋葬，但是又苦於沒有墓地。

張於旦就去對魯公說：「我有一塊薄田離寺不遠，願意安葬女公子。」魯公很高興。張於旦又出力幫著辦理喪事。魯公很感激他，但是不明白張於旦這麼做的原因。魯公離去後，兩人恩愛纏綿像過去一樣。

一天夜裡，魯公女兒側躺在張於旦的懷裡，淚落如豆，說：「五年的恩愛，在今天就要分別了！蒙受你的恩德情義，我幾輩子也報答不完！」張於旦驚訝地問她。她說：「承蒙你對九泉之下的人還這麼好，替我念經已經滿了五千零四十八遍，現在就要投胎轉生到河北盧戶部家了。如果你不忘記今天這個日子，十五年後的今天，八月十六日，請你前去相會。」張於旦流著淚說：「我已經三十多歲了；再過十五年，就行將就木了，見妳有什麼用呢？」她哭著說：「我願意當你的奴婢報答你。」

過了一下子她又說：「你送我六七里路吧。這路上有很多荊棘，我衣衫太長，很難行走。」說完就抱著張於旦的脖子，張於旦送她到大道上。只見路旁有一簇車馬，馬上有的一個人，有的兩個人；車上有的三個人、四個人、十來人不等；只有一輛裝飾華麗的車子，掛著彩絲流蘇和大紅簾子，只有一個老太太坐在裡面。看見魯公女兒來了，就喊道：「來了嗎？」魯公女兒答應說：「來了。」魯公女兒回頭看了看張於旦說：「到此為止，你先回去吧；不要忘了我們的約定。」張於旦滿口答應。魯公女兒走近馬車，老太太拉她上去，就趕動車子出發，車轔轔馬蕭蕭地走了。

張於旦惆悵地回去，把時間記在牆壁上。因為想到念誦佛經的靈驗，就更加虔誠地誦讀經卷。夢見神人告訴他說：「你志向可嘉。可是還得到南海去一趟。」張於旦問：「南海有多遠？」神人說：「近在你的心裡啊。」夢醒後他明白了神人的意思，一心要達到佛家的徹悟境界，修行更加端正了。

三年後，張於旦的次子張明、長子張政，先後考中了功名。張於旦雖然一下子富貴了，但是不改平時的善行。夜裡他夢到一個青衣人邀請他去，他看見宮殿中坐著一個人，像是菩薩的模樣，迎接張於旦說：「你做善事是可喜的。可惜你壽命不長，幸虧我已經替你向玉帝請求了。」張於旦趴在地上磕頭道謝。菩薩叫他起來，賜他座位；給他茶喝，味道芳香如蘭花。菩薩又讓童子帶領他去，讓他到浴池裡洗澡。池水清潔，游魚都可數得出來，跳進去感到很溫和，捧起來聞，有荷葉的香味。過了一會，張於旦漸漸走到了深處，一失足陷了進去，淹沒了頭頂。他大驚之下醒了過來，感到十分奇怪。

從此之後，張於旦身體越來越強健，眼睛也越來越好。自己一捋鬍子，白鬍子都簌簌地落了下來；又過了很長一段時間，黑鬍子也掉了。臉上的皺紋也都慢慢舒展開了。幾個月後，他下巴光光臉如孩童，就像十五六歲的時候。還老是喜歡遊戲，也像孩子似的。因為他過分注意修飾衣著，兩個兒子常常糾正他。不久，他的妻子因為年老得病死了。他的兒子想為他在大戶人家找個繼室。他說：「等我去趟河北，回來再娶親。」

張於旦屈指算一算，已經到了約定的日期，就率領車馬僕人到了河北。一打聽，果然有一位盧戶部。原來，盧公生了一個女孩，生下來就會說話，長大了更加聰明漂亮，父母都非常鍾愛她。富貴人家來下聘禮，她老是不答應。父母很奇怪，就問她什麼緣故，她就把出生前和張於旦的約定詳細說了一遍。父母一起算了算年齡，大笑說：「傻丫頭！張郎算來現在已經半百了，人事變遷，說不定連骨頭都爛了；就算他還活著，也應該是頭禿齒落了。」她不聽。母親見她毫不動搖，就和盧公商量，告誡守門人不要通報客人，等過了日期也就斷絕了她的希望。

不久，張於旦來了，守門人不讓他進門。他返回旅館，非常惆悵但又沒有辦法。他就在城外閒逛，趁機慢慢查訪消息。等過了約定的日期，女子認為張於旦負約不來了，就整天流淚不吃飯。母親說：「他不來，一定是死了；就算不死，負約之罪，也不在你身上。」女子不說話，只是整天躺著。盧公憂心此事，也想見一見張於旦是個什麼樣的人，於是假裝郊遊散步，在郊外碰上了張於旦。一看，原來是個少年，很驚訝。兩人拔些柴草坐著說起話來，張於旦表現得風流瀟灑。盧公很高興，就把他請到家裡。張於旦剛想問怎麼回事，盧公卻突然站起來，囑咐張於旦暫且稍坐片刻，就急急忙忙進去告訴女兒了。她非常高興，硬撐著身子起來。偷看了張於旦一眼，看到模樣不像，就哭著回去了，埋怨父親欺騙她。盧公極力說明這就是張於旦。她也不說話，只是啼哭不止。盧公出來，心情非常懊喪，招待張於旦也就不像剛才那麼周到了。張於旦問：「貴家族有做戶部尚書的嗎？」盧公心不在焉地應答著他。把頭扭到別處，不再搭理客人。張於旦感覺到了盧公的怠慢，就告辭出來。

女子痛哭了幾天就死了。張於旦夜間夢見她來，說：「到我家來的果真是你嗎？年齡相貌完全不符，見了面還當面錯過了以至於陰陽阻隔。我已經憂憤死了。麻煩你到土地祠趕快為我招魂，我還能活，晚了就來不及了。」張於旦醒後，趕緊到盧公家去打聽，果然有個女兒，已經死了兩天了。張於旦悲痛異常，進去屋裡弔唁。接著把夢境告訴了盧公。盧公聽了他的話，到土地祠去招回女兒的魂來。掀開被子，撫摸女兒屍體，呼喊著名字祈禱，不久，就聽見女兒喉嚨裡格格作響。忽然看見她的櫻桃小口一下子張開，吐出一塊像冰一樣的痰塊。扶她到了床上，逐漸開始呻吟。

盧公非常高興，把張於旦請到外面，擺酒席宴客。詳細詢問張於旦的家世，知道他是大戶人家，更加高興。就選定了吉日良辰讓他們完婚。住了半個月，帶著女子回家了。盧公送女兒到了張家，住了半年才回去。張於旦夫婦倆在家裡，就像一對小夫妻，不知底細的人常常把兒子、兒媳婦誤認為公婆。盧公第二年去世。他有個年幼的兒子，被豪強中傷誣陷，家產幾乎用盡。張於旦把他接來撫養，就在招遠安了家。

【研　析】〈魯公女〉寫男女至死不渝的愛情，開頭傷感，中間熱鬧，結尾歡喜，比戲曲《牡丹亭》更加曲折熱鬧。

魯公女「好獵」，「風姿娟秀，著錦貂裘，跨小驪駒，翩然若畫」。張於旦在郊野之處，一睹魯公女的「貂裘」、「驪駒」，就立即感覺到「翩然若畫」，「歸憶容華，極意欽想」。不久，魯公女暴死，就把靈柩寄存在張於旦讀書的佛寺中。張於旦想像著腦海中的「畫裡真真」，每天朝香暮祭、敬酒祝念。張於旦終於喚醒了魯公女的鬼魂，前來與他歡會。憂傷的調子裡透露著淡淡的喜悅。後來，魯公女就埋在了佛寺旁張於旦的田地裡。一天，魯公女淚落如豆，告訴張於旦自己就要投生了，約好十五年後相見。鬼有機會變成人，並且相見有日，這應該是高興的，但無奈的卻是漫長的等待，所以張於旦「悵悵而歸」，喜悅的樂曲中依然伴隨著淡淡的憂傷。

隨著張於旦的南柯一夢，樂曲緊鑼密鼓地熱鬧起來。他先是到宮殿裡見到了菩薩。菩薩讓他飲茶洗澡，他從此返老還童，鬍子掉光，皺紋全平。兩個兒子都考取了功名，他的老伴兒也老死了，而他卻如十五六歲的翩翩少年，整天打扮得鮮衣靚衫的。

張於旦算好日期去找魯公女的後身，而他未來的老丈人卻不認他，這差點把女孩兒愁死。後來好事多磨，老丈人把女婿請到家裡，女孩扶著病體起來一看，卻發現張於旦過於年輕漂亮，認為是父親設的騙局。最後，女孩愁死了，魂靈見到張於旦，才明瞭真相，死而復生，終成大禮。這就彷彿樂隊演奏中一不留神奏出了一個不和諧音，但迅即樂流歡淌，瑕疵也就不見了。

小說的結尾，很有喜劇效果。年過半百的張於旦和十五六歲的女孩兒，儼然是一對甜蜜的小夫妻，不知內情的還認為兒子兒媳是女孩的公公婆婆呢。這「情之至者，鬼神可通」的舞曲歡快動聽，就讓它多演奏幾年吧。

丐僧

濟南❶一僧，不知何許人。赤足衣百衲❷，日於芙蓉、明湖❸諸館，誦經抄募❹。與以酒食、錢、粟，皆弗受；叩所需，又不答。終日未嘗見其餐飯。或勸之曰：「師既不茹葷酒❺，當募山村僻巷中，何日日往來於羶鬧❻之場？」僧合眸諷誦❼，睫毛長指許，若不聞。少選❽，又語之。僧遽張目厲聲曰：「要如此化！」又誦不已。久之，自出而去。

或從其後，固詰其必如此之故，走不應。叩❾之數四，又厲聲曰：「非汝所知！老僧要如此化！」積數日，忽出南城，臥道側，如僵，三日不動。居民恐其餓死，貽累近郭，因集勸他徙。欲飯，飯之；欲錢，錢之。僧瞑然❿不應。群搔而語之。僧怒，於衲中出短刀，自剖其腹；以手入內，理腸於道，而氣隨絕。眾駭，告郡⓫，槁葬⓬之。

異日為犬所穴，席見，踏之似空；發視之，席封如故，猶空繭⑬然。

【注釋】❶濟南　今山東濟南。❷百衲　百衲衣，僧人的服裝。❸芙蓉明湖　芙蓉街、大明湖，濟南繁華之地，多茶樓酒館。❹抄募　僧人化緣。❺不茹葷酒　不吃葷腥酒食。茹，吃食。❻羶鬧　羶腥喧鬧。❼諷誦　大聲念誦。❽少選　一會兒。❾叩　詢問。❿瞑然　閉上眼睛的樣子。⓫告郡　報告濟南知府衙門。⓬稿葬　用草席等裹著埋葬。⓭空繭　無蛹的空蠶繭。

【語譯】濟南有個和尚，不知他是那裡人。光著腳穿著百衲衣，每天都在芙蓉、明湖等茶館，念經化緣。人們給他酒食、錢、糧，他都不要；問他想要什麼，他又不說。一天到晚不曾見他吃飯。有人勸他說：「大師既然不吃葷喝酒，就應該到山村僻巷中去化緣，何必天天往來於羶腥喧鬧場合？」和尚閉上眼睛大聲念經，睫毛有一指多長，像是沒有聽到。一會兒，人們又勸他，和尚就忽然睜開眼睛厲聲說：「我就要這樣化緣！」又不停地念起經來。過了很久，自行離去了。

有人跟在他身後，追問他一定要在此化緣的緣故，他光走路不回答。問得次數多了，他又厲聲說：「不是你能知道的！老僧就要這樣化緣！」過了幾天，和尚忽然出了南城，躺在路旁像是僵硬了一般，整整三天一動也不動。有人怕他餓死，連累附近的居民，就一起勸他到別處去僵臥。要吃飯就給飯，要花錢就給錢。和尚緊閉雙眼不為所動。大家搖晃著他的身子和他說話。和尚大怒，就從百衲衣裡拿出一把短刀，自己割開肚子；把手伸進去，把腸子拖出來放在路上，接著就斷了氣。大家害怕，報告濟南知府，就用草席捲著埋了他。

後來，群狗在埋和尚的地方挖洞，席子露了出來，踩一踩，像是空的；打開看看，席子捲封得沒有變化，只是像個空空的大軀殼了。

【研　析】小說中僧道一類的人物，其行為和長相，大都有些奇特，異於常人。〈丐僧〉中的這位丐僧形相無異，行跡卻讓人費解。

照理說，和尚不茹葷腥，是不應該在芙蓉街、大明湖這些熱鬧腥膻之地化緣的，而且人們「與以酒食、錢、粟，皆弗受」。別人勸他他不聽，還硬邦邦扔出一句：「要如此化！」離開茶館酒店，有人尾隨追問，他還是那句「要如此化！」

這位丐僧這一句「要如此化！」在俗人看來十分好笑，在丐僧卻又禪意十足，只是我們俗人不解其中三昧罷了。

後來丐僧剖腹自殺，把腸子弄滿了道路，這已經夠聳人聽聞了；誰知，眾人埋了他之後，他竟不知是尸解了還是土遁了，總之是渺無蹤跡了。

蒲松齡的同鄉前輩王漁洋提倡神韻詩學，蒲松齡的詩歌沒有多少神韻，而這篇小說卻寫得來無蹤去無影，神韻盎然。至於個中蘊含著什麼意思，就由讀者去玩味吧！

黃九郎

何師參，字子蕭，齋於苕溪❶之東，門臨曠野。薄暮偶出，見婦人跨驢來，少年從其後。婦約五十許，意致清越。轉視少年，年可十五六，丰采過於姝麗。何生素有斷袖之癖❷，睹之，神出於舍；翹足目送，影滅方歸。

次日，早伺之。落日冥濛❸，少年始過。生曲意承迎，笑問所來。答以「外祖家」。生請過齋少憩，辭以不暇；固曳之，乃入。略坐興辭，堅不可挽。生挽手送之，殷囑便道相過。少年唯唯而去。生由是凝思如渴，往來眺注，足無停趾。

一日，日銜半規❹，少年欻至。大喜，要❺入，命館童行酒。問其姓字，答曰：「黃姓，第九。童子無字。」問：「過往何頻？」曰：「家慈❻在外祖家，常多病，故數省之。」酒數行，欲辭去。生捉臂遮留，下管鑰❼。九郎無如何，赬顏❽復坐。挑燈共語，溫若處子；而詞涉游戲，便含羞，面向壁。未幾，引與同衾。九郎不許，堅以睡惡為辭。強之再三，乃解上下衣。著袴臥牀上。生滅燭；少時，移與同枕，曲肘加髀❾而狎抱之，苦求私暱。九郎怒曰：「以君風雅士，故與流連❿；乃此之為，是禽處而獸愛之也！」未幾，晨星熒熒，九郎逕去。

生恐其遂絕，復伺之，蹀躞⓫凝盼，目穿北斗。過數日，九郎始至，喜逆謝過；強曳入齋，促坐笑語，竊幸其不念舊惡。無何，解屨登牀，又撫哀之。九郎曰：「纏綿之意，已鏤肺膈⓬，然親愛何必在此？」生甘言糾纏，但求一親玉肌⓭。九郎從之。生俟其睡寐，潛就輕薄。九郎醒，攬衣遽起，乘夜遁去。生邑邑若有所失，忘啜廢枕⓮，日漸委悴。惟日使齋童邏偵⓯焉。

一日，九郎過門，即欲逕去。童牽衣入之。見生清癯⓰，大駭，慰問。生實告以情，淚涔涔隨聲零落。九郎細語曰：「區區之意，實以相愛無益於弟，而有害於兄，故不為也。君既樂之，僕何惜焉？」生大悅。九郎去後，病頓減，數日平復。九郎果至，遂相繾綣[17]。曰：「今勉承君意，幸勿以此為常。」既而曰：「欲有所求，肯為力乎？」問之，答曰：「母患心痛，惟太醫[18]齊野王先天丹可療。君與善，當能求之。」生諾之。臨去又囑。

生入城求藥，及暮付之。九郎喜，上手稱謝。又強與合[19]。九郎曰：「勿相糾纏；請為君圖一佳人，勝弟萬萬矣。」生問誰何。九郎曰：「有表妹，美無倫。倘能垂意，當執柯斧[20]。」生微笑不答。九郎懷藥便去。三日乃來，復求藥。生恨其遲，詞多誚讓[21]。九郎曰：「本不忍禍君，故疏之；既不蒙見諒[22]，請勿悔焉。」由是燕會無虛夕。

凡三日必一乞藥。齊怪其頻，曰：「此藥未有過三服者，胡久不瘥？」因裹三劑並授之。又顧生曰：「君神色黯然，病乎？」曰：「無。」脈之，驚曰：「君有鬼脈㉓，病在少陰㉔，不自慎者殆矣！」歸語九郎。九郎歎曰：「良醫也！我實狐，久恐不為君福。」生疑其誑，藏其藥，不以盡予，慮其弗至也。居無何，果病。延齊診視，曰：「曩不實言，今魂氣已遊墟莽㉕，秦緩㉖何能為力？」九郎日來省侍，曰：「不聽吾言，果至於此！」生尋卒。九郎痛哭而去。

先是，邑有某太史，少與生共筆硯㉗；十七歲擢翰林。時秦藩㉘貪暴，而賂通朝士，無有言者。公抗疏劾其惡㉙，以越俎㉚免。藩陞是省中丞㉛，日伺公隙。公少有英稱，曾邀叛王青盼㉜，因購得舊所往來札，脅公。公懼，自經。夫人亦投繯㉝死。公越宿忽醒曰：「我何子蕭也。」詰之，所言皆何家事，方悟其借軀返魂。留之不可，出奔舊舍。

撫疑其詐，必欲排陷㉞之，使人索千金於公。公偽諾而憂悶欲絕。忽通九郎至，喜共話言，悲歡交集。既欲復狎。九郎曰：「君有三命耶？」公曰：「余悔生勞，不如死逸。」因訴冤苦。九郎悠憂以思。少間曰：

「幸復生聚。君曠[35]無偶，前言表妹，慧麗多謀，必能分憂。」公欲一見顏色。曰：「不難。明日將取伴老母，此道所經。君偽為弟也兄者，我假渴而求飲焉。君曰『驢子亡』，則諾也。」計已而別。

明日亭午[36]，九郎果從女郎經門外過。公拱手絮絮與語。略睨女郎，娥眉秀曼，誠仙人也。九郎索茶，公請入飲。九郎曰：「三妹勿訝[37]，此兄盟好，不妨少休止。」扶之而下，繫驢於門而入。公自起瀹茗[38]。因目九郎曰：「君前言不足以盡。今得死所矣！」女似悟其言之為己者，離榻起立，嚶喔而言曰：「去休！」公外顧曰：「驢子其亡！」九郎火急馳出。

公擁女求合。女顏色紫變，窘若囚拘。大呼九兄，不應。曰：「君自有婦，何喪人廉恥也？」公自陳無室。女曰：「能矢[39]山河，勿令秋扇見捐[40]，則惟命是聽。」公乃誓以皦日。女不復拒。事已，九郎至。女色然[41]怒讓之。九郎曰：「此何子蕭，昔之名士，今之太史。與兄最善，其人可依。即聞諸妗氏，當不相見罪。」日向晚，公邀遮[42]不聽去。女恐姑母駭怪。九郎銳身自任，跨驢逕去。

居數日，有婦攜婢過，年四十許，神情意致，雅似[43]三娘。公呼女出窺，果母也。瞥睹女，怪問：「何得在此？」女慚不能對。公邀入，拜而告之。母笑曰：「九郎稚氣，胡[44]再不謀？」女自入廚下，設食供母，食已乃去。

公得麗偶，頗快心期；而惡緒縈懷，恒蹙蹙有憂色。女問之，公緬述顛末[45]。女笑曰：「此九兄一人可得解，君何憂？」公詰其故。女曰：「聞撫公溺聲歌而比頑童[46]，此皆九兄所長也。投所好而獻之，怨可消，仇亦可復。」公慮九郎不肯。女曰：「但請哀之。」越日，公見九郎來，肘行[47]而逆之，九郎驚曰：「兩世之交，但可自效，頂踵所不敢惜[48]。何忽作此態向人？」公具以謀告。九郎有難色。女曰：「妾失身於郎，誰實為之？脫今中途彫喪[49]，焉置妾也？」九郎不得已，諾之。

公陰與謀，馳書於所善之王太史，而致九郎焉。王會其意，大設，招撫公飲。命九郎飾女郎，作天魔舞[50]，宛然美女。撫惑之，亟請於王，欲以重金購九郎，惟恐不得當[51]。王故沉思以難之。遲之又久，始將公命以進。撫喜，前郤[52]頓釋。自得九郎，動息不相離；侍妾十餘，視同塵土。九郎飲食供具如王者；賜金萬計。

半年，撫公病。九郎知其去冥路[53]近也，遂輦金帛，假歸公家。既而撫公薨。九郎出貲，起屋置器，畜婢僕，母子及妗並家焉。九郎出，輿馬甚都，人不知其狐也。

余有「笑判[54]」，並誌之：

男女居室，為夫婦之大倫[55]；燥溼互通，乃陰陽之正竅[56]。迎風待月，尚有蕩檢之譏[57]；斷袖分桃，難免掩鼻之醜[58]。人必力士，鳥道乃敢生開[59]；洞非桃源，漁篙寧許誤入[60]？今某從下流而忘返，舍正路而不由[61]。雲雨未興，輒爾上下其手[62]；陰陽反背，居然表裏為姦[63]。華池置無用之鄉，謬說老僧入定㊹；蠻洞乃不毛之地，遂使眇帥稱戈㊺。繫赤兔於轅門，如將射戟㊻；探大弓於國庫，直欲斬關㊼。或是監內黃鱣，訪知交於昨夜㊽；分明王家朱李，索鑽報於來生㊾。彼黑松林戎馬頓來，固相安矣；設黃龍府潮水忽至，何以禦之㊿？宜斷其鑽刺之根，兼塞其送迎之路(71)。

【注釋】❶苕溪 在浙江吳興。❷斷袖之癖 男子同性戀的癖好。❸冥濛 昏暗不明。❹日銜半規 落日銜山，只露半圓。❺要 攔路邀請。❻家慈 母親。❼管鑰 關門落鎖。❽頳顏 紅著臉。❾髀 大腿。❿流連 留戀而捨不得離去。⓫蹀躞 往來徘徊。⓬胏膈 胏腑。⓭玉肌 白潤的肌膚。⓮忘啜廢枕 廢寢忘食。⓯邏偵 巡邏偵察。⓰清癯 清瘦。⓱繾綣 糾纏縈繞。⓲太醫 專門為帝王和宮廷官員等服務的醫生。⓳合 交媾。⓴執柯斧 當媒人。《詩經》：「伐柯如何？非斧不克。娶妻如何？非媒不得。」㉑誚讓 責問。㉒見諒 請對方原諒自己。㉓鬼脈 將死之脈。㉔少陰 經絡名，即腎經。㉕墟莽 荒墟、墳野。㉖秦緩 春秋時秦國名醫，名緩。㉗共筆硯 同桌讀書，共用筆硯。㉘秦藩 秦地的藩臺，指陝西布政使。㉙抗疏劾其惡 大膽上疏指責他的罪惡。劾，彈劾；檢舉。㉚越俎 越俎代庖，超越本職範圍。㉛中丞 巡撫。㉜青盼 青眼；看重。㉝投繯 上吊。繯，繩圈。㉞排陷 排擠陷害。㉟曠 成年男子沒有妻子。㊱亭午 正午。㊲訝 詫異。㊳瀹茗 泡茶。㊴矢 發誓。㊵秋扇見捐 像秋天的扇子一樣被人拋棄。漢人班婕妤〈怨歌行〉：「新裂齊紈素，皎潔如霜雪。裁成合歡扇，團團似明月。出入君懷袖，動搖微風發。常恐秋節至，涼飆奪炎熱。棄捐篋笥中，恩情中道絕。」㊶色然　臉色大變的樣子。㊷邀遮　攔阻。㊸雅似　很像。㊹胡　為何。㊺緬述顛末　追述始末。㊻溺聲歌而比頑童　沉溺聲歌喜歡漂亮男孩。比，親近。㊼附行　爬行。㊽頂踵所不敢惜　不惜全身。頂，頭頂。踵，腳後跟。㊾中途彫喪　半道而死。㊿天魔舞　元順帝時宮廷舞蹈，宮女十六人，頭戴象牙冠，身著瓔珞大紅綃長裙，讚佛而舞。(51)不得當　價錢抵不上貨物的價值。(52)郤　嫌隙。(53)冥路　到陰間的路，死路。(54)笑判　開玩笑的判詞。(55)男女居室二句　夫妻之事，屬於五倫（君臣、父子、兄弟、夫婦、朋友）中夫妻這一重要關係。《孟子．萬章》：「男女居室，人之大倫也。」(56)燥溼互通二句　燥溼、陰陽，皆指男女。正竅，指男女生殖器。(57)迎風待月二句　男女祕密約會，會受到人們的譏笑。迎風待月，唐人元稹〈鶯鶯傳〉：「待月西廂下，迎風戶半開。拂牆花影動，疑是玉人來。」蕩檢，逾越禮法約束。(58)斷袖分桃二句　男子同性之間的性愛，難免讓人厭惡其醜惡。斷袖，漢哀帝要起身上朝，但是睡在旁邊的董賢卻壓住了他的衣袖，哀帝不忍叫醒董賢，於是割斷了被董賢壓住的袖了。見《漢書．董賢傳》。分桃，春秋時衛國的彌子瑕摘了桃子，先嘗甜不甜，然後將剩下的給衛靈公吃，得到衛靈公的稱讚。見《韓非子．說難》。(59)人必力士二句　借用古典詩句，寫男性間的性行為。李白〈蜀道難〉：「西當太白有鳥道，可以橫絕峨眉巔。地崩山摧壯士死，然後天梯石棧相鉤連。」(60)洞非桃源二句　借用古文名篇，寫男性間的性行為。陶淵明〈桃花源記〉寫漁人誤入桃源「洞」事。(61)今某二句　寫何子蕭自甘下流，放棄正當的男女關係而沉湎於同性之性愛。(62)雲雨未興二句　雲雨，指性行為。語出宋玉〈神女賦〉。上下其手，借指性愛撫。語出《左傳．襄公二十六年》。(63)陰陽反背二句　寫男性之間的性行為。(64)華池二句　寫男子同性戀者不與妻妾交接，謊說靜坐入定。華池，借指女陰。入定，佛教徒斂心靜坐，使心定於一處。(65)蠻洞二句　寫男子間的性行為。蠻洞、眇帥，皆為隱喻，指男子間的性交器官。(66)繫赤兔二句　皆為隱喻，指男性間的性行為。(67)探大弓二句　皆為隱喻，指男性間的性器官暗示。(68)或是二句　寫男子同性戀故事。據《耳談》載，明朝時南京國子監有一位姓王的祭酒，與一位監生有私。此監生夜夢黃鱔出其胯下，別人就取笑說：「某人一夢最蹺蹊，黃鱔鑽臀事可疑。想是監中王學士，夜深來訪舊相知。」

㊾分明二句　寫男子之間的性愛。王家朱李，晉人王戎有好李子，恐怕別人得到其種子，就把李子核鑽孔，使其不能生長。見《世說新語．儉嗇》。鑽報，鑽刺的效應。此為隱喻。㊿彼黑松林四句　寫男子同性戀。㊿宜斷二句　寫斬斷和堵塞男子同性戀者的性交器官。

【語　譯】何師參，字子蕭，他的書齋在苕溪的東邊，門外是一片曠野。傍晚，他偶然外出散步，看到一個婦人騎驢走來，一個少年跟在婦人後面。婦人大約五十來歲，意態情致清雅脫俗。轉眼再看那少年，年齡也就十五六歲，丰采勝過美女。何生素有同性戀的癖好，看到這個少年，靈魂都出了竅；踮著腳目送他遠去，一直到看不見身影了才回去。

第二天，何生一早就在路邊等他。直到夕陽西下天色昏暗之時，那少年才過來。何生曲意奉承迎合，笑著問他從哪裡來。少年回答：「外祖父家。」何生請他到書齋稍坐，少年推辭說沒有空；何生強拉著他，少年才進去。略坐了一下，少年就起身告辭，留也留不住。何生拉著他的手送他出去，殷勤囑咐他路過時再進來坐坐。少年滿口答應著走了。何生從此想那少年想得如飢似渴，經常地來回張望，腳步一刻也不停歇。

一天，落日銜山，少年突然來了。何生大喜，攔住他邀他進屋，命書童擺酒款待。何生問少年的姓名，他說：「姓黃，排行第九。年紀小還沒有表字。」何生問：「為什麼經常從此路過？」九郎說：「家母住在外祖父家，經常生病，所以常去探望。」酒過數巡，九郎想告辭。何生拉著他的胳膊挽留他，關上門上好鎖。九郎沒有辦法，紅著臉又坐下了。二人燈下漫話，九郎溫柔得如同女孩子；何生言語挑逗，九郎就羞紅著臉面向牆壁。不久，何生拉著九郎同榻而眠。九郎不答應，堅決說自己睡相不好推辭。何生再三請求，九郎才脫了衣服，穿著褲子躺在床上。何生吹滅蠟燭；不久，就靠過來與九郎睡在一個枕頭上，用胳膊抱著他，把大腿繞著他的大腿，進行輕薄，苦苦哀求著九郎與他相好。九郎大怒說：「以為你是個風雅之士，才與你交往；竟然做出這等事，我這是和禽獸相處相愛啊！」沒多久，天色微明，九郎逕自走了。

何生擔心九郎不再來了，又在道旁等著他，往來徘徊，望眼欲穿，直等到天黑星上。過了多天，九郎才又來，何生高興地迎上去賠禮道歉；硬把九郎拉到屋裡，促膝而坐，說說笑笑，暗中慶幸九郎沒有記仇。不久，脫鞋上床，又撫摸著九郎哀求。九郎說：「你的一片纏綿之情，我已銘記肺腑，但是親愛何必幹這個？」何生又甜言蜜語糾纏不休，只求肌膚之親。九郎同意了。何生趁九郎睡著了，就偷偷輕薄了他。九郎醒後，拿過自己衣服起床，趁著夜色走了。何生鬱悶不安，若有所失，廢寢忘食，日漸萎靡憔悴。只是每天讓小書童察看九郎的動靜。

一天，九郎經過門前，想直接過去。書童拉著他的衣服進去。九郎看到何生清瘦得厲害，大吃一驚，安慰問候。何生便把愛憐之情實說了，淚水涔涔邊說邊流。九郎小聲說：「在下心裡認為，這種愛對小弟實在沒什麼好處，而對仁兄卻有害處，所以我一直不願意。你既然喜好如此，我還吝惜什麼？」何生大喜。九郎走後，何生的病頓時減輕，幾天便好了。九郎果然來了，兩人就纏綿繾綣一番。九郎對何生說：「今天勉強從了你的意思，希望以後不要老是這樣。」過了一下子又說：「我有件事求你，你能幫忙嗎？」何生問什麼事，九郎回答說：「我母親患有心痛病，只有太醫齊野王的先天丹可以治療。你和他很好，應該能求得來。」何生答應了他。九郎臨走又囑咐一遍。

何生進城找太醫要藥，天黑時交給九郎。九郎很高興，作揖道謝。何生又強行和九郎歡合。

九郎說：「不要再糾纏我了；我已經給你找了個佳人，超過我萬萬倍。」何生問是誰。九郎說：「我有一個表妹，美麗無比。你若願意，我就給你做媒報答你。」何生微笑不語。九郎懷著藥就走了。三天後九郎又來了，還是求藥。何生怪他來得太遲，就不免語帶責怪。九郎說：「我本不忍心禍害你，這才疏遠你；既然不能被你原諒，希望你不要後悔。」從此兩人夜夜歡會。

何生每三天就要一次藥。齊太醫驚訝他要得太頻繁，說：「吃這個藥從來沒有超過三服的，怎麼老是不好？」於是就包了三服藥一起給他。齊太醫又看著何生說：「你神色黯淡，病了嗎？」何生說：「沒有啊。」齊太醫給他試脈，大驚說：「你有鬼脈呀，病在腎經，如果自己不小心謹慎就完了！」何生回來告訴九郎。九郎歎氣說：「這是良醫呀！我其實是狐狸，時間長了恐怕不是你的福分。」何生懷疑他說假話，把藥藏起來，不一起給他，怕他不來了。不久，何生果然病了。請齊太醫診治，太醫說：「以前你不說實話，現在靈魂已遊蕩到野地墳墓了，就是名醫秦緩也無能為力了吧？」九郎每天都來慰問探望，說：「不聽我的話，果然到了這個地步！」何生不久就死了。九郎痛哭著離去。

以前，縣裡有位太史，少年時與何生同學；十七歲便考上了翰林。當時陝西布政使貪婪殘暴，賄賂了朝中官員，沒有人揭露他。此公便上書彈劾他的惡劣行徑，但因為超越職權反映問題，被罷了官。那個布政使升任了此公那個省的巡撫，整天找他的毛病。公少年時有英雄之稱，曾經被叛王青眼有加，就重金購得當年公與叛王的往來信件，要挾公。公害怕，就上吊自殺了。他的夫人也上吊死了。公過了一晚上忽然醒了，說：「我是何子蕭啊。」問他，他說的都是何家的事，這才明白是何子蕭借屍還魂了。留不住他，就跑回到自己原先的家中了。

巡撫懷疑太史詐死，一定要設計陷害他，派人來向太史索要千兩銀子。太史佯裝答應，但憂愁煩悶到快死了。忽然有人通報說九郎來了，兩人高興地交談起來，悲喜交集。說著又要和九郎狎戲。九郎說：「你有三條命嗎？」太史說：「我覺著活著太累，不如死了輕鬆。」於是訴說了心中的冤苦。九郎深思熟慮一番。然後說：「幸虧還能活著見面。你孤身一人沒有妻子，前些時候我說的表妹美麗智慧，定能分擔你的憂愁。」太史想先見見她。九郎說：「這不難。明天我要叫她來陪伴老母親，從這裡經過。你假裝是我的結拜兄長，我假裝口渴進來喝水。你若說一聲『驢子跑了』，就證明你同意了。」兩人計議已定，分別而去。

第二天中午，九郎果然領著一位女郎從門前經過。太史拱拱手不停地與九郎說話。稍微瞄了一下那女郎，眉毛彎彎模樣秀麗，實在是位仙女。九郎說要喝茶，太史請他到屋裡用茶。九郎說：「三妹不要驚訝，這是我的結拜兄長，不妨稍微休息一下。」於是把她從驢子上扶下來，把驢子拴在門外就進去了。太史親自沏茶，趁機看著九郎說：「你以前的描述還不足以說出她的美麗。現在我為她死而無憾了！」女子好像明白他們在說自己，離開座位站起來嬌滴滴地說：「走吧！」太史朝外一看說：「驢子跑了！」九郎火速地衝出去。

太史抱住女郎要求歡合。女郎臉色紫漲，窘迫地像是囚徒一般。大喊九兄，九郎不回答。女子說：「你有老婆，為何還要敗壞我的清白？」太史說自己沒有妻室。女子說：「如果你能對著山河發誓，永遠不拋棄我，那麼我就唯命是從。」太史就指著太陽發誓。女子不再拒絕。事畢，九郎就進來了。女子變臉怒斥九郎。九郎說：「他是何子蕭，過去的名士，現在的太史。和我最好，是個可以依賴的人。就是把這件事告訴舅母，想來也不會怪罪我的。」天色已晚，太史攔著路不讓他們走。女子恐怕姑母怪罪。九郎慷慨承擔責任，騎上驢逕自走了。

過了幾天，有個婦人帶著婢女經過，四十來歲，神情風度，很像三娘。太史喊出三娘來看看，果然是她的母親。母親一眼看見女兒，奇怪地問：「你怎麼在這裡？」三娘慚愧得說不出話來。太史把婦人請到家裡，拜見之後告訴她情況。婦人笑著說：「九郎孩子氣，怎不和我商量一下？」三娘下廚，做飯招待母親，母親吃完飯便走了。

太史娶得佳偶，心中很是愜意；但愁緒滿懷，常常愁眉不展。女子問是怎麼回事，太史就追述事情的始末。女子笑著說：「這事九兄一人就能解決，你煩惱什麼呢？」太史問緣故。女子說：「聽說巡撫沉湎於聲色喜歡孌童，這都是九兄的強項。你只要投其所好把九兄獻給他，既可消怨，也能報仇。」太史擔心九郎不願去。女子說：「只請你哀求哀求他就行。」第二天，太史看到九郎來了，爬著過去見他，九郎大驚說：「我們兩世之交，只要可以效勞，獻身也在所不惜。怎麼突然做這些怪模怪樣讓人看？」太史就把和妻子的打算告訴了他。九郎面有難色。女子說：「我失身於他，是誰幹的好事？如果他半路上死了，我怎麼辦呢？」九郎不得已，只好答應了。

太史與九郎合計好後，便修書一封給好朋友王太史，把九郎送到他那裡。王太史明白了太史的意思，大擺宴席，招來巡撫喝酒。讓九郎扮成女子，跳天魔舞，宛然一個美女。巡撫被九郎迷住了，極力向王太史請求，想以重金買下九郎，只怕價碼不夠高。王太史故意沉思為難巡撫。過了很長時間，才以翰林公的名義把九郎獻給他。巡撫大喜，以前的仇怨全部消除。自從得到了九郎，巡撫與他形影不離；家中十多個小老婆，都視如糞土。九郎的飲食供奉和王侯一般；巡撫賞給他的金錢數以萬計。

半年後，巡撫病倒，九郎知道他死期近了，就用車子拉著金銀綢緞，請假拉到了太史家。不久巡撫就死了。九郎出錢，蓋房子買器物，養丫鬟僕人，把母親和舅媽接來一起居住。九郎出門車馬非常華美，人們不知道他是狐狸。

我有一則開玩笑的判詞，一併寫在這裡：

男女同居，是夫妻的倫理；乾溼互通，要通過男女的孔竅。男女迎風待月，得到越禮的譏笑；男子同性相戀，讓人掩鼻子笑話。人一定是大力士，才能打通鳥道；洞不一定在桃源，漁人不准進入。如今有人願意下流流連忘返，捨棄正路行不由徑。雲雨還沒開始，就上頭動手下頭動手；違背陰陽關係，還裡頭為姦外頭為姦。拋開妻子開花的水池，假裝老僧入定；留戀男子無毛的山洞，獨眼將軍得意。把赤兔馬拴在轅門，馬上就要射戟；到國庫裡尋找大弓，眼看就要入關。或許是監內的黃鱔魚，在昨夜訪問知交；分明為王戎的紅李子，用鑽頭報答來生。他黑松林中兵馬來到，相安無事；假設黃龍府裡潮水忽然湧進，怎能抵擋？應該斬斷那鑽刺的根子，並且堵住那進出的道路。

【研　析】同性戀這一現象，由來已久，即以男同性戀來說，中國很早就有「分桃」、「斷袖」、「安陵」、「龍陽」等典故。明清小說裡也多寫有這樣的情節。這篇〈黃九郎〉就是專寫男同性戀的。

有個成語叫「蕭規曹隨」，說的是西漢初年，曹參代蕭何為相，對蕭何制定的政策法規全盤繼承。這本來是曹參向蕭何學習，可是〈黃九郎〉中的這位卻叫何師參，字子蕭。如果光看他的姓名，我們還不知道他以那個「參」為師，因為孔子的弟子裡還有一個曾參。可是一看他的字，我們明白了，原來他是姓了蕭何的名，字了蕭何的姓，名了曹參的名。弄這樣一個曲裡拐彎的名字，就預示著他陰陽顛倒，有同性戀之癖。

此篇題材甚不高雅，卻是匠心經營之作，作者極盡鋪張之能事。

前半幅寫何師參有「斷袖」之癖，見到狐少年「丰采過於姝麗」，經過漫長時日的多次被拒絕，方才在對方有所求的情況下，遂其惡癖之願，而且也因而由之而死。小說敘事層層遞進，非常縝密，極寫有此惡癖者性情之失常，至於不惜生命。何師參癡迷追求的狐少年黃九郎是有所求而來，而且再三不肯交同性之歡。狐且厭惡此道，人熱衷此道便不如禽獸了。

後半幅敘死後的何師參託形於王太史，不再有「斷袖」之癖，娶了一位狐女。黃九郎「丰采過於姝麗」的形貌，為託形於王太史的何師參，去蠱惑誣陷、勒索「王太史」的惡巡撫，至於使之終命，託形於王太史的何師參也從而變成了富翁。這顯然是與前半幅相對照，而顯示「斷袖」之癖卻有以惡治惡的效用。

這篇小說雖然寫得非常用心，前半幅從容有致，後半幅則失於生造，連同篇末的「笑判」，都屬於戲謔文字，缺乏文學的深韻。

連瑣

楊于畏，移居泗水❶之濱。齋臨曠野，牆外多古墓，夜聞白楊蕭蕭，聲如濤湧。夜闌❷秉燭，方復悽斷。忽牆外有人吟曰：「玄夜淒風卻倒吹❸，流螢惹草復沾幃❹。」反復吟誦，其聲哀楚。聽之，細婉似女子。疑之。

明日，視牆外，並無人跡。惟有紫帶一條，遺荊棘中；拾歸置諸窗上。向夜二更❺許，又吟如昨。楊移杌登望，吟頓輟。悟其為鬼，然心向慕之。次夜，伏伺牆頭。一更向盡，有女子珊珊❻自草中出，手扶小樹，低首哀吟。楊微嗽，女忽入荒草而沒。楊由是伺諸牆下，聽其吟畢，乃隔壁而續之曰：「幽情苦緒何人見❼？翠袖單寒月上時❽。」久之，寂然。

楊乃入室。方坐，忽見麗者自外來，斂衽⑨曰：「君子固風雅士，妾乃多所畏避。」楊喜，拉坐。瘦怯凝寒⑩，若不勝衣。問：「何居里，久寄此間？」答曰：「妾隴西⑪人，隨父流寓。十七暴疾殂謝⑫，今二十餘年矣。九泉荒野，孤寂如鶩⑬。所吟，乃妾自作，以寄幽恨者。思久不屬；蒙君代續，歡生泉壤。」楊欲與歡。蹙然曰：「夜臺⑭朽骨，不比生人，如有幽歡，促人壽數。妾不忍禍君子也。」楊乃止。戲以手探胸，則雞頭之肉⑮，依然處子。

又欲視其裙下雙鉤⑯。女俯首笑曰：「狂生太囉唣矣！」楊把玩之，則見月色錦襪，約彩線一縷。更視其一，則紫帶繫之。問：「何不俱帶？」曰：「昨宵畏君而避，不知遺落何所。」楊曰：「為卿易之。」遂即窗上取以授女。女驚問何來，因以實告。乃去線束帶。既翻案上書，忽見〈連昌宮詞〉⑰。慨然曰：「妾生時最愛讀此。今視之，殆如夢寐！」與談詩文，慧黠可愛。翦燭西窗⑱，如得良友。

自此每夜但聞微吟，少頃即至。輒囑曰：「君秘勿宣。妾少膽怯，恐有惡客見侵。」楊諾之。兩人歡同魚水[19]，雖不至亂，而閨閣之中，誠有甚於畫眉者[20]。女每於燈下為楊寫書，字態端媚。又自選宮詞[21]百首，錄誦之。使楊治棋枰[22]，購琵琶。每夜教楊手談[23]。不則挑弄絃索，作〈蕉窗零雨〉之曲[24]，酸人胸臆；楊不忍卒聽，則為〈曉苑鶯聲〉之調[25]，頓覺心懷暢適。挑燈作劇，樂輒忘曉。視窗上有曙色，則張皇遁去。

一日，薛生造訪，值楊晝寢[26]。視其室，琵琶、棋局具在，知非所善。又翻書得宮詞，見字跡端好，益疑之。楊醒，薛問：「戲具[27]何來？」答：「欲學之。」又問詩卷，託以假諸友人。薛反覆檢玩，見最後一葉細字一行云：「某月日連瑣書。」笑曰：「此是女郎小字。何相欺之甚？」楊大窘，不能置詞[28]。薛詰之益苦，楊不以告。薛卷挾，楊益窘，遂告之。薛求一見。楊因述所囑。薛仰慕殷切；楊不得已，諾之。夜分，女至，為致意焉。女怒曰：「所言伊何？乃已喋喋[29]向人！」楊以實情自白。女曰：「與君緣盡矣！」楊百詞慰解，終不歡，起而別去，曰：「妾暫避之。」

明日，薛來，楊代致其不可。薛疑支託[30]，暮與窗友[31]二人來，淹留不去，故撓之，恒終夜嘩，大為楊生白眼[32]，而無如何。眾見數夜杳然，寖有去志，喧囂漸息。忽聞吟聲，共聽之，悽婉欲絕。薛方傾耳神注，內一武生[33]王某，掇巨石投之，大呼曰：「作態不見客，甚得好句，嗚嗚惻惻，使人悶損！」吟頓止。眾甚怨之。楊恚憤[34]見於詞色。次日，始共引去。

楊獨宿空齋，冀女復來，而殊無影跡。踰二日，女忽至。泣曰：「君致惡賓，幾嚇煞妾！」楊謝過不遑[35]。女遽出曰：「妾固謂緣分盡也，從此別矣。」挽之已渺。由是月餘，更不復至。楊思之，形銷骨立[36]，莫可追挽。

一夕，方獨酌，忽女子搴幃入。楊喜極曰：「卿見宥耶？」女涕垂膺，默不一言。亟問之，欲言復忍，曰：「負氣去，又急而求人，難免愧恧㊲。」楊再三研詰，乃曰：「不知何處來一齷齪隸，逼充媵妾。顧念清白裔，豈屈身輿臺㊳之鬼？然一線弱質，烏能抗拒？君如齒妾在琴瑟㊴之數，必不聽自為生活。」楊大怒，憤將致死；但慮人鬼殊途，不能為力。女曰：「來夜早眠，妾邀君夢中耳。」於是復共傾談㊵，坐以達曙。女臨去，囑勿晝眠，留待夜約。楊諾之。

因於午後薄飲，乘醺登榻，蒙衣偃臥。忽見女來，授以佩刀，引手去。至一院宇，方闔門語，聞有人搭石撾門㊶。女驚曰：「仇人至矣！」楊啟戶驟出，見一人赤帽青衣，蝟毛繞喙㊷。怒咄之。隸橫目相仇，言詞凶謾。楊大怒，奔之。隸捉石以投，驟如急雨，中楊腕，不能握刃，方危急所，遙見一人，腰矢野射㊸。審視之，王生也。大號乞救。王生張弓急至，射之中股；再射之，殪㊹。

楊喜感謝。王問故，具告之。王自喜前罪可贖，遂與共入女室。女戰惕[45]羞縮，遙立不作一語。案上有小刀，長僅尺餘，而裝以金玉；出諸匣，光芒鑑影[46]。王歎讚不釋手。與楊略話，見女慚懼[47]可憐，乃出，分手去。楊亦自歸，越牆而仆，於是驚寤，聽村雞已亂鳴矣。覺腕中痛甚；曉而視之，則皮肉赤腫。

亭午，王生來，便言夜夢之奇。楊曰：「未夢射否？」王怪其先知。楊出手示之，且告以故。王憶夢中顏色，恨不真見。自幸有功於女，復請先容[48]。夜間，女來稱謝。楊歸功王生，遂達誠懇。女曰：「將伯之助[49]，義不敢忘。然彼赳赳[50]，妾實畏之。」既而曰：「彼愛妾佩刀。刀實妾父出使粵中[51]，百金購之。妾愛而有之，纏以金絲，瓣以明珠。大人憐妾夭亡，用以殉葬。今願割愛[52]相贈，見刀如見妾也。」次日，楊致此意。王大悅。至夜，女果攜刀來，曰：「囑伊[53]珍重，此非中華物也。」由是往來如初。

積數月，忽於燈下，笑而向楊，似有所語，面紅而止者三。生抱問之。答曰：「久蒙眷愛，妾受生人氣，日食煙火[54]，白骨頓有生意。但須生人精血，可以復活。」楊笑曰：「卿自不肯，豈我故惜之？」女云：「交接後，君必有念[55]餘日大病，然藥之可愈。」遂與為歡[56]。既而著衣起，又曰：「尚須生血一點，能拚痛以相愛乎？」楊取利刃刺臂出血；女臥榻上，便滴臍中。乃起曰：「妾不來矣。君記取百日之期，視妾墳前，有青鳥[57]鳴於樹頭，即速發冢。」楊謹受教。出門又囑曰：「慎記勿忘，遲速皆不可！」乃去。

越十餘日，楊果病，腹脹欲死。醫師投藥，下惡物如泥，浹辰[58]而愈。計至百日，使家人荷鍤以待。日既夕，果見青鳥雙鳴。楊喜曰：「可矣。」乃斬荊發壙[59]。見棺木已朽，而女貌如生。摩之微溫。蒙衣舁歸[60]，置暖處，氣咻咻然，細於屬絲。漸進湯酏[61]，半夜而蘇。每謂楊曰：「二十餘年如一夢耳。」

【注釋】❶泗水　河名，源出山東泗水縣。❷夜闌　夜深。❸玄夜淒風卻倒吹　夜晚漆黑，陰風淒冷地迴旋著。❹流螢惹草復沾幃　螢火蟲飛來飛去，一會兒飛到草叢裡，一會兒落到衣襟上。❺二更　晚上九點至十一點。❻珊珊　緩慢輕巧。❼幽情苦緒何人見　幽深苦悶的心情有誰知道。❽翠袖單寒月上時　穿著單薄的翠衫，立在寒冷的月光裡。❾斂衽　整理一下衣襟，是女子施禮的動作。❿瘦怯凝寒　瘦弱膽怯，身凝寒氣。⓫隴西　縣名，今甘肅隴西。⓬暴疾殂謝　暴病突死。⓭鶩　野鴨子。⓮夜臺　墳墓。⓯雞頭之肉　比喻女子乳頭。雞頭，芡實的別名。唐楊貴妃浴後，對鏡梳妝，褪露一乳。明皇捫弄說：「溫軟新剝雞頭肉。」見《開元天寶遺事》。⓰雙鉤　一對小腳。⓱連昌宮詞　唐人元稹的長篇七言古詩，借一位宮旁老人的口吻，敘述當年玄宗在宮中的豪華奢靡和安史亂後的荒涼蕭條，反映社會現實，批評統治者的荒淫誤國。連昌宮，在今河南宜陽，是唐代皇帝在長安到洛陽間的行宮。⓲翦燭西窗　窗前剪燭夜話。唐李商隱〈夜雨寄北〉：「何當共剪西窗燭，卻話巴山夜雨時。」⓳魚水　比喻夫妻。⓴有甚於畫眉者　有比給妻子畫眉更親暱的事。漢張敞為妻子畫眉，皇帝問之，張敞說：「閨房之內，夫妻之私，有過於畫眉者。」見《漢書・張敞傳》。㉑宮詞　描寫宮廷生活的詩作。㉒棋枰　圍棋棋盤。㉓手談　下圍棋。㉔蕉窗零雨之曲　雨打芭蕉，隔窗聽之，其曲淒傷。㉕曉苑鶯聲之調　曉苑清爽，流鶯和鳴，其調歡愉。㉖晝寢　睡午覺。㉗戲具　遊戲的用具。㉘置詞　措詞；申辯。㉙喋喋　多話的樣子。㉚支託　支支吾吾推脫。㉛窗友　同學。㉜白眼　與「青眼」相對。怒目斜視，表示鄙惡。㉝武生　武科秀才。㉞恚憤　憤怒。㉟不遑　慌的手足無措。㊱形銷骨立　身形消瘦得只剩骨架。㊲愧恧　羞慚。㊳輿臺　古代奴隸的兩個等級。㊴琴瑟　比喻夫妻。㊵傾談　暢談。㊶掿石撾門　拿石頭砸門。㊷蝟毛繞喙　刺蝟毛繞滿嘴巴，比喻滿臉硬鬍子。㊸腰矢野射　腰別箭袋，射獵野外。㊹殪　死。㊺戰惕　驚悸；恐懼。㊻光芒鑒影　亮閃閃能照出人影。鑒，照。㊼慚懼　羞澀害怕。㊽先容　預先致意。㊾將伯之助　別人的幫助。㊿赳赳　威武雄健的樣子。(51)粵中　廣東、廣西之地。(52)割愛　不是出自本意地放棄心愛的東西。(53)伊　他。(54)煙火　人間的飯食。(55)念　通「廿」。二十。(56)歡　歡愛；男女交合。(57)青鳥　傳說中為西王母取食傳信的神鳥，其形狀似鸞。58浹辰　十二天。59壙　墓穴。60舁歸　抬回去。61湯酏　米湯；稀粥。

【語　譯】楊于畏，移居到了泗水岸邊。書房靠近曠野，牆外有很多古墓，夜裡聽到白楊樹蕭蕭作響，聲音如同波濤洶湧。深夜他秉燭讀書，心情正十分淒涼。忽聽牆外有人吟詩：「玄夜淒風卻倒吹，流螢惹草復沾幃。」反覆吟誦，那聲音哀傷淒楚。仔細聽聽，柔細婉轉像是個女子。楊于畏感到奇怪。

第二天，看看牆外，並沒有人跡。只有一條紫色的帶子，遺落在荊棘叢中；楊于畏撿回帶子，把它放在窗臺上。到了夜裡二更前後，又傳來和昨天一樣的吟詩聲。楊于畏搬了個凳子踩著一看，吟詩聲頓時停止了。他明白這是個女鬼，但心裡卻很傾慕她。第二天夜裡，楊于畏伏在牆頭上等著。接近一更的時候，有一個女子緩慢從容地從荒草中出來，手扶小樹，低著頭哀傷地吟詠那兩句詩。楊于畏輕輕一咳嗽，女子忽然隱入荒草不見了。楊于畏從此就等在牆下，聽那女子吟詠完了，就隔牆續吟道：「幽情苦緒何人見？翠袖單寒月上時。」過了很久，牆外還是寂然無聲。

楊于畏回到書房。剛坐下，忽見一個美女從外面進來，整衣施禮說：「你確實是位風雅之士，我竟多所畏懼避著你。」楊于畏大喜，拉她坐下。女子瘦弱膽怯身帶寒氣，好像無法承受衣服的重量。楊于畏問：「你家在哪裡，怎麼長期寄住在這裡？」女子回答說：「我是隴西人，隨父親流落寄居這裡。十七歲時暴病死了，現在已二十多年了。九泉下荒野外，孤單寂寞像隻失群的野鴨。吟詠的那兩句詩，是我自己寫的，用來寄託心底的怨恨。想了很久連不下去；承蒙你代我續上，我在九泉之下也感到歡快。」楊于畏想和她交歡。女子皺著眉頭說：「陰間的朽骨，比不得活人，如果幽會歡合，會折人陽壽。我不忍心禍害你。」楊于畏就停止了。楊于畏挑逗地把手伸進她的懷裡，她的奶頭鮮嫩得像芡實一般，還是個處女。

楊于畏又要看看她裙下的一雙小腳。女子低頭笑著說：「你這狂生實在纏人啊！」楊于畏把玩著女子的小腳，看見月白色的絲襪，繫著一縷彩線。再看另一隻小腳，卻繫著一條紫帶子。楊于畏問：「怎麼不都用帶子繫住？」女子說：「昨夜害怕你躲避時，紫帶子不知丟在哪裡了。」楊于畏說：「我替你換上。」就去窗臺上取來那條帶子遞給她。女子驚問是哪裡來的，楊于畏把實情告訴了她。女子解下彩線繫上帶子。然後翻閱桌子上的書冊，忽然看見〈連昌宮詞〉，感慨地說：「我活著時最愛讀這首詩。現在看到，真像是在夢中！」楊于畏和她談論詩文，她聰慧敏捷非常可愛。楊于畏和她在西窗下剪著燈花讀書，如同得到了一個知心朋友。

從此，每天夜裡楊于畏只要聽到輕輕的吟詩聲，不久女子就會來到。女子常囑咐楊于畏說：「你要保密別洩露了。我自幼膽小，害怕有惡人欺負我。」楊于畏答應了。兩人歡愛如魚得水，雖然還沒有交歡，但在閨房裡邊，兩人確實有比畫眉更親昵的事。女子常在燈下替楊于畏抄書，字態端正秀媚。又自己選了宮詞一百首，抄錄下來吟誦。她讓楊于畏準備圍棋，買來琵琶。每天夜裡教楊于畏下棋。不下棋時就彈琵琶，她彈奏〈蕉窗零雨〉的曲子，使人心中楚酸；楊于畏不忍心聽完，女子就改彈〈曉苑鶯聲〉的曲子，楊于畏頓覺心胸暢快舒適。兩人燈下遊戲，高興得往往忘了天明。看到窗子上有了晨曦，女子才慌慌張張地離去。

一天，薛生來訪，正碰上楊于畏睡午覺。薛生看看屋子裡，琵琶、棋盤都齊備，知道這不是楊于畏擅長的。又翻書找到了宮詞，看見字跡端正秀麗，就更加疑惑了。楊于畏醒了後，薛生問：

「遊戲用具哪裡來的？」楊于畏回答說：「我想學學。」又問詩卷是哪裡來的，楊于畏假稱是借朋友的。薛生反覆賞看，看到最後一頁有一行小字寫著：「某月某日連瑣書。」就笑著說：「『連瑣』是女郎的小名。你為何這樣欺騙我？」楊于畏很窘迫，說不出話來。薛生更加苦苦追問，楊于畏就是不告訴他。薛生捲起詩卷夾在腋下，楊于畏更加窘迫了，就告訴了他。薛生要求見連瑣一面。楊于畏就說了女子的囑咐。薛生仰慕得很殷切；楊于畏不得已，就答應了他。半夜裡，女子來了，楊于畏轉達了薛生的意思。女子生氣地說：「我是怎麼說的？你竟喋喋不休地跟人說！」楊于畏把自己的不得已說明白。女子說：「我和你緣分盡了！」楊于畏百般安慰解釋，女子始終不高興，起身告別說：「我暫時躲避躲避他。」

第二天，薛生來了，楊于畏轉達女子不願見他。薛生懷疑他在支吾推託，晚上和兩個同學一起來，停留不走，故意阻撓他們；常常通宵喧譁，氣得楊于畏直翻白眼，但也無可奈何。大家見好幾個晚上沒有女子的影子，都漸漸想回去，喧鬧聲漸漸平靜下來。忽然聽到有吟詩的聲音，大家一起細聽，淒惋得讓人傷心死了。薛生正在側耳凝神細聽，同學中有一個武生王某，搬起塊大石頭投向吟詩處，大聲喊著說：「裝模作樣不見客人，怎麼會有好詩句，幽怨悲傷的，讓人悶死了！」吟詩聲頓時停止。大家十分埋怨王生。楊于畏更是氣得臉色大變，言辭激烈。第二天，那夥同學才一起走了。

楊于畏獨自住在空書房裡，盼望著女子再來，但是一點蹤影也沒有。過了兩天，女子忽然來了，哭泣著說：「你招來惡客，差點嚇死我了！」楊于畏慌的連忙道歉。女子匆匆走出去，說：「我早說緣分盡了，從此永別了。」楊于畏想拉著她，卻已不見了蹤影。此後一個多月，女子再也沒來。楊于畏想她，想得形銷骨立，也無可挽回了。

一天晚上，楊于畏正一個人喝酒，忽然女子掀簾進來了。楊于畏高興極了，說：「你原諒我了嗎？」女子眼淚滴在胸襟上，默默不語。楊于畏緊問她，女子想說又忍住了，說：「我賭氣走了，現在有急事又來求人，難免羞愧啊。」楊于畏再三詢問，女子才說：「不知哪裡來了個下賤的鬼役，逼我當小老婆。我想自己是清白人家的後代，怎能屈身於下賤的鬼役呢？然而我一介弱女子，怎能抗拒他？你若把我放在夫妻的情分上，一定不會聽任我自己掙扎著生活。」楊于畏大怒，恨得要去找那鬼役拼命；但想到人鬼不同路，也無能為力。女子說：「明天夜裡你早點睡覺，我在夢中請你去。」於是兩人又傾心暢談，坐到天明。女子臨去又囑咐他白天不要睡覺，等到夜晚相會。楊于畏答應了。

午後楊于畏喝了點酒，帶著酒意上床，蒙著衣服躺下。忽見女子來了，給他一把佩刀，拉著他的手去了。來到一個院子裡，兩人正關上門說話，聽到有人拿石頭砸門。女子吃驚地說：「仇人來了！」楊于畏打開門猛然出去，看到一個人紅帽子青衣服，嘴周圍滿是刺蝟毛一樣的鬍鬚。楊于畏憤怒地斥責他。鬼役怒目生氣地對著他，言詞兇狠狂妄。楊于畏大怒，持刀向他衝去。鬼役撿起石塊扔來，密集得如同暴雨，打中了楊于畏的手腕，握不住刀子。正在危急的時候，遠遠望見一人，腰佩弓箭，在野外打獵。仔細一看，卻是王生。楊于畏大聲呼救。王生拉開弓急忙跑來，一箭正中鬼役大腿；再射一箭，結束了他的性命。

楊于畏高興地感謝他。王生詢問緣故，楊于畏都告訴了他。王生高興自己上次的罪過可以抵消了，就和楊于畏一起進了女子的臥室。女子戰戰兢兢地瑟縮著，遠遠站著不說一句話。桌子上有把小刀，僅一尺多長，用黃金美玉裝飾；從匣中拔出來，光芒能照見人影。王生讚歎著不忍放手。王生跟楊于畏說了幾句話，看到女子羞愧害怕得令人憐愛，就走出屋子，分手走了。楊于畏也自己返回，翻過牆頭就跌倒了，於是從夢中驚醒，聽到村中的雄雞已經紛亂地鳴叫起來了。楊于畏覺得手腕很痛；天明後一看，皮肉都紅腫了。

到了中午，王生來了，就說夜裡做了個很奇怪的夢。楊于畏說：「沒夢見射箭嗎？」王生奇怪他早已知道。楊于畏伸出手腕讓他看，並告訴他緣故。王生想著夢中女子的姿色，只恨不能真正見面。自己慶幸對女子有功，又請楊于畏預先致意一下。夜裡，女子來稱讚一番表示感謝。楊于畏歸功於王生，就轉達了王生的誠懇心意。女子說：「他的幫助，恩德不敢忘記。但他雄赳赳的樣子，我真的害怕他。」過了一下子又說：「他喜歡我的佩刀。刀子是我父親出使粵中，用一百兩銀子買的。我喜歡就要了來，纏上金絲，鑲上明珠。父親可憐我夭亡，用它給我殉葬。現在我願割愛贈給他，見了刀就像見了我一樣。」第二天，楊于畏跟王生說了女子的意思。王生非常高興。到了夜裡，女子果然帶著刀來了，對楊于畏說：「告訴他珍重，這把刀不是中華出產的。」從此後女子又和以前一樣來來往往了。

過了幾個月，女子忽然在燈下笑眯眯地看著楊于畏，好像要說什麼，可是臉紅了好多次還是沒說。楊于畏抱著問她。女子說：「長久以來受你眷愛，我接受了活人的氣息，天天食人間煙火，白骨頓然有了活意。只須活人的一點精血，我就可以復活了。」楊于畏笑著說：「是你不願意，難道是我捨不得精血嗎？」女子說：「我們交合後，你定會有二十多天的大病，但用藥治療可以痊癒。」於是兩人上床歡合。過了一會兒穿衣起來，女子又說：「還需鮮血一滴，你能忍受疼痛愛惜我嗎?」楊于畏取過刀刺破手臂流出血來;女子仰臥在床上,讓血滴在肚臍中。便起身說:「我不再來了。你記住一百天的期限,看到我的墳前,有青鳥在樹梢上鳴叫,就趕快挖墳。」楊于畏鄭重答應了。女子出門又囑咐說:「千萬記住別忘了,早了晚了都不行!」就走了。

過了十多天,楊于畏果然病了,肚子脹得要死。醫生給他下了藥,排泄出的髒東西像泥一樣,十幾天就好了。計算著到了一百天,楊于畏讓家僕拿著鐵鍬等著。傍晚後,果見兩隻青鳥在樹枝頭鳴叫。楊于畏高興地說:「可以了。」於是就斬除荊棘挖開墳墓。只見棺木已經腐爛,但女子的面貌像活著一樣。楊于畏一摸稍微溫和。蓋上衣服把她抬回去,放在暖和的地方,女子咻咻地喘著氣,細弱的如同游絲。慢慢餵她點米湯,半夜裡,女子就醒了過來。她常常對楊于畏說:「二十多年就像做了一場夢啊!」

【研 析】志怪小說、傳奇多有人鬼遇合,發塚開棺,女子復生的故事。這篇〈連瑣〉敘寫的也是這一典型的故事,但細膩委宛,注入了人生情韻,演繹成意趣悠然、楚楚有致的小說。

小說開頭,鬼女連瑣和書生楊于畏的遇合,發生在夜晚、荒齋、古墓旁,先傳出的是她反復吟詩聲:「玄夜淒風卻倒吹,流螢惹草復沾幃。」楊于畏次夜窺見女子「姍姍自草中出」,隨著楊于畏的微嗽,「忽入荒草而沒」。楊于畏續其詩句吟誦:「幽情苦緒何人見?翠袖單寒月上時。」環境、人事、詩意融合為一體,敘事達到了高度的審美境界。

繼而出現的是連瑣與楊于畏「不至亂」的閨閣生活。「女每於燈下為楊寫書,字態端媚。又自選宮詞百首,錄誦之。使楊治棋枰,購琵琶。每夜教楊手談。不則挑弄弦索,作〈蕉窗零雨〉之曲，酸人胸臆；楊不忍卒聽，則為〈曉苑鶯聲〉之調，頓覺心懷暢適。挑燈作劇，樂輒忘曉」。詩書也，弦歌也，這樣愜意的生活，是蒲松齡虛擬的幻影，而這虛擬的詩意的幻影，應當是他所憧憬的生活。

依照故事的原型，故事還要發展下去，於是就有了薛生的造訪，於是就有了連瑣的發怒，於是就有了王生的投石與射箭，於是就有了楊于畏的「思悠悠，恨悠悠，恨到歸時方始休」和夢裡怒中的與鬼搏鬥，於是就有了發壙開棺，連瑣復生。

王漁洋稱贊此篇：「結盡而不盡，甚妙。」所謂不盡是留有餘味，讓讀者長久地記著這個連瑣的故事。

單道士

韓公子，邑世家❶。有單道士，工作劇❷，公子愛其術，以為座上客。

單與人行坐，輒忽不見。公子欲傳其法，單不肯。公子固懇之。單曰：「我非吝吾術，恐壞吾道❸也。所傳而君子則可；不然，有借此以行竊者矣。公子固無慮此，然或出見美麗而悅，隱身入人閨闥❹，是濟惡而宣淫也。不敢從命。」

公子不能強，而心怒之，陰與僕輩謀撻辱之。恐其遁匿，因以細灰布麥場上；思左道❺能隱形，而履處必有印跡，可隨印處急擊之。於是誘單往，使人執牛鞭❻立撻之。單忽不見，灰上果有履跡，左右亂擊，頃刻已迷❼。

公子歸，單亦至。謂諸僕曰：「吾不可復居矣！向勞服役，今且別，當有以報。」袖中出旨酒一盛❽，又探得肴一簋❾，並陳几上。陳已，復探；凡十餘探，案上已滿。遂邀眾飲，俱醉。一一仍內袖中。

韓聞其異，使復作劇。單於壁上畫一城，以手推撾❿，城門頓闢。因將囊衣篋物，悉擲門內，乃拱別⓫曰：「我去矣。」躍身入城，城門遂合，道士頓杳。

後聞在青州⓬市上，教兒童畫墨圈於掌，逢人戲拋之，隨所拋處，或面或衣，圈輒脫去，落印其上。又聞其善房中術⓭，能令下部⓮吸燒酒，盡一器。公子嘗面試⓯之。

【注釋】❶邑世家　淄川韓氏，是明清時的大家族。❷工作劇　精通幻術。❸道　職業道德。❹閨闥　婦女所居內室的門戶，此指閨房。❺左道　旁門左道。❻牛鞭　耕田時驅使牛的皮鞭，柄短鞭長，響亮有力。❼迷　迷失；不見蹤影。❽一盛　一容器。❾簋　古器物名，用來盛食物。❿撾　敲打。⓫拱別　拱手告別。⓬青州　州名，今山東青州。⓭房中術　古代男女交合及藥物配方的法術。⓮下部　陰部。⓯面試　當面驗證。

【語譯】韓公子，是淄川的世家大族。有位單道士，擅長變戲法，韓公子喜歡他的法術，把他待為座上賓。

單道士與人走路或坐在一起時，常常忽然就不見了。韓公子想學這種法術，單道士不肯。公子再三懇求他。單道士說：「我不是吝惜我的法術，是怕壞了我們的規矩。如果傳授的是君子倒好；否則，就會有藉著這個法術去行竊的人。公子當然不會行竊，但是倘若出去看到美女喜歡了，隱身鑽到人家閨房裡，那我就是幫助惡人鼓勵淫邪了。不敢聽你的命令。」

韓公子不能強迫他，但心裡惱恨他，暗地裡和僕人們商量著要痛打羞辱他。恐怕他隱身跑了，就把細灰灑在麥場上；心想旁門左道能隱形，他走過的地方一定留下腳印，可追著在有腳印的地方打他。於是他們引誘單道士來到麥場上，命僕人手持牛鞭突然打他。單道士忽然不見了，灰上果然有腳印，左右亂打一通，剎那間就不見蹤影了。

韓公子回到家裡，單道士也來了。他跟那些僕人說：「我不能再住這裡了！一向有勞你們服侍，現在就要分別了，我應該報答你們。」從袖子裡拿出一壺美酒來，又拿出一盤菜餚，都放在桌子上。擺完了，又掏袖子；一共掏了十幾次，桌子上已經擺滿了。就叫大家一起喝酒，都喝醉了；單道士一樣一樣把它們放回袖子裡。

韓公子聽說了這件怪事，便讓道士再表演一次戲法。單道士在牆上畫一座城池，用手推推敲敲，城門頓時開了。單道士就將包裹裡的衣服、箱子裡的物品，都扔進城門裡，向韓公子拱手告別說：「我走了！」一聳身跳入城內，城門於是關上，單道士頓時消失不見了。

後來聽說在青州的集市上，單道士教兒童在手掌上畫墨圈，逢人就開玩笑地扔過去，隨著扔的地方，或者臉上，或者衣服上，墨圈往往脫手而去，落下印在上面。又聽說單道士擅長房中術，能讓陰部吸進燒酒，吸乾滿滿一壺。韓公子曾讓他當面驗證過。

【研　析】前邊的〈金世成〉和〈丐僧〉，讀者已經見識了僧人們的特立獨行、不同凡響，現在再看這位單道士的變化莫測、神乎其神。

小說中所說的韓公子，出身當時的淄川大家族。正因為韓公子出身大家，所以他才有閒情和閒錢供養道士。

單道士「工作劇」，就是善於幻術和魔術。韓公子追捧單道士的目的似乎有點不單純，他不是為了欣賞，而是為了實用。因此，單道士不願教他。單道士說：「我非吝吾術，恐壞吾道也。所傳而君子則可；不然，有借此以行竊者矣。公子固無慮此，然或出見美麗而悅，隱身入人閨闥，是濟惡而宣淫也。不敢從命。」單道士也看穿了韓公子內心的算計：韓公子家中富有，當然不會去劫財，但越是富有的人劫色的可能性越大。單道士不教韓公子是對的。

我好酒好肉供著你，你不教我法術豈能容你？於是韓公子和僕人們處心積慮，要用鞭打的方式羞辱單道士，讓他就範。可是單道士畢竟是單道士，豈是你一個小小紈綺子弟想羞辱就能羞辱得了的！他不但沒受羞辱，還又使出新的法術讓韓公子絕望地羨慕了一番：「單於壁上畫一城，以手推撾，城門頓闢。因將囊衣篋物，悉擲門內，乃拱別曰：『我去矣。』躍身入城，城門遂合，道士頓杳。」

傳授法術是要慎重的。設若單道士傳授給韓公子法術，那便不知道要發生什麼事端，恐怕自身難以如此從容地離去。這應該是這個故事給讀者的啟示。

白于玉

吳青庵，筠，少知名。葛太史見其文，每嘉歎❶之。託相善者邀至其家，領其言論風采。曰：「焉有才如吳生，而長貧賤者乎？」因俾鄰好致之曰：「使青庵奮志雲霄❷，當以息女奉巾櫛❸。」時太史有女絕美。生聞大喜，確自信。既而秋闈被黜❹，使人謂太史：「富貴所固有，不可知者遲早耳。請待我三年不成而後嫁。」於是刻志益苦。

一夜，月明之下，有秀才造謁❺，白皙短鬚，細腰長爪❻。詰所來，自言：「白氏，字于玉。」略與傾談，豁人心胸。悅之，留同止宿。遲明欲去，生囑便道頻過❼。白感其情殷，願即假館❽，約期而別。至日，先一蒼頭送炊具來，少間，白至，乘駿馬如龍。生另舍舍之。白命奴牽馬去。遂共晨夕，忻然相得。生視所讀書，並非常所見聞，亦絕無時藝❾。

訝而問之。白笑曰：「士各有志，僕非功名中人也。」夜每招生飲，出一卷授生，皆吐納之術⑩，多所不解，因以迂緩置之。

他日謂生曰：「曩所授，乃《黃庭》⑪之要道，仙人之梯航⑫。」生笑曰：「僕所急不在此。且求仙者必斷絕情緣，使萬念俱寂，僕病未能也。」白問：「何故？」生以宗嗣為慮。白曰：「胡久不娶？」笑曰：「『寡人有疾，寡人好色⑬。』」白亦笑曰：「『王請無好小色⑭。』所好何如？」生具以情告。白疑未必真美。生曰：「此遐邇所共聞，非小生之目賤⑮也。」白微哂而罷。

次日，忽促裝言別。生淒然與語，刺刺⑯不能休。白乃命童子先負裝行。兩相依戀。俄見一青蟬鳴落案間，白辭曰：「輿⑰已駕矣，請自此別。如相憶，拂我榻而臥之。」方欲再問，轉瞬間，白小如指，翩然跨蟬背上，嘲哳⑱而飛，杳入雲中。生乃知其非常人，錯愕⑲良久，悵悵自失。

逾數日，細雨忽集，思白綦切。視所臥榻，鼠跡碎瑣；嘅然[20]掃除，設席即寢。無何，見白家僮來相招，忻然從之。俄有桐鳳[21]翔集，僮捉謂生曰：「黑徑難行，可乘此代步。」生慮細小不能勝任。僮曰：「試乘之。」生如所請，寬然殊有餘地，僮亦附其尾上；戛然[22]一聲，凌升空際。

未幾，見一朱門。僮先下，扶生亦下。問：「此何所？」曰：「此天門[23]也。」門邊有巨虎蹲伏。生駭懼，僮一身障之。見處處風景，與世殊異。僮導入廣寒宮[24]，內以水晶為階，行人如在鏡中。桂樹兩章[25]，參空合抱；花氣隨風，香無斷際。亭宇皆紅窗，時有美人出入，冶容秀骨，曠世並無其儔。僮言：「王母[26]宮佳麗尤勝。」然恐主人伺久，不暇留連，導與趨出。

移時，見白生候於門。握手入，見簷外清水白沙，涓涓流溢；玉砌雕闌，殆疑桂闕[27]。甫坐，即有二八妖鬟，來薦香茗[28]。少間，命酌。

有四麗人，斂衽鳴璫，給事左右。才覺背上微癢，麗人即纖指長甲，探衣代搔。生覺心神搖曳，罔所安頓。既而微醺，漸不自持，笑顧麗人，兜搭㉙與語。美人輒笑避。

白令度曲侑觴。一衣絳綃者，引爵向客，便即筵前，宛轉清歌。諸麗者笙管敖曹㉚，嗚嗚雜和。既闋㉛，一衣翠裳者，亦酌亦歌。尚有一紫衣人，與一淡白軟綃者，吃吃笑，暗中互讓不肯前。白令一酌一唱。紫衣人便來把琖。生託接杯，戲撓纖腕。女笑失手，酒杯傾墮。白譙訶㉜之。女拾杯含笑，俛首細語云：「冷如鬼手馨㉝，強來捉人臂。」白大笑，罰令自歌且舞。舞已，衣淡白者又飛一觥。生辭不能釂㉞。女捧酒有愧色，乃強飲之。

細視四女，風致翩翩，無一非絕世者。遽謂主人曰：「人間尤物㉟，僕求一而難之；君集群芳，能令我真個銷魂㊱否？」白笑曰：「足下意中自有佳人，此何足當巨眼之顧？」生曰：「吾今乃知所見之不廣也。」

白乃盡招諸女，俾[37]自擇。生顛倒不能自決。白以紫衣人有把臂之好，遂使襆被奉客。既而衾枕之愛，極盡綢繆。生索贈，女脫金腕釧[38]付之。忽僮入曰：「仙凡路殊，君宜即去。」女急起遁去。

生問主人，僮曰：「早詣待漏[39]，去時囑送客耳。」生悵然從之，復尋舊途。將及門，回視僮子，不知何時已去。虎哮驟起，生驚竄而去。望之無底，而足已奔墮。一驚而寤，則朝暾[40]已紅。方將振衣，有物膩然墮裀褥間，視之，釧也。心益異之。由是前念灰冷，每欲尋赤松[41]游，而尚以胤續為憂。

過十餘月，晝寢方酣，夢紫衣姬自外至，懷中綳[42]嬰兒曰：「此君骨肉。天上難留此物，敬持送君。」乃寢諸牀，牽衣覆之，匆匆欲去。生強與為歡[43]，乃曰：「前一度為合巹[44]，今一度為永訣，百年夫婦，盡於此矣。君倘有志，或有見期。」生醒，見嬰兒臥襆褥間，綳以告母。母喜，傭媼[45]哺之，取名夢仙。

生於是使人告太史，身已將隱，今別擇良匹。太史不肯。生固以為辭。太史告女。女曰：「遠近無不知兒身許吳郎矣，今改之，是二天㊻也。」因以此意告生。生曰：「我不但無志於功名，兼絕情於燕好。所以不即入山者，徒以有老母在。」太史又以商女。女曰：「吳郎貧，我甘其藜藿㊼；吳郎去，我事其姑嫜㊽；定不他適。」使人三四返，迄無成謀，遂諏日㊾備車馬妝奩，嬪於生家。

生感其賢，敬愛臻至。女事姑孝，曲意承順，過貧家女。逾二年，母亡，女質奩作具，罔不盡禮。生曰：「得卿如此，吾何憂！顧念一人得道，拔宅飛升㊿。余將遠逝，一切付之於卿。」女坦然，殊不挽留。生遂去。

女外理生計，內訓孤兒，井井有法。夢仙漸長，聰慧絕倫。十四歲，以神童領鄉薦(51)；十五入翰林。每褒封，不知母姓氏，封葛母一人而已。值霜露之辰(52)，輒問父所，母具告之。遂欲棄官往尋。母曰：「汝父出家，今已十有餘年，想已仙去，何處可尋？」

後奉旨祭南岳[53]，中途遇寇。窘急中，一道人仗劍入，寇盡披靡[54]，圍始解。德之，饋以金，不受。出書一函，付囑曰：「余有故人，與大人同里，煩一致寒暄[55]。」問：「何姓名？」答曰：「王林。」因憶村中無此名。道士曰：「草野[56]微賤，貴官自不識耳。」臨行，出一金釧曰：「此閨閣物，道人拾此，無所用處，即以奉報。」視之，嵌鏤精絕。

懷歸以授夫人。夫人愛之，命良工依式配造，終不及其精巧。遍問村中，並無王林其人者。私發其函，上云：「三年鸞鳳[57]，分拆各天；葬母教子，端賴卿賢。無以報德，奉藥一丸；剖而食之，可以成仙。」後書「琳娘夫人妝次[58]」。讀畢，不解何人，持以告母。母執書以泣，曰：「此汝父家報也。琳，我小字。」始恍然悟「王林」為拆白謎[59]也。悔恨不已。

又以釧示母。母曰：「此汝母遺物。而翁[60]在家時，嘗以相示。」

又視丸，如豆大。喜曰：「我父仙人，啖此必能長生。」母不遽吞，受而藏之。會葛太史來視甥[61]，女誦吳生書，便進丹藥為壽。太史剖而分食之。頃刻，精神煥發。太史時年七旬，龍鍾[62]頗甚；忽覺筋力溢於膚革，遂棄輿而步，其行健速，家人坌息[63]始能及焉。

逾年，都城有回祿之災[64]，火終日不熄。夜不敢寐，畢集庭中。見火勢拉雜[65]，寖[66]及鄰舍。一家徊徨，不知所計。忽夫人臂上金釧，戛然有聲，脫臂飛去。望之，大可數畝；團覆宅上，形如月闌[67]；釧口降東南隅，歷歷可見。眾大愕。俄頃，火自西來，近闌則斜越而東。迨火勢既遠，竊意釧亡不可復得；忽見紅光乍斂，釧錚然墮足下。都中延燒民舍數萬間，左右前後，並為灰燼[68]，獨吳第無恙，惟東南一小閣，化為烏有，即釧口漏覆處也。葛母年五十餘，或見之，猶似二十許人。

【注釋】❶嘉歎　讚歎。❷奮志雲霄　發奮立志，科舉高中。❸奉巾櫛　伺候梳洗，指以女許嫁。❹秋闈被黜　鄉試落榜。❺造謁　拜訪。❻爪　指甲。❼便道頻過　順路常來。❽假館　借房居住。❾時藝　八股文。

⑩吐納之術　氣功導引之術。⑪黃庭　《黃庭經》，道教經典，多記修身養性之法。⑫梯航　梯子和航船，比喻達到目的的方法途徑。⑬寡人有疾二句　是齊宣王應付孟子的話。見《孟子》。⑭王請無好小色　是孟子勸導齊宣王的話。見《孟子》。⑮目賤　目光淺陋。⑯刺刺　話多的樣子。⑰輿　車中裝載東西的部分，此指車。⑱嘲哳　蟬鳴聲。⑲錯愕　驚慌詫異。⑳嘅然　感慨的樣子。㉑桐鳳　桐花鳳，一種小鳥。㉒戛然　聲音嘹亮。㉓天門　天宮之門。㉔廣寒宮　月宮。㉕兩章　兩株。章，大木材。㉖王母　王母娘娘。㉗桂闕　即月宮，相傳月宮有桂樹。㉘香茗　香茶。㉙兜搭　主動搭訕閒扯。㉚敖曹　聲音嘈雜。㉛闋　樂曲終了。㉜譙訶　喝罵；申斥。㉝冷如鬼手馨　手冷如鬼手。語見《世說新語》。㉞釂　喝乾酒杯。㉟尤物　美女。㊱真個銷魂　指男女交合。㊲俾　使；讓。㊳金腕釧　金手鐲。㊴待漏　黎明上朝，等著朝見玉帝。㊵朝暾　旭日；朝陽。㊶赤松　赤松子，上古仙人。㊷繃　襁褓，此指用襁褓抱著。㊸歡　男女歡合。㊹合巹　喝交杯酒，指結婚。㊺傭媼　雇奶媽。㊻二天　兩個丈夫。㊼藜藿　野菜。㊽姑嫜　婆婆公公。㊾諏日　選擇日子。諏，詢問。㊿一人得道二句　東晉道士許遜，在南昌西山，全家四十二口拔宅飛升。見《太平廣記》。(51)領鄉薦　考中舉人。(52)霜露之辰　祭祖的日子。(53)南嶽　湖南衡山。(54)披靡　草木倒伏，比喻軍隊潰敗。(55)寒暄　問寒問暖。(56)草野　鄉間。(57)鸞鳳　指夫妻。(58)妝次　梳妝臺左右。(59)拆白謎　一種拆字表意的方法。(60)而翁　你父親。(61)甥　外甥；女兒的子女。(62)龍鍾　年老體衰、行動不便的樣子。(63)坌息　張口氣喘。(64)回祿之災　火災。(65)拉雜　亂無條理。(66)寖　逐漸蔓延。(67)月闌　月暈。(68)灰燼　物品燃燒後的灰和燒剩下的東西。

【語譯】吳青庵名筠，少年即有才名。葛太史見到他的文章，總要讚歎一番。葛太史託熟人把吳生請到家中，領略欣賞他的口才和人才。葛太史說：「哪有才能像吳生這樣，卻長久貧賤的人呢？」就讓鄰家的知己傳話給吳生：「如果青庵立志考取功名，就讓我的女兒給他當妻子。」當時葛太史家正有個絕色女兒。吳生聽了大喜，又的確很有信心。不久他鄉試落榜，就讓人轉告太史說：

「富貴是一定有的，只是不知道什麼時候罷了。請等我三年，下次考不上，令愛再嫁也不遲。」於是他更加刻苦努力了。

一天夜裡，皎潔的月光下，有位秀才前來拜訪，面色白皙，短鬍子，細腰，長指甲。吳生問他從哪兒來，他說：「我姓白，字于玉。」吳生和白于玉略微說了幾句話，就感覺心胸為之大開。非常喜歡他，就留他住下，一塊休息睡覺。天亮後白于玉要告辭，吳生囑咐他要經常順路來看望。白于玉感激吳生的盛情，願意搬來居住，和吳生約好日子就告別了。到了約定的日子，先有一個老僕人把炊具送過來。不久，白于玉來了，騎著一匹好像龍駒的駿馬。吳生另外安排房間讓他住下。白于玉讓僕人把馬牽走。兩人同睡同起，相處十分歡洽。吳生一看白于玉所讀的書，都不是常見書，也沒有一篇八股文。就非常驚訝地問他。白于玉笑著說：「人各有志，我本不是功名中的人啊。」夜裡，每每叫吳生去飲酒，並拿出一卷書交給吳生，全是吐納氣功之術，吳生大都看不懂，因此就認為不是急著用的東西，放在了一邊。

有一天，白于玉對吳生說：「前幾天我給你看的，本是《黃庭經》的要旨，是通向仙人的梯子和航船啊。」吳生笑著說：「我現在急需的不是這個。再說求仙的人一定要斷絕情欲，萬念俱滅，我苦於做不到啊。」白于玉問：「為什麼呢？」吳生說憂慮傳宗接代的問題。白于玉問：「為什麼年紀這麼大了還沒有娶妻？」吳生笑著說：「『我有病啊，我太喜歡美色了。』」白于玉也笑著說：「『王請不要只好小色。』你喜歡怎樣的美女呢？」吳生將葛太史女兒的事告訴了他。白于玉懷疑她未必真那麼美。吳生說：「這是遠近聞名的美女，不是我目光短淺啊。」白于玉微微一笑就過去了。

第二天，白于玉忽然整理行裝要告別。吳生傷心地和他說話，說個沒完。白于玉就讓童子先背著行裝前行。兩人依依不捨。忽然看到一隻青蟬叫著落在書桌上，白于玉告辭說：「我的馬車駕好了，讓我們就此分手吧。你如果想念我，就掃掃我睡的那張床睡在上面。」吳生還想再問幾句，轉眼之間，白于玉小得像手指一樣，輕巧地跨到青蟬的背上，嘲嘲哳哳地飛走，沒入了雲裡。吳生這才知道白于玉不是平常人，驚詫了很長時間，悵然若有所失。

過了幾天，小雨下個不停，吳生迫切思念白于玉。看看白于玉睡過的床，老鼠爬行的痕跡多而細；就歎息著掃乾淨了，鋪上席子睡覺。不久，看見白于玉的家童來請他，吳生高興地隨他去了。接著一群桐花鳳飛來，家童抓住一隻對吳生說：「天黑了路不好走，可以騎牠代步。」吳生怕桐花鳳太瘦小載不住他。家童說：「您騎騎試試。」吳生按他說的騎上，覺得非常寬綽還有空間，家童也騎在鳥的尾巴上；嘎地一聲，就飛升到了天空。

不久，看見一扇紅漆大門。家童先下來，又把吳生扶下來。吳生問：「這是什麼地方？」家童說：「這是天門啊。」門邊有隻大老虎趴著。吳生非常害怕，家童就用身子遮擋著他。吳生看到這裡的風景，處處與人間不同。家童把吳生領到廣寒宮裡，裡邊用水晶作臺階，人走著好像走在鏡子裡。兩棵桂樹，聳入雲天粗可合抱；花香隨風襲人，好像永無斷絕。亭臺樓閣，都是朱紅窗子，不斷有美人進出，貌美骨秀，世上沒人比得上。家童說：「王母宮裡的美女比這些還漂亮。」但是怕主人等久了，沒有時間多逛，領著他就快步出來了。

不久，看見白于玉在門口迎候。他拉著吳生的手進了門，但見簷外是清清的水，白白的沙，小溪涓涓細流；那玉石欄杆都雕刻著花紋，吳生懷疑這可能就是傳說中的月宮了。剛剛坐下，就有一個年輕的美女，來獻上香茶。接著，又讓人斟酒。於是就有四個美女，手提長裙，環佩叮咚，站在身旁伺候著。吳生才感到脊樑上有點癢癢，就有個美人伸出纖指上長長的指甲，探進他衣服裡給他搔撓。吳生覺得心神搖盪，六神無主。接著就有點醉了，漸漸把持不住，笑看著那幾個美人，有一搭無一搭說些鬼話。美人總是嘻笑著避開他。

白于玉讓美人唱曲子勸酒。有個穿絳紅色薄紗的美人，端著酒杯勸吳生喝，趁機就在席前，婉轉流利地唱了起來。各位美女吹奏起來，聲音很是熱鬧，嗚嗚之聲和著絳紗美人的歌聲。唱完了一曲，一個穿翠綠衣服的美女，一面敬酒一面唱曲。還有一位穿紫衣的美女和一位穿淡白色軟紗的美女，吃吃地笑著，私底下互相推讓不肯上前。白于玉讓她倆一個斟酒，一個唱曲。紫衣美人便來敬酒。吳生趁著接杯子，偷偷地摸她的細腕。美人嗤地一笑失手，酒杯掉在地上。白于玉申斥了她一頓。美人撿起杯子，還是笑嘻嘻的，低下頭小聲說：「手冷得像鬼手，硬來拉人家的胳膊。」白于玉大笑，罰她邊唱曲邊跳舞。紫衣美人歌舞完畢，穿淡白紗的美女又向吳生敬一大杯酒。吳生推辭說不能再乾了。女子捧杯面有愧色，吳生就勉強喝了下去。

吳生細看這四個美人，風致翩翩，沒有一個不是絕世美色。他突然對白于玉說：「人間的美女，我想得到一個都很難；你這裡卻是群芳薈萃，能讓我真的銷魂一次嗎？」白于玉笑著說：「你心中自有夢中情人，這幾個怎值得你巨眼光顧？」吳生說：「我今天才知道自己見識不廣啊。」白于玉就把所有美人喊來，讓吳生自己選擇。吳生猶豫不決不知挑誰好。白于玉因為吳生和紫衣美人有拉手之好，就讓她侍奉吳生。接著兩個人被中枕上的恩愛，極盡溫存銷魂之能事。吳生向美人索求贈品，紫衣美女摘下腕上金鐲子交給他。忽然家童進來說：「仙人和凡人不是一路，您應該走了。」美人匆匆起床離去。

吳生問白于玉在哪裡，家童說：「清晨去朝見玉帝，去時囑咐我送客而已。」吳生悵然若失地跟在他身後，沿舊路回去。快到門口時，回頭一看那家童，早已不知去向。老虎咆哮著忽然撲過來，吳生驚慌逃竄。一看腳下無底，就失足掉了下來。他猛然驚醒，已是紅日滿窗。正要穿上衣服，有件東西滑溜溜地落到褥子上，一看，原來是紫衣美女的金鐲子。心裡感到更加奇怪。從此，眷戀葛太史女兒的心就淡了，常常想跟著赤松子去雲遊，但還是擔心沒有兒子。

過了十多個月，吳生午睡睡得正香，夢見紫衣美人從外面進來，懷裡用襁褓抱著一個嬰兒，說：「這是你的骨肉。天上難留他，只好帶來送交給你。」說著，就把嬰兒放到床上，讓他睡下，拿件衣服蓋上，急急忙忙就要走。吳生強拉著她和她交歡了一次。美人說：「我們倆前一次是新婚，這一次為永別，百年夫婦，到此結束了。你如果有心修仙，或許還有見面的時候。」吳生醒後，看見嬰兒熟睡在被褥間，就包起來抱去告訴母親。母親很高興，雇了個奶媽餵養他，取名叫「夢仙」。

吳生於是派人告訴葛太史，說自己將要隱居，請他為女兒另選佳婿。太史不同意，吳生一定要辭婚。太史告訴女兒，女兒說：「遠近沒有不知道女兒已許配給吳郎的。現在改聘，不是有兩個丈夫了。」太史將女兒的意思告訴了吳生。吳生說：「我不但對功名沒了興趣，就是婚姻，也沒了心思。沒有馬上入山隱居的原因，只是因為有老母在啊。」太史又去和女兒商量。女兒說：「吳郎貧窮，我甘心吃糠嚥菜；吳郎走了，我侍奉他的父母：打死也不改嫁。」傳信的人往返了三四趟，一直沒有定下來，於是葛太史就選了個好日子，準備好了車馬嫁妝，送女兒過門到了吳家。

吳生感激葛女的賢德，非常敬愛她。葛女侍奉婆婆很孝順，百依百順，比貧家女孩還吃苦耐勞。過了兩年，母親死了，葛女典當嫁妝，置辦了棺木，禮節周全。吳生說：「有妻如此，我還有什麼憂慮！我常想一人得道，全家都可以飛升。我就要遠走了，家中一切都交給你了。」葛女坦然送別，毫不挽留。吳生就走了。

葛女對外操持家業，對內教育孤兒，井井有條。夢仙一天天長大，聰慧絕倫。十四歲，被譽為神童，考中了舉人，十五歲進士及第做了翰林。每當朝廷誥封他的先人，因為不知道生母的姓氏，就只封葛氏一個人。到祭祖的時候，就問父親去哪裡了，母親葛氏就全部告訴了他。夢仙就想棄官前往尋找父親。母親說：「你父親出家，如今已十多年了，想來已成仙而去，去哪裡找他呀？」

後來夢仙奉旨祭祀南嶽衡山，途中遇到了強盜。正在危急之時，一個道人持劍殺了過來，強盜盡皆潰散，才解了圍。夢仙很感激他，送他金銀，道士不要。道士拿出一封信交給夢仙，囑咐他說：「我有個老朋友，和大人同鄉，麻煩您替我問好。」夢仙問：「他叫什麼名字？」道人說：「王林。」夢仙想了想村子裡沒有這個名字。道人說：「草野間的微賤百姓，大人您自然不認識他。」臨別，道人拿出一只金鐲子說：「這是閨閣裡女人的東西，道人我拾來也沒用，就送給您吧。」夢仙一看，這金鐲子雕鏤鑲嵌得十分精美。

夢仙把鐲子拿回家交給夫人。夫人十分喜愛，就讓巧匠依樣再配造一只，終究不如原來的那只精美。夢仙問遍全村，也沒找到叫王林的人。就私自將信拆開，見信上寫道：「三年夫妻，各在一天；葬母教子，全賴卿賢。沒法報德，奉藥一丸；剖開吃它，可以成仙。」最後寫著「敬獻於琳娘夫人的梳妝臺上」。讀完後，夢仙不知是寫給誰的，拿著信去告訴母親。母親捧著信哭了起來，說：「這是你父親的家書啊。琳，是我的小名。」這時夢仙才恍然大悟，原來「王林」二字是將「琳」字拆開了。和父親當面錯過，悔恨不已。

又把金鐲子拿給母親看。母親說：「這是你生母的遺物。你父親在家時，曾給我看過。」又看那藥丸，有豆粒那麼大。夢仙高興地說：「我父親是仙人，您吃了一定長生不老。」母親沒有立即吃，接過來珍藏起來。適逢葛太史來看外孫，葛氏為他讀了吳生的信，並把丹藥獻上給葛太史增壽。太史將藥丸切開與女兒分吃了。頃刻之間，精神煥發。那時太史已經七十多歲了，老態龍鍾；忽然覺得筋力要漲出皮肉來，於是棄車不坐步行而走，健步如飛，家人張口喘氣才能趕上。

第二年，都城失火，燒了一天一夜沒有熄滅。吳家人夜晚不敢睡覺，都聚集在院子裡。只見火勢亂竄，延燒到鄰居家裡。一家人徬徨無措，不知如何是好。忽然，夫人腕上的金鐲子，嘎然一聲飛離手臂。抬頭一看，有好幾畝地大，圓圓地蓋在宅子上，形如月暈，開口處正對著東南方，看得清清楚楚。眾人大吃一驚。不久，大火從西方燒過來，燒到光圈處，就斜著向東燒去。等到火勢越燒越遠，擔心金鐲飛去再也找不到了；忽然看見一圈紅光猛然收攏，金鐲子錚地一聲落到腳下。城中蔓延燒毀民宅好幾萬間，吳家的左右前後，也都化為灰燼，唯獨吳家房舍安然無損，只有東南角的一個小閣樓被燒光了，正好是金鐲子開口蓋不過來的地方。葛氏年紀到了五十多歲時，有人見到她，還像二十來歲的人。

【研 析】〈白于玉〉也是篇度人出世入道成仙的故事。

古代士子的人生大事有三：功名、美妻、子嗣。仙人白于玉來度吳青庵入道，吳青庵科舉失意，白于玉讓他神遊王母宮，佳人勝於人間，還讓紫衣仙女「襆被奉客，既而衾枕之愛，極盡綢繆」，十個月後，仙女送來了嬰兒，又有現實中新娶賢妻撫養，可謂一舉解決了吳青庵人生三大問題，他也就無牽掛去修道了。

故事敘述得細緻周到，寫廣寒宮玉階、紅亭、桂高、花香，固然讓人稱羡；而仙女之侑酒、唱曲、妖冶之態，則無異於人間之俗氣。以仙界之色相度人，入道也不是真的斷絕情緣了。讀者也就只是當作有趣的故事吧。

小二

滕邑❶趙旺，夫妻奉佛，不茹葷血，鄉中有「善人」之目❷。家稱小有。一女小二，絕慧美。趙珍愛之。年六歲，使與兄長春，並從師讀，凡五年而熟五經焉。同窗丁生，字紫陌，長於女三歲，文采風流，頗相傾愛。私以意告母，求婚趙氏。趙期以女字❸大家，故弗許。

未幾，趙惑於白蓮教；徐鴻儒既反，一家俱陷為賊。小二知書善解，凡紙兵豆馬之術❹，一見輒精。小女子師事徐者六人，惟二稱最，因得盡傳其術。趙以女故，大得委任。

時丁年十八，游滕泮❺矣，而不肯論婚，意不忘小二也。潛亡去，投徐麾下❻。女見之喜，優禮逾於常格。女以徐高足，主軍務；晝夜出入，父母不得閒❼。丁每宵見，嘗斥絕諸役，輒至三漏❽。丁私告曰：

「小生此來，卿知區區之意❾否？」女云：「不知。」丁曰：「我非妄意攀龍❿，所以故，實為卿耳。左道無濟，止取滅亡，卿慧人，不念此乎？能從我亡，則寸心誠不負矣。」女憮然為間⓫，豁然夢覺，曰：「背親而行，不義，請告。」

二人入陳利害，趙不悟，曰：「我師神人，豈有舛錯？」女知不可諫，乃易髫而髻⓬。出二紙鳶⓭，與丁各跨其一；鳶肅肅展翼，似鶼鶼⓮之鳥，比翼而飛。質明，抵萊蕪⓯界。女以指撚鳶項，忽即斂墮。遂收鳶；更以雙衛⓰，馳至山陰里，託為避亂者，僦屋而居。二人草草出，嗇於裝，薪儲不給。丁甚憂之。假粟比舍，莫肯貸以升斗。女無愁容，但質簪珥。閉門靜對，猜燈謎，憶亡書⓱，以是角低昂⓲；負者，駢二指擊腕臂焉。

西鄰翁姓，綠林⓳之雄也。一日，獵歸⓴。女曰：「富以其鄰，我何憂？暫假千金，其與我乎！」丁以為難。女曰：「我將使彼樂輸也。」

乃翦紙作判官狀，置地下，覆以雞籠。然後握丁登榻，煮藏酒，檢《周禮》為觴政[21]：任言是某冊第幾葉，第幾人，即共翻閱。其人得食傍、水傍、酉傍者飲；得酒部者倍之。既而女適得「酒人」，丁以巨觥[22]引滿促釂。女乃祝曰：「若借得金來，君當得飲部。」丁翻卷，得「鱉人」。女大笑曰：「事已諧矣！」滴瀝授爵。丁不服。女曰：「君是水族，宜作鱉飲。」方喧競所，聞籠中戛戛。女起曰：「至矣。」啟籠驗視，則布囊中有巨金，累累充溢。丁不勝愕喜。

後翁家媼抱兒來戲，竊言：「主人初歸，篝燈夜坐。地忽暴裂，深不可底。一判官自內出，言：『我地府司隸[23]也。太山帝君[24]會諸冥曹，造暴客惡錄，須銀燈千架，架計重十兩；施百架，則消滅罪愆[25]。』主人駭懼，焚香叩禱，奉以千金。判官荏苒而入，地亦遂合。」夫妻聽其言，故嘖嘖詫異之。而從此漸購牛馬，蓄廝婢，自營宅第。

里無賴子窺其富，糾諸不逞，踰垣劫丁。丁夫婦始自夢中醒，則編菅[26]爇照，寇集滿屋。二人執丁；又一人探手女懷。女袒而起，戟指[27]而呵曰：「止，止！」盜十三人，皆吐舌呆立，癡若木偶。女始著袴下榻；呼集家人，一一反接其臂，逼令供吐明悉。乃責之曰：「遠方人埋頭澗谷，冀得相扶持；何不仁至此！緩急[28]人所時有，窘急者不妨明告，我豈積殖自封[29]者哉？豺狼之行，本合盡誅；但吾所不忍，姑釋去，再犯不宥！」諸盜叩謝而去。

居無何，鴻儒就擒，趙夫婦妻子俱被夷誅[30]；生齎金往贖長春之幼子以歸。兒時三歲，養為己出，使從姓丁，名之承祧。於是里中人漸知為白蓮教戚裔[31]。適蝗害稼，女以紙鳶數百翼放田中，蝗遠避，不入其隴[32]，以是得無恙。里人共嫉之，群首於官，以為鴻儒餘黨。官瞰其富，肉視[33]之，收丁。丁以重賂啗令，始得免。女曰：「貨殖之來也苟，固宜有散亡。然蛇蠍之鄉，不可久居。」因賤售其業而去之，止於益都[34]之西鄙。

女為人靈巧，善居積，經紀過於男子。嘗開琉璃廠㉟，每進工人而指點之，一切棊燈，其奇式幻采，諸肆莫能及，以故直昂得速售。居數年，財益稱雄。而女督課㊱婢僕嚴，食指㊲數百無冗口。暇輒與丁烹茗著棋，或觀書史為樂。錢穀出入，以及婢僕業，凡五日一課；女自持籌㊳，丁為之點籍唱名數㊴焉。勤者賞賚有差；惰者鞭撻罰膝立㊵。是日給假不夜作，夫妻設肴酒，呼婢輩度俚曲㊶為笑。女明察如神，人無敢欺。而賞輒浮於其勞，故事易辦。

村中二百餘家，凡貧者俱量給資本，鄉以此無遊惰㊷。值大旱，女令村人設壇於野，乘輿夜出，禹步㊸作法，甘霖傾注，五里內悉獲霑足。人益神之。女出未嘗障面，村人皆見之。或少年群居，私議其美；及覿面㊹逢之，俱肅肅無敢仰視者。每秋日，村中童子不能耕作者，授以錢，使采荼薊㊺，幾二十年，積滿樓屋。人竊非笑之。會山左㊻大饑，人相食；女乃出菜，雜粟贍㊼饑者，近村賴以全活，無逃亡焉。

異史氏曰：「二所為，殆天授，非人力也。然非一言之悟，駢死㊽已久。由是觀之，世抱非常之才，而誤入匪僻㊾以死者，當亦不少。焉知同學六人中，遂無其人乎？使人恨不遇丁生耳。」

【注　釋】❶滕邑　滕縣，今山東濟寧滕州。❷有善人之目　有善人的名聲。❸字　女子許嫁。❹紙兵豆馬之術　剪紙為兵，撒豆成馬。❺游滕泮　成了滕縣的秀才。❻麾下　旗下。麾，指揮作戰的旗幟。❼間　干預。❽漏　漏壺，古時計時器，這裡代表更次。❾區區之意　真誠的心願。❿攀龍　攀高結貴。⓫憮然為間　惆悵沉默了一段時間。⓬易髻而髻　把披散的頭髮綰成髮髻，表示已經出嫁。⓭鳶　鷂鷹。⓮鶼鶼　比翼鳥。⓯萊蕪　舊縣名，今山東萊蕪。⓰衛　驢子。⓱亡書　過去讀過而現在不在眼前的書籍。⓲角低昂　比試高低。⓳綠林　西漢末，王匡、王鳳嘯聚綠林山，號稱「綠林軍」。後遂以「綠林」代指反抗官府或劫掠財物的民間組織。⓴獵歸　劫掠財物而回。㉑觴政　酒令。㉒巨觥　大酒杯。㉓司隸　負責勞役、捕盜等事務的官吏。㉔太山帝君　泰山神，即東嶽大帝。㉕罪愆　罪惡。㉖編菅　火把。㉗戟指　伸出食指、中指如戟狀。㉘緩急　困難之事。㉙積殖自封　囤積財物做守財奴。㉚夷誅　誅殺。㉛戚畜　近畜。㉜隴　土埂。此指田畝。㉝肉視　看做一塊肥肉。㉞益都　舊縣名，今山東青州。㉟琉璃廠　燒製琉璃的工廠。㊱督課　督促檢查。㊲食指　比喻家中人口。㊳籌　古時計數工具。㊴點籍唱名數　點著記錄報出各人的數目。㊵罰膝立　罰跪。㊶俚曲　地方俗曲。㊷遊惰　遊蕩懶惰。㊸禹步　巫師作法時的步法。㊹覿面　當面。㊺荼薊　苦菜和薊菜。㊻山左　山東省。㊼贍　救濟；養活。㊽駢死　並列而死。㊾匪僻　邪僻；不正當。

【語　譯】滕縣的趙旺，夫妻倆都信佛，不吃葷腥，鄉鄰們稱他倆為「善人」。家庭小康。有個女兒叫小二，又聰明又漂亮，趙旺夫妻都寶貝她。六歲，讓她和哥哥長春一起跟塾師讀書，用五年的時間熟讀五經。同窗有個丁生，字紫陌，比小二大三歲，既有文采又性情風流，小二和他互相愛慕。丁生私下裡把心事告訴了母親，母親就向趙家求婚。趙旺想把女兒嫁給大戶人家，因此沒有答應。

不久，趙旺被白蓮教所迷惑；白蓮教首領徐鴻儒造反以後，趙旺一家都成了賊人。小二讀過書領悟力佳，凡剪紙為兵、撒豆成馬等法術，她一見就精。有六個小女孩拜徐鴻儒為師，只有小二學得最好，因此盡得徐鴻儒的全部法術。趙旺因為女兒的緣故，很受徐鴻儒的重用。

當時丁生十八歲，成了滕縣的秀才了，但是不肯談論婚事，心裡忘不了小二啊。他偷跑出去，投到徐鴻儒的隊伍裡。小二見了他非常高興，給他特別優厚的招待。小二因為是徐鴻儒的高足弟子，主持白蓮教的軍務；日夜出入奔忙，連父母也不得干預她。丁生每當夜裡去見小二，小二就讓所有手下退下，兩人一直談到三更。丁生私下裡告訴小二說：「我這次來，你知我的區區心意嗎？」小二說：「不知道。」丁生說：「我不是妄想攀高結貴，所以來這裡，實在為了你呀。白蓮教旁門左道成不了大事，只能自取滅亡。你是聰明人，難道沒想到這一層？如果能跟我逃走，就算沒辜負我一片苦心。」小二惆悵沉默好一會，突然如夢醒了一般，說：「就這樣背著父母走了，不義，請面示他倆一聲。」

丁生和小二對趙旺夫婦說明利害，趙旺沒有覺悟，說：「我師父是神人，難道會錯？」小二知道無法勸說，就把垂髮梳成髮髻。拿出兩個紙鷂鷹來，和丁生一人騎著一隻；鷂鷹肅肅地展開雙翅，就像一對比翼鳥，並翼而飛。天剛亮，就到了萊蕪縣境。小二用手指撚了一下鷂鷹的脖子，鴿鷹就立即收起翅膀落了下來。小二把紙鴿鷹收起來，換成兩頭紙驢子，一直騎到山的北邊，謊說是避難的，租房子住了下來。小二和丁生倉皇出逃，行裝很少，生活費用不足。丁生感到很憂愁。向鄰居借點糧食，沒人肯借給他一升半斗。小二面無愁容，只是把金簪子銀耳環送進當鋪。兩人關門靜靜地對望著，或者猜猜燈謎，或者想一想過去讀過的書，以此比勝負；誰輸了，就用兩個手指打誰的手腕。

西鄰姓翁，是個綠林豪傑。一天他掠取財物回來。小二說：「有這樣的闊鄰居，我們還愁什麼？暫且跟他借一千兩銀子，應該會借給我們吧！」丁生認為有困難。小二說：「我要讓他高高興興給我們。」於是就剪了一個紙判官，放在地上，蓋上一只雞籠。然後拉著丁生上床，拿出藏酒燙熱，翻著《周禮》行酒令：隨便說第幾冊第幾頁，第幾人，就一起翻閱。誰若得「食」旁、「水」旁、「酉」旁，誰就可以喝酒，誰要是得到「酒」部，就喝兩倍的酒。不久，小二翻書，正好翻到「酒人」，丁生把大杯子斟滿了催小二喝。小二就祝禱著說：「如果能夠借得錢來，你就會翻到『飲』部。」丁生翻書，得到「鱉人」，小二大笑說：「事情辦妥了！」就把酒壺一滴不剩地倒在酒杯裡，遞過去讓丁生喝。丁生不服。小二說：「你是水生動物，應該像鱉一樣喝。」兩人正在爭鬧著酒令，就聽見雞籠裡嘎嘎作響。小二起身說：「來了。」打開雞籠一檢查，布袋裡有滿滿地許多錢。丁生又驚又喜。

後來翁家的老婆子抱著小孩子來玩，偷偷地說：「我家主人剛回家，夜裡點燈坐著。地面忽然暴裂，深不見底。一個判官從裡邊出來，說：『我是地府裡的官員。太山帝君召集地府官員，要編寫一本惡人名錄，需要一千架銀燈，每架銀燈重十兩；如果施捨一百架銀燈，就可免除他的罪過。』主人非常害怕，燒香磕頭禱告，獻上了一千兩銀子。那判官才慢慢地進到地裡走了，地上的大縫也就閉上了。」夫妻二人聽了她的話，故意嘖嘖稱奇。從此以後，二人慢慢購牛買馬，蓄養婢僕，自己建造房舍府第。

鄉里有個無賴，見小二家富有，就糾集了一夥不法分子，翻牆進去搶劫丁生。丁生和小二才從夢中驚醒，發現燈籠火把，滿屋都是盜寇。兩個人抓住丁生；還有一個伸手來摸小二的胸膛。小二未著上衣起來，伸出兩根手指怒斥：「停，停！」十三個強盜都伸著舌頭呆立不動如同木偶似的。小二這才穿上衣褲下床，招呼家僕起來，一個一個反綁起來，逼著他們清清楚楚招供。然後訓斥他們說：「我們從遠方來這山溝裡隱居避難，本希望你們幫助我們；你們何以不仁義到這種地步！人都會有困難，有窘迫困難，不妨明說一聲，我難道留著錢當守財奴嗎？你們這種豺狼行為，本應該都殺了；可是我不忍心，姑且先放了你們，若再犯絕不饒恕！」寇賊們磕頭謝恩而去。

又過了不久，徐鴻儒被擒獲，趙旺夫妻和兒子媳婦全部被殺。丁生拿著錢去贖出趙長春的小兒子來。孩子那時才三歲。丁生當成自己的孩子撫養，讓他改姓丁，名叫承祧。於是村裡人漸漸知道了他們是白蓮教的親屬。這時正遇到蝗蟲禍害莊稼，小二把幾百個紙鷂鷹放在田中，蝗蟲遠遠避開，不敢到他家的田裡，因此丁家的莊稼安然無恙。村裡人都很嫉妒他家，就集體告到官府，說他們是徐鴻儒餘黨。官府看到丁家富有，也感覺是塊肥肉，就逮捕了丁生。丁生用重金收買縣令，才得以免禍。小二說：「我們的錢財來得不清白，本當有所損失。但是這裡的人比蛇蠍還毒，不可久住此地。」因此賤價出售了產業離開此地，遷到了益都縣的西部。

小二為人靈巧，善於積攢財富，經營謀劃賽過男子漢。曾經開一座琉璃廠，常常對招收來的工人進行指點，一切琉璃棋、琉璃燈，那奇特的形式和夢幻般的色彩，其他廠家都比不上，所以價格雖高但卻賣得快。過了幾年，就成了一位大財主。小二管理督促婢女僕人很嚴，家裡幾百個人沒有一個吃閒飯的。小二抽空就和丁生品茶下棋，或讀書觀史為樂。錢糧的出入和工人的勞動量，每五天檢查一次；小二拿著算盤算，丁生點著紀錄報出各人的數目。勤快者按等級獎勵，懶惰者鞭打或罰跪。這天就放假不上夜班，夫妻倆擺出酒席，叫丫鬟們唱俚曲逗笑。小二明察秋毫像神仙一般，沒有誰敢欺騙她。她對工人的獎賞也往往超過工人的應得，所以事情都很好辦。

村裡有二百多戶人家，凡是貧窮的小二都酌情給些資本讓他們謀生，鄉中因此沒有遊手好閒的懶惰人。適逢大旱，小二讓村裡人在野外擺設祭壇，她在夜裡坐著車子來到郊外，踏著仙人的步子作法，雨水傾注而下，五里內都獲得滋潤。人們更把她看作神人。小二外出也不遮臉，村裡人都看見過她。有些青年人聚在一起，私下議論她的美貌；等當面碰上，都恭恭敬敬不敢仰頭看她。每逢秋天，村裡那些不能勞動的孩子，小二都給他們錢，讓他們去採野菜，將近二十年，野菜積攢滿了樓屋。有些人都偷笑她。適逢山東大饑荒，人吃人；小二就拿出野菜來，攙上粟米救濟災民，附近幾個村子的人都得以活命，沒有逃荒要飯在外的。

異史氏說：「小二的所作所為，大概是老天給她的，不是人力所能做到的。但若不是丁生一語驚醒夢中人，她早就躺在死人堆裡了。由此看來，世上有非凡才能因誤入歧途而死的人，應該也不在少數。怎知當時跟徐鴻儒學法術的六個同學中，沒有像小二一樣有本事的人呢？只可惜她們沒有遇上丁生啊。」

【研　析】〈小二〉這篇小說涉及到兩個歷史事實：白蓮教民變和博山琉璃。

白蓮教，也叫「白蓮社」。是混合有佛教、明教、彌勒教等內容的祕密宗教組織。元明清三代，常為民變組織活動的工具。徐鴻儒，是明末早期的民變領袖。巨野（今山東巨野）人，萬曆末年利用白蓮教組織農民。天啟二年（西元一六二二年）五月，率眾起事。先後攻占鄆城、鄒縣、滕縣，掠運河漕船，襲曲阜，眾達數萬。十月，為山東總兵官楊肇基等所打敗，被俘遇害。

博山琉璃，〈小二〉中說：「因賤售其業而去之，止於益都之西鄙。」益都，縣名，明清時屬山東青州府。「益都之西鄙」正是博山，也就是現在的山東淄博博山區。博山的琉璃生產，據文獻記載，明代洪武年間已達到相當的規模，琉璃產品行銷各地，聞名四海。

〈小二〉敘寫了主人公小二的一生。

小二聰慧好學，十一歲就讀熟了五經，憑著自己的天分，在徐鴻儒門下學習「紙兵豆馬之術」，同學六人，她學得最精。因此，她能替徐鴻儒主持軍務。後來意識到「左道無濟，止取滅亡」，夫婦脫離白蓮教。在貧困之時，她能巧施法術，讓鄰居心甘情願供給她千金，她購車馬，蓄廝婢，營宅第。後來她和丈夫來到博山開設琉璃廠後，能剛柔並濟，將生產管理得井井有條，產業做得極大，「財益稱雄」，也廣做善事。

〈小二〉當是蒲松齡依據當地民間傳說敷衍成篇，內裡隱含著一種民眾的聯想：博山琉璃生產發達，製作工巧，可能與徐鴻儒白蓮教法術有關。蒲松齡寫小二開琉璃廠管理經營極佳，產品「奇式幻采，諸肆莫能及」，意在說明誤入「邪僻」中者也有好人、能人。

宮夢弼

柳芳華，保定❶人。財雄一鄉，慷慨好客，座上常百人。急人之急，千金不靳❷。賓友假貸常不還。惟一客宮夢弼，陝人，生平無所乞請。每至，輒經歲。詞旨清灑，柳與寢處時最多。柳子名和，時總角❸，叔之。宮亦喜與和戲。每和自塾歸，輒與發貼地磚，埋石子偽作埋金為笑。屋五架，掘藏幾遍。眾笑其行稚，而和獨悅愛之，尤較諸客昵❹。

後十餘年，家漸虛，不能供多客之求，於是客漸稀；然十數人徹宵談讌，猶是常也。年既暮，日益落，尚割畝得直，以備雞黍❺。和亦揮霍，學父結小友，柳不之禁。無何，柳病卒，至無以治凶具❻。宮乃自出囊金，為柳經紀❼。和益德之。事無大小，悉委宮叔。宮時自外入，必袖瓦礫，至室則拋擲暗陬❽，更不解其何意。和每對宮憂貧。宮曰：

「子不知作苦❾之難。無論無金；即授汝千金，可立盡也。男子患不自立，何患貧？」一日，辭欲歸。和泣囑速返，宮諾之，遂去。

和貧不自給，典質漸空。日望宮至，以為經理，而宮滅跡匿影，去如黃鶴❿矣。先是，柳生時，為和論親於無極⓫黃氏，素封也。後聞柳貧，陰有悔心。柳卒，訃告之，即亦不弔；猶以道遠曲原⓬之。和服除，母遣自詣岳所，定婚期，冀黃憐顧。比至，黃聞其衣履穿敝，斥門者不納。寄語云：「歸謀百金，可復來；不然，請自此絕。」和聞言痛哭。

對門劉媼，憐而進之食，贈錢三百⓭，慰令歸。母亦哀憤無策。因念舊客負欠者十常八九，俾擇富貴者求助焉。和曰：「昔之交我者為我財耳。使兒駟馬高車⓮，假千金，亦即匪難；如此景象，誰猶念曩恩、憶故好耶？且父予人金貲，曾無契保⓯，責負亦難憑也。」母故強之。和從教。凡二十餘日，不能致一文；惟優人⓰李四，舊受恩恤，聞其事，義贈一金。母子痛哭，自此絕望矣。

黃女已及笄，聞父絕和，竊不直之⑰。黃欲女別適。女泣曰：「柳郎非生而貧者也。使富倍他日，豈仇我者所能奪乎？今貧而棄之，不仁！」黃不悅，曲諭百端，女終不搖。翁媼並怒，旦夕唾罵之，女亦安焉。無何，夜遭寇劫，黃夫婦炮烙⑱幾死，家中席捲一空。荏苒三載，家益零替。

有西賈⑲聞女美，願以五十金致聘。黃利而許之，將強奪其志。女察知其謀，毀裝塗面，乘夜遁去，丐食於途。閱⑳兩月，始達保定，訪和居址，直造其家。母以為乞人婦，故咄之。女嗚咽自陳。母把手泣曰：「兒何形骸至此耶！」女又慘然而告以故。母子俱哭。便為盥沐㉑，顏色光澤，眉目煥映。母子俱喜。然家三口，日僅一啖。母泣曰：「吾母子固應爾；所憐者，負吾賢婦！」女笑慰之曰：「新婦㉒在乞人中，稔其況味，今日視之，覺有天堂地獄之別。」母為解頤㉓。

女一日入閒舍中，見斷草叢叢，無隙地；漸入內室，塵埃積中，暗陬有物堆積，蹴之迮足㉔，拾視皆朱提㉕。驚走告和。和同往驗視，則宮往日所拋瓦礫，盡為白金㉖。因念兒時常與瘞石室中，得毋皆金？而故第已典於東家。急贖歸。斷磚殘缺，所藏石子儼然露焉，頗覺失望；及發他磚，則燦燦皆白鏹也。頃刻間，數巨萬㉗矣。由是贖田產，市奴僕，門庭華好過昔日。因自奮曰：「若不自立，負我宮叔！」刻志下帷，三年中鄉選。乃躬齎㉘白金往酬劉媼。鮮衣射目；僕十餘輩，皆騎怒馬如龍。媼僅一屋，和便坐榻上。人嘩馬騰，充溢里巷。

黃翁自女失亡，西賈逼退聘財，業已耗去殆半，售居宅，始得償。以故困窘如和曩日。聞舊婿烜耀㉙，閉戶自傷而已。媼沽酒備饌㉚款和，因述女賢，且惜女遁。問和娶否。和曰：「娶矣。」食已，強媼往視新婦，載與俱歸。至家，女華妝出，群婢簇擁若仙。相見大駭，遂敘往舊，殷問父母起居。居數日，款洽㉛優厚，製好衣，上下一新，始送令返。媼詣黃許報女耗，兼致存問㉜。夫婦大驚。媼勸往投女，黃有難色。

既而凍餒難堪[33]，不得已如保定。既到門，見閈閎[34]峻麗，閽人怒目張，終日不得通。一婦人出，黃溫色卑詞，告以姓氏，求暗達女知。少間，婦出，導入耳舍[35]。曰：「娘子極欲一覿；然恐郎君知，尚候隙也。翁幾時來此？得毋飢否？」黃因訴所苦。婦人以酒一盛、饌二簋[36]，出置黃前。又贈五金，曰：「郎君宴房中，娘子恐不得來。明旦，宜早去，勿為郎聞。」黃諾之。

早起趣裝，則管鑰未啟，止於門中，坐襆囊[37]以待。忽嘩主人出。黃將斂避，和已睹之，怪問誰何，家人悉無以應。和怒曰：「是必奸宄[38]！可執赴有司[39]。」眾應聲出，短綆繃繫樹間。黃慚懼不知置詞。未幾，昨夕婦出，跪曰：「是某舅氏。以前夕來晚，故未告主人。」和命釋縛。婦送出門，曰：「忘囑門者，遂致參差[40]。娘子言：相思時，可使老夫人偽為賣花者，同劉媼來。」黃諾，歸述於嫗。

嫗念女若渴，以告劉媼，媼果與俱至和家。凡啟十餘關，始達女所。

女著帔頂髻㊶，珠翠綺紈㊷，散香氣撲人；嚶嚀一聲，大小婢媼，奔入滿側，移金椅牀㊸，置雙夾膝㊹。慧婢瀹茗，各以隱語道寒暄，相視淚熒。至晚，除室安二媼；裀褥溫耎，並昔年富時所未經。居三五日，女意殷渥㊺。媼輒引空處，泣白前非。女曰：「我子母有何過不忘；但郎忿不解，妨他聞也。」每和至，便走匿。

一日，方促膝坐，和遽入，見之，怒詬曰：「何物村嫗㊻，敢引身與娘子接坐！宜撮鬢毛令盡！」劉媼急進曰：「此老身瓜葛㊼，王嫂賣花者，幸勿罪責。」和乃上手謝過。即坐曰：「姥來數日，我大忙，未得展敘。黃家老畜產㊽尚在否？」笑云：「都佳。但是貧不可過。官人大富貴，何不一念翁婿情也？」和擊桌曰：「曩年非姥憐賜一甌㊾粥，更何得旋鄉土！今欲得而寢處之，何念焉！」言至忿際，輒頓足起罵。女恚曰：「彼即不仁，是我父母。我迢迢遠來，手皴瘃㊿，足趾皆穿，亦自謂無負郎君；何乃對子罵父，使人難堪？」和始斂怒，起身去。

黃嫗愧喪無色，辭欲歸。女以二十金私付之。既歸，曠絕音問，女深以為念。和乃遣人招之。夫妻至，慚怍無以自容。和謝曰：「舊歲辱臨[51]，又不明告，遂使開罪良多。」黃但唯唯。和為更易衣履。留月餘，黃心終不自安，數告歸。和遺白金百兩曰：「西賈五十金，我今倍之。」黃汗顏受之。和以輿馬送還，暮歲稱小豐[52]焉。

異史氏曰：「雍門泣後，朱履杳然[53]，令人憤氣杜門，不欲復交一客。然良朋葬骨，化石成金，不可謂非慷慨好客之報也。閨中人坐享高奉，儼然如嬪嬙[54]，非貞異如黃卿，孰克當此而無愧者乎？造物之不妄降福澤也如是。」

鄉有富者，居積取盈，搜算入骨。窖鏹[55]數百，惟恐人知，故衣敗絮、啗糠秕以示貧。親友偶來，亦曾無作雞黍之事。或言其家不貧，便瞋目作怒，其仇如不共戴天。暮年，日餐榆屑[56]一升，臂上皮摺垂一寸長，而所窖終不肯發。後漸尫羸[57]。瀕死，兩子環問之，猶未遽告；迨覺果危急，欲告子，子至，已舌蹇58不能聲，惟爬抓心頭，呵呵而已。死後，子孫不能具棺木，遂稿葬59焉。嗚呼！若窖金而以為富，則大帑60數千萬，何不可指為我有哉？愚已！

【注釋】❶保定 府名，今河北保定。❷靳 吝嗇。❸總角 孩童時代。❹昵 親熱。❺雞黍 指招待客人的飯菜酒肴。❻凶具 喪葬用品。❼經紀 經營管理。❽暗陬 暗角。陬，角落。❾作苦 勞作辛苦。❿去如黃鶴 一去不返。唐崔顥〈黃鶴樓〉：「黃鶴一去不復返。」⓫無極 縣名，今河北石家莊無極。⓬曲原 曲意諒解。⓭錢三百 三百文銅錢。⓮駟馬高車 套著四匹馬的高蓋車，形容有權勢的人出行時的闊綽場面。⓯契保 契約和保人。⓰優人 以樂舞、戲謔為業的藝人。⓱竊不直之 內心認為父親不對。直，合理。⓲炮烙 燒灼。⓳西賈 西路的商人。⓴閱 經過。㉑盥沐 洗臉。㉒新婦 兒媳婦。㉓解頤 露出笑容。㉔蹴之迕足 踢它碰腳。㉕朱提 白銀。㉖白金 銀子。㉗巨萬 萬萬。㉘躬齎 親自攜帶。㉙烜耀 聲勢盛大。㉚饌 吃喝；飲食。㉛款洽 接待融洽。㉜存問 慰問；問候。㉝凍餒難堪 又冷又餓難以忍受。餒，飢餓。㉞閈閎 大門樓子，即臨街之院門。㉟耳舍 耳房。㊱酒一盛饌二簋 一壺酒，兩碟飯菜。㊲襆囊 包裹。㊳奸宄 作亂的壞人。㊴有司 古代設官分職，各有專司，故稱有司。此指司法部門。㊵參差 差錯；閃失。㊶著帔頂髻 身著彩帔，頭戴高髻。㊷珠翠綺紈 珠寶綢緞。㊸金椅床 金漆的躺椅。㊹夾膝 竹夫人。㊺殷渥 真誠；懇切。㊻村嫗 鄉村老太婆。㊼瓜葛 遠親。㊽老畜產 老畜生。㊾甌 小盆子。㊿皴瘃 皸裂、凍瘡。51辱臨 承蒙光臨。52小豐 小康。53雍門泣後二句 富貴之家破敗之後，昔日的受恩者都遠去不歸。雍門泣，戰國時齊人雍門周曾鼓琴使孟嘗君哭泣。朱履，華貴的鞋子，指高貴的賓客。54嬪嬙 宮中的女官。55鎰 銀錠。56榆

屑　榆樹皮碾成的粉末。57尪羸　病瘦。58舌蹇　舌頭僵硬。59稿葬　用草席裹著埋葬。60大帑　國庫。

【語　譯】柳芳華，保定人。是鄉裡的首富，慷慨好客，家裡經常有上百位客人。碰到別人有急難需要幫助，他金援千兩也在所不惜。賓客朋友們借了錢往往不還。只有宮夢弼這個客人，是陝西人，平生不曾向他開過口。宮夢弼每次來，一住就是一年。言談清雅瀟灑，柳芳華和他一起住一起吃的時間最長。柳芳華的兒子叫柳和，當時還是孩子，喊宮夢弼叔叔。宮夢弼也喜歡和柳和玩耍。每當柳和從學校讀書回來，宮夢弼就和他把房間裡鋪地的磚揭起來，埋石子假裝埋金子開玩笑。柳家的五間屋裡，幾乎都發掘埋藏遍了。大家笑宮夢弼行為幼稚，可是柳和偏偏喜歡和他玩，比對其他客人親熱。

過了十幾年，柳家逐漸衰落，養不起那麼多客人，因此客人就漸漸少了；但是十幾個人徹夜談笑喝酒，仍然是稀鬆平常的事。柳芳華到了晚年，家計更加衰落，但還能賣地換錢，應付招待客人的酒飯。柳和也出手闊綽，學父親結識了很多年輕朋友，柳芳華也不阻止他。不久，柳芳華病故了，家裡竟到了買不起棺木的地步。宮夢弼就自己掏出錢來，替柳芳華辦理了喪事。柳和更加感激宮夢弼了。家中的大小事，都委託給宮叔。宮夢弼每次從外邊回來，袖筒裡總是裝著瓦礫，到屋裡就拋擲到暗處角落裡。柳和更不明白他的用意。柳和常常對宮夢弼歎貧。宮夢弼說：「你不知道做工勞苦的難處。不要說沒有錢，就是給你一千兩銀子，也可以立刻花光。男子漢怕的是不能自立，何必害怕貧窮？」一天，宮夢弼告辭說要回家了。柳和哭著囑咐他早點回來。宮夢弼答應了他，就走了。

柳和窮得無法維生，家裡的財物逐漸典當光了。他天天盼望宮夢弼回來，為他經營料理家務，可是宮夢弼蹤影全無，像黃鶴一樣一去不復返了。以前，柳芳華活著時，為柳和和無極縣黃家訂了親。黃家是一個土財主，後來聽說柳家窮了，就暗生悔親之念。柳芳華死了，向黃家報喪，黃家也不來弔唁；柳和還以道路太遠曲意原諒了黃家。柳和守孝期滿，母親讓他到岳父家去，商定婚期，希望得到黃家的可憐眷顧。等到柳和到了黃家，黃氏聽說柳和破衣爛鞋，命令守門人不讓他進門。並傳話給他：「回去想法子準備一百兩銀子，可以再來；否則，請永遠不要來了。」柳和聽了，痛哭流涕。

黃家對門的劉老太太可憐柳和，讓他吃了飯，給他三百文銅錢，安慰他回家。柳和的母親也只是哀傷憤怒沒有辦法。她想起過去的那些客人，十個倒有八九個欠她家的錢，想找幾個富貴的請求幫助。柳和說：「過去和我們結交的，是為了我們的錢財罷了。如果我高車大馬，借千兩銀子，也不是難事。現在這個樣子，誰還想著過去對他的恩情、念著過去對他的好處呢？再說父親給人家金銀，從來就連個借據都沒有，我們憑什麼去討債呢。」母親逼著他去討債，柳和就去討債。要了二十多天，一文錢也沒有要回來；只有一位演戲的李四，從前受柳家的救濟幫助，聽到柳家的情況，仗義地送給了他一兩銀子。母子痛哭，從此就絕了望了。

黃家女兒已經成年，聽說父親拒絕了柳和，內心認為父親不對。黃氏想讓女兒另嫁。黃女哭著說：「柳郎並不是生下來就貧窮的人。假使他比以前更加富有，就是仇家想奪走他，你會願意嗎？今天因為他貧窮就拋棄他，不仁啊！」黃氏不高興，講道理打比方是百般勸諭。女兒終究不為所動。黃家二老都生了氣，一天到晚咒罵她，黃女也都默默忍受。不久，黃家夜裡遭強盜搶劫，黃氏夫婦差點被炮烙而死，家中財物被席捲一空。不覺又過了三年，家道更加衰敗了。

有個西邊的商人，聽說黃家女兒很漂亮，願意花五十兩銀子做聘禮。黃氏貪財，就答應了他，準備強迫女兒嫁給他。女兒知道了父親的計劃，就蓬頭垢面，趁夜間逃走了。黃女沿路乞討，經過兩個月，才到了保定，打聽到柳和的住址，直接到了柳家。柳母以為她是女乞丐，就喝斥她走。黃女痛哭著說明了身分，柳母拉著她的手哭著說：「孩子你怎麼弄成了這個模樣！」黃女又傷心地告訴她原因。柳和母子都哭了。於是讓黃女洗臉，頓時容光煥發，眉目閃耀起來。母子二人都高興了。但是一家三口，一天只吃一頓飯。柳母哭著說：「我母子倆受苦是應該的，可憐你呀，對不起賢慧的媳婦呀！」黃女笑著安慰婆婆說：「媳婦我在乞丐堆裡，已經熟悉了吃苦的滋味，和今天相比，過去是地獄，現在就是天堂了。」柳母不覺笑了。

一天，黃女到空房子裡去，看到院中荒草叢生，沒有空隙；一步一步走到內室，積滿塵土，黑暗的角落裡有東西堆積著，踢它還會碰腳，撿起一看都是白花花的銀子。她驚慌地跑去告訴柳和。兩人一同前去察看，原來是宮夢弼以前扔的那些瓦礫，都變成了白銀。柳和又想起小時常和宮夢弼在屋裡埋石頭，該不會都是銀子吧？可是老房子已經典當給東鄰了。柳和趕緊贖回來。地上磚頭斷裂殘缺，埋的那些石子都露了出來，非常失望；等掀開其他的磚頭，卻白花花都是銀錠。越挖越多，頃刻之間，就挖出了上萬兩銀子。於是，柳家贖回了田產，買來了奴僕，門庭豪華光彩超過了當年。柳和因此自我鼓勵說：「如果不能自立，就對不起我宮叔！」立志讀書，三年就考中了舉人。柳和就親自帶著白銀，去酬謝那位劉老太太。衣帽光鮮，光彩照人；奴僕十幾個，都騎著遊龍一般的高頭大馬。劉老太太只有一間小屋，柳和就坐在床上。人吆喝馬嘶鳴，聲音充滿了整條街。

黃老頭自從女兒失蹤，西邊的商人逼著他退聘禮，他已經花了差不多一半，把房子賣了，才得以償還。因此窮得和柳和當年一樣。聽說從前的女婿富貴顯赫起來，也只能關上門自我感傷罷了。劉老太太買酒做菜招待柳和，順便說到黃家女兒的賢德，可惜不知逃往何處。老太太問柳和：「娶親了嗎？」柳和說：「娶了。」吃完飯，柳和硬要老太太去看看新娘子，載著老太太一起回去。到家，黃女一身華麗妝扮出來，丫鬟們前呼後擁，天仙似的。老太太和黃女相見，都大吃一驚，然後就說起往事來，黃女殷勤地問起父母的飲食起居。老太太在柳家住了幾天，所受的待遇非常優厚，柳和替她做了好衣服，上下一新，才送她回去。

劉老太太到了黃家，報說了黃女的消息，並代問黃氏夫婦好。黃氏夫婦大驚。劉老太太勸他們去投奔女兒，黃老頭面有難色。後來黃老頭挨餓受凍難以忍受，不得已就來到了保定。到了女兒家門口，只見院門高大壯麗，門房瞪著大眼睛，一整天也不替他通報。有個婦人出來，黃老頭低聲下氣，說了自己的名字，求她暗地裡告訴女兒。不久，婦人出來，引導黃老頭到耳房裡，說：「我家娘子很想見您，但怕相公知道了，請等待時機。老先生什麼時候來的？大概餓了吧？」黃老頭就把自己的窘境說了。婦人拿來一壺酒兩碟菜，放到黃老頭面前。又贈送五兩銀子，說：「相公在屋裡喝酒，娘子恐怕出不來。明天早晨，要早點走，別讓相公知道。」黃老頭答應她。

第二天天剛亮，黃老頭就要走，大門還沒開鎖，他就在門洞裡，坐在包袱上等著。忽然喧譁著說主人出來了。黃老頭剛要躲避，柳和已經看見他，詰問他是誰，家僕沒有一個人知道。柳和大怒說：「一定是不法歹徒！綁起來送到衙門裡！」眾人答應，拿出一根短繩子，把黃老頭綁在樹上。黃老頭又慚愧又害怕不知說什麼才好。不久，昨晚那位婦人出來，跪求說：「這是我舅舅。因昨晚來晚了，所以沒有稟告主人。」柳和讓人解開繩子。婦人送黃老頭出門，說：「忘了吩咐門房，才出了這些差錯。娘子說：想她時，可讓老夫人裝成賣花的，和劉老太太一起來。」黃老頭答應著，回家告訴老伴。

黃老婦非常想念女兒，就去求告劉老太太，劉老太太果然同她一起來到柳家。過了十幾道門，才到了女兒的房間。女兒頭綰髻身著帔，珠光寶氣，香氣撲人；隨便哼嚶一聲，丫鬟婆子們，就站滿一屋。搬來金漆椅子，兩邊放上一對竹夫人。伶俐的丫鬟泡上茶，母女用暗語互致問候，對望著淚光瑩瑩。到了晚上，收拾了房子安置兩位老太太，被褥十分溫暖柔滑，就是黃家當年富裕時也不曾用過。住了三五天，女兒待她情深義厚。黃老婦常把女兒領到沒人的地方，哭訴以前的不是。女兒說：「我們母女倆有什麼過節不忘記的？只是我家郎君一直耿耿於懷，怕他知道啊。」每當柳和到來時，黃老婦就走避了。

一天，黃老婦正和女兒促膝相談，柳和突然進來，一看見黃老婦，就氣呼呼地罵道：「哪裡的鄉下婆子，敢大膽和娘子並坐！應該把你的頭髮給拔光了！」劉老太太急忙上前說：「她是我的親戚，賣花的王嫂。請不要怪罪。」柳和才舉手謝過。坐下後柳和說：「老人家來幾天了，我太忙，沒有時間和您說說話。黃家那老畜生還活著嗎？」劉老太太笑著說：「都好。只是窮得過不下去了。官人你大富大貴，怎麼不念翁婿情分呢？」柳和拍著桌子說：「當年要不是老人家您可憐我，賞我一碗粥喝，我怎麼能回到家鄉！我恨不得扒了他倆的皮，還談什麼情分！」說到憤怒之時，就跺著腳起來大罵。黃女生氣地說：「就算他們不仁，也是我的父母。我千里迢迢遠道而來，手皸裂生凍瘡，腳趾頭露在鞋外頭，自以為也沒什麼對不起你的地方。怎麼竟然對著人家的子女罵人家的父親，叫人難堪呢？」柳和這才收起怒容，起身走了。

黃老婦羞愧得變了臉色，告辭要走。黃女偷偷給她二十兩銀子。黃老婦這一走，就長期斷絕了音信，黃女非常掛念。柳和就派人將黃氏夫婦接來。黃氏夫婦來了，慚愧得無地自容。柳和道歉說：「去年蒙您光臨，又沒有說明，以至於多有得罪。」黃老頭只是漫口應著。柳和給黃氏夫婦換了衣服鞋襪。住了一個多月，黃老頭始終於心不安，屢次告辭要走。柳和送給他白銀一百兩，說：「西面的商人給你五十兩，我今天加倍給你。」黃老頭羞愧地接過來。柳和用車馬將黃氏夫婦送回家，到老倆口的晚年，過得也算小康了。

異史氏說：「富貴之家，衰敗以後，昔日沾光的人，往往背恩遠去。這種情況，真讓人想生氣地關緊大門，從此不再結交一個客人。但是好友出錢埋屍骨，點化石頭成金錢，不能不說這是慷慨好客得到的報答。閨中主婦，坐享富貴，儼然皇宮的女官員，若不是堅貞卓異如黃氏女，誰能當得起這樣的福分而毫無愧色？老天不會隨便亂降福澤，這就是個很好的例子。」

我的家鄉有位富翁，他囤積貨物賺錢，摳摳索索算計到骨頭裡。地下埋藏著幾百錠元寶，唯恐別人知道，故意穿破衣吃糟糠以顯示貧窮。親友偶爾來了，也從來沒有過殺雞做飯的事。有人說他不窮，他就瞪大眼睛，怒氣沖沖，像是和你有不共戴天的仇恨。到了晚年，每天只吃一升榆樹皮麵，瘦得胳膊上的皮能垂下一寸多長，但始終不把窖藏的銀子挖出來。後來他日漸瘦弱。臨死，兩個兒子圍著他問，他還不立即告訴他們；等到覺得實在不行了，想告訴兒子，兒子過來，他已經蜷不起舌頭來說話了，只能抓胸口，啊啊亂叫罷了。他死後，子孫們沒錢買棺木，就用草席捲著把他埋了。唉呀！如果埋起金子來就算富，那國庫裡的數千萬兩金銀，怎不說是我的呢？太愚蠢了啊！

【研　析】〈宮夢弼〉的故事情節是：一家一鄉的首富，父親柳芳華和兒子柳和都「慷慨好客」，「急人之急」，揮霍無度，家境敗落，賓客散去。有位宮夢弼，在柳芳華還在世的時候，柳和就與他關係很好，以叔呼之。二人經常一起做埋金子的遊戲，揀些磚頭瓦塊，扔到屋子的角落裡。後來，柳家家境敗落，柳和對宮夢弼憂貧，宮夢弼就說：「子不知作苦之難。無論無金；即授汝千金，可立盡也。男子患不自立，何患貧？」為了讓柳和自立，他竟然黃鶴一去不復返了。

柳和從一鄉的首富墜入了困頓。他未婚妻的父親就有悔婚之念，並讓柳和「歸謀百金，可復來；不然，請自此絕」。偏偏黃家女兒是個情癡好姑娘，她在家遭寇劫，被父親以五十兩銀子賣給西域商人後，逃出家門，討飯來到柳家。她發現了過去柳和與宮夢弼埋的石子及宮夢弼扔在屋角的磚頭瓦塊，都是銀子。於是，門庭之華好，超過了父親在世的時候。銀子再多，也有花盡的時候，過去的柳家就是例子。柳和深明此理，所以他想起了宮夢弼的話，發憤說：「若不自立，負我宮叔！」於是苦讀三年，考中了舉人。下面還有岳家認錯認親，遭到拒絕，而終於和好的一段情節。

這篇小說的命意，顯然是啟示讀者：富不可恃，男兒當自立。然而，柳和家道復興，還是靠異人宮夢弼的點金術造成的；柳和的「自立」只是在恢復後「刻志」讀書，中了一名舉人。可以想像得出，橫在作者心頭的還是鄉試中舉。

劉海石

劉海石，蒲台❶人，避亂於濱州❷。時十四歲，與濱州生劉滄客同函丈，因相善，訂為昆季❸。無何，海石失怙恃❹，奉喪而歸，音問遂闕。

滄客家頗裕。年四十，生二子：長子吉，十七歲，為邑名士；次子亦慧。滄客又內邑中倪氏女，大嬖❺之。後半年，長子患腦痛卒，夫妻大慘。無幾何❻，妻病又卒；逾數月，長媳又死；而婢僕之喪亡，且相繼也：滄客哀悼，殆不能堪❼。

一日，方坐愁悶，忽閽人❽通海石至。滄客喜，急出門迎以入。方欲展寒溫❾，海石忽驚曰：「兄有滅門之禍，不知耶？」滄客愕然，莫解所以。海石曰：「久失聞問，竊疑近況未必佳也。」滄客泫然，因以狀對。海石欷歔。既而笑曰：「災殃未艾[10]，余初為兄弔也。然幸而遇僕，請為兄賀。」滄客曰：「久不晤，豈近精『越人術[11]』耶？」海石曰：「是非所長。陽宅風鑒[12]，頗能習之。」滄客喜，便求相宅。

海石入宅，內外遍觀之。已而請睹諸眷口[13]；滄客從其教，使子媳婢妾，俱見於堂。滄客一一指示。至倪，海石仰天而視，大笑不已。眾方驚疑，但見倪女戰慄無色；身暴縮短，僅二尺餘。海石以界方[14]擊其首，作石缶[15]聲。海石揪其髮，檢腦後，見白髮數莖，欲拔之。女縮項跪啼，言即去，但求勿拔。海石怒曰：「汝凶心尚未死耶？」就項後拔去之。女隨手而變，黑色如狸[16]。

眾大駭。海石掇納袖中，顧子婦曰：「媳受毒已深，背上當有異，請驗之。」婦羞，不肯袒示。劉子固強之，見背上白毛，長四指許。海石以針挑出，曰：「此毛已老，七日即不可救。」又視劉子，亦有毛，裁[17]二指。曰：「似此可月餘死耳。」滄客以及婢僕，並刺之。曰：「僕適不來，一門無噍類[18]矣。」問：「此何物？」曰：「亦狐屬。吸人神氣以為靈，最利人死。」滄客曰：「久不見君，何能神異如此！無乃仙乎？」笑曰：「特從師習小技耳，何遽云仙。」問其師，答云：「山石道人。適此物，我不能死之，將歸獻俘[19]於師。」

言已，告別。覺袖中空空，駭曰：「亡之矣！尾末有大毛未去，今已遁[20]去。」眾俱駭然。海石曰：「領毛已盡，不能化人，止能化獸，遁當不遠。」於是入室而相其貓，出門而嗾其犬，皆曰無之。啟圈[21]笑曰：「在此矣。」滄客視之，多一豕[22]。聞海石笑，遂伏，不敢少動。提耳捉出，視尾上白毛一莖，硬如針。方將檢拔，而豕轉側哀鳴，不聽[23]拔。海石曰：「汝造孽既多，拔一毛猶不肯耶？」執而拔之，隨手復化為狸。納袖欲出。滄客苦留，乃為一飯。問後會，曰：「此難預定。我師立願弘[24]，常使我等遨世上，拔救眾生，未必無再見時。」及別後，細思其名，始悟曰：「海石殆仙矣。『山石』合一『岩』字，蓋呂仙諱[25]也。」

【注　釋】❶蒲台　縣名，今山東濱州博興。❷濱州　州名，今山東濱州。❸昆季　兄弟。❹怙恃　父母。❺嬖　寵愛。❻無幾何　沒多久。❼殆不能堪　幾乎不能忍受。❽閽人　看門人。❾展寒溫　噓寒問暖；寒暄。❿未艾　沒有停止。⓫越人術　高超的醫術。越人，即扁鵲，秦越人，為古代名醫。⓬陽宅風鑒　給住宅看風水，給人相面。⓭眷口　眷屬。⓮界方　畫線和鎮紙用的尺，多用鐵、石製成。⓯石缶　石製的盆或罈之類容器。⓰狸　似狐而略小的野獸，俗稱野狸。⓱裁　才。⓲噍類　活口。噍，咀嚼。⓳獻俘　將俘獲的野狸獻給老師。⓴遁　逃跑。㉑圈　豬圈。㉒豕　豬。㉓聽　任憑。㉔願弘　大願。㉕呂仙諱　呂仙的名字。呂仙，名岩，字洞賓，唐末道士。諱，舊時稱帝王或尊長的名。

【語　譯】劉海石，蒲台人，在濱州避亂。當時他十四歲，和濱州書生劉滄客一起師事同一個老師，因為兩人關係友善，就結拜成兄弟。沒多久，劉海石父母雙亡，扶持靈柩回故鄉，從此就斷了音信。

劉滄客家裡很富裕。四十歲，生了兩個兒子：長子劉吉，十七歲，是縣裡的名士；次子也很聰慧。劉滄客又娶了本縣倪家的女兒作妾，非常寵愛她。半年後，長子患腦痛病死了，夫妻感到非常傷痛。沒多久，妻子又病故了；過了幾個月，大兒媳又死了；而且家中丫鬟僕人的死亡，也一個跟著一個；劉滄客不斷地哀悼，幾乎不能忍受了。

一天，正坐在那裡發愁，忽然守門人稟告劉海石來了。滄客高興，急忙出門迎接他進來。正要問候寒暄，海石忽然吃驚地說：「兄有滅門之禍，你不知道嗎？」劉滄客怔住了，不明白怎麼回事。海石說：「很久不通音信，私下揣度你的近況未必會好。」滄客流下淚來，就將情況告訴了他。劉海石歎息不已。接著笑起來說：「災難還沒完，我起初為你悲傷。但幸虧遇到我，請為你慶賀。」滄客說：「久不見面，難道你近來精通了『越人術』嗎？」海石說：「這不是我的特長。給房宅看看風水、給人相相面，我倒是比較在行。」滄客很高興，便求他看房子的風水。

劉海石進到宅子裡，裡裡外外全看了一遍。然後請求看看各位家眷；劉滄客聽他的吩咐，讓兒媳婦、丫鬟、小妾，都到堂上來。滄客一一指給劉海石看。到了倪女，海石仰天而看，大笑不止。眾人正在驚奇疑惑，只見倪女渾身亂抖面無人色，身體突然收縮，僅二尺多長。海石用界尺敲打她的頭頂，發出敲打石罈的聲音。海石揪住她的頭髮，檢查她的腦後，看到有幾根白毛，就想給她拔去。倪女縮著脖子跪在地上哭泣，說馬上就走，只求不要拔了白毛。海石怒斥她說：「你害人之心還沒有死嗎？」就從她的脖子後頭拔去了白毛。倪女隨即發生變化，像一隻黑色的野狸。

眾人大驚。劉海石把野狸放進袖子裡，看著劉滄客的兒媳說：「你兒媳受毒已經很深了，她的背上肯定有異常，請檢查一下。」媳婦害羞，不肯脫衣讓他看。劉滄客的兒子執意強迫她脫下來，見她背上長著白毛，有四指多長。海石用針給她挑出來，說：「這毛已經老了，再過七天就沒救了。」海石又看了看滄客的兒子，他背上也有毛，才二指長。海石說：「像這些毛再一個多月，你就會死。」他又給劉滄客及丫鬟、僕人，一一挑去白毛。海石對眾人說：「若不是我碰巧來到，就一門無活口了。」有人問：「這是什麼東西？」海石回答：「也是狐狸一類。吸食人的元氣來養成牠的靈性，最容易把人弄死。」滄客說：「好久不見你，你怎能這樣神異！莫非是神仙嗎？」海石笑著說：「只不過是跟師傅學的一點小技能，哪能忽然就成了神仙。」滄客問他師傅是誰，海石回答說：「山石道人。剛才這個東西，我還無法讓牠死，我要回去獻給師傅。」

說完，就要告別。突然感到袖子裡空空的，驚駭地說：「牠跑了！牠尾巴末梢上還有大毛沒拔去，現在已經逃跑了。」眾人都很害怕。海石說：「牠脖子上的毛已拔光了，不能再變成人，只能變成獸類，應該不會跑遠。」於是到屋裡看看貓，又出門喚喚狗，都說沒有。海石打開豬圈笑著說：「在這裡了。」滄客一看，多了一頭豬。那豬聽到海石的笑聲，就趴下，一動也不敢動。海石提著耳朵抓牠出來，見尾巴上有白毛一根，硬得像針一般。才要拉著拔掉，那豬就翻轉哀鳴起來，不讓海石拔它。海石說：「你作孽那麼多，拔一根毛還不肯嗎？」抓住牠就拔了下來，牠隨即又變成了野狸。劉海石把牠放到袖子裡就要走。劉滄客苦苦挽留，這才吃了頓飯。問他後會之期，劉海石說：「這很難預定。我師傅立下宏圖大志，常派我們遨遊世上，拔救眾生，未必沒有再見的時候。」等分別後，劉滄客細想劉海石師傅的名字，才恍然大悟說：「海石大概是仙人了。『山石』合起來是『岩』字，這正是仙人呂洞賓的名字啊。」

【研析】〈劉海石〉敘述劉滄客聚妾倪化，寵愛異常，家裡隨之妻子、長子、子媳、婢女、僕人相繼死亡。他闊別多年的少年同學劉海石到來，認出倪氏是專「吸人精氣」的野狸精，以界方擊其首，現出原形，裝入袍袖中。

小說敘述劉滄客納妾，多人相繼莫名而死，只是簡單數語交代；著重展示的是劉海石捉妖怪，劉海石胸有成算的聲態、施為，狸精的畏懼、狡猾，終被捉走，都寫得具體生動。最後，交代出劉海石原是大仙呂洞賓的弟子，也不潦草。然而，這也未脫志怪事的窠臼。

夢別

王春李先生❶之祖，與先叔祖玉田公❷交最善。一夜，夢公至其家，黯然相語。問：「何來？」曰：「僕將長往，故與君別耳。」問：「何之？」曰：「遠矣。」遂出。送至谷中，見石壁有裂罅❸，便拱手作別，以背向罅，逡巡倒行而入，呼之不應，因而驚寤。

及明，以告太公敬一❹，且使備弔具❺。曰：「玉田公捐舍❻矣！」太公請先探之，信，而後弔之。不聽，竟以素服❼往。至門，則提幡❽挂矣。

嗚呼！古人於友，其死生相信如此；喪輿待巨卿而行❾，豈妄哉！

【注釋】❶王春李先生　李王春，山東淄川人，蒲松齡好友李希梅的父親。❷玉田公　蒲生汶，蒲松齡叔祖，曾官直隸玉田縣知縣。❸裂罅　裂縫。❹太公敬一　李思豫，字敬一，李王春的父親。❺弔具　弔唁用品。❻捐舍　拋棄宅舍，死去的委婉說法。❼素服　喪服；白衣服。❽提幡　懸掛在喪者門前的紙旛。❾喪輿待巨卿而行《後漢書・范式傳》記載，范式，字巨卿，與張劭友善。張劭死，范式夢中見其來告喪期並囑其臨葬。范式未到，張劭靈柩不能前行，范式素車白馬趕到，執紼弔唁，靈柩始行，如期安葬。

【語譯】李王春先生的祖父，與我已故的叔祖玉田公交情最好。一天夜裡，李的祖父夢見玉田公到了他家裡，神色黯然地和他說話。李問：「你怎麼來了？」回答說：「我要出遠門，所以來向你告別。」又問：「到哪裡去？」回答說：「很遠啊。」說完就出去了。李把玉田公送到山谷中，看到石壁上有條裂縫，玉田公拱手告別，背對石縫，慢慢倒退著進去；喊他也不答應，李因而驚醒過來。

等到天亮，將夢中的事告訴了太公李敬一，並讓家人準備弔喪物品，說：「玉田公去世了！」太公讓他先派人去打聽一下，若是真的，然後去弔唁。他不聽，竟換上白衣服去了。到了玉田公門前，招魂幡已經掛出來了。

唉！古人朋友之間，生者和死者相信到如此程度；漢代張劭的靈車要等好友范巨卿來到才肯前行，難道是虛假的嗎！

【研析】《後漢書・范式傳》記載，范式，字巨卿，與汝南張劭友善。張劭死，范式夢見他來告知喪期，並希望他臨葬。范式就素車白馬，按期往弔。范式沒到時，張劭的靈柩不能前行；范式到後，叩棺弔唁，執紼而行，靈柩才前行成葬。這個故事很感人，從中可以看出古人的深厚友誼與心靈冥契。

〈夢別〉這篇小故事，寫的是蒲松齡的先叔祖和李王春的祖父夢中告別、醒後往弔的事情。

李王春的祖父夢中見到蒲松齡的叔祖到他家告別，歸途中身體倒入石罅。李王春的祖父知道蒲松齡的叔祖死了，天亮就去弔唁，他父親還不讓他去，擔心莽撞唐突，而他竟穿著白衣服前去，果然蒲公死了。整篇故事寥寥幾句，就把李、蒲之間生死相契的深厚感情描露無遺。文筆簡約，可見一斑。

阿霞

文登❶景星者，少有重名。與陳生比鄰而居，齋隔一短垣。一日，陳暮過荒落之墟，聞女子啼松柏間；近臨，則樹橫枝有懸帶，若將自經。陳詰之，揮涕而對曰：「母遠去，託妾於外兄。不圖狼子野心，畜我不卒❷。伶仃如此，不如死！」言已，復泣。陳解帶，勸令適人。女慮無可託者。陳請暫寄其家，女從之。既歸，挑燈❸審視，丰韻殊絕。大悅，欲亂❹之。女厲聲抗拒，紛紜之聲，達於間壁。景生逾垣來窺，陳乃釋女。女見景，凝眸停諦，久乃奔去。二人共逐之，不知去向。

景歸，闔戶欲寢，則女子盈盈自房中出。驚問之。答曰：「彼德薄福淺，不可終託。」景大喜。詰其姓氏，曰：「妾祖居於齊❺。為齊姓，小字阿霞。」入以游詞❻，笑不甚拒，遂與寢處。齋中多友人來往，女恒隱閉深房。過數日，曰：「妾姑去。此處煩雜，困人甚。繼今，請以夜卜。」問：「家何所？」曰：「正不遠耳。」遂早去，夜果復來，歡愛綦篤。又數日，謂景曰：「我兩人情好雖佳，終屬苟合❼。家君宦遊西疆❽，明日將從母去，容即乘間稟命，而相從以終焉。」問：「幾日別？」約以旬終。

既去，景思齋居不可常；移諸內，又慮妻妒。計不如出妻。志既決，妻至輒詬厲。妻不堪其辱，涕欲死。景曰：「死恐見累，請蚤❾歸。」遂促妻行。妻啼曰：「從子十年，未嘗有失德，何決絕如此！」景不聽，逐愈急。妻乃出門去。

自是堊壁❿清塵，引領翹待；不意信杳青鸞⓫，如石沉海。妻大歸後，數浼知交，請復於景，景不納；遂適夏侯氏。夏侯里居，與景接壤，以田畔之故，世有郤。景聞之，益大恚恨。然猶冀阿霞復來，差足自慰。

越年餘，並無蹤緒。會海神壽⑫，祠內外士女雲集，景亦在。遙見一女，甚似阿霞。景近之，入於人中；從之，出於門外；又從之，飄然竟去。景追之不及，恨悒而返。後半載，適行於途，見一女郎，著朱衣，從蒼頭，鞚黑衛⑬來。望之，霞也。因問從人：「娘子為誰？」答言：「南村鄭公子繼室⑭。」又問：「娶幾時矣？」曰：「半月耳。」景思，得毋誤耶？女郎聞語，回眸一睇，景視，真霞。

見其已適他姓，憤填胸臆，大呼：「霞娘！何忘舊約？」從人聞呼主婦，欲奮老拳⑮。女急止之。啟幛紗謂景曰：「負心人何顏相見？」景曰：「卿自負僕，僕何嘗負卿？」女曰：「負夫人甚於負我！結髮者⑯如是，而況其他？向以祖德厚，名列桂籍⑰，故委身相從；今以棄妻故，冥中削爾祿秩⑱，今科亞魁⑲王昌，即替汝名者也。我已歸鄭君，無勞復念。」景俯首帖耳，口不能道一詞。視女子，策蹇⑳去如飛，悵恨而已。

是科，景落第，亞魁果王氏昌名。鄭亦捷。景以是得薄倖㉑名。四十無偶，家益替，恒趁食㉒於親友家。偶詣鄭，鄭款之，留宿焉。女窺客，見而憐之。問鄭曰：「堂上客，非景慶雲耶？」問所自識，曰：「未適君時，曾避難其家，亦深得其豢養。彼行雖賤，而祖德未斬；且與君為故人，亦宜有綈袍之義㉓。」鄭然之，易其敗絮，留以數日。夜分欲寢，有婢持廿餘金贈景。女在窗外言曰：「此私貯，聊酬夙好，可將去，覓一良匹。幸祖德厚，尚足及子孫。無復喪檢，以促餘齡。」景感謝之。既歸，以十餘金買搢紳㉔家婢，甚醜悍。舉一子，後登兩榜。鄭官至吏部郎㉕。既沒，女送葬歸，啟輿則虛無人矣，始知其非人也。噫！人之無良，舍其舊而新是謀，卒之卵覆而鳥亦飛㉖，天之所報亦慘矣！

【注釋】❶文登　縣名，今山東威海文登。❷畜我不卒　養我不終。語見《詩經》。❸挑燈　撥動燈火；點燈。❹亂　淫亂；玩弄。❺齊　周時國名，國都臨淄，今山東淄博臨淄。❻游詞　戲謔挑逗的話。❼苟合　不正當的男女關係。❽西疆　西部省份。❾蚤　同「早」。❿堊壁　粉刷牆壁。⓫信杳青鸞　杳無信息。青鸞，青鳥，王母娘娘的信使。⓬海神壽　海神的壽誕。⓭鞚黑衛　騎黑驢子。鞚，控。⓮繼室　續娶的妻子。⓯老拳　重拳。⓰結髮者　元配的妻子。⓱桂籍　舊稱考中科舉功名為蟾宮折桂，故以桂籍指登第人員的名單。⓲祿秩　俸祿和官職。⓳亞魁　鄉試的第二名。⓴蹇　驢子。㉑薄倖　薄情。唐杜牧〈遣懷〉：「十年一覺揚州夢，贏得青樓薄倖名。」㉒趁食　謀生。這裡指混飯吃。㉓綈袍之義　周濟老朋友的情意。戰國時范雎受須賈所害，幾死。後范雎為秦相，故意穿破衣服去見須賈，須賈可憐他，贈給他一件綈袍。范雎說：「因你贈送綈袍，有老朋友的情意，就饒了你吧。」㉔搢紳　大官。㉕吏部郎　吏部的官吏。㉖卵覆而鳥亦飛　雞飛蛋打，一無所獲。

【語　譯】文登的景星，年輕時就名聲很大。他與陳生住近鄰，書房僅隔一道短牆。

一天，陳生在黃昏時路過一處荒丘，聽到有女子在松樹林裡啼哭；靠近一看，看到樹的橫枝上掛著一條帶子，那女子像要上吊自殺。陳生問她原因，女子抹了一把眼淚對他說：「母親出遠門，把我託付給表哥。沒想到他狼了野心，中途不扶養我了。我這樣孤苦伶仃，還不如死了！」說完，又哭了起來。陳生解下帶子，勸她嫁人。女子擔心沒有可以託付的人。陳生就請她暫時住在自己家裡。女子答應了。回家後，陳生點上燈細看那女子，風度氣韻都很絕妙。非常高興，就想淫亂她。女子厲聲抗拒，吵鬧爭辯的聲音，傳到隔壁。景生爬過牆頭來看，陳生才放了那女子。女子看到景生，目不轉睛地仔細打量著他，很長時間才扭頭跑了。二人一起追她，女子卻不知去向了。

景生回家，關上門想要睡覺，那女子姿態盈盈地從房中出來。景生吃驚地問她，女子回答說：

「陳生德薄福淺，不能託付終身。」景生很高興，問她姓名。女子說：「我祖居齊國，姓齊，小名叫阿霞。」景生用些輕佻的話逗引她，她笑著不很拒絕，於是就和她同睡。景生的書房裡有很多朋友來往，女子總是躲在內屋裡。過了幾天，女子說：「我暫時離開。你這裡人多而雜，讓人精神疲勞。從今後，我在夜裡來。」景生問：「你家在哪裡？」回答說：「就在不遠的地方而已。」於是，一早就走了。夜裡她果然再來了，兩人你歡我愛情意纏綿。又過了幾天，女子對景生說：「我兩人感情很好雖然不錯，但終歸是苟且結合。我父親在西部做官，明天我要跟隨母親去看他，我會找機會請求他們同意，然後和你相守到老。」景生問：「我們要分別多久？」女子和他相約十天。

女子走後，景生想不能老住在書房裡；帶阿霞回家，又怕妻子妒忌。盤算著不如將妻子休了。拿定了主意，看到妻子來就辱罵她。妻子忍受不了他的羞辱，哭著想尋死。景生說：「你死了怕會連累我，請趁早回你娘家吧。」就趕妻子走。妻子哭著說：「我跟你十年，在德行上不曾有何過失，你為什麼這樣絕情！」景生不理睬她，更急切地趕她走。妻子這才出門走了。

此後，景生粉刷牆壁，掃除塵土，引頸企盼阿霞回來；沒想到杳無音信，如同石沉大海。景生妻子被休後，多次託知交親友說和，請求和景生復婚，景生不答應她。於是她就改嫁了夏侯氏。夏侯的住所田地與景生家的挨著，因為爭奪地界，兩家有世仇。景生聽說妻子改嫁給夏侯，更加怨恨惱怒。但是心存阿霞還能再來的希望，還能夠聊以自慰。

過了一年多，並不見阿霞的蹤影。適逢海神壽辰，海神廟內外善男信女雲集，景生也在裡邊。遠遠地望見一個女子，很像阿霞。景生追上前去，女子沒入人群裡去了；景生緊追不捨，她就走出了門外；再追上去，竟飄然而去。景生追不上她，惱恨鬱悶而返。半年後，景生偶然走在路上，看到一位女郎，身穿紅衣服，有老僕人跟著，騎著一頭黑驢子走來。景生遠遠一看，是阿霞。就問隨從的僕人：「這位娘子是誰？」回答說：「南村鄭公子的繼室。」景生又問：「娶了多久時間了？」回答：「半個月而已。」景生想，莫非認錯了？女子聽到說話聲，回頭一看，景生這次看清楚了，真是阿霞。

景生見阿霞已嫁他人，氣憤滿胸，大喊：「霞娘！為什麼忘了從前的約定？」僕人們聽到他喊叫女主人，就想揮拳揍他。阿霞急忙制止。她揭開面紗對景生說：「負心人，你有什麼臉見我？」景生說：「你自己對不起我，我何曾對不起你？」阿霞說：「你辜負自己的夫人比辜負我還嚴重！結髮妻子你都這樣，更何況別人呢？以前我因為你祖上積了厚德，你將金榜題名，所以才以身相許；如今你因為拋棄妻子的緣故，陰間削去了你的俸祿官職，今科鄉試的第二名舉人王昌，就是頂替你名字的人。我已嫁給了鄭公子，你就不要費心掛念了。」景生俯首帖耳，嘴裡說不出一句話。再看阿霞，鞭打著毛驢飛馳而去，景生心中只有悔恨罷了。

這一年鄉試，景生落榜，第二名果然叫王昌。鄭公子也考中了。景生因此得了個薄倖的名聲。到了四十歲仍沒妻子，家境也更加敗落，常常到親友家混飯吃。偶然去拜訪鄭公子，鄭公子款待他，留他住宿。阿霞看見了，非常可憐他，就問鄭公子：「大廳的客人，莫非是景慶雲嗎？」鄭公子問她是怎麼認識的，阿霞說：「我未嫁給你時，曾在他家避難，也很得他的照顧。他的所作所為雖然下賤，但祖德還未斷絕；並且和你是老朋友，你應該在衣食上幫助幫助他。」鄭公子認為很對，就讓他換下破衣服，留他住了好幾天。半夜裡景生剛想睡覺，有個丫鬟拿著二十多兩銀子贈給他。阿霞在窗外說：「這是我的私房錢，略微酬謝你過去對我的好處，你可拿去，找個老婆。幸虧你祖上積德深厚，還足以保佑到子孫後代。你不要再行為不檢了，那會縮短你的壽命的。」景生對她深表謝意。

景生回家後，用十多兩銀子買了個鄉紳人家的丫鬟，她非常醜陋兇悍。生了個兒子，後來考中了進士。鄭公子官做到吏部郎中。鄭公子死後，阿霞送葬回來，打開轎子一看，裡面竟空空無人了，這才知道她不是人類。

唉！人沒有德行，喜歡新人厭棄舊人，到頭來卻兩頭空，老天所給的報應也夠慘了！

【研　析】在《聊齋誌異．畫皮》中，太原王生早行遇一女郎，女郎說父母貪財，把她賣給大戶人家，大老婆非常忌妒，每天都打罵她，因此她要遠逃。王生信以為真，不知這是個圈套。這篇〈阿霞〉篇卻不同，它的開端和〈畫皮〉無異，區別只是在畫皮女是「逃」，阿霞是要「死」。當陳生把阿霞請到家時，敏感的讀者或許會擔心這又是一個〈畫皮〉的翻版，可接下來的故事卻證明這是杞人憂天。因為陳生「欲亂之」，而女卻「厲聲抗拒，紛紜之聲，達於間壁」，這是其一；其二，阿霞對陳生不感興趣，在那樣一種羞澀難堪的時刻，她卻看到景生，便「凝眸停諦，久乃奔去」。有經驗的讀者讀書至此，定會感到阿霞頗有些與眾不同的味道。

果然，當天晚上，阿霞就捨棄陳生來就景生，並與之同床共枕了。景生喜新厭舊，就故意找碴辱罵妻子，最終將十年的結髮妻子休掉，打掃好房間，癡心妄想著和阿霞成親。誰知過了一年多，仍不見阿霞蹤影。當景生後來再次見到阿霞時，阿霞已經做了南村鄭公子的繼室。既然景生休掉妻子，阿霞就是景生的正室；阿霞沒做景生的妻子，卻做了鄭公子的繼室。阿霞為什麼不去做正室，卻老是喜歡做妾、做繼室呢？因為這位仙女看中的不是名分，而是男人的品行。景生責備她「負心」，阿霞說：「負夫人甚於負我！結髮者如是，何況其他？」這也正是小說畫龍點睛處。

當景生陷入百無聊賴之時，阿霞贈金囑其娶妻修德。景生回家，娶了個老婆雖然很不順心，生了個兒子卻考中了進士，這也可算是不足之中的大美了。

青梅

白下❶程生，性磊落，不為畛畦❷。一日，自外歸，緩其束帶，覺帶端沉沉，若有物墮。視之，無所見。宛轉間，有女子從衣後出，掠髮微笑，麗絕。程疑其鬼。女曰：「妾非鬼，狐也。」程曰：「倘得佳人，鬼且不懼，而況於狐。」遂與狎❸。

二年，生一女，小字青梅。每謂程：「勿娶，我且為君生男。」程信之，遂不娶。戚友共誚姍之。程志奪，聘湖東王氏。狐聞之，怒。就女乳之，委於程曰：「此汝家賠錢貨❹，生之殺之，俱由爾；我何故代人作乳媼❺乎！」出門逕去。

青梅長而慧，貌韶秀，酷肖其母。既而程病卒，王再醮❻去。青梅寄食於堂叔；叔蕩無行，欲鬻以自肥。適有王進士者，方候銓❼於家，聞其慧，購以重金，使從女阿喜服役。喜年十四，容華絕代。見梅忻悅，與同寢處。梅亦善候伺，能以目聽，以眉語，由是一家俱憐愛之。

邑有張生，字介受。家窶貧❽，無恆產，稅居王第。性純孝；制行不苟；又篤於學。青梅偶至其家，見生據石啗糠粥；入室與生母絮語，見案上具豚蹄焉。時翁臥病，生入，抱父而私❾。便液汙衣，翁覺之而自恨；生掩其跡，急出自濯，恐翁知。梅以此大異之。

歸述所見，謂女曰：「吾家客，非常人也。娘子不欲得良匹❿則已；欲得良匹，張生其人也。」女恐父厭其貧。梅曰：「不然，是在娘子。如以為可，妾潛告，使求伐⓫焉。夫人必召商之；但應之曰『諾』也，則諧矣。」女恐終貧為天下笑。梅曰：「妾自謂能相⓬天下士，必無謬誤。」

明日，往告張媼。媼大驚，謂其言不祥⓭。梅曰：「小姐聞公子而賢之也，妾故窺其意以為言。冰人⓮往，我兩人袒焉，計合允遂。縱其否也，於公子何辱乎？」媼曰：「諾。」乃託侯氏賣花者往。夫人聞之而笑，以告王。王亦大笑。喚女至，述侯氏意。女未及答，青梅亟贊其賢，決其必貴。夫人又問曰：「此汝百年事。如能啜糠覈⑮也，即為汝允之。」女俯首久之，顧壁而答曰：「貧富命也。倘命之厚，則貧無幾時；而不貧者無窮期矣。或命之薄，彼錦繡王孫，其無立錐⑯者豈少哉？是在父母。」

初，王之商女也，將以博笑⑰；及聞女言，心不樂曰：「汝欲適張氏耶？」女不答；再問，再不答。怒曰：「賤骨了不長進！欲攜筐作乞人婦，寧不⑱羞死！」女漲紅氣結，含涕引去；媒亦遂奔。

青梅見不諧，欲自謀。過數日，夜詣生。生方讀，驚問所來；詞涉吞吐。生正色卻之。梅泣曰：「妾良家子，非淫奔⑲者；徒以君賢，故願自託。」生曰：「卿愛我，謂我賢也。昏夜之行，自好者不為，而謂賢者為之乎？夫始亂之而終成之，君子猶曰不可；況不能成，彼此何以自處？」梅曰：「萬一能成，肯賜援拾⑳否？」生曰：「得人如卿，又何求？但有不可如何㉑者三，故不敢輕諾耳。」

曰：「若何？」曰：「卿不能自主，則不可如何；即能自主，我父母不樂，則不可如何；即樂之，而卿之身直㉒必重，我貧不能措，則尤不可如何。卿速退，瓜李之嫌㉓可畏也！」梅臨去，又囑曰：「君倘有意，乞共圖㉔之。」生諾。

梅歸，女詰所往，遂跪而自投㉕。女怒其淫奔，將施撲責。梅泣白無他，因而實告。女歎曰：「不苟合，禮也；必告父母，孝也；不輕然諾㉖，信也；有此三德，天必祐之，其無患貧也已。」既而曰：「子將若何？」曰：「嫁之。」女笑曰：「癡婢能自主耶？」曰：「不濟，則以死繼之！」女曰：「我必如所願。」梅稽首而拜㉗之。

又數日，謂女曰：「曩而言之戲乎，抑果欲慈悲也？果爾，則尚有微情，並祈垂憐焉。」女問之，答曰：「張生不能致聘，婢子又無力可以自贖，必取盈㉘焉，嫁我猶不嫁也。」女沉吟曰：「是非我之能為力矣。我曰嫁汝，且恐不得當；而曰必無取直焉，是大人所必不允，亦余所不敢言也。」青梅聞之，泣數行下，但求憐拯㉙。女思良久，曰：「無已，我私蓄數金，當傾囊相助。」梅拜謝，因潛㉚告張。張母大喜，多方乞貸，共得如干數，藏待好音。

會王授曲沃㉛宰，喜乘間告母曰：「青梅年已長，今將蒞任，不如遣之。」夫人固以青梅太黠，恐導女不義，每欲嫁之，而恐女不樂也，聞女言甚喜。逾兩日，有傭保婦白張氏意。王笑曰：「是只合耦婢子，前此何妄也！然鬻媵高門㉜，價當倍於曩昔。」女急進曰：「青梅侍我久，賣為妾，良不忍。」王乃傳語張氏，仍以原金署券㉝，以青梅嬪於生。

入門，孝翁姑，曲折承順，尤過於生，而操作更勤，饜㉞糠秕不為苦。由是家中無不愛重青梅。梅又以刺繡作業，售且速，賈人候門以購，惟恐弗得。得貲稍可御窮。且勸勿以內顧誤讀，經紀㉟皆自任之。因主人之任，往別阿喜。喜見之，泣曰：「子得所矣，我固不如。」梅曰：「是何人之賜，而敢忘之？然以為不如婢子，恐促婢子壽。」遂泣相別。

王如晉㊱，半載，夫人卒，停柩寺中。又二年，王坐行賕㊲免，罰贖萬計，漸貧不能自給，從者逃散。是時，疫㊳大作，王染疾亦卒。惟一媼從女。未幾，媼又卒。女伶仃益苦。有鄰媼勸之嫁。女曰：「能為我葬雙親者，從之。」媼憐之，贈以斗米而去。

半月復來，曰：「我為娘子極力㊴，事難合也；貧者不能為而葬，富者又嫌子為陵夷㊵嗣，奈何！尚有一策，但恐不能從也。」女曰：「若何？」曰：「此間有李郎，欲覓側室㊶，倘見姿容，即遣厚葬，必當不惜。」女大哭曰：「我搢紳裔而為人妾耶！」媼無言，遂去。日僅一餐，延息待價。居半年，益不可支。

一日，媼至。女泣告曰：「困頓如此，每欲自盡；猶戀戀而苟活者，徒以有兩柩在。已將轉溝壑[42]，誰收親骨者？故思不如依汝所言也。」嫗於是導李來，微窺女，大悅。即出金營葬，雙櫬具舉。已，乃載女去，入參冢室[43]。冢室故悍妒，李初未敢言妾，但託買婢。及見女，暴怒，杖逐而出，不聽入門。女披髮零涕，進退無所。

有老尼過，邀與同居。女喜，從之。至庵中，拜求祝髮[44]。尼不可，曰：「我視娘子，非久臥風塵者。庵中陶器脫粟，粗可自支，姑寄此以待之。時至，子自去。」居無何，市中無賴窺女美，輒打門游語為戲，尼不能制止。女號泣欲自死。尼往求吏部[45]某公揭示嚴禁，惡少始稍斂跡。後有夜穴寺壁者，尼警呼始去。因復告吏部，捉得首惡者，送郡笞責，始漸安。

又年餘，有貴公子過庵，見女驚絕，強尼通殷勤，又以厚賂啗尼。尼婉語之曰：「渠簪纓胄[46]，不甘媵御。公子且歸，遲遲當有以報命。」既去，女欲乳藥[47]求死。夜夢父來，疾首曰：「我不從汝志，致汝至此，悔之已晚！但緩須臾勿死，夙願尚可復酬。」女異之。

天明，盥已，尼望之而驚曰：「睹子面，濁氣盡消，橫逆[48]不足憂也。福且至，勿忘老身矣。」語未已，聞叩戶聲。女失色，意必貴家奴。尼啟扉果然。奴驟問所謀。尼甘語承迎，但請緩以三日。奴述主言，事若無成，俾尼自復命。尼唯唯敬應，謝令去。女大悲，又欲自盡。尼止之。女慮三日復來，無詞可應。尼曰：「有老身在，斬殺自當之。」

次日，方晡[49]，暴雨翻盆，忽聞數人撾戶大嘩。女意變作，驚怯不知所為。尼冒雨啟關，見有肩輿[50]停駐；女奴數輩，捧一麗人出；僕從煊赫，冠蓋甚都。驚問之，云：「是司李[51]內眷，暫避風雨。」導入殿中，移榻肅坐。家人婦群奔禪房，各尋休憩。入室見女，豔之，走告夫人。無何，雨息，夫人起，請窺禪舍。尼引入，睹女，駭絕，凝眸不瞬；女亦顧盼良久。夫人非他，蓋青梅也。各失聲哭，因道行蹤。

蓋張翁病故，生起復[52]後，連捷授司李。生先奉母之任，後移諸眷口。女歎曰：「今日相看，何啻霄壤！」梅笑曰：「幸娘子挫折無偶(53)，天正欲我兩人完聚耳。倘非阻雨，何以有此邂逅？此中具有鬼神，非人力也。」乃取珠冠錦衣，催女易妝。女俯首徘徊，尼從中贊勸之。女慮同居其名不順。梅曰：「昔日自有定分(54)，婢子敢忘大德！試思張郎，豈負義者？」強妝之。別尼而去。

抵任，母子皆喜。女拜曰：「今無顏見母！」母笑慰之。因謀涓吉合巹(55)。女曰：「庵中但有一絲生路，亦不肯從夫人至此。倘念舊好，得受一廬，可容蒲團(56)足矣。」梅笑而不言。及期，抱豔妝來。女左右不知所可。俄聞鼓樂大作，女亦無以自主。梅率婢媼強衣之，挽扶而出。見生朝服(57)而拜，遂不覺盈盈而亦拜也。梅曳入洞房，曰：「虛此位以待君久矣。」又顧生曰：「今夜得報恩，可好為之。」返身欲去。女捉其裾。梅笑云：「勿留我，此不能相代也。」解指脫去。

青梅事女謹，莫敢當夕(58)。而女終慚沮不自安。於是母命相呼以夫人；然梅終執婢妾禮，罔敢懈。三年，張行取入都，過尼庵，以五百金為尼壽。尼不受。固強之，乃受二百金，起大士祠[59]，建王夫人碑。後張仕至侍郎[60]。程夫人舉二子一女，王夫人四子一女。張上書陳情，俱封夫人。

異史氏曰：「天生佳麗，固將以報名賢；而世俗之王公，乃留以贈紈袴。此造物所必爭也。而離離奇奇，致作合者無限經營，化工[61]亦良苦矣。獨是青夫人能識英雄於塵埃，誓嫁之志，期以必死；曾儼然而冠裳[62]也者，顧棄德行而求膏粱，何智出婢子下哉！」

【注釋】❶白下　古地名，即後之金陵，今之南京。❷畛畦　疆界；拘束。❸狎　親近而態度不莊重。❹賠錢貨　舊時因女子出嫁要陪送錢財，故稱女孩為賠錢貨。❺乳媼　奶媽。❻再醮　改嫁。醮，古代婚禮儀式。❼候銓　等候選拔做官。❽窶貧　貧窮。❾私　便溺。❿良匹　好的配偶。⓫求伐　找媒人。⓬相　看相。⓭謂其言不祥　認為她的話不合常理，會帶來禍患。⓮冰人　媒人。⓯啜糠覈　吃粗劣的飯食。糠，穀糠。覈，碎米。⓰無立錐　無立錐之地，比喻非常貧窮。⓱博笑　取得一笑。⓲寧不　難道不。⓳淫奔　女子私就男子。⓴援拾　提攜收錄，舊用為締姻時女方對男家同意訂婚的謙詞。㉑不可如何　無可奈何。㉒直　同「值」。贖身的銀子。㉓瓜李之嫌　瓜田李下的嫌疑。古樂府〈君子行〉：「君子防未然，不處嫌疑間。瓜田不納履，李下不正冠。」㉔圖　謀圖；籌劃。㉕自投　主動坦白承認。㉖然諾　允諾；答應。㉗稽首而拜　磕響頭。㉘取盈　取回全部的價錢。㉙憐拯　可憐搭救。㉚潛　偷偷地。㉛曲沃　縣名，今山西臨汾曲沃。㉜鬻媵高門　賣給大戶人家做妾。媵，侍妾。㉝仍以原金署券　仍按原來買時的身價簽署贖身契約。㉞饜　滿足。㉟經紀　經營管理。㊱晉　山西。㊲坐行賕　犯行賄罪。㊳疫　流行性急性傳染病。㊴極力　盡力。㊵陵夷　敗落。㊶側室　妾；小老婆。㊷轉溝壑　拋屍溝壑，指死去。㊸冢室　正妻。㊹祝髮　削髮。㊺吏部　舊時朝廷六部之一，主管官吏的任免、升遷、考核等。㊻簪纓冑　官宦之家的後代。冑，後代。㊼乳藥　喝毒藥。乳，調和湯藥。㊽橫逆　蠻橫無理的事。㊾晡　申時，午後三點至五點。㊿肩輿　轎子。51司李　即司理，官名，主管司法之事。52起復　為父母守喪期滿後出來做官。53偶　配偶。54定分　固定的名分。55合巹　喝交杯酒，指成婚。56蒲團　僧人打坐的草編坐墊。57朝服　古時君臣朝會時所穿的禮服，舉行隆重典禮時亦穿著。58當夕　值夕，代替正妻陪丈夫睡覺。59大士祠　菩薩祠堂。60侍郎　中央六部的副職。61化工　造化之力。62冠裳　衣冠人物，指做官的人。

【語　譯】南京的程生，性情磊落，不受約束。一天，從外面回來，解開衣帶，覺得衣帶頭上沉沉的，像有東西吊著。看了看，沒看到什麼東西。一轉身，有個女子從衣服後面鑽出來，笑咪咪地抬手理一理頭髮，漂亮極了。程生懷疑她是個鬼，女子說：「妾不是鬼，是狐。」程生說：「倘若能得到美人，是鬼尚且不怕，何況是狐呢。」於是就和她親熱歡合起來。

過了兩年，生了個女兒，小名叫青梅。女子常對程生說：「你不要娶妻子，我就要給你生個兒子了。」程生相信了她，就不娶妻子。親戚朋友們都譏笑他。程生心意動搖，就娶了湖東的王氏。狐女聽說了非常生氣，抱著女兒餵完奶，交給程生說：「這是你家的賠錢貨，要養要殺，全由你。我何必替人作奶媽呢！」出門就走了。

青梅大了很聰明，相貌美好秀麗，酷似她母親。不久，程生病死，王氏改嫁走了。青梅在堂叔家寄食生活；她堂叔放蕩無行，想把青梅賣掉賺錢。恰好有個王進士，在家等著入選做官，聽說了青梅的聰慧，出高價錢買她來，讓她給女兒阿喜當丫鬟。阿喜十四歲，容華絕代。她見了青梅非常高興，和青梅夜同睡晝同坐。青梅也善於伺候人，能用眼睛聽人說話，能用眉毛和人說話，因此王家全家都很喜歡她。

本縣有個張生，字介受。家境很貧窮，沒有田產，租王進士的房子住。張生純樸孝順，遵守禮法不苟言笑，又勤奮好學。青梅偶然到他家裡，看見張生靠在石頭上喝糠粥；她進屋和張母閑話家常，看到桌子上擺著豬腳。當時張翁臥病在床，張生進屋，抱著父親小便。尿液弄髒了衣服，父親覺察到了很恨自己；張生掩蓋著尿跡，急忙出屋自己洗濯，惟恐父親知道。青梅因此認為張生不同於一般人。

青梅回去說了見到的情況，對阿喜說：「我們家的房客，不是一般人。娘子若不想得個好夫君就算了；若想得個好夫君，就是張生了。」阿喜恐怕父親嫌張生貧賤。青梅說：「不見得，這件事全靠你自己。如果你認為可以，我就私下告訴他，讓他找媒人來。夫人一定叫你去商量；你只管說『好』，就行了。」阿喜怕一輩子窮困讓人笑話。青梅說：「我自認為能識別天下之士，一定不會錯的。」

第二天，青梅前去告訴張母。張母大驚，說青梅說的不是好兆頭。青梅說：「小姐聽說公子有賢德，我窺透了她的心思才這樣說的。你請媒人去提親，我和小姐兩人想辦法幫助，估計應該會得到同意。即使不行，對公子有什麼侮辱的嗎？」張母說：「好。」就託賣花的侯氏前去做媒。夫人聽了笑起來，把這事告訴丈夫。王進士也大笑起來。叫女兒來，說了侯氏的來意。阿喜沒來得及回答，青梅急忙誇讚張生的賢德，並斷言他一定富貴。夫人又問說：「這是你的百年大事。你若能吃米糠噍粗糧，就給你答應這門親事。」阿喜低頭想了很久，看著牆壁回答說：「貧富是命中註定的。倘若命厚，就貧窮不了幾天，幸福的日子沒有盡頭。假如命薄，就是那些穿錦披繡的王孫貴族，窮到沒有立錐之地的難道還少嗎？這事全看父母的。」

起初，王進士和女兒商量，是想藉此博得一笑；等聽到女兒一番高論，心裡不高興的說：「你想嫁給張生嗎？」阿喜不回答；再問，還是不回答。王進士氣忿地說：「賤骨頭，一點也不長進！想帶著筐子當叫花子媳婦，豈不羞死人啊！」阿喜紅漲著臉透不過氣來，含著眼淚抽身退去。媒人也看事不好抽身跑了。

青梅看到事情不成，就想自己嫁給張生。過了幾天，她夜裡到了張生家。張生正在讀書，驚問她來幹嗎；青梅說話含糊其辭。張生滿臉嚴肅地讓她回去。青梅哭著說：「我是清白人家的女兒，不是來私奔淫亂的；只是因為你賢德，所以自願把終身相託。」張生說：「你愛我，就說我賢德。但是昏夜裡的勾當，潔身自好的人都不願做，你說賢德的人能做嗎？一上來就淫亂，就算最終能成，君子還說不行；何況事情成不了，你我怎麼做人？」青梅說：「萬一能成的話，你肯要我嗎？」張生說：「能得到像你這樣的人，還要求什麼？只是無可奈何的事還有三件，所以不敢輕易承諾罷了。」

青梅問：「哪三件事？」張生說：「你不能自己作主，就無可奈何；就是你能自己作主，我父母不樂意，還是無可奈何；就算我父母樂意，而你的身價必高，我家貧無錢應付，就更無可奈何。你趕緊回去，瓜田李下的嫌疑可怕呀！」青梅臨走又囑咐說：「你若有意，請共同努力來謀畫此事。」張生答應了她。

青梅回來，阿喜追問她到哪裡去了，她就跪下坦承去見了張生。阿喜惱怒她淫亂私奔，準備責打她。青梅哭著表白沒做別的事，於是就把實情告訴了阿喜。阿喜讚歎說：「不苟且結合，是禮；一定要稟告父母，是孝；不輕易許諾，是信：有這三種德行，老天一定會保佑他，他不必擔憂貧窮啊。」隨後她又說：「你打算怎麼辦？」青梅說：「嫁給他。」阿喜笑著說：「傻丫頭能自己作主嗎？」青梅說：「實在不行，接著就死！」阿喜說：「我一定讓你實現願望。」青梅就磕頭感謝她。

又過了好幾天，青梅對阿喜說：「以前你說的話是開玩笑呢，還是真想發慈悲呢？若真想慈悲為懷，我還有點難言之隱，請你一塊兒可憐我吧。」阿喜問是什麼事，青梅回答說：「張生拿不出聘禮，我又沒有能力贖身，若一定要我交滿身價錢，說是嫁我實際還是不嫁我。」阿喜沉吟著說：「這不是我的能力所辦得到的。我說嫁你，還怕不合適；若說一定不要你的身價，這是父母絕不會答應的，也是我所不敢說的。」青梅聽了，眼淚簌簌地流下來，只求阿喜可憐挽救她。阿喜沉思了好一陣子，說：「沒辦法，我自己積攢了幾兩銀子，一定全部幫你。」青梅拜謝了阿喜，找機會偷偷告訴了張生。張母非常高興，到處借貸，一共得到若干銀子，藏起來等著好消息。

剛巧王進士選任曲沃知縣，阿喜趁機告訴母親說：「青梅年齡已大了，現在我們又要隨父親上任，不如讓她走吧。」夫人本來就認為青梅太伶俐，怕她引導阿喜做出不義之事，常想嫁掉她，就怕女兒不高興，聽女兒這樣說非常高興。過了兩天，有個傭人的妻子來說了張家想娶青梅的意思。王進士笑著說：「他只配找個丫鬟做妻子，以前他是癡心妄想啊！但是若把青梅賣給富貴人家做小老婆，價錢應當比原來高一倍。」阿喜急忙進言說：「青梅侍奉我這麼久，賣她做妾，我實在不忍心。」王進士傳話給張生，仍然按原買的身價寫了贖身契據，把青梅下嫁給了張生。

青梅進了張家門，孝敬公婆，在細心領會、合人心意上，更是勝過了張生；而操持家務更是勤快，吃米糠秕穀也沒有怨言。因此家中沒有人不愛護尊重青梅。青梅又把刺繡作為產業，賣得很快，商人們等在門口購買，惟恐買不到。賣得的銀子勉強可以應付窮日子。她還勸張生不要因為操持家務而耽誤讀書，經營安排都自己承擔。因為老主人要去上任，青梅就去和阿喜告別。阿喜見到她，哭著說：「你找到好歸宿了，我實在不如你。」青梅說：「這是誰賜給我的，我怎敢忘了呢？但你認為不如我，恐怕要折我壽。」於是哭著告別。

王進士到了山西，半年，夫人就死了，靈柩停放在寺廟中。又過了兩年，王進士因犯行賄罪被免職，罰交贖罪款一萬多兩，家計漸貧到不能養活自己，跟隨的僕人都四下逃散了。這時，瘟疫流行，王進士染病也死了。只有一個老女僕跟隨著阿喜。不久，老女僕又死了。阿喜孤苦伶仃，日子更苦了。有個鄰居老太婆勸阿喜出嫁，阿喜說：「能為我埋葬父母的，我就嫁給他。」老太婆同情她，送給她一斗米就走了。

半月後，老太婆又來了，說：「我為娘子用盡了力氣，事情很難辦：貧的不能為你葬雙親，富的又嫌你是破落戶的女兒。怎麼辦哪！還有一個辦法，只是怕你不同意。」阿喜問：「什麼辦法？」老太婆說：「這裡有個李郎，想找個二房，若見到你的容貌，即使讓他厚葬你的父母，他一定不會吝惜。」阿喜大哭說：「我這官宦的女兒就去給人做妾啊！」老太婆不發一語，就走了。阿喜從此一天只吃一頓飯，苟延殘喘著等待。半年過去了，生活更加沒法維持了。

一天，老太婆來了。阿喜哭著對她說：「困頓到這步田地，常想自殺；所以還戀世苟活著，只因為雙親的靈柩停在這裡。我自己就要死去填到溝壑裡了，誰來收我父母的屍骨呢？所以想還是按你說的辦吧。」老太婆於是領李郎來，李郎暗中看了阿喜，異常高興。立即出錢安葬阿喜父母，把兩口棺材埋了。安葬完畢，就用車把阿喜載回家，參見他的大老婆。李郎的大老婆本就兇悍妒忌，李郎起初不敢說是娶妾，只說買了個侍女。等見了阿喜，大老婆暴怒，拿木棍打她出去，不讓阿喜進門。阿喜披散著頭髮流淚，進退無路。

有個老尼經過，邀阿喜和她同住，阿喜高興地跟她走了。到了庵裡，阿喜拜求削髮為尼。老尼不同意，說：「我看娘子你，不是久落風塵的人。庵中的粗碗糙米，大體上還可自足，你暫且寄居在這裡等著吧。時機到了，你自己就會走的。」住了不久，街市上的一夥無賴偷看到阿喜漂亮，經常來敲門說些下流話調戲她，老尼也制止不了他們。阿喜哭喊著要自盡。老尼前去請求一位吏部官員，張貼告示嚴令禁止，惡少們才稍微收斂了點。後來又有夜裡挖通寺院牆壁的，老尼發現大聲呼叫才離去。老尼因而再到吏部官員那裡告狀，捉住帶頭作惡的，送到郡府打了一頓，這才漸漸安穩。

又過了一年多，有位貴公子到庵裡來，看到阿喜驚呆了，強求老尼替他通殷勤，又用重禮收買老尼。老尼婉言對他說：「她是官宦世家之後，不甘心做侍妾。公子暫且回去，遲個幾天我再答覆你。」貴公子走後，阿喜想喝毒藥求死。夜裡夢見父親來，痛心疾首地說：「我沒依從你的心願，以致讓你到了這種地步，後悔已經晚了！只要你暫緩片刻不要尋死，夙願還可以實現。」阿喜感到奇怪。

天亮後，阿喜梳洗完畢，老尼看著她驚呼說：「看你的臉色，濁氣全消了，橫禍不順都不值得憂愁了。你的幸福將要來了，不要忘了老身啊。」話未說完，就聽到敲門聲。阿喜驚慌失色，心想這肯定是貴公子的家奴。老尼開門一看，果真不錯。家奴急切地問商量的結果。老尼說了些好聽的話應承他，只請再寬限三天。家奴轉達主人的話，事若不成，讓老尼親自前去回話。老尼畢恭畢敬地滿口答應，說些感謝話打發他走了。阿喜大為傷心，又想自盡。老尼阻止她。阿喜擔心貴公子過三天再來，沒有藉口可以應付他。老尼說：「有老身在，要砍要殺我自己承當。」

第二天午後，下起了傾盆大雨，忽然聽到好幾個人敲門大喊。阿喜心想變故發生了，膽戰心驚不知所措。老尼冒雨打開門，看見門前停著一頂轎子；有好幾個女奴，扶著一位美人出來；隨從們聲勢浩大，車轎都非常華貴。老尼驚問她們，回答說：「是司李大人的家眷，在這裡暫避風雨。」老尼引導美人進了大殿，移過坐榻恭敬地請她坐下。女傭們紛紛跑向禪房，各自尋找休息的地方。女傭進屋見到了阿喜，認為她太漂亮了，跑出來告訴夫人。沒多久，雨停了，夫人起身，要去看看禪房。老尼領她進去，夫人看見阿喜，嚇呆了，兩眼盯住一眨也不眨。阿喜也把她端詳了好久。夫人不是別人，竟是青梅。兩人都失聲痛哭，於是談起了各自的經歷。

原來張翁病故，張生服滿出來做官，接連升遷成了司李官。張生先同母親一起赴任，再把家眷接來。阿喜歎息說：「今日看到你，你我二人何止是天壤之別呀！」青梅笑著說：「幸虧娘子受挫折無夫君，老天正想叫我們兩人團聚啊。假如不是大雨阻路，怎會有這場相逢呢？這其中都有鬼神幫忙，不是人力能辦到的。」於是拿出珍珠帽子、錦繡衣服，催促阿喜換裝。阿喜低頭徘徊。老尼從中幫忙勸說她。阿喜擔心和青梅同居名聲不順，青梅說：「以前早就訂好了，小丫鬟我怎敢忘了你的大德啊！試想張郎，豈是忘恩負義之人？」硬給阿喜換上服裝。辭別老尼而去。

到了司李官邸，張氏母子都很高興。阿喜拜見張母說：「我今天沒臉見母親啊！」張母笑著安慰她。就計畫選個好日子成親。阿喜說：「尼姑庵中但有一線生路，我也不肯跟夫人到這裡。若你還想著以前的友情，就給我一間房子，能夠放下一個蒲團就行了。」青梅笑嘻嘻地不說話。到了成親那天，青梅把華麗的服裝抱來。阿喜左右為難，不知如何是好。忽然聽見鼓樂大作，阿喜也拿不定主意了。青梅帶領丫鬟女僕強行替她換上服裝，簇擁著她出來。阿喜見張生身穿朝服下拜，她不覺就盈盈地拜了下去。青梅把她拉入洞房，說：「空著這個位子等你已經很久了。」又扭頭對張生說：「今夜得到報恩的機會，你可要好好報答她啊。」返身要走。阿喜抓住她的衣襟，青梅笑著說：「不要留我，這事我不能代替你。」掰開阿喜的指頭走了。

青梅侍奉阿喜很謹慎，不敢和張生同床過夜。而阿喜始終慚愧不安。於是張母讓她倆互稱夫人。青梅始終執婢妾之禮，不敢懈怠。三年後，張生升調京城，經過尼姑庵，送上五百兩銀子為老尼祝壽。老尼不收。堅持讓她收下，她才收了二百兩，用來修建菩薩祠堂，豎起了王夫人碑。後來張生官做到侍郎。程夫人青梅生了兩個兒子一個女兒，王夫人阿喜生了四個兒子一個女兒。張侍郎上書皇帝陳述家庭情況，兩個夫人都被封為夫人。

異史氏曰：「老天生下美女，本將用來報答有名的賢人；但世俗的王公們，竟把她們留下贈送給紈絝子弟。這是上天也要和他們爭奪的。但是離離奇奇，致使從中撮合的人花盡無數心思運籌謀劃，上天的造化之功也是用心良苦。只是青梅夫人，能識英雄於塵埃之中，發誓一定嫁給他，否則就去死；而那些道貌岸然的衣帽官宦，反而拋棄德行之士而選擇膏粱子弟，怎麼他們的智慧反而在一名丫鬟之下呢！」

【研　析】〈青梅〉是《聊齋》中少有的不帶有虛幻奇異情節的小說。

青梅的母親是位狐女，青梅長大後，很聰明，相貌韶秀，很像她母親。她母親想給她生個弟弟，還沒生出來，父親就找了個小老婆，她母親就生氣地扔下她走了，青梅的母親臨走時對他父親說：「此汝家賠錢貨，生之殺之，俱由爾。」程生死後，青梅被無行的叔父賣給王進士家，侍候小姐阿喜。

青梅聰慧，有人緣，阿喜家「一家俱憐愛之」。青梅的婚姻是幸福的。她自稱「能相天下士，必無謬誤」，見窮書生張生「性純孝；制行不苟；又篤於學」，對阿喜說：「娘子不欲得良匹則已；欲得良匹，張生其人也。」她慫恿張家求婚被拒，便贖身嫁給了張生。張生後入仕，青梅做了夫人。後來，阿喜無奈嫁給了李郎做了側室，又因為正室悍妒，無奈寄居到了佛寺。佛寺的老尼也能相人，她對阿喜說：「我視娘子，非久臥風塵者。庵中陶器脫粟，粗可自支，姑寄此以待之。時至，子自去。」因此，老尼千方百計保護阿喜，終於讓她等到了青梅的到來，回家雙雙做了貴夫人。

這篇小說，青梅雖然是狐母生女兒，而通篇卻無幻筆，敘事周折細緻，脈絡清晰。王漁洋評之曰：「事妙文妙，可以傳矣。」

田七郎

武承休，遼陽❶人。喜交遊，所與皆知名士。夜夢一人告之曰：「子交遊遍海內，皆濫交耳。惟一人可共患難，何反不識？」問：「何人？」曰：「田七郎非與？」醒而異之。

詰朝，見所與遊，輒問七郎。客或識為東村業獵❷者。武敬謁諸家，以馬箠撾門。未幾，一人出，年二十餘，貙目蜂腰❸，著膩帢❹，衣皁犢鼻❺，多白補綴。拱手於額而問所自。武展姓字；且託途中不快，借廬憩息。問七郎，答云：「即我是也。」遂延客入。

見破屋數椽，木岐支壁。入一小室，虎皮狼蛻❻，懸布楹間，更無杌榻可坐。七郎就地設皋比❼焉。武與語，言詞樸質，大悅之。遽貽金作生計。七郎不受。固予之。七郎受以白母。俄頃將還，固辭不受。武強之再四。母龍鍾❽而至，厲色曰：「老身止此兒，不欲令事貴客！」武慚而退。

歸途展轉，不解其意。適從人於舍後聞母言，因以告武。先是，七郎持金白母。母曰：「我適睹公子，有晦紋❾，必罹奇禍。聞之：受人知者分人憂，受人恩者急人難。富人報人以財，貧人報人以義。無故而得重賂，不祥，恐將取死報❿於子矣。」武聞之，深歎母賢；然益傾慕七郎。

翼日，設筵招之，辭不至。武登其堂，坐而索飲。七郎自行酒，陳鹿脯⓫，殊盡情禮。越日，武邀酬之，乃至。款洽甚歡。贈以金，即不受。武託購虎皮，乃受之。歸視所蓄，計不足償，思再獵而後獻之。入山三日，無所獵獲。會妻病，守視湯藥，不遑操業。浹旬⓬，妻奄忽以死。為營齋葬，所受金，稍稍耗去。武親臨唁送，禮儀優渥。

既葬，負弩⓭山林，益思所以報武；而迄無所得。武探得其故，輒勸勿亟⑭。切望七郎姑一臨存⑮；而七郎終以負債為憾，不肯至。武因先索舊藏，以速其來。七郎檢視故革，則蠹蝕殃敗⑯，毛盡脫，懊喪益甚。武知之，馳行其庭，極意慰解之。又視敗革，曰：「此亦復佳。僕所欲得，原不以毛。」遂軸鞟⑰出，兼邀同往。七郎不可，乃自歸。

七郎念終不足以報武，裹糧入山，凡數夜得一虎，全而饋之。武喜，治具⑱，請三日留。七郎辭之堅。武鍵⑲庭戶，使不得出。賓客見七郎樸陋，竊謂公子妄交。而武周旋⑳七郎，殊異諸客。為易新服，卻不受；承其寐而潛易之，不得已而受之。既去，其子奉媼命，返新衣，索其敝裰。武笑曰：「歸語老姥，故衣已拆作履襯㉑矣。」自是，七郎日以兔鹿相貽，召之即不復至。武一日詣七郎，值出獵未返。媼出，踦門㉒語曰：「再勿引致㉓吾兒，大不懷好意！」武敬禮之，慚而退。

半年許，家人忽白：「七郎為爭獵豹，毆死人命，捉將官裡去㉔。」武大驚，馳視之，已械收在獄。見武無言，但云：「此後煩恤老母。」

武慘然出；急以重金賂邑宰，又以百金賂仇主。月餘無事，釋七郎歸。母慨然曰：「子髮膚㉕受之武公子，非老身所得而愛惜者矣。但祝公子終百年㉖，無災患，即兒福。」七郎欲詣謝武。母曰：「往則往耳，見武公子勿謝也。小恩可謝，大恩不可謝。」七郎見武；武溫言慰藉，七郎唯唯。家人咸怪其疏；武喜其誠篤，益厚遇之。由是恒數日留公子家。餽遺輒受，不復辭，亦不言報。

會武初度㉗，賓從煩多，夜舍屨㉘滿。武偕七郎臥斗室中，三僕即牀下藉芻藁㉙。二更向盡，諸僕皆睡去，兩人猶刺刺語。七郎佩刀挂壁間，忽自騰出匣數寸許，錚錚作響，光閃爍如電。武驚起。七郎亦起，問：「牀下臥者何人？」武答：「皆廝僕。」七郎曰：「此中必有惡人。」武問故。七郎曰：「此刀購諸異國，殺人未嘗濡縷㉚。迄今佩三世矣。決首至千計，尚如新發於硎㉛。見惡人則鳴躍，當去殺人不遠矣。公子宜親君子、遠小人，或萬一可免。」武頷之。

七郎終不樂，輾轉㉜牀席。武曰：「災祥數耳，何憂之深？」七郎曰：「我諸無恐怖，徒以有老母在。」武曰：「何遽至此！」七郎曰：「無則便佳。」蓋牀下三人：一為林兒，是老彌子㉝，能得主人歡；一僮僕，年十二三，武所常役者；一李應，最拗拙，每因細事㉞與公子裂眼爭，武恒怒之。當夜默念，疑必此人。詰旦㉟，喚至，善言絕令去。

武長子紳，娶王氏。一日，武他出，留林兒居守。齋中菊花方燦。新婦意翁出，齋庭當寂，自詣摘菊。林兒突出勾戲㊱。婦欲遁，林兒強挾入室。婦啼拒，色變聲嘶。紳奔入，林兒始釋手逃去。武歸聞之，怒覓林兒，竟已不知所之。過二三日，始知其投身某御史家。某官都中，家務皆委決於弟。武以同袍義㊲，致書索林兒，某弟竟置不發。武益恚，質詞邑宰。勾牒㊳雖出，而隸不捕，官亦不問。武方憤怒，適七郎至。武曰：「君言驗矣。」因與告愬。七郎顏色慘變，終無一語，即逕去。

武囑幹僕邏察㊴林兒。林兒夜歸，為邏者所獲，執見武。武掠楚之。

林兒語侵武。武叔恒，故長者，恐侄暴怒致禍，勸不如治以官法。武從之，縶赴公庭。而御史家刺書㊵郵至；宰釋林兒，付紀綱㊶以去。林兒意益肆，倡言叢眾中，誣主人婦與私。武無奈之，忿塞欲死。馳登御史門，俯仰叫罵。里舍慰勸令歸。逾夜，忽有家人白：「林兒被人臠割㊷，拋屍曠野間。」武驚喜，意氣稍得伸。

俄聞御史家訟其叔侄，遂偕叔赴質。宰不容辨，欲笞恒。武抗聲曰：「殺人莫須有㊸！至辱詈搢紳，則生實為之，無與叔事。」宰置不聞。武裂眥㊹欲上，群役禁捽之。操杖隸㊺皆紳家走狗，恒又老耄，籤㊻數未半，奄然已死。宰見武叔垂斃，亦不復究。武號且罵，宰亦若弗聞也者。遂舁叔歸。哀憤無所為計。思欲得七郎謀，而七郎更不一弔問㊼。竊自念：待七郎不薄，何遽如行路人？亦疑殺林兒必七郎。轉念：果爾，胡得不謀？於是遣人探諸其家，至則扃鐍㊽寂然，鄰人並不知耗。

一日，某弟方在內廨㊾，與宰關說。值晨進薪水㊿，忽一樵人至前，釋擔抽利刃，直奔之。某惶急，以手格刃，刃落斷腕；又一刀，始決[51]其首。宰大驚，竄去。樵人猶張皇四顧。諸役吏急闔署門，操杖疾呼。樵人乃自剄死。紛紛集認，識者知為田七郎也。宰驚定，始出覆驗。見七郎僵臥血泊中，手猶握刃。方停蓋[52]審視，屍忽崛然躍起，竟決宰首，已而復踣。

衙官捕其母子，則亡去已數日矣。武聞七郎死，馳哭盡哀。咸謂其主使七郎。武破產夤緣[53]當路，始得免。七郎屍棄原野三十餘日，禽犬環守之。武取而厚葬。其子流寓於登[54]，變姓為佟。起行伍，以功至同知將軍[55]。歸遼，武已八十餘，乃指示其父墓焉。

異史氏曰：「一錢不輕受，正其一飯不忘者也。賢哉母乎！七郎者，憤未盡雪，死猶伸之，抑何其神？使荊卿[56]能爾，則千載無遺恨矣。苟有其人，可以補天網之漏；世道茫茫，恨七郎少也。悲夫！」

【注　釋】❶遼陽　州名，治所在今遼寧遼陽。❷業獵　以打獵為業。❸貙目蜂腰　眼睛明亮，身姿矯健。貙，野獸名。形大如狗，毛紋似狸。❹膩帢　油膩膩的帽子。帢，一種便帽。❺皂犢鼻　黑色大圍裙。犢鼻，圍裙，形如牛犢鼻子。❻狼蛻　狼皮。❼皋比　虎皮。❽龍鍾　衰老的樣子。❾晦紋　晦氣的紋路。❿死報　以命相報。⓫脯　肉乾。⓬浹旬　滿十天。⓭弩　一種用機械力量射箭的弓，泛指弓。⓮亟　急切；迫切。⓯臨存　親臨慰問。⓰殃敗　霉爛變質。⓱軸鞹　捲起皮革。鞹，無毛的獸皮。⓲治具　準備飯食或酒席。⓳鍵　鎖門。⓴周旋　古代行禮時進退揖讓的動作。這裡指照顧。㉑履襯　做鞋用的襯褙。㉒踦門　兩人分站門內外。㉓引致　勾引。㉔捉將官裡去　被朝廷、官府捉去。宋真宗訪天下隱者，得詩人楊樸，問他臨行有人作詩相送否，楊樸回答說：「臣妻有詩一首：更休落魄貪杯酒，亦莫猖狂愛詠詩。今日捉將官裡去，這回斷送老頭皮。」㉕髮膚　頭髮、皮膚，代指身體。㉖終百年　終生到老。㉗初度　生日。㉘屨　鞋子。㉙藉芻藁　鋪著草席睡覺。㉚濡縷　血跡沾染衣縷。㉛硎　磨刀石。㉜輾轉　翻來覆去的樣子。㉝老彌子　老變童。彌子，春秋時衛靈公的寵臣，是衛靈公的孌童。㉞細事　小事；瑣事。㉟詰旦　平明；清晨。㊱勾戲　勾引調戲。㊲同袍義　友情。《詩經》：「豈曰無衣，與子同袍。」㊳勾牒　拘捕令。㊴邏察　巡邏偵察。㊵刺書　書信。㊶紀綱　管家。㊷臠割　割成肉塊。臠，切成塊狀的肉。㊸莫須有　不必有，誣有的意思。㊹裂眥　張目怒視，眼眶破裂。㊺操杖隸　負責杖刑的衙役。㊻籤　計數的竹簽。㊼弔問　弔祭死者，慰問其家屬。㊽扃鐍　門閂鎖鑰之類。㊾內廨　衙門的內房。㊿薪水　柴火和水。(51)決　割斷。(52)蓋　遼陽的大傘。(53)夤緣　拉關係；走後門。(54)登　登州，今山東蓬萊。(55)同知將軍　副將軍。(56)荊卿　荊軻，戰國人，刺秦王不中，被殺。

【語　譯】武承休，是遼陽人。喜歡結交朋友，所交往的都是些知名的人。夜裡夢見一人告訴他說：「你結交的朋友遍天下，都是濫交罷了。惟有一人可以和你共患難，你怎麼反而不結識呢？」武承休問：「誰呀？」那人說：「不就是田七郎嗎？」武承休醒後感到很奇怪。

第二天一早，武承休見到朋友，就打聽田七郎。有門客認得他是東村打獵的。武承休很禮貌地到田家拜訪，用馬鞭敲門。不久，一個人出來，年紀二十多歲，貙目蜂腰，頭戴油膩膩的帽子，身著黑色遮膝大圍裙，圍裙上補著很多白補丁。他拱手齊額問客人從何而來。武承休報出姓名；並假託路上不舒服，要借間房子暫時休息休息。他問七郎在哪兒，那人回答說：「我就是啊。」於是請客人進門。

武承休看到只有幾間破屋，用木杈支撐著牆壁。進了一間小屋，虎皮、狼皮懸掛在柱子上，也沒有椅子矮床可坐。七郎就地鋪上虎皮坐下。武承休和他交談，他言詞樸訥質實，武承休很喜歡他。立即贈送銀子讓他維持生計，七郎不接受。武承休硬給他，七郎接過銀子後告訴母親。不久七郎又拿回來，堅決推辭不接受。武承休硬塞給他好多次。田母老態龍鍾地過來，面色嚴厲地說：「老身只有這一個兒子，不想叫他侍奉貴客！」武承休羞慚地退了出來。

回家的路上，武承休反覆思索，不明白田母的意思。恰好他的隨從在屋後聽到田母的話，於是就告訴了他。起初，七郎拿著銀子去告訴母親，母親說：「我剛才看見公子，他臉上有晦紋，一定要遭遇奇禍。聽過這樣的話：受人知遇就要替人分憂，受人恩惠就要急人之難。富人報答人用財，貧人報答人用義。無緣無故得到厚贈，不吉利，恐怕是要讓你以死相報了。」武承休聽了，深深歎服田母賢能；但是更加傾慕七郎了。

第二天，武承休擺酒招待七郎，七郎推辭不來。武承休就到七郎家，坐在屋裡要酒喝。七郎親自給他斟酒，端上鹿肉乾，禮節很周到。過了一天，武承休邀請他來要答謝他，七郎這才來了。兩人投機合緣非常高興。武承休贈送他銀子，七郎就是不接受。武承休藉口買虎皮，七郎才收下銀子。七郎回家看看積存的虎皮，算一算不值武承休的銀子數，心想再打幾張虎皮然後獻給他。進山打獵三天，卻毫無收穫。又碰上妻子病了，照看著熬湯煎藥，沒工夫去打獵了。過了十天，妻子忽然病死了。為她辦理完了弔喪埋葬等事，武承休給的銀子就逐漸花光了。武承休親自來弔唁送殯，禮儀很豐厚。

埋葬了妻子，七郎帶箭進了山林，更想打到老虎用來報答武承休，但終究一無所獲。武承休打聽到消息，就勸他不用著急。懇切地盼著七郎能姑且來看看他；而七郎始終以欠武承休的債感到遺憾，不肯來。武承休於是先向他索要原有的虎皮，好讓他快點來。七郎查看存皮，已被蛀蟲咬壞，虎毛都脫落了，更加懊惱喪氣。武承休知道了，騎馬來到他家，極力安慰勸解他。又看了看壞了的老虎皮，說：「這也很好。我所要的虎皮，本來就不在乎有沒有毛。」於是就捲起虎皮出來，並邀請七郎一同前去。七郎不肯，武承休就自己回去了。

七郎想，終歸不足以報答武承休，就帶上乾糧入山，熬了好幾夜，打到一隻老虎，整隻送給了武承休。武承休大喜，擺下酒席，請七郎留住三天。七郎推辭得很堅決。武承休關門鎖戶，讓七郎出不去。武承休的門客見七郎誠樸粗陋，私下裡認為武承休濫交朋友。但武承休照應七郎，和對其他門客大不一樣。他為七郎換新衣服，七郎推辭不接受；趁七郎睡了給他偷偷換上，七郎不得已才接受了。七郎回家後，他兒子遵照祖母的吩咐，送新衣回來，並索要父親的破衣服。武承休笑著說：「回去告訴奶奶，破衣服已經拆了做了鞋襯褙了。」此後，七郎每天都把兔子、野鹿贈送給武承休，武承休請他卻不再去。武承休一天造訪七郎，正碰上七郎出獵未回。田母出來開門，隔著門對武承休說：「不要再招引我兒了，太不懷好意！」武承休恭敬地向田母行禮，羞慚地回去了。

過了大約半年，武承休的家僕忽然說：「七郎因為爭奪獵物豹子，打死人，被抓進官府裡了。」武承休大驚，飛馬去看他，七郎已被上了刑具關押在監獄。七郎看到武承休也不多話，只說：「此後麻煩你照顧老母。」武承休慘然出來，急忙用重金賄賂縣令；又拿一百兩銀子賄賂死者家屬。一個多月後就沒事了，七郎被釋放回家。田母感慨地說：「你的命是武公子給的，不能再由得我獨有並愛惜了。但願武公子一生無災無難，那就是兒的福氣了。」七郎要去感謝武承休，田母說：「去就去罷，見了武公子也不要謝他。小恩是可以感謝的，大恩就不可感謝了。」七郎見了武承休，武承休溫暖地安慰他，七郎唯唯點頭聽著。武家人都怪七郎不懂禮節，武承休卻喜歡他誠實厚道，更加厚待他。從此，七郎常常在武家一住幾天。贈送他東西他就接受，也不再推辭，也不說報答的話。

適逢武承休生日，賓客僕從很多，夜間房舍都住滿了。武承休同七郎睡在一間小屋子裡，三個僕人就在床下睡在草墊上。二更將盡時，僕人們都睡著了，他兩人還在絮絮叨叨說個不停。七郎的佩刀掛在牆上，忽然跳出刀鞘幾寸高，錚錚地響著，刀光閃爍如電光。武承休驚起。七郎也起來，問：「床下躺的是什麼人？」武承休回答說：「都是些僕人。」七郎說：「其中必有惡人。」武承休問他緣故，七郎說：「這刀從外國買來，殺人不見血。至今已佩帶了三代了。它砍過上千個腦袋，還像剛剛磨過一樣。見到惡人它就鳴叫著跳出刀鞘，應該離著殺人不遠了。公子應當親近君子，疏遠小人，或許能免除意外之災。」武承休點頭同意了他的話。七郎始終有些擔心，在床上翻來覆去。武承休說：「禍福是命定的，何必擔憂得這樣厲害？」

七郎說：「我什麼都不怕，只是因為有老母親在。」武承休說：「何至於說出事就出事！」七郎說：「不出事就好。」原來床下睡著的三個人：一個叫林兒，是個老孌童，很得武承休歡心；一個僮僕，年齡十二三歲，是武承休平日使喚慣了的；一個叫李應，最固執任性，常因小事與主人瞪眼爭吵，武承休常跟他生氣。當夜武承休暗暗盤算，懷疑「惡人」一定是李應。到早晨，武承休把李應叫來，好言好語地辭退了他。

武承休的長子武紳，娶王氏為妻。一天，武承休外出，留下林兒看家。書房門前菊花開得正燦爛。王氏認為公公出了門，書房院裡應該很清靜，就自己過去採菊花。林兒突然竄出來勾引調戲她。王氏想跑，林兒硬抱著她進屋。王氏喊叫著抗拒，臉色蒼白聲音嘶啞。武紳跑進來，林兒才放手逃了。武承休回來聽了此事，憤怒地尋找林兒，林兒卻已不知逃到哪裡去了。過了兩三天，才知道他投奔到某御史家去了。這位御史在京城做官，家務都託付給弟弟。武承休因為與御史的弟弟有交情，就寫信給他索要林兒，御史的弟弟竟然置之不理。武承休更加生氣，就把狀子告到了縣令那裡。縣衙的拘捕令雖然發出，但是衙役不去逮捕，縣令也不再過問。武承休正在生悶氣，恰好七郎來了。武承休說：「你的話應驗了。」於是就把事情告訴了七郎。七郎的臉色變得很難看，始終沒說話，就逕直走了。

武承休囑咐幹練的僕人搜查林兒。林兒夜間回家，被搜查的人逮住，抓著去見武承休。武承休拷打他。林兒辱罵武承休。武承休的叔叔武恒，本就是溫厚的長者，恐怕姪子暴怒招致禍患，就勸他不如把林兒交給官府懲辦。武承休聽從了叔叔的吩咐，綁起林兒送到公堂。但御史家的名帖書信也寄到了縣衙；縣令釋放了林兒，交給御史弟弟的管家領走了。林兒更加肆無忌憚，竟然在大庭廣眾中揚言，誣指武家的兒媳和他私通。武承休拿他沒辦法，忿恨鬱積胸中簡直要氣死了。他騎馬跑到御史家門前，咋天呼地地叫罵。莊裡鄉親們把他勸回去。過了一夜，忽然有家人來稟報說：「林兒被人碎屍萬段，曝屍荒野了。」武承休又驚又喜，心中稍微出了口氣。

接著就聽說御史家告了他叔姪倆，他就和叔叔同赴縣衙對質。縣令不容分辯，就要杖打武恒。武承休高聲抗議說：「說我們殺人是莫須有！至於辱罵御史家，確實是我幹的，與我叔叔無關。」縣令對他的話不予理睬。武承休瞪眼怒視想衝上前，眾衙役把他揪回來。拿刑杖的差役都是御史家的走狗，武恒又年老體弱，刑杖還沒打到一半，就奄奄一息昏死過去。縣令見武恒將死，也就不再追究。武承休邊叫邊罵，縣令也好像沒聽見似的。武承休於是把叔叔抬回家，哀傷氣憤，想不出辦法。想要和七郎商量商量，而七郎卻一直不來弔問。他暗自琢磨：我對七郎不薄，怎麼這麼快就變得如同路人了呢？他也懷疑殺林兒的人一定是七郎。但轉念一想：果真是他，怎不和我商量？於是派人到田家探尋，一看鎖門閉戶寂無人煙，鄰居們也不知道他家的消息。

一天，御史的弟弟正在縣衙的內宅，向縣令關說。正值早晨縣衙裡進柴送水的時候，忽然一個樵夫來到跟前，放下擔子抽出利刃，直奔他倆而去。御史弟弟吃驚慌亂，用手去擋利刃，一刀下去就砍斷了手腕；又一刀才砍下了他的腦袋。縣令大驚，逃走。樵夫還在那裡慌慌張張四處尋找。衙役們急忙關上縣衙大門，拿起刑杖大聲疾呼。樵夫就自刎而死。衙役們紛紛湊上辨認，認識的人知道這是田七郎。縣令驚魂稍定，才出來複查驗屍。看到七郎僵臥在血泊裡，手裡還握著那把刀。縣令正要停在陽傘下仔細察看，七郎的屍體忽然跳起來，竟然砍下了他的腦袋，隨後才又倒在地上。

縣衙的官吏去逮捕七郎的母親、兒子，二人逃走已經好幾天了。武承休聽說七郎死了，飛跑去痛哭著盡情哀悼。大家都說是他主使七郎。武承休傾盡家產買通當權的大官，才得以免罪。七郎的屍體扔在荒郊野地裡三十多天，靈禽義犬環圍守護著他。武承休取走七郎屍體厚葬了。七郎的兒子流落到登州，改姓佟。當兵出身，因功升到同知將軍。他回到遼陽，武承休已經八十多歲了，這才指著告訴了他父親的墳墓。

異史氏說：「一個錢不輕易接受，正如同一頓飯不敢忘記一樣。賢德啊，田母！田七郎，憤恨發洩不盡，死了還起來申雪，又是多麼神奇啊！假使荊軻能這樣，就沒有千年的遺憾了。假如真有田七郎這樣的人，就可以彌補天網的疏漏了；世道迷茫不清，遺憾七郎這樣的人太少了。可悲啊！」

【研析】〈田七郎〉敘述獵戶田七郎受富家公子武承休營救出獄之恩，武承休為仇家陷害，縣官受賄，將武承休的叔父拷打致死，田七郎挺身殺死仇家、縣官後自刎。這個故事頗似《史記·刺客列傳》裡的聶政為知己者嚴仲子刺殺了韓相俠累，隨之自己毀面剖腹而死的事蹟。然而，這篇小說的命意卻不是單純讚頌，而是另有深意。

小說前半幅敘武承休認為田七郎人品可靠，主動與之結交，田七郎拒絕；武承休見其貧窮，假託購買虎皮，送來銀子，田七郎連日進山打獵，直到積累了價值與那些銀子相等的虎皮，送給武承休，沒有占人家絲毫便宜。直到田七郎為爭獵物，失手傷人命，被逮進牢獄，武承休用銀子疏通官府和苦主，被釋放出來，田七郎才身不由己地受到了武承休的營救之恩。田七郎堅決不願受人恩惠，最後受人恩惠是被動的、無可奈何的。

這篇小說中，田七郎的母親是個關鍵人物。她說：「受人知者分人憂，受人恩者急人難。富人報人以財，貧人報人以義。無故而得重賂，不祥。」這便明白地解釋了田七郎為何不願意結交富家公子武承休，不肯平白無故地接受人家的恩惠的緣故，也包含了後來為武承休營救出獄的憂慮：設若武承休遇到災難，兒子田七郎也只能以身報恩了。

小說後半幅便寫田母的話不幸而言中：武承休遇到了大難，田七郎不能視而不問，別無他計，只能隻身去報人家營救之恩了。他做的是本來極力要避免做的、卻又不能不做的事，田七郎以身報恩既是壯烈的，更是無可奈何的、可悲的。小說就表現了這樣一種事實：受人之恩，尤其是窮人，就承擔了報恩的道德義務，是要慎重的。這是蒲松齡的經驗之談，也是對傳統的「恩義」觀念的深刻詮釋，甚而可以說是一種駁論。

酆都御史

酆都縣❶外有洞，深不可測，相傳閻羅天子❷署。其中一切獄具，皆借人工。桎梏❸朽敗，輒擲洞口，邑宰❹即以新者易之，經宿失所在。供應度支，載之經制❺。

明有御史行臺❻華公，按及酆都，聞其說，不以為信，欲入洞以決其惑。人輒言不可，公弗聽。秉燭而入，以二役從。深抵里許，燭暴滅。視之，階道闊朗，有廣殿十餘間，列坐尊官，袍笏❼儼然；惟東首虛一坐。尊官見公至，降階而迎，笑問曰：「至矣乎？別來無恙否？」公問：「此何處所？」尊官曰：「此冥府❽也。」公愕然告退。尊官指虛坐❾曰：「此為君坐，那可復還！」公益懼，固請寬宥❿。尊官曰：「定數⓫何可逃也！」遂檢一卷示公，上注云：「某月日，某以肉身歸陰。」公覽之，戰慄如濯冰水。念母老子幼，泫然涕流。

俄有金甲神人，捧黃帛書至。群拜舞啟讀已，乃賀公曰：「君有回陽之機矣。」公喜致問。曰：「適接帝詔，大赦幽冥，可為君委折原例⑫耳。」乃示公途而出。數武之外，冥黑如漆，不辨行路。公甚窘苦。忽一神將軒然而入，赤面長髯，光射數尺。公迎拜而哀之。神人曰：「誦佛經可出。」言已而去。公自計經咒⑬多不記憶，惟《金剛經》⑭頗曾習之，遂乃合掌而誦，頓覺一線光明，映照前路。忽有遺忘之句，則目前頓黑；定想移時，復誦復明。乃始得出。其二從人，則不可問⑮矣。

【注釋】❶酆都縣　縣名，今重慶市豐都。❷閻羅天子　閻王爺。❸桎梏　腳鐐、手銬。❹邑宰　縣令。❺經制　經制錢，附加雜稅。❻御史行臺　又稱行臺御史，代表御史臺對地方行使監察權的御史。❼袍笏　朝服和笏版。❽冥府　陰曹地府。❾虛坐　空位。❿寬宥　寬容；饒恕。⓫定數　氣數；命運。⓬委折原例　按慣例折免。⓭經咒　經文和祝告語。⓮金剛經　佛教經典，全稱《金剛般若波羅蜜經》。⓯不可問　不問可知。

【語譯】酆都縣城外有個山洞，深不可測，相傳是閻羅天子的官署。洞中的一切刑具，都是借助人工製造的。腳鐐和手銬用壞了，就扔在洞口，縣令就換上新的放在那裡，過了一夜，新的刑具就不知去向了。有關洞內的供應開支，縣府都列入了徵收的附加稅中。

明代有個御史行臺華公，到酆都視察，聽到這個傳說，認為不可信，就想進洞去看個究竟、破除疑惑。人們都說不行。華公不聽，就手持火炬進入洞中，讓兩個衙役跟隨著。深入到洞內一里左右，火炬突然熄滅了。一看，臺階道路寬闊明朗，有大殿十餘間，排列端坐著尊貴的官員，身著袍、手執笏，莊重嚴肅；只有東頭空著一個座位。尊官看到華公來了，走下臺階來迎接他，笑著問：「來了嗎？別來無恙啊？」華公問：「這是什麼地方？」尊官說：「這是陰曹地府。」華公吃驚地要走。尊官指著空位說：「這是你的座位，哪能再回去！」華公更加害怕，一再請求寬容饒恕。尊官說：「命定之數怎能逃脫！」於是翻檢出一卷冊子給華公看，上面注著：「某月某日，某人以肉身活體來到陰間。」華公看了，顫抖得如同洗了個冰水澡。想到母親老了、兒子還小，不禁流下淚來。

不久，有金甲天神捧著黃綢子詔書來到。群官拜倒揮動手臂，翻開詔書看完，就祝賀華公說：「你有返回陽間的機會了。」華公高興地問原因。尊官說：「剛才接到玉皇大帝的御詔，要大赦陰間，我們可為你減免罪過，照慣例行事。」於是就指給華公一條路，讓他出來。幾步之外，幽黑如漆，辨認不出道路。華公非常窘迫難堪。忽然一位神將，氣宇軒昂地進來，紅臉龐長鬍鬚，光亮照到好幾尺外。華公迎上去拜倒並哀求他。神人說：「念誦佛經就可以出去。」說畢就走了。華公心想經咒大多都忘了，只有《金剛經》還曾下功夫學習過，於是就合掌念誦，頓時覺得有一線光明，映照著眼前的道路。忽然碰到遺忘了的地方，眼前就頓時黑暗；站定思考半天，再念誦再光明。這才出得洞來。那兩個隨從的衙役，就不必再打聽了。

【研　析】〈酆都御史〉這篇小說，雖然非常短小，卻也一波三折。

小說開頭告訴讀者酆都縣裡有個極深的洞，據說洞裡是閻王殿，各種刑具都是世上人工製造的，縣令要定時給閻王殿更換新刑具。明代的巡臺御史華公到此，要進去看看是否屬實？

華公進了閻王殿，頓時大有自投羅網之感，因為人家正等著他來呢，他命中註定就是此時親自到閻王殿受命。至此，讀者不免為華公的好奇心惋惜。卻像〈考城隍〉裡的宋燾本來到了死期，因為他奉養老母的孝心感動了關帝，才讓他重新還陽。〈酆都御史〉中的華公，也因為「念母老子幼，泫然涕流」，這才感動上天，獲得了重生的機會。

華公進洞時舉著火炬，出來時卻漆黑一團，不免又讓人擔心。這時「赤面長髯」的神將幫了他的忙，不但給他照路，還教他自己誦經照路。果然，只要心中有佛，就像〈考城隍〉中所說「無燭無燈夜自明」，華公走了出來，讀者的心也放了下來。

狐諧

萬福，字子祥，博興❶人也。幼業儒。家少有而運殊蹇❷，行年二十有奇，尚不能掇一芹❸。鄉中澆俗，多報富戶役，長厚者至碎破其家。萬適報充役，懼而逃，如濟南❹，稅居逆旅。

夜有奔女❺，顏色頗麗。萬悅而私❻之。請其姓氏。女自言：「實狐，但不為君祟耳。」萬喜而不疑。女囑勿與客共，遂日至，與共臥處。凡日用所需，無不仰給於狐。居無何，二三相識，輒來造訪，恒信宿❼不去。萬厭之而不忍拒，不得已，以實告客。客願一睹仙容。萬白於狐。狐謂客曰：「見我何為哉？我亦猶人耳。」聞其聲，嚦嚦❽在目前，四顧，即又不見。

客有孫得言者，善俳謔❾，固請見，且謂：「得聽嬌音，魂魄飛越；

何吝容華，徒使人聞聲相思？」狐笑曰：「賢哉孫子！欲為高曾母作行樂圖⑩耶？」諸客俱笑。狐曰：「我為狐，請與客言狐典⑪，頗願聞之否？」眾唯唯。狐曰：「昔某村旅舍，故多狐，輒出祟行客。客知之，相戒不宿其舍，半年，門戶蕭索。主人大憂，甚諱言狐。忽有一遠方客，自言異國人，望門休止⑫。主人大悅。甫邀入門，即有途人陰告曰：『是家有狐。』客懼，白主人，欲他徙。主人力白其妄，客乃止。入室方臥，見群鼠出於牀下。客大駭，驟奔，急呼：『有狐！』主人驚問。客怨曰：『狐巢於此，何誑我言無？』主人又問：『所見何狀？』客曰：『我今所見，細細幺麼⑬，不是狐兒，必當是狐孫子！』」言罷，座客為之粲然。孫曰：「既不賜見，我輩留宿，宜勿去，阻其陽臺⑭。」狐笑曰：「寄宿無妨；倘小有迕犯⑮，幸勿滯懷⑯。」客恐其惡作劇，乃共散去。

然數日必一來，索狐笑罵。狐諧甚，每一語，即顛倒⑰賓客，滑稽者不能屈也。群戲呼為「狐娘子」。一日，置酒高會，萬居主人位，孫與二客分左右座，上設一榻屈狐。狐辭不善酒。咸[18]請坐談，許之。酒數行，眾擲骰為瓜蔓之令[19]。客值瓜色，會當飲，戲以觥[20]移上座曰：「狐娘子大清醒，暫借一觴[21]。」狐笑曰：「我故不飲。願陳一典，以佐諸公飲。」孫掩耳不樂聞。客皆言曰：「罵人者當罰。」狐笑曰：「我罵狐何如？」眾曰：「可。」於是傾耳共聽。

狐曰：「昔一大臣，出使紅毛國[22]，著狐腋冠[23]，見國王。王見而異之，問：『何皮毛，溫厚乃爾？』大臣以狐對。王言：『此物生平未曾得聞。狐字字畫何等？』使臣書空[24]而奏曰：『右邊是一大瓜，左邊是一小犬。』」主客又復鬨堂[25]。

二客，陳氏兄弟，一名所見，一名所聞。見孫大窘[26]，乃曰：「雄狐何在，而縱雌流毒若此？」狐曰：「適一典，談猶未終，遂為群吠所亂，請終之。國王見使臣乘一騾，甚異之。使臣告曰：『此馬之所生。』又大異之。使臣曰：『中國馬生騾，騾生駒駒[27]。』王細問其狀。使臣曰：『馬生騾，是「臣所見」；騾生駒駒，乃「臣所聞」。』舉座又大笑。

眾知不敵，乃相約：後有開謔端者，罰作東道主㉘。頃之，酒酣，孫戲謂萬曰：「一聯請君屬㉙之。」萬曰：「何如？」孫曰：「妓者出門訪情人，來時『萬福㉚』，去時『萬福』。」合座屬思不能對。狐笑曰：「我有之矣。」眾共聽之。曰：「龍王下詔求直諫㉛，鱉也『得言』，龜也『得言』。」四座無不絕倒㉜。孫大恚曰：「適與爾盟，何復犯戒？」狐笑曰：「罪誠在我；但非此，不成確對㉝耳。明日設席，以贖吾過。」相笑而罷。狐之詼諧，不可殫述㉞。

居數月，與萬偕歸。及博興界。告萬曰：「我此處有葭莩親㉟，往來久梗，不可不一訊。日且暮，與君同寄宿，待日而行可也。」萬詢其處，指言：「不遠。」萬疑前此故無村落，姑從之。二里許，果見一莊，生平所未歷。狐往叩關，一蒼頭㊱出應門。入則重門疊閣，宛然世家。

俄見主人，有翁與媼，揖萬而坐。列筵豐盛，待萬以姻婭㊲，遂宿焉。狐早謂曰：「我遽偕君歸，恐駭聞聽。君宜先往，我將繼至。」萬從其言，先至，預白㊳於家人。未幾，狐至。與萬言笑，人盡聞之，而不見其人。

逾年，萬復事於濟，狐又與俱。忽有數人來，狐從與語，備極寒暄。乃語萬曰：「我本陝中人，與君有夙因㊴，遂從爾許時。今我兄弟至矣。將從以歸，不能周事㊵。」留之不可，竟去。

【注釋】❶博興　縣名，今山東濱州博興。❷蹇　不順利。❸掇一芹　考中秀才。❹濟南　府名，治所在今山東濟南。❺奔女　私奔的女子。❻私　交媾。❼信宿　連續兩宿。❽嚦嚦　聲音婉轉動聽。❾俳諧　開玩笑。❿行樂圖　日常生活的畫像。⓫狐典　有關狐狸的典故。⓬望門休止　指看見門戶就入住休息，不暇多問。⓭細細么麼　細小的東西。⓮陽臺　男女歡會之所，指男女歡會。⓯迕犯　冒犯。⓰滯懷　掛在心上。⓱顛倒　傾倒。⓲咸　全；都。⓳瓜蔓之令　一種酒令。⓴觥　古代酒器。㉑觴　古代酒器。㉒紅毛國　荷蘭。㉓狐腋冠　用狐狸腋下毛皮製成的皮帽。㉔書空　用手指在空中書寫。㉕閧堂　眾人都大笑。㉖窘　尷尬；難為情。㉗駒駒　狐狸杜撰的牲畜名。㉘東道主　招待客人的主人。㉙屬　屬對；對下聯。㉚萬福　舊時婦女行禮，口稱「萬福」。此處諧「萬福」之名。㉛直諫　直言進諫的人。㉜絕倒　笑得前仰後合。㉝確對　絕對；獨一無二的對子。㉞殫述　詳盡敘述。㉟葭莩親　遠親。葭莩，蘆葦稈裡面的薄膜，喻關係疏遠淡薄。㊱蒼頭　老僕人。㊲姻婭　姻親。古時婿父稱姻，兩婿互稱婭。㊳白　告訴。㊴夙因　前世的因緣。㊵周事　侍奉終身。

【語　譯】萬福，字子祥，是博興人。少年時學習儒家經典。家境還算富裕但運勢老是不順。年紀二十多歲了，還不能考得一個秀才。鄉裡有種陋俗，多數讓一般人擔任富人該擔當的里正，忠厚老實的人擔任這個差使，甚至會弄得家破人亡。萬福正好被報上去充當此役，他害怕得逃走了，跑到濟南，租住在旅店裡。

夜晚，有個私奔女子進來，模樣很漂亮。萬福因喜歡就和她交歡了，詢問她的姓氏。女子說：「我其實是狐女，但不會禍害你。」萬福高興便不再懷疑。女子囑咐他不要和客人一起住，於是就每天都來，和他同眠共處。凡是需要的日用品，無不仰仗狐女供給。住了不久，兩三個相識，常來拜訪他，往往一來就一兩天不走。萬福討厭他們，但又不好意思趕他們走；不得已，只得把實情告訴了他們。客人希望見一見狐仙的容貌。萬福告訴狐女。狐女對客人說：「見我幹什麼呢？我也和人一個模樣啊。」聽狐女的聲音，清脆婉轉如在眼前，四下尋找，卻又不見人影。

客人中有個叫孫得言的，善於詼諧說笑話，堅決要求見見狐女，並且說：「能夠聽到你嬌滴滴的聲音，讓人神魂顛倒；何必吝惜自己的美貌，只讓人聽著你的聲音想你呢？」狐女笑著說：「好孫子！你要為祖奶奶畫行樂圖嗎？」客人們都笑了。狐女說：「我是狐狸，讓我給客人們說個狐狸的典故，你們願意聽嗎？」大家都唯唯稱是。狐女說：「過去某村的旅店裡，有很多狐狸，經常出來禍害旅客。旅客們知道後，相互告誡不到那裡去住，過了半年，旅店就生意蕭條了。店主人非常擔憂，十分忌諱說「狐狸」。忽然有個遠方的旅客，自稱是外國人，看見旅店就住了進來。店主人非常高興。剛把他請進門，就有個路人暗中告訴他：『這家有狐狸。』來客害怕，告訴店主人，要搬到別處。主人極力辯白那是亂說的，旅客才住下。進房間剛躺下，看到一群老鼠從床下鑽出。旅客大驚，迅速跑出來，慌忙喊叫：『有狐狸！』店主人驚問。旅客埋怨說：『狐狸在這裡做窩，怎麼騙我說沒有？』主人又問：『你看見狐狸是什麼樣子？』旅客說：『我剛才看見的，細細小小，不是狐狸兒子，就是狐狸孫子！』」講完，滿座客人都笑了。孫得言說：「既然不賞臉露面，我們就在此住宿，不走了，阻礙你倆的好事。」狐女笑著說：「不妨借住；若我稍有冒犯，希望不要介意。」客人們怕她惡作劇，就一起散去了。

但是他們幾天就來一次，找狐女說笑俏罵。狐女很詼諧，每說一句話，就讓客人們入迷傾倒，就是再滑稽的人也難不倒她。大家戲稱她「狐娘子」。一天，擺酒席宴會，萬福坐在主人位上，孫得言和兩位客人分別坐在左右，上座上擺一坐榻，讓狐女屈尊就座。狐女推辭說不善飲酒。大家請她坐著交談，狐女答應了他們。酒過數巡，眾人擲骰子，行「瓜蔓」酒令。有一客人碰上瓜色，應該喝酒，就開玩笑地將酒杯移到上座說：「狐娘子頭腦清醒，請替我喝一杯。」狐女笑著說：「我向來不喝酒。願意說個典故，給大家助酒興。」孫得言捂著耳朵不願聽。客人都說：「誰罵人就罰誰喝酒。」狐女笑著說：「我罵狐狸，怎麼樣？」大家說：「可以。」於是都豎起耳朵一起聽。

狐女說：「從前有個大臣，出使紅毛國，戴著狐腋皮做的帽子，去見紅毛國的國王。國王見了感到奇怪，就問：『這是什麼皮毛，如此溫暖厚實？』大臣告訴他是狐皮。國王說：『這東西我平生不曾聽過。那狐字的筆畫是怎樣的？』大臣在空中比劃著說：『右邊是一大瓜，左邊是一小犬。』」主客又都哄堂大笑。

那兩個客人，是陳姓兩兄弟，一個叫陳所見，一個叫陳所聞。看到孫得言十分難堪，就說：「雄狐狸在哪裡，任由雌狐狸這樣滿嘴胡言亂語？」狐女說：「剛才這個典故，還沒說完，就被群狗亂叫聲給打亂了，請讓我講完。國王見大臣騎著一頭騾子，非常奇怪。大臣告訴他說：『這是馬生的。』國王更加驚奇。大臣說：『在中國，馬生騾子，騾子生駒駒。』國王又詳細詢問駒駒的形狀。大臣說：『馬生騾，是「臣所見」；騾生駒駒，是「臣所聞」。』」全座的人又大笑起來。

大家知道敵不過她，便一起約定：往後誰再開頭嘲笑挖苦人，就罰誰做東道主。過了不久，酒喝得高興了，孫得言戲弄萬福說：「我有一聯，請續對下聯。」萬福問：「怎麼說？」孫得言說：「妓者出門訪情人，來時『萬福』，去時『萬福』。」一座人合起來也想不出下聯。狐女笑著說：「我有了。」大家聽她說。她說：「龍王下詔求直諫，鱉也『得言』，龜也『得言』。」眾人無不笑得前仰後合。孫得言惱羞成怒地說：「剛才和你約定，你為什麼又犯了戒呢？」狐女笑道：「確實是我錯了；但除了這一句，就沒有完美的對子了。明天我設宴，彌補我的罪過。」眾人一笑作罷。狐女的詼諧，不可盡述。

住了幾個月，狐女跟萬福一同回家。到了博興縣界，狐女告訴萬福說：「我在這裡有個遠房親戚，很長時間沒來往了，不可不去看看。天就要黑了，我和你一起去借住一晚，等早晨再走也不晚。」萬福問在哪裡，狐女指著說：「不遠。」萬福懷疑前面本無村莊，姑且跟她走去。走了二里多的路，果然看見一處村落，萬福生平沒有到過。狐女前去敲門，一個老僕人出來答應著開門。進去卻是重重門層層樓，彷彿官宦人家。不一會兒見到了主人，一個老頭子、一個老太太，拱手作揖請萬福坐下。酒宴擺列得很豐盛，對待萬福像對待新姑爺，於是他們就住下了。狐女早晨起來對萬福說：「我若匆忙跟你回家，恐怕家人沒聽過沒見過會害怕。你應該先回去，我隨後就到。」萬福聽她的吩咐，先回到家裡，提前告訴家人。不久，狐女來了，和萬福說說笑笑，家人都聽到了，但看不見她的人。

過了一年，萬福又到濟南辦事，狐女又和他一塊兒去。忽然來了幾個人，狐女跟在後邊和他們說話，詳細地噓寒問暖。她於是對萬福說：「我本是陝西人，和你有前世的緣分，所以跟了你這麼多時候。現在我的兄弟們來了，我就要跟他們回去，不能伺候你到老了。」留她也留不住，說走就走了。

【研　析】〈狐諧〉的開頭和結尾，用的是《聊齋》中人狐之戀的故事模式，約略交代狐女之來去，中間主體部分敘寫狐女與幾個書生嗑牙鬥舌，相互戲謔，狐女針鋒相對，以謔制衡。

狐女與書生們打嘴仗，是隱身聞其聲而不見其人。一次，名叫孫得言的書生，讓她現身，語涉輕佻：「得聽嬌音，魂魄飛越；何吝容華，徒使人聞聲相思？」狐笑曰：「賢哉孫子！欲為高曾母作行樂圖耶？」就孫得言的姓氏，戲辱其為低三、四輩的後生。接著她又就借講一位遠方客人在旅店床下看一些老鼠，誤為狐的故事，說：「不是狐兒，必當是狐孫子。」又一次宴會，孫得言和陳所見、陳所聞兄弟分坐左右兩邊，陳氏兄弟挑釁，狐女隨之說故事：紅毛國國王說不知

「狐」字怎麼寫，中國使臣回答說：「右邊是一大瓜，左邊是一小犬」。對應方位，喻陳氏兄弟為「大瓜」，還不甚侮辱，喻孫得言為「犬」，便罵得厲害了。陳氏兄弟忍不住惡語相侵，說：「雄狐何在，而縱雌狐流毒若此？」狐女靈機一動，又繼續說故事：那位國王不知中國使臣乘的騾子，使臣回答：「馬生騾，騾生駒駒。」國王問駒駒是什麼形狀？使臣說：馬生騾是「臣所見」；騾生駒駒，是「臣所聞」。以諧音法，罵陳氏兄弟就更厲害了。孫得言又自作聰明，讓大家對對聯，提出上聯是：「妓者出門訪情人，來也『萬福』，去也『萬福』。」諷刺狐女為妓，狐女機敏地對之，說：「龍王下詔求直諫，鱉也『得言』，龜也『得言』。」精妙無比，罵孫得言為鱉、龜，就是最侮辱人的話語了。

《聊齋》手稿本附有一則無名氏的評語：「〈狐諧〉則注意孫姓，但不知何人為翁所惡耳。」這位很早讀到過蒲松齡手稿本的評者是悟出此篇是罵姓孫的人，應當是不錯的。

現在的讀者無須追究所罵者究竟為何人，欣賞此篇只通過人物的話語就能顯現出其聰慧、活潑、伶牙俐舌的性格的文筆，也就頗開心了。

雨錢

濱州❶一秀才，讀書齋中。有款門者，啟視，則皤然❷一翁，形貌甚古。延之入，請問姓氏。翁自言：「養真，姓胡，實乃狐仙。慕君高雅，願共晨夕❸。」秀才故曠達，亦不為怪。遂與評駁❹今古。翁殊博洽❺，鏤花雕繢❻，粲於牙齒❼；時抽❽經義，則名理湛深，尤覺非意所及。秀才驚服，留之甚久。

一日，密祈❾翁曰：「君愛我良厚。顧我貧若此，君但一舉手，金錢宜可立致。何不小周給❿？」翁嘿然，似不以為可。少間，笑曰：「此大易事。但須得十數錢作母⓫。」秀才如其請。翁乃與共入密室中，禹步⓬作咒。俄頃，錢有數十百萬，從梁間鏘鏘⓭而下，勢如驟雨。轉瞬沒膝；拔足而立，又沒踝⓮。廣丈之舍，約深三四尺已來。乃顧語秀才：

「頗厭君意否？」曰：「足矣。」翁一揮，錢即畫然⑮而止。乃相與扃戶出。

秀才竊喜，自謂暴富。頃之，入室取用，則滿室阿堵物⑯，皆為烏有，惟母錢十餘枚，寥寥尚在。秀才失望，盛氣向翁，頗懟其誑⑰。翁怒曰：「我本與君文字交⑱，不謀與君作賊！便如秀才意，只合尋梁上君⑲交好得，老夫不能承命！」遂拂衣去。

【注釋】❶濱州　州名，今山東濱州。❷皤然　鬚髮皆白的樣子。❸共晨夕　朝夕相伴。❹評駁　評論辨析。❺博洽　學識廣博。❻鏤花雕繢　雕刻花紋和錦繡，比喻辭藻豐富，善於修辭。❼粲於牙齒　言談美妙。❽抽闡繹。❾密祈　私下裡請求。❿周給　接濟；救濟。⓫母　母錢；本錢。⓬禹步　巫師作法時的步法。⓭鏘鏘　聲音響亮。⓮踝　踝骨，腳腕兩旁凸起的部分。⓯畫然　一下子，表示短暫的時間。⓰阿堵物　那個東西，錢的諱稱。語見《世說新語》。⓱誑　欺騙。⓲文字交　以詩文相交的朋友。⓳梁上君　樑上君子；小偷。

【語譯】濱州有一秀才，在書房裡讀書。有人來敲門，他開門一看，是一個鬚髮全白的老翁，體形相貌都古色古香不同流俗。秀才把老翁請進書房，問他的姓名。老翁說：「我叫胡養真，實際是個狐仙。仰慕你的高雅，希望與你朝夕相處。」秀才本來就心胸曠達，也不認為是怪事。於是兩人就評論起古今是非來。老翁知識非常廣博，辭藻華麗，妙嘴生花；有時談論起儒家經典的微言大義，他把概念和道理講解得極為深奧，尤其感覺不是一般人能想到的。秀才對他驚歎佩服，留他住了很長時間。

一天，秀才偷偷地向老翁請求：「你對我感情很深。你看看我這樣窮，你只要動動手，金錢應該立刻就有。何不稍微幫幫我呢？」老翁沉默了一會，似乎不大同意。又過了一會兒，老翁笑著說：「這件事太容易了。只是需要十幾個銅錢做本錢。」秀才就給他十幾個銅錢。老翁和秀才一起進入密室裡，邁著巫師作法的步法念動咒語。不久，就有數十百萬的錢，從樑上鏘鏘地落下來，那狀況就像下暴雨，一眨眼銅錢就漫過了膝蓋；拔出腳來站到別處，又立即淹沒了腳踝。一丈見方的屋裡，銅錢大約有三四尺深之多。老翁這才看著秀才說：「還能滿足你的願望吧？」秀才說：「滿足了。」老翁一揮手，銅錢立即停止增加。兩人就鎖好門出來了。

秀才暗自高興，以為這下子暴富了。不久，秀才進屋取用銀錢，卻滿屋的銅錢都不見了，只有那十幾枚本錢還零零落落地留在地上。秀才很失望，就對老翁發火，很不滿他對自己的欺騙。老翁生氣地說：「我本來和你只是詩文方面的朋友，不打算替你去當賊！如要能滿足你的心意，就應該去找樑上君子做朋友，我不能從命！」於是拂袖而去。

【研　析】〈雨錢〉在《聊齋》裡篇幅短小者中算是最精緻有韻味的。狐翁博學，談吐風雅，來與曠達的秀才結文字交，談經義名理，彼此都是極愜意的。煞風景的是貌似「高雅」的秀才，「密祈」狐翁耍點手段，給他弄些錢來。便有失雅道，心術不正。錢財豈能用不正當的手段獲得！一下子擊碎狐翁的雅夢。

狐翁嘲謔秀才的魔術頗有妙趣：從梁間紛紛落下數十百萬的銅錢，大遂秀才的心願，「竊喜，自謂暴富。」當他要「入室取用」的時候，卻發現是一場空。狐翁的這一魔術擊碎了秀才的俗夢，謔而不虐，不失雅道。何守奇謂此篇：「文字交不謀作賊，自好者當深味此言。」主題有訓世意味，故事亦令人解頤。

蓮香

桑生，名曉，字子明，沂州❶人。少孤，館於紅花埠❷。桑為人靜穆自喜，日再出，就食東鄰，餘時堅坐而已。東鄰生偶至戲❸曰：「君獨居不畏鬼狐耶？」笑答曰：「丈夫何畏鬼狐？雄來吾有利劍，雌者尚當開門納之。」鄰生歸，與友謀，梯妓於垣❹而過之，彈指叩扉。生窺問其誰，妓自言為鬼。生大懼，齒震震有聲。妓逡巡❺自去。鄰生早至生齋，生述所見，且告將歸。鄰生鼓掌曰：「何不開門納之？」生頓悟其假，遂安居如初。

積半年，一女子夜來叩齋。生意友人之復戲也，啟門延入，則傾國之姝❻。驚問所來。曰：「妾蓮香，西家妓女。」埠上青樓❼故多，信之。息燭登牀，綢繆甚至。自此三五宿輒一至。

一夕，獨坐凝思，一女子翩然入。生意其蓮，承逆與語。覿面❽殊非，年僅十五六，嚲袖垂髫❾，風流秀曼，行步之間，若還若往。大愕，疑為狐。女曰：「妾良家女，姓李氏。慕君高雅，幸能垂盼❿。」生喜。握其手，冷如冰，問：「何涼也？」曰：「幼質單寒，夜蒙霜露，那得不爾！」既而羅襦⓫衿解，儼然處子。女曰：「妾為情緣，葳蕤之質⓬，一朝失守。不嫌鄙陋，願常侍枕席。房中得無有人否？」生云：「無他，止一鄰娼，顧不常至。」女曰：「當謹避之。妾不與院中人⓭等，君秘勿洩。彼來我往，彼往我來可耳。」雞鳴欲去，贈繡履一鉤，曰：「此妾下體⓮所著，弄之足寄思慕。然有人慎勿弄也！」受而視之，翹翹如解結錐⓯。心甚愛悅。越夕無人，便出審玩。女飄然忽至，遂相款暱⓰。自此每出履，則女必應念而至。異而詰之。笑曰：「適當其時耳。」

一夜蓮來，驚云：「郎何神氣蕭索⓱？」生言：「不自覺。」蓮便告別，相約十日。去後，李來恒無虛夕。問：「君情人何久不至？」因以相約告。李笑曰：「君視妾何如蓮香美？」曰：「可稱兩絕。但蓮卿肌膚溫和。」李變色曰：「君謂雙美，對妾云爾。渠必月殿仙人⑱，妾定不及。」因而不歡。乃屈指計，十日之期已滿，囑勿漏，將竊窺之。

次夜，蓮香果至，笑語甚洽。及寢，大駭曰：「殆矣！十日不見，何益憊損⑲？保無他遇否？」生詢其故。曰：「妾以神氣驗之，脈拆拆如亂絲，鬼症也。」次夜，李來，生問：「窺蓮香何似？」曰：「美矣。妾固謂世間無此佳人，果狐也。去，吾尾之，南山而穴居。」生疑其妒，漫應⑳之。

逾夕，戲蓮香曰：「余固不信，或謂卿狐者。」蓮亟問：「是誰所云？」笑曰：「我自戲卿。」蓮曰：「狐何異於人？」曰：「惑之者病，甚則死，是以可懼。」蓮香曰：「不然。如君之年，房後三日，精氣可復，縱狐何害？設日日而伐之㉑，人有甚於狐者矣。天下病尸瘵鬼㉒，寧皆狐蠱死耶？雖然，必有議我者。」生力白其無。蓮詰益力。生不得已，洩之。蓮曰：「我固怪君憊也。然何遽至此？得勿非人乎？君勿言，明宵，當如渠之窺妾者。」

是夜李至，裁㉓三數語，聞窗外嗽聲，急亡去。蓮入曰：「君殆矣！是真鬼物！暱其美而不速絕，冥路㉔近矣！」生意其妒，默不語。蓮曰：「固知君不忘情，然不忍視君死。明日，當攜藥餌，為君以除陰毒㉕。幸病蒂猶淺，十日恙當已。請同榻以視痊可。」次夜，果出刀圭藥㉖啖生。頃刻，洞下㉗三兩行，覺臟腑清虛，精神頓爽。心雖德之，然終不信為鬼。

蓮香夜夜同衾偎生；生欲與合，輒止之。數日後，膚革充盈㉘。欲別，殷殷囑絕李。生謬應之。及閉戶挑燈，輒捉履傾想。李忽至。數日隔絕，頗有怨色。生曰：「彼連宵為我作巫醫，請勿為懟，情好在我。」李稍懌㉙。生枕上私語曰：「我愛卿甚，乃有謂卿鬼者。」李結舌良久，罵曰：「必淫狐之惑君聽也！若不絕之，妾不來矣！」遂嗚嗚飲泣。生百詞慰解，乃罷。

隔宿，蓮香至，知李復來，怒曰：「君必欲死耶！」生笑曰：「卿何相妒之深？」蓮益怒曰：「君種死根，妾為若除之，不妒者將復何如？」生託詞[30]以戲曰：「彼云前日之病，為狐祟耳。」蓮乃歎曰：「誠如君言，君迷不悟，萬一不虞，妾百口何以自解？請從此辭。百日後當視君於臥榻中。」留之不可，怫然[31]逕去。由是於李夙夜必偕。

約兩月餘，覺大困頓。初猶自寬解；日漸羸瘠[32]，惟飲饘粥[33]一甌。欲歸就奉養，尚戀戀不忍遽去。因循數日，沉綿不可復起。鄰生見其病憊，日遣館僮饋給食飲。生至是疑李，因謂李曰：「吾悔不聽蓮香之言，一至於此！」言訖而瞑[34]。移時復甦，張目四顧，則李已去，自是遂絕。

生羸臥空齋，思蓮香如望歲。一日，方凝想間，忽有搴簾入者，則蓮香也。臨榻哂曰：「田舍郎[35]，我豈妄哉！」生哽咽良久，自言知罪，但求拯救。蓮曰：「病入膏肓[36]，實無救法。姑來永訣，以明非妒。」

生大悲曰：「枕底一物，煩代碎之。」蓮搜得履，持就燈前，反復展玩。李女欻入，卒[37]見蓮香，返身欲遁。蓮以身蔽門，李窘急不知所出。生責數之，李不能答。蓮笑曰：「妾今始得與阿姨面相質。昔謂郎君舊疾，未必非妾致，今竟何如？」李俛首謝過。蓮曰：「佳麗如此，乃以愛結仇耶？」李即投地隕泣[38]，乞垂憐救。

蓮遂扶起，細詰生平。曰：「妾，李通判[39]女，早夭，瘞於牆外。已死春蠶，遺絲未盡[40]。與郎偕好，妾之願也；致郎於死，良非素心。」蓮曰：「聞鬼物利人死，以死後可常聚，然否？」曰：「不然。兩鬼相逢，並無樂處；如樂也，泉下[41]少年郎豈少哉！」蓮曰：「癡哉！夜夜為之，人且不堪，而況於鬼？」李問：「狐能死人，何術獨否？」蓮曰：「是採補者流[42]，妾非其類。故世有不害人之狐，斷無不害人之鬼，以陰氣盛也。」

生聞其語，始知狐鬼皆真。幸習常見慣，頗不為駭。但念殘息如絲，不覺失聲大痛。蓮顧問：「何以處郎君者？」李赧然遜謝㊸。蓮笑曰：「恐郎強健，醋娘子要食楊梅㊹也。」李斂衽曰：「如有醫國手㊺，使妾得無負郎君，便當埋首地下，敢復靦然于人世耶！」

蓮解囊出藥，曰：「妾早知有今，別後採藥三山㊻，凡三閱月，物料始備，瘵蠱至死，投之無不蘇者。然症何由得，仍以何引㊼，不得不轉求效力。」問：「何需？」曰：「櫻口中一點香唾耳。我一丸進，煩接口而唾之。」李暈生頤頰，俯首轉側而視其履。

蓮戲曰：「妹所得意惟履耳！」李益慚，俯仰若無所容。蓮曰：「此平時熟技，今何吝焉？」遂以丸納生吻，轉促逼之，李不得已，唾之。蓮曰：「再！」又唾之。凡三四唾，丸已下咽。少間，腹殷然如雷鳴。復納一丸，自乃接脣而布以氣。生覺丹田㊽火熱，精神煥發。蓮曰：「愈矣！」李聽雞鳴，彷徨別去。

蓮以新瘥，尚須調攝㊾，就食非計；因將戶外反關，偽示生歸，以絕交往，日夜守護之。李亦每夕必至，給奉殷勤，事蓮猶姊。蓮亦深憐愛之。居三月，生健如初。李遂數夕不至；偶至，一望即去。相對時，亦悒悒不樂。蓮常留與共寢，必不肯。

生追出，提抱以歸，身輕若芻靈[50]。女不得遁，遂著衣偃臥，蜷其體不盈二尺。蓮益憐之，陰使生狎抱之，而撼搖亦不得醒。生睡去；覺而索之，已杳。後十餘日，更不復至。生懷思殊切，恒出履共弄。蓮曰：「窈娜[51]如此，妾見猶憐，何況男子！」生曰：「昔日弄履則至，心固疑之，然終不料其鬼。今對履思容，實所愴惻[52]。」因而泣下。

先是，富室張姓有女字燕兒，年十五，不汗而死。終夜復蘇，起顧欲奔。張扃戶，不得出。女自言：「我通判女魂。感桑郎眷注，遺舄猶存彼處。我真鬼耳，錮[53]我何益？」以其言有因，詰其至此之由。女低徊反顧，茫不自解。或有言桑生病歸者，女執辨其誣。家人大疑。東鄰生聞之，踰垣[54]往窺，見生方與美人對語；掩入逼之，張皇間已失所在。

鄰生駭詰。生笑曰：「向固與君言，雌者則納之耳。」鄰生述燕兒之言。生乃啟關，將往偵探，苦無由。

張母聞生果未歸，益奇之。故使傭媼索履，生遂出以授。燕兒得之喜。試著之，鞋小於足者盈寸，大駭。攬鏡自照，忽恍然悟己之借軀以生也者，因陳所由。母始信之。女鏡面大哭曰：「當日形貌，頗堪自信，每見蓮姊，猶增慚怍[55]。今反若此，人也不如其鬼也！」把履號咷[56]，勸之不解。蒙衾僵臥。食之，亦不食，體膚盡腫；凡七日不食，卒不死，而腫漸消；覺飢不可忍，乃復食。數日，遍體瘙癢，皮盡脫。晨起，睡舄[57]遺墮，索著之，則碩大無朋[58]矣。因試前履，肥瘦脗合，乃喜。復自鏡，則眉目頤頰，宛肖生平，益喜。盥櫛[59]見母，見者盡眙[60]。

蓮香聞其異，勸生媒通之；而以貧富懸邈，不敢遽進。會媼初度[61]，因從其子婿行，往為壽。媼睹生名，故使燕兒窺簾認客。生最後至，女驟出，捉袂，欲從與俱歸。母訶譙之，始慚而入。生審視宛然[62]，不覺零涕，因拜伏不起。媼扶之，不以為侮。生出，浼女舅執柯[63]。媼議擇吉贅生。

生歸告蓮香，且商所處。蓮悵然良久，便欲別去，生大駭泣下。蓮曰：「君行花燭於人家，妾從而往，亦何形顏？」生謀先與旋里[64]而後迎燕，蓮乃從之。生以情白張。張聞其有室，怒加誚讓。燕兒力白之，乃如所請。

至日，生往親迎。家中備具，頗甚草草；及歸，則自門達堂，悉以罽毯[65]貼地，百千籠燭，燦列如錦。蓮香扶新婦入青廬[66]，搭面[67]既揭，歡若生平。蓮陪巹飲，因細詰還魂之異。燕曰：「爾日抑鬱無聊，徒以身為異物，自覺形穢。別後憤不歸墓，隨風漾泊。每見生人則羨之。晝憑草木，夜則信足[68]浮沉。偶至張家，見少女臥牀上，近附之，未知遂能活也。」蓮聞之，默默若有所思。

逾兩月，蓮舉一子。產後暴病，日就沉綿[69]。捉燕臂曰：「敢以孽種相累，我兒即若兒。」燕泣下，姑慰藉之。為召巫醫，輒卻之。沉痼彌留[70]，氣如懸絲。生及燕兒皆哭。忽張目曰：「勿爾！子樂生，我樂死。如有緣，十年後可復得見。」言訖而卒。啟衾將斂，屍化為狐。生不忍異視，厚葬之。子名狐兒，燕撫如己出。每清明，必抱兒哭諸其墓。

後生舉於鄉[71]，家漸裕。而燕苦不育[72]。狐兒頗慧，然單弱多疾。燕每欲生置媵[73]。一日，婢忽白：「門外一嫗，攜女求售。」燕呼入。卒見，大驚曰：「蓮姊復出耶！」生視之，真似，亦駭。問：「年幾何？」答云：「十四。」「聘金幾何？」曰：「老身止此一塊肉，但俾得所，妾亦得啖飯處，後日老骨不至委溝壑[74]，足矣。」生優價而留之。

燕握女手，入密室，撮其頷而笑曰：「汝識我否？」答言：「不識。」詰其姓氏，曰：「妾韋姓。父徐城賣漿者，死三年矣。」燕屈指停思，蓮死恰十有四載。又審視女，儀容態度，無一不神肖[75]者。乃拍其頂而呼曰：「蓮姊，蓮姊！十年相見之約，當不欺吾！」女忽如夢醒，豁然[76]

曰：「咦！」熟視燕兒。生笑曰：「此『似曾相識燕歸來[77]』也。」女泫然曰：「是矣。聞母言，妾生時便能言，以為不祥，犬血飲之，遂昧宿因[78]。今日始如夢寤。娘子其恥於為鬼之李妹耶？」共話前生，悲喜交至。

一日，寒食[79]，燕曰：「此每歲妾與郎君哭姊日也。」遂與親登其墓，荒草離離[80]，木已拱[81]矣。女亦太息。燕謂生曰：「妾與蓮姊兩世情好，不忍相離，宜令白骨同穴。」生從其言，啟李冢得骸，舁歸而合葬之。親朋聞其異，吉服臨穴[82]，不期而會者數百人。

余庚戌南遊至沂[83]，阻雨，休於旅舍。有劉生子敬，其中表親，出同社王子章所撰〈桑生傳〉，約萬餘言，得卒讀。此其崖略[84]耳。

異史氏曰：「嗟乎！死者而求其生，生者又求其死，天下所難得者，非人身哉？奈何具此身者，往往而置之，遂至靦然[85]而生不如狐，泯然[86]而死不如鬼。」

【注釋】❶沂州　州名，治所在今山東臨沂。❷紅花埠　地名，在今山東臨沂郯城紅花鄉。❸戲　捉弄。❹垣　矮牆。❺逡巡　遲疑不敢向前的樣子。❻傾國之姝　傾國傾城之美貌。❼青樓　妓院。❽覿面　迎面；見面。❾韡袖垂髫　兩肩瘦削，頭髮披垂。❿垂盼　看重；見愛。⓫羅襦　綢緞短襖。⓬葳蕤之質　處女之身。葳蕤，鮮麗之草。⓭院中人　妓女。院，妓院。⓮下體　人體的下部，此指腳。⓯解結錐　古代骨製的解結用具，形如錐。⓰款暱　友好親暱。⓱蕭索　缺乏生機。⓲月殿仙人　嫦娥，代指美女。⓳憊損　困頓瘦損。⓴漫應　隨便答應。㉑旦旦而伐之　每天都砍伐，比喻每天都與女子交合。《孟子．告子上》：「旦旦而伐之，可以為美乎？」㉒病尸瘵鬼　病死的人和得肺病死去的人。瘵，肺結核。㉓裁　才。㉔冥路　去陰間的路；死路。㉕陰毒　中醫學病症名，症見面目發青、四肢冰冷、咽喉疼痛等。㉖刀圭藥　一小匙子藥。刀圭，古時量取藥末的器具，類似於今之湯匙。㉗洞下　瀉肚子。㉘膚革充盈　肌肉飽滿，身體結實。㉙懌　喜悅。㉚託詞　藉故。㉛怫然　惱怒的樣子。㉜羸瘠　瘦弱。㉝饘粥　稠曰饘，稀稱粥。㉞瞑　閉上眼睛。㉟田舍郎　莊稼漢；鄉下人。㊱病入膏肓　病情嚴重，無法醫治。㊲卒　倉猝之間。㊳投地隕泣　磕頭落淚。㊴通判　官名，知府的輔佐官員。㊵已死春蠶二句　人死而情未斷。唐李商隱〈無題〉：「春蠶到死絲方盡，蠟炬成灰淚始乾。」㊶泉下　黃泉之下，指死後。㊷采補者流　運用採補術的人。采補，古代房中術，採陰補陽或採陽補陰。㊸赧然遜謝　難為情地道歉謝罪。赧然，難為情的樣子。㊹醋娘子要食楊梅　醋本來就酸，楊梅也是酸的，比喻酸上加酸，吃醋得厲害。㊺醫國手　高明的醫生。國手，全國範圍內的技藝高手。㊻三山　傳說中的方丈、蓬萊、瀛洲三神山。泛指三山五嶽。㊼引　藥引子。㊽丹田　道家謂人體臍下三寸為丹田。㊾調攝　調理保養。㊿芻靈　送葬用的草人。(51)窈娜　窈窕、婀娜。(52)愴惻　悲痛。(53)錮　禁閉；禁錮。(54)踰垣　翻牆。(55)慚怍　慚愧。(56)號咷　放聲大哭。(57)睡舄　睡鞋。(58)碩大無朋　其大無比。(59)盥櫛　梳洗。(60)眙　驚視。(61)初度　生日。(62)宛然　真像；非常像。(63)執柯　做媒。(64)旋里　回歸故里。(65)罽毯　毛毯。罽，毛織品。(66)青廬　古時搭青布為棚，以成婚禮，名為青廬。指洞房。(67)搭面　古代女子出嫁時，蓋頭的巾，通常用綢緞製作，上繡花。

㊳信足　漫無目標地行走。㊴沉綿　疾病纏綿，經久不癒。⑩沉痼彌留　久病不癒，將要死去。⑪舉於鄉　鄉試考中舉人。⑫不育　不能生育。⑬媵　小老婆。⑭委溝壑　無人葬埋，拋屍荒野。⑮神肖　神態或神情相似。⑯豁然　比喻突然領悟了一個道理。⑰似曾相識燕歸來　宋晏殊〈浣溪沙〉：「無可奈何花落去，似曾相識燕歸來。」⑱宿因　前生的因緣。⑲寒食　節令名，清明節前一天或二天。⑳離離　禾草茂密的樣子。㉑木已拱　墓木成握。拱，兩手對握。㉒吉服臨穴　穿著吉慶服裝參加葬禮。㉓庚戌南遊至沂　康熙九年（西元一六七〇年），蒲松齡南遊，到江蘇寶應縣衙為幕僚，經過沂州。㉔崖略　梗概。㉕靦然　厚顏無恥。㉖泯然　消失的無影無蹤。

【語　譯】桑生，名曉，字子明，沂州人氏。從小就是孤兒，借住在紅花埠。桑生為人安靜莊重自己很看得起自己，每天出門兩次，到東鄰家吃飯，其餘時間，就安坐不動地看書。

東鄰的書生偶然過來，開玩笑說：「桑兄你獨居，不怕鬼狐嗎？」桑生笑著回答說：「大丈夫怎會怕鬼狐？若公的來，我有利劍殺死他；若母的來，我就開門放她進來。」東鄰書生回去，和朋友商量，找了個妓女用梯子爬上牆頭過來，用指頭敲桑生的門。桑生偷偷地問是誰，妓女說我是一個女鬼呀。桑生大驚失色，嚇得牙齒格格作響。妓女在門口徘徊了一下就走了。東鄰書生一早來到桑生的書齋，桑生說了夜裡的事情，並告訴他將要回去。東鄰書生拍著手說：「你怎麼不開門讓她進來呢？」桑生頓時省悟夜裡的鬼是假的，於是就放心住了下來。

這樣過了半年，有個女子夜裡來敲門。桑生想可能是朋友又來戲弄他，就開門請她進來，一看，原來是一位國色天香的女子。桑生驚問她從哪裡來的，女子說：「我叫蓮香，是西家的妓女。」紅花埠上的妓院本來就多，桑生就信了她。於是二人吹滅蠟燭，爬到床上，雲雨纏綿了個夠。從此，蓮香三五夜就來一次。

一天夜裡，桑生獨坐出神，有個女子翩然進了書齋。桑生以為蓮香來了，迎上前去說話。一看竟不是蓮香：女子年僅十五六歲，雙肩瘦削，頭髮披垂，風流秀美，走路的姿勢，像是往前走，又像是往後退。桑生大驚，以為是狐狸。女子說：「我是良家女子，姓李。仰慕你的高明雅趣，希望你能多看我幾眼。」桑生大喜。拉著她的手，冷如寒冰，就問：「怎麼這樣涼？」女子說：「我體質虛弱單薄，夜裡冒著霜露前來，不冷才怪呢！」然後就解開絲綢小棉襖，桑生一看，發現她分明還是一位處女。李女說：「我為了情緣，就把我這嬌弱的處女之身給了你，一下子失去了貞操。希望你不嫌棄我粗鄙醜陋，願時常和你同床共枕。你房子裡不會還有其他人吧？」桑生說：「沒有別人，只是有一個西鄰的妓女，也沒有經常過來。」李女說：「我要小心躲避她。我和娼妓不一樣，你千萬要保密不要洩露。她來我去，她去我來就行了。」雞叫了，李女臨走前，把自己一隻繡鞋送給桑生，說：「這是我腳上所穿，撫弄它就可寄託相思之情。不過有人來時你可千萬不要撫弄啊！」桑生接過繡鞋仔細觀看，鞋尖上翹，酷似解繩結的錐子。心中大悅非常喜歡。第二天晚上無人，桑生便取出繡鞋，細細把玩。李女翩然進來，兩人就又親密無間起來。從此，每當拿出繡鞋，李女總能隨著他的心念到來。桑生驚異地問她緣故。李女抿嘴一笑說：「正好湊巧罷了。」

一天夜裡，蓮香來了，驚呼：「你怎麼一副快死了的樣子？」桑生說：「我不覺得。」蓮香只好告別，約定十天後再見。她走後，李女夜夜都來。問桑生：「你情人為何這麼久不來？」桑生告訴她跟蓮香的十天之約。李女笑問：「你看我和蓮香誰漂亮？」桑生說：「你們兩個堪稱雙絕。但是蓮香的肌膚溫暖。」李女臉色一變說：「你說雙美，是對我說說罷了。她必像月宮仙子，我一定比不過她。」因而很不高興。於是扳著指頭一算，十天的約定已經到期，李女囑咐桑生不要走漏消息，她要偷看蓮香。

第二天夜裡，蓮香果然來了，二人談笑十分融洽。等到上床就寢，蓮香大驚說：「完了！十天不見，你怎麼更加疲憊消瘦了？你保證沒有其他的外遇嗎？」桑生問她緣故。蓮香說：「我用神氣檢驗你，你脈象紛雜得如同亂絲，這是鬼症啊。」第二天夜裡，李女又來了，桑生問：「你偷看蓮香怎樣？」李氏說：「美啊。我就說世間沒有此等美女，果然是個狐狸精。她走後，我尾隨她，住在南山的洞穴裡。」桑生以為她心懷妒忌，就隨口應答著。

過了一晚，桑生逗引蓮香說：「我就不信，有人說你是狐狸精。」蓮香隨即就問：「是誰說的？」桑生說：「我跟妳開玩笑。」蓮香又問：「狐與人有何不同？」桑生回答說：「被狐狸精迷惑的人會生病，嚴重的會死去，因此可怕。」蓮香說：「不對。像你這樣的年齡，同房後三天，精氣就可恢復，就是和狐狸，又有何妨？若是天天都做那些縱欲之事，有些女人就比狐狸可怕多了。天下那些患色癆病死去的人，難道都是被狐狸精蠱惑死的？雖然你說是玩笑話，我想一定有人說三道四。」桑生竭力辯白沒有這回事，蓮香還是一再追問。桑生不得已，就把李女的事說了出來。蓮香說：「我就奇怪你怎麼那樣疲憊。但是怎麼加重得這麼快？她難道不是人嗎？你別說出去，明天晚上，我要像她偷看我一樣看她。」

夜裡，李女來了，才說了三五句話，聽見窗外有咳嗽聲，急忙抽身走了。蓮香進來說：「你完了！她真是個鬼！迷戀她的美色而不趕快斷絕來往，陰間就在眼前了！」桑生以為她妒忌，沉默不言。蓮香說：「我就知道你捨不得她，但我不忍心看著你死。明天我就帶藥餌來，替你去除陰毒。好在病根還淺，十天病就能好。我要和你睡在一起，看著你痊癒。」第二天晚上，蓮香果然拿出一小匙子藥粉餵桑生吃。不久，桑生就瀉了兩三次，頓時感覺臟腑清淨空闊，精神為之一爽。桑生雖然感激蓮香，但終究不相信李女是鬼。

蓮香夜夜在一個被窩裡靠在桑生身上；桑生想和她交合，都被蓮香制止了。幾天後，桑生身體又結實起來。蓮香臨行，再三叮囑他和李女斷絕關係。桑生假裝答應她。到了關門點燈的時候，就又拿出那隻繡鞋來把玩出神。忽然，李女進來了。好幾天沒見面，她頗有怨氣。桑生說：「她連夜給我治病，你也不要怨恨她，和你好那是我的事。」李女才稍現喜色。桑生在枕頭上小聲說：「我太愛你了，竟然有人說你是鬼。」李女聽了瞠目結舌了好久，罵道：「一定是那隻騷狐狸精迷惑你的耳朵！你若不跟她斷絕關係，我就再也不來了！」說著竟嗚嗚哭了起來。桑生百般安慰，李女才停止哭泣。

隔了一夜，蓮香來了，知道李女又來過，生氣地說：「你一定是想找死！」桑生笑著說：「蓮卿你是否太妒忌了？」蓮香更加生氣：「你已經種下死根了，我為你連根拔除，你說不妒忌的人能對你怎樣？」桑生藉口亂說：「她說我以前的病，是狐狸精害的。」蓮香只好歎口氣說：「確實像你說的，你已經鬼迷心竅了，將來萬一有個三長兩短，我就是有一百張嘴又怎能說清楚？我們就此告別。一百天後，我再到病床前看你。」桑生留她不住，蓮香氣沖沖地走了。從此，桑生和李女，每天晚上都在一起。

大約過了兩個多月，桑生感覺實在撐不住了。一開始還自我寬解；後來，一天比一天瘦，每天只喝一碗粥。想回家養病，還對李女戀戀不捨不忍就這樣走了。這樣耽誤了幾天，竟然虛弱到起不了床。東鄰書生見他病得厲害，天天派書僮給他送吃送喝。桑生至此才懷疑李女，對著李女說：「我後悔不聽蓮香的話，才到了這般田地啊！」說完，就閉上了眼睛。過了一段時間又甦醒過來，睜開眼睛四下張望，李女已經走了，從此便不再來了。

桑生臥病空房，像盼豐年一樣盼著蓮香來。一天，正想的出神時，忽然見一個人掀簾子進來，竟然是蓮香。蓮香走到病床前冷笑著說：「鄉巴佬，難道是我胡說嗎！」桑生哽咽了好久，自己承認錯誤，只求蓮香救命。蓮香說：「你已經病入膏肓，實在沒法救你了。我今天特地來和你永別，以證明我不是嫉妒。」桑生悲傷大哭，說：「我枕頭底下還有一個東西，麻煩你替我弄碎它。」蓮香搜出那隻繡鞋，拿到燈前，反覆觀看把玩。李女突然來了，一下子看見蓮香，轉身就想跑。蓮香用身子擋住門，李女又急又窘不知怎麼出去。桑生責備數落她，李女無法回答。蓮香笑著說：「我今天才能夠和阿姨當面對質。過去說郎君的病，未必不是因我而起，現在你說到底是誰？」李女低頭認罪。蓮香說：「靚麗如此，竟然因為愛情而結下仇怨嗎？」李女趴在地上哭泣不起，祈求憐憫相救。

蓮香就把她扶起來，詳細詢問她的生平。她說：「我，是李通判的女兒，早年夭折，埋葬在牆外。春蠶雖死，但情絲未斷。和桑郎結為情侶，是我的心願；把桑郎害得要死，絕不是我的本意。」蓮香說：「聽說鬼都喜歡人死，因為死後可以長聚，真是這樣嗎？」李女說：「不是這樣。兩個鬼湊到一起，並沒有什麼樂趣；如果有樂趣的話，九泉之下的少年郎還少嗎！」蓮香說：「傻丫頭，每天夜裡都做夫妻，人尚且受不了了，何況是鬼？」李女問：「聽說狐狸害人致死，你怎麼不這樣呢？」蓮香說：「那是採補者們做的事，我不是她們那一類。所以世上有不害人的狐狸，絕對沒有不害人的鬼，因為鬼的陰氣太盛了。」

桑生聽了她倆的話，才知道蓮香真的是狐狸、李女真的是鬼。幸虧習以為常了，也不害怕。只想到殘留的一口氣細如遊絲，不知不覺失聲喊出痛來。蓮香回頭一看，問李女：「桑郎這樣，你打算怎麼辦呢？」李女紅著臉道歉謝罪。蓮香笑著說：「恐怕他一旦強健了，你醋娘子又要吃楊梅了。」李女提衣施禮道：「如果有超群的醫生把他治好，使我能不負於他，我就自當埋身地下，哪裡還敢厚著臉皮在人間露面呢！」

蓮香解開袋子拿出藥來，說：「我早料到會有今天，分別後我就到三山採集藥草，經過三個月，各味藥才湊齊了，就算害色癆死過去，吃了這藥沒有不蘇醒的。但病因什麼得的，就得過什麼藥引子，不能不希望你出點力。」李女問：「你需要什麼？」蓮香說：「要你櫻口中一點噴香的唾沫罷了。我把藥丸子放進他嘴裡，你就口對口把唾沫吐進去送下藥丸子去。」李女一下子羞紅了臉，低頭轉身看著自己的鞋。

蓮香戲謔她說：「妹妹最得意的就是那鞋子了！」李女越發羞慚了，瞬間好像無處躲藏。蓮香說：「這是你平時練熟的技巧，現在怎麼吝嗇起來？」於是把藥丸子放進桑生口裡，轉身催逼李女。李女不得已，只好往桑生嘴裡吐了一口唾沫。蓮香說：「再來一口！」李女又往他嘴裡吐。一共吐了三四口，藥丸就嚥下去了。傾刻之間，桑生的肚子裡發出了雷鳴般的聲音。蓮香又將一顆藥丸子放進他嘴裡，自己口對口往裡吹氣。桑生頓覺丹田火熱，精神煥發。蓮香說：「好了！」李女聽到雞叫，彷徨著告別走了。

蓮香因為桑生剛痊癒，還需要調理休養，到東鄰用飯不大方便；便就將門從外邊反鎖，假裝桑生已經回家了，以此斷絕他的朋友往來，自己日夜守護著他。李女也每天晚上都來，侍奉殷勤周到，對待蓮香像對待姐姐一樣。蓮香也非常憐惜疼愛她。過了三個月，桑生健康如初。李女有時就好幾個晚上不來；偶然來一次，也是看看就走。大家面對面坐著，她也是悶悶不樂。蓮香經常留她共寢，但她總是不肯。

有次桑生追出去，把她抱回來，覺得她身體輕得像個稻草人。李女跑不掉，就穿著衣服躺著，蜷縮起身體來，還沒有二尺長。蓮香越發可憐她，暗中讓桑生和她摟摟抱抱，但是搖來撼去，她就是不醒。桑生睡了；醒來後再找李女，已經不見了。以後的十多天，李女一直沒來。桑生想念萬分，常常拿出繡鞋來與蓮香一起撫弄。蓮香說：「她這樣可愛，我見了尚且憐惜，何況你們男人。」桑生說：「從前一撫弄繡鞋，她就來了，心裡確實懷疑過，但總也沒想到她是女鬼。現在面對繡鞋，思念她的容貌，心裡真是悲痛。」於是就流下淚來。

在此之前，張財主有個女兒叫張燕，十五歲時，有汗出不出來死了。過了一夜又復活了，起來看了看就想跑。張財主把門關上，張燕跑不出去。張燕自言說：「我是李通判女兒的亡魂。承蒙桑郎關心愛護，一隻繡鞋還留存在他那裡呢。我真是鬼魂，關我有什麼好處？」因為她說話蹊蹺，就問她到這裡幹嗎。女子徘徊沉思，迷迷糊糊自己也說不清楚。有人說桑生生病回家了，張燕極力爭辯說不可能。張家人大為驚異。東鄰書生聽說此事，翻過牆頭前去偷看，看到桑生正與一位美女說話；他闖進門去靠近美女，但是一陣慌亂，美女已渺無蹤影了。東鄰書生驚問桑生這是怎麼回事。桑生笑著說：「以前曾跟你說過，母的來了，就放她進來啊。」東鄰書生就轉述了一遍張甝的話。桑生就打開門，想去探聽究竟，但苦於沒有理由。

張甝的母親聽說桑生果然沒走，更加驚奇。就打發傭人婆子去要繡鞋，桑生於是把繡鞋交給來人。張甝得到繡鞋大喜，試穿繡鞋，鞋比腳居然小了一寸，大驚。拿過鏡子來一照，忽然恍惚想起自己這是借屍還魂，於是將事情的來龍去脈說了一遍。母親才信了她。張甝對鏡照了照臉，大哭起來：「當日模樣，還比較自信，每次看到蓮姐，還自慚形穢。現在反而這個樣子，做人還不如做鬼啊！」拿著繡鞋嚎啕大哭，勸也勸不住。她蒙上被子直挺挺地躺著，叫她吃飯，也不吃，渾身的皮膚都腫了起來；一共七天沒吃一口飯，還是沒有餓死，而身體的腫脹卻漸漸消退；感覺飢餓難忍，就又開始吃飯。幾天後，全身搔癢，皮膚全部脫落。早晨起來，睡鞋掉在地上，找來穿上，發現碩大無比。於是再試穿以前的繡鞋，大小肥瘦，正好合腳，於是好高興。再拿起鏡子照照，發現眉目腮臉，宛然當年模樣，更加興高采烈。就洗臉梳頭去拜見母親，看到她的人都瞪大了眼睛。

蓮香聽說了這件怪事，勸桑生託媒人去說親；但因為貧富懸殊，不敢說去就去。適逢張甝的母親大壽，於是桑生就隨同老太太的兒子女婿等，前往祝壽。張母看見單子上有桑生的名字，就讓張甝躲在簾後辨認。桑生最後來到，張甝一下子躥出來，拉住他的袖子，就要和他一起回去。張母大聲呵斥她，張甝才滿臉慚愧地進了屋。桑生細看確是李女，不覺流下淚來，於是拜倒在地上不起來。張母扶他起來，不認為此事有辱身分。等桑生出去，便請張甝的舅父做媒，張母要選個好日子招贅桑生。

桑生回去告訴了蓮香，商量著該怎麼辦。蓮香悵然若失了許久，便說要告辭。桑生大驚，淚流滿面。蓮香說：「郎君你在別人家洞房花燭，我跟你一起去，我有什麼臉面？」桑生就和她商量先回老家，再迎娶張燕，蓮香才同意了。桑生把情況告知張財主。張財主聽說他已有妻室，生氣地責備他。張燕竭力替他辯白，張財主才同意了。

到了結婚那天，桑生親自迎娶張燕過門。但家中的各種擺設，非常簡陋；等到迎親回來，從門口到大廳，都鋪上了紅地毯，千百只燈籠，明光徹照如排列的錦繡。蓮香親自扶著新娘進了洞房，揭去蒙頭紅巾，兩人歡笑一如平時。蓮香陪同新人喝了交杯酒，才細細詢問張燕還魂的奇事。張燕說：「那天鬱悶無聊，只覺自己身為異類，自慚形穢。離別之後，我憤而不回墳墓，於是隨風飄蕩。每當見到活人，就心生羨慕。白天我住在草叢樹林裡，夜晚就走到哪裡是哪裡。偶然來到張家，看見一個少女躺在床上，往她身上一靠，沒想到就能活了。」蓮香聽完，沉默不言，若有所思。

過了兩個月，蓮香生了一個兒子。產後突然得病，病情一天比一天沉重。她握住張燕的胳膊說：「這個小孽種，就麻煩你了，我的孩子，就是你的孩子啊。」張燕流下淚來，暫且安慰她一番。給蓮香找來道士，都給她拒絕了。蓮香病情嚴重，彌留之際，氣如遊絲。桑生與張燕都哭了。蓮香忽然睜開眼說：「不要這樣！你們願意活著，我卻樂意死。若是有緣，十年後還會再見。」說完就死了。掀開被子準備入殮，屍體化為狐狸。桑生不忍視為異物，厚葬了那隻狐狸。蓮香的兒子，取名狐兒，張燕撫育他就像親生兒子一樣。每到清明節，都抱著他去蓮香墓上哭祭。

後來，桑生鄉試中舉，家境逐漸富裕。但張燕苦於不能生育。狐兒很聰明，但體弱多病。張燕常想要桑生納妾。一天，丫鬟忽然來報：「門外有位老太太，帶著女兒要賣。」張燕喊她們進屋。猛然一見，大驚說：「蓮姐復出了！」桑生仔細看看她，像極了蓮香，也大吃一驚。問：「年紀多大了？」回答：「十四歲。」「聘金多少錢？」老太太說：「老身只有這個親身骨肉，只要她有個歸宿，我也有個吃飯的地方，日後老骨頭不至於暴屍荒野，也就滿足了。」桑生高價買了母女倆。

張燕拉著女孩的手，來到密室，兩手托著她的下巴，笑著問：「你認識我嗎？」女孩回答：「不認識。」問她姓什麼，她回答說：「姓韋。父親在徐城開茶館，已經去世三年了。」張燕屈指凝神一算，蓮香死了整整十四年。又細細觀察女孩，她的容貌氣質，無一不與蓮香神似。於是拍拍她的頭喊叫著說：「蓮姐，蓮姐！十年相見之約，你該不會騙我吧！」女子忽然如夢方醒，一下子明白過來說：「咦！」仔細盯著張燕看。桑生也笑道：「這是『似曾相識燕歸來』的張燕啊！」女孩流淚說：「是啊。聽母親說，我生下來就能說話，家人以為不祥，給我喝了狗血，就忘了前生的因緣。今天才如夢醒。娘子不就是恥於做鬼的李家妹子嗎？」大家共話前生之事，悲喜交加。

一天，是寒食節，張燕說：「這是每年我和桑郎哭祭姐姐的日子啊。」於是一同到蓮香墓前，荒草繁茂，樹已成握了。蓮香也長歎不已。張燕對桑生說：「我與蓮姐，兩世情好，不忍分離，應當把我們的屍骨合葬在一個墓穴中。」桑生答應了，派人去紅花埠，打開李女的墓穴，將骸骨抬回與蓮香屍骨合葬。親戚朋友聽說這件奇事，都身著吉慶冠服到墓地參加葬禮。不期而至者竟達數百人之多。

我於庚戌年南遊，到達沂州，大雨阻路，留住旅店休息。有個叫劉子敬的書生，是桑生的中表親。他拿出同社的王子章所撰寫的〈桑生傳〉，大約一萬多字，我得以從頭到尾看了一遍。以上只是這個故事的大體內容。

異史氏說：「唉！死了的要求生，活著的又想死，天下所最難得的，不就是人的身軀嗎？怎麼那些具備此身軀的人，卻隨便地處理它，以至於厚顏無恥到活著不如狐，冥頑不化到死了不如鬼。」

【研　析】《聊齋》中寫狐女、鬼女的故事最多，多是書生與狐女或書生與鬼女相愛的故事。這篇〈蓮香〉裡桑生身邊出現了一狐一鬼兩位美女，愛情的競爭和美貌的較量，演繹出一篇非常曲折纏綿的故事。

小說前半幅是狐女蓮香與鬼女李氏之間的糾葛。狐女是肌膚溫和，與書生相愛不損傷人的健康；鬼女「手冷如冰」，損傷人的精力。兩女相嫉，相互窺視，指彼為狐、為鬼，桑生在信疑不定的心態中，由近李氏而致疾，得蓮香的醫治而康復，最後終於明白果為狐、為鬼。在這怪異的情節裡，流淌著人情世理，也就是幻中有真，蓮香的善良、寬厚，李氏女的偏執、哀憐自悔，映射出女子感情世界的微妙心理。

後半幅敘李氏女自慚形穢，託魂復生為人；蓮香也自慚為狐，樂死而脫生為人，十四年後，都成了桑生的人間妻子。故事也從愛與美的競求，衍生出棄狐、鬼而成人的競求，便有了「天下所難得者」——也就最可寶貴者——是人的生命的意思。

這篇小說借一狐一鬼在性愛問題上做文章，本身便有點離經叛道的精神，篇中也時而有所表露，如讓蓮香說：「如君之年，房後三日，精氣可復，縱狐何害？設旦旦而伐之，人有甚於狐者矣。天下病尸，寧皆狐蠱死耶？」令人絕倒的是，她竟然拿《孟子》上的話「旦旦而伐之」來開性玩笑，就是飽讀詩書的桑曉恐怕也想不到聖人的語錄還有這番妙用吧？她還說李氏女「醋娘子要食楊梅也」，還藉口「藥引子」逼著李氏女與桑曉接口唾吻。這都是道學家所敢說敢寫的。

遵化署狐

諸城❶丘公為遵化道❷。署中故多狐。最後一樓，綏綏❸者族而居之，以為家。時出殃人，遣之益熾。官此者惟設牲❹禱之，無敢迕。

丘公涖任，聞而怒之。狐亦畏公剛烈，化一嫗告家人曰：「幸白❺大人：勿相仇。容我三日，將攜細小❻避去。」公聞，亦嘿不言。次日，閱兵已，戒勿散，使盡扛諸營巨炮驟入，環樓千座並發；數仞❼之樓，頃刻摧為平地，革肉毛血，自天雨❽而下。但見濃塵毒霧之中，有白氣一縷，冒煙沖空而去。眾望之曰：「逃一狐矣。」而署中自此平安。

後二年，公遣幹僕齎銀如干數赴都，將謀遷擢❾。事未就，姑窖藏于班役之家。忽有一叟詣闕❿聲屈，言妻子橫被殺戮；又訐公尅削軍糧，夤緣當路⓫，現頓某家，可以驗證。奉旨押驗。至班役⓬家，冥搜不得。

叟惟以一足點地。悟其意，發⑬之，果得金；金上鐫有「某郡解」字。已而覓叟，則失所在。執鄉里姓名以求其人，竟亦無之。公由此罹難⑭。乃知叟即逃狐也。

異史氏曰：「狐之祟人，可誅甚矣。然服而舍之，亦以全吾仁。公可云疾之已甚者矣。抑使關西⑮為此，豈百狐所能仇哉！」

【注　釋】❶諸城　縣名，今山東濰坊諸城。❷遵化道　遵化的道臺。遵化，州名，治所在今河北唐山市遵化。❸綏綏　雌雄並行的樣子。❹牲　祭祀時所用的整隻的牛、羊、豬。❺幸白　希望稟告。白，告訴。❻細小　家眷。❼仞　長度單位，七尺或八尺。❽雨　雨點一般降落。❾遷擢　官職升遷。❿闕　皇宮。⓫夤緣當路　攀附當權的政要。⓬班役　衙役。⓭發　挖掘。⓮罹難　遭難。⓯關西　東漢人楊震，有「關西孔子」之稱。有人夜裡以金十斤送給楊震，說夜裡沒人知道。楊震說：「天知，神知，我知，子知，何謂無知。」

【語　譯】諸城的丘公，做遵化道臺的時候，衙門裡原來有很多狐狸，最後一座樓上，男女老幼住著一群狐狸，把那裡當作家了。狐狸經常出來作祟禍害人，若是驅趕牠們，就鬧得更厲害。在此做官的人，只能殺豬宰羊上供祈禱，沒有敢招惹牠們的。

丘公一到任，聽說此事後大怒。狐狸也害怕丘公剛烈，就變成一個老太太告訴丘公的家人說：「請告訴大人：不要仇視我們。給我三天時間，我就攜家帶眷搬走。」丘公聽了，也默不作聲。

第二天，閱兵完畢，命令不要解散，讓士兵們都把各營的大炮扛來，圍著大樓千炮齊鳴；幾丈高的大樓，頓時夷為平地，狐皮狐肉狐毛狐血，從天而下。只看見濃塵毒霧之間，有一縷白氣，透過塵霧，衝上天空散去。大家看見這縷白氣，說：「一隻狐狸逃跑了。」從此，官署中就平安無事了。

過了兩年，丘公派一名精幹的僕人帶著若干銀子到京城行賄，將要謀求高升。事情還沒有結果，暫且將銀兩藏在衙役家的地窖裡。忽然有個老頭到皇宮門前喊冤叫屈，說老婆孩子橫遭殺害；又告發丘公剋扣軍餉，賄賂權要，現在銀子藏在誰家，可以前去檢查驗證。官員奉命押著老頭一起去驗證。到了那個衙役家，都搜遍了也沒有找到銀子。老頭子用一隻腳點點地。奉命檢查的官吏明白了他的意思，把地刨開，果然得到了銀子；銀錠上刻著「某郡解」的字樣。不久轉身去找那老頭子，卻已經不見蹤影了。按照他提供的姓名籍貫，也沒有找到他。丘公因此遭難。這才知道那老頭就是當年跑了的那隻狐狸。

異史氏說：「狐狸作祟害人，絕對該殺。但是能夠降服牠放牠一馬，也可以保全我們的仁人之心。丘公可以說是太過於痛恨那作祟的狐狸了。可是如果清廉的楊震殺死了狐狸，就是有一百隻狐狸想報仇，也找不到機會啊！」

【研析】〈遵化署狐〉以狐「殃人」開篇，以官員屠狐為樞紐，結末屠狐官員受到了並非僅只是屠狐的惡報。

〈遵化署狐〉中的狐狸眾多，經常「殃人」，以往官員都奈何不得。新任道臺丘公性情剛烈，狐狸畏懼，化人祈求容三日後遷走。丘公調動士兵，「閱兵已，戒勿散，使盡扛諸營巨炮驟入，環樓千座並發；數仞之樓，頃刻摧為平地，革肉毛血，自天雨而下。但見濃塵毒霧之中，有白氣一縷，冒煙沖空而去。眾望之曰：『逃一狐矣。』而署中自此平安」，屠殺的場面太血腥了，這樣慘不忍睹的殺戮，往往不會有好結果。果然，逃走了「白氣一縷」。我就知道，署中不會自此永遠平安。

若是沒有那「白氣一縷」，故事就可以結束了；但「白氣一縷」的結果會怎樣呢？後來，丘公派人進京送禮，謀求升遷，來了一個老頭兒，機智地揭露了他的不法勾當。那位老頭兒不用說我們也知道是那逃走的「白氣一縷」回來報仇了。

狐狸殃人，該殺。可是狐狸已經答應了遷走，丘公還想斬盡殺絕，這就很不仁厚了，所以他不得好報。在蒲松齡看來，與那些殃人的狐狸相比，殃民的貪官汙吏更該殺。他說，假如你清正廉潔如漢朝的楊震，狐狸就是想報仇也找不著機會啊，所以，不是狐狸害了你，是你自己找死。

鴉頭

諸生❶王文，東昌❷人。少誠篤。薄游於楚，過六河，休於旅舍，閒步門外。遇里戚趙東樓，大賈❸也，常數年不歸。見王，相執甚歡，便邀臨存❹。

至其所，有美人坐室中，愕怪卻步。趙曳之，又隔窗呼妮子去，王乃入。趙具酒饌，話溫涼❺。王問：「此何處所？」答云：「此是小勾欄❻。余因久客，暫假牀寢。」話間，妮子頻來出入。王跼促不安，離席告別。趙強捉令坐。

俄，見一少女經門外過，望見王，秋波頻顧，眉目含情，儀度嫻婉，實神仙也。王素方直❼，至此惘然若失。便問：「麗者何人？」趙曰：「此媼次女，小字鴉頭，年十四矣。纏頭者❽屢以重金啖媼，女執不願，致母鞭楚，女以齒稚哀免，今尚待聘耳。」王聞言俯首，默然凝坐，酬應悉乖⑨。

趙戲之曰：「君倘垂意，當作冰斧⑩。」王憮然曰：「此念所不敢存。」然日向夕，絕不言去。趙又戲請之。王曰：「雅意極所感佩，囊澀⑪奈何！」趙知女性激烈，必當不允，故許以十金為助。王拜謝趨出，罄貲而至，得五數，強趙致媼。媼果少之。

鴉頭言於母曰：「母日責我不作錢樹子⑫，今請得如母所願。我初學作人，報母有日，勿以區區放卻財神去。」媼以女性拗執，但得允從，即甚歡喜。遂諾之，使婢邀王郎。趙難中悔，加金付媼。王與女歡愛甚至。

既，謂王曰：「妾煙花下流⑬，不堪匹敵；既蒙繾綣，義即至重。君傾囊博此一宵歡，明日如何？」王泫然悲哽。女曰：「勿悲。妾委風塵⑭，實非所願。顧未有敦篤可託如君者。請以宵遁。」王喜，遽起；

女亦起。聽譙鼓⑮已三下矣。女急易男裝，草草偕出，叩主人⑯扉。王故從雙衛，託以急務，命僕便發。女以符繫僕股並驢耳上，縱轡極馳，目不容啟，耳後但聞風鳴；平明，至漢江口，稅屋而止。

王驚其異。女曰：「言之，得無懼乎？妾非人，狐耳。母貪淫，日遭虐遇，心所積懣。今幸脫苦海⑰。百里外，即非所知，可幸無恙。」王略無疑貳，從容曰：「室對芙蓉，家徒四壁⑱，實難自慰，恐終見棄置。」女曰：「何為此慮。今市貨皆可居，三數口，淡薄亦可自給。可鬻驢子作貲本。」王如言，即門前設小肆⑲，王與僕人躬同操作，賣酒販漿其中。女作披肩，刺荷囊，日獲贏餘，飲膳甚優。積年餘，漸能蓄婢媼。王自是不著犢鼻⑳，但課督而已。

女一日悄然忽悲，曰：「今夜合有難作，奈何！」王問之。女曰：「母已知妾消息，必見凌逼。若遣姊來，吾無憂；恐母自至耳。」夜已央㉑，自慶曰：「不妨，阿姊來矣。」居無何，妮子排闥入。女笑逆之。

妮子罵曰：「婢子不羞，隨人逃匿！老母令我縛去。」即出索子縶女頸。女怒曰：「從一者㉒得何罪？」妮子益忿，捽㉓女斷衿。家中婢媼皆集。妮子懼，奔出。

女曰：「姊歸，母必自至。大禍不遠，可速作計。」乃急辦裝，將更播遷㉔。媼忽掩入，怒容可掬，曰：「我故知婢子無禮，須自來也！」女迎跪哀啼。媼不言，揪髮提去。王徘徊愴惻㉕，眠食都廢。急詣六河，冀得賄贖。至則門庭如故，人物已非。問之居人，俱不知其所徙。悼喪而返。於是俵散㉖客旅，囊貲東歸。

後數年，偶入燕都㉗，過育嬰堂㉘，見一兒，七八歲。僕人怪似其主，反復凝注之。王問：「看兒何說？」僕笑以對，王亦笑。細視兒，風度磊落㉙。自念乏嗣，因其肖己，愛而贖之。詰其名，自稱王孜。王曰：「子棄之襁褓，何知姓氏？」曰：「本師㉚嘗言，得我時，胸前有字，書山東王文之子。」王大駭曰：「我即王文，烏得㉛有子？」念必同己姓名者。心竊喜，甚愛惜之。

及歸，見者不問而知為王生子。孜漸長，孔武有力，喜田獵㉜，不務生產，樂鬥好殺；王亦不能箝制㉝之。又自言能見鬼狐，悉不之信。會里中有患狐者，請孜往覘之。至則指狐隱處，令數人隨指處擊之，即聞狐鳴，毛血交落，自是遂安。由是人益異之。

王一日遊市廛㉞，忽遇趙東樓，巾袍不整，形色枯黯。驚問所來。趙慘然請間㉟。王乃偕歸，命酒。趙曰：「媼得鴉頭，橫施楚掠。既北徙，又欲奪其志。女矢死不二㊱，因囚置之。生一男，棄諸曲巷；聞在育嬰堂，想已長成。此君遺體㊲也。」王出涕曰：「天幸孽兒已歸。」因述本末。問：「君何落拓㊳至此？」歎曰：「今而知青樓之好，不可過認真也。夫何言！」

先是，媼北徙，趙以負販㊴從之。貨重難遷者，悉以賤售。途中腳直供億㊵，煩費不貲㊶，因大虧損。妮子索取尤奢。數年，萬金蕩然。

媪見牀頭金盡㊷，日夕加白眼。妮子漸寄貴家宿，恒數夕不歸。趙憤激不可耐，然無奈之。適媪他出，鴉頭自窗中呼趙曰：「勾欄中原無情好，所綢繆㊸者，錢耳。君依戀不去，將掇奇禍。」趙懼，如夢初醒。臨行，竊往視女。女授書使達王，趙乃歸。因以此情為王述之。

即出鴉頭書。書云：「知孜兒已在膝下㊹矣。妾之厄難，東樓君自能緬悉。前世之孽，夫何可言！妾幽室之中，暗無天日，鞭創裂膚，飢火煎心，易一晨昏，如歷年歲。君如不忘漢上㊺雪夜單衾，迭互暖抱時，當與兒謀，必能脫妾於厄㊻。母姊雖忍，要是骨肉，但囑勿致傷殘，是所願耳。」王讀之，泣不自禁。以金帛贈趙而去。

時孜年十八矣，王為述前後，因示母書。孜怒眥㊼欲裂，即日赴都，詢吳媪居，則車馬方盈。孜直入，妮子方與湖客飲，望見孜，愕立變色。孜驟進殺之。賓客大駭，以為寇。及視女屍，已化為狐。孜持刃逕入。見媪督婢作羹㊽，孜奔近室門，媪忽不見。孜四顧，急抽矢望屋樑射之，一狐貫心而墮，遂決其首。

尋得母所，投石破扃[49]，母子各失聲。母問媼，曰：「已誅之。」母怨曰：「兒何不聽吾言！」命持葬郊野。孜偽諾之，剝其皮而藏之。檢媼箱篋，盡卷金貲，奉母而歸。夫婦重諧，悲喜交至。既問吳媼，孜言：「在吾囊中。」驚問之，出兩革以獻。母怒，罵曰：「忤逆[50]兒！何得此為！」號慟自撾，轉側欲死。王極力撫慰，叱兒瘞[51]革。孜忿曰：「今得安樂所，頓忘撻楚耶？」母益怒，啼不止。孜葬皮反報，始稍釋。

王自女歸，家益盛。心德[52]趙，報以巨金。趙始知媼母子皆狐也。孜承奉甚孝；然誤觸之，則惡聲暴吼。女謂王曰：「兒有拗筋，不刺去之，終當殺人傾產。」夜伺孜睡，潛縶[53]其手足。孜醒曰：「我無罪。」母曰：「將醫爾虐，其勿苦。」孜大叫，轉側不可開。女以巨針刺踝骨[54]側，深三四分許，用刀掘斷，崩然有聲；又於肘間腦際並如之。已乃釋縛，拍令安臥。天明，奔候父母，涕泣曰：「兒早夜憶昔所行，都非人類！」父母大喜。從此溫和如處女，鄉里賢之。

異史氏曰：「妓盡狐也，不謂有狐而妓者；至狐而鴇㊺，則獸而禽矣。滅理傷倫，其何足怪？至百折千磨，之死靡他㊻，此人類所難，而乃於狐也得之乎？唐君謂魏徵更饒嫵媚㊼，吾於鴉頭亦云。」

【注釋】❶諸生　秀才。❷東昌　府名，治所在今山東聊城。❸賈　商人。❹臨存　親臨省問。❺話溫涼　道寒暄；噓寒問暖。❻勾欄　一些大城市固定的娛樂場所，相當於現在的戲院。此指妓院。❼方直　端方正直。❽纏頭者　嫖客。纏頭，贈送妓女的財物。❾酬應悉乖　應酬的話語和動作都不合規矩。❿作冰斧　當媒人。⓫囊澀　阮囊羞澀，指手頭無錢。⓬錢樹子　搖錢樹。⓭煙花下流　煙花女子，位居下流。⓮委風塵　淪落風塵，指做妓女。⓯譙鼓　城樓上夜間報時的鼓聲。⓰主人　王文所住旅店的店主。⓱苦海　佛教比喻苦難煩惱的世間，也比喻困苦的處境。⓲室對芙蓉二句　面對美妻，家裡只有四堵牆。《西京雜記》：「文君姣好，眉色如望遠山，臉際常若芙蓉。」《史記‧司馬相如列傳》：「文君夜亡奔相如，相如乃與馳歸成都。家居徒四壁立。」⓳肆　店鋪。⓴犢鼻　犢鼻褌，即大圍裙。司馬相如親自賣酒時，著犢鼻褌。見《史記‧司馬相如列傳》。㉑央　盡；完了。㉒從一者　從一而終的人。㉓捽　抓揪。㉔播遷　遷徙。㉕愴惻　悲痛。㉖俵散　遣散。㉗燕都　北京。㉘育嬰堂　收養被遺棄嬰兒的機構。㉙磊落　英俊；俊偉。㉚本師　育嬰堂的保育員。㉛烏得　怎能。㉜田獵　上古田獵是一項具有軍事意義的生產活動，並與祭祀有關。此指打獵。㉝箝制　控制；約束。㉞市廛　商肆集中的地方，又稱作「市井」。㉟請間　請找地方說話。㊱矢死不二　發誓寧死不變。㊲遺體　子女的身體為父母所生，因稱子女的身體為父母的「遺體」。㊳落拓　窮困失意。㊴負販　擔貨販賣。㊵腳直供億　運輸費和生活費。㊶不貲　無從計量，表示數量多。㊷牀頭金盡　床頭上的錢財耗盡，比喻錢財用完了，生活受困。㊸綢繆　糾纏。㊹膝下　父母身旁。㊺漢上　漢江口。㊻厄　困苦；災難。㊼眥　眼角。㊽羹　用蒸煮等方法做成的糊狀、凍狀食物。㊾扃　從外面關門的門閂。㊿忤逆　不孝敬父母。51瘞　埋葬。52德　感激。53縶　束縛；捆綁。54踝骨　小腿與腳之間，左右兩側突起的骨頭。55鴇　明朝宋權的《丹丘先生論曲》云：「妓女之老者曰鴇。鴇似雁而大，無後趾，虎紋。喜淫而無厭，諸鳥求之即就。」後因稱妓女為鴇兒，妓院的老闆娘為鴇母。56之死靡他　死無二心。語見《詩經》。57唐君謂魏徵更饒娬媚　唐太宗李世民說：人言魏徵舉動疏慢，我但覺娬媚。見《唐書》。

【語　譯】秀才王文，是東昌人。年輕時誠實忠厚。到楚地遊玩，經過六河，住在旅店裡，他到門外散步。遇到了鄉親趙東樓，趙東樓是個大商人，經常好幾年不回家。他見到王文，拉著他的手很高興，就請王文到自己住處看看。

王文到了趙東樓的住處，看到有位美女坐在屋裡，他就驚愕地止步不前。趙東樓拉住他，隔著窗子叫女子離開，王文才進去。趙東樓擺上酒菜，兩人互相問候。王文問：「這是什麼地方？」趙東樓回答說：「這是小妓院。我因常年在外，暫時借這裡的床鋪休息。」說話之間，那女孩頻頻進出。王文跼促不安，離座就要告辭。趙東樓硬拉住叫他坐下。

不久，看見一位少女從門前經過，她看見王文，秋波頻傳，眉目含情，姿容嫻雅婉麗，實在神仙一流人物。王文平時方正剛直，這時卻惘然若失，就問：「這個美女是誰？」趙東樓說：「這是妓院老太婆的二女兒，小名叫鴉頭，十四歲了。嫖客們屢次以重金引誘老太婆，這女孩卻執拗地不願意，遭到母親的鞭打，女孩因年齡太小苦苦哀求不要接客。現在還等著接客呢。」王文聽了趙東樓的話，低著頭默然呆坐著，說話顛三倒四起來。

趙東樓開玩笑說：「你若有意，我就當媒人。」王文悵然若失地說：「不敢有這個想法。」但是太陽偏西了，卻不說要走。趙東樓又嘻嘻哈哈地詢問他的意見。王文說：「你的美意我很感激，只是阮囊羞澀能怎麼辦呢！」趙東樓知道鴉頭性情剛烈，一定不會同意，就答應拿十兩銀子幫他。王文拜謝著出去，拿來了全部資產，有五兩銀子，硬讓趙東樓送給老太婆。老太婆果然嫌少。

鴉頭對老太婆說：「母親天天責備我不做搖錢樹，今天我請求實現母親的願望。我初次學習做人，報答母親的日子還長著呢，不要因為錢少，就放走了財神。」老太婆因為鴉頭性格執拗，只要她願意，就喜出望外了。便應允了她，叫丫鬟去請王文。趙東樓難以半路反悔，就再給老太婆添些銀子。王文就和鴉頭極盡歡愛之能事。

完事後，鴉頭對王文說：「我是個下流的煙花女子，不能和你匹配；已經承蒙你和我情義纏綿，情義也是夠深厚的了。你花光了錢博得了這一夜的歡快，明天怎麼辦？」王文流著淚傷心地哽咽起來。鴉頭說：「別傷心。我流落風塵，實在非我所願。只是沒有像你這樣誠信可靠的人。咱們趁夜逃走吧。」王文高興了，立刻爬起來；鴉頭也爬起來。聽到城樓鼓聲已是三更了。鴉頭急忙換上男裝，兩人匆匆跑出妓院，到王文住宿的旅店敲門。王文原先帶著兩頭毛驢，便假裝有急事，叫僕人趕快收拾上路。鴉頭畫符繫在僕人的腿上和毛驢的耳朵上，兩人放開韁繩狂奔，睜不開眼睛，耳後只聽到呼呼的風聲；天亮時就到了漢江口，租房子住下。

王文對鴉頭的奇異本領感到吃驚。鴉頭說：「我說了，你能不害怕嗎？我不是人，是狐狸啊。

母親貪婪淫邪，我天天遭到虐待，心頭積滿怨憤。今天幸運脫離苦海。百里之外，她就不知道了，可以慶幸平安無事。」王文毫無懷疑，不慌不忙地說：「我在屋裡面對芙蓉美人，身旁只有四堵牆壁，心裡實在不安，恐怕早晚會被你拋棄。」鴉頭說：「你怎麼擔心這個。現在什麼東西都可以賣點，三四口人，只要安於清貧，也可以過得下去。可把驢子賣了作本錢。」王文按照她說的，就在門前開個小鋪子，親自和僕人一起工作，賣點燒酒和茶水。鴉頭做披肩，繡荷包，每天賺點錢，吃的喝的都很豐盛。過了一年多，就逐漸能雇養丫鬟和老媽子了。王文從此不再穿著大圍裙工作，只是監督管理而已。

一天，鴉頭忽然偷偷悲傷起來，說：「今夜該有災難到來，怎麼辦！」王文問她什麼事，她說：「母親已經知道了我的消息，一定會遭到她的欺凌逼迫。若派姐姐來，我不愁；我怕母親親自來而已。」天快亮了，鴉頭慶幸說：「不礙事，姐姐來了。」沒多久，女子推門進來。鴉頭笑著迎接她。女子開口就罵：「臭丫頭不要臉，跟人逃跑躲藏！老母親讓我綁妳回去。」就拿出繩子綁鴉頭的脖子。鴉頭發怒說：「我想從一而終，有什麼罪？」女子更加憤怒，揪斷了鴉頭的衣襟。王文家裡的丫鬟、老媽子都圍上來。女子害怕，逃走了。

鴉頭說：「姐姐回去，母親一定親自來。大禍不遠了，要趕快想辦法。」就急忙整理行裝，準備再次搬遷。老太婆突然闖了進來，滿臉堆滿怒氣，說：「我早就知道你這個丫頭無禮，必須我親自來！」鴉頭迎上去跪下哀求啼哭。老太婆不說話，揪住她的頭髮拉她走了。王文徘徊哀傷，廢寢忘食。他迅速前往六河，希望能用錢贖回鴉頭。到了一看，房屋庭院還是老樣子，卻已人事全非了。王文向當地住戶打聽，都不知道他們搬到哪裡去了。王文悲傷懊喪地回去了。因此他遣散雇傭的人，帶著錢回山東老家了。

幾年後，王文偶然來到燕都，從育嬰堂經過，看到一個小兒，七八歲大。王文的僕人奇怪這孩子像他的主人，就反覆端詳他。王文問：「你看這個孩子幹嗎？」僕人笑著回答他。王文也笑了。細看那孩子，風度英偉。王文想自己沒有兒子，因為他長得像自己，就喜歡他把他贖了出來。問他的名字，孩子說叫王孜。王文說：「你在襁褓裡就被丟棄了，怎麼知道自己的姓名？」孩子說：「育嬰堂的保育員曾經說過，撿到我的時候，胸前有字條，寫著『山東王文之子』。」王文大驚說：「我就是王文，怎麼會有兒子？」心想一定是和我同名同姓的人，心裡暗自高興，非常愛惜這孩子。

等到回家後，看見的人不用問就知道孩子是王文的兒子。王孜逐漸長大，英武有力，喜歡打獵，不務農事，喜歡打架好殺人。王文也管不住他。王孜還自己說能見到鬼狐，都沒人信他。正好村裡有被狐狸作祟的人，請王孜去看看。王孜一到就指著狐狸的隱身之處，叫眾人隨著他指的地方猛打，就聽到狐狸號叫，毛血紛紛落下，從此這家就安定了。因此人們更加對王孜另眼相看了。

一天，王文在街市上閒逛，忽然遇見趙東樓了，趙東樓衣冠不整，形貌憔悴。王文驚問他從哪裡來。趙東樓淒慘地請他借一步說話。王文於是帶他回家，擺上酒菜招待。趙東樓說：「老太婆得到鴉頭，橫加毒打。搬家到北邊後，又想讓她另外嫁人。鴉頭誓死不嫁別人，老太婆就把她囚禁起來。鴉頭生了個男孩，扔在偏僻的巷道裡；聽說到了育嬰堂，想來已經長大成人。他是你的後代啊。」王文流著淚說：「老天爺保佑，孽子已經回來了。」因此就講了事情的始末。王文問：「你怎麼落魄到這個地步？」趙東樓歎息說：「今天才知道和妓女們相好，不能過於認真。我還有什麼話可說呢！」

原先，老太婆搬家北遷，趙東樓就跟隨她做生意一起走。那些笨重貨物難以搬移的，都賤價賣掉了。途中的運輸和生活費用，花費的銀錢無法計數，因此虧損慘重。女子更是需索無度。幾年時間，萬兩銀子花個精光。老太婆見趙東樓床頭金盡，早晚給他白眼。女子逐漸寄宿有錢人家，往往好幾個晚上不回來。趙東樓氣得不得了，但也無可奈何。正好老太婆外出了，鴉頭從窗戶裡喊著趙東樓說：「妓院裡本來沒有好感情，和你上床纏綿的，都是為了錢啊。你還戀戀不捨，將要招來大禍啊。」趙東樓害怕了，如夢初醒。臨走時，偷偷前去探視鴉頭。鴉頭給他一封信讓他轉交王文。趙東樓就回去了，因此把這段緣由向王文說了。

趙東樓就拿出鴉頭的信。信上說：「知道孜兒已在你的膝下了。妾之艱難困頓，東樓君自能細述。這是前世造的孽，還有什麼可說的！妾在幽室之中，暗無天日，皮鞭把皮膚都打裂了，飢餓的火焰煎熬著心房，過一天，就像過一年。你若沒忘漢江口，你我雪夜罩衣，互相偎抱著取暖，就當和兒子商量，定能把我救出困境。母親、姐姐雖然狠心，畢竟還是骨肉，只是你要囑咐兒子，不要傷害她們，這是我的心願啊。」王文讀罷，痛哭不止。拿出銀子綢緞送趙東樓走了。

當時王孜十八歲了。王文把事情的前因後果告訴了他，並把母親的信給他看。王孜氣得眼眶都要裂開，當天便趕到燕都，打聽吳老太婆的住處，看到車馬正多。王孜逕直闖入，女子正和客人喝酒，看見王孜，驚愕地站了起來變了臉色。王孜躥上去殺了女子，賓客大驚，以為來了強盜。等到看女子的屍體，已經變成了狐狸。王孜持刀直入，看見老太婆正督促傭人做飯。王孜跑過去靠近房門，老太婆忽然不見了。王孜四處尋找，急忙抽出箭來，向樑上射去；一隻狐狸被箭穿心掉了下來，於是就割下了牠的腦袋。

王孜找到關母親的房子，用石頭砸開門，母子失聲痛哭。母親問老太婆，王孜說：「已殺了她。」母親埋怨說：「兒子怎麼不聽我的話！」於是命令兒子拿到郊野埋葬了。王孜假裝答應母親，卻把狐狸皮剝下藏了起來。他翻檢老太婆的箱櫃，將金銀財寶盡皆拿走，侍奉著母親回家了。王文夫妻重逢，悲喜交集。王文接著問起老太婆，王孜說：「在我的口袋裡。」王文吃驚地問他，王孜拿出兩張狐狸皮獻上。母親大怒，罵道：「忤逆的兒子！怎能這樣做！」痛哭著搥打自己，翻來覆去地尋死。王文極力勸慰，斥罵著兒子把狐狸皮埋葬了。王孜忿忿地說：「現在到了安樂窩，就忘了挨打的痛苦了？」母親更加憤怒，哭個不停。王孜埋掉狐狸皮回來告訴她，她才稍稍釋懷。

王文自從鴉頭歸家，家裡更加興盛了。心裡感激趙東樓，給他許多銀錢。趙東樓才知道老太婆母女都是狐狸精。王孜侍奉父母很孝順，但不小心觸犯了他，他就惡聲咆哮。鴉頭對王文說：「兒子有拗筋，如不剔除它，終究要殺人，傾家蕩產。」夜裡等王孜睡了，偷偷地綁住他的手腳。王孜醒來說：「我沒有罪。」鴉頭說：「給你醫治殘暴，你不要怕痛。」王孜大叫，翻來覆去掙不開繩子。鴉頭用大針刺王孜踝骨的旁邊，扎進去三四分深，使勁挑斷，發出崩崩的聲音；又在手肘和腦袋上也把拗筋挑斷。挑完了，才解開繩子，拍著他叫他安睡。天一亮，王孜跑去問候父母，哭著說：「兒子夜裡想起過去的作為，都不是人做的！」父母很高興，王孜從此溫順得像個大姑娘，鄉親都稱讚他。

異史氏說：「妓女都是狐狸精。沒想到真有狐狸精當妓女的；至於狐狸精當鴇母，那就是禽獸兼而有之了。她們傷害倫理，那有什麼可奇怪的？至於百折千磨，到死不變心，這是人類所難做到的，但是狐狸竟然做到了？唐太宗說魏徵比別人多幾分嫵媚，我對於鴉頭也這麼說。」

【研析】〈鴉頭〉是假狐訓世，虛構出一個狐家妓院，顯示妓院詐財傷人之惡毒。

小說開頭，趙東樓是這家小妓院的常客，他是大商人，經常在妓院裡一住幾年。因為他有錢，所以他在妓院裡風光八面，頗受青睞。他借錢給王文，他加錢給老鴇。總之，他有錢他就是貴客。窮書生王文呢？看見女子「跼促不安」，見到鴉頭喜歡莫名，只能借趙東樓的錢，並拼上自己的所有錢財，才能達到目的，但卻隨之與鴉頭逃走。後來趙東樓跟隨老鴇和女子搬遷，買賣大虧損；再加上女子貪得無厭，趙東樓床頭金盡被趕了出來，「巾袍不整，形色枯黯」。而王文與鴉頭逃出妓院後，「積年餘，漸能蓄婢媼」；後來雖然暫時失去了鴉頭，卻也是「以金帛贈趙」，不愁錢財；鴉頭回來後，「家益盛。心德趙，報以巨金」。這是用對比手法，顯示：「勾欄中原無情好，所綢繆者，錢耳。」

小說突出表現的是狐女鴉頭。她生於娼門，卻不肯做妓女；為王文知己之義所感動，接納即是託身。遂與王文背鴇母私奔，脫離齷齪之妓院，返歸正常的人生。她被惡母捉回，忍辱受囚，矢死不二，終於熬到了鴇母和妓院的毀滅。這是從妓女受妓院鴇母惡毒折磨的角度，揭露妓院之惡毒。

小說結尾，寫王文與鴉頭所生兒子王孜，長大後「孔武有力」，「樂鬥好殺」，讓他為救母射殺做鴇母的外婆，有除惡之意，也是小說情結發展之所必然；然而，鴉頭卻視之為「忤逆」，恐將「殺人傾產」，貽禍於後，割掉其身上的「拗筋」，使之變得性情「溫和如處子」，則有贅述之嫌。

狐夢

余友畢怡庵，倜儻不群❶，豪縱自喜。貌豐肥，多髭。士林知名。嘗以故至叔刺史公❷之別業，休憩樓上。傳言樓中故多狐。畢每讀〈青鳳傳〉❸，心輒向往，恨不一遇。

因於樓上，攝想凝思。既而歸齋，日已寖❹暮。時暑月燠熱，當戶而寢。睡中有人搖之。醒而卻視，則一婦人，年逾不惑❺，而風雅猶存。畢驚起，問其誰何。笑曰：「我狐也。蒙君注念，心竊感納。」畢聞而喜，投以嘲謔。婦笑曰：「妾齒加長矣，縱人不見惡，先自慚沮❻。有小女及笄，可侍巾櫛❼。明宵，無寓人於室，當即來。」言已而去。

至夜，焚香坐伺。婦果攜女至。態度嫻婉，曠世無匹。婦謂女曰：「畢郎與有夙緣❽，即須留止。明日早歸，勿貪睡也。」畢與握手入幃，款曲⑨備至。事已，笑曰：「肥郎癡重，使人不堪！」未明即去。

既夕自來，曰：「姊妹輩將為我賀新郎，明日即屈⑩同去。」問：「何所？」曰：「大姊作筵主，去此不遠也。」畢果候之。良久不至，身漸倦惰。才伏案頭，女忽入曰：「勞君久伺矣。」乃握手而行。奄⑪至一處，有大院落。直上中堂，則見燈燭熒熒，燦若星點。

俄而主人出，年近二旬，淡妝絕美。斂衽⑫稱賀已，將踐席，婢入白：「二娘子至。」見一女子入，年可十八九，笑向女曰：「妹子已破瓜⑬矣。新郎頗如意否？」女以扇擊背，白眼視之。二娘曰：「記兒時與妹相撲為戲，妹畏人數脅骨，遙呵手指，即笑不可耐。便怒我，謂我當嫁僬僥國⑭小王子。我謂婢子他日嫁多髭郎，刺破小吻，今果然矣。」

大娘笑曰：「無怪三娘子怒詛也！新郎在側，直爾憨跳⑮！」頃之，合尊促坐，宴笑甚歡。忽一少女抱一貓至，年可十一二，雛髮未燥⑯，而豔媚入骨。大娘曰：「四妹妹亦要見姊丈耶？此無坐處。」因提抱膝頭，取肴果餌之。移時，轉置二娘懷中，曰：「壓我脛股痠痛！」二姊曰：「婢子許大，身如百鈞⑰重，我脆弱不堪。既欲見姊夫，姊夫故壯偉，肥膝耐坐。」乃捉置畢懷。

入懷香耎，輕若無人。畢抱與同杯飲。大娘曰：「小婢勿過飲，醉失儀容，恐姊夫所笑。」少女孜孜⑱展笑，以手弄貓，貓戛然鳴。大娘曰：「尚不拋卻，抱走蚤虱矣！」二娘曰：「請以狸奴⑲為令，執箸交傳，鳴處則飲。」眾如其教。至畢輒鳴。畢故豪飲，連舉數觥。乃知小女子故捉令鳴也，因大喧笑。二姊曰：「小妹子歸休！壓煞郎君，恐三姊怨人。」小女郎乃抱貓去。

大姊見畢善飲，乃摘髻子⑳貯酒以勸。視髻僅容升㉑許；然飲之，覺有數斗之多。比乾視之，則荷蓋也。二娘亦欲相酬。畢辭不勝酒。二娘出一口脂合子㉒，大於彈丸，酌曰：「既不勝酒，聊以示意。」畢視之，一吸可盡；接吸百口，更無乾時。女在傍以小蓮杯易合子去，曰：

「勿為奸人所弄。」置合案上，則一巨缽㉓。

二娘曰：「何預㉔汝事！三日郎君，便如許親愛耶！」畢持杯向口立盡。把之膩軟；審之，非杯，乃羅襪㉕一鉤，襯飾工絕。二娘奪罵曰：「猾婢！何時盜人履子去，怪道足冷冰也！」遂起，入室易舄。女約畢離席告別。女送出村，使畢自歸。

瞥然醒寤，竟是夢景；而鼻口醺醺㉖，酒氣猶濃，異之。至暮，女來，曰：「昨宵未醉死耶？」畢言：「方疑是夢。」女曰：「姊妹怖君狂譟，故託之夢，實非夢也。」

女每與畢弈㉗，畢輒負。女笑曰：「君日嗜此，我謂必大高著；今視之，只平平耳。」畢求指誨。女曰：「弈之為術，在人自悟，我何能益君？朝夕漸染㉘，或當有異。」居數月，畢覺稍進。女試之，笑曰：「尚未，尚未。」畢出與所嘗共弈者遊，則人覺其異，咸奇之。畢為人坦直，胸無宿物㉙，微洩之。女已知，責曰：「無惑乎同道者不交狂生也！屢囑慎密，何尚爾爾！」怫然㉚欲去。畢謝過不遑，女乃稍解；然由此來寖疏矣。

積年餘，一夕來，兀坐㉛相向。與之弈，不弈；與之寢，不寢。悵然良久，曰：「君視我孰如青鳳？」曰：「殆過之。」曰：「我自慚弗如。然聊齋㉜與君文字交，請煩作小傳，未必千載下無愛憶如君者。」畢曰：「夙有此志；曩遵舊囑，故秘之。」女曰：「向為是囑，今已將別，復何諱？」問：「何往？」曰：「妾與四妹妹為西王母徵作花鳥使㉝，不復得來。曩有姊行，與君家叔兄，臨別已產二女，今尚未醮㉞；妾與君幸無所累。」畢求贈言，曰：「盛氣平，過自寡。」遂起，捉手曰：「君送我行。」至里許，灑涕分手，曰：「彼此有志，未必無會期也。」乃去。

康熙二十一年臘月十九日，畢子與余抵足綽然堂㉟，細述其異。余曰：「有狐若此，則聊齋之筆墨有光榮矣。」遂志之。

【注　釋】❶倜儻不群　形容灑脫豪放，飽有才學，與眾不同。❷刺史公　刺史，「知州」的別稱。淄川畢際有曾任揚州府通州知州，人稱畢刺史。❸青鳳傳　指《聊齋誌異・青鳳》。❹寖　同「浸」。逐漸。❺年逾不惑　年過四十。不惑，四十歲。《論語》：「四十而不惑。」❻慚沮　羞愧沮喪。❼侍巾櫛　伺候梳洗。指充作侍妾。❽夙緣　前生的因緣。❾款曲　情感誠懇周到。❿屈　受委屈，用於請人的客套話。⓫奄　突然；快速。⓬斂衽　整理衣服，表示恭敬。⓭破瓜　女子破身。⓮僬僥國　傳說中的矮人國。⓯直爾憨跳　如此瞎胡鬧。⓰雛髮未燥　胎毛未乾，指童年。⓱鈞　古代重量單位，三十斤。⓲孜孜　狀聲詞，笑的聲音。⓳貍奴　文人對貓的暱稱。宋代陸游〈贈貓〉詩：「裹鹽迎得小狸奴，盡護山房萬卷書。慚愧家貧策勳薄，寒無氈坐食無魚。」⓴髻子　假髮髻。㉑升　與下文的「斗」，都是量酒單位。㉒口脂合子　盛口紅的盒子。㉓缽　洗滌或盛放東西的陶製器具。㉔預　關。㉕羅襪　繡鞋。㉖醺醺　喝醉酒的樣子，此指酒氣濃重。㉗弈　下棋。㉘漸染　因接觸久了而逐漸受到影響。㉙胸無宿物　形容為人坦率，心裡藏不住話。宿物，隔夜存放的東西。㉚怫然　憤怒的樣子。㉛兀坐　端坐。㉜聊齋　蒲松齡的書齋，此指蒲松齡。㉝西王母徵作花鳥使　西王母，傳說中的女神，俗稱王母娘娘。花鳥使，唐朝皇帝曾選擇天下美女到後宮，照料宴會，稱作「花鳥使」。㉞醮　古代婚娶時用酒祭神的禮儀。此指出嫁。㉟綽然堂　山東淄川西鋪村（今屬周村）畢際有家有綽然堂，為明戶部尚書畢自嚴所建。

【語　譯】我的朋友畢怡庵，灑脫豪放不同常人，很得意自己的豪放。他相貌豐碩肥胖，滿臉鬍子。在讀書人中頗有名氣。他曾因事到他叔叔刺史公的別墅，住在樓上。傳說樓中原來有許多狐狸精。畢怡庵每次讀我寫的〈青鳳〉，心裡就對狐狸精嚮往不已，恨不能相遇一次。

於是畢怡庵就在樓上，聚精會神地開始想像。然後回到書房，天色已近傍晚。當時酷暑炎熱，他對著門就睡了。睡夢中有人搖他。醒來一看，原來是位婦人，年約四十多歲，但風韻猶存。畢怡庵慌忙爬起來，問她是誰。婦人笑著說：「我是狐狸精。承蒙你專心思念，私心早已感激接納了你的心意。」畢怡庵聽了高興起來，向她說些挑弄的話。婦人笑著說：「我年齡大了點，即使別人不討厭，自己也覺慚愧沮喪。我有個小女兒十五六歲了，可以侍奉你。明天夜裡，不要讓人住在屋裡，她就會來。」說完就走了。

到了第二天夜裡，畢怡庵燒香坐著等候。婦人果然帶著女兒來了。那女郎姿態嫻雅婉妙，舉世無雙。婦人對女郎說：「畢郎和你前世有緣，你應該留下來住。明天早點回去，不要貪睡。」畢怡庵和女郎拉著手進入幃帳，溫存親昵無所不至。事後，女郎笑著說：「胖郎君太重了，讓人承受不了！」天沒有亮就走了。

晚上，女郎自己來了，說：「姐妹們要為我祝賀新婚，明天就委屈你一同前去。」畢怡庵問：「到哪裡去？」女郎說：「大姐做主人，離這裡不遠。」畢怡庵等她等了好久都沒有來，身體就漸漸疲憊困乏起來。才剛趴在桌子上，女郎忽然進來說：「勞你久等了。」就拉著畢怡庵的手走出去。不久來到一個地方，有座大院落。一直走上中間大廳，就看到燭火明亮，燦若繁星。

不久主人出來，年約二十歲，畫著淡妝，非常漂亮。整衣道賀完畢，剛想入席，丫鬟進來說：「二娘子到。」就看見一女子進來，年齡十八九歲。她笑著向女郎說：「妹妹已經做了新娘了。新郎還能滿足你吧？」女郎用扇子打了她的背一下，白了她一眼。二娘說：「記得小時候和妹妹摔跤玩耍，妹妹怕人數她的肋骨，在遠處呵呵手指頭，她就笑得忍不住。因此就生我的氣，說我一定嫁一個小人國的小王子。我說丫頭將來嫁個多鬍子的郎君，扎破小嘴脣，今天果然如此了。」

大娘子笑著說：「怪不得三娘子生氣咒你啊！新郎在旁邊，你就這樣瞎鬧！」不久，就舉杯靠坐在一起，有說有笑非常高興。忽然一位少女，抱著一隻貓進來了，年齡才十一二歲，稚氣未消，但是卻豔媚入骨。大娘子說：「四妹妹也要見姐夫嗎？這裡沒有座位了。」就抱起她坐在膝蓋上，拿下酒的菜餚、果子給她吃。過了不久，把她放到二娘懷中，說：「把我的腿都壓疼了！」二娘子說：「丫頭才這麼大，身子就有千百斤重，我身子脆弱無法承受。你既然想看姐夫，姐夫粗壯魁偉，胖膝蓋肯定很耐坐。」就抱她起來放到畢怡庵的懷裡。

畢怡庵抱在懷裡，感覺香噴噴軟綿綿，輕若無人。畢怡庵抱著她用一個杯子喝酒。大娘子說：「小丫頭不要多喝，醉了失態，恐怕姐夫笑話。」少女笑嘻嘻的，用手玩弄著貓，貓突然叫了一聲。大娘子說：「還不扔了，抱走跳蚤蝨子啦！」二娘子說：「請以這隻貓為酒令，拿根筷子傳遞，貓叫時輪到誰誰就喝酒。」大家同意了。筷子傳到畢怡庵手裡，貓老是叫。畢怡庵本來就酒量好，連著喝了好幾杯。這才知道是小姑娘故意扭著貓讓牠叫的。因而大家哄笑起來。二娘子說：「小妹子回去休息！壓壞了郎君，恐怕三姐姐會埋怨你。」小姑娘才抱著貓走了。

大娘子見畢怡庵善於喝酒，就摘下頭上的假髮髻倒上酒勸酒。畢怡庵看到髮髻只能盛一升左右的酒；但喝下去，感覺有好幾斗之多。等喝乾了一看，原來是張大荷葉。二娘子也要敬酒。畢怡庵推辭說不勝酒力了。二娘子拿出一個口紅盒子，比彈丸大一點，斟上酒說：「既然不勝酒力，就聊表心意吧。」畢怡庵看看，一口就可喝乾；接過來喝了百口，竟然不能喝乾。女郎在旁邊用小蓮花杯取代口紅盒子，說：「不要被奸人捉弄了。」把口紅盒子放在桌子上，原來是一個大缽。二娘子說：「干你什麼事！三天郎君，就這樣親愛呀！」畢怡庵拿起杯對著嘴一喝就乾了。酒杯拿在手裡又滑又軟；仔細看它，不是酒杯，而是一隻小繡鞋，搭配裝飾得非常絕妙。二娘子奪過來罵道：「賊丫頭！什麼時候偷了人家的鞋子，怪不得腳冷冷冰冰啊！」就站起來，到屋裡換鞋去了。女郎叫著畢怡庵離席告別。女郎送畢怡庵出村口，叫他自己回去。

畢怡庵眨眨眼醒了過來，竟然是做了一場夢；但鼻子嘴巴都是酒味，酒氣還很濃，他感到奇怪。到了晚上，女郎來了，說：「昨天夜裡沒有醉死吧？」畢怡庵說：「正在懷疑是夢。」女郎說：「姐妹們怕你發瘋亂叫，所以託了這個夢，其實不是夢。」

女郎每次和畢怡庵下棋，畢怡庵總是輸。女郎笑著說：「你天天愛好這個，我以為一定是高手。今天看來，只是平平而已。」畢怡庵請她指教。女郎說：「下棋這門功夫，在於自己領會，我怎能幫你？你天天和我下棋漸漸薰染，或許能有所精進。」過了幾個月，畢怡庵感覺棋藝有點進步。女郎試了試，笑著說：「還不行，還不行。」畢怡庵出去，和曾經下過棋的人下著玩，那些人感覺他棋藝不同了，都有點奇怪。畢怡庵為人坦率正直，心裡藏不住話，漸漸就洩漏了。女郎知道後，責怪他說：「無怪乎我們這些人都不和狂生打交道！屢屢囑咐你謹慎保密，你怎麼還是這樣！」生氣地要走。畢怡庵道歉連連，女郎才稍微消了點氣；但從此來得就漸漸少了。

過了一年多，一天晚上女郎來了，端坐對著畢怡庵。和她下棋，不下；和她睡覺，不睡。憂傷落寞了很久，說：「你看我與青鳳比怎麼樣？」畢怡庵說：「大概超過她。」女郎說：「我自愧不如她。但聊齋先生和你有詩文交往，請你麻煩他給我寫篇小傳，未必千年之後沒有人像你喜歡思念青鳳那樣喜歡思念我。」畢怡庵說：「我早有這個想法；過去我遵照你的囑咐，所以保密沒說。」女郎說：「從前是有這樣的囑咐，今天就要分別了，還有什麼好隱瞞？」畢怡庵問：「要到哪裡去？」女郎說：「我和四妹妹被西王母召去做花鳥使，不能再來了。從前有個姐姐，嫁給你家的堂哥哥，分別時已生了兩個女兒，現在還沒出嫁；我和你幸虧沒有留下拖累。」畢怡庵請她留下贈言。女郎說：「盛氣平息，過錯就少。」就站起來，拉著畢怡庵的手說：「你送我走走。」走了一里多，兩人灑淚分手，女郎說：「你我有情，未必沒有再見之日。」就走了。

康熙二十一年臘月十九日，畢怡庵和我在綽然堂抵足而眠，詳細講述這件怪事。我說：「有這樣的狐狸，那麼聊齋的筆墨也感到光榮啊。」就記錄了這段文字。

【研　析】《聊齋》創作的時間很長，當蒲松齡在西鋪畢家的綽然堂中寫〈狐夢〉這一篇的時候，他的朋友畢怡庵已經讀過前已作成的〈青鳳〉篇，並對其心馳神往了。故事就是由此而生發出來。

畢怡庵是畢際有的侄子，「倜儻不群，豪縱自喜。貌豐肥，多髭」。因為「倜儻不群」，所以不但喜歡讀《聊齋》中的〈青鳳〉篇，還日思夜想著要遇見青鳳那樣的狐女。日有所思，夜有所夢，果然他就在夢中見到了狐女。先見到的是一位半老徐娘，畢怡庵少見多怪，就調戲起了丈母娘。好在她不以為怪，還是把自己的女兒推薦給了畢怡庵。因為「貌豐肥」，所以第一次和狐女做愛完畢，狐女就笑著說：「肥郎癡重，使人不堪！」後來在酒宴上，狐女的二姐就把畢怡庵的那位可愛的小姨子放到他的膝蓋上說：「既欲見姊夫，姊夫故壯偉，肥膝耐坐。」因為「多髭」，所以二娘說：「記兒時與妹相撲為戲，妹畏人數脅骨，遙呵手指，即笑不可耐。便怒我，謂我當嫁僬僥國小王子。我謂婢子他日嫁多髭郎，刺破小吻，今果然矣。」真是有起有應，針線細密，一絲不亂。

最喜人的是畢怡庵的「豪縱自喜」。因為「豪縱自喜」，所以他能與諸位大小姨子打成一片，相忘於形骸之外，連那位乳毛未乾的小姨子也參與捉弄他的遊戲。〈狐夢〉篇裡的「請以貍奴為令，執箸交傳，鳴處則飲」，我們卻能夠看出，性質相當於今天人們還在玩的「擊鼓傳花」，只是把「鼓」換成了「貓」，把「花」換成了「箸」。因為「豪縱自喜」，所以他有幸喝了二姨子的「金蓮杯」。關於「金蓮杯」，元人陶宗儀《南村輟耕錄》中記載：「楊鐵崖耽好聲色，每於筵間見歌兒舞女有纏足纖小者，則脫其鞋，載盞以行酒，謂之金蓮杯。」《金瓶梅》第六回也有類似描寫：「少頃，西門慶又脫下他一隻繡花鞋兒，擎在手內，放一小杯酒在內，吃鞋杯耍子。」楊鐵崖有文化，就叫它「金蓮杯」；西門慶沒文化，就叫它「鞋杯」。不過，當時人玩得津津有味，今天我們看來，已經是頗感噁心了。因為「豪縱自喜」，所以他才「胸無宿物」，洩露了狐女的行藏，惹得她好不高興，遂之離去，結束了這場夢幻中的人狐姻緣。

更有意思的是蒲松齡將自己也寫進小說中，一是這場短暫的人狐姻緣是由他先出的〈青鳳〉篇引發出來的。二是狐女離去前讓畢怡庵請聊齋先生為之作一小傳。三是最後禁不住自己發言：「有狐若此，則聊齋之筆墨有光榮矣。」洋洋自得之意溢於言表。

金永年

利津❶金永年，八十二歲無子，媼亦七十八歲，自分絕望。忽夢神告曰：「本應絕嗣，念汝貿販平準❷，賜予一子。」醒以告媼。媼曰：「此真妄想。兩人皆將就木❸，何由生子？」無何，媼腹震動；十月，竟舉❹一男。

【注釋】❶利津　縣名，今山東東營利津。❷貿販平準　買賣公平。❸就木　進棺材，指死。❹舉　生育。

【語譯】利津的金永年，八十二歲了還沒有兒子，老伴也七十八歲了，自認絕望了。金永年忽然夢見有位神靈告訴他說：「你本來應該絕後，但念在你做買賣公平，賜給你一個兒子。」醒後，他把這個夢告訴老伴。老伴說：「這真是妄想。我倆都要進棺材了，哪來的兒子？」不久，老太太腹中震動；過了十個月，竟然生了一個男孩。

【研析】〈金永年〉這篇短文，寥寥數十字，記載了一件怪事：八十二歲的老頭子和七十八歲的老太太，自分絕後，卻突然生了一個兒子，這是上天對他們買賣公平的賞賜。七十八歲的老太太都能生兒子，這可信不可信呢？我們且不去管它，我們藉此知道《聊齋》中還有此類為「誌異」而「誌異」的文章，何況其中還有點道德教訓的意味！

長治女子

陳歡樂，潞之長治❶人。有女慧美。有道士行乞，睨之而去。由是日持缽近廛❷間。適一瞽人自陳家出，道士追與同行，問何來。瞽云：「適過陳家推造命❸。」道士曰：「聞其家有女郎，我中表親欲求姻好，但未知其甲子❹。」瞽為之述之，道士乃別而去。

居數日，女繡於房，忽覺足麻痹❺，漸至股，又漸至腰腹；俄而暈然傾仆。定逾刻，始恍惚能立，將尋告母。及出門，則見茫茫黑波中，一路如線；駭而卻退，門舍居廬，已被黑水淹沒。又視路上，行人絕少，惟道士緩步於前。遂遙尾❻之，冀見同鄉以相告語。走數里以來，忽睹里舍，視之，則己家門。大駭曰：「奔馳如許，固猶在村中。何向來迷惘若此！」

欣然入門，父母尚未歸。復仍至己房，所繡業履❼，猶在榻上。自覺奔波殆極，就榻憩坐。道士忽入，女大驚，欲遁。道士捉而捺之。女欲號，則瘖❽不能聲。道士急以利刃剖女心。女覺魂飄飄離殼而立。四顧家舍全非，惟有崩崖❾若覆。視道士以己心血點木人上，又復疊指詛咒❿；女覺木人遂與己合。道士囑曰：「自茲當聽差遣，勿得違誤！」遂佩戴之。

陳氏失女，舉家惶惑。尋至牛頭嶺，始聞村人傳言，嶺下一女子剖心而死。陳奔驗，果其女也。泣以愬宰。宰拘嶺下居人，拷掠⓫幾遍，迄無端緒。姑收群犯，以待覆勘⓬。

道士去數里外，坐路旁柳樹下，忽謂女曰：「今遣汝第一差，往偵邑中審獄狀。去當隱身暖閣⓭上。倘見官宰用印，即當趨避，切記勿忘！限汝辰去巳來⓮。遲一刻，則以一針刺汝心中，令作急痛；二刻，刺二針；至三針，則使汝魂魄銷滅矣。」女聞之，四體驚悚，飄然遂去。

瞬息至官廨⑮，如言伏閣上。時嶺下人羅跪堂下，尚未訊詰。適將鈐印⑯公牒，女未及避，而印已出匣。女覺身軀重耎⑰，紙格似不能勝，嚗然作響。滿堂愕顧。宰命再舉，響如前；三舉，翻墜地下。眾悉聞之。

宰起祝⑱曰：「如是冤鬼，當便直陳，為汝昭雪。」女哽咽而前，歷言道士殺己狀，遣己狀。宰差役馳去，至柳樹下，道士果在。捉還，一鞫⑲而服。人犯乃釋。宰問女：「冤雪何歸？」女曰：「將從大人。」宰曰：「我署中無處可容，不如暫歸汝家。」女良久⑳曰：「官署即吾家，我將入矣。」宰又問，音響已寂。退入宅中，則夫人生女矣。

【注釋】❶潞之長治　潞安府長治縣，今山西長治。❷廛　一戶人家占用的宅院和店鋪集中的地方。❸推造命　推算生辰八字，預言命運吉凶。❹甲子　年齡生辰。❺麻痹　身體某部分感覺喪失。❻尾　跟在身後。❼業履　沒繡完的鞋子。❽瘖　啞。❾崩崖　懸崖。❿疊指詛咒　併疊食指和中指念動咒語。⓫拷掠　刑訊；拷打。⓬覆勘　覆審。⓭暖閣　舊時官署設有辦公桌的閣子。⓮辰去巳來　辰時去巳時來。辰時，七時至九時。巳時，九時至十一時。⓯官廨　官署；官吏辦公的房舍。⓰鈐印　蓋章。⓱重耎　沉重癱瘓。⓲祝　禱告。⓳鞫　審訊。⓴良久　略久；稍久。

【語　譯】陳歡樂，是潞安府長治縣人。有一個聰明漂亮的女兒。有個道士來化緣，瞟了她一眼就走了。從此，道士就天天端著個缽盂在陳家住房附近徘徊。正巧碰上一個瞎子從陳家出來，道士就追上去和他同行，問他從哪裡來。瞎子說：「剛才到陳家推八字、算命運去了。」道士說：「聽說他家有個女兒，我表親家想到他家求親，但不知她的年齡和生辰八字。」瞎子把這些都告訴了道士，道士就告別走了。

過了幾天，女子在房內刺繡，忽然覺得雙腳麻木了，漸漸麻到大腿，又漸漸麻到腰部、腹部；不久就暈倒在地。鎮定了好一會兒，才能恍恍惚惚地站起來，要去找母親告訴一聲。等出了門，就看見茫茫的黑色波浪之中，一條路像線一樣；她嚇得急忙後退，居住的房子門戶，已經被黑水淹沒了。又看了看那條路上，幾乎看不到行人，只有一個道士慢慢地走在前面。她就遠遠地尾隨著他，希望能見到同鄉把情況告訴他。走了幾里路後，忽然看見了村莊房屋，一看，竟然到了自己家門前。她大驚說：「跑了這麼遠，原來還在村子裡呀。為什麼剛才那樣迷糊呢！」

女子高興地進了家門，父母還沒有回來。就又回到自己的房裡，沒繡完的鞋子，還在床上。自覺跑得疲憊極了，就靠近床沿坐下休息。道士忽然進來了，女子大驚，想要逃走。道士抓住她按在床上。女子想喊叫，卻嗓子啞了喊不出聲來。道士急忙用鋒利的刀子剖出了女子的心臟。女子覺得魂魄飄飄然離開身體站著。四顧一看全不是自己的家舍，只有一座懸崖，眼看就要覆壓下來。看見道士把她的心臟的血滴在木頭人上，又兩指重疊念著咒語；女子就感覺木頭人和自己合為了一體。道士叮囑說：「從此要聽我的差遣，不得有違和失誤！」就把木頭人佩帶在身上。

陳家丟失了女兒，全家惶恐疑惑。找到牛頭嶺，才聽村裡人傳說，嶺下有一女子被剖了心臟死了。陳歡樂跑去查看，果然是他的女兒。他哭著報告了縣令。縣令拘捕了嶺下的居民，幾乎拷打遍了，完全沒有一點頭緒。便暫且把所有嫌犯收押起來，等待覆審。

道士走到幾里之外，坐在路旁的柳樹下，忽然對女子說：「現在派遣你第一件事，前去偵查縣衙裡審案的情況。去了就藏在暖閣上。倘若看見縣令用印，就要立即躲避，千萬記住不要忘了！限你辰時去巳時來。遲一刻，就用一根針刺你的心，叫你劇烈疼痛；遲兩刻，刺兩針；刺到三針，就讓你魂魄消散了。」女子聽了，嚇得全身發抖，飄飄蕩蕩走了。

一眨眼到了官府，按道士說的，趴在暖閣上。當時嶺下的居民環繞著跪在堂下，還沒有審問。恰巧要在公文上蓋官印，女子來不及躲避，而官印已從印匣中拿出來了。女子覺得身體沉重癱軟，紙格子似乎擔不動她了，吱嘎響了一聲。整個大堂上的人都吃驚地四處張望。縣令命令再舉官印，響聲和剛才那次一樣；官印舉了三次，女子就翻落到地下。眾人都聽見了聲音。

縣官站起來念誦說：「如果是冤死的鬼魂，就應當直接說出來，我替你昭雪冤枉。」女子哽咽著走上前來，清清楚楚說了道士怎樣殺害自己、怎樣差使自己的情形。縣令派差役奔馳前去，到了柳樹下，道士果然在那裡。差役捉拿道士回去，一審就招了。縣令就釋放了所有嫌犯。縣令問女子：「已經申雪了冤枉，你要到哪裡去呀？」女子說：「將要跟從大人。」縣令說：「我的官署裡沒處安置你，不如你暫時回家。」女子沉思片刻說：「官署就是我的家，我要進去了。」縣令再問，就寂然無聲了。縣令退堂回到房裡，夫人正好生了個女孩子。

【研析】巫蠱之術，雖然不是正大光明的好東西，在中國可也是源遠流長。漢武帝末年，曾因此而弄得宮廷大亂，人仰馬翻。小說、戲曲中也有這類的情節。《聊齋》中的這篇〈長治女子〉描寫的就是這種陰險的害人伎倆。

長治女子又聰慧又漂亮，心靈手巧。可是不該讓那妖道看見，也不該讓那瞎眼的算命先生進家。妖道從瞎眼先生嘴裡知道了她的生辰八字，於是，她就倒了楣。

她先是好端端地在屋裡繡鞋，「忽覺足麻痹，漸至股，又漸至腰腹；俄而暈然傾仆」，連母親也沒來得及告訴，就被妖道弄走，並剖心殺死，把她的靈魂轉移到一個木頭人身上。妖道派遣她做的第一件事是到縣衙刺探審案情況，不提防官印三舉，就破了妖道的巫術。縣令問明情況，逮捕了那妖道。小說中沒說打死妖道，但通過「冤雪」一詞，我們知道一定是打死了。

長治女子的仇是雪了，可是她卻不能活著回家了；雖然投胎做了縣令的女兒，那也不過是蒲松齡對讀者的一點安慰而已。

伍秋月

秦郵❶王鼎，字仙湖。為人慷慨有力，廣交遊。年十八，未娶，妻殞❷。每遠遊，恒經歲不返。兄鼐，江北名士，友于❸甚篤。勸弟勿遊，將為擇偶。生不聽，命舟抵鎮江❹訪友。友他出，因稅居於逆旅閣上。江水澄波，金山❺在目，心甚快之。次日，友人來，請生移居；辭不去。居半月餘，夜夢女郎，年可十四五，容華端妙，上牀與合，既寤而遺❻。頗怪之，亦以為偶。入夜，又夢之。如是三四夜。心大異，不敢息燭，身雖偃臥，惕然❼自警。才交睫，夢女復來；方狎，忽自驚寤；急開目，則少女如仙，儼然❽猶在抱也。見生醒，頗自愧怯。

生雖知非人，意亦甚得；無暇問訊，真與馳驟❾。女若不堪，曰：「狂暴如此，無怪人不敢明告也。」生始詰之。答云：「妾伍氏秋月。

先父名儒，邃於《易》數[10]。常珍愛妾；但言不永壽，故不許字人。後十五歲果夭殁，即攢瘞[11]閣東，令與地平。亦無冢誌[12]，惟立片石於棺側，曰：『女秋月，葬無冢，三十年，嫁王鼎。』今已三十年，君適至。心喜，亟欲自薦；寸心羞怯，故假之夢寐耳。」王亦喜，復求訖事。曰：「妾少須陽氣[13]，欲求復生，實不禁此風雨[14]。後日好合無限，何必今宵。」遂起而去。次日，復至，坐對笑謔，歡若生平。滅燭登牀，無異生人；但女既起，則遺洩流離，沾染茵褥。

一夕，明月瑩澈，小步庭中。問女：「冥中[15]亦有城郭否？」答曰：「等耳。冥間城府，不在此處，去此可三四里。但以夜為晝。」問：「生人能見之否？」答云：「亦可。」生請往觀，女諾之。乘月去，女飄忽若風，王極力追隨。欻[16]至一處，女言：「不遠矣。」王瞻望殊罔所見。女以唾塗其兩眥，啟之，明倍於常，視夜色不殊白晝。頓見雉堞[17]在杳靄中；路上行人，如趨墟市[18]。

俄二皂⑲縶三四人過，末一人怪類其兄。趨近之，果兄。駭問：「兄那得來？」兄見生，潸然零涕，言：「自不知何事，強被拘囚。」王怒曰：「我兄秉禮君子，何至縲絏⑳如此！」便請二皂，幸且寬釋。皂不肯，殊大傲睨㉑。生恚欲與爭。兄止之曰：「此是官命，亦合奉法。但余乏用度，索賄良苦。弟歸，宜措置。」生把兄臂，哭失聲。

皂怒，猛掣㉒項索，兄頓顛蹶㉓。生見之，忿火填胸，不能制止，即解佩刀，立決皂首。一皂喊嘶，生又決之。女大驚曰：「殺官使，罪不宥！遲則禍及！請即覓舟北發，歸家勿摘提旛㉔，杜門絕出入，七日保無慮也。」王乃挽兄夜買小舟，火急北渡。

歸見弔客在門，知兄果死。閉門下鑰，始入。視兄已渺；入室，則亡者已蘇，便呼：「餓死矣！可急備湯餅㉕。」時死已二日，家人盡駭。生乃備言其故。七日啟關，去喪旛，人始知其復甦。親友集問，但偽對㉖之。

轉思秋月，想念頗煩。遂復南下，至舊閣，秉燭久待，女竟不至。矇矓欲寢，見一婦人來，曰：「秋月小娘子致意㉗郎君：前以公役被殺，兇犯逃亡，捉得娘子去，見在監押。押役遇之虐。日日盼郎君，當謀作經紀㉘。」王悲憤，便從婦去。至一城都，入西郭，指一門曰：「小娘子暫寄此間。」王入，見房舍頗繁，寄頓囚犯甚多，並無秋月。

又進一小扉，斗室中有燈火。王近窗以窺，則秋月坐榻上，掩袖嗚泣。二役在側，撮頤捉履㉙，引以嘲戲。女啼益急。一役挽頸曰：「既為罪犯，尚守貞耶？」王怒，不暇語，持刀直入，一役一刀，摧斬如麻，篡取㉚女郎而出。幸無覺者。裁至旅舍，驀然即醒。

方怪幻夢之凶，見秋月含睇㉛而立。生驚起曳坐，告之以夢。女曰：「真也，非夢也。」生驚曰：「且為奈何！」女歎曰：「此有定數。妾待月盡，始是生期；今已如此，急何能待！當速發瘞處㉜，載妾同歸，日頻喚妾名，三日可活。但未滿時日，骨耎足弱，不能為君任井臼㉝耳。」

言已，草草欲出。又返身曰：「妾幾忘之，冥追㉞若何？生時，父傳我符書，言三十年後，可佩夫婦。」乃索筆疾書兩符，曰：「一君自佩，一黏妾背。」

送之出，誌其沒處，掘尺許，即見棺木，亦已敗腐。側有小碑，果如女言。發棺視之，女顏色如生。抱入房中，衣裳隨風盡化。黏符已，以被褥嚴裹，負至江濱；呼攏泊舟，偽言妹急病，將送歸其家。幸南風大競㉟，甫曉，已達里門。

抱女安置，始告兄嫂。一家驚顧，亦莫敢直言其惑㊱。生啟衾，長呼秋月，夜輒擁屍而寢。日漸溫暖。三日竟蘇，七日能步；更衣拜嫂，盈盈然㊲神仙不殊。但十步之外，須人而行；不則隨風搖曳，屢欲傾側。見者以為身有此病，轉更增媚。每勸生曰：「君罪孽㊳太深，宜積德誦經以懺㊴之。不然，壽恐不永也。」生素不佞佛㊵，至此皈依㊶甚虔。後亦無恙。

異史氏曰：「余欲上言定律：『凡殺公役㊷者，罪減平人三等。』蓋此輩無有不可殺者也。故能誅鋤蠹役㊸者，即為循良㊹；即稍苛之，不可謂虐。況冥中原無定法，倘有惡人，刀鋸鼎鑊，不以為酷。若人心之所快，即冥王㊺之所善也。豈罪致冥追，遂可倖而逃哉？」

【注釋】❶秦郵　今江蘇揚州高郵。秦時曾在此地設郵亭，故稱「秦郵」。❷殞　死。❸友于　兄弟感情。❹鎮江　府名，今江蘇鎮江市。❺金山　在鎮江市。❻遺　不自覺地排泄，指遺精。❼惕然　警惕的樣子。❽儼然　真切、明顯的樣子。❾馳驟　騎馬狂奔，此指男女盡情交合。❿邃於易數　精通《易》理。易，《周易》，古代占卜用書。⓫攢瘞　暫時淺埋，以待遷葬。⓬冢誌　墓誌。⓭陽氣　生人之氣。⓮風雨　指男女交合之事。⓯冥中　陰間。⓰欻　快速。⓱雉堞　城垛口。⓲趨墟市　趕集。墟市，集市。⓳皂　衙門內的差役。⓴縲紲　縛犯人的繩子，此指捆綁。㉑傲睨　傲慢地斜眼看。㉒掣　拽。㉓顛蹶　跌倒。㉔提旛　喪家門前的白旛。㉕湯餅　麵片湯。㉖偽對　以假話應對。㉗致意　轉達心意。㉘經紀　安排；處理。㉙撮頤捉履　撫摸臉頰和小腳。㉚篡取　奪取。㉛含睇　含情斜視。㉜速發瘞處　趕快挖掘埋葬的地方。㉝任井臼　幹家務。井、臼，打水、舂米。㉞冥追　陰司對有過失之人追拿索命。㉟競　強勁。㊱惑　精神失常；神經病。㊲盈盈然　輕盈美好的樣子。㊳罪孽　佛教語，指應當受到報應的惡行。㊴懺　佛教語，懺悔，自陳己過悔罪祈福。㊵佞佛　迷戀佛教。㊶皈依　信奉佛教。㊷公役　官府的差役。㊸蠹役　不法差役。㊹循良　守法之人。㊺冥王　陰間的最高統治者，閻王。

【語　譯】秦郵的王鼎，字仙湖。他為人慷慨，身強力壯，廣泛交結朋友。十八歲，還沒有結婚，未婚妻就去世了。他每次出門遠遊，常一整年不回家。他哥哥王鼐，是江北的名士，兄弟間感情深厚。王鼐勸弟弟不要遠遊了，想給他說親。王鼎不聽，乘船到鎮江訪友。朋友不在家，他就租住在旅館的閣樓上。江水蕩著清波，金山就在眼前，心裡十分愜意。第二天，朋友回來了，請他搬到家裡去住，他推辭不去。

住了半月多，夜裡夢見了一個女郎，年齡約十四五歲，容貌端莊婉妙，上床和她交合，醒後發現遺了精。王鼎感到這事很奇怪，但也認為是偶然現象。到了夜裡，又夢見那女郎。這樣過了三四夜。王鼎心裡大感驚異，夜裡不敢熄燈，身子雖然躺著，心中時刻警惕著。剛一閉眼，夢見女郎又來了；正在擁抱親熱，忽然驚醒；急忙睜眼一看，竟有一位天仙般的少女，分明還在懷抱之中。女郎看到王鼎醒了，頗為羞愧膽怯。

王鼎雖然知道她不是人，心裡也很滿意；顧不得詢問來歷，就真的和她盡情親熱起來。女郎像是忍受不住了，說：「如此狂暴，怪不得人家不敢明白告訴你。」王鼎這才詢問她，女郎說：「我姓伍，名叫秋月。先父是有名的儒生，精通《易》理。他一直很疼愛我；但說我不長壽，所以不讓我嫁人。後來十五歲時果然夭亡了，就暫時埋在閣樓的東邊，墓與地平沒有墳堆，也沒有墓誌，只在棺材旁邊立了片石頭，寫著：『女秋月，葬無塚，三十年，嫁王鼎。』現在已經三十年，你正好來了。我心中高興，急著想主動見你；心裡羞怯，所以藉做夢和你相會啊。」王鼎也很高興，要求把親熱之事辦完。秋月說：「我借你一點陽氣，是想要復生，實在經不住你的風吹雨打。日後合好的日子還長，何必急在今夜呢。」於是起身走了。第二天，秋月又來了，兩人坐對著說笑話，歡樂得像是平常一樣。滅燭上床，跟活人沒有區別；只是秋月一起身，王鼎就遺精淋漓，弄髒了被褥。

一晚，月光晶瑩如洗，兩人在院子裡散步。王鼎問秋月：「陰間裡也有城郭嗎？」秋月回答說：「和人世一樣。陰間的城池官府不在這裡，距這裡有三四里路，只是把黑夜當白天。」王鼎問：「活人能看見嗎？」秋月回答說：「也可以。」王鼎請求去看一看，秋月答應了他。二人乘著月光前去，秋月飄忽如風，王鼎極力追趕。很快地來到一處，秋月說：「不遠了。」王鼎遠望什麼也沒看見。秋月把唾沫塗在他的兩眼上，王鼎睜開眼，比平時加倍明亮，看夜間和白天一樣。頓時看到城牆的垛口藏在雲霧裡；路上的行人，像趕集一般。

不久，看到兩個衙役捆著三四個人過來，最後一人很像他哥哥。王鼎跑過去一看，果然是哥哥。王鼎驚駭地問：「哥哥怎麼來了？」哥哥看見王鼎，眼淚直流，說：「我不知是怎麼回事，就硬被抓來了。」王鼎生氣地說：「我哥哥是守禮的君子，怎能這樣捆著他！」就請求兩個衙役，暫且寬恕釋放哥哥。衙役不肯，還傲慢地斜眼看他。王鼎氣憤得要和他們爭執。哥哥勸阻他說：「這是官府的命令，也應當守法。但我缺少銀錢，他們勒索得很厲害。你回去後，應當弄點錢來。」王鼎拉著哥哥的胳膊，痛哭失聲。

衙役生氣了，猛拉王鼎脖子上的繩索，王鼐頓時摔倒在地上。王鼎見了，怒火滿胸，忍無可忍，就解下佩刀，一下子割下了衙役的腦袋。另一個衙役喊叫了一聲，王鼎又割下了他的腦袋。秋月大驚說：「殺了官差，罪不可赦！晚了就大禍臨頭！請趕快找船北走，回家後不要摘下喪幡，關上門堅決不出來，七天後就可保無事了。」王鼎就攙著哥哥，連夜雇了一艘小船，火速北渡。

回家看見弔唁的客人站在門前，知道哥哥果然死了。他關上大門鎖好，才返身進家。一看哥哥，已經不見了；走進屋子，死去的哥哥已經蘇醒，正喊：「餓死我了！快準備湯餅。」當時王鼐已死了兩天，使全家人都吃了一驚。王鼎就講了事情的緣故。七天後開門，撤掉喪幡，人們才知道王鼐復活了。親戚朋友都來詢問，只得謊稱幾句應付他們。

王鼎轉念想起了秋月，心裡很煩躁。就再次南下，到原來的閣樓上，點上蠟燭等了很久，秋月終究沒來。朦朦朧朧正想睡覺，看見一個婦人進來，說：「秋月小娘子讓我轉告你：前一陣子因為公差被殺，兇犯逃跑，就把小娘子捉去了，現押在監獄，獄卒虐待她。小娘子天天盼你，你要想個法子救她。」王鼎悲傷憤怒，就跟著婦人去了。來到一座城市，進了西城，婦人指著一扇門說：「小娘子暫時被押在這裡。」王鼎進去，見房屋繁雜，關押的犯人很多，並沒有秋月。又進了一個小門，看到一間小屋子裡有燈光。王鼎靠近窗戶一看，只見秋月坐在床上，用袖子捂著臉哭泣。兩個獄卒在旁邊，摸她的臉頰抓她的腳，嘻嘻哈哈調戲她。秋月哭得更急了。一個獄卒摟著她的脖子說：「已經成了犯人了，還守貞潔嗎？」王鼎大怒，顧不得說話，持刀直衝進去，一人一刀，如斬亂麻，奪得秋月出來。幸虧沒人發覺。剛回到旅舍，王鼎驀然醒了過來。

正在奇怪夢境的兇險，就看見秋月含情脈脈地站在一邊。王鼎吃驚地起來拉她坐下，把夢境告訴她。秋月說：「是真的，不是夢。」王鼎吃驚地說：「這可怎麼辦！」秋月歎息說：「這是定數。要等到月底，才是我復生之期；現在已經如此，急切之間怎能再等！你應該趕快挖開墳墓，載我一同回家，每天不停地喊我的名字，三天我就能復活。只是不滿日期，我骨軟腳弱，不能為你操持家務啊。」說完，便急匆匆地要走。又返身回來說：「我差點忘了，陰司來追捕怎麼辦？

我活著時，父親教會我畫符，說三十年後，夫婦兩人可以佩帶。」於是要來筆飛快地寫了兩道符，說：「一道你自己佩帶，另一道貼在我的背上。」

王鼎送秋月出去，記住她消失的地方，挖了一尺來深，就看見了棺材，也已經腐朽了。棺材旁邊有塊小石碑，碑文果然像她所說。打開棺材一看，秋月面色如生。王鼎把她抱進屋裡，她的衣裳都風化了。在她背上貼好符，又用被褥嚴嚴實實包裹起來，背到江邊；叫來一艘停泊的船，謊稱妹妹得了急病，準備送她回家。正巧南風強勁，天剛亮，已到了家門。

王鼎把秋月抱進屋裡安置好，才去告訴兄嫂。一家人都吃驚地來看，也沒人敢當面說王鼎異常。王鼎打開被子，拉長聲音呼叫秋月，夜裡就抱著屍首睡覺。秋月的屍首漸漸溫暖起來。三天就蘇醒了；七天就能走路了；換上衣服拜見嫂子，體態盈盈像仙女一般。只是十步之外，就要人扶著才能走；不然就隨風搖曳，屢次像要跌倒。看見的人認為她身有此病，反而更添幾分嬌媚。秋月常勸王鼎說：「你罪孽太深，應該積德念經來懺悔。否則，壽命恐怕不長。」王鼎本不信佛，從此信仰佛教非常虔誠。後來也沒什麼災殃。

異史氏說：「我要向上邊反映請制定一條法律：『凡是殺死公差的人，應該比殺死平民百姓罪減三等。』因為公差沒有一個不該殺。所以若能殺死作惡的差役，就是奉公守法；即使略微過火一點，也不能算作暴虐。再說陰間裡本來沒有規定的法律，假使有惡人，就是給他施行刀砍鋸解鼎蒸鍋炸的刑罰，也不算殘酷。只要人心感到痛快的，就是閻王所稱許的。不然，哪有犯罪招來陰間追查，竟然還能僥倖逃脫的人呢？」

【研 析】王鼐、王鼎是兄弟。弟弟王鼎，「為人慷慨有力，廣交遊」。哥哥王鼐，是「江北名士，友于甚篤」。小說開頭的這幾句話，就為後文整個故事的發展，奠定了基礎。

王鼎喜歡交遊，就到鎮江遊玩。他住在旅店的閣樓上，「江水澄波，金山在目，心甚快之」。他本來是有未婚妻的，但是沒結婚就死了；他哥哥是想再給他找個老婆的，但是他不肯；他本來是應該住在朋友家的，但是朋友不在家；朋友回家後，讓他搬到家裡住，他還是不肯：這一連串的事情好像有一隻無形的大手在操縱著。因為王鼎命中註定的妻子是伍秋月，前面哥哥的努力毫無效果、朋友的邀請也不見效，一切都必須如此而不能如彼發生。

王鼎因為喜歡交遊，才在鎮江的閣樓上見到了伍秋月。「女秋月，葬無冢，三十年，嫁王鼎」，這短促哀怨的詩句，像一首哀怨的樂曲，在我們的心弦上拉過來拉過去，拉得我們心旌搖搖不能自持。

王鼎因為喜歡交遊，才有了遊歷冥中城郭的想法和行動。到了冥府中，「王瞻望殊罔所見。女以唾塗其兩眥，啟之，明倍於常，視夜色不殊白晝」。這個細節描寫，既溫馨又香豔，很能啟人遐思，在別處還沒見過，虧他蒲松齡想得出來。

王鼎因為喜交遊來到鎮江，來到冥府。但是接下來的事情就不是交遊的問題，而是膽量和力氣的問題，所以他的「慷慨有力」便派上了用場。他在冥府為了救哥哥連殺兩名皂隸，這固然看出他的「慷慨有力」，同時也顯示了王鼐的「友于甚篤」，生時對弟弟好，死後弟弟冒死救之。

王鼎「慷慨有力」，讓他施展一次委實不過癮，所以得讓他再表演一次。王鼎為救伍秋月，再次來到冥府。這兩個差役也不問問秋月她是誰的情人，也不打聽打聽前兩位皂隸是怎麼死的，就貿然在獄中調戲秋月。說時遲，那時快，王鼎銜進去一刀一個，就把秋月搶了出來。像這樣的事，王鼐就是對弟弟再好，也是沒有能力辦成的。快哉，此刀！

〈伍秋月〉的結尾會讓讀者感到非常溫馨。王鼎將秋月「以被褥嚴裹，負至江濱；呼攏泊舟，偽言妹急病，將送歸其家」，「夜輒擁屍而寢」，看起來十分嚇人，實際上卻很動人。終於精誠所至，生死肉骨，秋月活了過來。秋月「三日竟蘇，七日能步；更衣拜嫂，盈盈然神仙不殊。但十步之外，須人而行；不則隨風搖曳，屢欲傾側。見者以為身有此病，轉更增媚」。這便消解了鬼的故事的怪異性。

小說最後的「異史氏曰」，痛快淋漓，可惜當今的「公役」們，未必真能看得懂《聊齋》了。

辛十四娘

廣平❶馮生，正德❷間人。少輕脫，縱酒。昧爽偶行，遇一少女，著紅帔，容色娟好。從小奚奴❸，躡露奔波，履襪沾濡。心竊好之。

薄暮醉歸，道側故有蘭若❹，久蕪廢，有女子自內出，則向麗人也。忽見生來，即轉身入。陰念❺：麗者何得在禪院中？縶驢於門，往覘其異。入則斷垣零落，階上細草如毯。彷徨間，一斑白叟❻出，衣帽整潔，問：「客何來？」生曰：「偶過古剎，欲一瞻仰。翁何至此？」叟曰：「老夫流寓無所，暫借此安頓細小❼。既承寵降，有山茶可以當酒。」乃肅❽賓入。

見殿後一院，石路光明，無復蓁莽。入其室，則簾幌牀幙，香霧噴人。坐展姓字，云：「蒙叟姓辛。」生乘醉遽問曰：「聞有女公子❾，未遭良匹。竊不自揣，願以鏡臺自獻⑩。」辛笑曰：「容謀之荊人⑪。」生即索筆為詩曰：「千金覓玉杵，殷勤手自將。雲英如有意，親為擣玄霜⑫。」主人笑付左右。少間，有婢與辛耳語。辛起慰客耐坐，牽幕⑬入。隱約三數語，即趨出。

生意必有佳報；而辛乃坐與嗢噱⑭，不復有他言。生不能忍，問曰：「未審意旨，幸釋疑抱。」辛曰：「君卓犖⑮士，傾風已久。但有私衷，所不敢言耳。」生固請之。辛曰：「弱息十九人，嫁者十有二。醮命任之荊人，老夫不與焉。」生曰：「小生祇要得今朝領小奚奴帶露行者。」辛不應，相對默然。

聞房內嚶嚶膩語，生乘醉搴簾曰：「伉儷⑯既不可得，當一見顏色，以消吾憾。」內聞鉤動，群立愕顧。果有紅衣人，振袖傾鬟，亭亭⑰拈帶。望見生入，遍室張皇。辛怒，命數人捽⑱生出。酒愈湧上，倒蓁蕪中。瓦石亂落如雨，幸不著體。

臥移時，聽驢子猶齕[19]草路側，乃起跨驢，踉蹡而行。夜色迷悶，誤入澗谷，狼奔鴟叫[20]，豎毛寒心。踟躕四顧，並不知其何所。遙望蒼林中，燈火明滅，疑必村落，竟馳投之。仰見高閎，以策撾門[21]。內有問者曰：「何處郎君，半夜來此？」生以失路告。問者曰：「待達主人。」生累足鵠竢[22]。忽聞振管闢扉，一健僕出，代客捉驢。

生入，見室甚華好，堂上張燈火。少坐，有婦人出，問客姓字。生以告。逾刻，青衣[23]數人，扶一老嫗出，曰：「郡君[24]至。」生起立，肅身欲拜。嫗止之坐。謂生曰：「爾非馮雲子之孫耶？」曰：「然。」嫗曰：「子當是我彌甥[25]。老身鐘漏並歇[26]，殘年向盡，骨肉之間，殊所乖闊。」生曰：「兒少失怙[27]，與我祖父處者，十不識一焉。素未拜省，乞便指示。」嫗曰：「子自知之。」生不敢復問，坐對懸想[28]。

嫗曰：「甥深夜何得來此？」生以膽力自矜詡[29]，遂一一歷陳所遇。嫗笑曰：「此大好事。況甥名士，殊不玷於姻婭[30]，野狐精何得強自高？

甥勿慮，我能為若致之。」生稱謝唯唯。媪顧左右曰：「我不知辛家女兒，遂如此端好。」青衣人曰：「渠有十九女，都翩翩有風格。不知官人所聘行㉛幾？」生曰：「年約十五餘矣。」青衣曰：「此是十四娘。三月間，曾從阿母壽郡君，何忘卻？」媪笑曰：「是非刻蓮瓣為高履，實以香屑，蒙紗而步者乎？」青衣曰：「是也。」媪曰：「此婢大會作意㉜，弄媚巧。然果窕窈㉝，阿甥賞鑒不謬。」即謂青衣曰：「可遣小狸奴喚之來。」青衣應諾去。

移時，入白：「呼得辛家十四娘至矣。」旋見紅衣女子，望媪俯拜。媪曳之曰：「後為我家甥婦，勿得修婢子禮。」女子起，娉娉㉞而立，紅袖低垂。媪理其鬢髮，捻其耳環，曰：「十四娘近在閨中作麼生？」女低應曰：「閒來只挑繡。」回首見生，羞縮不安。媪曰：「此吾甥也。盛意㉟與兒作姻好，何便教迷途，終夜竄谿谷？」女俛首無語。媪曰：「我喚汝，非他，欲為阿甥作伐㊱耳。」女默默而已。媪命掃榻展裀褥，即為合巹㊲。女靦然曰：「還以告之父母。」媪曰：「我為汝作冰，有何舛謬？」女曰：「郡君之命，父母當不敢違。然如此草草，婢子即死，不敢奉命㊳！」媪笑曰：「小女子志不可奪，真吾甥婦也！」乃拔女頭上金花一朵，付生收之。命歸家檢曆㊴，以良辰為定。乃使青衣送女去。

聽遠雞已唱，遣人持驢送生出。數步外，欻一回顧，則村舍已失；但見松楸濃黑，蓬顆㊵蔽冢而已。定想移時，乃悟其處為薛尚書墓。薛故生祖母弟，故相呼以甥。心知遇鬼，然亦不知十四娘何人。咨嗟㊶而歸，漫檢曆以待之，而心恐鬼約難恃。再往蘭若，則殿宇荒涼。問之居人，則寺中往往見狐狸云。陰念：若得麗人，狐亦自佳。

至日，除舍掃途，更僕眺望，夜半猶寂。生已無望。頃之，門外譁然。躧屣㊷出窺，則繡幰㊸已駐於庭，雙鬟扶女坐青廬㊹中。妝奩亦無長物，惟兩長鬣奴扛一撲滿㊺，大如甕，息肩置堂隅。生喜得麗偶，並不疑其異類。問女曰：「一死鬼，卿家何帖服之甚？」女曰：「薛尚書，今作五都巡環使，數百里鬼狐皆備扈從㊻，故歸墓時常少。」生不忘蹇修㊼，翼日，往祭其墓。歸見二青衣，持貝錦為賀，竟委几上而去。生以告女，女視之，曰：「此郡君物也。」

邑有楚銀臺㊽之公子，少與生共筆硯，相狎。聞生得狐婦，饋遺為餪，即登堂稱觴。越數日，又折簡㊾來招飲。女聞，謂生曰：「曩公子來，我穴壁窺之，其人猿睛而鷹準，不可與久居也。宜勿往。」生諾之。翼日，公子造門，問負約之罪，且獻新什㊿。生評涉嘲笑，公子大慚，不歡而散。生歸，笑述於房。女慘然曰：「公子豺狼，不可狎也！子不聽吾言，將及於難！」生笑謝之。後與公子輒相諛噱(51)，前郤漸釋。會提學試(52)，公子第一，生第二。公子沾沾自喜，走伻(53)來邀生飲。生辭，頻招乃往。至則知為公子初度，客從滿堂，列筵甚盛。公子出試卷示生。親友迭肩歎賞。酒數行，樂奏作於堂，鼓吹傖儜(54)，賓主甚樂。公子忽謂生曰：「諺云：『場中莫論文。』此言今知其謬。小生所以忝出君上者，以起處[55]數語，略高一籌耳。」公子言已，一座盡贊。生醉不能忍，大笑曰：「君到於今，尚以為文章至是耶！」生言已，一座失色。公子慚忿氣結。

客漸去，生亦遁。醒而悔之，因以告女。女不樂曰：「君誠鄉曲之儇子[56]也！輕薄之態，施之君子，則喪吾德；施之小人，則殺吾身。君禍不遠矣！我不忍見君流落，請從此辭。」生懼而涕，且告之悔。女曰：「如欲我留，與君約：從今閉戶絕交遊，勿浪飲[57]。」生謹受教。十四娘為人勤儉灑脫，日以紝織[58]為事。時自歸寧，未嘗踰夜。又時出金帛作生計。日有贏餘，輒投撲滿。日杜門戶；有造訪者，輒囑蒼頭謝去。

一日，楚公子馳函來，女焚爇[59]不以聞。翼日，出弔於城，遇公子於喪者之家，捉臂苦邀。生辭以故。公子使圉人[60]挽轡，擁之以行。至家，立命洗腆[61]。繼辭夙退。公子要遮[62]無已，出家姬彈箏為樂。生素不羈，向閉置庭中，頗覺悶損；忽逢劇飲，興頓豪，無復縈念。因而酣醉頹臥席間。

公子妻阮氏，最悍妒，婢妾不敢施脂澤[63]。日前，婢入齋中，為阮掩執，以杖擊首，腦裂立斃。公子以生嘲慢故，銜[64]生，日思所報，遂謀醉以酒而誣之。乘生醉寐，扛屍牀間，合扉徑去。生五更酲解[65]，始覺身臥几上。起尋枕榻，則有物膩然，紲絆步履，摸之，人也。意主人遣僮伴睡。又蹴之，不動而殭[66]。大駭，出門怪呼。廝役盡起，爇之，見屍，執生怒鬧。公子出驗之，誣生逼姦殺婢，執送廣平。

隔日，十四娘始知，潸然[67]曰：「早知今日矣！」因按日以金錢遺生。生見府尹，無理可伸，朝夕搒掠，皮肉盡脫。女自詣問。生見之，悲氣塞心，不能言說。女知陷阱已深，勸令誣服，以免刑憲[68]。生泣聽命。女還往之間，人咫尺不相窺。歸家咨惋，遽遣婢子去。獨居數日，又託媒媼購良家女，名祿兒，年已及笄，容華頗麗；與同寢食，撫愛異於群小。

生認誤殺擬絞(69)。蒼頭得信歸，慟述不成聲。女聞，坦然若不介意。既而秋決(70)有日，女始皇皇躁動，晝去夕來，無停履。每於寂所，於邑(71)悲哀，至損眠食。一日，日晡(72)，狐婢忽來。女頓起，相引屏語。出則笑色滿容，料理門戶如平時。

翼日，蒼頭至獄，生寄語娘子一往永訣。蒼頭復命。女漫應之，亦不愴惻，殊落落(73)置之。家人竊議其忍。忽道路沸傳，楚銀臺革爵；平陽觀察(74)奉特旨治馮生案。蒼頭聞之喜，告主母。女亦喜，即遣入府探視，則生已出獄，相見悲喜。俄捕公子至，一鞫(75)，盡得其情。生立釋寧家。歸見闈中人(76)，泫然流涕，女亦相對愴楚，悲已而喜。然終不知何以得達上聽。女笑指婢曰：「此君之功臣也。」生愕問故。

先是，女遣婢赴燕都(77)，欲達宮闈，為生陳冤。婢至，則宮中有神守護，徘徊御溝(78)間，數月不得入。婢懼誤事，方欲歸謀，忽聞今上將幸大同(79)，婢乃預往，偽作流妓。上至句闌(80)，極蒙寵眷。疑婢不似風塵人。婢乃垂泣。上問：「有何冤苦？」婢對：「妾原籍隸廣平，生員[81]馮某之女。父以冤獄將死，遂鬻妾句闌中。」上慘然，賜金百兩。臨行，細問顛末，以紙筆記姓名；且言欲與共富貴。婢言：「但得父子團聚，不願華膴[82]也。」上頷之，乃去。婢以此情告生。生急拜，淚皆雙熒[83]。

居無幾何，女忽謂生曰：「妾不為情緣[84]，何處得煩惱？君被逮時，妾奔走戚眷間，並無一人代一謀者。爾時酸衷[85]，誠不可以告愬。今視塵俗益厭苦。我已為君畜良偶，可從此別。」生聞，泣伏不起。女乃止。夜遣祿兒侍生寢，生拒不納。朝視十四娘，容光頓減；又月餘，漸以衰老；半載，黯黑如村嫗[86]：生敬之，終不替。

女忽復言別，且曰：「君自有佳侶，安用此鳩盤[87]為？」生哀泣如前日。又逾月，女暴疾，絕食飲，羸臥閨闥。生侍湯藥，如奉父母。巫醫無靈，竟以溘逝[88]。生悲怛欲絕。即以婢賜金，為營齋葬。數日，婢亦去，遂以祿兒為室。逾年舉一子。然比歲不登[89]，家益落。夫妻無計，對影長愁。

忽憶堂陬撲滿，常見十四娘投錢於中，不知尚在否。近臨之，則豉具鹽盎[90]，羅列殆滿。頭頭置去，箸[91]探其中，堅不可入；撲而碎之，金錢溢出。由此頓大充裕。

後蒼頭至太華[92]，遇十四娘，乘青騾，婢子跨蹇[93]以從，問：「馮郎安否？」且言：「致意主人，我已名列仙籍[94]矣。」言訖，不見。

異史氏曰：「輕薄之詞，多出於士類[95]，此君子所悼惜也。余嘗冒不韙[96]之名，言冤則已迂；然未嘗不刻苦自勵，以勉附於君子之林，而禍福之說不與焉。若馮生者，一言之微，幾至殺身，苟非室有仙人，亦何能解脫囹圄[97]，以再生於當世耶？可懼哉？」

【注釋】❶廣平　縣名，今河北邯鄲廣平。❷正德　明武宗朱厚照年號。❸奚奴　婢女。❹蘭若　佛寺。❺陰念　暗中思索。❻斑白叟　頭髮花白的老人。❼細小　家眷。❽肅　躬身作揖引進。❾女公子　尊稱他人的女兒。❿鏡臺自獻　自我做媒。晉人溫嶠為人做媒，獻玉鏡臺為聘禮。至婚禮之日，才知溫嶠就是新郎。見《世說新語》。⑪荊人　自己的妻子。⑫千金覓玉杵四句　用唐人裴航的故事表示求婚。見唐人裴鉶小說《傳奇》。⑬幕　簾幕。⑭嘔噱　談笑。⑮卓犖　卓越不凡。⑯伉儷　夫妻。⑰亭亭　形容女子挺立秀氣。⑱捽　揪拿。⑲齕　咬。⑳狼奔鴟叫　豺狼奔走，貓頭鷹鳴叫。㉑以策撾門　用馬鞭敲門。㉒鵠竢　伸長脖子等候。鵠，天鵝。㉓青衣　漢以後卑賤者著青衣，故稱婢僕、差役等人為青衣。㉔郡君　明郡王孫女封郡君，清貝勒之女及親王側福晉之女稱郡君。㉕彌甥　外甥的兒子。㉖鐘漏並歇　比喻年老衰殘。鐘、漏，古代兩種計時器。㉗失怙　死了父親。㉘懸想　暗自揣想。㉙矜詡　誇耀。㉚姻婭　親家和連襟，泛指姻親。㉛行　兄弟姐妹的次第；排行。㉜作意　精心用意。㉝窕窈　貌美心靈。美心為窈，美狀為窕。㉞娉娉　輕盈美好貌。㉟盛意　盛情；非常濃厚的情意。㊱作伐　做媒。㊲合巹　喝交杯酒，指成婚。㊳奉命　接受、遵守命令。㊴檢曆　翻檢曆書查日子。㊵蓬顆　長有雜草的土塊。㊶咨嗟　歎息。㊷躧屣　踩著鞋拖著走。㊸繡幰　有繡花帷幔的車或轎子。㊹青廬　指洞房。㊺撲滿　陶製的儲錢罐。㊻扈從　隨侍皇帝和大官出巡的人員。此指隨從。㊼蹇修　指媒人。㊽銀臺　官名，通政使。㊾折簡　指書札或信箋。㊿新什　新詩文作品。(51)諛噱　奉承的談笑。(52)提學試　提督學政主持的歲試或科試。(53)走伻　派人。伻，使者。(54)傖儜　聲音雜亂聽不清楚。(55)起處　八股文中闡釋題旨、引發議論的文字。(56)鄉曲之儇子　鄉下的輕薄人。鄉曲，鄉里。儇子，輕薄浮滑的人。(57)浪飲　酗酒。(58)紝織　紡織。(59)焚爇　燒毀。(60)圉人　管理馬匹的人；馬夫。(61)洗腆　謂置辦潔淨豐盛的酒食款待客人。(62)要遮　阻攔。(63)脂澤　脂粉、香膏等化妝品。(64)銜　懷恨在心。(65)酲解　酒醒。(66)殭　直挺挺；不靈活。(67)潸然　流淚的樣子。(68)刑憲　刑罰。(69)絞　絞刑；用繩子把人勒死。(70)秋決　秋天處決犯人。(71)於邑　憂鬱；嗚咽。(72)晡　申時，午後三時至五時。(73)落落　隨隨便便，滿不在乎。(74)平陽觀察　平陽府道員。(75)鞫　審訊。(76)闈中人　妻子。闈，婦女的居室。(77)燕都　或稱燕京，原為燕國都城，後為元明清三代都城，即今日北京之別稱。(78)御溝　皇宮周圍的河溝。(79)幸大同　臨幸大同府。幸，皇帝到某地叫「幸」或「臨幸」。大同，府名，治所在今山西大同。(80)句闌　妓院。(81)生員　秀才。(82)華膴　豐衣美食。(83)淚眥雙熒　兩眼淚光晶瑩。(84)情緣　男女間愛情的緣分。85酸衷　痛苦的心情。86村媼　鄉下老太太。87鳩盤　佛經上的惡鬼，比喻老醜的婦人。88溘逝　忽然去世。89比歲不登　連年不豐收。登，莊稼成熟。90豉具鹽盎　豆豉罈子、鹽罐子。91箸　筷子。92太華　西嶽華山。93蹇　驢子。94名列仙籍　成為仙人。仙籍，仙人的名籍。95士類　文人、士大夫的總稱。96不韙　不是；不對。97囹圄　監牢。

【語　譯】廣平的馮生，是明代正德年間人。年輕時輕佻灑脫，嗜酒如命。早晨偶然外出，遇到一個少女，披著紅斗篷，容貌娟雅秀麗。身後跟著個小丫鬟，踏露急走，鞋襪都沾濕了。馮生暗中喜歡上了她。

馮生傍晚喝醉酒回家，路旁本來有座寺廟，久已荒廢，有個女子從裡面出來，原來是早晨碰見的美女。她忽然看見馮生，就轉身進去。馮生暗想：美女怎會在寺廟裡？就把驢拴在門前，進去想看個明白。進入廟門，裡邊斷壁零落，石階上細草如毯。馮生正在彷徨，一個頭髮斑白的老人出來，他穿戴很整潔，問：「客人從哪裡來？」馮生說：「偶然經過古剎，想瞻仰瞻仰。老伯怎麼到這裡來了？」老人說：「老夫流落沒有住處，暫借這裡安頓家小。既蒙光臨，有山茶可以當酒。」就躬身行禮請馮生進去。

馮生看到大殿後有個院子，石子路非常光滑，不再有荊棘野草。到了屋裡，簾帷床帳，香氣襲人。坐下互通姓名，老人說：「老夫姓辛。」馮生乘著醉意冒失地問：「聽說你有個女兒，還沒找到好女婿。我不自量力，願意親自做媒求婚。」辛老頭笑著說：「容我和妻子商量。」馮生就找來筆寫詩說：「千金覓玉杵，殷勤手自將。雲英如有意，親為擣玄霜。」辛老頭笑著交給旁邊的人。不久，有個丫鬟跟辛老頭耳語。辛老頭起身請客人耐心坐著，掀起簾子進去了。隱約聽到說了幾句話，又快步出來了。

馮生以為定會有好消息；但辛老頭只坐著與他談笑，不再提別的事。馮生忍不住，問：「不明白你的心意，希望消除我的疑惑。」辛老頭說：「你是位不同凡響的人，我仰慕已久。但我有點心裡話，不敢明言。」馮生定要他說。辛老頭說：「我有十九個女兒，嫁出去十二個。女兒婚事老妻說了算，老夫不管閒事。」馮生說：「我只要今天早晨帶著小丫鬟踏露而行的那個。」辛老頭不說話，兩人相對無語。

聽到房內嚶嚶地細聲說話，馮生乘醉掀起簾子說：「夫妻既然做不成，應該看看容貌，來消除我的遺憾。」房內的人聽到簾鉤響，都站起來吃驚地看著他。馮生看見果然有位紅衣少女，抖著袖子扭著頭，亭亭玉立地拈著衣帶。看見馮生進來，滿屋人都驚慌不安。辛老頭大怒，讓幾個人揪出馮生。馮生體內酒精更加翻湧上來，跌倒在荊棘野草叢中。瓦塊石頭亂如雨點落下，幸虧沒打在身上。

馮生躺了沒多久，聽到驢子還在路邊吃草，就爬起來騎上驢，踉踉蹌蹌走了。夜色迷濛，誤入了山谷，群狼奔竄、鴟鴞鳴叫，令人毛豎心寒。馮生徘徊著四下察看，不知這是什麼地方。遠望幽深的樹林裡，燈光忽明忽暗，猜想一定是村莊，就騎著驢子跑了過去。抬頭看見一座高大門樓，就用馬鞭敲門。門裡有人問：「哪裡的郎君，半夜裡跑到這裡？」馮生回答說迷了路，問的人說：「等我稟告主人。」馮生站在那裡伸長脖子等著。忽然聽到鎖響門開的聲音，一個健壯的僕人出來，替他牽著驢子進去。

馮生進去，看到房屋非常華美，廳堂布置著燈火。略微坐了一下，有個婦人出來，詢問馮生的姓名。馮生告訴了她。過了片刻，幾個丫鬟扶著一位老太太走出來，說：「郡君來了。」馮生站起來，彎腰正要下拜。老太太攔住讓他坐下，對他說：「你不是馮雲子的孫子嗎？」馮生說：「是啊。」老太太說：「你應該是我外甥的兒子。老身日子不多了，沒有多久好活了，骨肉之間，久已疏遠了。」馮生說：「我幼年喪父，和我祖父交往的人，十個裡也認不得一個。平時沒來看望你，請指示明白。」老太太說：「你自己會知道的。」馮生不敢再問，對坐著老太太暗自揣想。

老太太說：「你深夜怎麼到了這裡？」馮生為了顯示自己的膽量，就一一敘述了自己的遭遇。老太太笑著說：「這是大好事。何況外甥是名士，也並不玷汙她家，野狐精怎能妄自尊大？你不要擔心，我能為你把她娶來。」馮生連聲道謝。老太太看了看隨侍的人說：「我不知道辛家的女兒，竟這樣端莊漂亮。」丫鬟說：「他家有十九個女兒，都風度翩翩，不知官人要娶的排行第幾？」馮生說：「大約十五六歲。」丫鬟說：「這是十四娘。三月裡，曾跟她母親來給郡君祝壽，郡君怎麼忘了？」老太太笑著說：「她不就是在高底鞋上雕刻蓮花瓣，裡面塞滿香屑，蒙著紗巾走路的那個嗎？」丫鬟說：「是的。」老太太說：「這個丫頭很會裝模作樣，賣弄嫵媚姿態。但確實漂亮，小外甥眼光不錯。」就對丫鬟說：「可派個小丫鬟去叫她來。」丫鬟答應著去了。

過了不久，丫鬟進來稟報：「把辛家十四娘叫來了。」接著就看見一個紅衣女子，朝著老太太躬身施禮。老太太拉她起來說：「以後成了我外甥媳婦，不要行丫鬟的禮節了。」十四娘起來，亭亭而立，紅袖子低垂兩旁。老太太抿了抿她的鬢角，撚了撚她的耳環，說：「十四娘近來在閨房裡做什麼呀？」十四娘低聲回答說：「閒著只是繡花。」回頭看見馮生，羞澀地站立難安。老太太說：「這是我外甥的兒子。滿心要和你結夫妻，怎麼就讓他迷了路，整夜在山谷裡轉來轉去？」

十四娘低著頭不說話。老太太說：「我叫你來沒別的事，想給我外甥做媒人罷了。」十四娘只是默默不語。老太太讓丫鬟掃床鋪被，就要給他倆完婚。十四娘紅著臉說：「我得回去告訴父母。」老太太說：「我給你做媒，有什麼差錯？」十四娘說：「郡君的命令，父母當然不敢違抗。但這樣草草了事，我就是死了，也不敢從命！」老太太笑著說：「小丫頭意志不可改變，真是我外甥的好媳婦！」就拔下十四娘頭上的一朵金花，交給馮生收起來。讓他回家查閱曆書，定個良辰吉日。就讓丫鬟送十四娘回去。

聽到遠處公雞已經高叫，老太太派人牽著驢子送馮生出來。馮生走了幾步，突然回頭一看，村莊房屋已經消失；只見松樹、楸樹濃黑一片，土縫裡的雜草覆蓋著幾座墳墓。馮生定神想了一下，才明白這裡是薛尚書的墓地。薛尚書是馮生祖母的弟弟，所以老太太叫他外甥。馮生知道遇上鬼了，但也不知道十四娘是何人。歎息著回家，胡亂翻翻曆書定了日子等待，但心裡恐怕鬼的約定靠不住。再去那座廟裡查看，殿堂房舍一片荒涼。詢問當地人，說廟裡經常見到狐狸什麼的。馮生暗想：若能得到美人，狐狸也很好啊。

到了成親的日子，馮家清理房間、打掃道路，僕人輪換著張望，半夜三更了還沒有動靜。馮生已經不抱希望了。不久，門外人聲喧譁。馮生踩著鞋拖著走出來一看，花轎已停在院子裡了，兩個丫鬟扶著十四娘到新房裡坐下。嫁妝也沒有過多的東西，只有兩個長鬍子僕人抬著一個撲滿，像甕一樣大，停肩放到屋角裡。馮生喜得漂亮老婆，並不因為異類而猜忌她。他問十四娘：「一個死鬼，你家對她為何那樣服貼？」十四娘說：「薛尚書現在做了五都巡環使，數百里內的鬼狐都供他差遣，所以不常回墓中。」馮生不忘媒人，第二天，到她的墓上祭祀。回來時看到兩個丫鬟，拿著貝殼形錦緞作賀禮，放到桌子上走了。馮生告訴十四娘，十四娘看了看說：「這是郡君家的東西。」

城裡有個楚銀臺的公子，從小和馮生同學，兩人關係很親昵。他聽說馮生娶了個狐夫人，就在馮生婚後幾天，送來禮物，接著登堂敬酒。過了幾天，又送來請柬請馮生喝酒。十四娘聽到了，對馮生說：「上次公子來，我從牆龕看見他，他猿猴的眼睛鷹鉤鼻子，不可和他長久交往。不能去。」馮生答應了。第二天，楚公子登門，責備馮生負約的過失，並獻上自己的新作。馮生評論得近乎嘲笑，楚公子很羞慚，不歡而散。馮生回去，在屋裡笑著說了。十四娘慘然說：「公子是隻豺狼，不能戲耍！你不聽我的話，就要碰上災禍了！」馮生笑著賠罪認錯。此後，馮生常常對楚公子說些奉承性的笑話，以前的不愉快也就漸漸消除了。

適值學政考核秀才，楚公子考了第一，馮生考了第二。楚公子沾沾自喜，派人來邀請馮生喝酒。馮生推辭，連叫了幾次才去。到了才知道是楚公子的生日，賓客滿堂，酒宴擺列得很豐盛。楚公子拿出試卷給馮生看，親友擠過來讚歎不已。喝了幾杯酒，堂上奏起音樂，吹吹打打非常熱鬧，賓主非常高興。楚公子忽然對馮生說：「俗話說：『場中莫論文。』這句話我現在知道錯了。我僥倖排在你前面的原因，只是起處幾句，略高一籌罷了。」公子說完，滿座都讚揚起來。馮生醉醺醺地憋不住了，大笑著說：「你到現在，還以為憑你的文章就能考第一啊！」馮生說完，滿座臉色大變。楚公子羞慚忿怒得喘不過氣來。

客人們一個一個都走了，馮生也溜回了家。酒醒後，後悔說溜了嘴，就把這事告訴了十四娘。十四娘憂悶地說：「你真是個輕薄的鄉巴佬啊！輕薄之態，對待君子，就會敗壞品德；對待小人，就會喪失性命。你的禍患不遠了！我不忍心看著你流落無歸，讓我這就告別。」馮生嚇哭了，說自己知悔了。十四娘說：「如想要我留下，我們約定：你從今閉門斷絕交遊，別再酗酒了。」馮生恭敬地答應了。十四娘為人勤儉大方，每天就是紡線織布。有時回趟娘家，也不曾過夜。還經常拿出銀錢布匹貼補家用。每天有的盈餘，就投到撲滿裡。整天關門閉戶，有人來訪就囑咐老僕人謝絕。

一天，楚公子送信來，十四娘燒了信不讓馮生知道。第二天，馮生出門到城裡去弔喪，在喪家遇上了楚公子，楚公子拉著他的手臂苦苦邀請他。馮生藉故推辭。楚公子讓馬夫拉著馮生的馬韁，簇擁著馮生就走。到了公子家，公子立即讓人擺上潔淨豐盛的酒宴。馮生又告辭說要早點回去。楚公子不斷地竭力阻攔，讓家裡的歌女出來彈箏取樂。馮生本來就倜儻不羈，先前一直被關在家裡，感覺非常煩悶；忽然遇上暢飲的機會，興致頓時豪發，就不再有所掛念。因而大醉癱在酒席上。

楚公子的妻子阮氏，非常兇悍嫉妒，婢妾們都不敢塗脂抹油。昨天，一個丫鬟到楚公子的書房裡，被阮氏出其不意逮到了，用木棍擊打她的頭部，丫鬟腦漿迸裂當場就死了。楚公子因為馮生曾譏諷侮慢他而懷恨在心，天天想著報復他，於是打算把他灌醉後誣陷他。趁著馮生酒醉睡去，把丫鬟的屍體扛到床上，關上房門走了。馮生五更時酒醒，才感覺自己趴在桌子上；起來摸索枕頭床鋪，感覺有個滑溜溜的東西，絆住了腳；一摸，竟是個人；猜想是主人派童僕陪自己睡覺。又用腳踢了踢，那人一動不動地僵臥著。馮生害怕極了，跑出房門驚叫起來。楚家的僕人們都起來了，點燈一看，看到屍體，拿住馮生憤怒地鬧了起來。楚公子出來辨認驗證，誣陷馮生逼迫姦殺了丫鬟，綁起來送到了廣平府衙。

隔了一天，十四娘才知道，流著眼淚說：「早就知道會有今天了！」於是每天都送錢給馮生。馮生見了知府，沒有理由申辯，早晚遭受毒打，皮肉都離了骨。十四娘親自探監詢問。馮生見了她，悲憤填膺，說不出話來。十四娘知道這是個處心積慮的陷阱，就勸馮生屈招，以免再遭刑罰。馮生哭著聽了她的話。十四娘進出監獄之時，別人近在咫尺也看不見她。十四娘回家感歎惋惜，立即把丫鬟遣散走了。獨居了幾天，又託媒婆買了個良家丫頭，名叫祿兒，年滿十五歲，容貌非常漂亮；十四娘跟她同吃同住，疼愛她超過其他丫鬟。

馮生招認誤殺被判絞刑。老僕人得到消息回去，悲傷地訴說著泣不成聲。十四娘聽了好像不放在心上。眼看秋後處斬犯人的日子就要到了，十四娘才惶惶不安起來，白天出去晚上回來，腳步沒有停過。常在沒人的地方，嗚咽哀傷，竟至於睡不著吃不下了。一天下午，十四娘派出的狐丫鬟忽然回來了。十四娘一下子站起來，拉她到無人處偷偷交談。十四娘出來，笑容滿面，料理家事和平常一樣。

第二天，老僕人到監獄裡，馮生傳話給娘子讓她來一趟，兩人就此永別。老僕人回來告訴十四娘。十四娘漫不經心地答應著，也不悲傷，滿不在乎地擱下不提。家人都私下議論她太狠心。忽然路人沸沸揚揚地傳說：楚銀臺被撤職了；平陽觀察奉皇帝特旨來處理馮生一案。老僕人聽說了，高興地去告訴主母。十四娘也很高興，就派他到郡府探視，馮生已經出獄，主僕兩人見面又悲又喜。不久楚公子被逮捕到案，一審問，就明白了全部情況，立即將馮生釋放回家。馮生回家見到妻子，眼淚流個不停，十四娘也對著他傷痛酸楚，悲傷完了就歡喜起來。但馮生終究不知皇帝是怎麼知道的。十四娘笑嘻嘻指著丫鬟說：「這是你的功臣啊。」馮生驚愕地詢問緣故。

原來，十四娘派丫鬟進京，想進後宮，為馮生申冤。丫鬟到了京城，宮中有神將神兵守護著，就在御溝附近轉來轉去，一連幾個月不得進入。丫鬟怕耽誤了大事，正想回去和十四娘商量，忽然聽說皇帝要遊幸大同，丫鬟就提前趕到，裝成流浪的妓女。皇帝到了妓院，她很受寵愛。皇帝懷疑她不像流落風塵的妓女，丫鬟就流淚哭起來。皇帝問：「你有什麼冤苦？」丫鬟回答說：「我原籍廣平府，是馮秀才的女兒。父親因冤案將要處死，就把我賣到妓院裡。」皇帝面帶憂傷，賜給她一百兩銀子。臨走前，又詳細詢問了事情的前因後果，用紙筆記下了姓名；還說要與她共享榮華富貴。丫鬟說：「只願我們父女團聚，不願榮華富貴。」皇帝點頭答應她，就走了。丫鬟把經過告訴馮生。馮生急忙下拜，兩眼淚光閃爍。

過了不久，十四娘忽然對馮生說：「我若不是為了情緣，哪裡有這些煩惱？你被逮捕時，我奔走於親戚之間，並沒有一個人替我出個計謀。那時心裡的悲酸，真是無法表述。現在看到這塵俗世界更覺厭煩苦惱。我已替你養著好配偶，可以從此分別了。」馮生聽了，哭著跪下不起來。十四娘才不說走了。夜裡十四娘讓祿兒陪馮生睡覺，馮生拒不接受。早晨起來看到十四娘，容光頓減；又過了一個多月，漸漸衰老下去；半年後，面色灰暗如同村婦：馮生依然敬愛她，恩愛始終不減。

十四娘忽然又說要告別，並說：「你自有好妻子，還要我這醜婦人幹嘛？」馮生像上次一樣哀求流淚。又過了一個月，十四娘突然病了，不吃不喝，瘦弱地躺在閨房裡。馮生端湯餵藥，像侍奉父母一樣。神巫、醫生來看都不見效，還是去世了。馮生悲痛欲絕，就用皇帝賜給丫鬟的一百兩銀子，給她修建墳墓安葬了。過了幾天，丫鬟也走了，馮生就把祿兒當了妻子。過了一年，生了個兒子。可是連年歉收，家境一天天衰落下去。夫妻倆沒有辦法，只是對著影子惆悵。

馮生忽然想起屋角裡的撲滿，常見十四娘往裡面投錢，不知還在不在。走近一看，只見豆豉罈子、鹽罐子，擺得滿滿的。一件一件挪開，用筷子探了探撲滿，硬硬得插不下去；打碎撲滿，銀子溢了出來。從此，馮生一下子就富了起來。

後來，馮生的老僕人到華山，遇到十四娘，騎著頭青騾子，丫鬟騎驢跟著她，十四娘問：「馮郎平安嗎？」還說：「轉告你主人，我已名列仙籍了。」說完，就不見了。

異史氏說：「輕薄的話語，多出於讀書人之口，這是君子所哀歎惋惜的。我曾犯了不對的罪名，若說冤枉就顯得迂腐了；但是我未嘗不刻苦自勵，來勉強依附在君子之列，這和禍福迷信沒有關係。像馮生，一句話的小事，就幾乎殺身喪命，假如不是屋裡有仙人，又怎能從牢獄中出來，而再生於人世呢？這不是很可怕嗎？」

【研　析】〈辛十四娘〉前半幅寫廣平馮生薄暮醉酒，闖入狐家，喜愛狐女辛十四娘，主動求婚不允，還被揪了出來。幸夜中進入死後做了冥官的舅爺府第，冥官夫人為之作媒，狐家只好允婚，成就了《聊齋》又一對綺麗的人狐之戀。如果故事就此結束，也應該算是一篇不錯的小說了。但蒲松齡卻別有命意。馮生「輕脫，縱酒」，在現實人生中便沒有那麼幸運了。

在後半幅裡，楚公子是馮生的同學，兩人在一起相忘形骸，不拘俗套。辛十四娘慧眼識人，看出楚公子「猿睛而鷹準，不可與久居」。不可久居又不能不居，於是有了矛盾衝突，生出性命交關的事端。

楚公子招馮生喝酒，馮生聽妻子的話不去，楚公子前來問罪，這是一層衝突。參加考試，楚公子考第一，馮生考第二，楚公子沾沾自喜，在生日宴會上臭美一番，馮生忍不住又譏笑他一番，這是再一層衝突。馮生出門弔喪，被楚公子硬拉到家灌醉，誣陷他逼姦殺婢，送將官裡去，這是又一層衝突。前兩次衝突，馮生都在十四娘的勸告下化險為夷；這最後一次衝突，出了人命，事情太大了，十四娘只好讓自己的丫鬟以色相交通皇帝告御狀。馮生這才大難不死，出獄回家與妻子團聚。

在小說的前半幅中，我們就看出馮生說話無遮無攔；在小說的後半幅中，這種性格終於招來了禍患，這是小說的前後照應。在小說前半幅的結尾處，我們看到「兩長鬣奴扛一撲滿，大如甕，息肩置堂隅」；在小說後半幅中，我們又看到「日有贏餘，輒投撲滿」；在小說的結尾處，我們還看到「箸探其中，堅不可入；撲而碎之，金錢溢出。由此頓大充裕」。這是「草蛇灰線，伏脈千里」的好筆法。

蒲松齡在「異史氏曰」中說：「輕薄之詞，多出於士類，此君子所悼惜也。」不錯，輕薄的話，不能隨便亂說，說了往往惹禍。但接著又說：「余嘗冒不韙之名，言冤則已迂；然未嘗不刻苦自勵，以勉附於君子之林，而禍福之說不與焉。」這是作者自道生平嘗不顧人情，說人短處，得罪於人，但由於立身正，沒有做過缺德的事，方才不失為君子，平平安安地生活下來。就小說來看，馮生的話也並無半分不妥處，他的獲罪不應完全歸咎於說話「輕薄」。如果士人都明哲保身，不敢仗義執言，又何有益於世道人心？這篇「異史氏曰」，就是蒲松齡為避免讀者誤讀做的提示。

念秧

異史氏曰：人情鬼蜮❶，所在皆然，南北衝衢❷，其害尤烈。如強弓怒馬，禦人於國門❸之外者，夫人而知之矣；或有劙囊刺橐❹，攫貨於市，行人回首，財貨已空，此非鬼蜮之尤者耶？乃又有萍水相逢，甘言如醴❺，其來也漸，其入也深。誤認傾蓋之交❻，遂罹喪資之禍。隨機設阱❼，情狀不一；俗以其言辭浸潤❽，名曰「念秧」。今北途多有之，遭其害者尤眾。

余鄉王子巽❾者，邑諸生。有族先生，在都為旗籍❿太史，將往探訊。治裝北上，出濟南，行數里，有一人跨黑衛⓫，馳與同行。時以閑語相引，王頗與問答。其人自言：「張姓，為棲霞⓬隸，被令公差赴都。」稱謂撝卑⓭，祇奉⓮殷勤。相從數十里，約以同宿。王在前，則策蹇追及；在後，則止候道左。

僕疑之，因厲色拒去，不使相從。張頗自慚，揮鞭遂去。既暮，休於旅舍，偶步門庭，則見張就外舍飲。方驚疑間，張望見王，垂手拱立⑮，謙若廝僕，稍稍問訊。王亦以泛泛適相值⑯，不為疑，然王僕終夜戒備之。雞既唱，張來呼與同行。僕咄絕之，乃去。

朝暾⑰已上，王始就道。行半日許，前一人跨白衛，年四十已來，衣帽整潔；垂首蹇分，盹寐欲墮。或先之，或後之，因循⑱十數里。王怪問：「夜何作，致迷頓乃爾？」其人聞之，猛然欠伸，言：「我清苑⑲人，許姓。臨淄令高檠⑳是我中表。家兄設帳於官署，我往探省，少獲饋貽。今夜旅舍，誤同念秧者宿，驚惕不敢交睫，遂致白晝迷悶。」

王故問：「念秧何說？」許曰：「君客時少，未知險詐。今有匪類，以甘言誘行旅，夤緣㉑與同休止，因而乘機騙賺。昨有葭莩親㉒，以此喪資斧。吾等皆宜警備。」王頷㉓之。先是，臨淄宰與王有舊，王曾入其幕，識其門客，果有許姓，遂不復疑。因道溫涼㉔，兼詢其兄況。許約暮共主人，王諾之。僕終疑其偽，陰與主人謀，遲留不進，相失，遂杳。

翼日，日卓午㉕，又遇一少年，年可十六七，騎健騾，冠服秀整，貌甚都。同行久之，未嘗交一言。日既西，少年忽言曰：「前去屈律店㉖不遠矣。」王微應之。少年因咨嗟欷歔，如不自勝。王略致詰問。少年歎曰：「僕江南㉗金姓。三年膏火，冀博一第，不圖竟落孫山！家兄為部中主政㉘，遂載細小來，冀得排遣。生平不習跋涉，撲面塵沙，使人薅惱㉙。」因取紅巾拭面，歎咤不已。聽其語，操南音㉚，嬌婉若女子。王心好之，稍稍慰藉。少年曰：「適先馳出，眷口㉛久望不來，何僕輩亦無至者？日已將暮，奈何！」遲留瞻望，行甚緩。王遂先驅，相去漸遠。

晚投旅邸㉜，既入舍，則壁下一牀，先有客解裝其上。王問主人。

即有一人入，攜之而出，曰：「但請安置，當即移他所。」王視之，則許也。王止與同舍，許遂止。因與坐談。少間，又有攜裝入者，見王、許在舍，返身遽出㉝，曰：「已有客在。」王審視㉞，則途中少年也。王未言，許急起曳留之，少年遂坐。許乃展問邦族㉟，少年又以途中言為許告。

俄頃㊱，解囊出貲，堆累頗重；秤兩餘，付主人，囑治殽酒，以供夜話。二人爭勸止之，卒不聽。俄而酒炙㊲並陳。筵間，少年論文甚風雅。王問江南闈㊳中題，少年悉告之。且自誦其承破㊴，及篇中得意之句，言已，意甚不平。共扼腕之。少年又以家口相失，夜無僕役，患不解牧圉㊵。王因命僕代攝莝豆㊶。少年深感謝。

居無何，忽蹴然㊷曰：「生平蹇滯㊸，出門亦無好況。昨夜逆旅，與惡人居，擲骰㊹叫呼，聒耳沸心，使人不眠。」南音呼骰為兜，許不解，固問之。少年手摹其狀。許乃笑於橐中出色㊺一枚，曰：「是此物否？」少年諾。許乃以色為令，相歡飲。酒既闌，許請共擲，贏一東道主[46]。王辭不解。許乃與少年相對呼盧[47]。又陰囑王曰：「君勿漏言。蠻[48]公子頗充裕，年又雛，未必深解五木訣[49]。我贏些須，明當奉屈耳。」二人乃入隔舍。

旋聞轟賭甚鬧，王潛窺之，見棲霞隸亦在其中。大疑，展衾自臥。又移時，眾共拉王賭。王堅辭不解。許願代辨梟雉[50]，王又不肯。遂強代王擲。少間，就榻報王曰：「汝贏幾籌[51]矣。」王睡夢應之。

忽數人排闥而入，番語啁嗻[52]。首者言佟姓，為旗下[53]邏捉賭者。時賭禁甚嚴，各大惶恐。佟大聲嚇王，王亦以太史旗號相抵[54]。佟怒解，與王敘同籍，笑請復博為戲。眾果復賭，佟亦賭。王謂許曰：「勝負我不預聞。但願睡，無相溷[55]。」許不聽，仍往來報之。

既散局，各計籌馬[56]，王負欠頗多。佟遂搜王裝橐取償。王憤起相爭。金捉王臂陰告曰：「彼都匪人，其情叵[57]測。我輩乃文字交，無不相顧。適局中我贏得如干數，可相抵；此當取償許君者，今請易之：便令許償佟，君償我。弗過暫掩人耳目，過此仍以相還。終不然，以道義之友[58]，遂實取君償耶？」王故長厚[59]，亦遂信之。少年出，以相易之謀告佟。乃對眾發王裝物，估入己槖。佟乃轉索許、張而去。

少年遂襆被[60]來，與王連枕，衾褥皆精美。王亦招僕人臥榻上，各默然安枕。久之，少年故作轉側，以下體[61]暱就僕。僕移身避之，少年又近就之。膚著股際，滑膩如脂。僕心動，試與狎；而少年殷勤甚至，衾息鳴動。王頗聞之；雖甚駭怪，而終不疑其有他也。

昧爽，少年即起，促與早行。且云：「君蹇疲殆[62]，夜所寄物，前途請相授耳。」王尚無言，少年已加裝登騎。王不得已，從之。騾行駛，去漸遠。王料其前途相待，初[63]不為意。因以夜間所聞問僕，僕實告之。王始驚曰：「今被念秧者騙矣！焉有宦室名士，而毛遂於圉僕[64]者？」又轉念其談詞風雅，非念秧者所能。急追數十里，蹤跡殊杳。始悟張、許、佟皆其一黨，一局不行，又易一局，務求其必入也。償債易裝，已伏一圖賴之機；設其攜裝之計不行，亦必執前說篡奪[65]而去。為數十金，委綴數百里；恐僕發其事，而以身交驩[66]之，其術亦苦矣。

後數年而有吳生之事。

邑有吳生，字安仁。三十喪偶，獨宿空齋。有秀才來與談，遂相知悅[67]。從一小奴，名鬼頭，亦與吳僮報兒善。久而知其為狐。吳遠遊，必與俱。同室之中，人不能睹。吳客都中[68]，將旋里[69]，聞王生遭念秧之禍，因戒僮警備。狐笑言：「勿須，此行無不利。」

至涿，一人繫馬坐煙肆[70]，裘服濟楚。見吳過，亦起，超乘[71]從之。漸與吳語，自言：「山東黃姓，提堂戶部[72]。將東歸，且喜同途不孤寂。」於是吳止亦止；每共食，必代吳償直。吳陽感而陰疑[73]之。私以問狐，狐但言：「不妨。」吳意乃釋。

及晚，同尋寓所，先有美少年坐其中。黃入，與拱手為禮。喜問少年：「何時離都？」答云：「昨日。」黃遂拉與共寓。向吳曰：「此史郎，我中表弟，亦文士，可佐君子談騷雅(74)，夜話當不寥落(75)。」乃出金貲，治具共飲。

少年風流蘊藉(76)，遂與吳大相愛悅。飲間，輒目示吳作觴弊(77)，罰黃，強使釂(78)，鼓掌作笑。吳益悅之。既而史與黃謀博賭，共牽吳，遂各出橐金(79)為質。狐囑報兒暗鎖板扉，囑吳曰：「倘聞人喧，但寐無吪(80)。」吳諾。吳每擲，小注則輸，大注輒贏。更餘，計得二百金。史、黃錯囊垂罄(81)，議質其馬。

忽聞撾門聲甚厲，吳急起，投色於火，蒙被假臥。久之，聞主人覓鑰不得，破扃起關，有數人洶洶(82)入，搜捉博者。史、黃並言無有。一人竟捋吳被，指為賭者。吳叱咄之。數人強撿吳裝。方不能與之撐拒(83)，忽聞門外輿馬呵殿(84)聲。吳急出鳴呼，眾始懼，曳入之，但求勿聲。吳乃從容苞苴(85)付主人。

鹵簿86既遠，眾乃出門去。黃與史共作驚喜狀，取次覓寢。黃命史與吳同榻。吳以腰橐87置枕頭，方命被而睡。無何，史啟吳衾，裸體入懷，小語曰：「愛兄磊落，願從交好。」吳心知其詐，然計亦良得，遂相偎抱。史極力周奉，不料吳固偉男，大為鑿枘88，嚬呻殆不可任，竊竊哀免。吳固求訖事。手捫之，血流漂杵89矣。乃釋令歸。及明，史憊不能起，托言暴病90，但請吳、黃先發。吳臨別，贈金為藥餌之費。途中語狐，乃知夜來鹵簿，皆狐為也。

黃於途，益諂事91吳。暮復同舍，斗室甚隘，僅容一榻，頗暖潔，而吳狹之。黃曰：「此臥兩人則隘，君自臥則寬，何妨？」食已徑去。吳亦喜獨宿可接狐友。坐良久，狐不至。倏92聞壁上小扉，有指彈聲。吳拔關探視，一少女豔妝遽入，自扃門戶，向吳展笑，佳麗如仙。吳喜致研詰，則主人之子婦也。遂與狎93，大相愛悅。女忽潸然泣下。吳驚問之。女曰：「不敢隱匿，妾實主人遣以餌94君者。曩時入室，即被掩執[95]；不知今宵何久不至？」又嗚咽曰：「妾良家女[96]，情所不甘。今已傾心於君，乞垂拔救！」吳聞，駭懼，計無所出，但遣速去。女惟俛首泣。

忽聞黃與主人捶闥鼎沸[97]。但聞黃曰：「我一路祗奉，謂汝為人，何遂誘我弟室[98]！」吳懼，逼女令去。聞壁扉外亦有騰擊[99]聲。吳倉卒汗如流瀋[100]，女亦伏泣。又聞有人勸止主人。主人不聽，推門愈急。勸者曰：「請問主人意將胡為？如欲殺耶？有我等客數輩，必不坐視[101]兇暴。如兩人中有一逃者，抵罪安所辭？如欲質之公庭耶？帷薄不修[102]，適以取辱。且爾宿行旅，明明陷詐，安保女子無異言？」主人張目不能語。吳聞，竊感佩，而不知其誰。

初，肆門將閉，即有秀才共一僕，來就外舍宿。攜有香醞[103]，遍酌同舍，勸黃及主人尤殷。兩人辭欲起。秀才牽裾[104]，苦不令去。後乘間[105]得遁，操杖奔吳所。秀才聞喧，始入勸解。吳伏窗窺之，則狐友也。心竊喜。又見主人意稍奪[106]，乃大言以恐之。又謂女子：「何默不一言？」女啼曰：「恨不如人，為人驅役賤務[107]！」主人聞之，面如死灰。秀才叱罵曰：「爾輩禽獸之情，亦已畢露。此客子所共憤者！」黃及主人，皆釋刀杖，長跽[108]而請。

吳亦啟戶出，頓大怒詈[109]。秀才又勸止吳，兩始和解。女子又啼，寧死不歸。內奔出嫗婢，捽女令入。女子臥地哭益哀。秀才勸主人重價貨[110]吳生。主人俛首曰：「作老娘三十年，今日倒繃孩兒[111]，亦復何說！」遂依秀才言。吳固不肯破重貲[112]；秀才調停主客間，議定五十金。人財交付後，晨鐘已動，乃共促裝，載女子以行。

女未經鞍馬，馳驅[113]頗殆。午間稍休憩。將行，喚報兒，不知所往。日已西斜，尚無迹響，頗懷疑訝，遂以問狐。狐曰：「無憂，將自至矣。」星月已出，報兒始至。吳詰之。報兒笑曰：「公子以五十金肥奸傖[114]，竊所不平。適與鬼頭計，反身索得。」遂以金置几上。吳驚問其故，蓋鬼頭知女止一兄，遠出十餘年不返，遂幻化作其兄狀，使報兒冒弟行，入門索姊妹。主人惶恐，詭託病殂⑪⑤。二僮欲質官。主人益懼，啖之以金，漸增至四十，二僮乃行。報兒具述其故。吳即賜之。

吳歸，琴瑟綦篤⑪⑥。家益富。細詰女子，曩美少即其夫，蓋史即金也。襲一槲紬帔⑪⑦，云是得之山東王姓者。蓋其黨與甚眾，逆旅主人，皆其一類。何意吳生所遇，即王子巽連天叫苦之人，不亦快哉！旨哉古言：「騎者善墮⑪⑧。」

【注釋】❶鬼蜮 害人的惡鬼和怪物。❷衢衢 交通大道。❸國門 國都的城門。❹劙囊刺橐 割刺開別人的行囊包裹。❺甘言如醴 甜蜜的語言如同甜酒。❻傾蓋之交 一見如故的朋友。❼阱 陷阱；騙局。❽浸潤 液體慢慢滲透，此指用甜言蜜語拉攏打動。❾王子巽 王敏入，字子遜，淄川人。❿旗籍 滿籍。⓫衛 驢子的別稱。⓬棲霞 縣名，今山東煙臺棲霞。⓭撝卑 謙恭。⓮祗奉 敬奉。⓯垂手拱立 伸直兩臂，彎腰站立，表示恭敬。⓰相值 相遇。⓱朝暾 早晨的太陽。⓲因循 相隨不捨。⓳清苑 縣名，今河北保定清苑。⓴臨淄令高檠 臨淄縣令高檠。臨淄，縣名，今山東淄博臨淄。高檠，清苑縣舉人，康熙十一年為臨淄知縣。㉑夤緣 巴結；拉攏。㉒葭莩親 比喻關係極其疏遠淡薄的親屬。葭莩，蘆葦稈內的薄膜。㉓頷 點頭，表示讚許。㉔道溫涼 寒暄。㉕卓午 正午。㉖屆律店 地名，在濟南洛口西。㉗江南 清時省名，轄今江蘇安徽兩省及江北之地。㉘部中主政　中央六部的主事。㉙薅惱　煩惱。㉚南音　南方口音。㉛眷口　家眷。㉜旅邸　旅舍。㉝遽出　迅速離去。㉞審視　仔細看。㉟展問邦族　詢問籍貫和出身。㊱俄頃　片刻；一會兒。㊲酒炙　酒和酒肴。炙，烤肉。㊳闈　科舉時代稱試院。㊴承破　八股文中的承題和破題。㊵牧圉　飼養牲口。㊶莝豆　餵牲口的草料。㊷蹴然　踩腳。㊸蹇滯　不順利；不吉利。㊹骰　骰子，骨製的賭具，正方形，用手拋，看落下後最上面的點數。俗稱「色子」。㊺色　色子。㊻東道主　請客的主人。㊼呼盧　賭博。㊽蠻　南蠻，中國古代稱南方各族。㊾五木訣　賭博的訣竅。五木，古代賭具名。㊿代辨梟雉　代認色子的彩名。梟、雉，古代博戲的兩種彩名。(51)籌　籌碼。(52)番語啁噍　異族口音嘰哩呱啦。(53)旗下　指旗人。(54)抵　頂撞。(55)溷　打擾。(56)籌馬　古代投壺計算勝負之具，博局以物計勝負亦沿稱「籌馬」。(57)叵　不可。(58)道義之友　講道德有正義的朋友。(59)長厚　年長厚道。(60)襆被　用包袱包著被子。(61)下體　人體的下部，特指陰部。(62)君蹇疲殆　你的牲口疲乏。(63)初　並。(64)毛遂於圉僕　自薦於馬夫。(65)篡奪　搶奪。(66)交驩　男女歡會，此指雞姦。(67)知悅　因相知而喜歡。(68)都中　京城，指北京。(69)旋里　回家鄉。(70)煙肆　煙鋪。(71)超乘　翻身上馬。(72)提堂戶部　本省督撫派往戶部遞送公文的武官。(73)陽感而陰疑　表面感激暗中懷疑。(74)騷雅　〈離騷〉與《詩經》中〈大雅〉、〈小雅〉的並稱。指詩文。(75)寥落　孤單寂寞。(76)風流蘊藉　形容人風雅瀟灑，才華橫溢。蘊藉，平和寬厚，含蓄內秀。(77)作觴弊　行酒令時作弊。(78)釂　喝乾杯中酒。(79)橐金　囊中之金。(80)吪　行動。(81)錯囊垂罄　繡花的錢袋將空。(82)洶洶　形容聲勢盛大或兇猛的樣子。(83)撐拒　抵抗；反抗。(84)呵殿　官員出行時在前邊喝道和殿後。(85)苞苴　包裝魚肉等用的草袋子，此指包裹行李。(86)鹵簿　古代帝王出外時扈從的儀仗隊。(87)腰橐　藏錢的袋子，舊時多繫於腰。(88)鑿枘　方圓尺寸不合，難以相容。(89)血流漂杵　指流血很多。(90)暴病　突然發作起來的急病。(91)諂事　逢迎侍奉。(92)倏　極快地。(93)狎　親近淫亂。(94)餌　引誘。(95)掩執　乘其不備而逮捕。(96)良家女　清白人家的女兒。(97)搥闔鼎沸　敲門聲響吵雜。(98)弟室　弟媳。(99)騰擊　凌空敲擊。(100)流瀋　汁水流淌。(101)坐視　袖手旁觀；不採取人們所期望的或適當的行動。(102)帷薄不修　家庭生活淫亂。(103)香醞　美酒。

〔104〕牽裾 拉住衣襟。〔105〕乘間 找機會；趁隙。〔106〕奪 喪失；改變。〔107〕驅役賤務 被驅趕著做下賤的事。〔108〕長跽 長跪；直身而跪。古人席地而坐，坐時膝著地，臀部坐在足跟上。跪則上身挺直，以示莊重。〔109〕怒詈 怒罵。詈，責罵。〔110〕貨 賣。〔111〕作老娘三十年二句 做接生婆幾十年，今天包反了孩子。指常做此事，未料突然失手。〔112〕重貲 重金；高價。〔113〕馳驅 策馬快跑。〔114〕肥奸儈 讓奸詐小人發財。儈，儈父，粗鄙低賤之人。〔115〕詭託病殂 謊說病死。〔116〕琴瑟綦篤 夫妻感情很深。〔117〕槲紬帔 用槲樹蠶絲織成的披肩。〔118〕騎者善墮 善於騎馬的人容易摔下馬。比喻擅長某一技藝的人，往往因大意而招致失敗。

【語譯】異史氏說：人世上的鬼鬼怪怪，到處都一樣；南北的交通要道上，他們的禍害更加嚴重。若是手挽強弓騎著烈馬，在都城門外攔路搶劫的人，人們都能看出來。還有的割破別人的口袋刺破別人的行囊，在城裡鬧市劫取財物，行人回頭一看，財貨都沒有了，這不是鬼怪的巨大危害嗎？可是還有一種與你萍水相逢，就甜言蜜語的人，他們慢慢地接近你，深入地結交你。讓你誤認他們為一見如故的朋友，你馬上就會遭到喪失資財的禍害。他們隨機設下陷阱，花樣百出；民間因為他們是靠甜蜜的話語行騙，就叫他們做「念秧」。如今北方道路上多有這種人，遭到他們禍害的人特別多。

我們鄉的王子巽，是淄川縣的秀才。族人中有個長輩在京城做隸籍八旗的翰林院官員，他要去探望慰問。整治好行裝北上，出了濟南，走了幾里路，有一人騎著黑驢子，跑上來和他同行。這人不時說些閒話引王子巽交談，王子巽也很願意和他交談。這人自己說：「我姓張，是棲霞縣的衙役，受命到京城出公差。」他介紹自己非常謙卑，對待王子巽非常殷勤。同行了幾十里，相約一同住宿。若是王子巽走在前邊，姓張的就鞭打驢子追上；若是王子巽落在後面，姓張的就在路旁恭候。

王子巽的僕人懷疑姓張的，就非常嚴肅地讓他走開，不讓他跟隨。姓張的自己也覺羞愧，揮鞭就走了。天黑後，王子巽進旅店住宿，偶然在庭院裡散步，只見姓張的在靠外側的房裡飲酒。正在驚惑之時，姓張的看見王子巽，就起身垂手彎腰站著，謙虛得好似奴僕，略微寒暄了幾句。王子巽也認為是無意中的偶然相遇，並不懷疑他，但是王子巽的僕人卻整夜防備著他。雞叫後，姓張的來招呼王子巽同行。僕人怒斥拒絕了他，他才走了。

旭日東升，王子巽才上路。走了半天，前面有個人騎著白驢子，四十多歲，衣帽整潔；他在驢背上低著頭，瞌睡打得就要掉下驢來。他有時在王子巽前頭，有時在王子巽後頭，相隨著走了十幾里路。王子巽奇怪地問他：「你夜裡幹什麼了，昏昏沉沉成這個樣子？」那人聽了，猛然抬頭伸腰，說：「我是清苑人，姓許。臨淄縣令高檠是我中表親。家兄在他府上設館教書，我前去看他，得了一點兒饋贈。今夜住旅店，誤同念秧者住在一起，我一夜小心不敢合眼，因此白天迷迷糊糊。」

王子巽故意問：「念秧是什麼意思？」姓許的說：「你外出的時間少，不知旅途險詐。如今有些盜匪，用甜言蜜語誘惑行旅，拉攏關係和他們住在一起，因而趁機騙取錢財。昨天有個遠房親戚，就因此連路費都丟了。我們都要警惕防備。」王子巽點頭稱是。原先，臨淄縣令和王子巽有老交情，王子巽曾做過他的幕僚，認識他的門客，確實有個姓許的，於是就不再懷疑。因此寒暄一番，姓許的還問了他哥哥的情況。姓許的約王子巽晚上同住一個旅店，王子巽答應了他。僕人始終懷疑姓許的是個騙子，就暗中和主人商量，慢慢地落在後邊不走，於是脫離姓許的，看不見他了。

第二天，正當中午，王子巽又遇到一個少年，年約十六七歲，騎一匹健壯的騾子，衣冠漂亮整潔，容貌很俊美。同行了很長時間，不曾交談一句。太陽西沉了，少年忽然說：「前面離屈律店不遠了。」王子巽似有似無地答應著。少年於是唏噓歎息，好像無法忍受的樣子。王子巽大致詢問一下。少年歎口氣說：「我是江南人姓金。熬了三年油燈，希望考試及第，沒想到竟名落孫山！家兄任京城六部主事，我就帶著家眷來投靠，希望心情得到排遣。我平生不習慣走遠路，塵沙撲面，使人煩惱。」就取出紅手巾擦臉，不住地歎息。聽他說話，操南方口音，嬌柔婉轉像個女孩子。王子巽心裡喜歡他，就略微安慰他幾句。姓金的說：「剛才我先跑出來，家眷這麼久的時間還不見來，怎麼僕人們也沒有來的？天就要黑了，怎麼辦！」不時停住往回看，走得很慢。王子巽於是揚鞭先行，距離越來越遠了。

晚上投宿旅店，進了房間，看到牆下有一張床，已經先有客人把行李放在上面。王子巽問店主人。接著有一人進來，拿起行李出去，說：「請你儘管安置，我這就搬到別的房間。」王子巽一看，原來是姓許的。王子巽留下他同屋居住，姓許的就不走了。於是兩人坐著交談了起來。不久，又有一個攜帶行李進來的人，見王、許二人在屋裡，返身就往外走，說：「已有客人住了。」王子巽仔細一看，原來是路上姓金的少年。王子巽還沒說話，姓許的就急忙起來拉他留下，姓金的就坐了下來。姓許的就詢問他的家庭籍貫，姓金的又把路上說給王子巽的話告訴姓許的。

過了片刻，姓金的打開行囊拿出銀子，在桌子上堆了很多；稱了一兩多，交給店主人，囑咐他治辦菜肴好酒，來供應夜間長談之用。王、許二人爭著勸阻他，姓金的終究不聽。不久，酒、菜都擺了上來。宴席上，姓金的談論文章非常風雅。王子巽詢問江南考場中的試題，姓金的都告訴了他，還背誦了自己的承題破題，以及文章中得意的句子。說完，心裡很是不服。王、許都為他惋惜。姓金的又因家眷走失，夜裡沒有僕人伺候，擔心不會餵牲口。王子巽就讓自己的僕人替他上草料餵騾子。姓金的深表感謝。

過了沒多久，姓金的忽然跺著腳說：「我平生不順利，出門也碰不上好事情。昨夜在旅店裡和惡人同住，他們呼叫著擲骰子賭博，吵得人心煩耳亂，讓人睡不著。」南方口音把「骰」說成「兜」，姓許的不明白，一直問他。姓金的用手比劃骰子的形狀。姓許的就笑了，從袋子裡拿出一枚色子，說：「是這個東西嗎？」姓金的說是。姓許的就用色子行令喝酒，三人喝得很暢快。酒喝完了，姓許的就建議一同擲骰子，誰輸了就當東道主請客。王子巽推辭說不懂，姓許的就和姓金的呼喊著賭了起來。姓許的又暗地裡囑咐王子巽說：「你不要說漏了話。這個南方公子很富有，年紀又小，未必懂得賭博的訣竅。我多少贏他些銀子，明天請你的客。」許、金就到了隔壁房間。

不久就聽到轟轟的賭博聲非常喧鬧，王子巽偷偷一看，看到棲霞縣的衙役姓張的也在其中。王子巽大為驚疑，展開被子自己就躺下了。又過了不久，眾人都來拉王子巽賭博，他堅決推辭說不懂。姓許的願意替他辨認輸贏，他仍然不同意。他們就硬替王子巽擲骰子。沒多久，就到王子巽床前報告說：「你贏了若干籌碼了。」王子巽在睡夢中答應著他。

突然幾個人推門進來，嘰哩呱啦地講外族話。為首的說姓佟，是八旗軍中巡邏捉拿賭徒的。當時禁賭的法令很嚴，大家都非常驚慌。佟某大聲恐嚇王子巽，王子巽也拿出隸籍八旗的翰林院官員來和他頂撞。佟某消了氣，和王子巽敘起了旗籍關係，笑著讓他們繼續賭博戲耍。大家果然又賭了起來，佟某也加入賭博。王子巽對姓許的說：「勝負我不想知道。我只想睡覺，不要吵我。」姓許的不聽，仍然往來向他報知輸贏。

賭局散了後，各人計算所得的籌碼，王子巽輸了很多。佟某就搜索王子巽的行李袋找錢抵償。王子巽憤怒地起來和他爭奪。姓金的拉住王子巽的手臂，偷偷告訴他：「他們都是盜匪，居心叵測。我們是詩文交往，不能不互相照顧。剛才賭局上我贏了若干錢，可以抵押給他；這些錢本來應該許君償還我，現在改變一下方式：就讓許君償還佟君，你償還我。不過是暫時掩人耳目，事情過了之後我仍把錢還給你。難不成，咱們是道義朋友，還會真讓你償還嗎？」王子巽本來就年長厚道，也就相信了他的話。姓金的出去，把變換方式還錢的想法告訴了佟某。這才當眾打開王子巽的行李袋，估價裝入自己的行囊。佟某轉向許、張兩人要了錢走了。

姓金的就抱著鋪蓋過來，和王子巽並枕睡下；他的被褥都很精美。王子巽也把僕人叫來睡到床上，各自默默躺著。過了很長一段時間，姓金的故意翻身，把臀部親熱地靠近僕人。僕人移身躲開；姓金的又把臀部靠近他。僕人的皮膚靠在姓金的屁股上，感覺滑膩如脂。僕人心動了，就試著和姓金的進行狎戲；姓金的動作殷勤周到，被子底下兩人急促地喘息著。王子巽聽得很清楚，雖然很驚奇，卻始終沒有懷疑有什麼騙局。

拂曉，姓金的就起來了，催促著一同早行。他還說：「你的驢子非常疲弱，夜裡寄存的東西，請在前邊路上交給你吧。」王子巽還沒有來得及說話，姓金的就裝好行李騎上了騾子。王子巽沒有辦法，只好跟著他。騾子走得很快，漸走漸遠了。王子巽還想他在前邊等候，並不在意。就把夜裡聽到的動靜問僕人，僕人如實告訴了他。王子巽這才大驚說：「今天被念秧的騙了！哪有官宦家的名士，毛遂自薦給馬夫玩弄的？」又轉念想到姓金的談吐風雅，不是念秧之人能裝出來的。急忙追趕了幾十里，沒有一點蹤跡。王子巽這才醒悟到張、許、佟都是一夥，一個騙局不行，又換一個騙局，務必讓受騙者陷入騙局。償還賭債、交換行李，已經埋下了企圖賴帳的機會；假若他帶走你手邊行李的計謀行不通，也一定拿還錢的協定為藉口強奪而去。為了幾十兩銀子，尾隨幾百里；恐怕僕人告發他們的事情，又用身體和他交歡，他們的騙術也夠苦心孤詣了。

幾年後，又出現了吳生的事情。

淄川縣有個吳生，字安仁。三十歲死了妻子，獨睡空房。有個秀才來和他說話，兩人就彼此知己愛慕。秀才帶著一個小僕人，名叫鬼頭，也和吳生的書童報兒相好。時間長了吳生才知道秀才主僕是狐狸。吳生遠遊，一定和他倆一起。同住在一間屋子裡，別人卻看不見他們。吳生客居北京城，將要回淄川，聽到王子巽遭了念秧的禍害，就告戒僮僕要小心防備。狐秀才笑著說：「不必擔心，回程無不順利。」

到了涿縣，一人拴馬坐在煙鋪裡，貂皮大衣鮮亮整潔。他看到吳生過去了，也起身上馬跟來。漸漸湊上來和吳生說話，他自己說：「我是山東人，姓黃，任戶部提堂官。正想回山東，很高興同路不寂寞了。」於是吳生住下他也住下；每次一起吃飯，都替吳生付錢。吳生表面感謝而心裡很懷疑他。吳生偷偷地以此問狐狸，狐狸只說：「不妨。」吳生的擔心才消除了。

到了晚上，一起去找旅店，看到先有位美少年坐在裡面。黃某進去，和他拱手行禮，高興地問他：「何時離開京城的？」少年回答說：「昨天。」黃某就拉著他同住。黃某對吳生說：「這是史郎，我的中表弟，也是讀書人，可以陪你談詩文，夜裡聊天應該不會無聊。」就拿出銀子，準備酒一起喝。

史某瀟灑而有涵養，就和吳生互相喜愛起來。飲酒時，史某總是使眼色讓吳生行酒令作弊，罰黃某喝酒，並強迫他喝乾，鼓掌笑樂。吳生更加喜歡他。接著史某和黃某商量著要賭博，一起拉著吳生，於是各自拿出行李袋中的銀子作抵押。狐狸囑咐報兒暗中鎖好板門，並叮囑吳生說：「若是聽到人聲喧譁，只管睡覺不要亂動。」吳生答應了。吳生每次擲骰子，賭注小了就輸，賭注大了就贏。一更多的時間，算一算已贏了二百兩。史某和黃某的繡花錢袋眼看就空了，就商議著用黃某的馬作抵押。

忽然聽到敲門聲非常急促，吳生急忙起來，把骰子扔進火爐裡，蒙上被子假裝睡覺。過了很久，聽見旅店主人找不到鑰匙，砸開門鎖撥開門閂，有好幾個人氣勢洶洶地進來，搜索捉拿賭博的人。史某和黃某都說沒有。一人竟然掀開吳生的被子，指著說他是賭博的。吳生呵斥他。他們好幾個人就強行檢查吳生的行裝。正在他無法和他們拉扯抗拒的時候，突然聽到門外有車馬喝道之聲。吳生急忙跑出呼喊，眾人才害怕起來，拉他進去，只求他不要作聲。吳生就從容地打包好行李交給旅店主人。

外面官員出行的儀仗走遠了，眾人才出門離開。黃某和史某都作出驚喜的樣子，先後找地方睡下。黃某讓史某和吳生同床。吳生把腰間的錢袋子放在枕頭下，才打開被子躺下。不久，史某掀開吳生的被子，裸體鑽進吳生的懷裡，小聲說：「愛慕兄長磊落，願意和你交好。」吳生心裡知道他在使詐，但想了想這樣也不錯，於是兩人就擁抱在一起。史某動作殷勤地配合著吳生，不料吳生卻是個大男子，兩人的尺寸懸殊很大，史某呻吟著好像不能忍受，小聲哀求吳生停止。吳生堅決要求弄完。用手一摸，史某已經流了很多血，才放他離去。到了天明，史某疲憊不能起床，藉口突然得了急病，只請吳生和黃某先走。吳生臨走，送給史某銀子作為買藥的費用。路上告訴狐狸，才知道夜裡的官員儀仗，都是狐狸幹的。

黃某在路上，更加討好對待吳生。晚上又同住一屋，這間小屋很狹窄，只能放下一張床；非常暖和乾淨，但吳生嫌床太小。黃某說：「這床睡兩人是窄了點，你自己睡就夠寬了，有什麼關係？」黃某吃完飯就走了。吳生也很高興獨睡可以接來狐友。坐了很久，狐狸沒來。忽然聽見牆壁上的小門，有手指彈敲的聲音。吳生撥開門閂探看，一個濃妝少女迅速進來，自己把門關上，對吳生笑嘻嘻的，美貌如同仙女。吳生高興地詢問她，原來是旅店主人的兒媳。吳生就和她親熱一番，非常喜歡她。女子忽然流下眼淚來。吳生驚問她緣故，女子說：「不敢隱瞞，我實際上是主人派來勾引你的。以前我一進屋，客人就會被主人立即逮住；不知今夜怎麼這麼久了還沒來？」她又哭哭啼啼地說：「我是良家女子，不情願做這等事。現在已經傾心愛上了你，希望你能救我！」吳生聽了，非常害怕，想不出辦法，只讓她趕快走。女子只是低頭哭泣。

忽然聽見黃某和旅店主人敲著門死命大叫。只聽黃某說：「我一路敬奉你，認為你是個人，怎麼就引誘我的弟媳婦！」吳生害怕，逼著女子離去。聽到牆壁上的小門外也有吵嚷敲擊的聲音。吳生倉促之間汗如雨下，女子也趴在床上哭泣。又聽到有人勸阻旅店主人。旅店主人不聽，推門推得更急了。勸阻的人說：「請問主人，你想怎麼樣呢？是想要殺人嗎？有我們幾個客人，必不能坐視你行兇。若他們兩人中有一個逃走，你捉姦不成雙，有什麼理由讓他抵罪？想要對簿公堂嗎？家庭生活淫亂，正好自取其辱。再說你讓客人住店，明明是設陷阱詐騙，如何擔保女子沒有其他說詞？」旅店主人瞪著眼睛說不出話來。吳生聽了，暗暗感激佩服他，卻不知說話的是誰。

起初，店門將關時，就有一個秀才和僕人進來，住在客店外間裡。他們帶著美酒，遍請同宿的旅友共飲，勸黃某和旅店主人尤其殷勤。黃某和旅店主人告辭想走，秀才拉住他們的衣襟，苦苦挽留不讓他們走。後來他倆抽空跑出去，拿著木棍奔向吳生的住房。秀才聽到喧鬧，才過來勸解。吳生趴在窗戶上一看，原來是他的狐友，心裡暗自高興。又見旅店主人心意稍稍動搖，就大話嚇唬他。狐狸又對女子說：「你怎麼默默不說一句話？」女子哭著說：「我恨自己不如人，被人驅使著做下賤的事！」旅店主人聽了，面如死灰。秀才叱罵說：「你們這一種的禽獸情形，也已經完全暴露了。這是客人們所共同憤恨的！」黃某和旅店主人都放下刀棍，跪在地上求饒。

吳生也開門出來，跺著腳狠勁怒罵。秀才又勸住吳生，雙方就和解了。女子又啼哭起來，寧死不再回去。裡面跑出老女人和丫頭來，揪著女子讓她進去。女子趴在地上，哭得更加哀傷了。秀才勸說旅店主人將女子重價賣給吳生。旅店主人低頭說：「我當了三十年接生婆，今日竟包反了孩子，還有什麼話可說！」就依了秀才的話。吳生本來不願出重金；秀才在店主客人之間調停，說好五十兩銀子。一手交錢一手交人完畢，晨鐘已敲響了，就一起整理行裝，載上女子趕路。

女子不曾騎過馬，路上騎馬快跑，跑得很疲乏。中午，稍微休息休息。將要啟程時，吳生喊書童報兒，他卻不知去向。太陽已經西斜了，還不見他的蹤影，心裡感到十分驚奇，就去問狐狸。狐狸說：「不用擔心，就要自己來了。」星星月亮都出來了，報兒才回來。吳生問他，報兒笑著說：「公子拿五十兩銀子肥了奸詐小人，我心裡感到不平。剛才和鬼頭商量，返回去要回來了。」就把銀子放在桌子上。吳生驚問緣故，原來鬼頭知道女子只有一個哥哥，出遠門十幾年沒有回來了，就變成她哥哥的模樣，讓報兒冒充自己的本家弟弟，到店裡索要姐姐和妹妹。旅店主人惶恐起來，假說女子病死了。他們二人要去打官司，旅店主人更害怕了，就用銀子賄賂他們，逐漸加到四十兩，他們二人才走了。報兒詳細說了事情的經過。吳生就把銀子賞給了他。

吳生回家後，和那女子夫妻感情很深。家裡更加富有了。他細問那女子，才知道以前的美少年就是她的丈夫，史某也就是姓金的。她披著一件槲綢披肩，說是從山東姓王的人那裡得來的。他們同夥很多，旅店的主人也是他們一類人。誰想到吳生所遇到的，正是讓王子巽叫苦連天的那夥人，這不也是件大快人心的事嗎！古人的話真好啊：「擅長騎馬的人容易摔下馬。」

【研 析】〈念秧〉以「異史氏曰」開篇：「萍水相逢，甘言如醴，其來也漸，其入也深。誤認傾蓋之交，遂罹喪資之禍。隨機設阱，情狀不一；俗以其言辭浸潤，名曰『念秧』。今北途多有之，遭其害者尤眾。」這就是這篇的內容提要。看一般小說的開頭，我們只能慢慢地跟隨故事的發展，和人物一起經歷悲歡離合，這樣的好處是能與人物同呼吸共命運，入得深。像〈念秧〉這樣的開頭，上來就把念秧的情況告訴我們，讓我們早知答案，就有一種驗證的欲望，很容易吊起讀者的胃口。

這篇小說在結構上，分為前後兩部分；在每一部分中，都採用車輪戰法。

例如，在〈念秧〉的前一部分，主人公是王子巽和他的僕人，與他主僕二人進行車輪大戰的是那些「隨機設阱，情狀不一」的念秧者。

第一輪：王子巽北上進京，路遇騎黑驢子的姓張的。姓張的死纏爛打，大獻「殷勤」，最後被僕人斥退。第二輪：王子巽繼續趕路，遇到騎白驢子的姓許的。姓許的明明自己就是念秧者，卻說自己遇到念秧者。他仍然被僕人懷疑，沒有得逞。第三輪：王子巽繼續趕路，遇到騎騾子的姓金的。姓金的辦法是吳儂軟語、色相引誘。雖然沒有立即實行騙術，但似乎已經胸有成竹了。第四輪：三人一起上，誘騙王子巽賭博。再加上姓佟的加入，勢力更大了。再加上姓金的美少年用身體麻痺了最有警覺的王子巽的僕人，騙術最終得逞：「一局不行，又易一局，務求其必入也」。這就是他們鍥而不舍的車輪戰法。

這篇小說，前後兩部分還用了對比的寫作手法。

蒲松齡深諳此道。寫完了王子巽的故事，他再寫幾年後發生的吳安仁的故事。這兩個故事的性質是一樣的，都是念秧者和行人的車輪大戰。輪番上陣的人物前後一樣，騙吳安仁的這一夥，也就是騙王子巽的那一夥。念秧者實施騙術的路途也是一樣的，都是在淄川和北京之間。念秧者實施騙術的場所也是一樣的，都是在旅店裡。但是，如果前後完全一樣，蒲松齡就沒必要寫後一部分了。換句話說，不是實際情況前後有多大出入，是蒲松齡把它寫得截然不同；蒲松齡就是要通過前後對比，來顯示自己的「其才如海」。

首先，故事雖然一樣，但結局不一樣：王子巽是被念秧者所騙，吳安仁是騙了念秧者。其次，雖然人物還是一夥，但行騙手段卻有不同：騙王主要用男色，騙吳主要用女色。第三，雖然路途一樣，方向卻不一樣：王是進京，從南往北；吳是離京，從北往南。第四，雖然同在旅店，同為賭博，其具體劫財方式也不同：王子巽是被念秧者「攜裝」而去，蒲松齡說，如果「攜裝之計不行，亦必執前說篡奪而去」；在這後一部分，「數人強撿吳裝」，如果不是狐仙幫忙，真就「篡奪而去」了。

錢流

沂水❶劉宗玉云：其僕杜和，偶在園中，見錢流如水，深廣二三尺許。杜驚喜，以兩手滿掬❷，復偃臥❸其上。既而起視，則錢已盡去；惟握於手者尚存。

【注釋】❶沂水　縣名，今山東臨沂沂水縣。❷掬　捧。❸偃臥　仰面而躺。

【語譯】沂水的劉宗玉說：他的僕人杜和，偶然在園子裡，看見錢像水一樣流動，寬厚有二三尺左右。杜和又驚又喜，用兩隻手滿滿捧了一捧，然後仰面躺在錢流上。不久起來一看，錢已經流光了；只有握在手中的還在。

【研析】前面我們已經講過一篇〈雨錢〉，講的是一個窮秀才得到錢時的喜悅和失去錢後的失落。這篇〈錢流〉，是寫一個僕人見到巨額金錢時的所作所為。「杜驚喜，以兩手滿掬，復偃臥其上。既而起視，則錢已盡去；惟握於手者尚存」。寥寥數語，就把杜和的喜悅、貪婪、失落都寫盡了。像這樣的小小說，是深得《世說新語》寫人之三昧的。

金生色

金生色，晉寧❶人也。娶同村木姓女。生一子，方周歲。金忽病，自分必死。謂妻曰：「我死，子必嫁，勿守也！」妻聞之，甘詞厚誓❷，期以必死。金搖手呼母曰：「我死，勞看阿保，勿令守也。」母哭應之。

既而金果死。木媼來弔❸，哭已，謂金母曰：「天降凶憂，婿遽遭命❹。女太幼弱，將何為計？」母悲悼中，聞媼言，不勝憤激。盛氣❺對曰：「必以守！」媼慚而罷。夜伴女寢，私謂曰：「人盡夫也。以兒好手足，何患無良匹？小兒女不早作人家，眈眈❻守此襁褓物❼，寧非癡子？倘必令守，不宜以面目好相向。」金母過，頗聞餘語，益恚。

明日，謂媼曰：「亡人有遺囑，本不教婦守也。今既急不能待，乃必以守！」媼怒而去。母夜夢子來，涕泣相勸，心異之。使人言於木，約殯❽後聽婦所適。而詢諸術家❾，本年墓向不利❿。婦思自衒以售⓫，縗絰⓬之中，不忘塗澤。居家猶素妝；一歸寧，則斬然新豔。母知之，心弗善也；以其將為他人婦，亦隱忍之。於是婦益肆。

村中有無賴子董貴者，見而好之，以金啖金鄰嫗，求通殷勤⓭於婦。夜分，由嫗家踰垣以達婦所，因與會合。往來積有旬日⓮，醜聲四塞，所不知者惟母耳。婦室夜惟一小婢，婦腹心也。一夕，兩情方洽，聞棺木震響，聲如爆竹⓯。婢在外榻，見亡者自幛後出，帶劍入寢室去。俄聞二人駭詫聲。少頃，董裸奔出。無何，金捽⓰婦髮亦出。婦大嗥⓱。母驚起，見婦赤體走去，方將啟關。問之不答。出門追視，寂不聞聲，竟迷所往。入婦室，燈火猶亮。見男子履，呼婢；婢始戰惕⓲而出，具言其異，相與駭怪而已。

董竄過鄰家，團伏牆隅⓳。移時，聞人聲漸息，始起。身無寸縷，苦寒甚戰，將假衣於嫗。視院中一室，雙扉虛掩，因而暫入。暗摸榻上，觸女子足，知為鄰子婦。頓生淫心，乘其寢，潛就私⑳之。婦醒，問：「汝來乎？」應曰：「諾。」婦竟不疑，狎褻㉑備至。

先是，鄰子以故赴北村，囑妻掩戶以待其歸。既返，聞室內有聲，疑而審聽，音態絕穢。大怒，操戈㉒入室。董懼，竄於牀下。子就戮之。又欲殺妻。妻泣而告以誤，乃釋之。但不解牀下何人，呼母起，共火之，僅能辨認。視之，奄有氣息；詰其所來，猶自供吐。而刃傷數處，血溢不止，少頃已絕。嫗倉皇失措㉓，謂子曰：「捉姦而單戮之，子且奈何？」子不得已，遂又殺妻。

是夜，木翁方寢，聞戶外拉雜㉔之聲；出窺，則火熾於簷，而縱火人猶彷徨未去。翁大呼，家人畢集。幸火初燃，尚易撲滅。命人操弓弩，逐搜縱火者。見一人趫捷如猿，竟越垣去。垣外乃翁家桃園，園中四繚周墉㉕皆峻固。數人梯登以望，蹤跡殊杳；惟牆下塊然㉖微動。問之不應，射之而耎。啟扉往驗，則女子白身臥，矢㉗貫胸腦。細燭之，則翁女而金婦也。

駭告主人。翁媼驚怛[28]欲絕，不解其故。女合眸，面色灰敗，口氣細於屬絲[29]。使人拔腦矢，不可出；足踏頂項而後出之。女嚶然[30]一呻，血暴注，氣亦遂絕。翁大懼，計無所出。既曙，以實情白金母，長跽哀乞。而金母殊不怨怒，但告以故，令自營葬。

金有叔兄生光，怒登翁門，詬數[31]前非。翁慚沮，賂令罷歸。而終不知婦所私者何名。俄鄰子以執姦自首[32]，既薄責逐釋訖；而婦兄馬彪素健訟[33]，具詞控妹冤。官拘媼；媼懼，悉供顛末。又喚金母；母託疾，遣生光代質，具陳底裡[34]。於是前狀並發，牽木翁夫婦盡出，一切廉[35]得其情。木以誨女嫁，坐[36]縱淫，笞；使自贖，家產蕩焉。鄰媼導淫，杖之斃。案乃結。

異史氏曰：「金氏子其神乎！諄囑醮婦[37]，抑何明也！一人不殺，而諸恨並雪，可不謂神乎！鄰媼誘人婦，而反淫己婦；木媼愛女，而卒[38]

以殺女。嗚呼！『欲知後日因，當前作者是』，報更速於來生矣！」

【注　釋】❶晉寧　縣名，今雲南昆明晉寧。❷甘詞厚誓　甜言蜜語，發下重誓。❸弔　弔唁，對死者家屬表示慰問。❹遽遭命　突然死去。❺盛氣　蓄怒欲發的神態。❻眈眈　注視的樣子。指母子情深。❼襁褓物　嬰兒。襁褓，包裹嬰兒的被子和帶子。❽殯　安葬死人。❾術家　風水先生。❿墓向不利　墳墓的朝向不吉利。⓫自衒以售　賣弄姿色，打算改嫁。⓬縗絰　喪服。⓭殷勤　衷情；心意。⓮旬日　十天。⓯爆竹　爆仗；炮仗。⓰捽　抓揪。⓱嘷　野獸吼叫。⓲戰惕　驚悸；恐懼。⓳牆隅　牆角。⓴私　交媾。㉑狎褻　下流淫穢。㉒戈　古代的一種兵器，橫刃，用青銅或鐵製成，裝有長柄。㉓倉皇失措　急迫慌張，不知如何是好。㉔拉雜　零亂；無條理。㉕四繚周墉　四面環繞圍牆。㉖塊然　孤獨的樣子。㉗矢　箭。㉘驚怛　驚恐。㉙屬絲　連續的絲，此指連著呼出的氣細若游絲。㉚嚶然　聲音微弱的樣子。㉛詬數　責罵數落。㉜自首　犯罪後主動投案，如實供述罪行。㉝健訟　喜歡打官司。㉞底裡　事情的真實情況和緣由。㉟廉　查考；訪查。㊱坐　定罪。㊲醮婦　讓媳婦改嫁。㊳卒　最終。

【語　譯】金生色，是晉寧人。娶了本村木姓人家的女兒。生了一個兒子，剛滿周歲。金生色忽然病了，自料必死，就對妻子說：「我死了，你一定要改嫁，不要守寡！」妻子聽了，說好話發重誓，約好一定以死殉情。金生色搖搖手叫來母親說：「我死了，勞累您看護著阿保，不要叫媳婦守寡。」母親哭著答應了他。

不久，金生色果然死了。木母來弔唁，哭完了，對金母說：「天降凶災，女婿突然死去。我女兒年齡小身體弱，將要怎麼辦呢？」金母正在悲痛傷悼之中，聽到木母這番話，忍不住憤激之情，很生氣地說：「一定讓她守寡！」木母慚愧地沒再問下去。夜裡，木母陪女兒睡覺，私下對女兒說：「人人都可做丈夫。像你這樣好手好腳的，何必擔心找不到好丈夫？年紀輕輕不早找個人家，整天大眼瞪小眼守著這個小兒，難道不是個傻子嗎？如果一定叫你守寡，不要給她好臉色看。」金母從屋外走過，把最後幾句話聽了個明白，更加生氣了。

第二天，金母對木母說：「死去的兒子有遺囑，本來不叫媳婦守寡。現在既然急著等不得，就一定讓她守寡！」木母怒氣沖沖地走了。金母夜裡夢見兒子來了，哭泣著勸說母親，金母感到很奇怪。就讓人去告訴木母，約定出殯後任憑媳婦嫁人。但是，詢問了好幾個風水先生，都說本年墓地的方向不吉利。婦人賣弄風騷想要嫁人，所以披麻戴孝而不忘塗脂抹粉。在金家還只略施淡妝；一回到娘家，就換上嶄新的鮮衣靚服。金母知道後，心裡不贊同；想到她將要成為別人的媳婦，也就隱忍不發了。於是婦人就更加放肆。

村中有個無賴叫董貴，見到婦人很喜愛她，用金錢買通金家鄰居的老太婆，求她向婦人轉達愛戀之意。半夜時分，董貴從老太婆家翻牆到婦人的房間，和她幽會歡合。往來了十來天，醜聞傳遍四方，不知情的只有金母。婦人的房裡夜間只有一個小丫鬟，她是婦人的心腹。一天晚上，董貴和婦人正在愉悅偷情著，聽到棺材震動的聲響，聲如爆竹。小丫鬟在外間床上，看到金生色從幃帳後面出來，佩帶著寶劍到臥室裡去了。不久，聽到董貴和婦人的驚叫聲。沒多久，董貴裸奔出來。再一下子，金生色揪著婦人的頭髮也出來了。婦人大聲嗥叫。金母慌忙起來，看見婦人光著身子走去，正要開門。問她她也不答話。金母出門追出去看，寂靜的什麼聲音也沒有，竟迷失了婦人的去向。金母走進婦人的臥室，燈還亮著。看見男人的鞋，就叫小丫鬟；小丫鬟這才哆嗦著出來，詳細說了剛才的怪異，兩人相對只有驚駭奇怪而已。

董貴逃到鄰家，蜷縮著身子趴在牆角裡。過了不久，聽人聲漸漸平息了，才起來。董貴一絲不掛，在寒夜中抖動得很厲害，想找老太婆借套衣服穿。他看到院裡有間房，雙門虛掩，因此暫且進去。黑暗中摸到床上，碰到了女子的腳，知道這是鄰家老太婆的兒媳婦。他頓時起了淫心，趁那媳婦睡著，就偷偷上床姦汙她。那媳婦醒了，問：「你來了？」董貴說：「是。」那媳婦竟然不懷疑，任董貴狎弄個夠。

原來，鄰家老太婆的兒子有事到北村去，囑咐妻子掩上門等他回來。他回來後，聽到屋裡有聲音，他疑心仔細一聽，話音極其淫穢。大怒，拿起武器衝進房間。董貴害怕，藏到床下，他上去刺死了董貴。又要刺他老婆；老婆哭著告訴他這是失誤，才放了她。但不知道床下是什麼人。就喊母親起來，一起點燈觀看，還能辨認出模樣。看看他，還有一絲氣息；問他從哪裡來，還能自己回答。但他身上處處刀傷，血流不止，不久就死了。老太婆驚慌失措，對兒子說：「捉姦而單殺了一個，你可怎麼辦？」兒子不得已，又把老婆殺了。

這天夜裡，木翁正在睡覺，聽到門外紛雜有聲；出去一看，卻是火燒到屋簷上了，而放火的人還徘徊著沒走。木翁大聲呼叫，家僕都集合起來了。幸虧火剛燒起來，還容易撲滅。木翁命人拿著刀槍、弓箭，去追捕放火的人。看到一人矯健似猴子，竟然翻牆而去。牆外是木翁家的桃園，園子四面的圍牆都既高又堅固。幾個人爬上梯子看，杳無蹤跡；只有牆下單獨有塊東西微微活動，問他也不答應，射他卻軟軟的。打開園門前去查看，卻是一個女子赤身躺在那裡，箭射穿了腦袋和胸部。拿蠟燭仔細一照，原來是木家的女兒金家的媳婦。

家僕害怕地報告主人。木翁、木母驚恐地要死，不知道是什麼原因。婦人閉著眼睛，面色灰白，連著呼出的氣息有如細絲。木翁叫人拔出她頭上的箭，竟拔不出來；用腳踩著她的後腦勺，然後才拔出來。婦人嚶了一聲，鮮血噴湧，就氣絕了。木翁非常害怕，不知如何是好。天亮以後，木翁把實情告訴了金母，高跪在地上哀求。金母也沒什麼怨恨，只把事情的經過告訴了木翁，叫他自己處理後事。

金生色有個堂兄叫金生光，憤怒地來到木翁家，痛罵數落婦人的不是。木翁慚愧沮喪，拿錢賄賂讓他回去。但是終究不知道婦人私通的是誰。不久，鄰居老太婆的兒子以捉姦殺人自首，官府稍微責罰後就放了他。但是他妻子的哥哥馬彪平常喜歡打官司，就寫狀子控訴妹妹的冤情。官府拘拿老太婆；老太婆害怕，完全供出了事情的始末。官府又傳喚金母；金母推託有病，派金生光代她對質，金生光說出了全部內情。於是之前婦人裸死的案子也一起揭發，把木翁夫婦全牽扯了出來，一切情況都考察清楚了。木母因為教唆女兒改嫁，判她縱淫罪，處以杖刑；讓她拿錢贖罪，家產蕩盡。鄰居老太婆引導別人淫亂，用刑杖打死。就結了案。

異史氏說：「金生色難道是神嗎！諄諄囑託老婆改嫁，是何等明智啊！自己沒殺一個人，而各種仇怨全部昭雪，難道不可以稱他為神嗎！鄰家老太婆引誘人家的媳婦，反而讓人淫汙了自己的媳婦；木母愛自己的女兒，而最終殺死了女兒。唉！『欲知後事如何，且看今日作為』，這種報應比來生的報應來得更快啊！」

【研　析】〈金生色〉是一篇基調陰暗的染有色情暴力味道的小說。

一上來，小說的調子還是健康明朗的：金生色要死了，對妻子說：「我死，子必嫁，勿守也！」這話說得真好，比〈耿十八〉中耿十八的「守固佳，嫁亦恒情」乾脆俐落。金生色不但對妻子這樣說，對母親也是這樣說，後來夢中對母親還是這樣說。與耿十八的嘴上一套心裡一套相比，金生色還配得上他的名字，夠光明磊落的。能培養出這樣深明大理的兒子，母親也肯定是好樣的。金母本來答應了兒子的請求，她對木母所說的「必以守」只是一時氣話。後來她讓兒媳殯後改嫁，最後「金母殊不怨怒，但告以故，令自營葬」。這是位非常開明通達的母親。

事情首先發生在金妻身上。她不像耿十八的老婆那樣實話實說，而是「甘詞厚誓，期以必死」。接著金妻的母親來了，她對女兒百般教唆改嫁。小說的調子開始陰暗起來。接下來故事的整個過程都在夜裡發生，見不得天日。

在金生色的靈柩旁，金妻與董貴通姦。接著金妻和董生雙雙「裸奔」；董貴在走投無路之時，還又見獵心喜，姦汙了鄰媼的兒媳婦；金妻被人利箭射死，赤身裸體，讓人看個夠。這些描寫，都沾染了色情成分。

金妻與董貴偷情，「棺木震響，聲如爆竹」。若說這兩句還屬於恐怖，那下面的「捽婦髮亦出，婦大嗥」，就驚悚過分了。接著鄰家子殺死了董貴，這還可以理解；但他母親又教唆兒子殺死自己的老婆，這真是既血腥又胡鬧了。再接著，金妻死了，「使人拔腦矢，不可出；足踏頂項而後出之。女嚶然一呻，血暴注，氣亦遂絕」。看到這樣的景象，現場的「翁大懼」；過了好幾百年，看著這樣的文字，我們都要做三日嘔。這些描寫，暴力得夠可以了吧。

終於，太陽出來了，驅散了黑暗。但是殺戮還沒結束，縣衙裡打的打，死的死，還是一片血腥，真讓人血暈。

若想瞭解一個作家，最好看他的全部作品。《聊齋》是一部百科全書，什麼都有。夏濟安先生有一篇〈魯迅作品的黑暗面〉。現代人魯迅的作品有黑暗面，古代人蒲松齡的作品更有陰暗面。

堪輿

沂州宋侍郎君楚[1]家，素尚堪輿[2]；即閨閣[3]中亦能讀其書，解其理。

宋公卒，兩公子各立門戶，為父卜兆[4]。聞有善青烏之術[5]者，不憚千里，爭羅致之。於是兩門術士，召致盈百；日日連騎遍郊野，東西分道出入，如兩旅。

經月餘，各得牛眠地[6]，此言封侯，彼云拜相。兄弟兩不相下，因負氣不為謀，並營壽域，錦棚綵幢[7]，兩處俱備。靈輿至歧路，兄弟各率其屬以爭，自晨至於日昃，不能決。賓客盡引去。舁夫[8]凡十易肩，困憊不舉，相與委柩路側。因止不葬，鳩工構廬[9]，以蔽風雨。兄建舍於傍，留役居守，弟亦建舍如兄，兄再建之，弟又建之：三年而成村焉。積多年，兄弟繼逝；嫂與娣[10]始合謀，力破前人水火之議，並車入野，視所擇兩地，並言不佳，遂同修聘贄，請術人另相之。每得一地，必具圖呈閨闥，判其可否。日進數圖，悉疵摘⑪之。旬餘，始卜一域。嫂覽圖，喜曰：「可矣。」示娣。娣曰：「是地當先發一武孝廉⑫。」葬後三年，公長孫果以武庠領鄉薦⑬。

異史氏曰：「青烏之術，或有其理；而癖而信之，則癡矣。況負氣相爭，委柩路側，其於孝弟⑭之道不講，奈何冀以地理福兒孫哉！如閨中宛若⑮，真雅而可傳者矣。」

【注　釋】❶沂州宋侍郎君楚　沂州人宋之普，明朝崇禎時任戶部左侍郎。沂州，州名，治所在今山東臨沂。❷堪輿　為住宅、墓地等看風水。❸閨闥　婦女居住之內室。❹卜兆　選擇墓地。❺青烏之術　即堪輿之術。相地葬送、造宅等看風水的方法。青烏，指青烏子。傳說中的古代堪輿家。❻牛眠地　有利於後代升官發財的墳地。❼錦棚綵幢　喪儀上的彩棚、彩旛。❽舁夫　抬棺材的人。❾鳩工構廬　召集工匠修建簡易房舍。❿娣　弟妻。⑪疵摘　指責毛病。⑫武孝廉　武舉人。⑬以武庠領鄉薦　以武秀才的資格考中武舉人。⑭孝弟　孝順父母，敬愛兄長。⑮宛若　妯娌。

【語　譯】沂州宋君楚侍郎家，一向注重風水；就是閨閣中的婦女，也能看風水書，明白書中的道理。

宋公死了，兩個兒子各立門戶，為父親選擇墓地。聽說有精通風水之術的，就不怕千里之遠，也要爭著請他來。於是兩家的風水先生，招來了一百多個。天天人馬擁擠，滿山遍野，兩家分成東西兩路，進進出出，就像兩支騎兵。

過了一個多月，各自選好了風水寶地，這家說能封侯，那家說能拜相。兄弟倆分不出上下，於是負氣不共同商量，都修建墓地，彩棚彩幡，兩家都置辦全了。宋公的靈柩抬到岔路口，兄弟倆各自帶領家屬來爭奪，從早晨一直爭到太陽西沉，也沒個結果。賓客都回去了，抬靈柩的人共換了十次肩，疲憊得抬不動了，一起把靈柩放在路邊。因為停下不安葬了，就找來工匠蓋一座茅廬，給靈柩遮擋風雨。哥哥在靈屋旁修建房屋，留下傭人居住看守，弟弟也像哥哥一樣在另一旁修建房屋；哥哥再建房屋，弟弟也再建房屋：三年後成了村落了。

過了多年，兄弟相繼死去；妯娌倆才共同商量著，要合力打破兄弟倆水火不容的爭執，並駕齊驅來到野外，查看兄弟倆選擇的墓地，都說不好，就一起準備了禮物，請風水先生另看好地。每選擇一個地方，必須畫圖送至閨房，判斷是否可以。每天傳進好幾張圖來，她們都一一指出其中的缺點。過了十多天，才選定了一個地方。嫂子看著圖，高興地說：「可以了。」遞給弟媳看。弟媳說：「這個墓地可以先出一個武舉人。」埋葬宋公後三年，宋公的長孫果然由武秀才考中了武舉人。

異史氏說：「看風水的方術，或許有它的道理；但相信它成了癖，就有點癡呆了。再說負氣相爭，把靈柩停放在路旁，對於孝悌之道都不講究了，怎麼還希望通過風水寶地保佑兒孫呢！像閨中的這對妯娌，才是風雅而可以傳世的。」

【研析】〈堪輿〉這篇小說很簡短，層次也很清楚。

「沂州宋侍郎君楚家，素尚堪輿」，這兩句，說的是宋家的男子；「即閨閣中亦能讀其書，解其理」，這兩句，寫的是宋家的女子。

從「宋公卒」到「三年而成村焉」，寫宋公的兩個兒子，為了給父親選擇墓地，各立門戶，請來風水先生，「日日連騎遍郊野，東西分道出入，如兩旅」。父死不能不埋，但父屍又無法下葬，只好停在岔路口上，一停就是三年，於是守靈人就建成了村子。

看文章的老手看到這裡，一定知道還沒完，因為寫男子的兩句有了著落，寫女子的兩句還沒有交代。果然，兩個兒子死了，兩個兒媳閃亮登場了。她們力破前人之議，並沒有相中兄弟倆選中的兩處中的任何一處。她倆齊心合力，請風水先生另選墓地，二人看圖定奪。終於，墓地選定，宋公入土為安，說出個武孝廉就出了個武孝廉。可見二女子識力之高。

對於堪輿青烏之術，蒲松齡承認有一定道理，但不能過於迷信而鬧出笑話。宋家妯娌二人共同選定一塊「當先發一武孝廉」的墓地，就是這個意思。

潞令

宋國英，東平❶人，以教習授潞城❷令。貪暴不仁，催科❸尤酷，斃杖下者，狼藉於庭。余鄉徐白山適過之，見其橫，諷曰：「為民父母，威焰固至此乎？」宋揚揚作得意之詞曰：「喏！不敢！官雖小，涖任❹百日，誅五十八人矣。」

後半年，方據案視事，忽瞪目而起，手足撓亂，似與人撐拒❺狀。自言曰：「我罪當死！我罪當死！」扶入署中，逾時尋卒。嗚呼！幸有陰曹兼攝陽政；不然，顛越貨多❻，則「卓異❼」聲起矣，流毒安窮哉！

異史氏曰：「潞子故區❽，其人魂魄毅，故其為鬼雄❾。今有一官握篆❿於上，必有一二鄙流，風承而痔舐⓫之。其方盛也，則竭攫未盡之膏脂⓬，為之具錦屏；其將敗也，則驅誅未盡之肢體，為之乞保留。

官無貪廉，每蒞一任，必有此兩事。赫赫者⑬一日未去，則蚩蚩者⑭不敢不從。積習相傳，沿為成規⑮，其亦取笑於潞城之鬼也已！」

【注釋】❶東平　縣名，治所在今山東泰安東平。❷潞城　縣名，治所在今山西長治潞城。❸催科　催徵賦稅。❹蒞任　官員到職。❺撐拒　抵抗；反抗。❻顛越貨多　殺人越貨很多。❼卓異　明清時對地方官政績進行考核的最高評語。❽潞子故區　潞城是春秋時潞子的封國故地。❾鬼雄　鬼中之雄傑。❿篆　官印。⓫痔舐　舔舐痔瘡，比喻卑鄙無恥地諂媚逢迎。⓬膏脂　民脂民膏。⓭赫赫者　威勢顯赫的地方官。⓮蚩蚩者　忠厚老實的百姓。⓯成規　一成不變的規章制度。

【語譯】宋國英，東平人，以官學教師的資格擔任潞城縣令，貪婪殘暴不愛百姓，催徵賦稅尤其殘酷，死在刑杖之下的人，多得縱橫躺滿了大堂。我的同鄉徐白山恰巧拜訪他，看到他的橫暴，委婉地勸告他說：「做百姓的父母官，威風氣焰就應該這樣嗎？」宋國英洋洋自得地說：「哈！不敢！我官雖小，到任百天，已經殺了五十八個人了。」

半年後，宋國英正在伏案辦公，忽然瞪著眼睛站起來，手腳亂抓亂蹬，好像在和人抵抗似的。自言自語說：「我罪當死！我罪當死！」眾人將他扶進官署，過了一下子就死了。唉！多虧有陰間的官府兼管陽間的政事；否則，殺人越貨越多，「卓異」的名聲就會越傳越高，流毒怎麼會窮盡呢！

異史氏說：「春秋時潞子的故地，那裡的人魂魄剛毅，所以他們是鬼中的英雄豪傑。現在有一個官在上邊拿著官印，一定有幾個卑鄙下流之人，仰面奉承、低頭舐痔。在他氣焰正盛的時候，就竭力搜刮民脂民膏，為當官的置辦華美的屏風；在他將要敗勢之時，就驅趕還沒死光的老百姓，替當官的向上司祈求留任。當官的不管是貪還是廉，每當一任，一定會做這兩件事。威風赫赫的官員一天不離開，老實忠厚的老百姓就不敢不服從。積累的習慣往下傳，就沿襲成了常規，這也會被潞城的鬼魂所取笑了！」

【研　析】〈潞令〉是一篇揭露酷吏的小說。

在其他小說裡，蒲松齡有時用「某」代替人的姓名。在這一篇中，他不說「某」，也不說「宋某」，直呼其名「宋國英」，可見他對其痛恨之深。因恨之深，所以暴之細：不但說了宋國英的真實姓名，還說了他的籍貫、任職機關；還怕別人不信，又讓自己的同鄉徐白山出來證明，宋國英確實說過「官雖小，蒞任百日，誅五十八人」這樣豬狗不如的話。

在《老殘遊記》中，曹州知府玉賢，一年中用站籠站死了二千多人，恨得老殘說：「我若有權，此人在必殺之列。」蒲松齡像老殘一樣無權，無法用刀殺死宋國英；他卻和劉鶚一樣有筆，劉鶚讓玉賢遺臭萬年，蒲松齡讓宋國英死在潞城的鬼魂手裡。

從「嗚呼」到「流毒安窮哉」，就已經有了「異史氏曰」的作用了，蒲松齡還花大篇幅來一篇「異史氏曰」。看來，宋國英真是把他惹火氣惱了，他要藉此一吐自己的怨憤。蒲松齡的一番議論，可謂十分到位。

馬介甫

楊萬石，大名❶諸生也。生平有「季常之懼❷」。妻尹氏，奇悍。少迕之，輒以鞭撻從事。楊父年六十餘而鰥❸，尹以齒奴隸數。楊與弟萬鍾常竊餌翁，不敢令婦知。然衣敗絮❹，恐貽訕笑，不令見客。萬石四十無子，納妾王，旦夕不敢通一語。

兄弟候試郡中，見一少年，容服都雅❺。與語，悅之。詢其姓字，自云：「介甫，姓馬。」由此交日密，焚香為昆季之盟❻。既別，約半載，馬忽攜僮僕過楊。值楊翁在門外，曝陽捫虱❼。疑為傭僕，通姓氏使達主人。翁披絮去。或告馬：「此即其翁也。」馬方驚訝，楊兄弟岸幘❽出迎。登堂一揖，便請朝父。萬石辭以偶恙。促坐笑語，不覺向夕。萬石屢言具食❾，而終不見至。兄弟迭互出入，始有瘦奴持壺酒來。

俄頃引盡。坐伺良久，萬石頻起催呼，額頰間熱汗蒸騰。俄瘦奴以饌具出，脫粟失飪⑩，殊不甘旨。食已，萬石草草便去。萬鍾襆被來伴客寢。馬責之曰：「曩以伯仲⑪高義，遂同盟好。今老父實不溫飽，行道者羞之！」萬鍾泫然曰：「在心之情，卒難申致⑫。家門不吉，蹇遭悍嫂，尊長細弱，橫被摧殘。非瀝血之好⑬，此醜不敢揚也。」馬駭歎移時，曰：「我初欲早旦而行，今得此異聞，不可不一目見之。請假⑭閒舍，就便自炊。」

萬鍾從其教，即除室為馬安頓。夜深竊餽蔬稻，惟恐婦知。馬會其意，力卻之。且請楊翁與同食寢。自詣城肆⑮，市布帛，為易袍袴。父子兄弟皆感泣。萬鍾有子喜兒，方七歲，夜從翁眠。馬撫之曰：「此兒福壽，過於其父，但少年孤苦耳。」

婦聞老翁安飽，大怒，輒罵，謂馬強預人家事。初惡聲尚在閨闥，漸近馬居，以示瑟歌之意⑯。楊兄弟汗體徘徊，不能制止；而馬若弗聞也者。

妾王，體妊五月，婦始知之，褫衣慘掠⑰。已，乃喚萬石跪受巾幗⑱，操鞭逐出。值馬在外，慚懅不前。又追逼之，始出。婦亦隨出，叉手頓足，觀者填溢⑲。馬指婦叱曰：「去，去！」婦即反奔，若被鬼逐。袴履俱脫，足纏縈繞於道上，徒跣⑳而歸，面色灰死。少定，婢進襪履。著已，嗷啕㉑大哭。家人無敢問者。

馬曳萬石為解巾幗。萬石聳身定息，如恐脫落；馬強脫之。而坐立不寧，猶懼以私脫加罪。探婦哭已，乃敢入，趑趄㉒而前。婦殊不發一語，遽起，入房自寢。萬石意始舒，與弟竊奇焉。家人皆以為異，相聚偶語。婦微有聞，益羞怒，遍撻奴婢。呼妾，妾創劇㉓不能起。婦以為偽，就榻搒之，崩注墮胎㉔。萬石於無人處，對馬哀啼。馬慰解之。呼僮具牢饌㉕，更籌再唱，不放萬石歸。

婦在閨房，恨夫不歸，方大恚忿。聞撬㉖扉聲，急呼婢，則室門已闢。有巨人入，影蔽一室，猙獰如鬼。俄又有數人入，各執利刃。婦駭絕欲號。巨人以刀刺頸，曰：「號便殺卻！」婦急以金帛贖命。巨人曰：「我冥曹㉗使者，不要錢，但取悍婦心耳！」婦益懼，自投敗顙㉘。巨人乃以利刃畫婦心而數之曰：「如某事，謂可殺否？」即一畫。凡一切兇悍之事，責數殆盡，刀畫膚革，不啻數十。末乃曰：「妾生子，亦爾宗緒㉙，何忍打墮？此事必不可宥！」乃令數人反接㉚其手，剖視悍婦心腸。婦叩頭乞命，但言知悔。俄聞中門啟閉，曰：「楊萬石來矣。既已悔過，姑留餘生。」紛然盡散。無何，萬石入，見婦赤身綳繫，心頭刀痕，縱橫不可數。解而問之，得其故，大駭，竊㉛疑馬。

明日，向馬述之。馬亦駭。由是婦威漸斂，經數月不敢出一惡語。馬大喜，告萬石曰：「實告君，幸㉜勿宣洩：前以小術懼之。既得好合，請暫別也。」遂去。

婦每日暮，挽留萬石作侶，歡笑而承迎之。萬石生平不解此樂，遽遭之，覺坐立皆無所可。婦一夜憶巨人狀，瑟縮搖戰。萬石思媚[33]婦意，微露其假。婦遽起，苦致窮詰。萬石自覺失言，而不可悔，遂實告之。婦勃然[34]大罵。萬石懼，長跽牀下。婦不顧。哀至漏三下[35]。婦曰：「欲得我恕，須以刀畫汝心頭如干數，此恨始消。」乃起捉廚刀。

萬石大懼而奔，婦逐之。犬吠雞騰，家人盡起。萬鍾不知何故，但以身左右翼[36]兄。婦方詬詈，忽見翁來，睹袍服，倍益烈怒；即就翁身條條割裂，批頰[37]而摘翁髭。萬鍾見之怒，以石擊婦，中顱，顛蹶[38]而斃。萬鍾曰：「我死而父兄得生，何憾！」遂投井中，救之已死。移時婦蘇，聞萬鍾死，怒亦遂解。既殯，弟婦戀兒，矢[39]不嫁。婦唾罵不與食，醮去之。遺孤兒，朝夕受鞭楚[40]。俟家人食訖，始啖以冷塊。積半歲，兒尫羸[41]，僅存氣息。

一日，馬忽至。萬石囑家人勿以告婦。馬見翁襤褸[42]如故，大駭；又聞萬鍾殞謝[43]，頓足悲哀。兒聞馬至，便來依戀，前呼馬叔。馬不能識，審顧始辨。驚曰：「兒何憔悴[44]至此！」翁乃囁嚅[45]具道情事。馬忿然謂萬石曰：「我曩道兄非人，果不謬。兩人止此一線，殺之，將奈何？」萬石不言，惟伏首帖耳[46]而泣。

坐語數刻，婦已知之。不敢自出逐客，但呼萬石入，批[47]使絕馬。含涕而出，批痕儼然。馬怒之曰：「兄不能威，獨不能斷『出[48]』耶？毆父殺弟，安然忍受，何以為人？」萬石欠伸，似有動容。馬又激之曰：「如渠不去，理須威劫[49]；便殺卻勿懼。僕有二三知交，都居要地[50]，必合極力，保無虧也。」萬石諾，負氣疾行，奔而入。適與婦遇，叱問：「何為？」萬石遑遽[51]失色，以手據地，曰：「馬生教余出婦。」婦益恚，顧尋刀杖，萬石懼而卻走。

馬唾之曰：「兄真不可教也已！」遂開篋，出刀圭藥[52]，合水授萬石飲。曰：「此丈夫再造散。所以不輕用者，以能病人[53]故耳。今不得已，暫試之。」飲下，少頃，萬石覺忿氣填胸，如烈焰中燒，刻不容忍。

直抵閨闥，叫喊雷動。婦未及詰，萬石以足騰起，婦顛去數尺有咫[54]。即復握石成拳，擂擊無算。婦體幾無完膚，嘲哳[55]猶罵。萬石於腰中出佩刀。婦罵曰：「出刀子，敢殺我耶？」萬石不語，割股上肉，大如掌，擲地上。方欲再割，婦哀鳴乞恕。萬石不聽，又割之。家人見萬石兇狂，相集，死力掖[56]出。

馬迎去，捉臂相用慰勞。萬石餘怒未息，屢欲奔尋。馬止之。少間，藥力漸消，嗒焉若喪[57]。馬囑曰：「兄勿餒。乾綱[58]之振，在此一舉。夫人之所以懼者，非朝夕之故，其所由來者漸矣。譬昨死而今生，須從此滌故更新；再一餒，則不可為矣。」遣萬石入探之。婦股慄心懾，倩婢扶起，將以膝行[59]。止之，乃已。出語馬生，父子交賀。馬欲去，父子共挽之。馬曰：「我適有東海[60]之行，故便道相過，還時可復會耳。」

月餘，婦起，賓事良人[61]。久覺黔驢無技[62]，漸狎，漸嘲，漸罵；居無何，舊態全作矣。翁不能堪，宵遁，至河南，隸道士籍[63]。萬石亦不敢尋。年餘，馬至，知其狀，怫然責數已，立呼兒至，置驢子上，驅策逕去。由此鄉人皆不齒萬石。學使案臨[64]，以劣行黜名。

又四五年，遭回祿[65]，居室財物，悉為煨燼；延燒鄰舍。村人執以告郡，罰鍰[66]煩苛。於是家產漸盡，至無居廬。近村相戒無以舍舍萬石[67]。尹氏兄弟怒婦所為，亦絕拒之。萬石既窮，質妾於貴家，偕妻南渡。至河南界，資斧[68]已絕。婦不肯從，聒夫再嫁。適有屠而鰥者，以錢三百貨去。萬石一身丐食於遠村近郭間。

至一朱門，閽人訶拒不聽前。少間，一官人出，萬石伏地啜泣。官人熟視[69]久之，略詰姓名，驚曰：「是伯父也！何一貧至此？」萬石細審，知為喜兒，不覺大哭。從之入，見堂中金碧煥映[70]。俄頃，父扶童子出，相對悲哽。萬石始述所遭。

初，馬攜喜兒至此，數日，即出尋楊翁來，使祖孫同居。又延師教讀。十五歲入邑庠[71]，次年領鄉薦[72]，始為完婚。乃別欲去。祖孫泣留之。馬曰：「我非人，實狐仙耳。道侶相候已久。」遂去。孝廉[73]言之，不覺惻楚[74]。因念昔與庶伯母同受酷虐，倍益感傷。遂以輿馬齎金贖王氏歸。年餘，生一子，因以為嫡[75]。

尹從屠半載，狂悖[76]猶昔。夫怒，以屠刀孔其股，穿以毛綆[77]，懸樑上，荷肉竟出。號極聲嘶，鄰人始知。解縛抽綆；一抽則呼痛之聲，震動四鄰。以是見屠來，則骨毛皆豎。後脛創雖愈，而斷芒遺肉內，終不良於行；猶夙夜[78]服役，無敢少懈。屠既橫暴，每醉歸，則撻詈不情[79]。至此，始悟昔之施於人者，亦猶是也。

一日，楊夫人及伯母燒香普陀寺[80]，近村農婦，並來參謁[81]。尹在中帳立不前。王氏故問：「此伊誰？」家人進白：「張屠之妻。」便訶使前，與太夫人稽首[82]。王笑曰：「此婦從屠，當不乏肉食，何羸瘠乃爾[83]？」尹愧恨，歸欲自經[84]，綆弱不得死。屠益惡之。

歲餘，屠死。途遇萬石，遙望之，以膝行，淚下如縻[85]。萬石礙僕，未通一言。歸告侄，欲謀珠還[86]。侄固不肯。婦為里人所唾棄，久無所歸，依群乞以食。萬石猶時就尹廢寺中。侄以為玷，陰教群乞窘辱之，乃絕。

此事余不知其究竟，後數行，乃畢公權[87]撰成之。

異史氏曰：「懼內[88]，天下之通病也。然不意天壤之間，乃有楊郎！寧非變異？余嘗作《妙音經》之續言，謹附錄以博一噱[89]：

『竊以天道化生萬物，重賴坤成[90]；男兒志在四方，尤須內助[91]。同甘獨苦，勞爾十月呻吟[92]；就溼移乾，苦矣三年嚬笑[93]。此顧宗祧[94]而動念，君子所以有伉儷[95]之求；瞻井臼[96]而懷思，古人所以有魚水之愛[97]也。第陰教之旗幟[98]日立，遂乾綱之體統[99]無存。始而不遜之聲，或大施而小報；繼則如賓之敬，竟有往而無來。祇緣兒女深情，遂使英雄短氣。牀上夜叉[100]坐，任金剛[101]亦須低眉；釜底毒煙生，即鐵漢無能強項。秋砧之杵[102]可掬，不搗月夜之衣；麻姑之爪[103]能搔，輕試蓮花之面。小受大走，直將代孟母投梭[104]；婦唱夫隨，翻欲起周婆制禮[105]。婆娑跳擲，停觀滿道行人；嘲哳鳴嘶，撲落一群嬌鳥。

『惡乎哉！呼天籲地，忽爾披髮向銀牀[106]。醜矣夫！轉目搖頭，猥欲投繯[107]延玉頸。當是時也：地下已多碎膽，天外更有驚魂。北宮黝[108]未必不逃，孟施舍[109]焉能無懼？將軍氣同雷電，一入中庭[110]，頓歸無何有之鄉；大人面若冰霜，比到寢門[111]，遂有不可問之處。豈果脂粉之氣[112]，不勢而威？胡乃骯髒之身[113]，不寒而慄？

『猶可解者：魔女[114]翹鬟來月下，何妨俯伏皈依？最冤枉者：鳩盤[115]蓬首到人間，也要香花供養。聞怒獅之吼[116]，則雙孔撩天；聽牝雞之鳴[117]，則五體投地。登徒子[118]淫而忘醜，迴波詞[119]憐而成嘲。設為汾陽之婿[120]，立致尊榮，媚卿卿良有故；若贅外黃之家[121]，不免奴役，拜僕僕將何求？彼窮鬼自覺無顏，任其斫樹摧花，止求包荒[122]於妬婦；如錢神可云有勢，乃亦嬰鱗犯制，不能借助於方兄[123]。豈縛游子之心，惟茲鳥道[124]？抑消霸王之氣，恃此鴻溝？

『然死同穴，生同衾，何嘗教吟〈白首〉[125]？而朝行雲，暮行雨，輒欲獨占巫山[126]。恨煞「池水清[127]」，空按紅牙玉板；憐爾妾命薄，獨支永夜寒更。蟬殼鷺灘，喜驪龍[128]之方睡；犢車麈尾，恨駑馬[129]之不奔。榻上共臥之人，撻去方知為舅[130]；牀前久繫之客，牽來已化為羊[131]。需之殷者僅俄頃，毒之流者無盡藏。買笑纏頭，而成自作之孽，太甲[132]必曰難違；俯首帖耳，而受無妄之刑，李陽[133]亦謂不可。酸風凜冽，吹殘綺閣之春；醋海汪洋，淹斷藍橋[134]之月。

『又或盛會忽逢，良朋即坐，斗酒藏而不設，且由房出逐客之書[135]；故人疏而不來，遂自我廣絕交之論[136]。甚而雁影分飛，涕空沾於荊樹[137]；鸞膠再覓，變遂起於蘆花[138]。故飲酒陽城[139]，一堂中惟有兄弟；吹竽商子[140]，七旬餘並無室家：古人為此，有隱痛[141]矣。

『嗚呼！百年鴛偶，竟成附骨之疽[142]；五兩鹿皮[143]，或買剝牀之痛[144]。

髯如戟者如是，膽似斗者何人？固不敢於馬棧[145]下斷絕禍胎；又誰能向蠶室[146]中斬除孽本？

『娘子軍[147]肆其橫暴，苦療妒之無方；胭脂虎[148]啖盡生靈，幸渡迷之有楫。天香[149]夜爇，全澄湯鑊之波；花雨[150]晨飛，盡滅劍輪之火。極樂之境，彩翼雙棲[151]；長舌之端，青蓮並蒂[152]。拔苦惱於優婆之國[153]，立道場於愛河[154]之濱。咦！願此幾章貝葉文[155]，灑為一滴楊枝水[156]！』

【注　釋】❶大名　府名，治所在今河北邯鄲大名。❷季常之懼　懼內；怕老婆。宋陳慥，字季常，號龍丘先生，好談佛。其妻柳氏兇悍而好嫉妒，陳慥頗為懼怕。蘇東坡有詩云：「龍丘居士亦可憐，談空說有夜不眠。忽聞河東獅子吼，拄杖落手心茫然。」這也是典故「河東獅吼」的出處。見《容齋隨筆》。❸鰥　老而無妻的男子。❹敗絮　破棉絮。❺容服都雅　容貌和服飾很精雅。❻昆季之盟　結拜為兄弟。❼曝陽捫虱　晒著太陽抓蝨子。❽岸幘　推起頭巾，露出前額。形容態度灑脫，或衣著簡率不拘。❾具食　準備飯食。❿脫粟失飪　糙米飯沒有煮熟。⓫伯仲　哥哥和弟弟。⓬申致　傳達說明。⓭瀝血之好　至交好友。⓮假　借住。⓯自詣城肆　親自到城裡的店鋪裡。⓰以示瑟歌之意　故意罵給人聽。瑟歌，孺悲欲見孔子，孔子拒絕見他，但「取瑟而歌，使之聞之」。見《論語》。⓱褫衣慘掠　脫衣毒打。⓲巾幗　古代婦女的頭巾和髮飾。⓳填溢　擠滿。⓴徒跣　光著腳丫子。㉑噭啕　大哭的樣子。㉒趦趄　想前進又不敢前進。㉓創劇　受傷嚴重。㉔崩注　血崩。㉕牢饌酒食。㉖撬　用槓棒或尖利的工具借助支點撥動或挑起東西。㉗冥曹　陰曹。㉘自投敗顙　叩破額頭。㉙宗緒　後代。㉚反接　反綁兩手。㉛竊　私下；暗中。㉜幸　希望。㉝媚　逢迎取悅。㉞勃然　因憤怒或心情緊張而變色的樣子。㉟漏三下　三更天。㊱翼　遮護。㊲批頰　打耳光。頰，臉頰。㊳顛蹶　摔倒。㊴矢　發誓。㊵鞭楚　兩種刑具，鞭子和刑杖。引申為鞭打。㊶尪羸　瘦弱。㊷襤縷　衣服破爛。㊸殞謝　謝世；死亡。㊹憔悴　形容人瘦弱，面色不好看。㊺囁嚅　有話想說又不敢說，吞吞吐吐的樣子。㊻伏首帖耳　低著頭，貼著耳朵。形容卑躬屈膝非常馴服的樣子。㊼批　打耳光。㊽出　休妻。㊾威劫　動武。㊿居要地　身居重要官位。(51)遑遽　驚懼不安。(52)刀圭藥　一小匙藥粉。(53)病人　傷人；使人生病。(54)數尺有咫　幾尺之外。周制八寸為咫，十寸為尺。(55)嘲哳　聲音雜亂細碎。(56)掖　用手扶著別人的手臂。(57)嗒焉若喪　神情沮喪。(58)乾綱　夫綱。(59)膝行　跪著用膝蓋向前移動，形容敬畏恭謹之極。(60)東海　今山東郯城，古稱東海郡。(61)賓事良人　如對賓客般侍奉丈夫。良人，丈夫。(62)黔驢無技　黔驢技窮。(63)隸道士籍　出家做了道士。(64)學使案臨　學政到地方考察生員。(65)回祿　火災。(66)罰鍰　罰金。(67)無以舍舍萬石　不要給楊萬石房子住。前一「舍」為名詞，房舍；後一「舍」為動詞，居住。(68)資斧　旅費；盤纏。(69)熟視　注目細看。(70)金碧煥映　形容建築物裝飾華麗，光彩奪目。(71)入邑庠　進縣學，指考中秀才。(72)領鄉薦　鄉試考中舉人。(73)孝廉　科舉時代之稱，即舉人。(74)惻楚　悲痛。(75)嫡　正妻。(76)狂悖　狂妄悖逆。(77)毛綆　豬毛繩子。綆，繩索。(78)夙夜　朝夕；日夜。(79)撻詈不情　打罵不近人情。(80)普陀寺　供奉觀音菩薩的佛寺。(81)參謁　拜見上級或尊長。(82)稽首　跪拜禮；磕頭。(83)何羸瘠乃爾　怎麼瘦弱到這個程度。羸瘠，瘦弱。(84)自經　上吊。(85)淚下如縻　淚流滿面。(86)珠還　好東西失而復得。(87)畢公權　淄川人，有文名。(88)懼內　丈夫害怕妻子。(89)一噱　一笑。(90)重賴坤成　主要依賴大地來完成。坤，地。(91)內助　指妻子。(92)十月呻吟　指懷胎十月，痛苦異常。(93)三年嚬笑　指幼兒在母親懷抱享受哺育。(94)宗祧　即宗廟。祧，遠祖之廟。(95)伉儷　夫妻。(96)井臼　汲水舂米，為妻子所從事的家務勞動。(97)魚水之愛　指夫妻之愛。(98)陰教之旗幟　指妻子的威勢。(99)乾綱之體統　指丈夫的地位。(100)夜叉　惡鬼，指兇悍的妻子。

(101)金剛　金剛力士，指身材巨大有力的人。(102)秋砧之杵　秋日用來擣衣的木棒。(103)麻姑之爪　麻姑是傳說中的仙女，相貌俊美，手似鳥爪。(104)孟母投梭　指孟母斷機教訓兒子事。見《列女傳》。(105)周婆制禮　「周公制禮」的反義。周婆，戲稱周公之妻。(106)銀床　井旁的銀飾欄杆，指水井。(107)投繯　上吊；自縊。(108)北宮黝　古代勇武之人。(109)孟施舍　古代勇武之人。(110)中庭　家院之內。(111)寢門　臥室之門。(112)脂粉之氣　女人的氣味。(113)骯髒之身　男子的身軀。(114)魔女　美麗迷人的女子。(115)鳩盤　年老醜陋的女子。(116)怒獅之吼　比喻悍婦的吼叫。(117)牝雞之鳴　比喻悍婦當家專權。(118)登徒子　古代好色之人。見宋玉〈登徒子好色賦〉。(119)迴波詞　唐中宗懼內，御史大夫裴談亦懼內。有優人歌曰：「迴波爾時栲栳，怕婦也是大好。外邊只有裴談，內裡無過李老。」(120)汾陽之婿　郭子儀的女婿。汾陽，指郭子儀。(121)外黃之家　指平庸而富有之家。(122)包荒　包含荒穢、寬容。(123)方兄　孔方兄，指錢。(124)鳥道　隱語，與下文「鴻溝」皆指女子性器。(125)白首　即〈白頭吟〉。司馬相如將娶茂陵女子為妾，卓文君作〈白頭吟〉以自絕，相如乃止。見《西京雜記》。(126)巫山　宋玉〈高唐賦〉中巫山神女云：「妾在巫山之陽，高丘之阻，旦為朝雲，暮為行雨，朝朝暮暮，陽臺之下。」後用「雲雨」、「巫山」等詞為男女歡合之典。(127)池水清　指戀妓忘家的丈夫。(128)驪龍　黑色的龍，比喻悍婦。(129)駑馬　不能快跑的馬，比喻男子。(130)舅　妻子的兄弟。(131)化為羊　有人懼內，被其妻拴於床頭，遂與女巫商定，以繩繫羊，自己走避，女巫謊稱其變為羊，其妻始不復妒。見〈妒記〉。(132)太甲　商湯之孫。《尚書．太甲中》：「天作孽，猶可違；自作孽，不可逭。」(133)李陽　晉人。王夷甫之妻郭氏，才拙性剛，貪財多事，夷甫不能制之。郭氏獨怕李陽，王夷甫乃曰：「非但我言卿不可，李陽亦謂卿不可。」郭氏才稍微收斂。見《世說新語》。(134)藍橋　橋名。傳說唐人裴航下第，路過此橋，與仙女雲英結成姻緣。見唐人小說〈裴航〉。(135)逐客之書　秦王逐客，李斯上〈諫逐客書〉。此化用「逐客」之意。(136)廣絕交之論　〈廣絕交論〉，南朝梁劉峻作。此乃化用其意。(137)荊樹　指兄弟分家之事。見吳均《續齊諧記》。(138)蘆花　指孝子。見《孝子傳》。(139)陽城　唐人。為了兄弟之情，終生不娶。見《新唐書．卓行傳》。(140)商子　仙人，終生不娶。見《列仙傳》。(141)隱痛　內心藏有不願告訴人的痛苦。(142)附

骨之疽　緊貼著骨頭生長的毒瘡。143 五兩鹿皮　訂婚禮物。144 剝牀之痛　切膚之痛。145 馬棧　齊國匡章之母，因得罪丈夫被殺，埋於馬棧之下。見《戰國策・齊策》。146 蠶室　受宮刑者所居之密室。147 娘子軍　由女子組成的隊伍。148 胭脂虎　比喻兇悍的女子。149 天香　祭神之香。150 花雨　天花墜落如雨。151 彩翼雙棲　比喻夫妻恩愛。152 青蓮並蒂　比喻妻妾和美。153 優婆之國　即佛國之極樂世界。154 愛河　佛法說愛情如河流，人一沉溺即不能脫身，因以為喻。155 貝葉文　指佛經。156 楊枝水　佛教指能使萬物復甦、邪惡變善的甘露。

【語譯】楊萬石，是大名府的秀才。生平有怕老婆的毛病。妻子尹氏，出奇的兇悍，丈夫稍微冒犯她，她就把鞭子打過來。楊父六十多歲死了老婆，尹氏把他看做奴僕。楊萬石和弟弟楊萬鍾常常偷偷給父親東西吃，不敢讓尹氏知道。但父親穿著破棉襖，恐怕讓人笑話，就不讓他見客人。萬石四十多歲了，還沒有兒子，娶了個姓王的妾，兩人整天不敢說一句話。

兄弟二人到府城等候鄉試，看到一個少年，容貌服飾美好高雅。二人跟他交談，很喜歡他。詢問他的姓名，少年說：「名叫介甫，姓馬。」此後，三人交往日益密切，就燒香結拜為兄弟了。分別後，大約半年，馬介甫忽然帶著童僕來拜訪楊家兄弟。正遇上楊翁在大門外，曬著太陽捉蝨子。馬介甫以為是僕人，就說了自己的姓名，讓他去通報主人。楊翁披上破棉襖進去了。有人告訴馬介甫：「這就是楊家兄弟的父親。」馬介甫正在驚訝，楊家兄弟穿著隨便地迎了出來。馬介甫進了屋舉手一拜，便請求拜見楊父。萬石推說父親偶然病了。三人促膝而坐說說笑笑，不知不覺天就黑了。

楊萬石多次說準備酒飯，卻始終不見端來。兄弟二人輪流出入好幾次，才有個瘦僕人拿了一壺酒進來。一下子就喝乾了。坐等了很久，萬石頻頻起來催促呼喊，額頭和兩腮上熱汗蒸騰。又過了一會兒，那個瘦僕人送來飯，是半生不熟的糙米飯，實在難以下嚥。吃完飯，萬石匆匆走了。萬鍾抱來被褥陪客人住宿。馬介甫責備他說：「過去認為你兄弟倆品德高尚，才和你們結拜兄弟。現在老父親實在得不到溫飽，路人都替你們羞愧！」萬鍾流淚說：「心中的隱情，一時很難說清。家門不幸，娶了個兇悍的嫂子，老老少少，都橫遭摧殘。不是至交弟兄，這家醜也不敢外揚。」馬介甫驚歎了一會兒，說：「我本想早晨就走，現在聽了這個奇聞，不能不親眼看看。請借我一間空房子，我自己做飯吃。」

萬鍾依他說的，就打掃屋子安頓馬介甫。夜深後，偷偷送來些蔬菜和糧食，惟恐尹氏知道。馬介甫明白他的意思，極力推辭了。還把楊翁請來，和他一起生活。親自到城裡商鋪裡，買來布匹，為他換上了新衣服。楊家父子兄弟都感動得哭了。萬鍾有個兒子叫喜兒，才七歲，夜裡跟著楊翁睡。馬介甫撫弄著他說：「這孩子將來的福氣壽數超過他父親，只是少年時孤獨困苦啊。」

尹氏聽說楊翁穿暖吃飽，大怒，經常破口大罵，說馬介甫強行干涉別人的家事。起初還只在閨房裡罵，漸漸就到馬介甫的住房附近來罵，故意罵給馬介甫聽。楊家兄弟急得汗流浹背、徬徨失措，卻不敢制止她；但馬介甫卻好像沒有聽到似的。

萬石的妾王氏，懷孕五個月了，尹氏才知道，她脫去王氏的衣服毒打。打完，又叫萬石跪在地上戴上女人的頭巾，拿著鞭子趕他出家門。正好馬介甫在門外，萬石羞慚不前。尹氏又追過來逼迫他，萬石才出去。尹氏也跟著出去，插著腰跺著腳，看熱鬧的人擠滿了門前。馬介甫指著尹氏喝斥說：「去，去！」尹氏便返身就跑，像被鬼追一樣。褲脫鞋丟，裹腳布纏繞在路上；她赤腳跑回了家，面如死灰。稍微定定神，丫鬟拿襪子和鞋來讓她換上。穿完，尹氏號啕大哭。家人不敢問她何故。

馬介甫拉過萬石來給他解下頭巾。萬石直挺挺站著大氣不敢出，像怕頭巾脫落；馬介甫硬給他解下來。他坐立不安，還怕因私自解下而加重罪罰。打聽到尹氏哭完了，萬石才敢進屋，猶豫著靠過去。尹氏一句話也不說，突然站起，到臥室睡覺去了。萬石這才鬆一口氣，和弟弟暗自奇怪。家僕也都感到奇怪，湊在一起竊竊私語。尹氏隱約聽到了，更是惱羞成怒，把奴婢都打遍了。又喊叫王氏，王氏傷重起不來。尹氏認為她假裝，跑到床前來打她，王氏血崩流產。萬石在沒人的地方，對著馬介甫悲哭。馬介甫勸慰他。叫童僕拿來酒菜，到了二更天，還不放萬石回去。

尹氏在臥室裡，痛恨丈夫不來，正大為憤怒；聽到了撬門聲，急忙呼叫丫鬟，房門卻已經開了。有個巨人進來，身影遮滿了屋子，猙獰得像個鬼。轉眼又有幾人進來，都拿著利刃。尹氏嚇得要死就想喊叫。巨人用刀尖抵住她的脖子說：「叫就殺了你！」尹氏急忙拿出金銀綢緞贖命。巨人說：「我是陰司的使者，不要錢，只要悍婦的心臟而已！」尹氏更加害怕，磕響頭磕得頭都破了。巨人就用刀尖劃著她的心口斥責她說：「像你做的某件事，你說該殺不該殺？」就劃一刀。凡尹氏的一切兇悍之事，斥責數落得快完了，刀尖劃在皮肉上，不下幾十刀。末了說：「妾生的孩子，也是你的後代，你怎忍心給她打掉了？這件事絕不可原諒！」就命幾個跟隨反綁住她的手，要剖開胸膛看看悍婦的心腸。尹氏磕頭請求饒命，只說知道了要悔改。不久聽到屋門開關，巨人說：「楊萬石回來了。你既然已經悔過，姑且留你一條活命！」就紛紛散去了。沒多久，萬石進來，見尹氏裸體被捆綁著，心口上的刀痕，縱橫交錯無法計數。解開繩子問她，明白了緣故，非常驚駭，暗地裡懷疑是馬介甫。

第二天，楊萬石向馬介甫講述，馬介甫也感驚駭。從此，尹氏的威風逐漸收斂，好幾個月不敢罵一句話。馬介甫非常高興，告訴楊萬石說：「老實告訴你，千萬不要洩露：上次是我用小法術嚇唬嚇唬她。既然已經和好，讓我暫時告辭吧。」就走了。

尹氏每天晚上，都挽留萬石作伴，歡聲笑語屈意奉承他。萬石一輩子沒享受過這般樂趣，突然遇到，感覺坐也不是站也不是。尹氏一天夜裡想起巨人的樣子，渾身哆嗦。萬石想討老婆的歡心，略微洩露了那是假的。尹氏立刻爬起來，追根究柢地追問。萬石自知失言，後悔也晚了，就老實告訴她了。尹氏勃然大罵。萬石害怕了，高跪在床下。尹氏不理他，萬石哀求到三更天。尹氏說：「想叫我饒了你，必須用刀在你心口同樣劃那麼多次，我這心頭之恨才能解除。」就起來去拿菜刀。

萬石大為害怕，跑了出去，尹氏持刀追他。雞飛狗叫，全家人都起來了。萬鍾不知怎麼回事，只用身子左左右右翼護哥哥。尹氏正在叫罵，忽見楊翁走來，看見他的新衣帽，加倍暴怒；就把楊翁身上的衣帽一條一條割爛，打他耳光揪他鬍子。萬鍾見此大怒，用石頭砸尹氏，擊中腦袋，倒地而死。萬鍾說：「我死了而父兄能活下去，還有什麼遺憾！」就跳到井裡，救上來已死了。不久，尹氏醒了，聽說萬鍾死了，也就不生氣了。埋葬了萬鍾，萬鍾妻子掛戀著兒子喜兒，發誓不改嫁。尹氏罵得滿嘴白沫，不給她飯吃，逼她改嫁。留下一個孤兒，天天受鞭打。等家人吃完了，才給他點冷飯團吃。過了半年，喜兒就瘦弱不堪，僅剩一口氣了。

一天，馬介甫忽然來了。萬石囑咐家人，不要告訴尹氏。馬介甫看到楊翁破衣如前，大吃一驚；又聽說萬鍾死了，跺著腳悲傷哀歎。喜兒聽說馬介甫來了，就過來依戀不捨，在跟前喊叫「馬叔」。馬介甫認不出來，細看才知是喜兒，驚呼：「孩子怎麼瘦成這個樣子！」楊翁就囁嚅著把情況說了一遍。馬介甫忿然對萬石說：「我以前說你不是人，果然不錯。兄弟二人就這一根苗，要是他死了，怎麼辦？」萬石不說話，只俯首帖耳地流淚。

坐著說了一下子話，尹氏就知道了，不敢自己出來趕客人，就叫萬石進去，一個耳光過去讓他和馬介甫絕交。萬石含淚出來，臉上掌痕還清清楚楚。馬介甫發怒地說他：「兄威怒不了她，難道還不能休了她嗎？打父親殺弟弟，你竟安心忍受，你憑什麼做人？」萬石伸臂蜷腿，似乎想要行動。馬介甫又激他說：「若她不走，就該用武力脅迫她；就是殺了她，也不用怕。我有兩三個好朋友，都掌著大權，一定會盡力幫忙，保你不吃虧。」萬石答應著，氣呼呼跑進去。正好碰上尹氏，尹氏大喝一聲：「幹什麼？」萬石驚懼不安嚇白了臉，雙手趴在地上說：「馬介甫讓我休了你。」尹氏更加惱怒，四處尋刀找杖，萬石嚇得逃了回去。

馬介甫啐了他一口說：「兄真是無可救藥啊！」就打開箱子，取出一小匙子藥粉，摻在水裡遞給萬石喝，說：「這是丈夫再造散。我不敢輕易使用，是因為它能傷人。現在沒有辦法，姑且試它一試。」萬石喝下去，頃刻之間，就覺怒氣填胸，像烈火在心中燃燒，一刻也忍不住。就直接跑進臥室，叫喊得有如打雷一般。尹氏沒來得及問，萬石飛起一腳，尹氏就倒出去幾尺之外。接著又手握拳頭大的石頭，砸了無數次。尹氏幾乎體無完膚了，還吱吱嗚嗚地叫罵。萬石從腰裡拔出佩刀。尹氏罵著說：「你還拔出刀子，你敢殺我嗎？」萬石也不和她多說，就割下一塊大腿肉，有巴掌那麼大，扔在地下；正想再割，尹氏哀叫著求饒。萬石不聽她多說，再割下一塊。家僕見萬石兇狠發狂，集合起來，死命將他拉出去。

馬介甫迎上去，拉著萬石的手臂慰勞他。萬石餘怒不息，屢次想跑出去找那悍婦，馬介甫攔住他。不久，藥力漸漸消失，萬石低頭洩了氣。馬介甫囑咐他說：「兄千萬不要氣餒。重振雄風，在此一舉。人害怕一樣東西，不是一朝一夕的事，是長期積累形成的。就好比昨天你死今天重新復活，一定要從此洗淨老毛病換上新氣象；若再氣餒，那就再也沒有辦法了。」就讓萬石進去探視尹氏。尹氏一見萬石，腿顫心驚，讓丫鬟扶起來，要跪著過來。萬石阻止她，才作罷。萬石出來告訴馬介甫，楊翁父子互相祝賀。馬介甫想走，父子都挽留他。馬介甫說：「我正要到東海去，所以順路看看你們。回來時還可再會。」

過了一個多月，尹氏可以起來了，對丈夫敬如賓客。日子一長，覺得萬石黔驢技窮，就漸漸逗引他，笑他，罵他；沒有多久，完全恢復老樣子了。楊翁忍受不了，深夜逃跑，到了河南，當了道士。萬石也不敢去找他。過了一年多，馬介甫來了，知道這種情況後，憤怒地斥責完了萬石，立即叫喜兒來，抱到驢子上，趕著驢子走了。從此，村里人都不齒萬石。學使來考核生員，因為楊萬石品行惡劣，除了秀才名。

又過了四五年，楊家失火，房屋財產，全化為灰燼；蔓延燒毀了鄰家房屋。村人抓了楊萬石送到郡府，罰了他很多錢。於是僅餘的家產漸漸耗盡，到了無家可住的境地。鄰村的人都相互告誡，不要把房舍給萬石住。尹氏的兄弟惱怒她的所作所為，也拒絕讓她回娘家。萬石窮了，把妾賣給富貴人家，帶著尹氏渡河向南走。到了河南地界，又把旅費花完了。尹氏不肯跟他走，吵著丈夫要改嫁。正好有個屠夫死了老婆，花三百錢把她買去了。萬石隻身在附近的城市鄉村乞討。

楊萬石到了一扇朱紅大門前討飯，門房責罵著不讓他靠近。不久，有個當官的人出來，萬石趴在地上哭泣。官人仔細看了他良久，又大致問了他姓名，驚訝地說；「是伯父！怎麼窮到這種地步？」萬石仔細一看，發現竟是喜兒，不覺大哭起來。跟著喜兒進門，看到廳堂裡金碧輝煌。不久，楊翁扶著童子出來，相對悲傷哽咽。萬石才講述了自己的遭遇。

當初，馬介甫帶喜兒到這裡，幾天後，就出去找楊翁來，讓他們祖孫住在一起。又請老師教喜兒讀書。喜兒十五歲中秀才，第二年中舉人，馬介甫就給他娶妻完婚。這才告別要走。祖孫哭著挽留他。馬介甫說：「我不是人，實在是狐仙。道友們等我已久。」就走了。舉人說著，不覺悲從中來。又想起以前自己和庶伯母王氏同受虐待，更覺悲傷。就派車馬帶著銀子去把王氏贖了回來。一年多，王氏生了個孩子，楊萬石就讓她做了正妻。

尹氏跟了屠戶半年，狂妄悖逆一如從前。丈夫大怒，用屠刀刺穿她的大腿，穿上豬毛繩子，吊在房樑上，挑著肉賣去了。尹氏號哭得聲嘶力竭，鄰居才知道。解開捆綁抽出繩子；抽動一下，尹氏喊疼的聲音，就震動四鄰。因此她看到屠戶來，就怕得汗毛都豎了起來。後來大腿的傷雖好了，但斷繩留在肉裡，走路始終不太方便；還要晝夜服侍丈夫，不敢稍有怠慢。屠戶蠻橫殘暴，每次喝醉酒回來，就打罵一頓不講情分。到這時，尹氏才明白過去自己對付別人，也是這樣啊。

一天，楊夫人和伯母到普陀寺燒香，附近村莊的農婦都來拜見她倆。尹氏站在人群裡悵惘地不敢靠前。王氏故意問：「這是誰呀？」家僕稟告說；「張屠戶的老婆。」家僕呵斥尹氏上前，給太夫人磕頭行禮。王氏笑著說：「這婦人跟了殺豬的，應該不缺肉吃，怎麼瘦成這個樣子？」尹氏慚愧悔恨，回家想上吊，繩子太細沒有死成。屠戶更加討厭她了。

過了一年多，屠戶死了。尹氏路上遇到萬石，遠遠地望見他，就跪著走過來，淚流滿面。萬石礙著僕人，沒和她說一句話。回去告訴侄子，想讓尹氏回來。侄子堅決不同意。尹氏被村人們唾棄，長期沒有依靠，便跟著群丐討飯。楊萬石還經常和她在破廟中交歡。侄子認為這是恥辱的事，暗地裡讓群丐羞辱楊萬石讓他難堪丟人，他才和尹氏決絕。

這件事我不知後來怎樣了，最後幾行，是畢公權撰寫的。

異史氏說：「怕老婆，是天下男人的通病。但是想不到天地之間，竟有楊萬石這樣的人！難道是他有什麼病變嗎？我曾經為《妙音經》寫了續篇，現恭敬地抄錄在這裡，以博一笑：

『我認為上天化育萬物，主要依靠大地功勞；男兒志在四方，尤其需要妻子助理。兩人歡會同甘，生育孩子獨苦，勞累你呻吟十個月；自己睡在溼處，兒子睡在乾處，苦熬了三年才離懷。這是，想到傳宗接代而動心，君子所以想著找老婆；看到水井米臼而琢磨，古人所以喜歡做夫妻。但妻子的旗子慢慢樹立，就丈夫的體統漸漸無存。開始時妻子有違逆之聲，大恩惠卻只有小回報；到後來相敬如賓，只成了夫對妻的單方行為。只因為兒女情深，就使得英雄氣短。床上坐著夜叉，就是金剛也要把頭低；鍋底冒出毒煙，縱使鐵漢不敢硬脖子。秋砧上的擣衣棒經常拿起，不是在月夜擣衣；麻姑般的長指甲能搔癢癢，抓撓破俊俏面龐。小打就忍大打就跑，簡直像孟母教訓兒子；老婆一唱漢子跟隨，竟想學周婆制定禮法。胡蹦亂跳，滿道之人駐足觀看；狂呼亂叫，一群嬌鳥落地亂啼。

『討厭哪！呼天喊地，忽而披頭散髮去投井。醜陋啊！瞪眼搖頭，故作伸長脖子要上吊。在這時候：地下都是嚇碎了的膽子，天外還有驚跑了的靈魂。北宮黝未必不逃走，孟施舍怎能不害怕？將軍之氣雷鳴電閃，一進內院，雷電頓時化為烏有；大人之臉冰冷霜涼，來到臥房，冰霜於是不知去向。難道真是脂粉之氣，不靠權勢就能發威？還是你這個窩囊，不必寒冷就能發抖？

『可理解的是：美女頂著高高的髮髻月下來會，何妨低頭順從她？最冤枉的是：醜鬼披著紛亂的頭髮人間調情，也要香花供養她。聽到怒獅一聲吼，就嚇得鼻孔朝天；聽到母雞一聲叫，就嚇得五體投地。登徒子貪淫而不顧醜陋，迴波詞可憐竟成嘲諷。假設做郭子儀的女婿，立即榮華富貴，討好妻子情有可原；若是到外黃人家入贅，最終還是奴隸，拜了又拜所為何來？那窮鬼自覺貌醜，任憑妻子砍樹摧花，只求悍婦滿足他的饑荒；如財主可說有勢，假使老婆稍有不順，不能借助錢財幫忙出力。難道拴住遊子之心的，只有這條鳥道？抑或消除霸王之氣的，全靠這條鴻溝？

『然而死同墳，生同被，丈夫何曾讓妻子誦過〈白頭吟〉？但是早晨愛，晚上好，妻子老是想使丈夫獨淋巫山雨。恨殺他「池水清」，空拍紅牙玉板；可憐我「妾薄命」，獨熬長夜寒更。蟬蛻皮鷺走沙，高興驪龍正在酣睡；駕牛車揮拂塵，惱恨劣馬不快奔走。床上同睡之人，打起來才知是小舅子；床前久拴之客，牽過來已變為老山羊。在她身上找痛快，只是片刻；在你身上施毒計，卻是永遠。嫖娼戀妓，是咎由自取，太甲說難以違抗；俯首帖耳，受無罪之刑，李陽說絕對不可。酸風凜烈，吹殘畫閣內小娘子的春夢；醋海汪洋，淹沒藍橋上大丈夫的月光。

『有時忽逢盛會，好友落座，妻子藏酒不讓喝，閨房裡下了逐客令；老朋友疏遠而不來，就自己廣而告之宣布絕交。更有甚者，兄弟因婦人而分家，眼淚空濕荊樹；夫妻因嫉妒而再娶，變故傷及蘆花。所以陽城飲酒，一堂中只有兄弟；商子吹竽，七十多不娶老婆：古人這樣做，是有隱痛啊。

『唉！本打算娶個百年賢妻，沒想到竟成了附骨之疽；年輕時忙著送禮納采，到頭來換得些切膚之痛。鬍子如戟的是這樣，膽子如斗的有幾人？本不敢在馬棧下殺死悍婦，又怎願到蠶室裡割掉孽根？

『娘子軍任意殘暴，苦於無藥治療嫉妒；胭脂虎吃盡生靈，幸虧有船超度迷津。夜裡燒香拜佛，澄淨滾沸的油鍋；早晨花雨飛落，熄滅劍叢的焰火。在極樂的環境中，彩翼雙飛雙棲；在女人的舌底下，青蓮並蒂開放。在佛門中去除苦惱，於愛河邊宣揚佛法。啊！希望這幾頁經文，能化為一滴治療悍婦的楊柳枝上的甘露！』」

【研　析】〈馬介甫〉是一篇社會意義很強的家庭倫理小說。

從小說中人物的姓氏，就可看出蒲松齡的良苦用心：楊萬石姓楊，楊者「陽」也；他老婆尹氏，尹者「陰」也。萬事萬物都應該陰陽平衡，才能成其永久和美麗。陰陽失衡，就必有病變和災難發生。

這篇小說裡的尹氏極其兇悍，不僅動輒鞭撻、陵辱丈夫，還虐待公公，逼小叔子投井而死，驅走弟媳，擄掠丈夫小妾，致其墮胎，可謂集悍婦之兇惡於一身。她雖然受到狐仙馬介甫的多次警示和懲罰，可她就是本性難移，神仙也拿她沒辦法。

小說寫尹氏是極顯其惡，令人髮指；寫楊萬石是極狀其懦，含有嘲謔唾棄的意味。尹氏陵辱自己也算罷了，她還辱罵批打自己的公公。照理說，再毫無血性的人，到此也該硬起來有所反應了，可楊萬石眼睜睜看著父受辱，弟投井，弟媳被逼走，侄子受迫害，就是硬不起來；即使吃了

「丈夫再造散」，也只有三分鐘的硬度，時間一長，又煙消雲散，黔驢技窮了。就是到了最後，尹氏已是半人半鬼了，楊萬石還與她在破廟裡交歡，真該說他不是人了。

蒲松齡文集中有一封寫給學友王鹿瞻的信，內容是譴責王鹿瞻「不能禁獅吼之逐翁」，以致其父死在外鄉旅店裡，鄉人奔走相告，他仍「漠然置之」，「不齒於人世」。顯然，這篇小說就是王鹿瞻家悖逆倫理之事，加以虛構性的鋪張。作者出於極度的義憤，下筆也就極力寫悍婦之惡、懦夫之醜，而不講究文學蘊藉之致。狐翁懲治悍婦之法，更嫌失於殘酷。

古籍今注新譯叢書

書種最齊全　注譯最精當

【哲學類】

新譯四書讀本	謝冰瑩等編譯	
新譯學庸讀本	王澤應注譯	
新譯孝經讀本	賴炎元、黃俊郎注譯	
新譯易經讀本	郭建勳注譯	黃俊郎校閱
新譯乾坤經傳通釋	黃慶萱著	
新譯禮記讀本	姜義華注譯	黃俊郎校閱
新譯儀禮讀本	顧寶田等注譯	黃俊郎校閱
新譯孔子家語	羊春秋注譯	周鳳五校閱
新譯老子讀本	余培林注譯	
新譯老子解義	吳　怡著	
新譯莊子讀本	黃錦鋐注譯	
新譯莊子讀本	張松輝注譯	
新譯莊子本義	水渭松注譯	
新譯莊子內篇解義	吳　怡著	
新譯列子讀本	莊萬壽注譯	
新譯管子讀本	湯孝純注譯	李振興校閱
新譯墨子讀本	李生龍注譯	李振興校閱
新譯公孫龍子	丁成泉注譯	黃志民校閱
新譯晏子春秋	陶梅生注譯	葉國良校閱
新譯鄧析子	徐忠良注譯	劉福增校閱
新譯荀子讀本	王忠林注譯	
新譯尹文子	徐忠良注譯	黃俊郎校閱
新譯尸子讀本	水渭松注譯	陳滿銘校閱
新譯韓非子	賴炎元、傅武光注譯	
新譯呂氏春秋	朱永嘉等注譯	黃志民校閱
新譯韓詩外傳	孫立堯注譯	
新譯淮南子	熊禮匯注譯	侯迺慧校閱
新譯春秋繁露	朱永嘉、王知常注譯	
新譯新書讀本	饒東原注譯	黃沛榮校閱
新譯新語讀本	王　毅注譯	黃俊郎校閱
新譯潛夫論	彭丙成注譯	陳滿銘校閱
新譯論衡讀本	蔡鎮楚注譯	周鳳五校閱
新譯申鑒讀本	林家驪等注譯	周鳳五校閱
新譯人物志	吳家駒注譯	黃志民校閱
新譯張載文選	張金泉注譯	
新譯近思錄	張京華注譯	

新譯傳習錄	李生龍注譯
新譯明夷待訪錄	李廣柏注譯　李振興校閱

【文學類】

新譯詩經讀本	滕志賢注譯
新譯楚辭讀本	傅錫壬注譯
新譯文心雕龍	羅立乾注譯
新譯世說新語	劉正浩等注譯
新譯昭明文選	周啟成等注譯
新譯古文觀止	謝冰瑩等注譯
新譯古文辭類纂	黃　鈞等注譯
新譯樂府詩選	溫洪隆注譯
新譯古詩源	馮保善注譯
新譯千家詩	邱燮友等注譯
新譯詩品讀本	成　林等注譯
新譯花間集	朱恒夫注譯
新譯南唐詞	劉慶雲注譯
新譯唐詩三百首	邱燮友注譯
新譯宋詞三百首	汪　中注譯
新譯元曲三百首	賴橋本等注譯
新譯明詩三百首	趙伯陶注譯
新譯清詩三百首	王英志注譯
新譯唐人絕句選	卞孝萱等注譯
新譯唐才子傳	戴揚本注譯
新譯拾遺記	石　磊注譯
新譯搜神記	黃　鈞注譯
新譯唐傳奇選	束　忱等注譯
新譯宋傳奇小說選	束　忱注譯
新譯明傳奇小說選	陳美林等注譯
新譯容齋隨筆	朱永嘉等注譯
新譯明散文選	周明初注譯
新譯人間詞話	馬自毅注譯
新譯白香詞譜	劉慶雲注譯
新譯幽夢影	馮保善注譯
新譯菜根譚	吳家駒注譯
新譯小窗幽記	馬美信注譯
新譯郁離子	吳家駒注譯
新譯歷代寓言選	黃瑞雲注譯
新譯賈長沙集	林家驪注譯
新譯揚子雲集	葉幼明注譯
新譯曹子建集	曹海東注譯
新譯阮籍詩文集	林家驪注譯
新譯嵇中散集	崔富章注譯
新譯陸機詩文集	王德華注譯

新譯陶淵明集　溫洪隆注譯
新譯江淹集　羅立乾等注譯
新譯初唐四傑詩集　李福標注譯
新譯駱賓王文集　黃清泉注譯
新譯王維詩文集　陳鐵民注譯
新譯孟浩然詩集　楊　軍注譯
新譯李白詩全集　郁賢皓注譯
新譯杜甫詩選　張忠綱等注譯
新譯岑參高適詩選　孫欽善等注譯
新譯昌黎先生文集　周啟成等注譯
新譯柳宗元文選　卞孝萱等注譯
新譯白居易詩文選　陶　敏等注譯
新譯元稹詩文選　郭自虎注譯
新譯李賀詩集　彭國忠注譯
新譯杜牧詩文集　張松輝注譯
新譯李商隱詩選　朱恒夫等注譯
新譯范文正公選集　王興華等注譯
新譯蘇洵文選　羅立剛注譯
新譯蘇軾文選　滕志賢注譯
新譯蘇軾詞選　鄧子勉注譯
新譯蘇轍文選　朱　剛注譯
新譯曾鞏文選　高克勤注譯
新譯王安石文選　沈松勤注譯
新譯柳永詞集　侯孝瓊注譯
新譯李清照集　姜漢椿等注譯
新譯陸游詩文集　韓立平注譯　彭國忠校閱
新譯歸有光文選　鄔國平注譯
新譯薑齋文集　平慧善注譯
新譯顧亭林文集　劉九洲注譯
新譯袁枚詩文選　王英志注譯
新譯聊齋誌異選　任篤行等注譯
新譯閱微草堂筆記　嚴文儒注譯

【歷史類】

新譯史記　韓兆琦注譯
新譯漢書　吳榮曾注譯
新譯後漢書　魏連科注譯
新譯三國志　吳樹平注譯
新譯資治通鑑　韓兆琦、張大可注譯
新譯史記—名篇精選　韓兆琦注譯
新譯尚書讀本　吳　璵注譯
新譯尚書讀本　郭建勳注譯
新譯逸周書　牛鴻恩注譯
新譯左傳讀本　郁賢皓等注譯　傅武光校閱

新譯公羊傳　雪克注譯　周鳳五校閱
新譯穀梁傳　顧寶田注譯　葉國良校閱
新譯春秋穀梁傳　周何注譯
新譯戰國策　溫洪隆注譯　陳滿銘校閱
新譯國語讀本　易中天注譯　侯迺慧校閱
新譯說苑讀本　左松超注譯
新譯說苑讀本　羅少卿注譯　周鳳五校閱
新譯新序讀本　葉幼明注譯　黃沛榮校閱
新譯吳越春秋　黃仁生注譯　李振興校閱
新譯西京雜記　曹海東注譯　李振興校閱
新譯列女傳　黃清泉注譯　陳滿銘校閱
新譯越絕書　劉建國注譯　黃俊郎校閱
新譯燕丹子　曹海東注譯　李振興校閱
新譯東萊博議　李振興、簡宗梧注譯
新譯唐六典　朱永嘉、蕭木注譯
新譯唐摭言　姜漢椿注譯

【宗教類】

新譯金剛經　徐興無注譯　侯迺慧校閱
新譯高僧傳　朱恒夫等注譯　潘栢世校閱
新譯碧巖集　吳平注譯
新譯百喻經　顧寶田注譯
新譯楞嚴經　賴永海等注譯
新譯梵網經　王建光注譯
新譯六祖壇經　李中華注譯　丁敏校閱
新譯禪林寶訓　李中華注譯　潘栢世校閱
新譯維摩詰經　陳引馳、林曉光注譯
新譯經律異相　顏洽茂注譯
新譯無量壽經　邱高興注譯
新譯妙法蓮華經　張松輝注譯　丁敏校閱
新譯景德傳燈錄　顧宏義注譯
新譯大乘起信論　韓廷傑注譯　潘栢世校閱
新譯釋禪波羅蜜　蘇樹華注譯
新譯八識規矩頌　倪梁康注譯
新譯永嘉大師證道歌　蔣九愚注譯
新譯華嚴經入法界品　楊維中注譯
新譯地藏菩薩本願經　李承貴注譯
新譯悟真篇　劉國樑、連遙注譯
新譯无能子　張松輝注譯
新譯坐忘論　張松輝注譯
新譯列仙傳　張金嶺注譯　陳滿銘校閱
新譯抱朴子　李中華注譯　黃志民校閱
新譯神仙傳　周啟成注譯
新譯性命圭旨　傅鳳英注譯

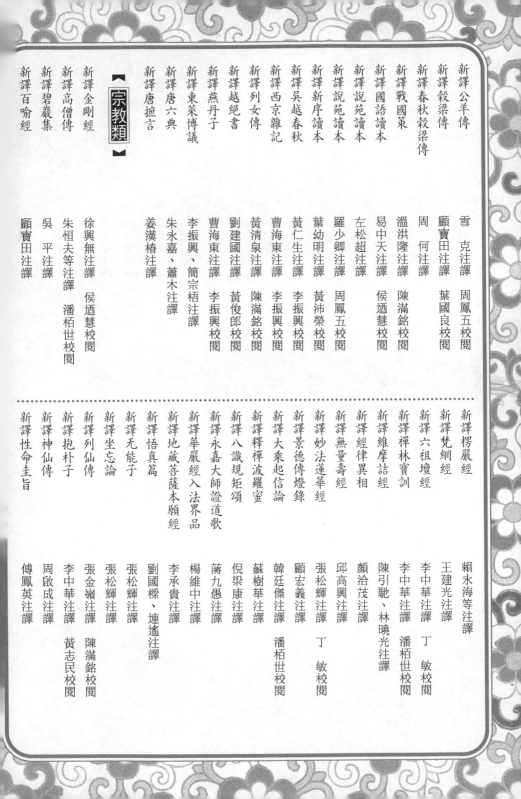

新譯老子想爾注　顧寶田等注譯　傅武光校閱
新譯周易參同契　劉國樑注譯　黃沛榮校閱
新譯道門觀心經　王　卡注譯　黃志民校閱
新譯養性延命錄　曾召南注譯　劉正浩校閱
新譯樂育堂語錄　戈國龍注譯
新譯冲虛至德真經　張松輝注譯　周鳳五校閱
新譯長春真人西遊記　顧寶田等注譯
新譯黃庭經・陰符經　劉連朋等注譯

軍事類

新譯司馬法　王雲路注譯
新譯尉繚子　張金泉注譯
新譯三略讀本　傅　傑注譯
新譯六韜讀本　鄔錫非注譯
新譯吳子讀本　王雲路注譯
新譯孫子讀本　吳仁傑注譯
新譯孫臏兵法　孫鴻艷注譯　劉華祝校閱
新譯李衛公問對　鄔錫非注譯

教育類

新譯爾雅讀本　陳建初等注譯
新譯顏氏家訓　李振興等注譯
新譯曾文正公家書　湯孝純注譯　李振興校閱
新譯三字經　黃沛榮注譯
新譯百家姓　馬自毅、顧宏義注譯
新譯幼學瓊林　馬自毅注譯　陳滿銘校閱
新譯增廣賢文・千字文　馬自毅注譯　李清筠校閱
新譯格言聯璧　馬自毅注譯

政事類

新譯商君書　貝遠辰注譯　陳滿銘校閱
新譯鹽鐵論　盧烈紅注譯　黃志民校閱
新譯貞觀政要　許道勳注譯　陳滿銘校閱

地志類

新譯山海經　楊錫彭注譯
新譯水經注　陳橋驛等注譯
新譯佛國記　楊維中注譯
新譯大唐西域記　陳　飛等注譯　黃俊郎校閱
新譯洛陽伽藍記　劉九洲注譯　侯迺慧校閱
新譯徐霞客遊記　黃　珅注譯　黃志民校閱
新譯東京夢華錄　嚴文儒注譯　侯迺慧校閱